U0129376

滿文原檔
《滿文原檔》選讀譯注

太祖朝（十三）

莊 吉 發譯注

滿 語 叢 刊
文史哲出版社印行

國家圖書館出版品預行編目資料

滿文原檔《滿文原檔》選讀譯注：太祖朝.
十三 / 莊吉發譯注. -- 初版. -- 臺北市：
文史哲出版社, 民 112.03
面 ： 公分 --（滿語叢刊；52）
ISBN 978-986-314-633-9（平裝）

1.CST:滿語 2.CST:讀本

802.918 112003132

滿 語 叢 刊 52

滿文原檔《滿文原檔》選讀譯注
太祖朝（十三）

譯注者：莊 吉 發
出版者：文 史 哲 出 版 社
http:// www.lapen.com.tw
e-mail:lapen@ms74.hinet.net
登記證字號：行政院新聞局版臺業字五三三七號
發行人：彭 正 雄
發行所：文 史 哲 出 版 社
印刷者：文 史 哲 出 版 社
臺北市羅斯福路一段七十二巷四號
郵政劃撥帳號：一六一八〇一七五
電話886-2-23511028・傳真886-2-23965656

實價新臺幣七八〇元

二〇二三年（民一一二）三月初版

ISBN 978-986-314-633-9 65152

滿文原檔

《滿文原檔》選讀譯注

太祖朝(十三)

目　　次

《滿文原檔》選讀譯注
導　讀

內閣大庫檔案是近世以來所發現的重要史料之一，其中又以清太祖、清太宗兩朝的《滿文原檔》以及重抄本《滿文老檔》最為珍貴。明神宗萬曆二十七年（1599）二月，清太祖努爾哈齊為了文移往來及記注政事的需要，即命巴克什額爾德尼等人以老蒙文字母為基礎，拼寫女真語音，創造了拼音系統的無圈點老滿文。清太宗天聰六年（1632）三月，巴克什達海奉命將無圈點老滿文在字旁加置圈點，形成了加圈點新滿文。清朝入關後，這些檔案由盛京移存北京內閣大庫。乾隆六年（1741），清高宗鑒於內閣大庫所貯無圈點檔冊，所載字畫，與乾隆年間通行的新滿文不相同，諭令大學士鄂爾泰等人按照通行的新滿文，編纂《無圈點字書》，書首附有鄂爾泰等人奏摺[1]。因無圈點檔年久鬱舊，所以鄂爾泰等人奏請逐頁托裱裝訂。鄂爾泰等人遵旨編纂的無圈點十二字頭，就是所謂的《無圈點字書》，

1 張玉全撰，〈述滿文老檔〉，《文獻論叢》（臺北，臺聯國風出版社，民國五十六年十月），論述二，頁 207。

但以字頭釐正字蹟，未免逐卷翻閱，且無圈點老檔僅止一分，日久或致擦損，乾隆四十年（1775）二月，軍機大臣奏准依照通行新滿文另行音出一分，同原本貯藏[2]。乾隆四十三年（1778）十月，完成繕寫的工作，貯藏於北京大內，即所謂內閣大庫藏本《滿文老檔》。乾隆四十五年（1780），又按無圈點老滿文及加圈點新滿文各抄一分，齎送盛京崇謨閣貯藏[3]。自從乾隆年間整理無圈點老檔，托裱裝訂，重抄貯藏後，《滿文原檔》便始終貯藏於內閣大庫。

近世以來首先發現的是盛京崇謨閣藏本，清德宗光緒三十一年（1905），日本學者內藤虎次郎訪問瀋陽時，見到崇謨閣貯藏的無圈點老檔和加圈點老檔重抄本。宣統三年（1911），內藤虎次郎用曬藍的方法，將崇謨閣老檔複印一套，稱這批檔冊為《滿文老檔》。民國七年（1918），金梁節譯崇謨閣老檔部分史事，刊印《滿洲老檔祕錄》，簡稱《滿洲祕檔》。民國二十年（1931）三月以後，北平故宮博物院文獻館整理內閣大庫，先後發現老檔三十七冊，原按千字文編號。民國二十四年（1935），又發現三冊，均未裝裱，當為乾隆年間托裱時所未見者。文獻館前後所發現的四十冊老檔，於文物南遷時，俱疏遷於後方，

2《清高宗純皇帝實錄》，卷 976，頁 28。乾隆四十年二月庚寅，據軍機大臣奏。

3《軍機處檔・月摺包》（臺北，國立故宮博物院），第 2705 箱，118 包，26512 號，乾隆四十五年二月初十日，福康安奏摺錄副。

臺北國立故宮博物院現藏者，即此四十冊老檔。昭和三十三年（1958）、三十八年（1963），日本東洋文庫譯注出版清太祖、太宗兩朝老檔，題為《滿文老檔》，共七冊。民國五十八年（1969），國立故宮博物院影印出版老檔，精裝十冊，題為《舊滿洲檔》。民國五十九年（1970）三月，廣祿、李學智譯注出版老檔，題為《清太祖老滿文原檔》。昭和四十七年（1972），東洋文庫清史研究室譯注出版天聰九年分原檔，題為《舊滿洲檔》，共二冊。一九七四年至一九七七年間，遼寧大學歷史系李林教授利用一九五九年中央民族大學王鍾翰教授羅馬字母轉寫的崇謨閣藏本《加圈點老檔》，參考金梁漢譯本、日譯本《滿文老檔》，繙譯太祖朝部分，冠以《重譯滿文老檔》，分訂三冊，由遼寧大學歷史系相繼刊印。一九七九年十二月，遼寧大學歷史系李林教授據日譯本《舊滿洲檔》天聰九年分二冊，譯出漢文，題為《滿文舊檔》。關嘉祿、佟永功、關照宏三位先生根據東洋文庫刊印天聰九年分《舊滿洲檔》的羅馬字母轉寫譯漢，於一九八七年由天津古籍出版社出版，題為《天聰九年檔》。一九八八年十月，中央民族大學季永海教授譯注出版崇德三年（1638）分老檔，題為《崇德三年檔》。一九九〇年三月，北京中華書局出版老檔譯漢本，題為《滿文老檔》，共二冊。民國九十五年（2006）一月，國立故宮博物院為彌補《舊滿洲檔》製作出版過程中出現的失真問題，重新出版原檔，分訂十巨冊，印刷精緻，裝幀典雅，為凸顯檔冊的原始性，反映初創滿文字體的特色，並避免與《滿文老檔》重抄本的混淆，正名為《滿文原檔》。

二〇〇九年十二月，北京中國第一歷史檔案館整理編譯《內閣藏本滿文老檔》，由瀋陽遼寧民族出版社出版。吳元豐先生於「前言」中指出，此次編譯出版的版本，是選用北京中國第一歷史檔案館保存的乾隆年間重抄並藏於內閣的《加圈點檔》，共計二十六函一八〇冊。採用滿文原文、羅馬字母轉寫及漢文譯文合集的編輯體例，在保持原分編函冊的特點和聯繫的前提下，按一定厚度重新分冊，以滿文原文、羅馬字母轉寫、漢文譯文為序排列，合編成二十冊，其中第一冊至第十六冊為滿文原文、第十七冊至十八冊為羅馬字母轉寫，第十九冊至二十冊為漢文譯文。為了存真起見，滿文原文部分逐頁掃描，仿真製版，按原本顏色，以紅黃黑三色套印，也最大限度保持原版特徵。據統計，內閣所藏《加圈點老檔》簽注共有 410 條，其中太祖朝 236 條，太宗朝 174 條，俱逐條繙譯出版。為體現選用版本的庋藏處所，即內閣大庫；為考慮選用漢文譯文先前出版所取之名，即《滿文老檔》；為考慮到清代公文檔案中比較專門使用之名，即老檔；為體現書寫之文字，即滿文，最終取漢文名為《內閣藏本滿文老檔》，滿文名為“dorgi yamun asaraha manju hergen i fe dangse”。《內閣藏本滿文老檔》雖非最原始的檔案，但與清代官修史籍相比，也屬第一手資料，具有十分珍貴的歷史研究價值。同時，《內閣藏本滿文老檔》作為乾隆年間《滿文老檔》諸多抄本內首部內府精寫本，而且有其他抄本沒有的簽注。《內閣藏本滿文老檔》首次以滿文、羅馬字母轉寫和漢文譯文合集方式出版，確實對清朝開國史、民族史、東北地方史、滿學、八旗制度、滿文古籍版本等領域的研究，提供比較原始的、系統的、基礎的第一手資料，其次也有助於準確解讀用老滿文書寫《滿文老檔》原本，以及深入系統地研究滿文的創制與改革、滿語的發展變化[4]。

臺北國立故宮博物院重新出版的《滿文原檔》是《內閣藏本滿文老檔》的原本，海峽兩岸將原本及其抄本整理出版，確實是史學界的盛事，《滿文原檔》與《內閣藏本滿文老檔》是同源史料，有其共同性，亦有其差異性，都是探討清朝前史的珍貴史料。為詮釋《滿文原檔》文字，可將《滿文原檔》與《內閣藏本滿文老檔》全文併列，無圈點滿文與加圈點滿文合璧整理出版，對辨識費解舊體滿文，頗有裨益，也是推動滿學研究不可忽視的基礎工作。

以上節錄：滿文原檔：《滿文原檔》選讀譯注導讀 — 太祖朝（一）全文 3-38 頁。

4 《內閣藏本滿文老檔》（瀋陽，遼寧民族出版社，2009 年 12 月），第一冊，前言，頁 10。

一、燒煤煉礦

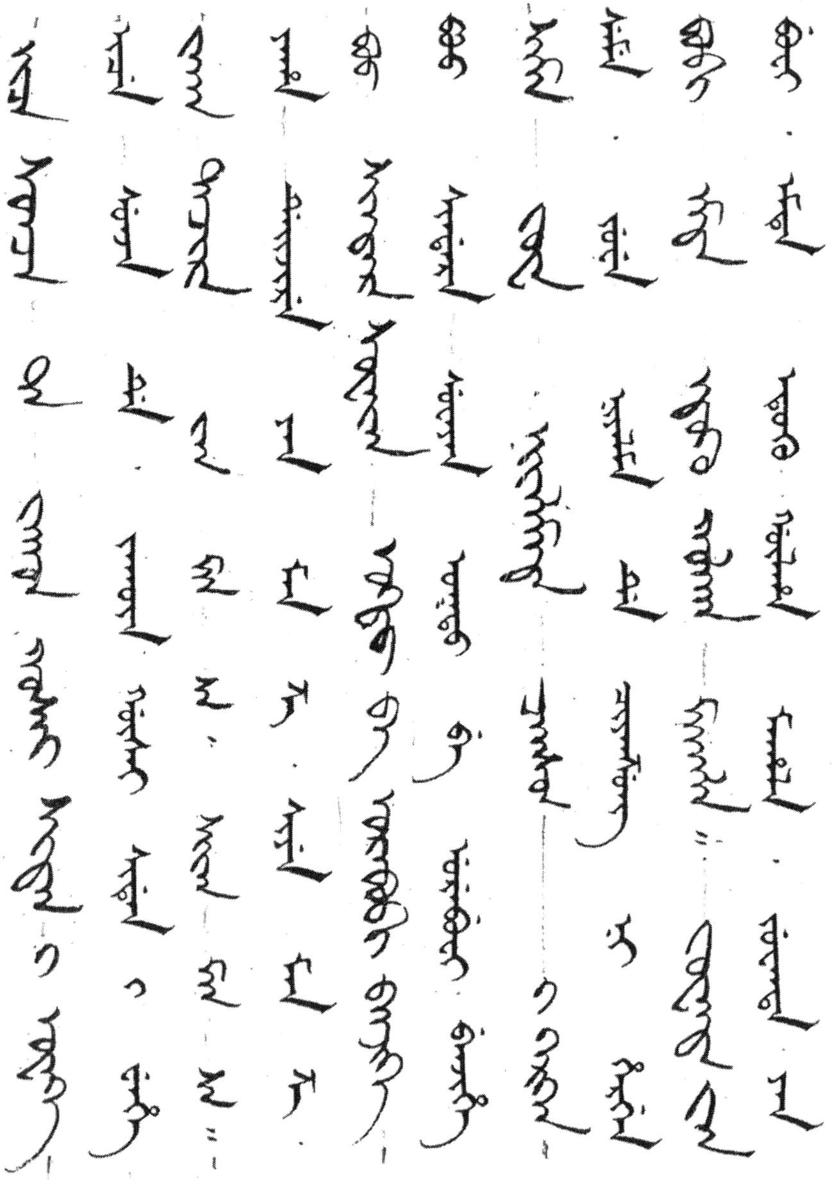

ice sunja de, jakūn gūsai siden i wehe yaha deijire yan man dzi, siye man dz, poo sindara suwayan okto be urebufi benjihe seme, juwe niyalma de ciyandzung ni hergen bufi, emte etuku gūlha mahala, juwanta yan

---

初五日，為八旗燒官煤之嚴鑾子、謝鑾子煉放礮用磺藥[5]送來，賞二人千總之職，並賜衣、靴、帽各一件，銀各十兩。

初五日，为八旗烧官煤之严蛮子、谢蛮子炼放炮用磺药送来，赏二人千总之职，并赐衣、靴、帽各一件，银各十两。

---

[5] 磺藥，《滿文原檔》寫作“sowajan okto”（k 陰性），《滿文老檔》讀作“suwayan okto”（k 陽性）；規範滿文讀作“hurku”，意即「硫磺」。

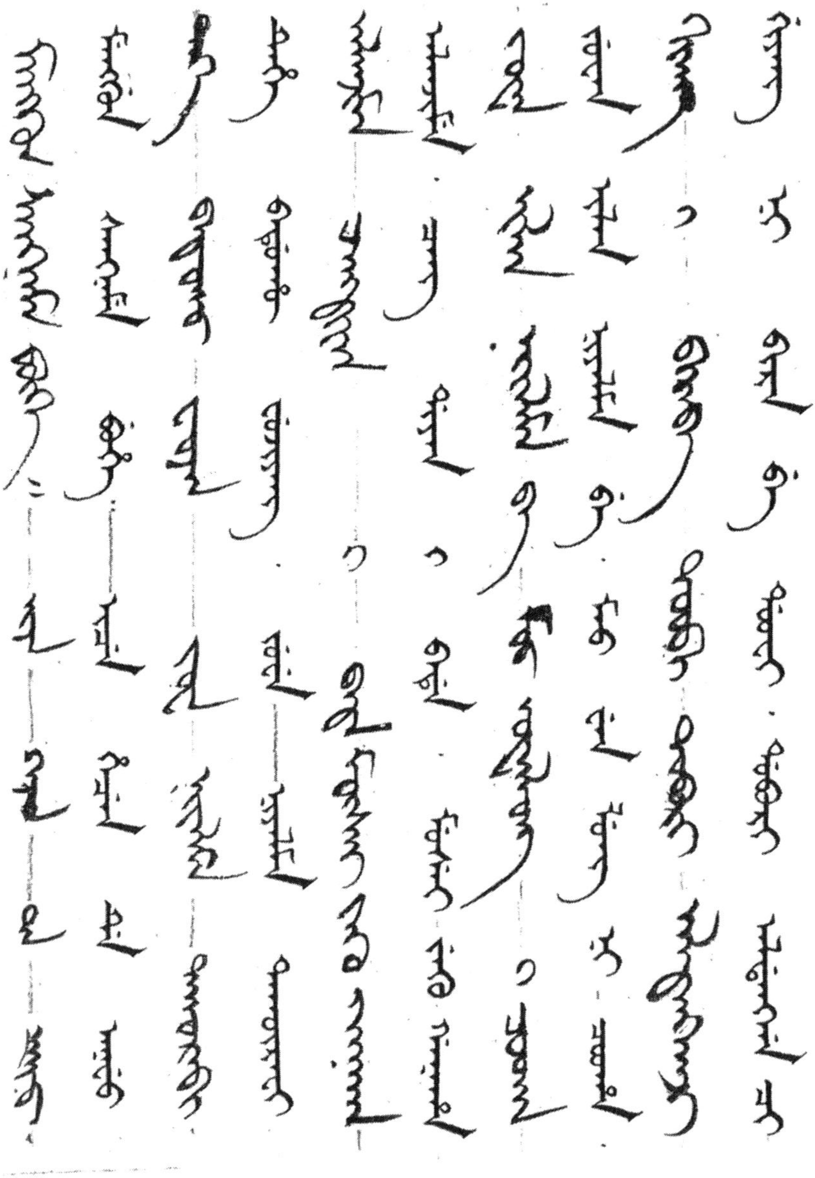

menggun šangname buhe. ice hecen de anafu tehe baduhū fujiyang, juwe niyalma takūrafi alanjime, cang diyan i bade, musei jeku ganaha juwan ilan niyalma be, mao wen lung ni cooha, giyang ni bira be doofi, dobori aldangga ci

---

戍守新城之巴都虎副將差二人來告稱：「毛文龍之兵渡過江河，乘夜由遠處鳴礟吶喊，來攻我往長甸地方取糧之十三人，

戍守新城之巴都虎副将差二人来告称：「毛文龙之兵渡过江河，乘夜由远处鸣炮呐喊，来攻我往长甸地方取粮之十三人，

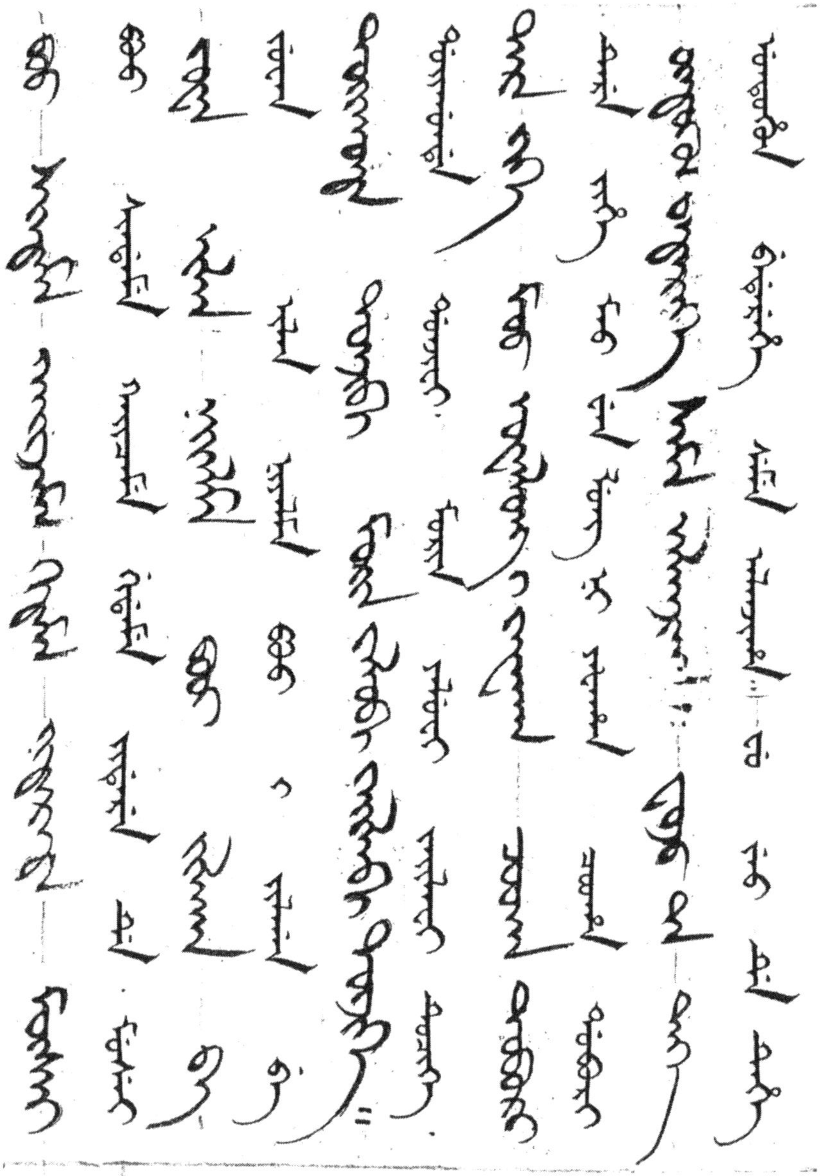

poo sindame kaicame gidame jidere de, musei juwan ilan niyalma poo i jilgan be doigonde donjifi, morin yalufi jailafi tucike, tere jihe mao wen lung ni yafahan cooha dobori untuhun bederehe seme alanjiha. fu jeo de tehe

---

我十三人預先聽聞礮聲，即乘馬避開出來，其前來毛文龍之步兵夜間空手而回。」駐復州之蒙古

我十三人预先听闻炮声，即乘马避开出来，其前来毛文龙之步兵夜间空手而回。」驻复州之蒙古

二、追殺逃人

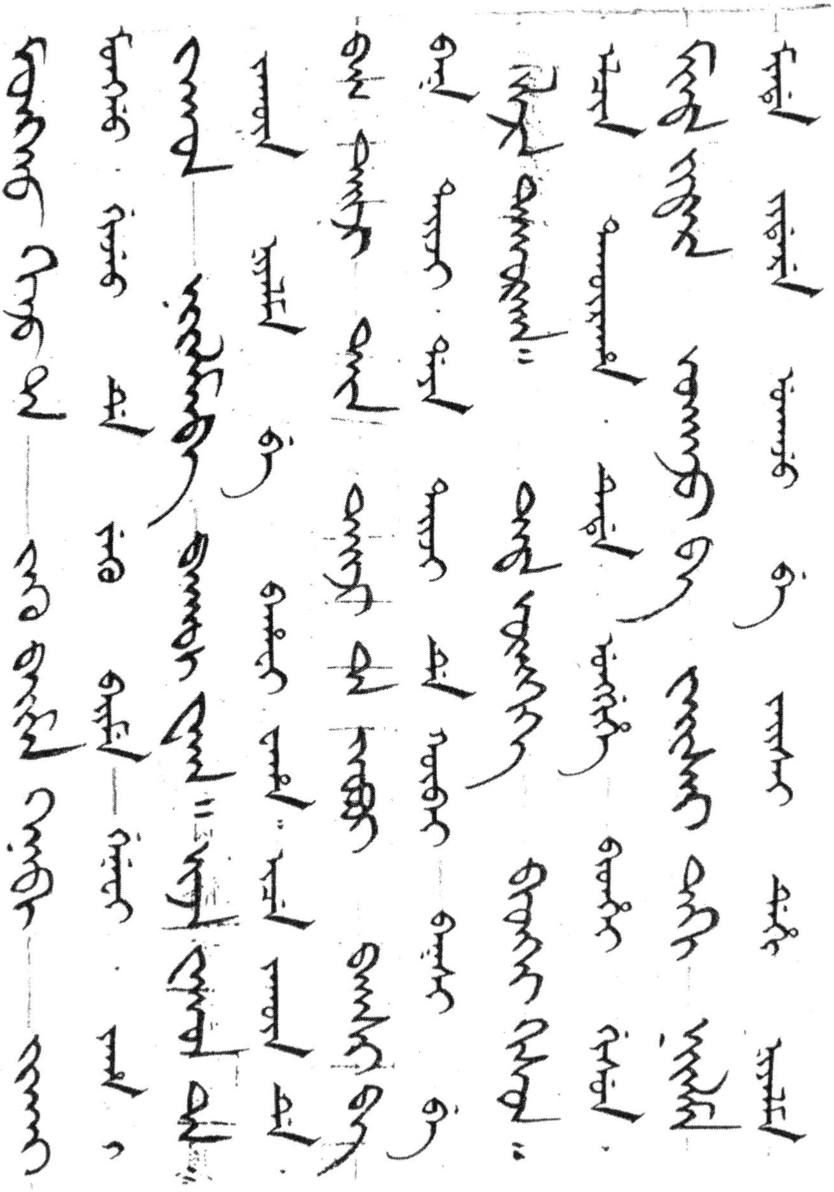

monggo, ginjeo de jeku baime genefi, jaha i jakūn niyalma be bahafi waha. ice jakūn de, bak taiji, daya taiji de kūbai baksi be elcin takūraha, tede unggihe bithei gisun, minde jidere ukanju be jaisai dehi niyalma

---

往金州覓糧，拏獲刀船中八人殺之。初八日，遣庫拜巴克什為使致書巴克台吉、達雅台吉曰：「齋賽以四十人追趕前來投我之逃人，

往金州觅粮，拏获刀船中八人杀之。初八日，遣库拜巴克什为使致书巴克台吉、达雅台吉曰：「斋赛以四十人追赶前来投我之逃人，

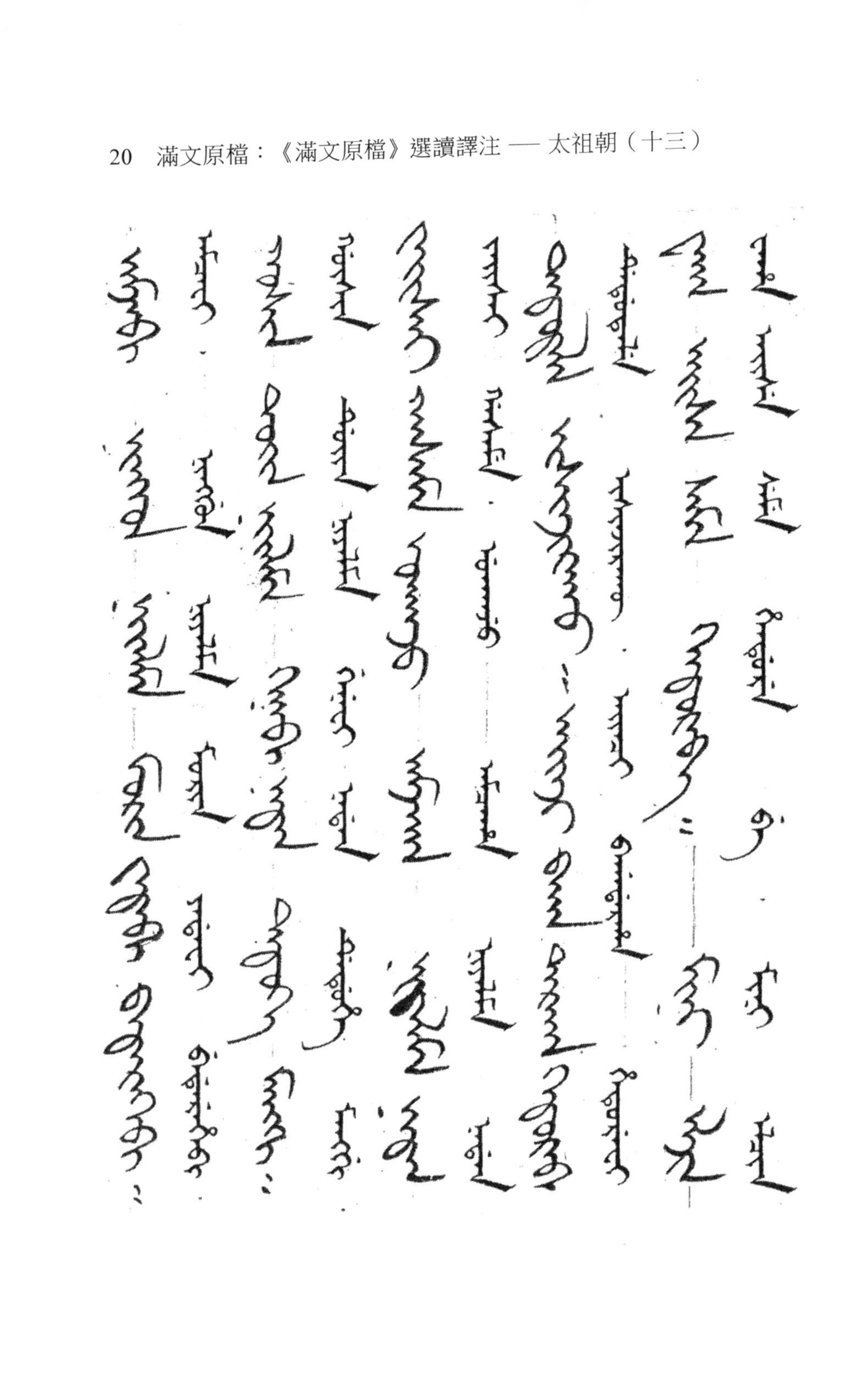

[illegible]

amcafi, ninggun niyalma morin yadafi bederehebi, gūsin duin niyalma genefi nadan deduhe manggi, jaisai gasame, ukanju amcaha niyalma nadan dedutele isinjirakū, ainci bagadarhan heturefi waha aise seme hendure be, mini elcin

---

六人因馬疲憊而退回，三十四人前往。七宿後，齋賽歎曰：『往追逃人者，越七日未還，或已被巴噶達爾漢截殺矣。』

六人因马疲惫而退回，三十四人前往。七宿后，斋赛叹曰：『往追逃人者，越七日未还，或已被巴噶达尔汉截杀矣。』

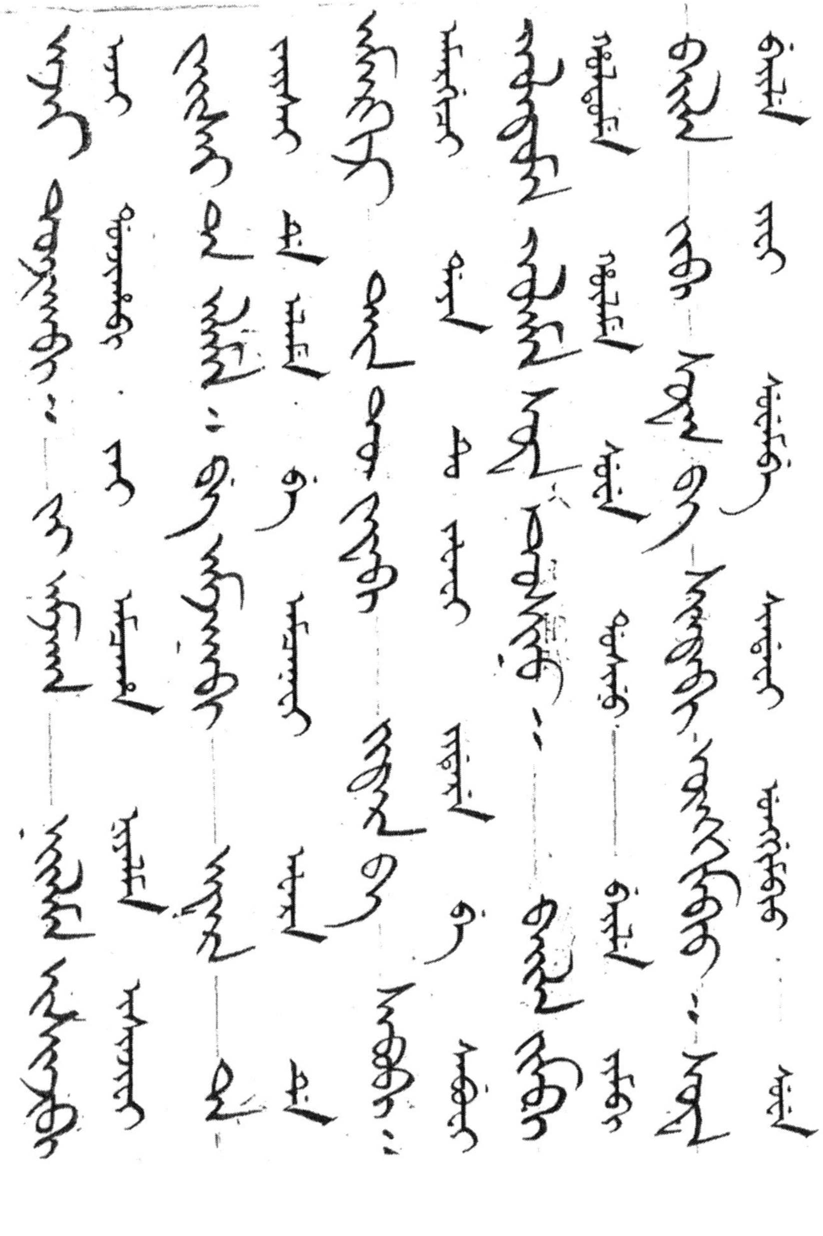

ajai donjihabi. jai amcaha niyalma isinjifi jaisai de alame, be amcanafi afara de, amargici daya tu jafafi jidere be sabufi, holtome hūlame suwe dosinu, beile jimbi, beile jifi suwembe sindafi unggimbio. suwe

---

此言被我使者阿齋聞之。再者，追趕之人返回告知齋賽曰：『我等前往追殺時，見達雅執纛由後面前來，詐稱：爾等進去，貝勒要來，貝勒來後豈肯放過爾等？

此言被我使者阿斋闻之。再者，追赶之人返回告知斋赛曰：『我等前往追杀时，见达雅执纛由后面前来，诈称：尔等进去，贝勒要来，贝勒来后岂肯放过尔等？

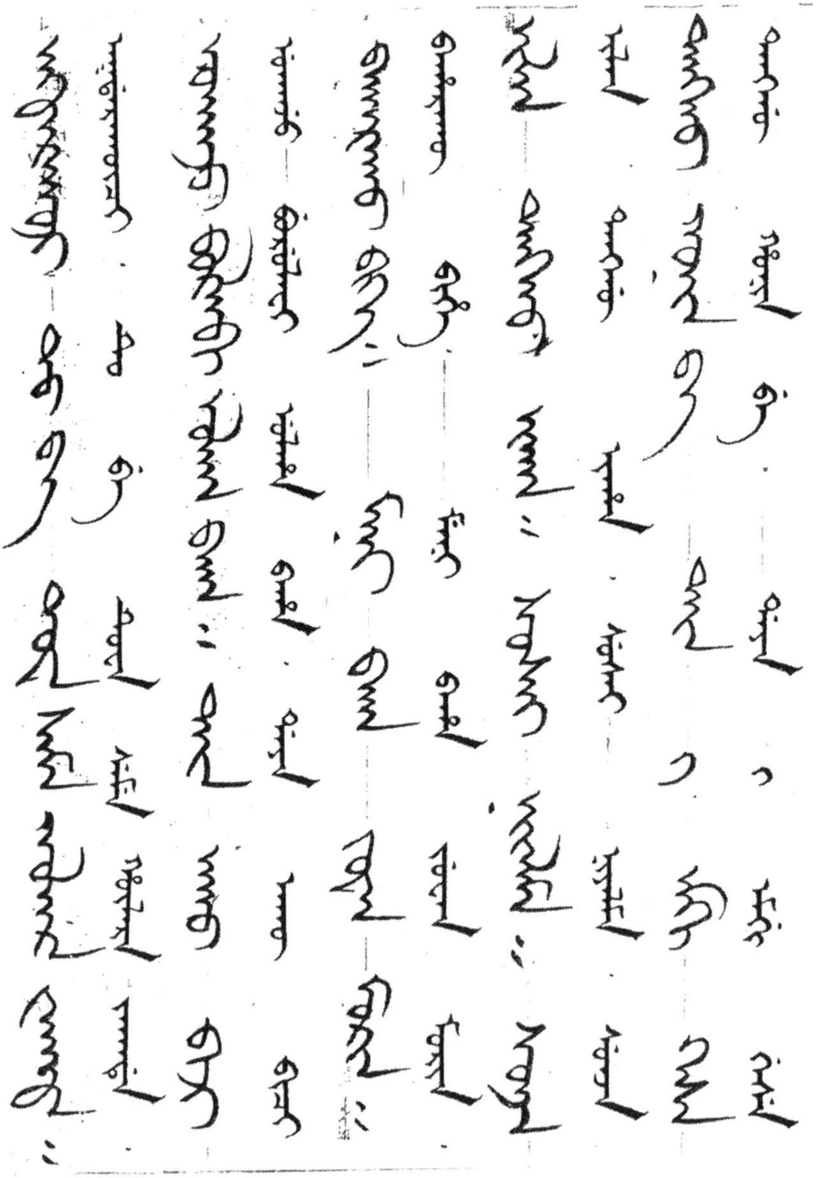

akdarakūci, tu be tuwa seme hūlara jakade, ukanju burulafi ulha baha, daya akū bici baharakū bihe. meni baha juwan morin, ilan tanggū ihan, susai niyalma, sunja tanggū honin be, daya i emgi gese

---

爾等倘若不信，可看其纛。因為呼喊，逃人敗走，故獲其牲畜。若無達雅，則不能獲得。我等獲馬十匹、牛三百頭、人五十名、羊五百隻，與達雅共同分取之。』

尔等倘若不信，可看其纛。因为呼喊，逃人败走，故获其牲畜。若无达雅，则不能获得。我等获马十匹、牛三百头、人五十名、羊五百只，与达雅共同分取之。』

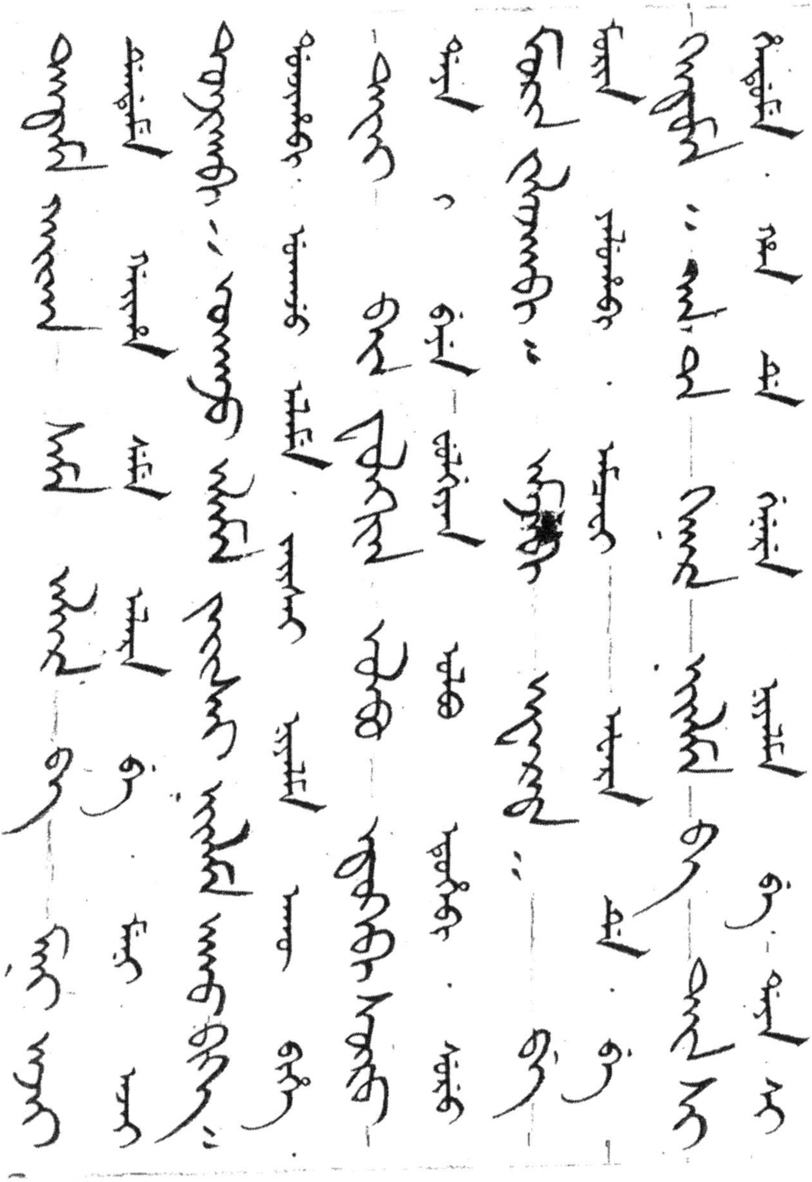

dendeme gaiha seme alara be, meni ajai donjihabi. ukanju alame, jaisai niyalma akū bihe, daya i beye fulgiyan olbo etuhebi, suru morin yaluhabi, amcafi afara de, be hendume, han de genere niyalma be, daya si

---

此言我等之阿齋亦聞之。據逃人告稱：『並無齋賽之人，達雅身穿紅馬褂，乘白馬追擊時，我等曰：爾達雅為何攔截前往投汗之人？

此言我等之阿斋亦闻之。据逃人告称：『并无斋赛之人，达雅身穿红马褂，乘白马追击时，我等曰：尔达雅为何拦截前往投汗之人？

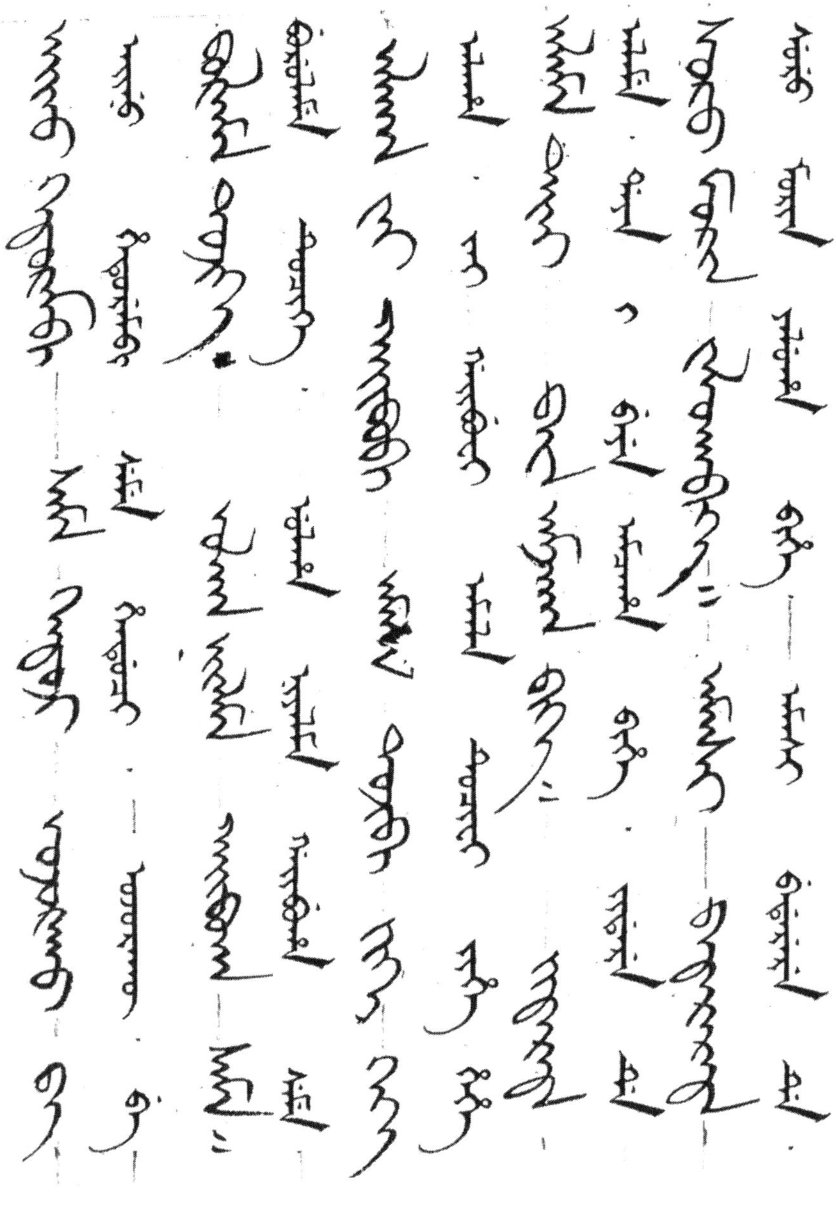

ainu heturembi seme henduci, ojorakū, be burulame tucike, ulha, niyalma gaibuha seme alaha. jai gaibufi amala tucifi jihe hehe alame, daya i beye amcaha bihe, jidere de suru morin yaluha bihe, amasi bederere de

---

不聽所言，我等敗走脫出，牲畜、人等被掠。』又據被掠去後脫出之婦人告稱：『達雅曾親自追擊，前來時乘白馬，回來時

不听所言，我等败走脱出，牲畜、人等被掠。』又据被掠去后脱出之妇人告称：『达雅曾亲自追击，前来时乘白马，回来时

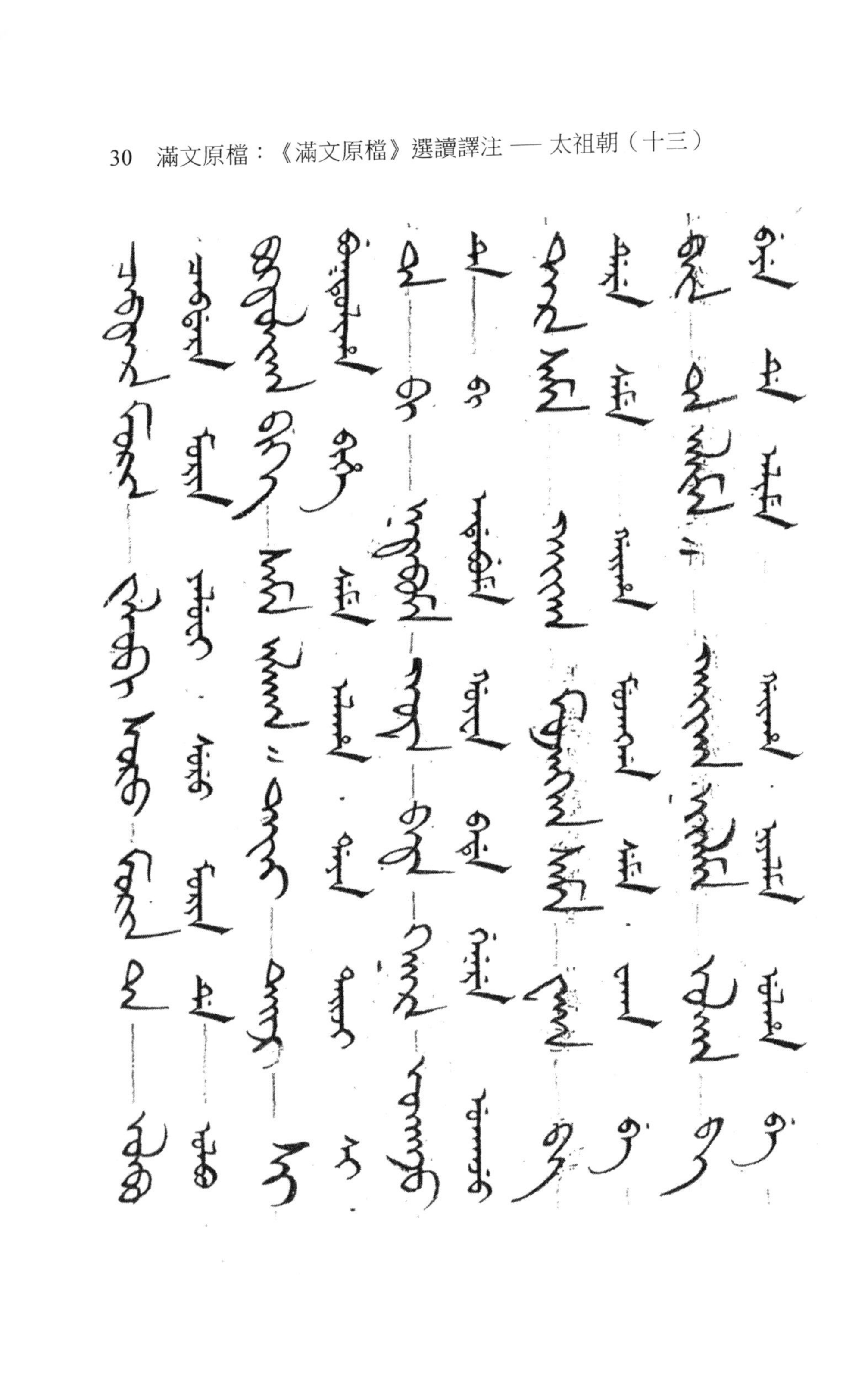

cabdara morin yalufi, suru morin de olbo buktuliha bihe seme alaha. daya taiji si. te bi endebume gūwa bade genere ukanju dere seme gaiha mujangga seme, waka be beye de alime gaiha, niyalma ulha be

---

乘騎銀鬃馬[6]。白馬上堆積馬褂。』爾達雅台吉若以因誤認為係前往他處之逃人而捉拏之，並親自承認其過，

乘骑银鬃马。白马上堆积马褂。』尔达雅台吉若以因误认为系前往他处之逃人而捉拏之，并亲自承认其过，

---

[6] 銀鬃馬，《滿文原檔》、《滿文老檔》俱讀作"cabdara morin"，句中"cabdara"，係蒙文"čabidar"借詞，意即「銀鬃的（馬毛色）」。

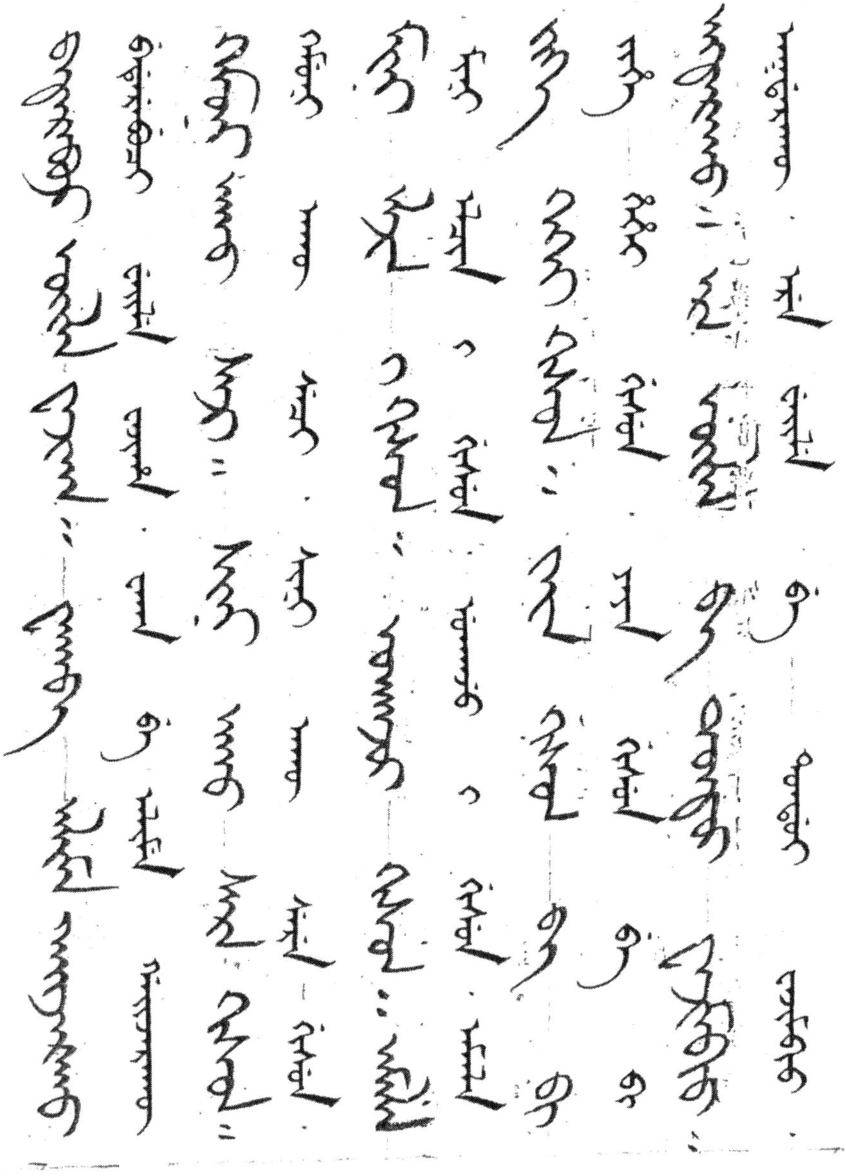

bederebuci weile wajiha. waka be alime gaijarakū kemuni akū seci, sini akū sere gisun, mini elcin i gisun, ukanju i gisun, amala jihe hehei gisun, yaya gisun be bi akdarakū. ere weile be tondoi wajimbio.

歸還人畜，則可結案。倘若不承認過失，仍言沒有，則爾之所言，與我使者之言、逃人之言，以及後來婦人之言，諸凡所言，我皆不信。則此案以公正了結乎？

归还人畜，则可结案。倘若不承认过失，仍言没有，则尔之所言，与我使者之言、逃人之言，以及后来妇人之言，诸凡所言，我皆不信。则此案以公正了结乎？

三、未追逃人

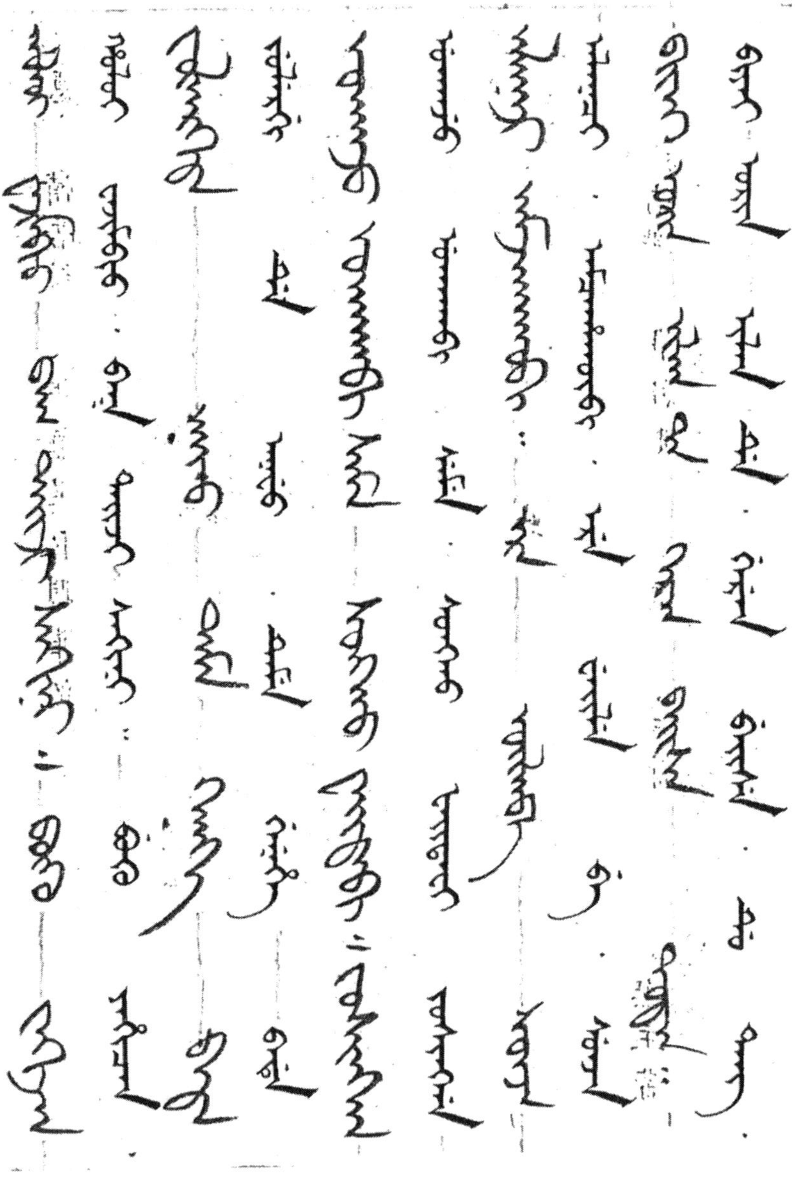

holoi wajimbio. bak taiji sakini. buku yahican, julergi de anafu teme genehe bade ukanju ukakabi seme, songko faitafi josingga alanaci, amcahakūbi. ere weile be, sunja biyai orin ilan de, geren beise, du tang,

---

或以虛假了結乎？令巴克台吉知之。」布庫雅希禪前往南邊戍守之處，因有逃人逃走，卓興阿尋踪往告，但未追緝，故於五月二十三日由諸貝勒、都堂

或以虚假了结乎？令巴克台吉知之。」布库雅希禅前往南边戍守之处，因有逃人逃走，卓兴阿寻踪往告，但未追缉，故于五月二十三日由诸贝勒、都堂

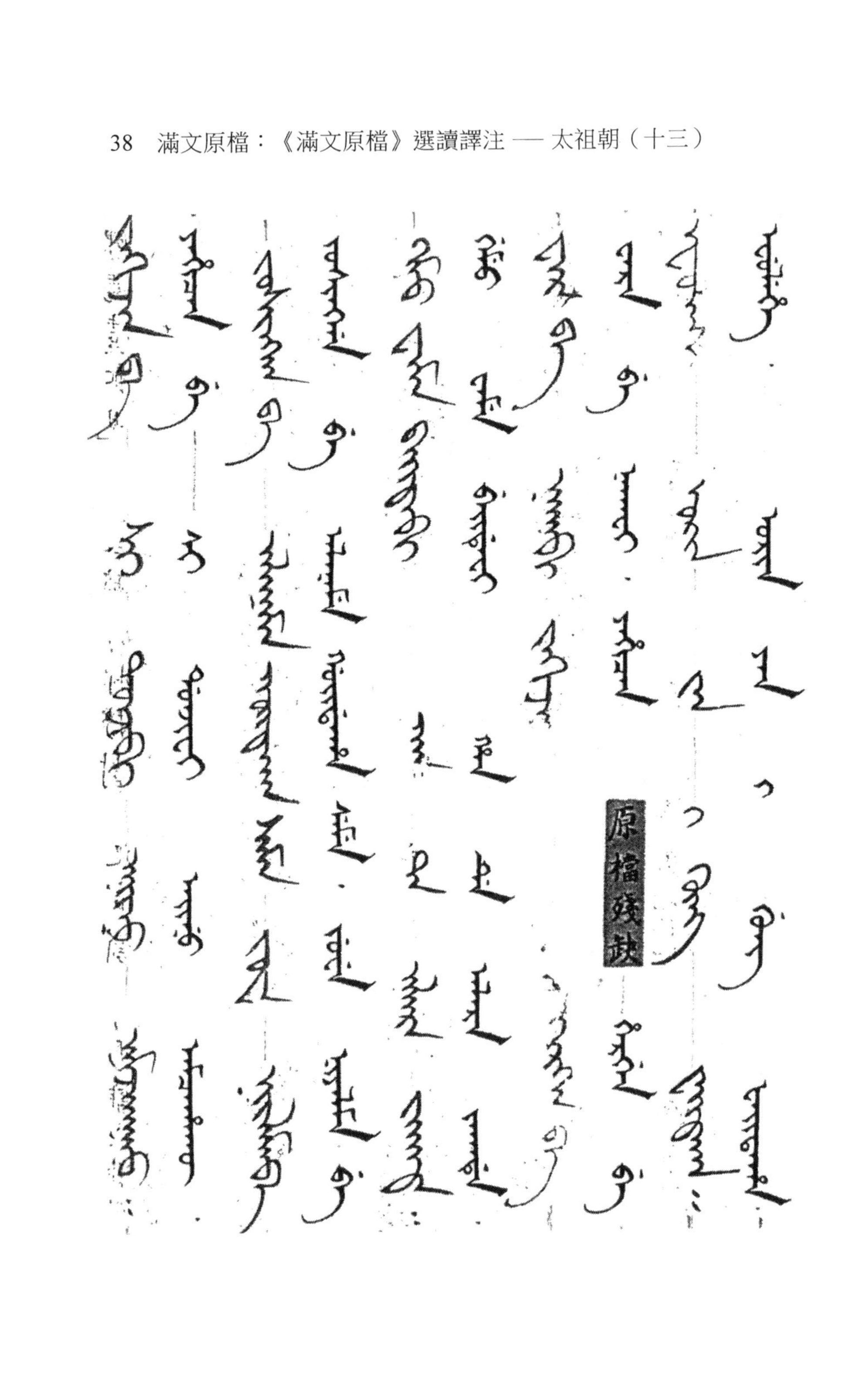

原檔殘缺

yahican be si donjifi ainu amcahakū. josingga be alaname goidaha seme, juwe niyalma be gemu wame beidefi han de alara jakade, wara be nakafi, yahican [原檔殘缺] hergen be efulehe, orin yan i gung faitaha,

---

審理此案。以雅希禪爾聞之為何未追緝？卓興阿往告遲久為由，二人皆擬死罪，後稟告於汗，免其死罪，革雅希禪[原檔殘缺]職，罰二十兩之功。

审理此案。以雅希禅尔闻之为何未追缉？卓兴阿往告迟久为由，二人皆拟死罪，后禀告于汗，免其死罪，革雅希禅[原档残缺]职，罚二十两之功。

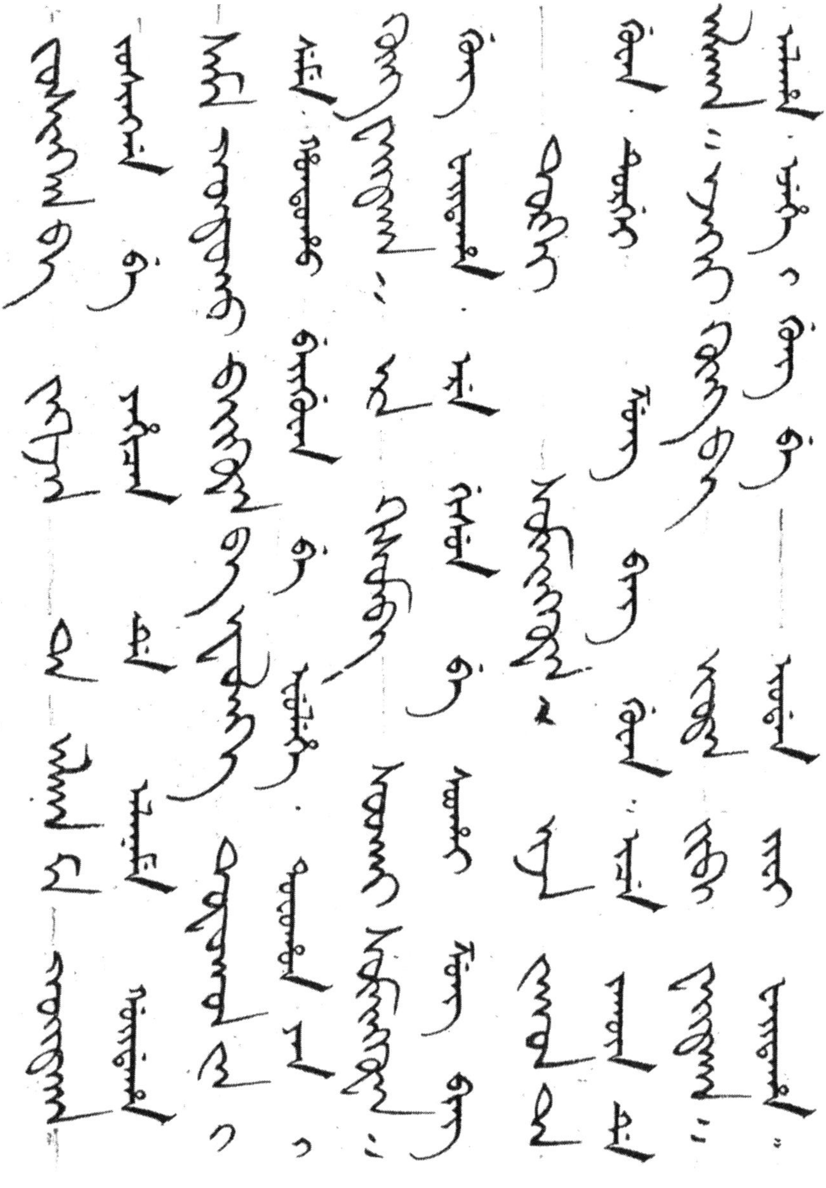

josingga be yahican de alaname goidaha seme, hontoho beiguwan be efulehe, tofohon yan i gung faitaha. ere gisun be soohai dzung bing guwan, turgei dzung bing guwan ice jakūn de alaha. ejehe i gung be iodan jifi faitaha.

因卓興阿遲報於雅希禪，故革其半分備禦官，罰十五兩之功。索海總兵官、圖爾格依總兵官於初八日來告此言。尤丹前來罰所記之功。

因卓兴阿迟报于雅希禅，故革其半分备御官，罚十五两之功。索海总兵官、图尔格依总兵官于初八日来告此言。尤丹前来罚所记之功。

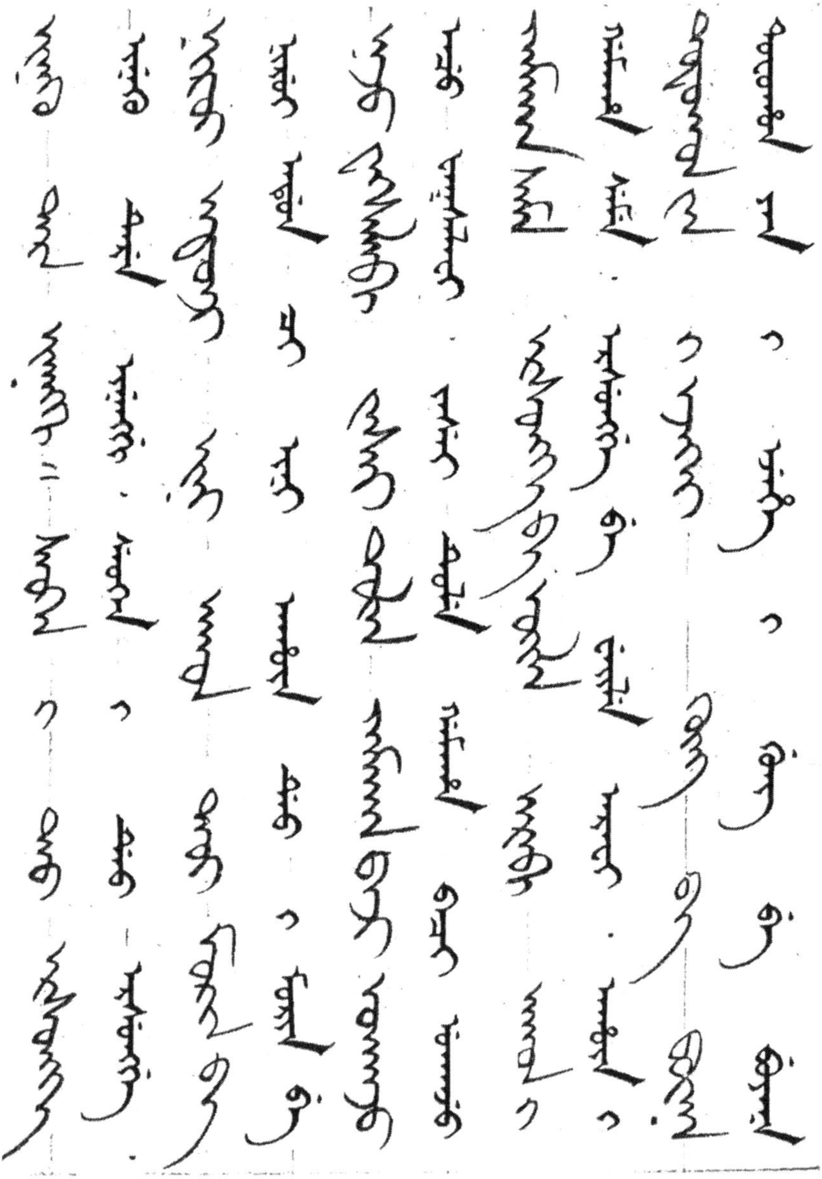

ineku tere inenggi, seoken i deo ersungge, nirui adun ci ini ahūn deo i morin be encu faksalafi, jasei tule gamaha baci ukanju gamaha seme, ersungge be weile arafi, ahūn i tofohon yan i ejehe i gung be buyana

---

是日，叟肯之弟額爾松額，由牛彔牧群內另分其兄弟之馬匹，牧於邊外，被逃人掠去，遂治額爾松額以罪。布雅納前來後罰其兄所記十五兩之功。

是日，叟肯之弟额尔松额，由牛彔牧群内另分其兄弟之马匹，牧于边外，被逃人掠去，遂治额尔松额以罪。布雅纳前来后罚其兄所记十五两之功。

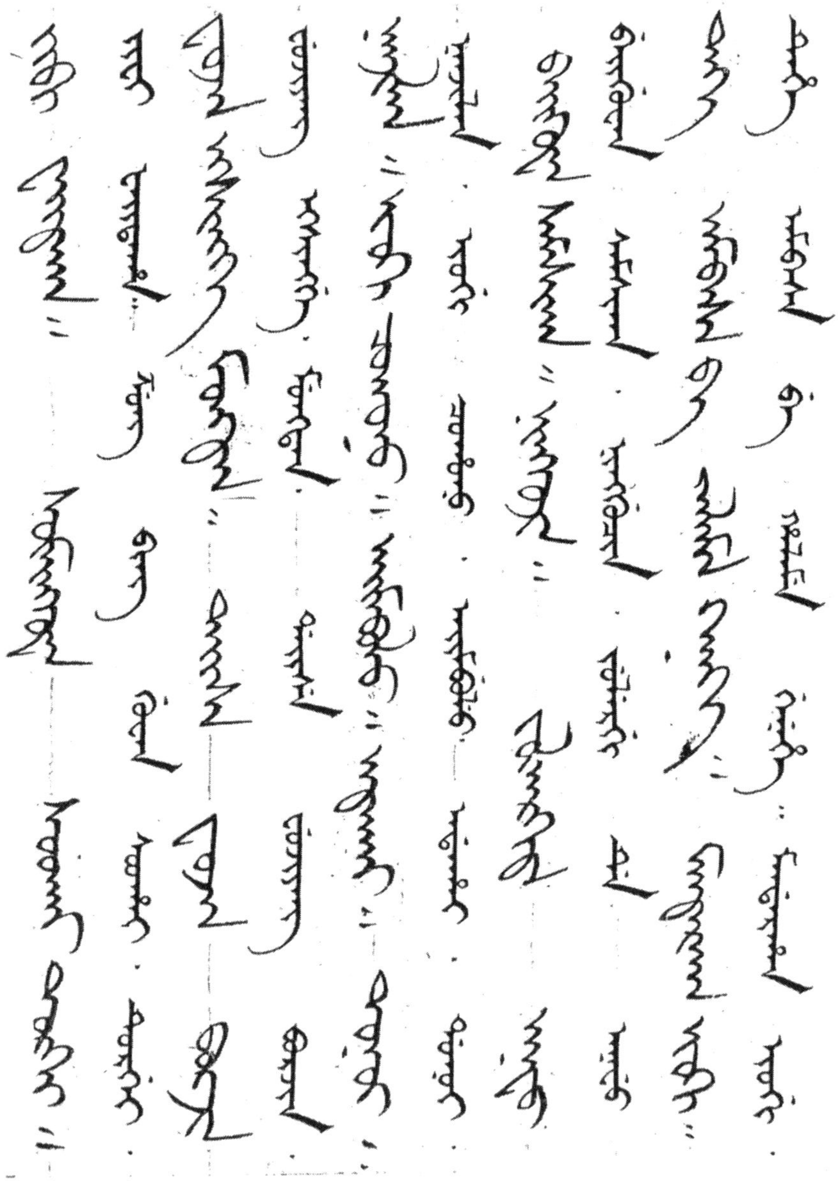

jifi faitaha. dzung bing guwan soohai, turgei, fujiyang eksingge, mungtan, daise fujiyang borjin, nanjilan, iogi cohono, aimbulu, adahai, donoi, beiguwan samsika, ninggucin julergi de anafu tehe ambasa be halame genehe. mandarhan iogi,

---

總兵官索海、圖爾格依、副將額克興額、孟坦、代理副將博爾晉、南吉蘭，遊擊綽和諾、艾穆布祿、阿達海、多諾依，備禦官薩穆什喀、寧古欽，前往替換戍守南邊之眾大臣。滿達爾漢遊擊、

总兵官索海、图尔格依、副将额克兴额、孟坦、代理副将博尔晋、南吉兰，游击绰和诺、艾穆布禄、阿达海、多诺依，备御官萨穆什喀、宁古钦，前往替换戍守南边之众大臣。满达尔汉游击、

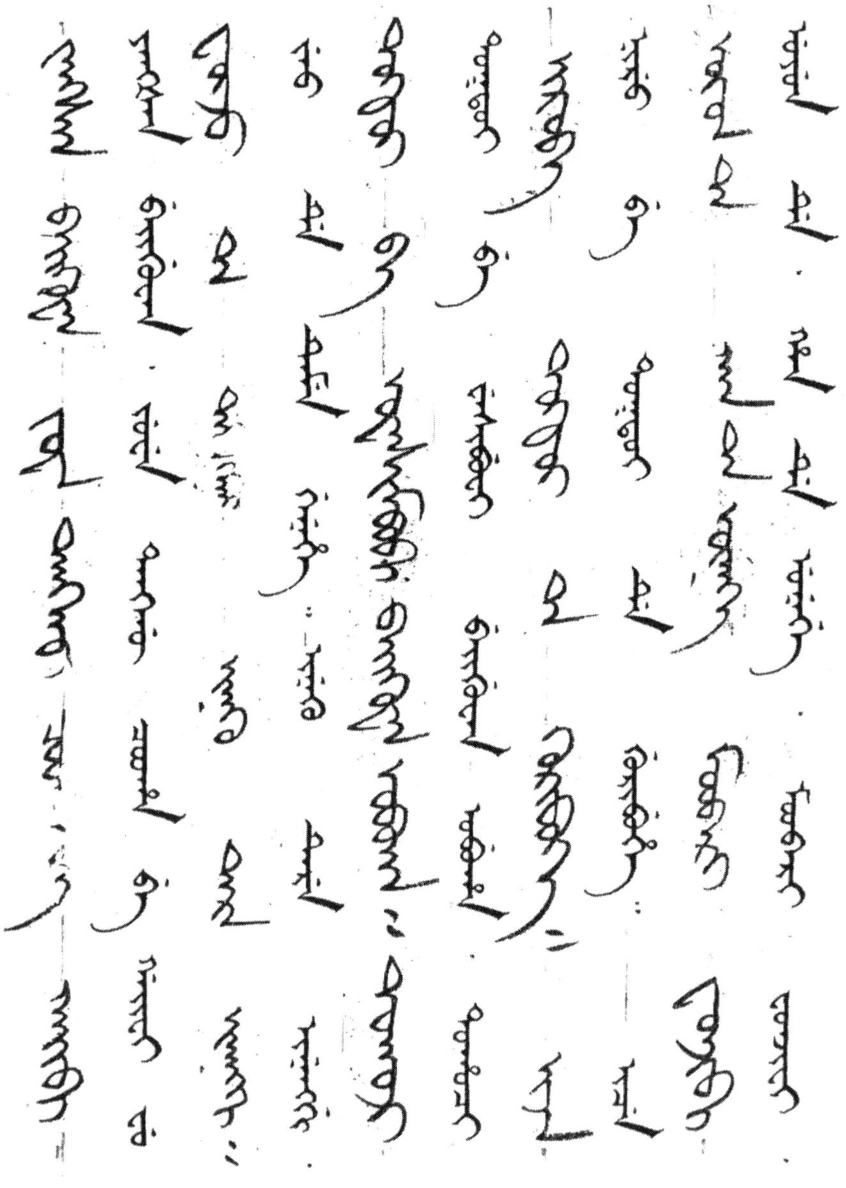

yangšan beiguwan, juwe tanggū cooha be gaifi fu jeo de teme genehe. ineku tere inenggi, toktoi be wesibufi beiguwan obuha, tohoci niru be toktoi de guribuhe. ice uyun de, han de unege, moobari fonjifi,

楊善備禦官率兵二百名，前往復州駐紮。是日，陞托克托依為備禦官，將托霍齊牛彔移於托克托依。初九日，烏訥格、毛巴里問於汗後告稱：

杨善备御官率兵二百名，前往复州驻扎。是日，升托克托依为备御官，将托霍齐牛录移于托克托依。初九日，乌讷格、毛巴里问于汗后告称：

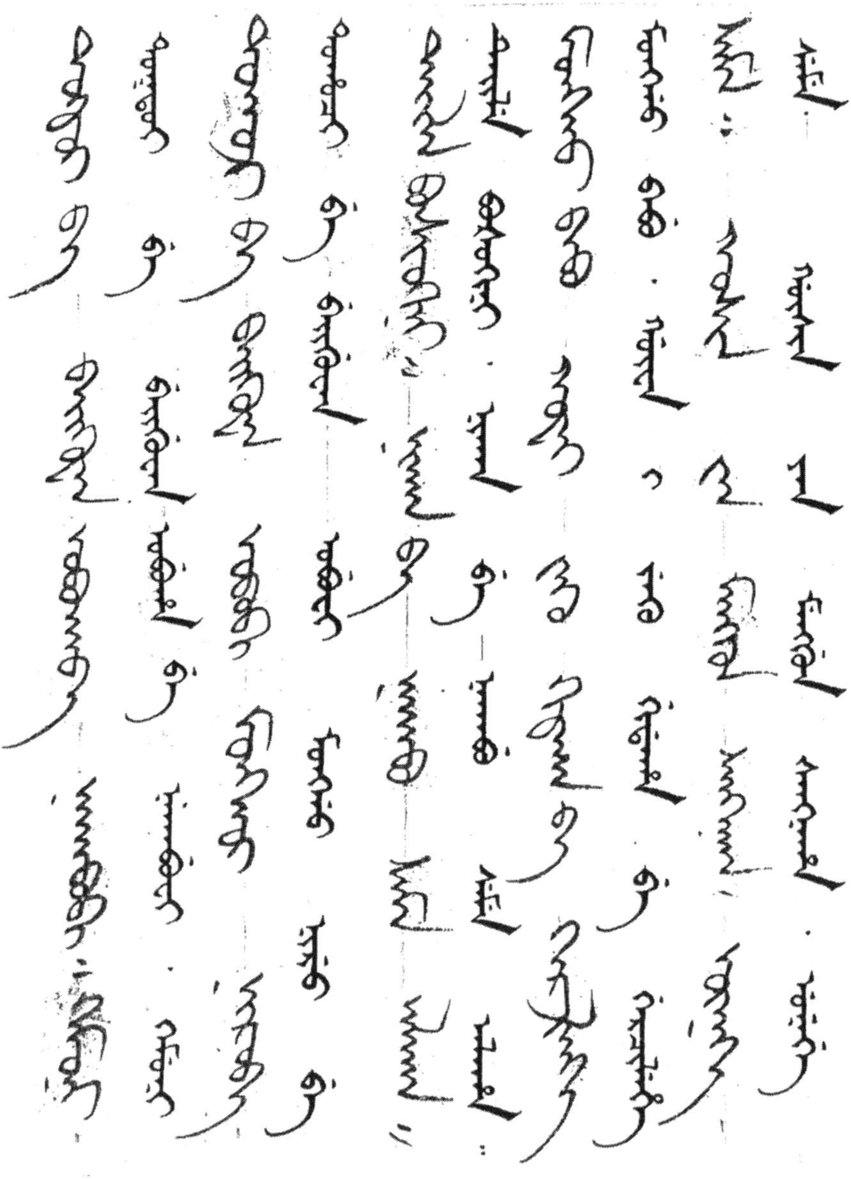

toktoi be beiguwan obuha be nakabufi, kemuni tohoci be beiguwan obufi monggo niru be teile bošokini, nikan be nakabu seme alaha. monggo babu, gūwa i jeku gidaha be gercilehe seme, gūsin yan menggun šangnaha. unege

---

「免托克托依備禦官之職，仍以托霍齊為備禦官，僅催管蒙古牛彔，免管漢人。」蒙古巴布首告他人隱匿糧食，賞銀三十兩。

「免托克托依备御官之职，仍以托霍齐为备御官，仅催管蒙古牛彔，免管汉人。」蒙古巴布首告他人隐匿粮食，赏银三十两。

四、格殺男丁

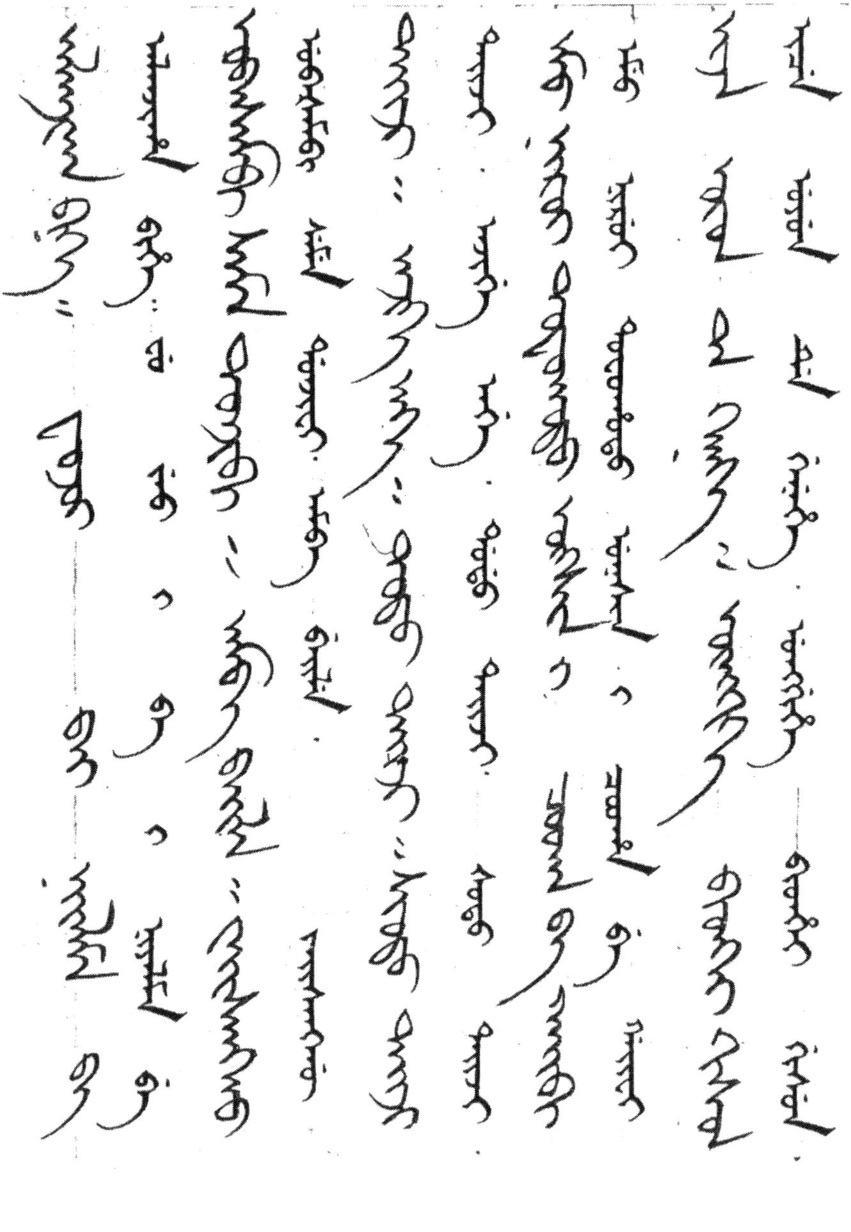

alanjiha bihe. fu jeo i ba i niyalma be ubašambi seme donjifi, amba beile, jaisanggū taiji, ajige age, dodo taiji, šoto taiji, emu nirui tofohoto uksin i cooha be gaifi ice uyun de genehe, unggihe bithei gisun,

---

烏訥格曾來告。聞復州地方之人叛變，大貝勒、齋桑古台吉、阿濟格阿哥、多鐸台吉、碩托台吉率每牛彔甲兵十五名於初九日前往，並致書曰：

乌讷格曾来告。闻复州地方之人叛变，大贝勒、斋桑古台吉、阿济格阿哥、多铎台吉、硕托台吉率每牛彔甲兵十五名于初九日前往，并致书曰：

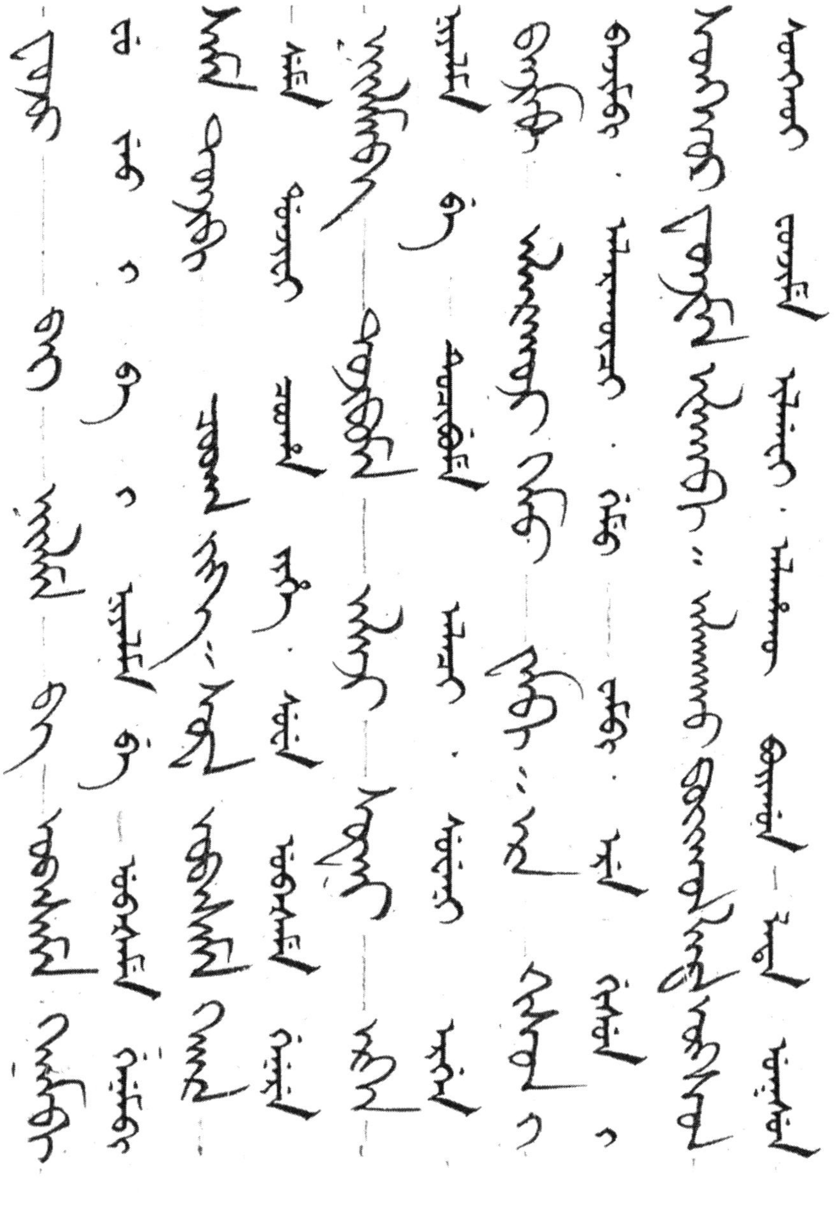

fu jeo i ba i niyalma be ubašame genembi seme donjifi cooha jihe. suwe ubašame genere niyalma be tucibume alaci, suweni ergen banjimbi, alarakūci, gemu wambi. ere gisun i songkoi fonjime ilgafi, alahakū boigon lata, uksun

---

「因聞復州地方之人將叛去，是以來兵。爾等若告知叛去之人，則不傷爾等性命；若不告知，則皆殺之。著依此言加以區別，其未告知家戶有懦弱無能、族中

「因闻复州地方之人将叛去，是以来兵。尔等若告知叛去之人，则不伤尔等性命；若不告知，则皆杀之。着依此言加以区别，其未告知家户有懦弱无能、族中

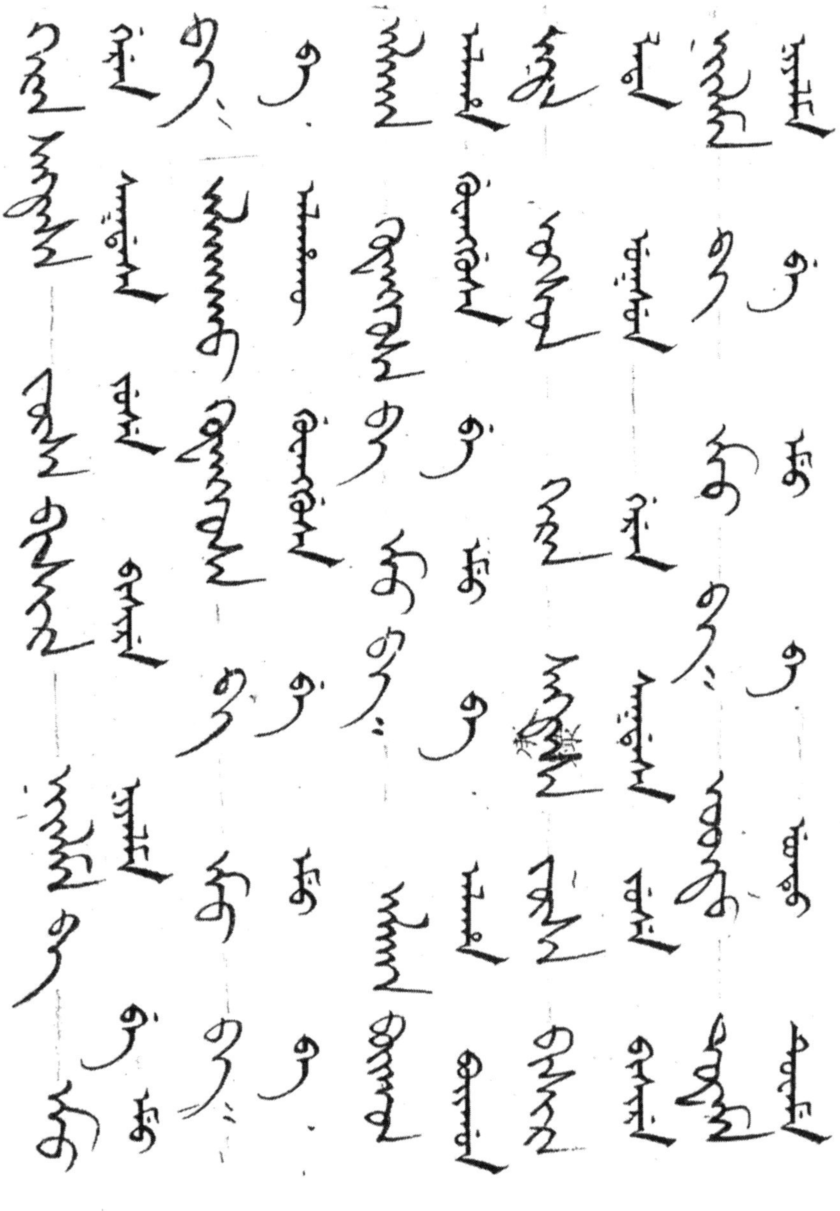

geren sakdasa juse bisire niyalma be emu ba, alahakū guwanggusa be emu ba, alaha guwanggusa be emu ba, alaha boigon lata uksun geren sakdasa, juse bisire niyalma be emu ba, uttu tuwame

---

老幼之人在一處，未告知之眾光棍在一處，已告知之眾光棍在一處，已告知家戶有懦弱無能、族中老幼之人在一處，

老幼之人在一处，未告知之众光棍在一处，已告知之众光棍在一处，已告知家户有懦弱无能、族中老幼之人在一处，

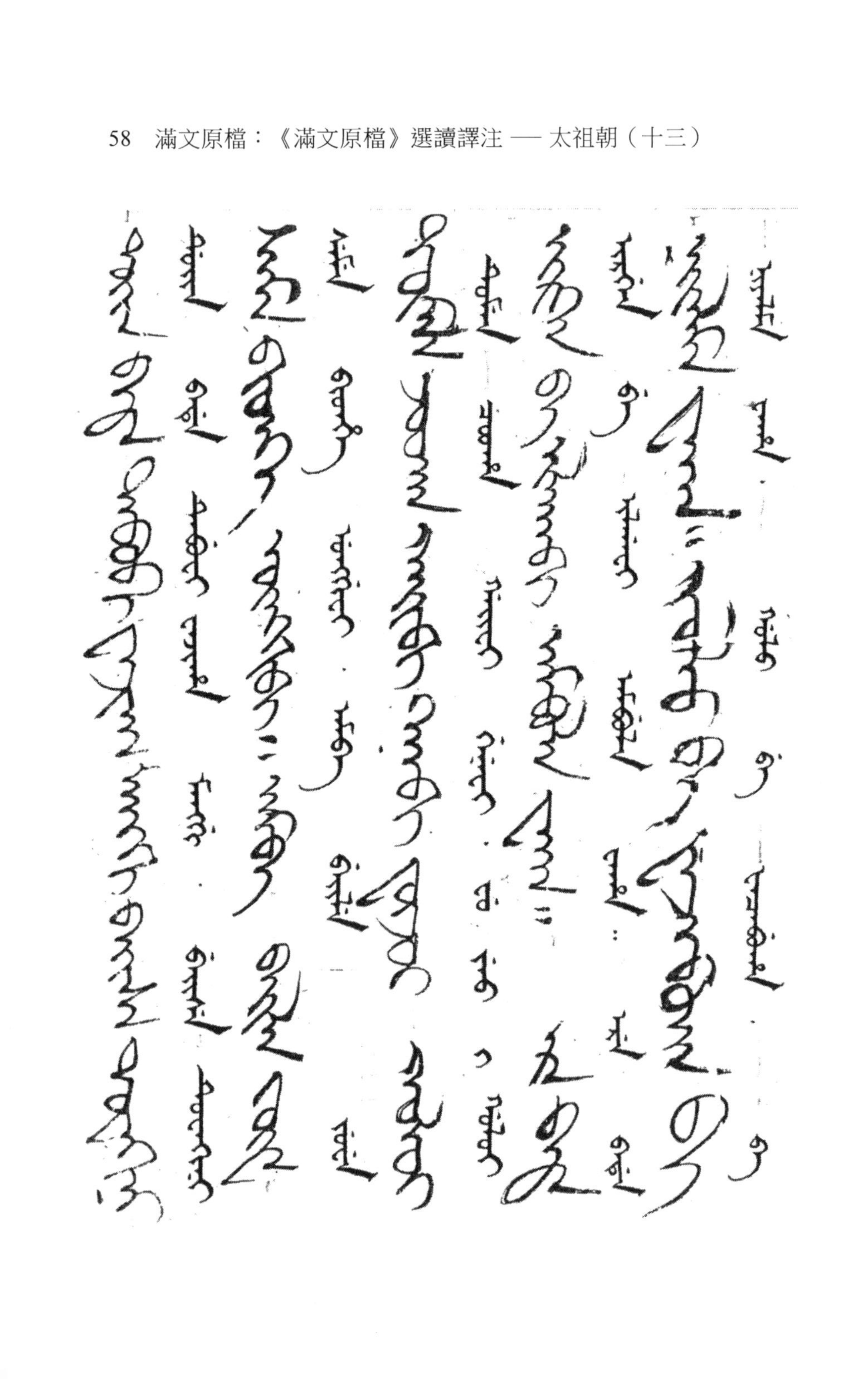

duin bade tebufi wajiha manggi, beise tuwakini seme bithe unggifi, amba beile juwe tumen cooha gaifi genefi, fu jeo i goloi irgen be ilgafi ambula waha. (ere bade niyalma waha, golo be facabuha, ba

---

如此區別分居四處之後，令諸貝勒監視之。」大貝勒率兵二萬名前往，區別復州路之民人，大行殺戮。（在此處殺人，分散其路，

如此区别分居四处之后，令诸贝勒监视之。」大贝勒率兵二万名前往，区别复州路之民人，大行杀戮。（在此处杀人，分散其路，

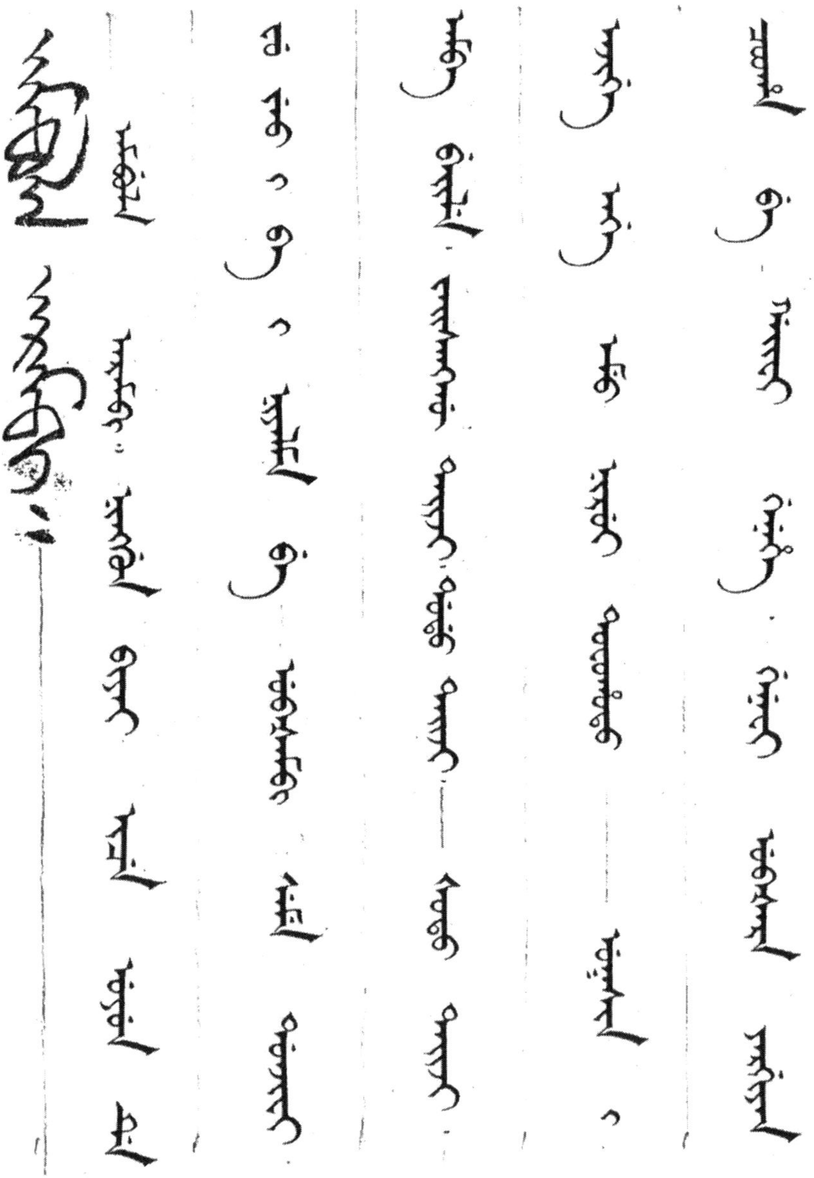

ambula arambi.) ninggun biyai ice uyun de, fu jeo i ba i niyalma be ubašambi seme donjifi, amba beile, jaisanggū taiji, dodo taiji, šoto taiji, ajige age emu nirui tofohoto uksin i cooha be gaifi genehe. genefi ubašara yargiyan

---

歸於多處。）六月初九日，因聞復州地方之人叛變，是以大貝勒、齋桑古台吉、多鐸台吉、碩托台吉、阿濟格阿哥率每牛彔甲兵十五名前往。前往後因叛變屬實，

归于多处。）六月初九日，因闻复州地方之人叛变，是以大贝勒、斋桑古台吉、多铎台吉、硕托台吉、阿济格阿哥率每牛录甲兵十五名前往。前往后因叛变属实，

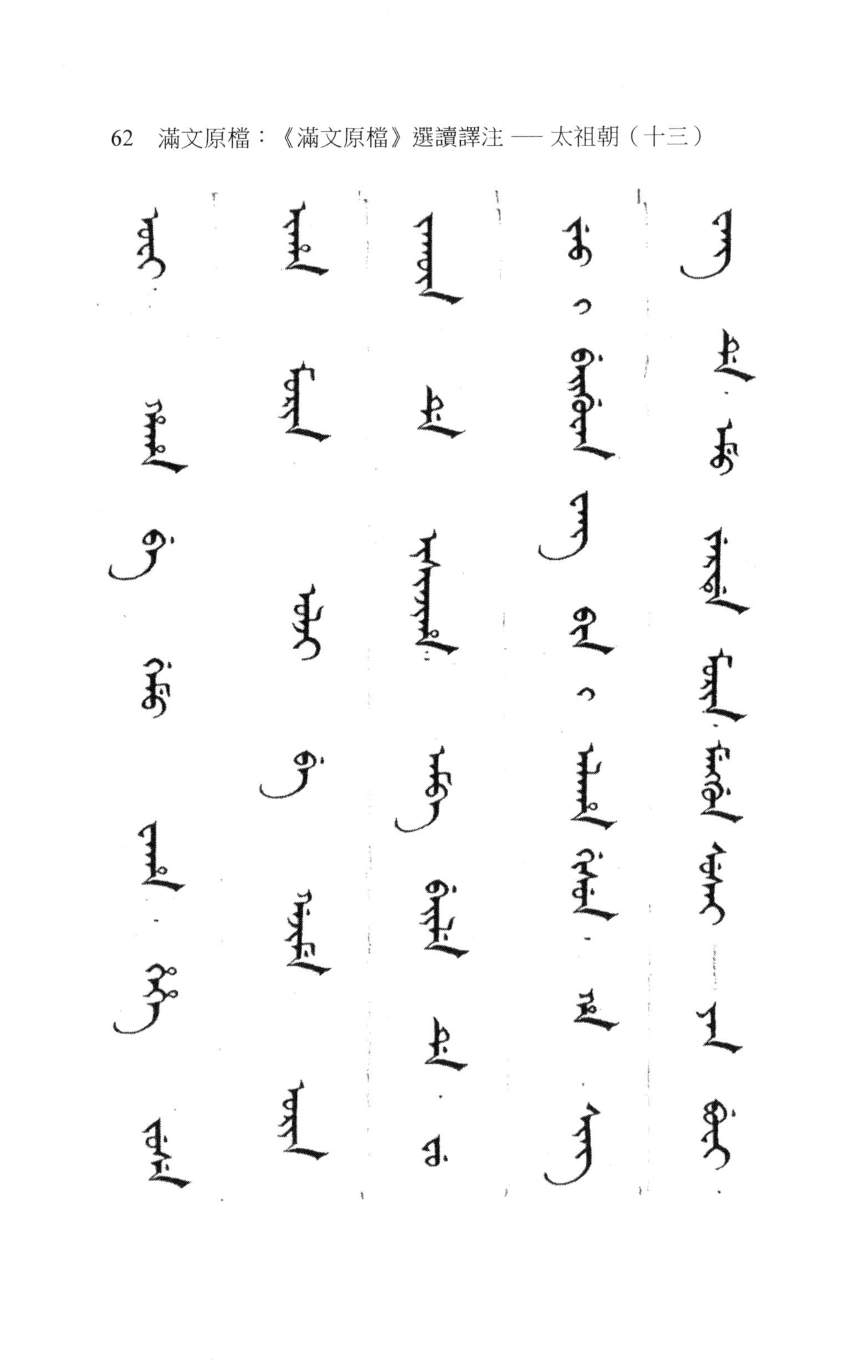

ofi, haha be gemu waha, hehe juse, ihan morin olji be gajime orin jakūn de isinjiha. amba beile de, fu jeo i beiguwan wang bin i alaha gisun, ha sing wang de, emu jerde morin, menggun susai yan bufi,

---

故將其男丁皆殺害，俘其婦孺、牛馬，於二十八日帶回。復州備禦官王彬稟告大貝勒云：「曾給哈興旺紅馬[7]一匹、銀五十兩，

故将其男丁皆杀害，俘其妇孺、牛马，于二十八日带回。复州备御官王彬禀告大贝勒云：「曾给哈兴旺红马一匹、银五十两，

---

[7] 紅馬，《滿文老檔》讀作 “jerde morin”，句中 “jerde”，係蒙文 “ǰegerde”借詞，意即「棗紅的（馬毛色）」。

五、饋送年禮

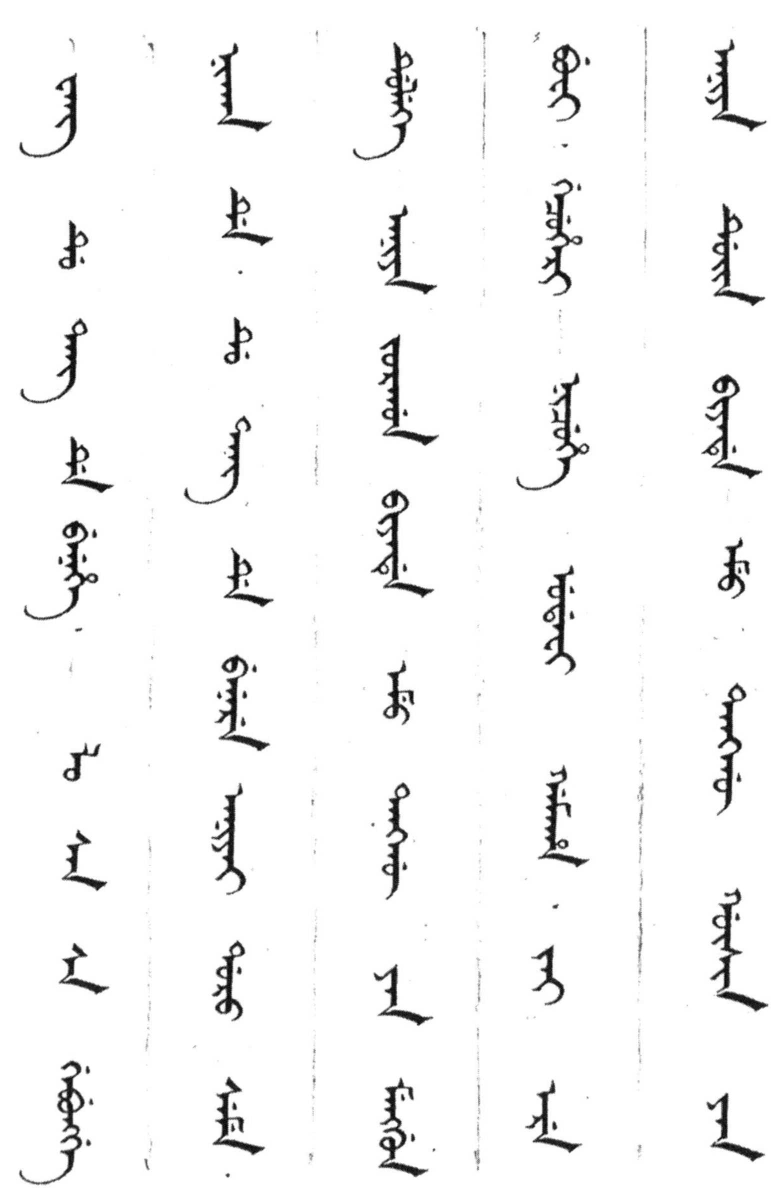

wang du tang de benehe. lo san sa gebungge nikan de, du tang de benere aniyai doro seme, duleke aniya jorgon biyade emu tanggū yan menggun bufi gecuheri, nicuhe udafi gamaha. jai ere aniya duin biyade, emu tanggū gūsin yan

---

餽送王都堂。為餽送都堂年禮，於去年十二月交給名叫駱三薩之漢人銀一百兩，令其購買蟒緞、珍珠攜往。又於今年四月攜銀一百三十兩，

馈送王都堂。为馈送都堂年礼，于去年十二月交给名叫骆三萨之汉人银一百两，令其购买蟒缎、珍珠携往。又于今年四月携银一百三十两，

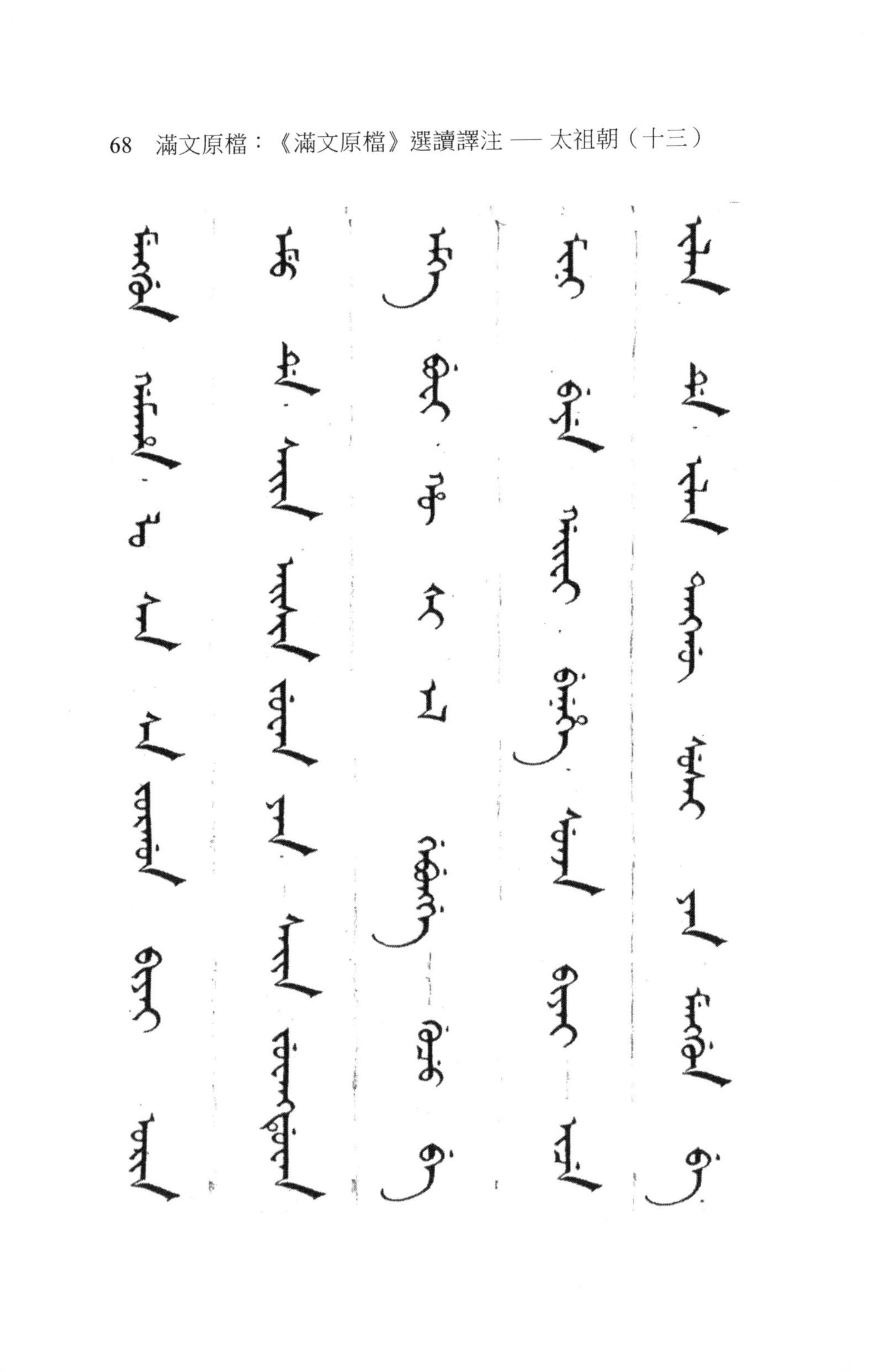

menggun gamaha, lo san sa jorgon biyai orin emu de, sain aisin juwan yan, sain juwangduwan emke bufi, hū ši el gebungge gucu be mini beye gaifi benehe. sunja biyai ice ilan de, ilan tanggū susai yan menggun be,

---

十二月二十一日，交給駱三薩純金十兩、上等妝緞一疋，由我本人率名叫胡世爾勒之友人送去。五月初三日，

十二月二十一日，交给骆三萨纯金十两、上等妆缎一疋，由我本人率名叫胡世尔勒之友人送去。五月初三日，

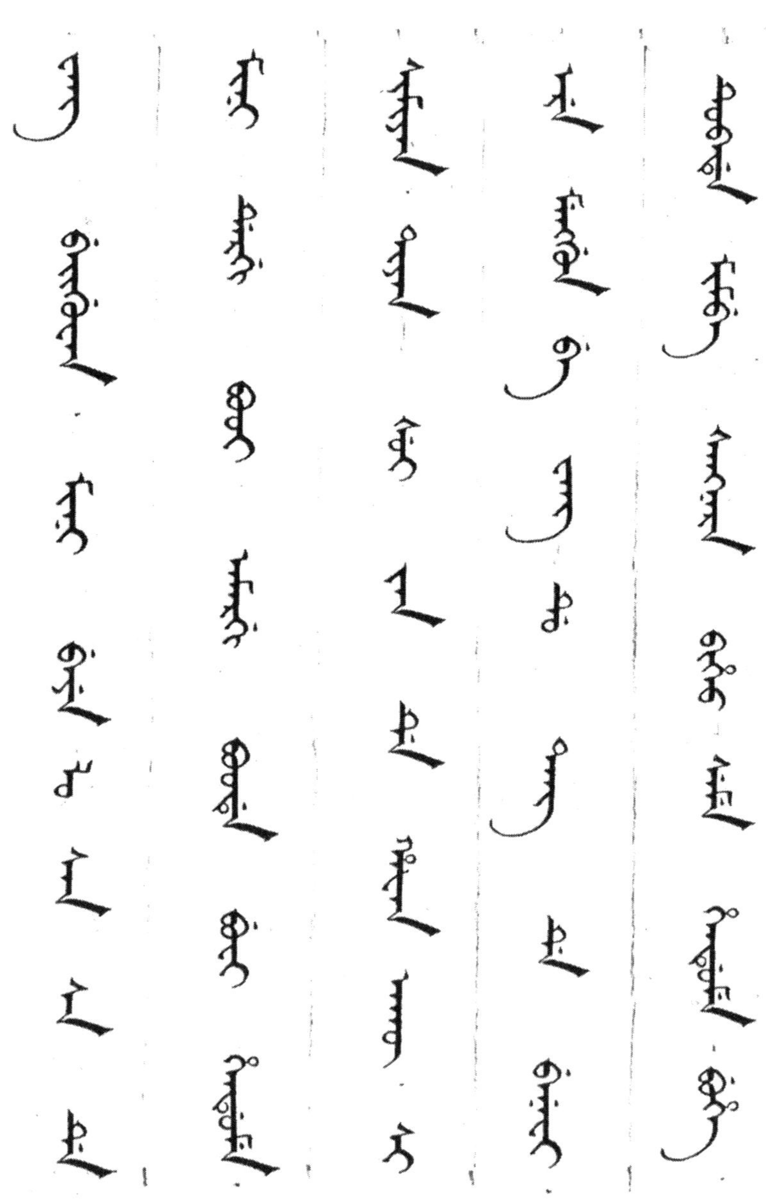

wang beiguwan, mini beye lo san sa de mini dergi booi amargi boode bufi hendume, simiyan, tiyan šui jan de hafan akū, si ere menggun be wang du tang de benefi, tubade mimbe šangnara biheo seme hendume buhe,

---

於我上房北屋，王備禦官我本人交給駱三薩銀三百五十兩，並曰：「瀋陽、甜水站無官，爾將此銀送給王都堂，詢問彼處賞我可乎？」

于我上房北屋，王备御官我本人交给骆三萨银三百五十两，并曰：「沈阳、甜水站无官，尔将此银送给王都堂，询问彼处赏我可乎？」

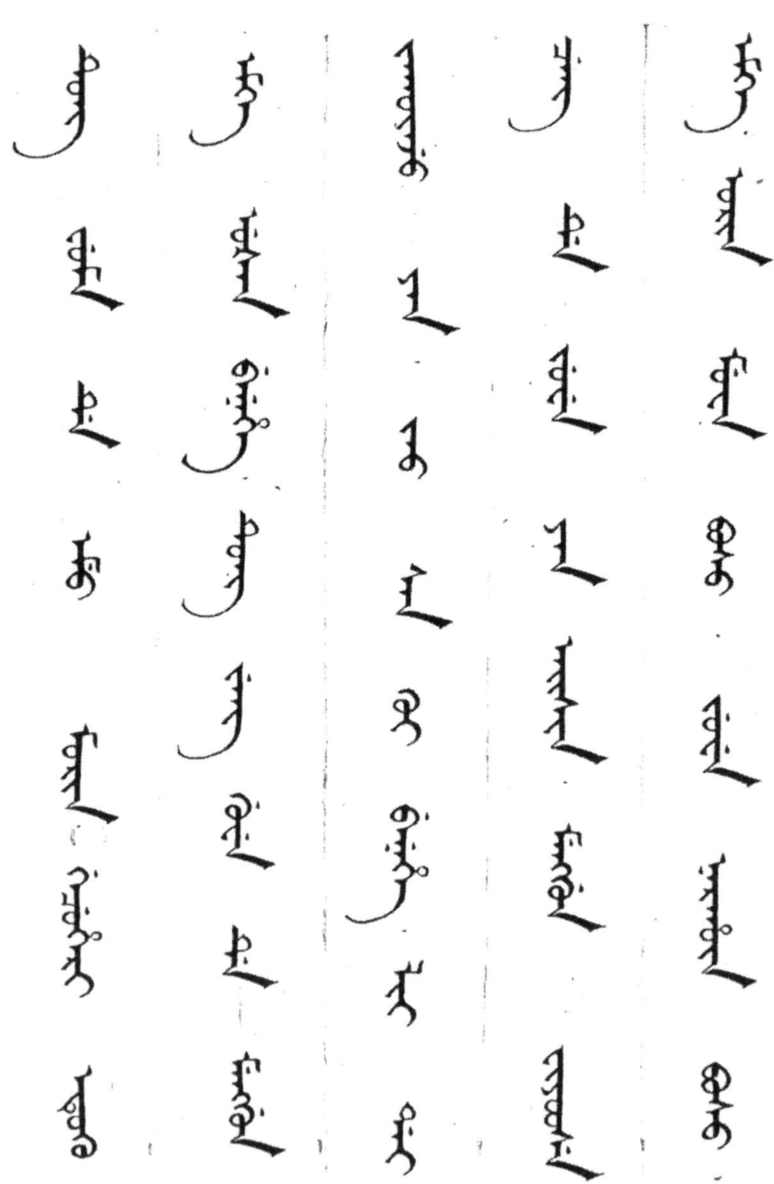

tung fuma de emu morin, gecuheri etuku emke ušan benehe. tung jeng guwe de menggun jakūnju yan, jao san kui benehe. lii dai ceng de juwe yan aisin, menggun fiyoose emke, orin muwa boso, juwe narhūn boso,

---

餽送佟駙馬馬一匹、蟒緞衣服一件，由吳喜送去。餽送佟鎮國銀八十兩，由趙三奎送去。餽送李大成金二兩、銀瓢一個、粗布二十疋、細布二疋、

馈送佟驸马马一匹、蟒缎衣服一件，由吴喜送去。馈送佟镇国银八十两，由赵三奎送去。馈送李大成金二两、银瓢一个、粗布二十疋、细布二疋、

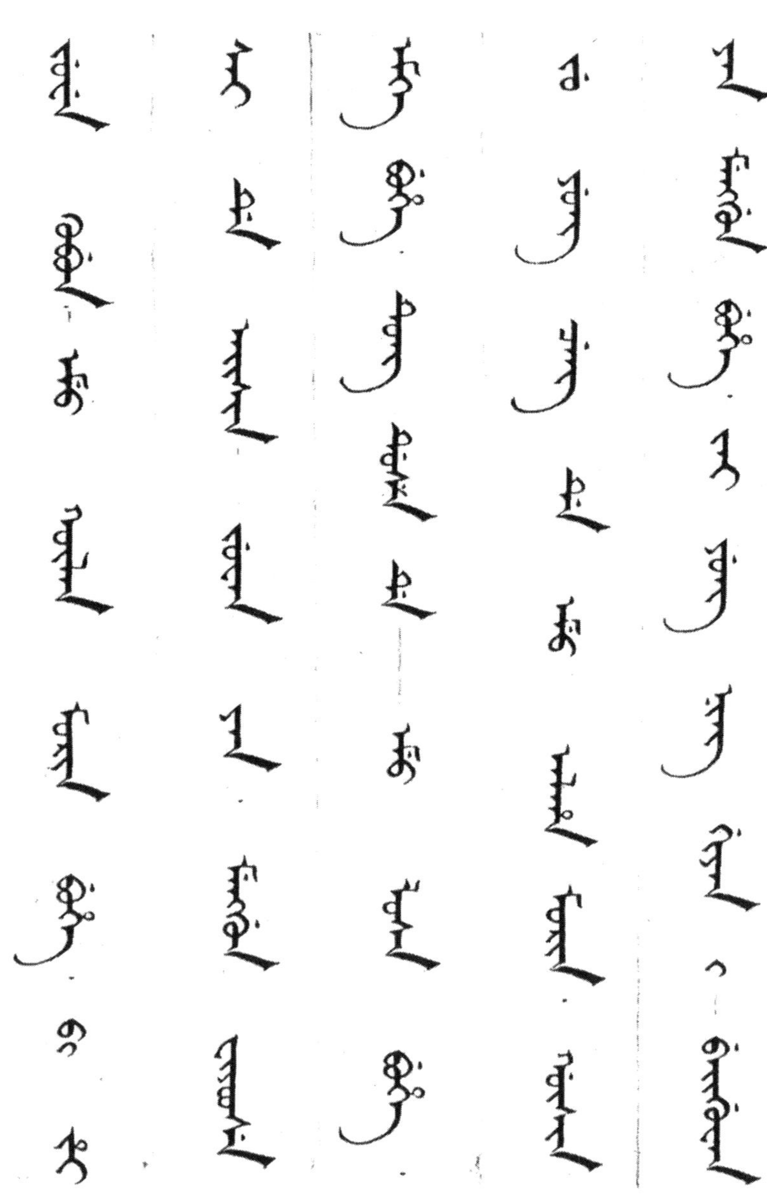

juwe kubun, emu kūlan morin buhe. bi jy sai de aisin juwan yan, menggun fiyoose emke buhe, tung dusy de emu losa buhe. ju yung ceng de emu alha morin, gūsin yan menggun buhe. jai yung ning giyan i beiguwan

---

棉二包、黃馬[8]一匹。饋送畢志賽金十兩、銀瓢一個。饋送佟都司騾一隻。饋送朱永成花馬[9]一匹、銀三十兩。」又永寧監備禦官

棉二包、黄马一匹。馈送毕志赛金十两、银瓢一个。馈送佟都司骡一只。馈送朱永成花马一匹、银三十两。」又永宁监备御官

---

[8] 黃馬，《滿文老檔》讀作 "kūlan morin"，句中"kūlan"係蒙文"qula"借詞，意即「金黃的（馬毛色）」。

[9] 花馬，《滿文老檔》讀作 "alha morin"，句中 "alha"係蒙文"alaɣ"借詞，意即「花白的（馬毛色）」。

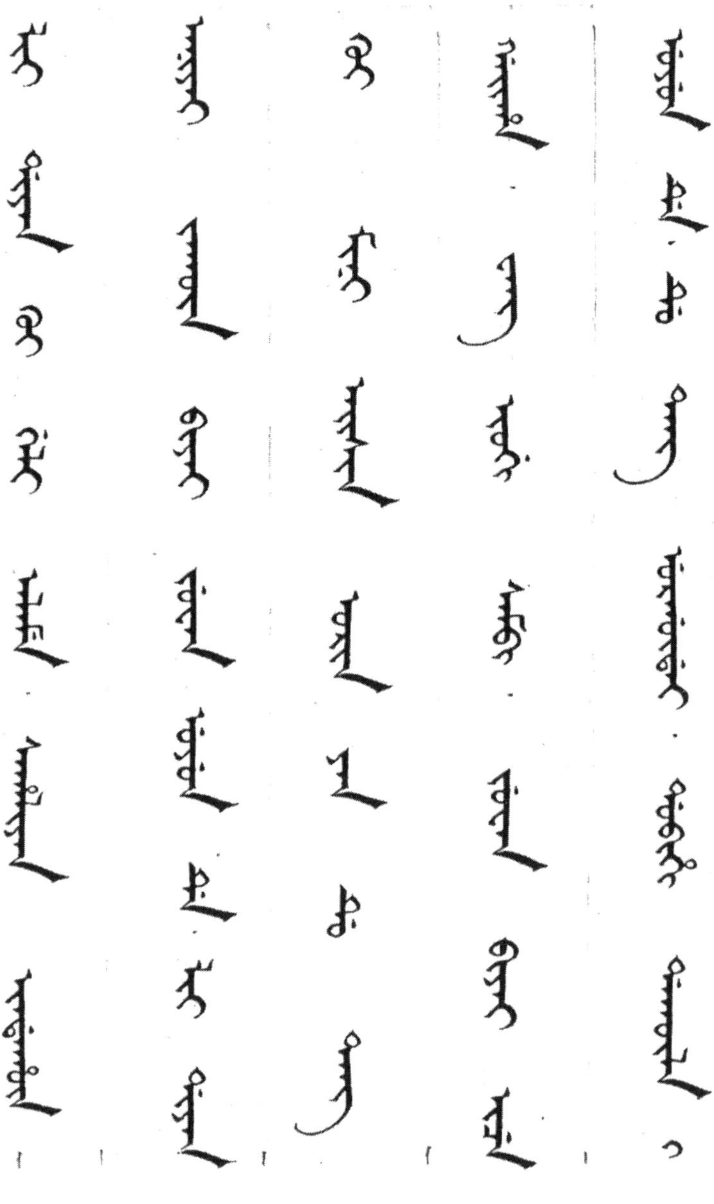

lii diyan kui geli alame, sahaliyan indahūn aniyai jakūn biyai juwan uyun de, lii diyan kui mini aisin orin yan du tang gaiha, wang iogi sambi. juwan biyai ice uyun de, du tang urgūdai, dobihi dakūla i

---

李殿魁又稟告稱：「壬戌年八月十九日，都堂收取我李殿魁之金二十兩，王遊擊知之。十月初九日，都堂烏爾古岱

李殿魁又禀告称：「壬戌年八月十九日，都堂收取我李殿魁之金二十两，王游击知之。十月初九日，都堂乌尔古岱

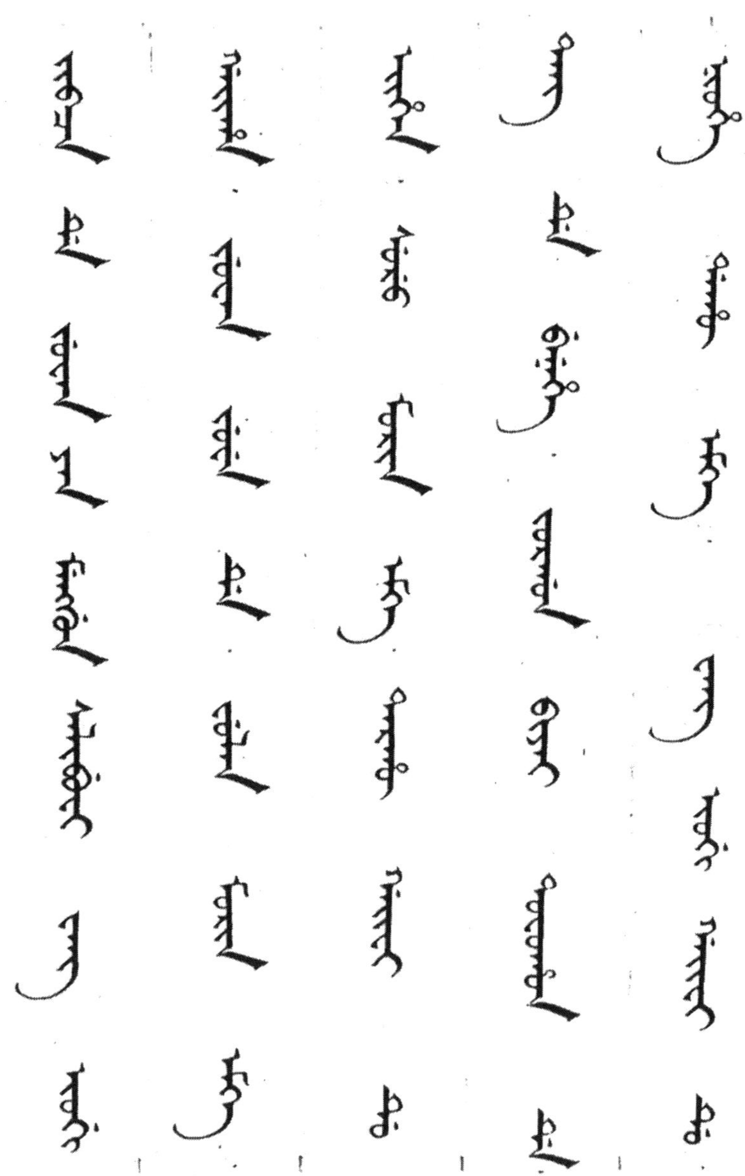

jibca de juwan yan menggun salibufi wang iogi gaiha. juwan juwe de, fulan morin emke, eihen, suru morin emke, tarhū gaifi du tang de benehe. jorgon biyai tofohon de, niohe dahū emke, wang iogi gaifi du

---

以值銀十兩之狐肚囊皮襖，由王遊擊收取。十二日，塔爾虎攜青馬一匹、驢一隻、白馬一匹饋送都堂。十二月十五日，王遊擊攜狼皮端罩

以值银十两之狐肚囊皮袄，由王游击收取。十二日，塔尔虎携青马一匹、驴一只、白马一匹馈送都堂。十二月十五日，王游击携狼皮端罩

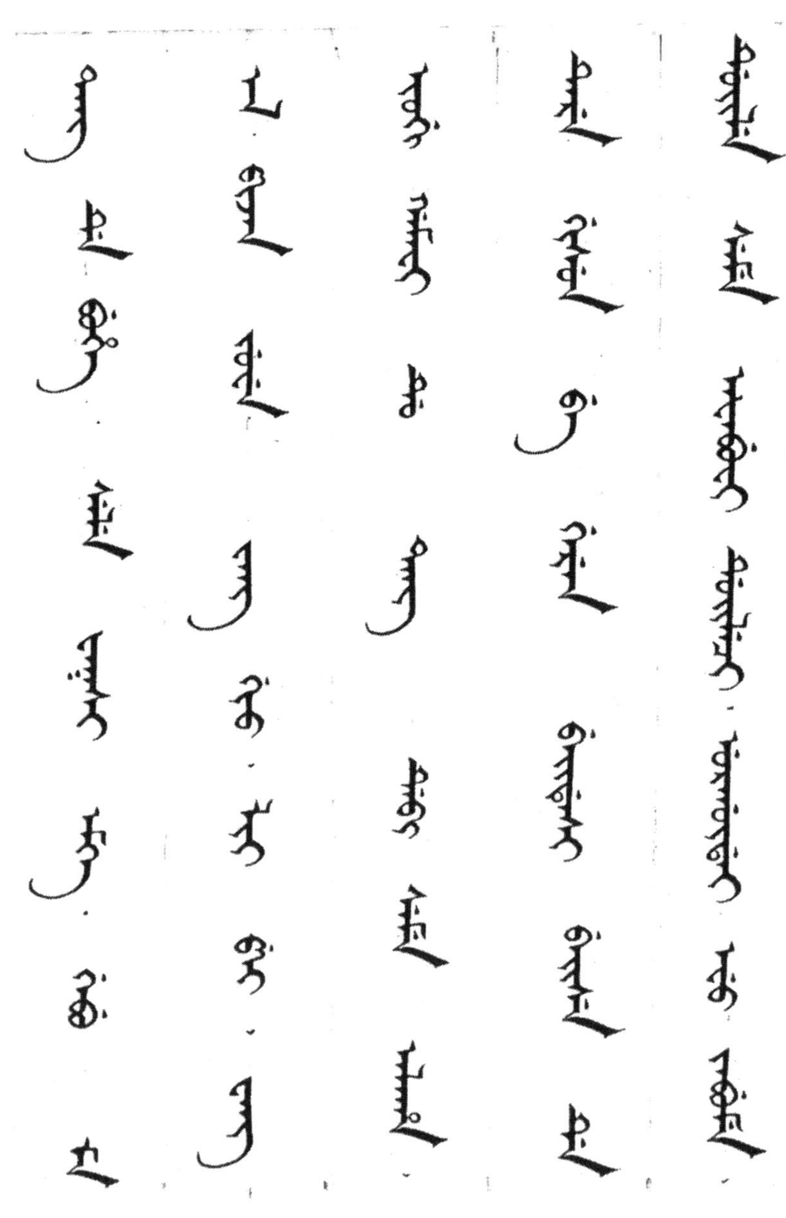

tang de buhe. sele faksi emke, gebu ma el, pijan juwe, jang gio, lii pei, wang iogi gamafi du tang debi seme alaha. tere gisun be geren beidesi, beise de duile seme afabufi duileci, urgūdai efu jabume,

---

饋贈都堂。王遊擊攜鐵匠一人，名馬厄勒，皮匠二人，張九、李培，留於都堂處。」此案交眾審事官、諸貝勒審理。烏爾古岱額駙供稱：

馈赠都堂。王游击携铁匠一人，名马厄勒，皮匠二人，张九、李培，留于都堂处。」此案交众审事官、诸贝勒审理。乌尔古岱额驸供称：

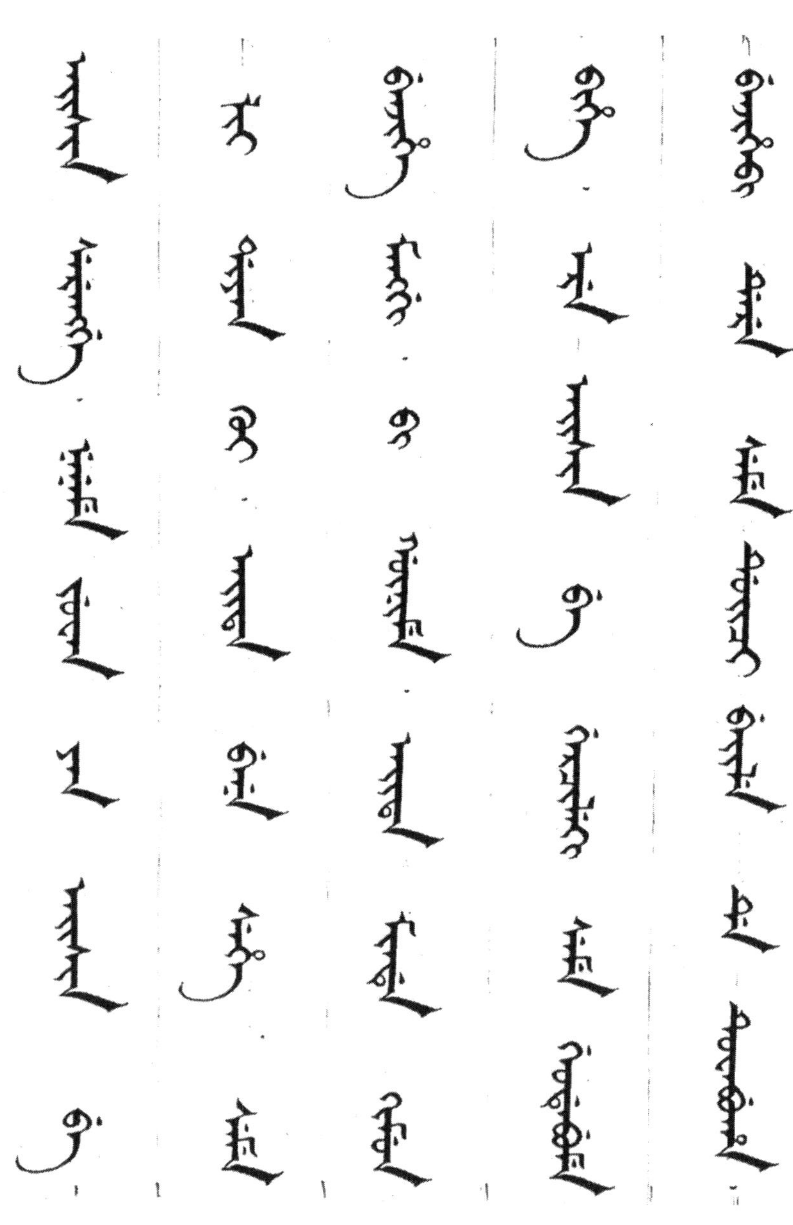

aisin serengge, neneme juwan yan aisin be, lii diyan kui, aita bene sehe seme benjihe manggi, bi gūnime, aita minde kimun bihe, ere aisin be gercileki seme geodebume benjihebi dere seme, duici beile de tuwabuha.

「所謂金者，乃先前李殿魁所拿金十兩，係奉愛塔之命送去，送來後，我以為愛塔與我有仇，欲告此金而誆誘之，故出示於四貝勒。

「所谓金者，乃先前李殿魁所拿金十两，系奉爱塔之命送去，送来后，我以为爱塔与我有仇，欲告此金而诓诱之，故出示于四贝勒。

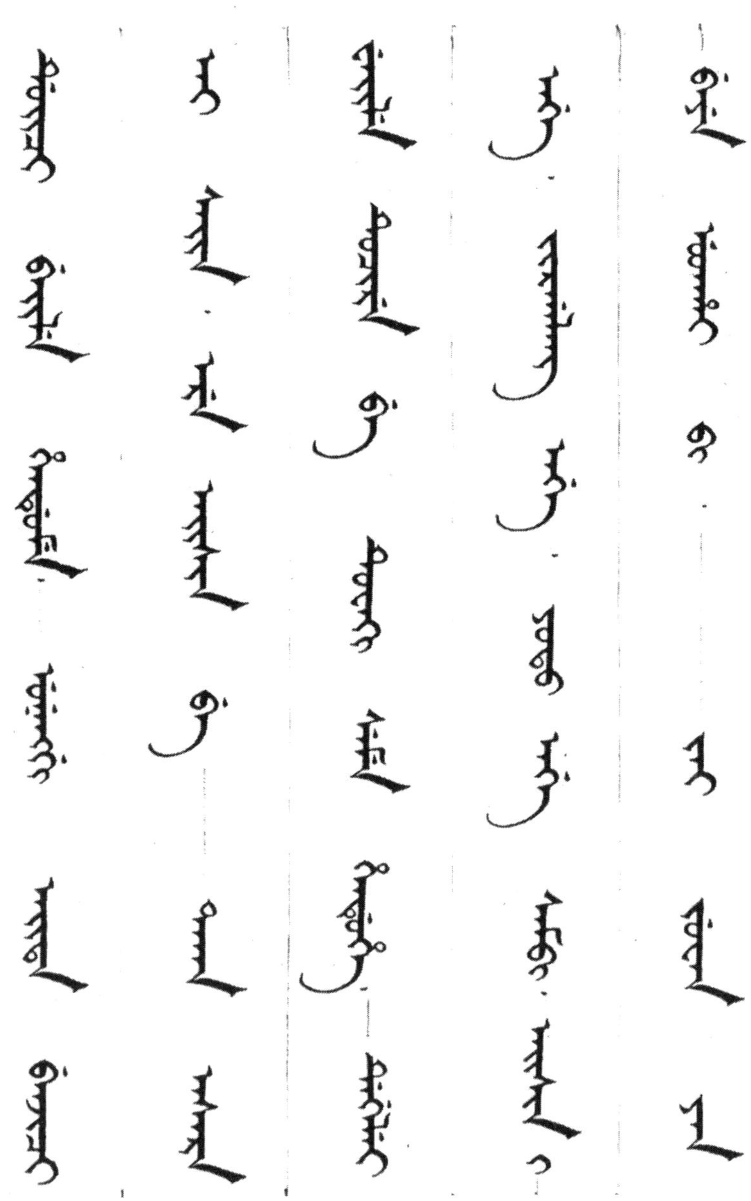

duici beile hendume, unenggi aita benjici ai sain. ere aisin be taka asara, weile tucire be tuwaki seme henduhe. degelei age, jirgalang age, yoto age sambi. aisin i beye uthai bi, jai juwan yan

---

四貝勒曰：『若誠係愛塔送來何益？可暫貯此金，欲觀事發。』此事德格類阿哥、濟爾哈朗阿哥、岳托阿哥知之。其金原封未動，

四贝勒曰：『若诚系爱塔送来何益？可暂贮此金，欲观事发。』此事德格类阿哥、济尔哈朗阿哥、岳托阿哥知之。其金原封未动，

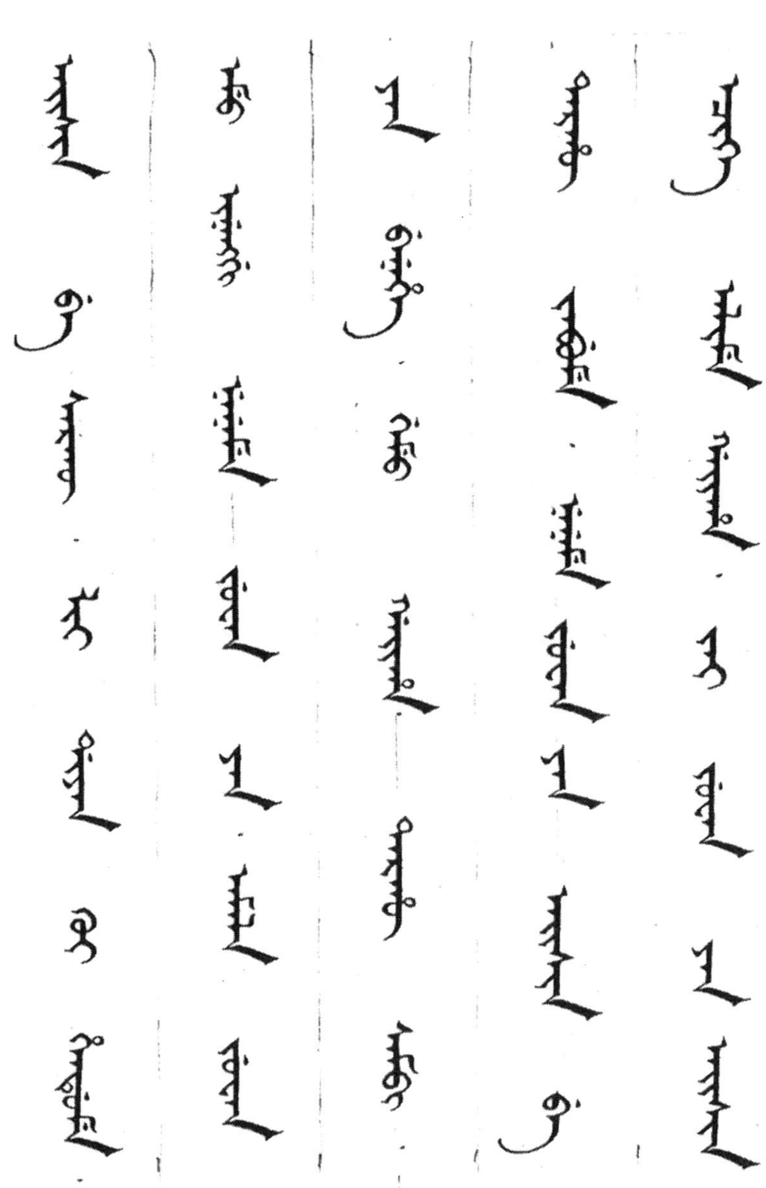

aisin be sarkū. lii diyan kui hendume, emu inenggi neneme juwan yan, amala juwan yan benehe, gemu gaiha. tarhū sambi. tarhū jabume, neneme juwan yan aisin be ecike alime gaiha, jai juwan yan aisin

---

又其餘金十兩，則不知也。」李殿魁曰：「一日內先送十兩，後送十兩，皆受之。塔爾虎知之。」塔爾虎對曰：「先送之金十兩，由叔父收受；後又送金十兩，

又其余金十两，则不知也。」李殿魁曰：「一日内先送十两，后送十两，皆受之。塔尔虎知之。」塔尔虎对曰：「先送之金十两，由叔父收受；后又送金十两，

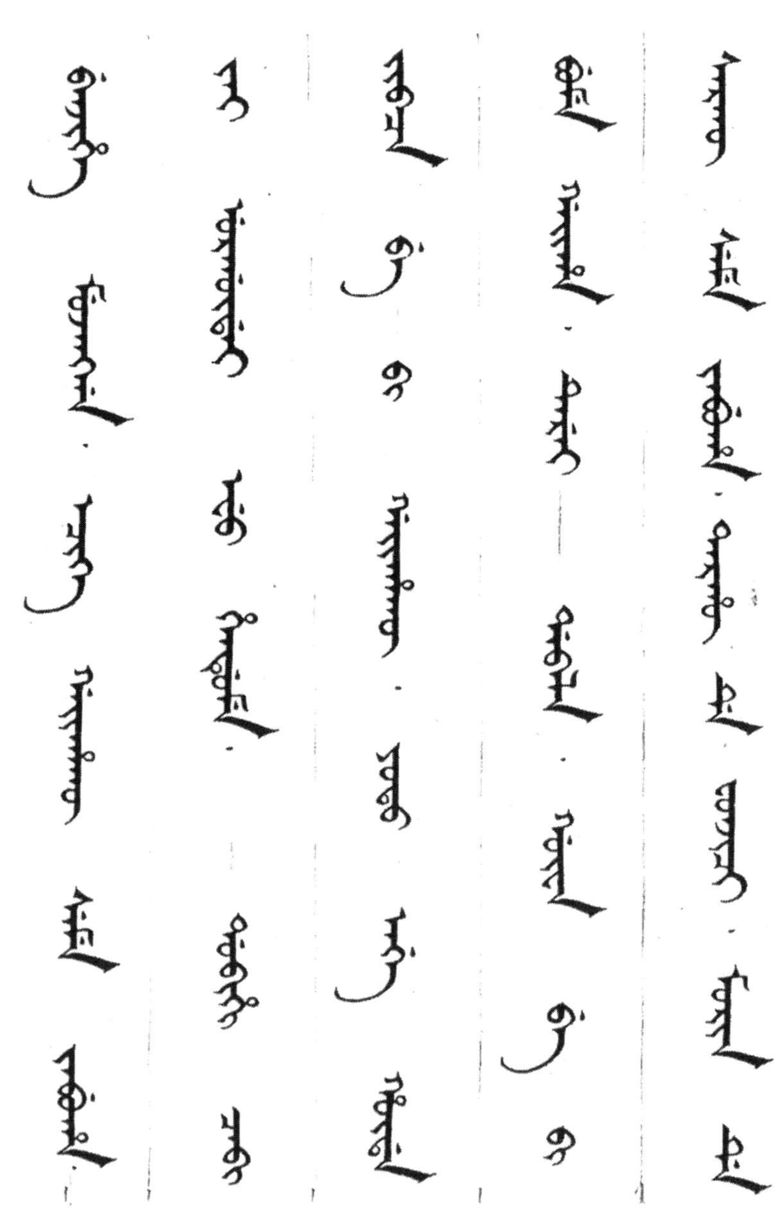

benjihe mujangga, ecike gaihakū seme jabuha. jai urgūdai efu hendume, dobihi cabi jibca be bi gaihakū, yoto age hūda bume gaiha. terei dabala, gūwa be bi sarkū seme jabuha. tarhū de fonjici, morin de

---

亦屬實，叔父未曾收受。」再者，烏爾古岱額駙曰：「我未曾收受狐腋皮襖，係由岳托阿哥給價取去。僅此而已，其他我不知。」問塔爾虎，

亦属实，叔父未曾收受。」再者，乌尔古岱额驸曰：「我未曾收受狐腋皮袄，系由岳托阿哥给价取去。仅此而已，其它我不知。」问塔尔虎，

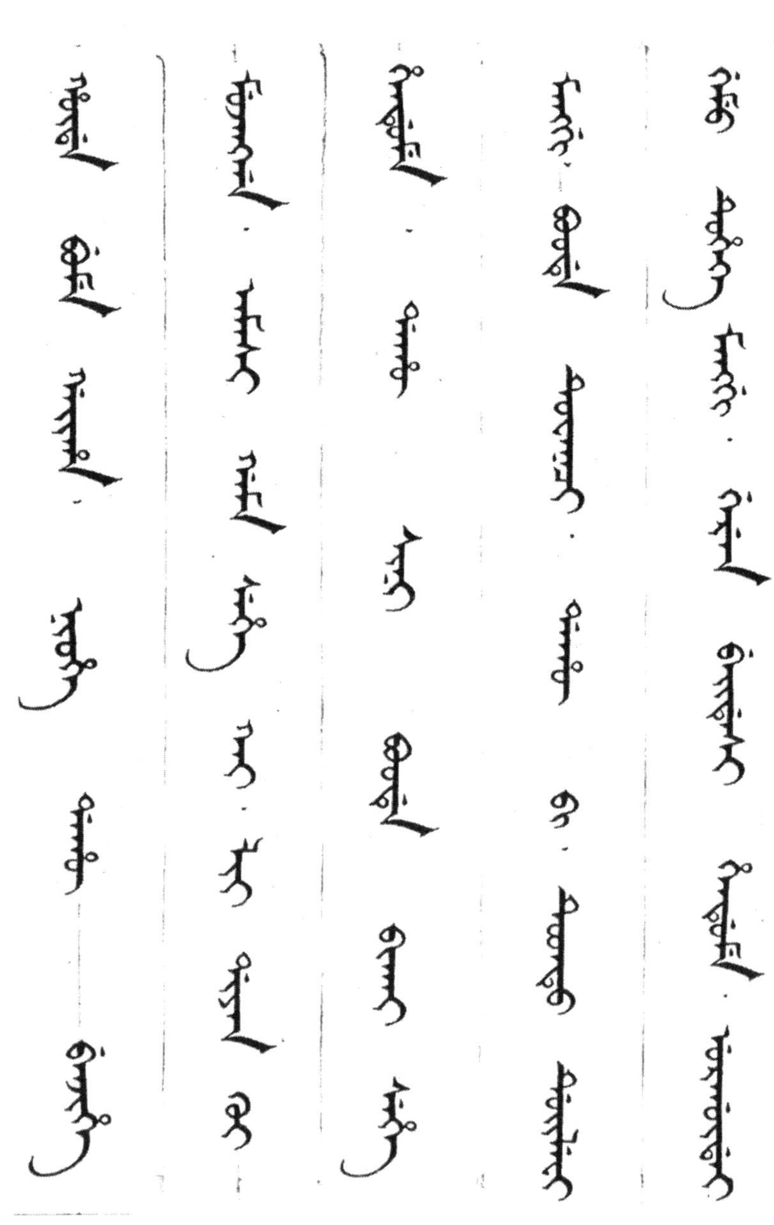

hūda bume gaiha, niohe dahū benjihe mujangga, amasi gama sehe kai. lii diyan kui hendume, dahū sini boode bikai sehe manggi, boode tuwanaci, dahū bi. tuttu duilefi gemu tuheke manggi, geren beidesi hendume, urgūdai

---

對曰：「馬匹係給價取去，狼皮端罩送來屬實，其後又取去也。」李殿魁曰：「皮端罩在爾家也。」言畢，往其家查看，果有皮端罩。經如此審訊，眾皆坐罪後，諸審訊官曰：

对曰：「马匹系给价取去，狼皮端罩送来属实，其后又取去也。」李殿魁曰：「皮端罩在尔家也。」言毕，往其家查看，果有皮端罩。经如此审讯，众皆坐罪后，诸审讯官曰：

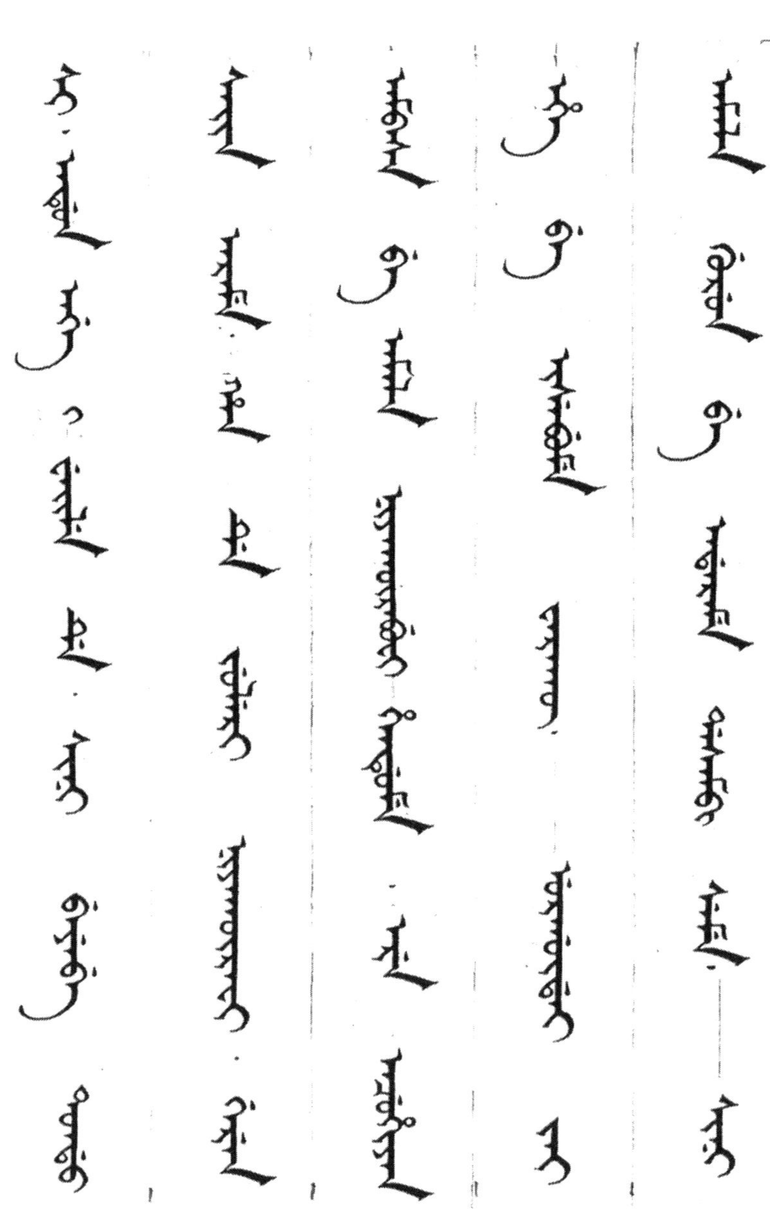

si, adun age i weile de, sini beyebe tondo sain arame, han de juleri niyakūrafi, geren ambasa be amala niyakūrabufi hendume, ere acuhiyan ehe be isebume warakū, urgūdai jai amala gurun be adarame dasambi seme, sini

---

爾烏爾古岱於阿敦阿哥獲罪時，爾本人裝作忠良，跪於汗前，令眾大臣跪於後曰：「不懲誅此讒惡，烏爾古岱今後如何治國？」

尔乌尔古岱于阿敦阿哥获罪时，尔本人装作忠良，跪于汗前，令众大臣跪于后曰：「不惩诛此谗恶，乌尔古岱今后如何治国？」

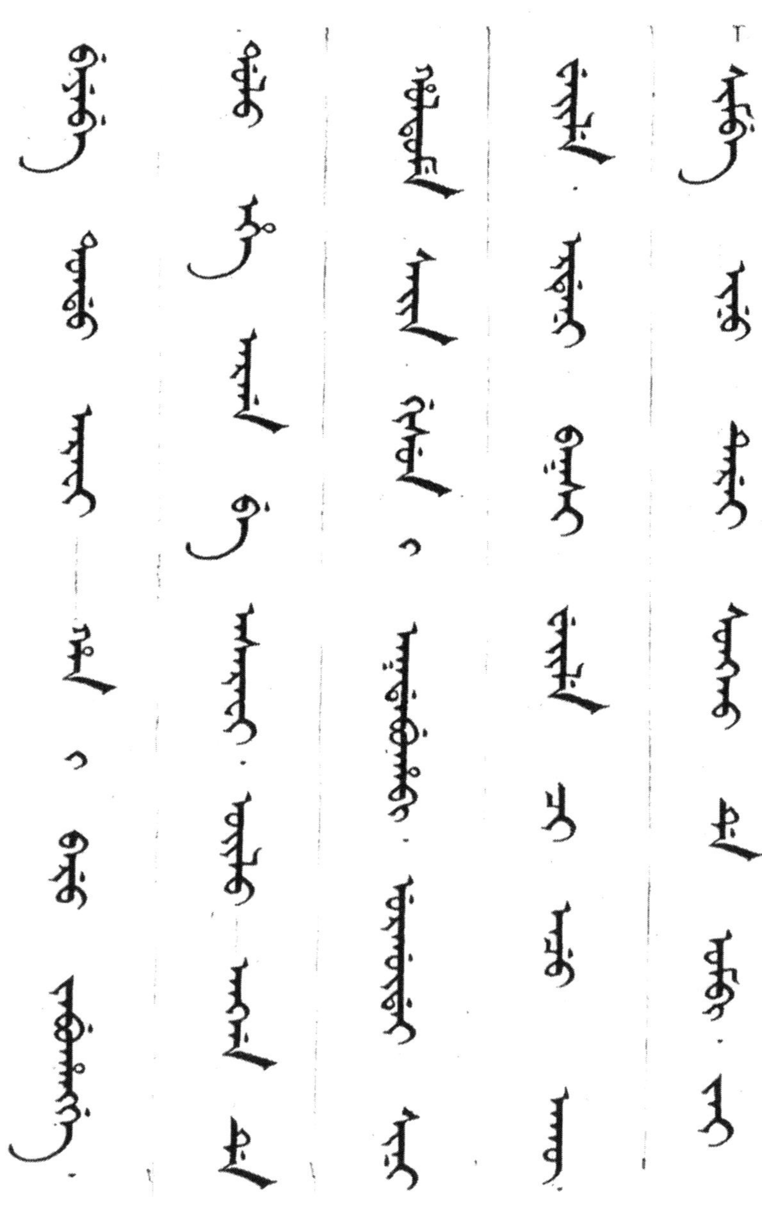

beyebe tondo arafi han i baru jabuhangge, dolo ehe arga be asarafi, oilo angga de holtome sain gisun i akdabuhabi. urgūdai sini weile, erdeni baksi weile ci encu akū, simbe inu terei songko de ombi. jai

---

爾本人裝作忠心，然所報答於汗者，實乃內藏惡毒計謀，外以口頭撒謊之巧言而取信。烏爾古岱爾之罪，與額爾德尼巴克什之罪無異，亦可照其法治爾。

尔本人装作忠心，然所报答于汗者，实乃内藏恶毒计谋，外以口头撒谎之巧言而取信。乌尔古岱尔之罪，与额尔德尼巴克什之罪无异，亦可照其法治尔。

六、秉公從寬

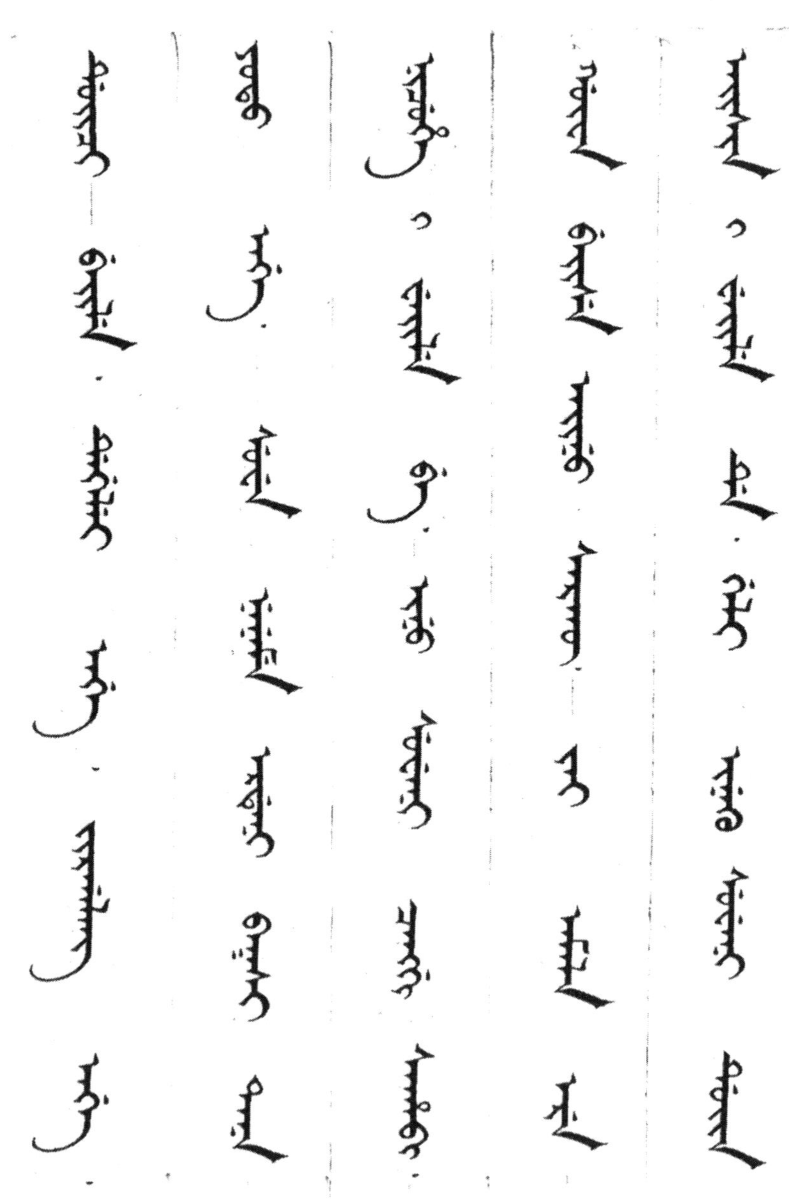

duici beile, degelei age, jirgalang age, yoto age, suwe neneme erdeni baksi tana nicuhe i weile be, inu suweni canggi sahabi, gūwa beise ainu sarkū. jai amala ere aisin i weile de, geli ineku suweni duin

---

再者，四貝勒、德格類阿哥、濟爾哈朗阿哥、岳托阿哥，爾等全知先前額爾德尼巴克什因東珠、真珠獲罪，其他貝勒為何不知？又後來因此金獲罪之事，又係同樣爾等

再者，四贝勒、德格类阿哥、济尔哈朗阿哥、岳托阿哥，尔等全知先前额尔德尼巴克什因东珠、真珠获罪，其它贝勒为何不知？又后来因此金获罪之事，又系同样尔等

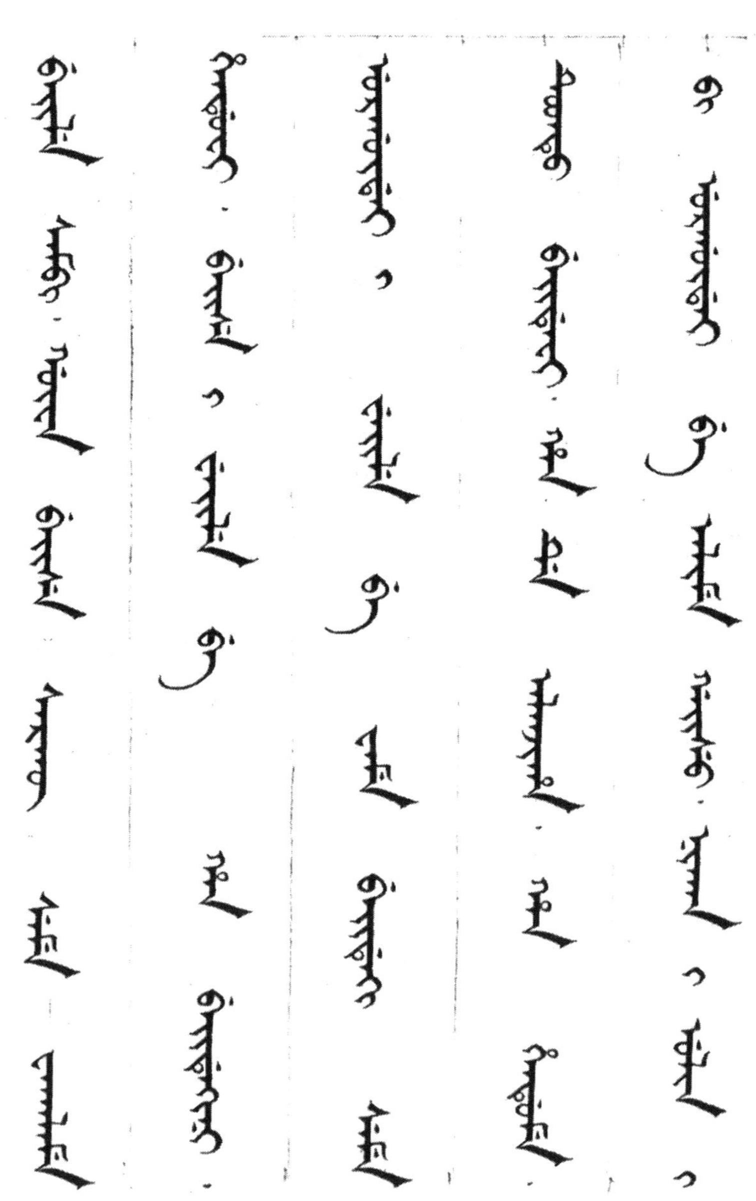

beile sambi, gūwa beise sarkū seme wakalame hendufi, beise i weile be han beidekini, urgūdai i wile be wame beideki seme tuttu beidefi, han de alanjiha. han hendume, bi urgūdai be alime gaisu, nikan i ulin i

---

四貝勒知之，其他貝勒不知。」故擬参劾諸貝勒，請汗裁斷，並擬烏爾古岱死罪，稟告於汗。汗曰：「我曾令烏爾古岱招認。為漢人財物之故，

四贝勒知之，其它贝勒不知。」故拟参劾诸贝勒，请汗裁断，并拟乌尔古岱死罪，禀告于汗。汗曰：「我曾令乌尔古岱招认。为汉人财物之故，

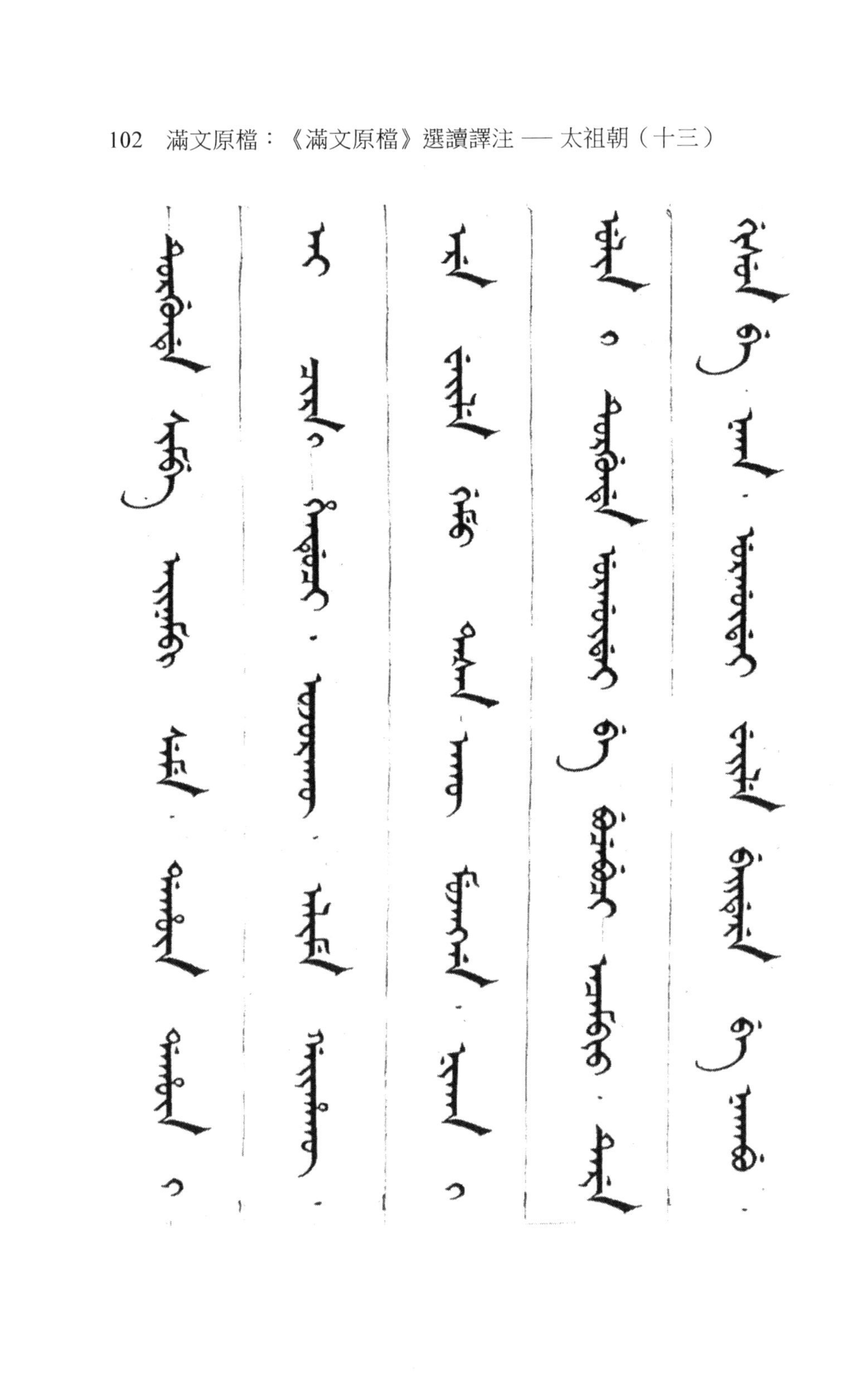

turgunde simbe ainambi seme. dahūn dahūn i ai cira i henduci, ojorakū, alime gaihakū, ere weile gemu tašan akū mujangga. nikan i ulin i turgunde urgūdai be bucebuci acambio. tere gisun be naka, urgūdai weile beidere be nakabu,

---

又能將爾怎樣？雖經再三嚴厲訓斥，俱未招認，此罪皆已屬實無誤。然而為漢人財物之故，該當令烏爾古岱死乎？著免此議，停審烏爾古岱之罪，

又能将尔怎样？虽经再三严厉训斥，俱未招认，此罪皆已属实无误。然而为汉人财物之故，该当令乌尔古岱死乎？着免此议，停审乌尔古岱之罪，

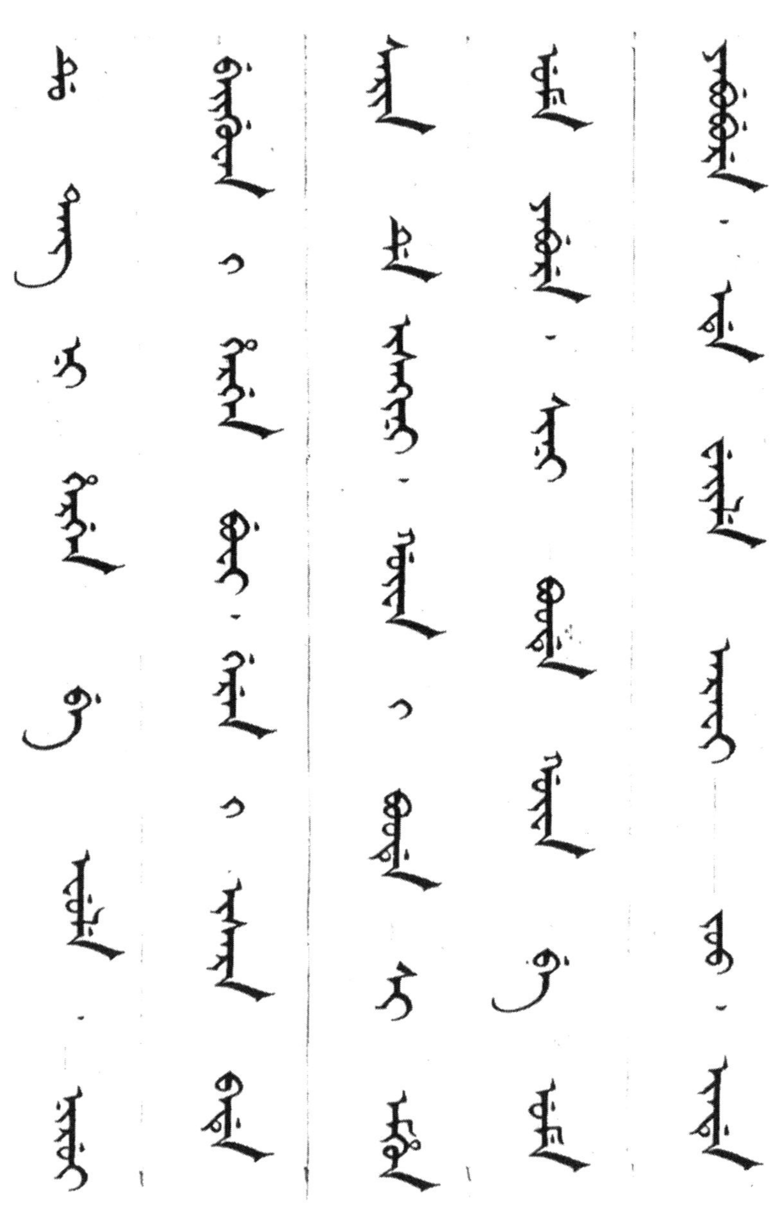

du tang ni hergen be efule, nirui beiguwan i hergen bufi, geren i isara bade sarin de isakini. gūwa i boode si emhun ume yabure, sini boode gūwa be ume yabubure, ede weile arafi joo. inde

---

革都堂之職，賜牛彔備禦官之職，可於眾人聚集之處赴宴。爾勿單獨前往他人之家，勿令他人前往爾家，如此治罪就算了。

革都堂之职，赐牛彔备御官之职，可于众人聚集之处赴宴。尔勿单独前往他人之家，勿令他人前往尔家，如此治罪就算了。

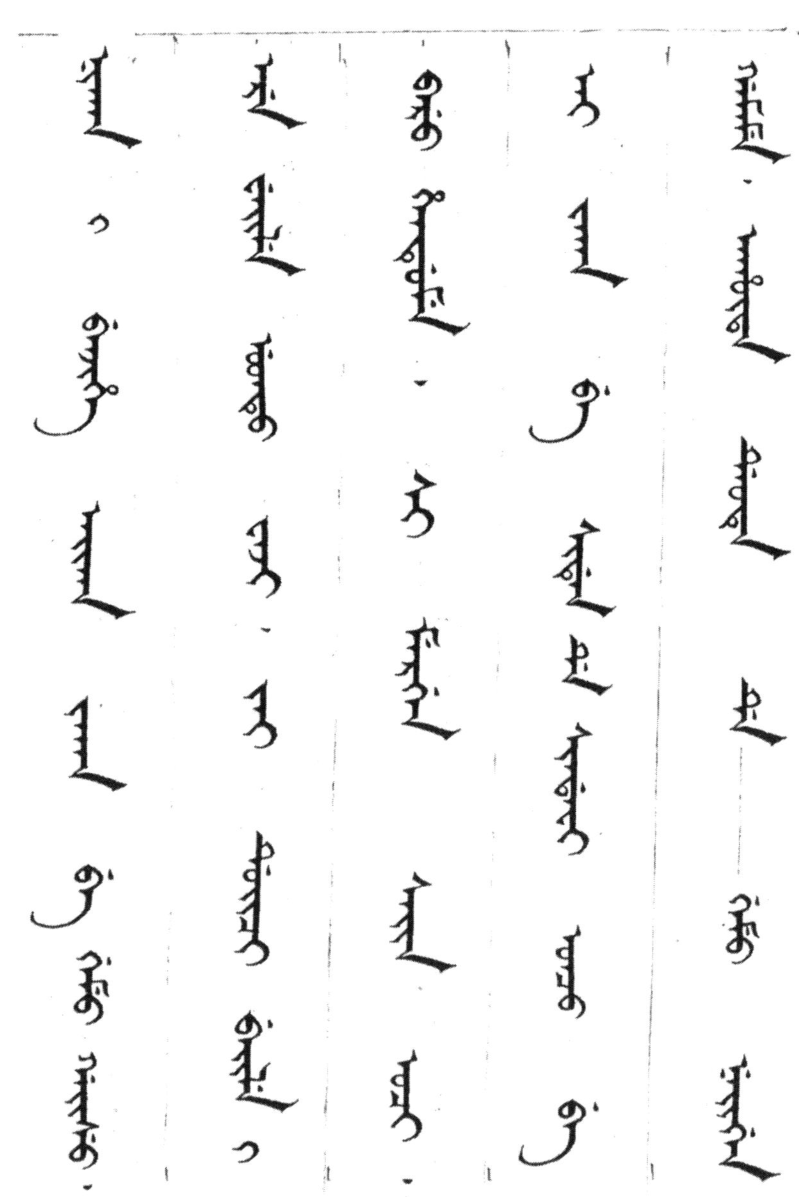

nikan i benjihe aika jaka be gemu gaisu. ere weile uttu waji. jai duici beile i baru hendume, si mergen sain oci, ai jaka be siden de sindafi onco be gamame, ahūta deote de gemu neigen

---

將漢人饋送給他之諸物皆沒收，此案即如此完結。」又對四貝勒曰：「爾若賢善，則凡事秉公從寬處之，兄弟之間皆平等以待，

将汉人馈送给他之诸物皆没收，此案即如此完结。」又对四贝勒曰：「尔若贤善，则凡事秉公从宽处之，兄弟之间皆平等以待，

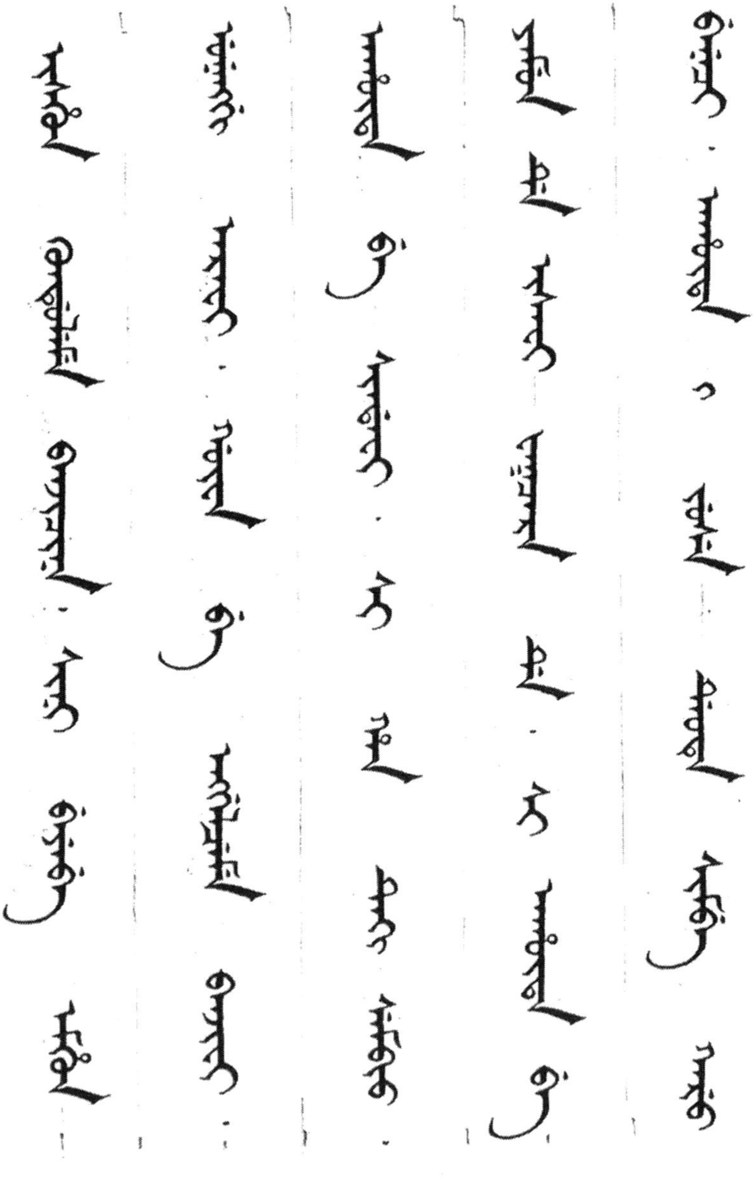

ishun kunduleme banjicina. sini beyebe emhun unenggi arafi, gūwa be enggelceme banjifi, ahūta be sindafi, si han teki sembio. yamun de isafi fakcara de, si ahūta be beneci, ahūta i juse deote simbe karu

---

相互尊敬度日。爾果真獨善其身，超越他人度日，放下眾兄，爾欲為汗乎？聚朝後解散時，爾若送眾兄，則眾兄之子弟必回報爾，

相互尊敬度日。尔果真独善其身，超越他人度日，放下众兄，尔欲为汗乎？聚朝后解散时，尔若送众兄，则众兄之子弟必回报尔，

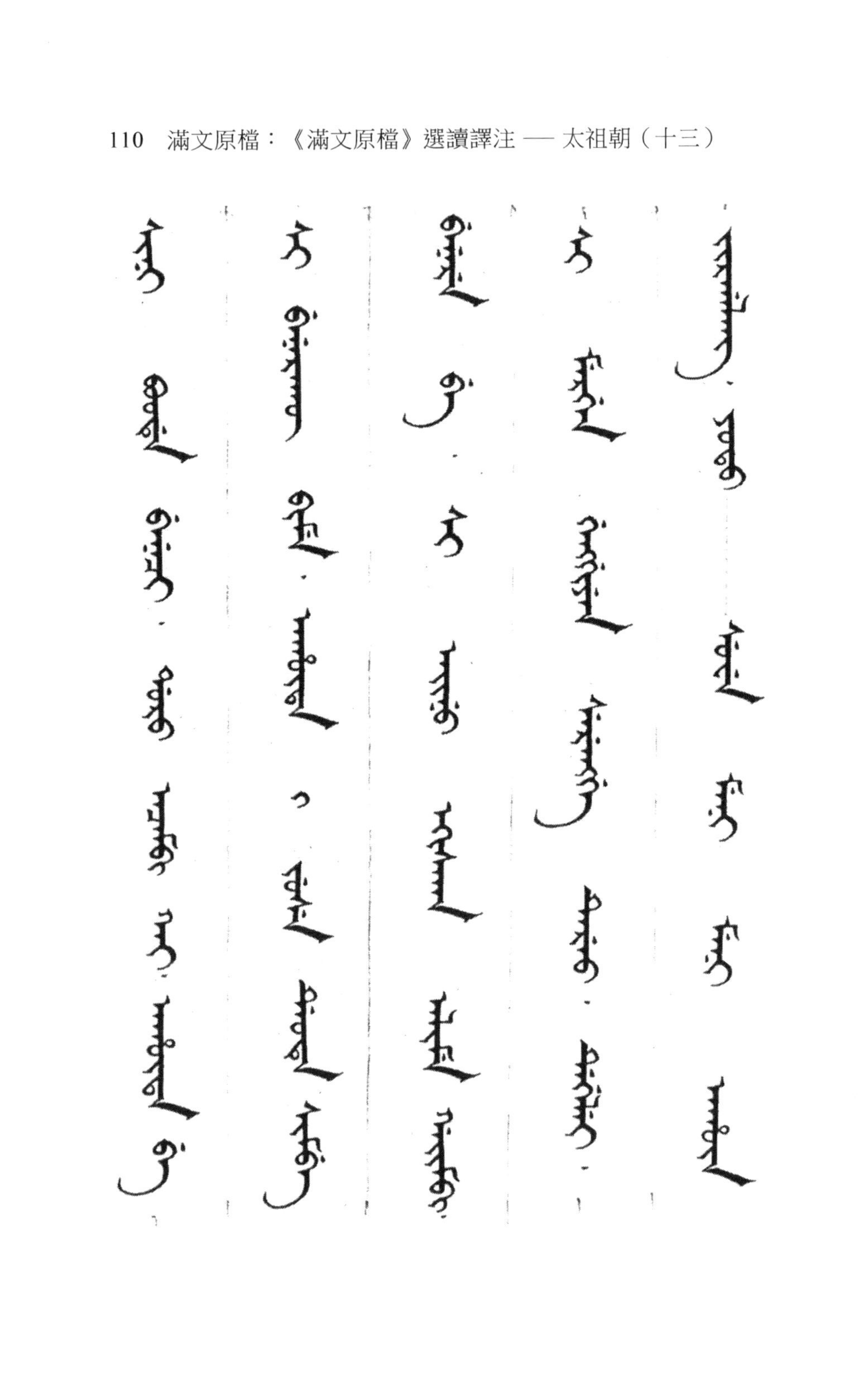

sini boode beneci, doro acambi kai. ahūta be si benerakū bime, ahūta i juse deote simbe benere be, si ainu ekisaka alime gaimbi. si mergen genggiyen serengge tereo. degelei, jirgalang, yoto suwe meni meni ahūn

送至爾家，方合禮儀也。爾不送眾兄，眾兄之子弟送爾，爾為何默然接受。爾所謂賢明者何在耶？德格類、濟爾哈朗、岳托，

送至尔家，方合礼仪也。尔不送众兄，众兄之子弟送尔，尔为何默然接受。尔所谓贤明者何在耶？德格类、济尔哈朗、岳托，

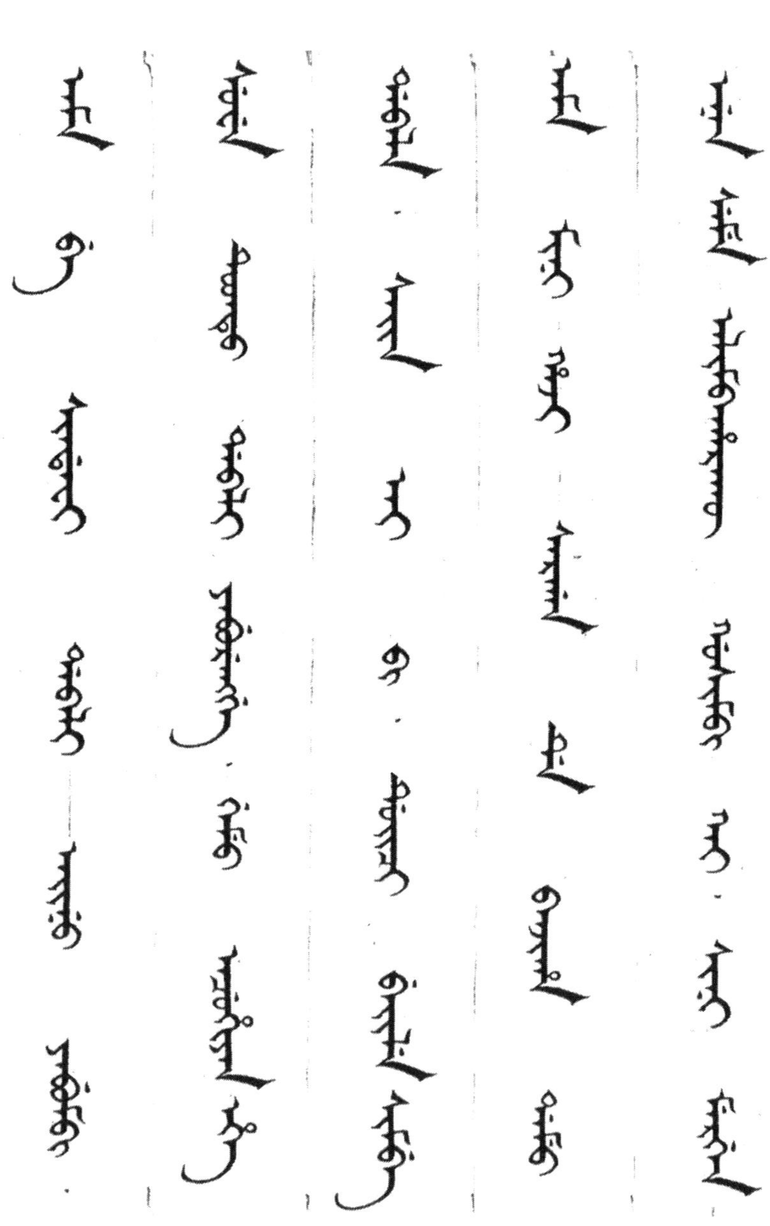

ama be sindafi dabali ainu yabumbi. suwe tuttu dabali yaburengge, gemu acuhiyan ehe dabala, sain ai bi. duici beile simbe ama mini haji sargan de banjiha damu enen seme alimbaharakū gosimbi kai. sini mergen

---

爾等為何僭越父兄而行？爾等如此僭越而行者，皆乃讒惡而已，有何賢能？四貝勒爾乃為父我之愛妻所生唯一子嗣，故不勝疼愛也。

尔等为何僭越父兄而行？尔等如此僭越而行者，皆乃谗恶而已，有何贤能？四贝勒尔乃为父我之爱妻所生唯一子嗣，故不胜疼爱也。

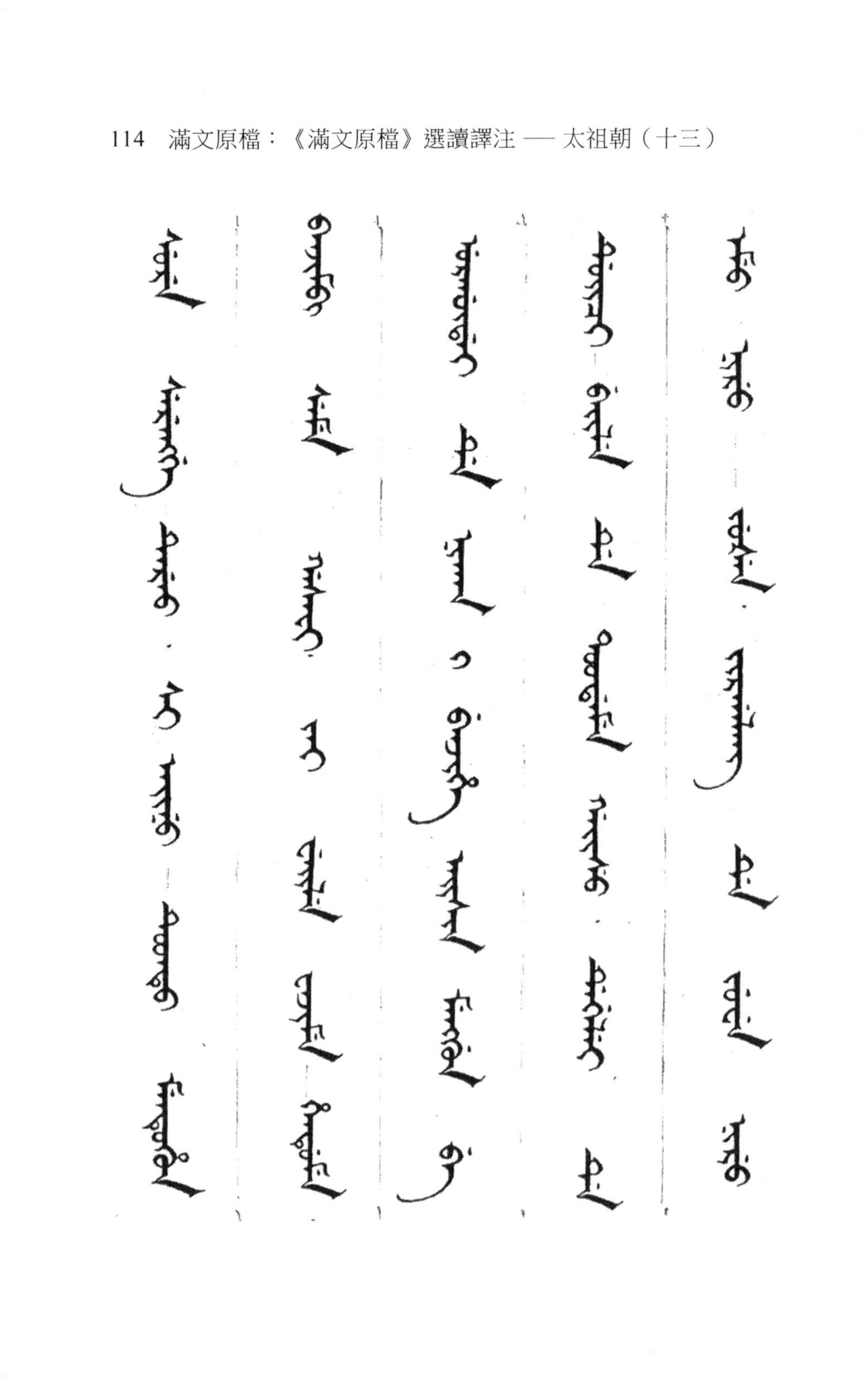

sure serengge tereo. si ainu tuttu mentuhun banjimbi seme gasafi, jai weile wajime hendume, urgūdai de nikan i benjihe aisin menggun be duici beile de toodame gaisu. degelei de emu niru jušen, jirgalang de juwe niru

---

爾之所謂賢哲者何在？爾為何如此愚昧也？」說著悲歎。為完結此案又曰：「漢人饋送烏爾古岱之金銀，令四貝勒償還。罰取德格類一牛彔諸申、濟爾哈朗二牛彔諸申、

尔之所谓贤哲者何在？尔为何如此愚昧也？」说着悲叹。为完结此案又曰：「汉人馈送乌尔古岱之金银，令四贝勒偿还。罚取德格类一牛彔诸申、济尔哈朗二牛彔诸申、

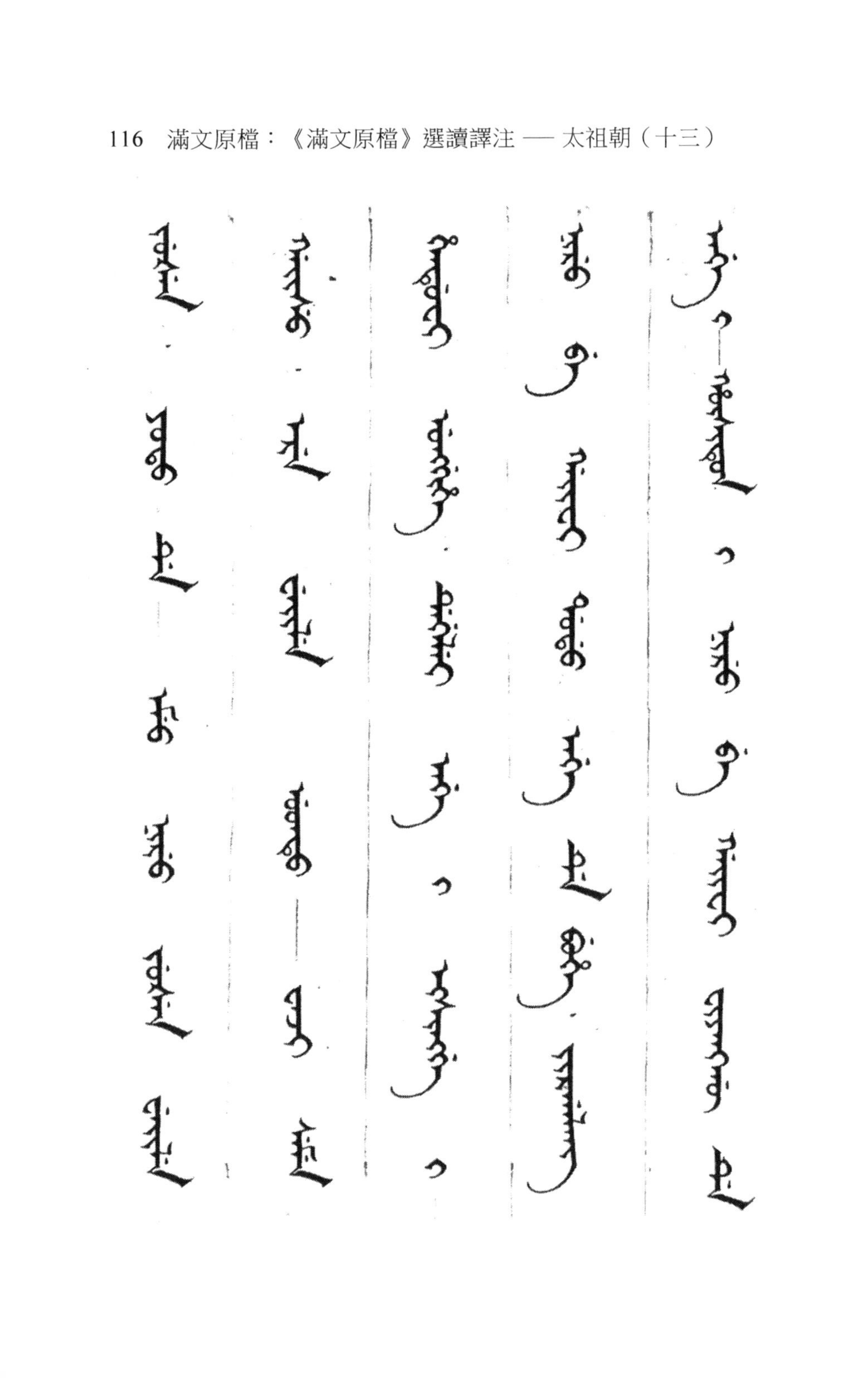

jušen, yoto de emu niru jušen weile gaisu. ere weile uttu waji seme hendufi unggihe, degelei age i eksingge i niru be gaifi dodo age de buhe. jirgalang age i hūsitun i niru be gaifi fiyanggū de

---

岳托一牛彔諸申，以抵罪。此案可如此完結。」遂遣歸。收取德格類阿哥之額克興額牛彔，賜與多鐸阿哥；收取濟爾哈朗阿哥之胡希吞牛彔，賜與費揚古；

岳托一牛彔诸申，以抵罪。此案可如此完结。」遂遣归。收取德格类阿哥之额克兴额牛彔，赐与多铎阿哥；收取济尔哈朗阿哥之胡希吞牛彔，赐与费扬古；

七、散放糧食

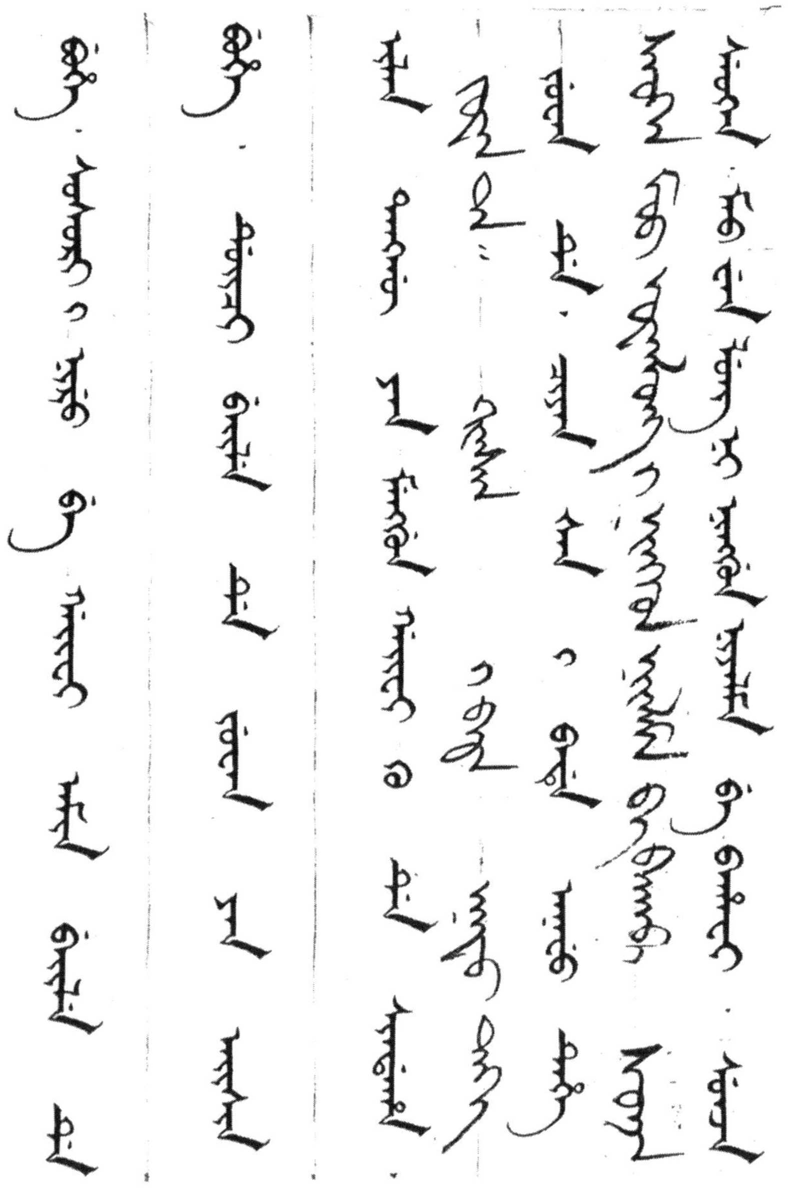

buhe. sosori i niru be gaifi amin beile de buhe, duici beile de juwan yan aisin, ilan tanggū yan menggun gaifi ku de sindaha. juwan de, ciyan šan i bade anafu tehe seoken, mao wen lung ni ninggun niyalma be bahafi, sunja

---

收取索索里牛彔，賜與阿敏貝勒；收取四貝勒金十兩、銀三百兩置放庫中。初十日，戍守千山之叟肯獲毛文龍之六人，

收取索索里牛彔，赐与阿敏贝勒；收取四贝勒金十两、银三百两置放库中。初十日，戍守千山之叟肯获毛文龙之六人，

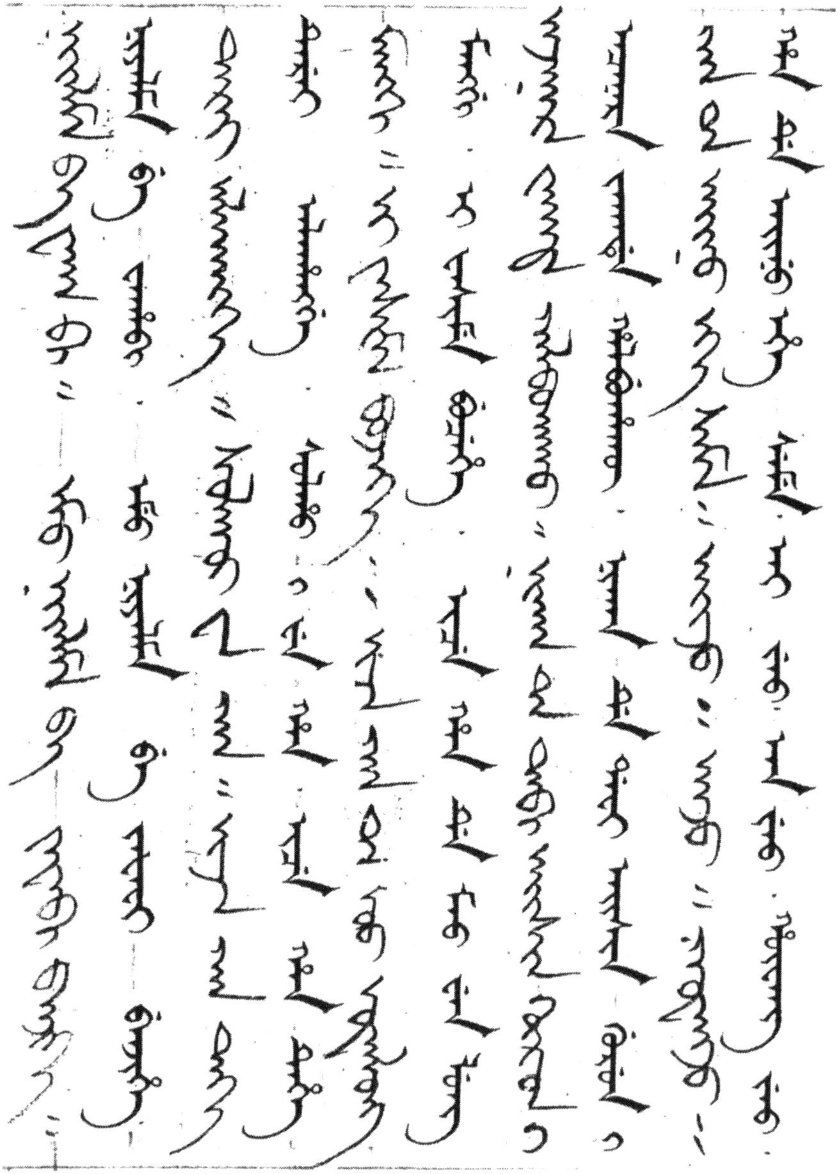

niyalma be wahabi, emu niyalma be jafafi benjihe. terei alahangge, solho i fe han, ice han tehe manggi, i fasime bucehe. ice han de mao wen lung acanara jakade halbuhakū, nikan de dafi aisin gurun i han de ainu ehe seme, ai jeo, an jeo, hūwang jeo,

---

殺五人，拏一人解來。其人告稱：「朝鮮之舊王，於新王即位後，彼自縊身死。毛文龍前往會見新王，未獲容留，以為何助明而與金國汗交惡為由，執愛州、安州、黃州、

杀五人，拏一人解来。其人告称：「朝鲜之旧王，于新王即位后，彼自缢身死。毛文龙前往会见新王，未获容留，以为何助明而与金国汗交恶为由，执爱州、安州、黄州、

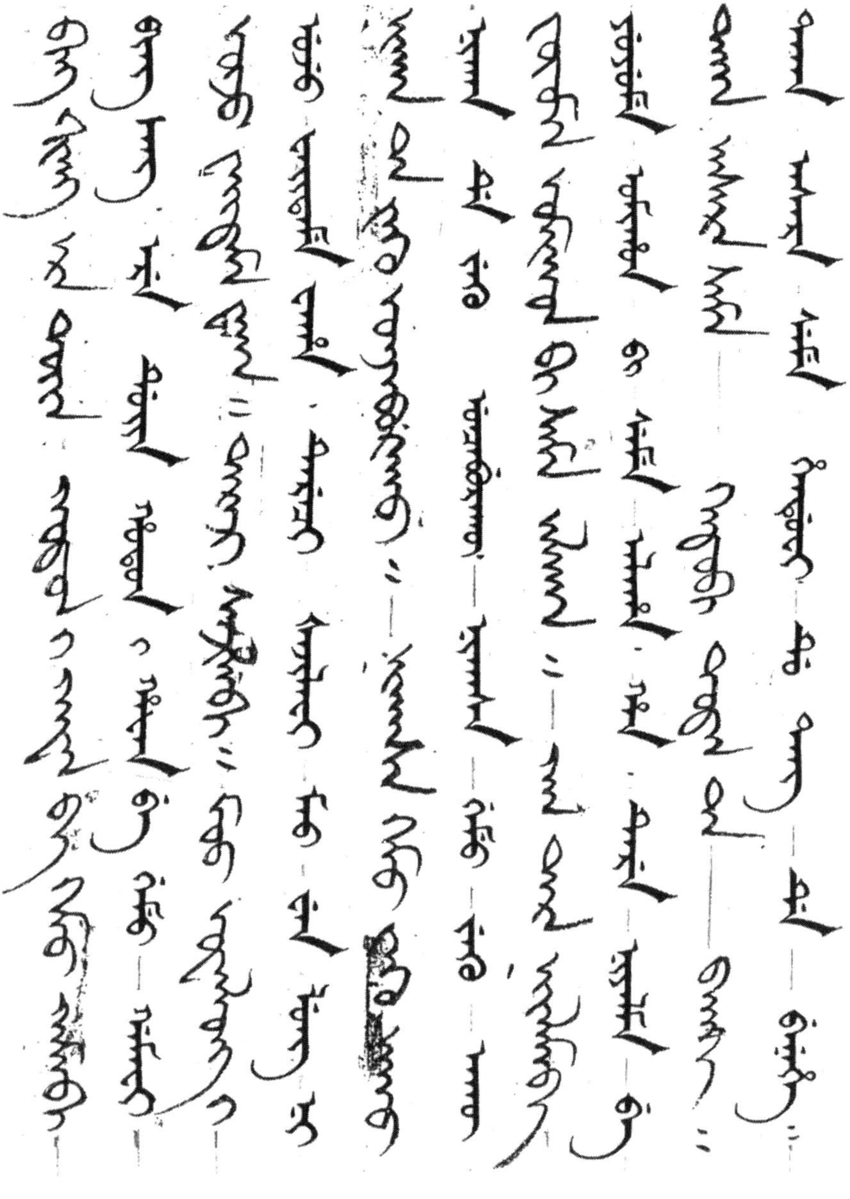

ping žang ere duin hoton i hafan be gemu gamafi uju faitame waha. tereci šajilafi mao wen lung ni nikan de jeku uncaburakū, nikasa gemu jeku akū yuyume omihon bi seme alaha. han, tere niyalma be taka asara seme hendufi, du tang de benehe.

平壤[10]此四城之官員，皆梟首殺之。從此禁止販售糧食給毛文龍之漢人，眾漢人皆無糧饑餓。」汗令暫留此人，解送都堂。

平壤此四城之官员，皆枭首杀之。从此禁止贩卖粮食给毛文龙之汉人，众汉人皆无粮饥饿。」汗令暂留此人，解送都堂。

10 平壤，《滿文原檔》寫作“bing kijang”，《滿文老檔》讀作“ping žang”，係朝鮮王朝平安道首府。

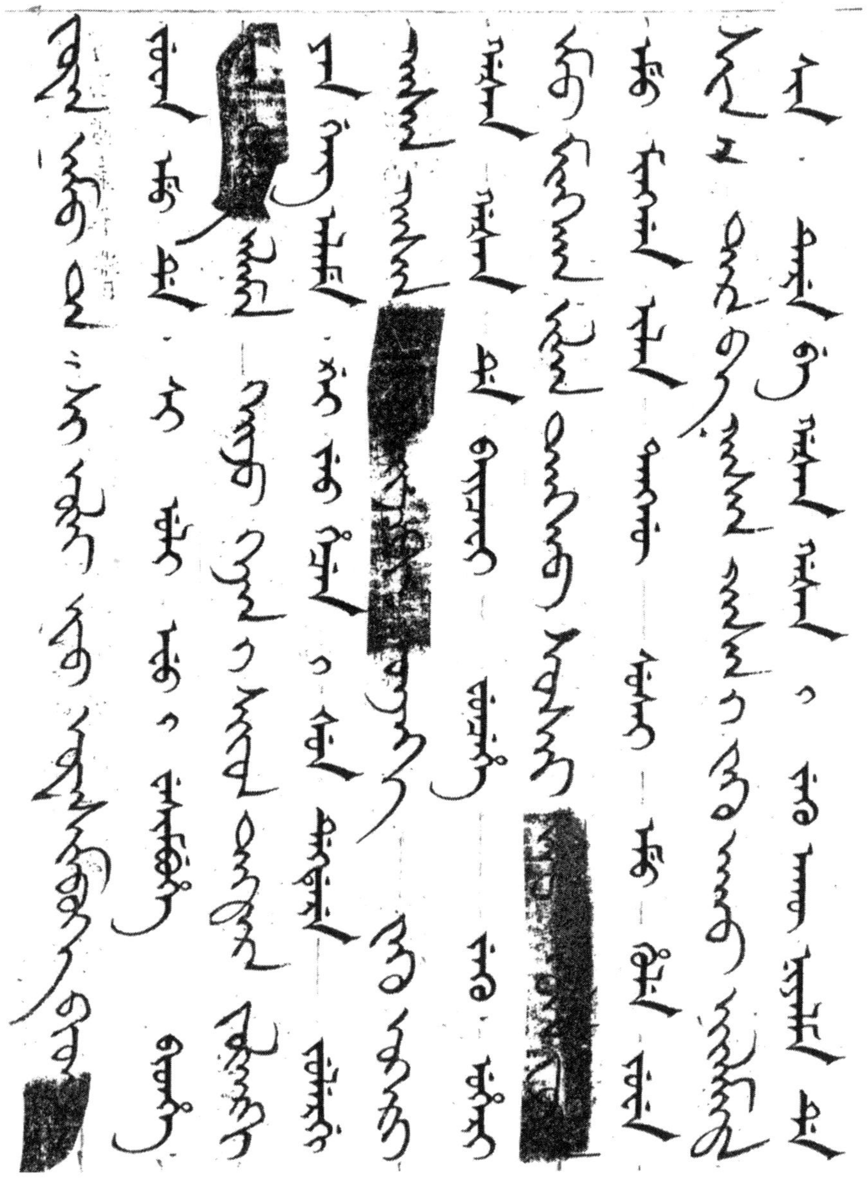

juwan emu de, si uli efu i wesimbuhe bithe, yan geng alame, g'ai jeo hecen i šun dekdere julergi gašan gašan de baicafi funcehe jeku, uheri emu minggan ilan tanggū susai emu hule juwe sin, tere be gašan gašan i jeku akū niyalma de

---

十一日，西烏里額駙奏稱：「彥庚告稱，查蓋州城東南各鄉屯有剩餘糧食共一千三百五十一石二斗，將其放給各鄉屯無糧之人，

十一日，西乌里额驸奏称：「彦庚告称，查盖州城东南各乡屯有剩余粮食共一千三百五十一石二斗，将其放给各乡屯无粮之人，

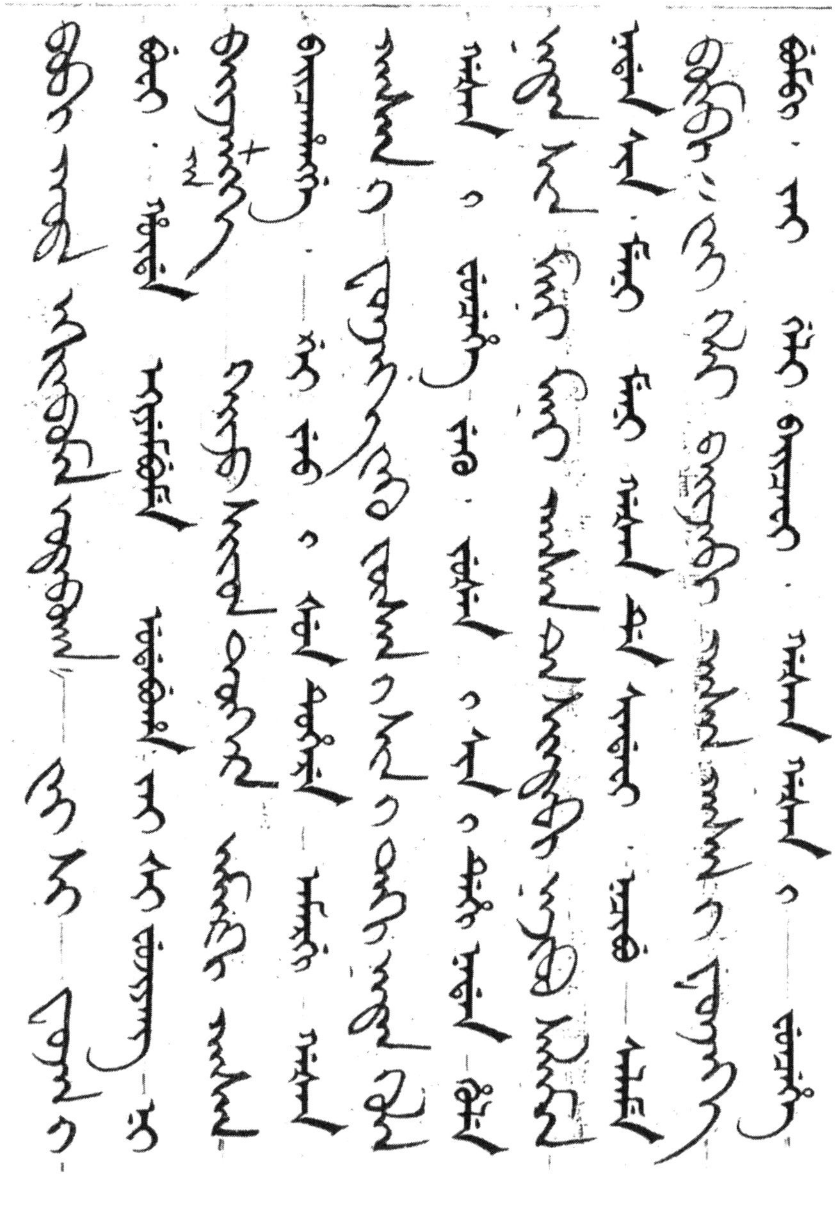

bufi, hūda ekiyembume udabuha. jai ši fujiyang ni baicahangge, g'ai jeo i šun tuhere amargi gašan gašan i funcehe jeku, jušen i sin i dehi nadan hule nadan sin, meni meni gašan de sindafi, nacibu salame bumbi. jai geli baicafi, gašan gašan i funcehe

---

減價糶米。再者，石副將查得，蓋州西北各鄉屯剩餘糧食，相當諸申斗四十七石七斗，放給各鄉屯，由納齊布散放。又查出，各鄉屯

减价粜米。再者，石副将查得，盖州西北各乡屯剩余粮食，相当诸申斗四十七石七斗，放给各乡屯，由纳齐布散放。又查出，各乡屯

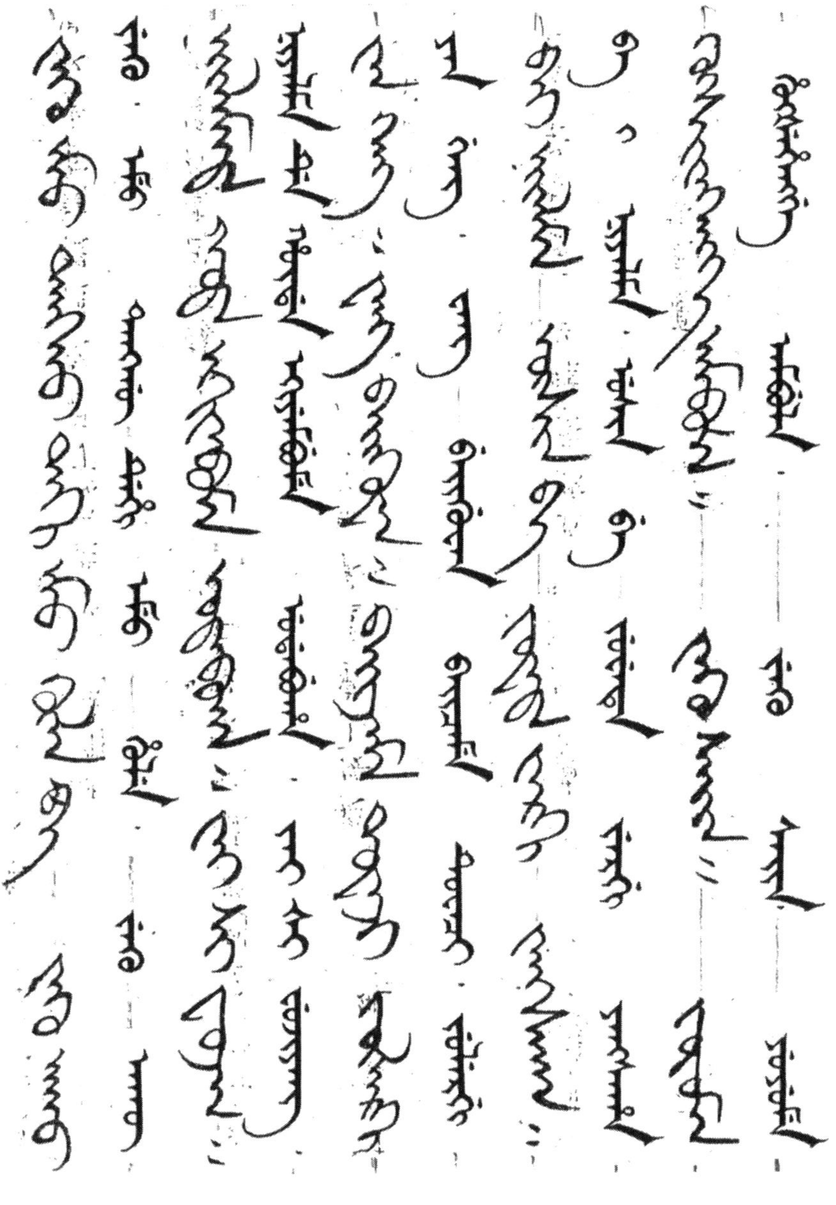

jeku, emu tanggū dehi emu hule, jeku akū niyalma de hūda ekiyembume udabuha. jai ši fujiyang, yan geng, wang beiguwan baicame tuwaci, julergi ba i niyalma, usin be juwete jergi yangsaha hukšehengge ambula, jeku sain, yuyume

---

剩餘糧食一百四十一石，給無糧之人減價糶買。再者，石副將、彥庚、王備禦官查看：南邊地方之人，其田地已耘草各二次，培苗甚廣，莊稼良好，

剩余粮食一百四十一石，给无粮之人减价粜买。再者，石副将、彦庚、王备御官查看：南边地方之人，其田地已耘草各二次，培苗甚广，庄稼良好，

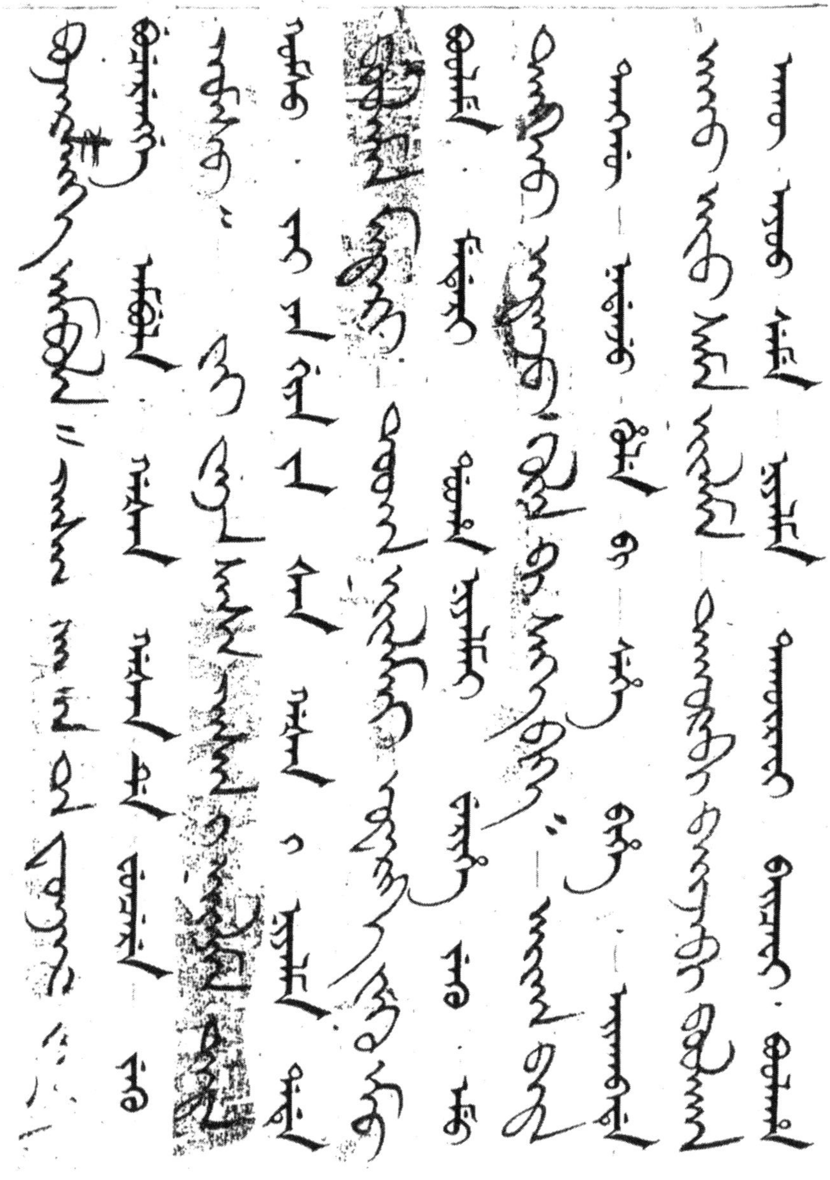

bucerengge ambula, gašan gašan de funcere jeku komso. jai yan giya ja šan gašan i niyalma dade boolame, mederi dooha niyalmai werihe jeku, emu tanggū nadanju hule bi sehe bihe. aikabade akū ayoo seme niyalma takūrafi baicafi, boolaha

---

但餓死者多，各鄉屯剩餘糧食少。又顏家閘山屯之人原報：渡海之人所留糧食有一百七十石。因恐没有，故遣人查之，

但饿死者多，各乡屯剩余粮食少。又颜家闸山屯之人原报：渡海之人所留粮食有一百七十石。因恐没有，故遣人查之，

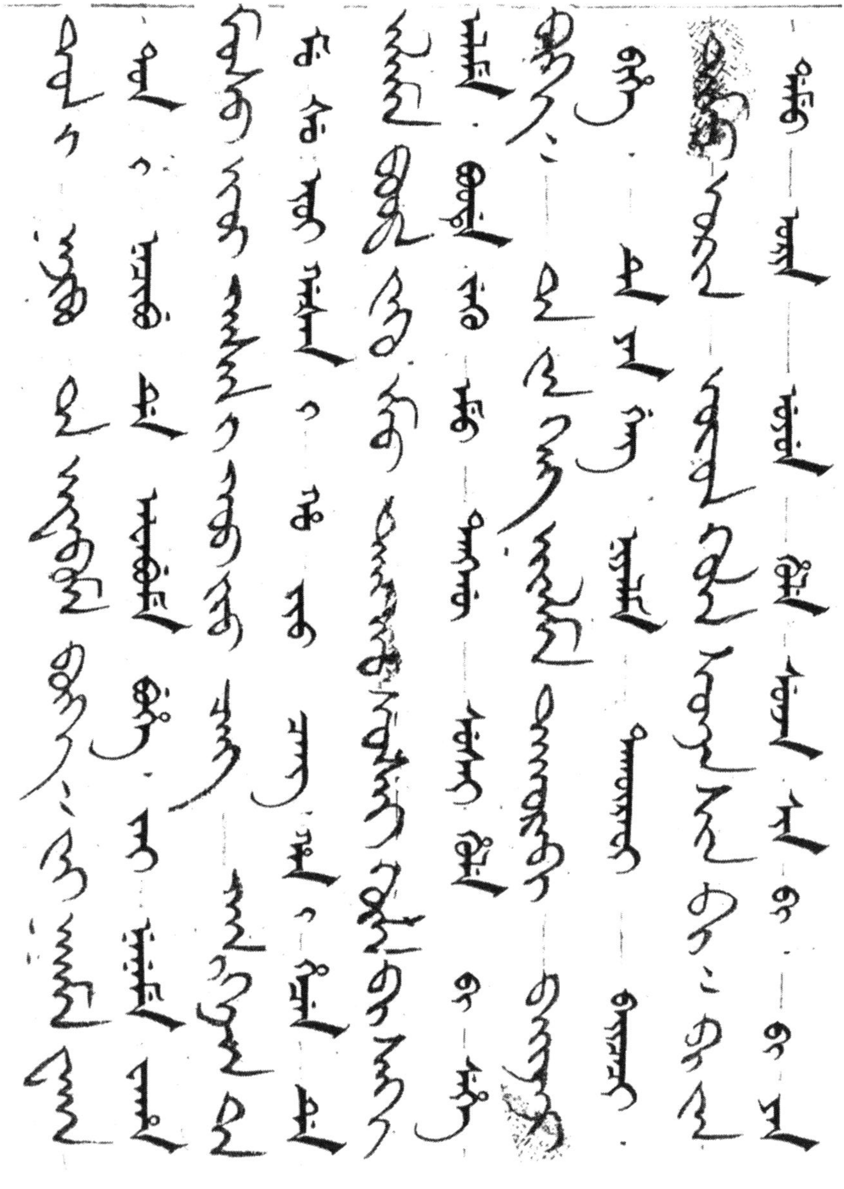

ton i nacibu de afabume buhe. jai neneme waha mu šu ioi gašan i ho jio cang, han i hecen de alame, boode jeku emu tanggū susai hule bi sehe bihe. te yan geng niyalma takūrafi baicaci, damu orin uyun hule sunja sin bi. bi yan

---

所報之數已交給納齊布。又先前所殺木梳峪鄉屯之何久昌曾於汗城報稱：家中有糧一百五十石。今彥庚遣人查之，僅有二十九石五斗。

所报之数已交给纳齐布。又先前所杀木梳峪乡屯之何久昌曾于汗城报称：家中有粮一百五十石。今彦庚遣人查之，仅有二十九石五斗。

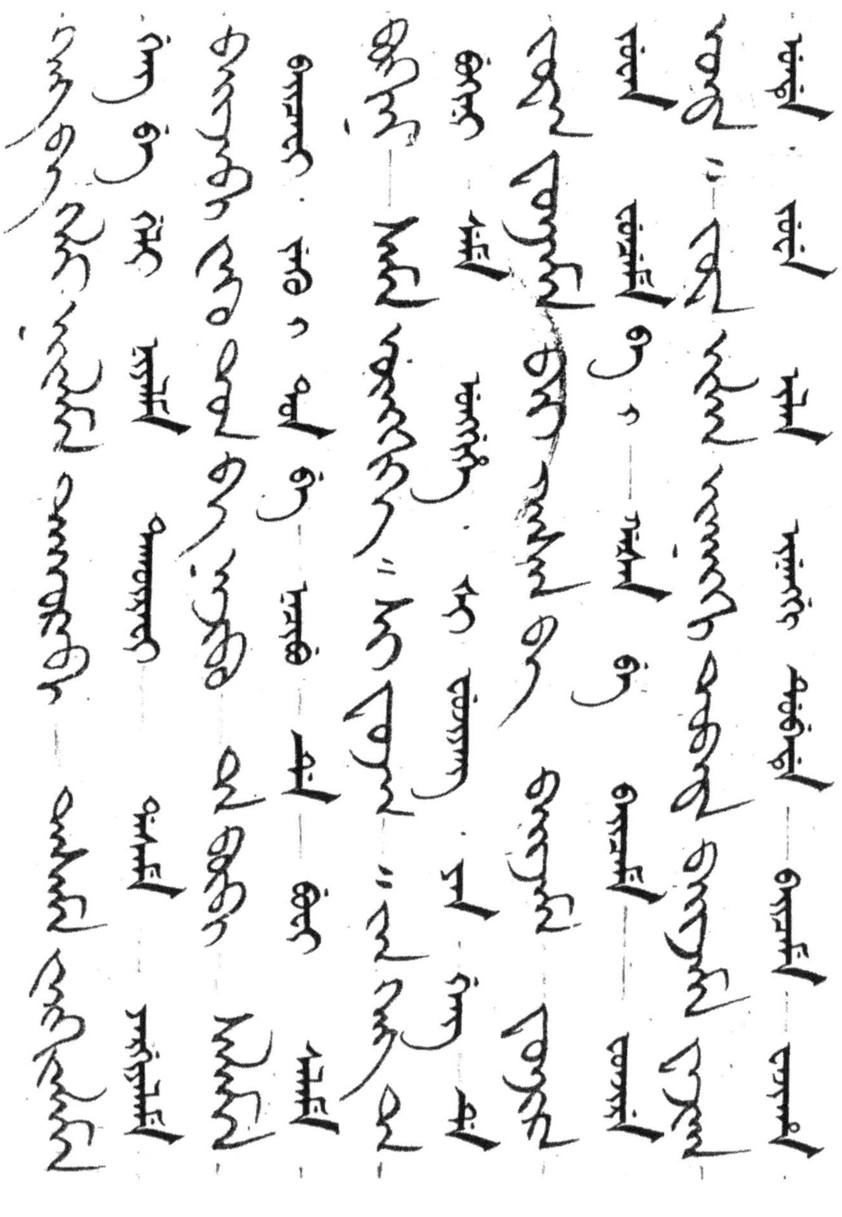

geng be geli niyalma takūrafi dasame yargiyalame baicafi, jeku i ton be nacibu de bufi salame bukini seme unggihe, ši fujiyang, yan geng de juwan funceme ba i gašan be baicame fonjire unde, juwe ilan inenggi dubede baicame wajiha

---

我令彥庚又遣人重復驗實，並將糧數給與納齊布散發。石副將、彥庚尚有十餘處鄉屯未曾訪查，俟二、三日內查完後，

我令彦庚又遣人重复验实，并将粮数给与纳齐布散发。石副将、彦庚尚有十余处乡屯未曾访查，俟二、三日内查完后，

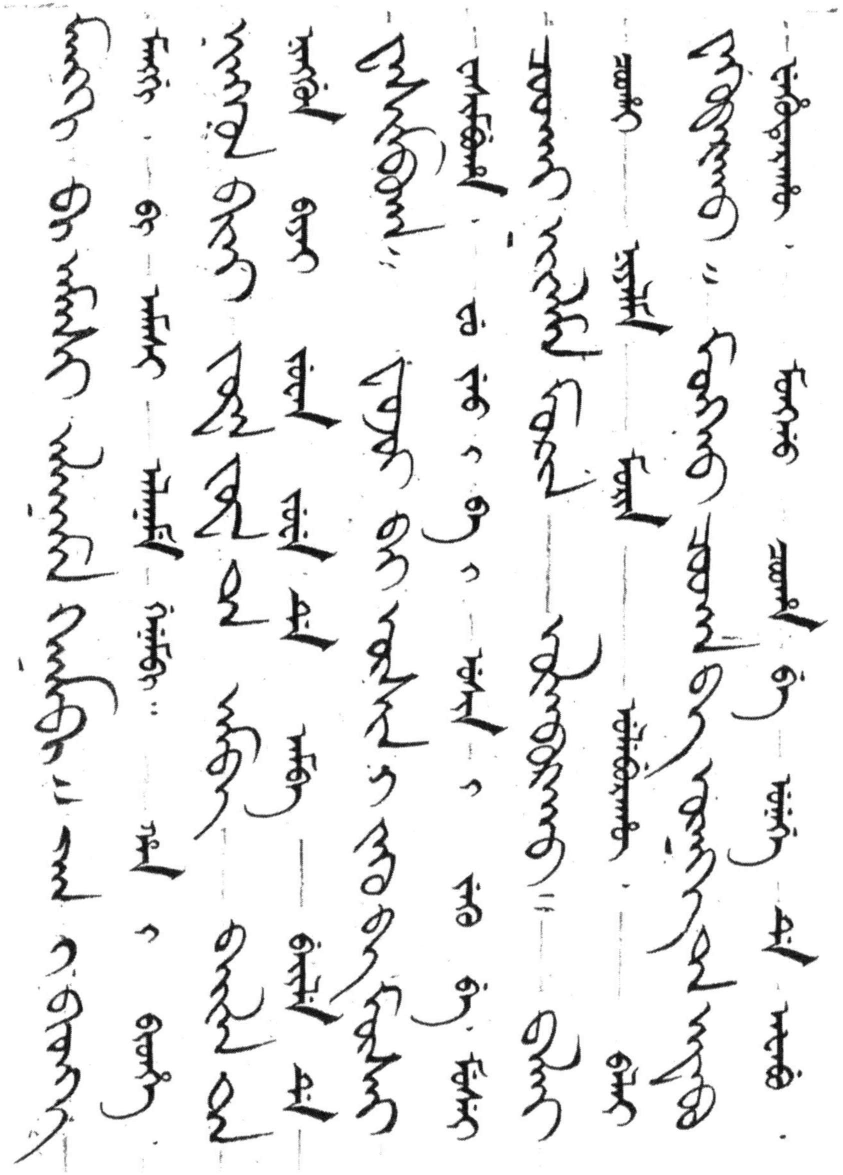

manggi, bi amasi alaname genembi. han i bithe, ninggun biyai juwan juwe de amba beile de wasimbuha, fu jeo i ba i usin i jeku be, musei coohai niyalma morin uleburahū, balai fehuterahū, monggo cooha be unege de afabu.

我再返回稟告。」六月十二日，汗頒書諭大貝勒曰：「恐復州地方之田糧為我兵丁餵馬，胡妄踐踏，著將蒙古兵交付烏訥格。

我再返回禀告。」六月十二日，汗颁书谕大贝勒曰：「恐复州地方之田粮为我兵丁喂马，胡妄践踏，着将蒙古兵交付乌讷格。

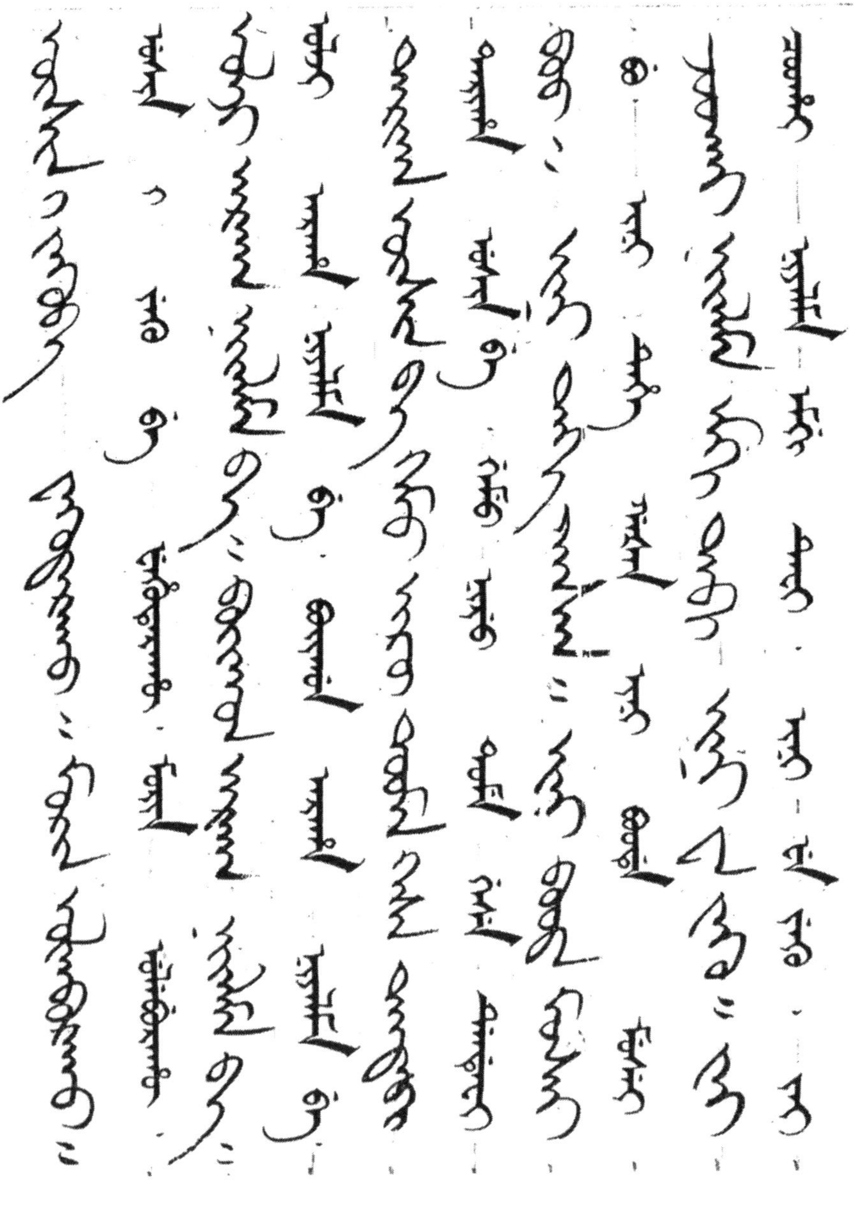

usin i jeku be fehuterahū, morin uleburahū, olji araha niyalma be, boigon araha niyalma be, tariha usin be, gemu niru tome gese dendefi bu. ini tehe gašan, ini boode musei coohai niyalma emgi tefi, ini fe jeku, jai

---

恐田糧被踐踏，恐餵馬，將被俘之人、編戶之人及所耕種之地，皆平分給與各牛彔。其所住之鄉屯、住宅，與我兵丁同住，將其舊糧及

恐田粮被践踏，恐喂马，将被俘之人、编户之人及所耕种之地，皆平分给与各牛彔。其所住之乡屯、住宅，与我兵丁同住，将其旧粮及

八、牲畜充公

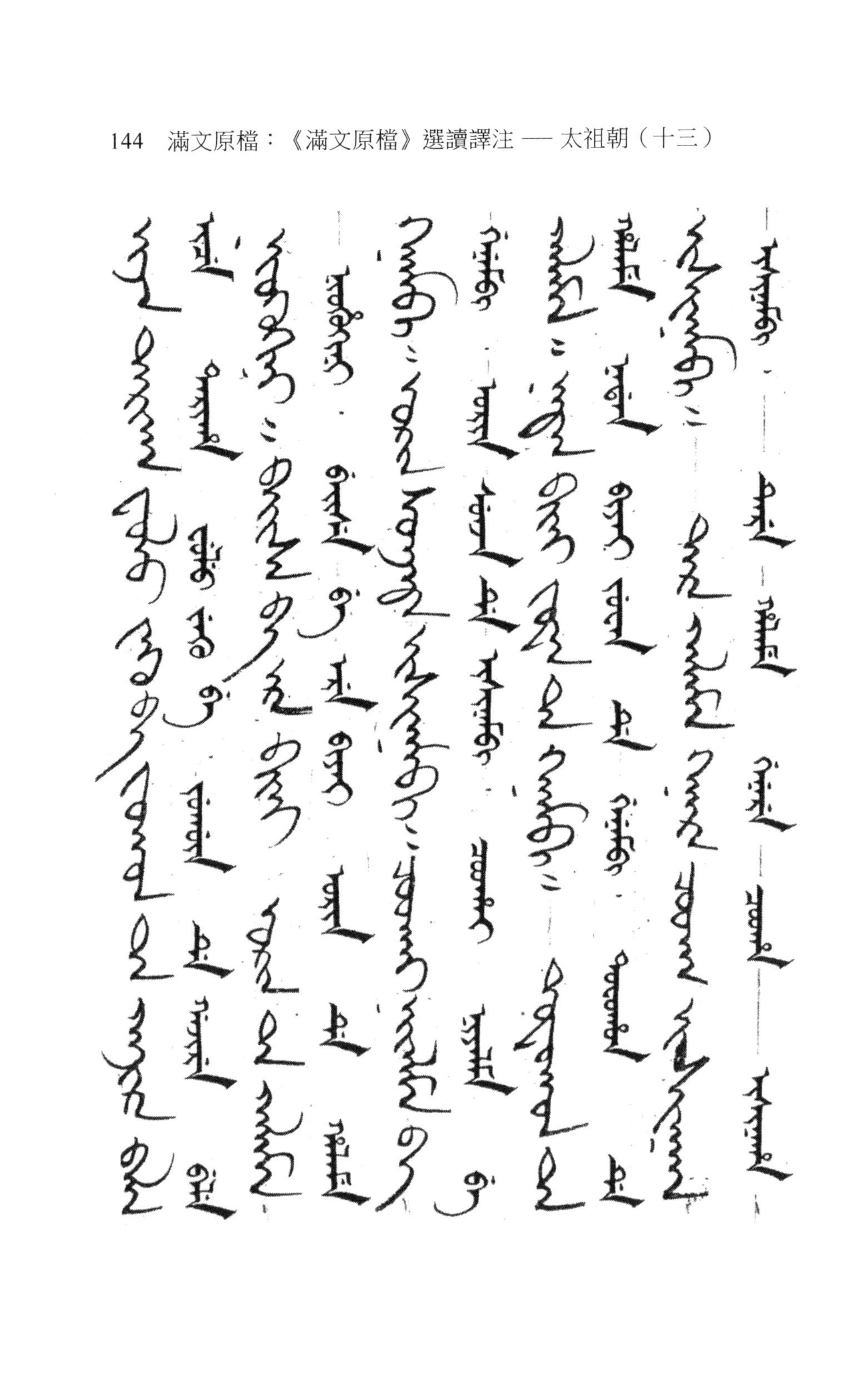

ice tariha fulu jeku be, jugūn de gajire bele niohukini. beise be ere biyai orin de halame genembi, orin sunja de isinambi. coohai niyalma be halame nadan biyai juwan de genembi, tofohon de isinambi. tere halame genere cooha isinaha

---

新種早穀，舂搗為路上攜帶之米。諸貝勒於本月二十日前往替換，二十五日到達。替換兵丁於七月初十日前往，十五日到達。前往替換之兵到達後，

新种早谷，舂捣为路上携带之米。诸贝勒于本月二十日前往替换，二十五日到达。替换兵丁于七月初十日前往，十五日到达。前往替换之兵到达后，

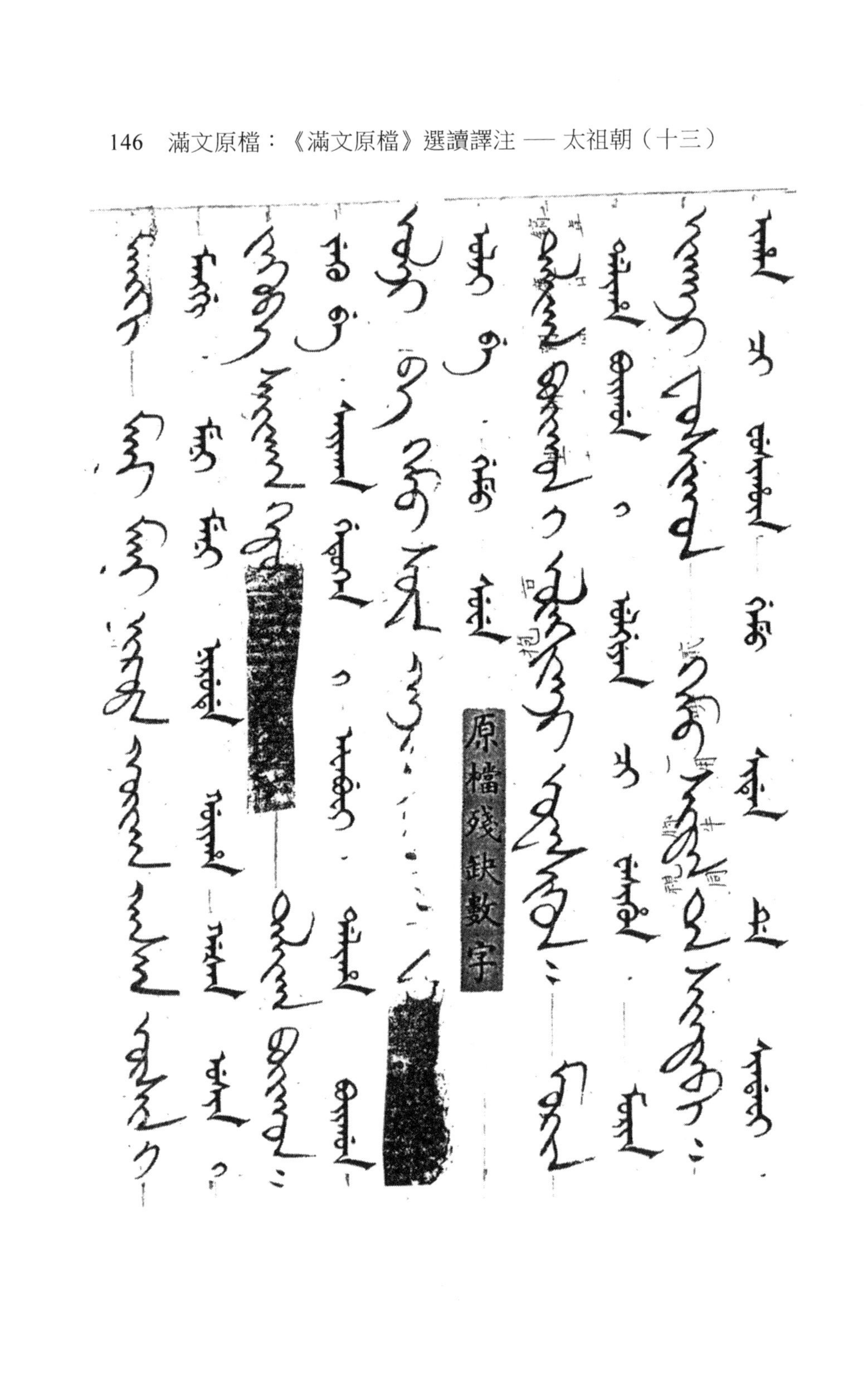

原檔殘缺數字

manggi, meni meni nirude goiha gašan usin i jeku be, saikan getuken i afabufi, daliha boigon olji be, gemu suwe [原檔殘缺數字] daliha boigon i ulgiyan ci wesihun, morin, ihan ci fusihūn, gemu siden de sindafi,

---

將應攤派鄉屯田糧，妥善明白交付各該牛彔，將攔回戶口及俘虜，皆由爾等[原檔殘缺數字]。其攔回戶口之豬以上，馬、牛以下牲畜皆充公。

将应摊派乡屯田粮妥善明白交付各该牛彔，将拦回户口及俘虏，皆由尔等[原档残缺数字]。其拦回户口之猪以上，马、牛以下牲畜皆充公。

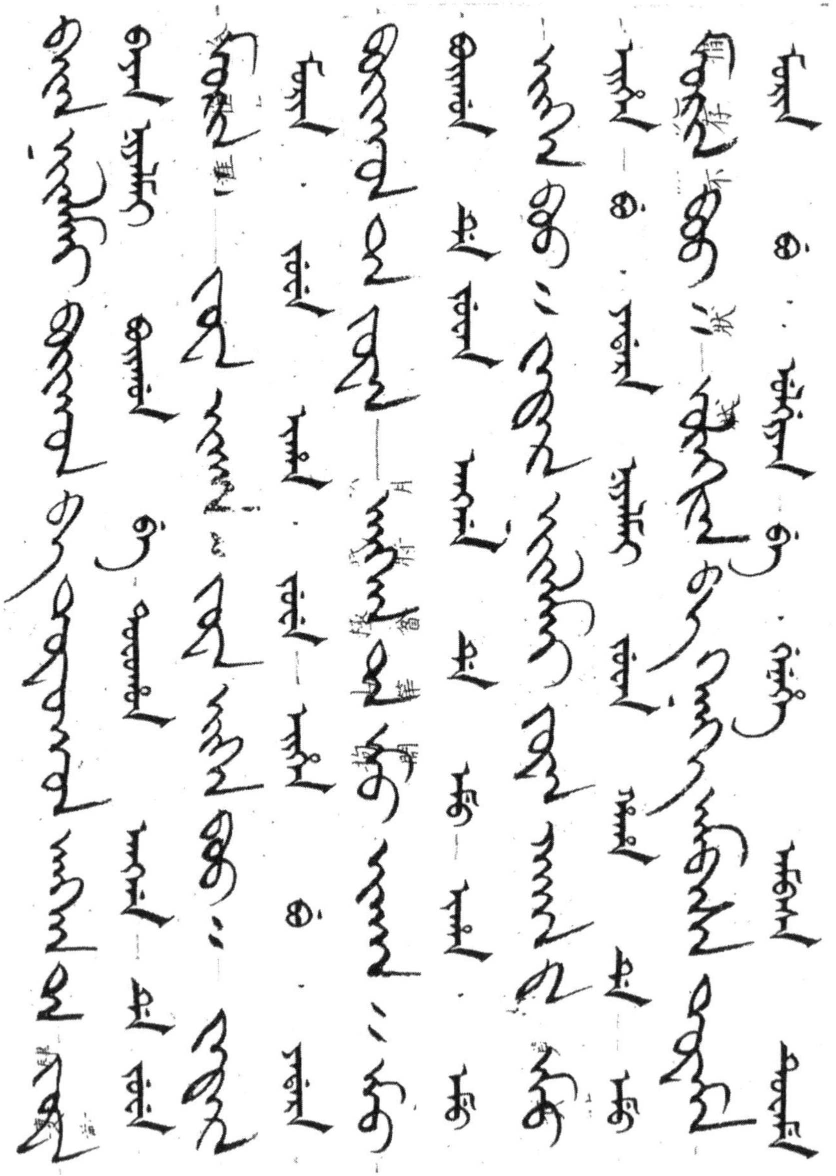

bayan niyalmai boigon be tofohon angga de juwe morin, juwe ihan, juwe eihen bu. yadara boigon de juwan angga de emu ihan, emu eihen bu. yadara niyalmai juwan haha de emu morin bu. ulgiyan be, genehe ambasa tuwame

---

富人之戶每十五口給馬二匹、牛二頭、驢二隻；貧戶每十口給牛一頭、驢一隻。貧窮之人每十丁給馬一匹。至於豬隻，則由前往眾大臣酌情

富人之户每十五口给马二匹、牛二头、驴二只；贫户每十口给牛一头、驴一只。贫穷之人每十丁给马一匹。至于猪只，则由前往众大臣酌情

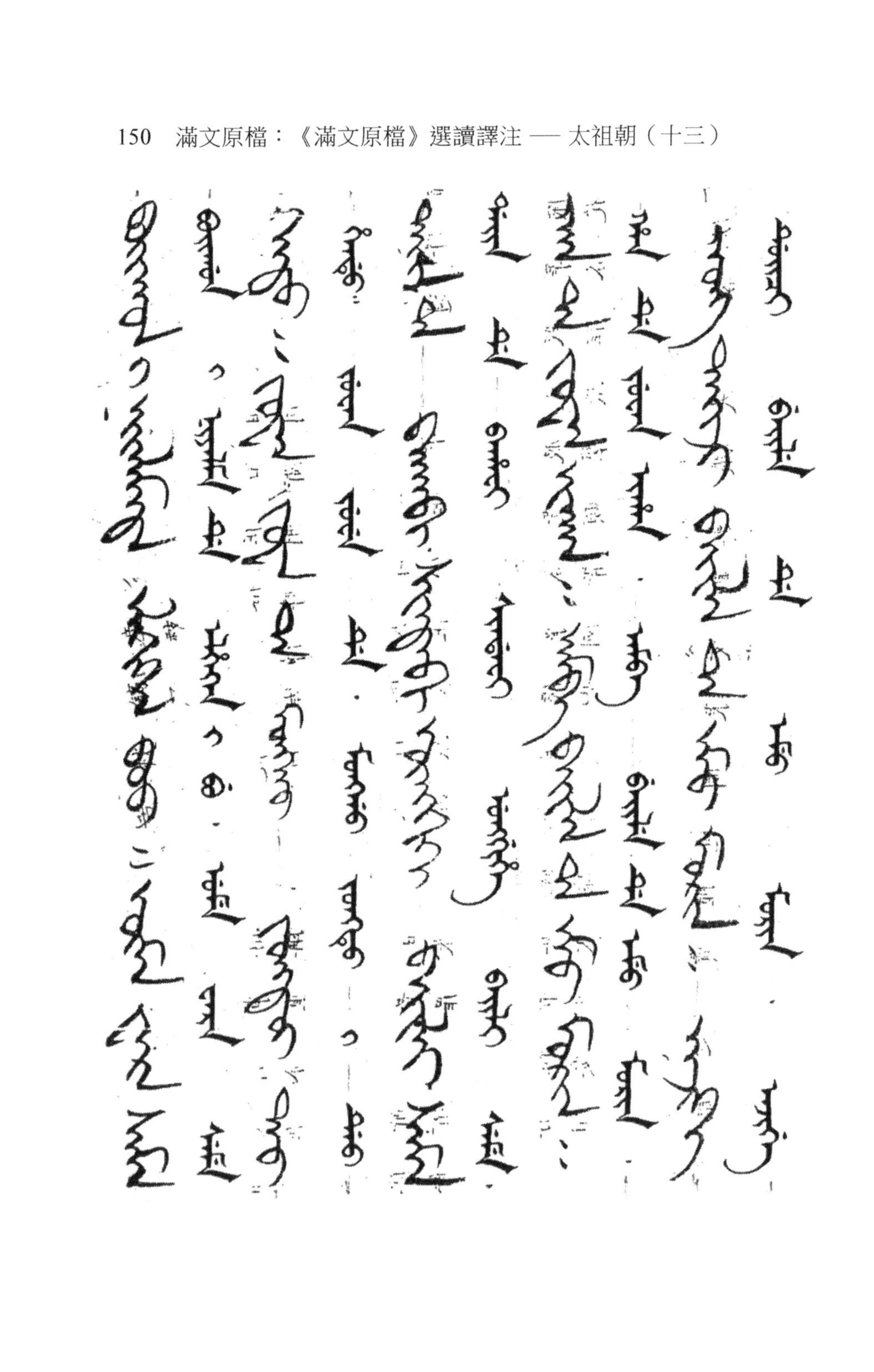

boigon i niyalma de elheken i bu, ume wara seme hendu. juwan juwe de, monggo jongtu i deo dain de bahafi sindafi unggihe baili seme, han de juwan ihan, amba beile de emu morin, hong taiji beile de emu morin, ajige

---

緩給各戶之人，不得宰殺。」十二日，曾於陣前被擒獲，後放回之蒙古鐘圖之弟，為謝恩，攜來呈獻汗牛十頭、大貝勒馬一匹、洪台吉貝勒馬一匹、

缓给各户之人，不得宰杀。」十二日，曾于阵前被擒获，后放回之蒙古钟图之弟，为谢恩，携来呈献汗牛十头、大贝勒马一匹、洪台吉贝勒马一匹、

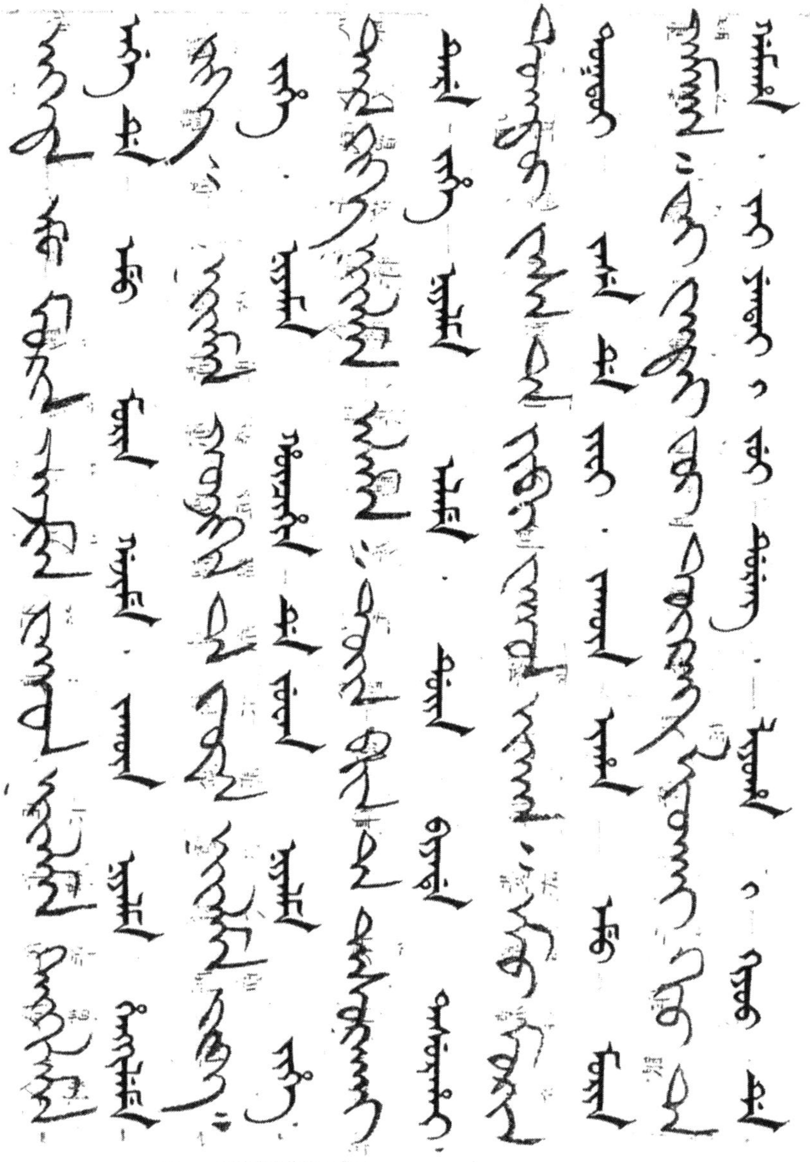

age de emu morin gajime, jakūn niyalma hengkileme jihe. niyaman hūncihin de juwan niyalma jihe. tere jihe niyalma alame, duin biyade, tasurhai, toktoi jase de jifi, jakūn ihan, emu morin gamaha. jai yentai i jui dureng, liyoha i kiyoo de

---

阿濟格阿哥馬一匹，並遣八人前來叩謝。親戚十人前來。其前來之人告稱：「四月，塔蘇爾海、托克托依前來邊境後，牽去牛八頭、馬一匹。再者，殷泰之子杜楞於遼河橋

阿济格阿哥马一匹，并遣八人前来叩谢。亲戚十人前来。其前来之人告称：「四月，塔苏尔海、托克托依前来边境后，牵去牛八头、马一匹。再者，殷泰之子杜楞于辽河桥

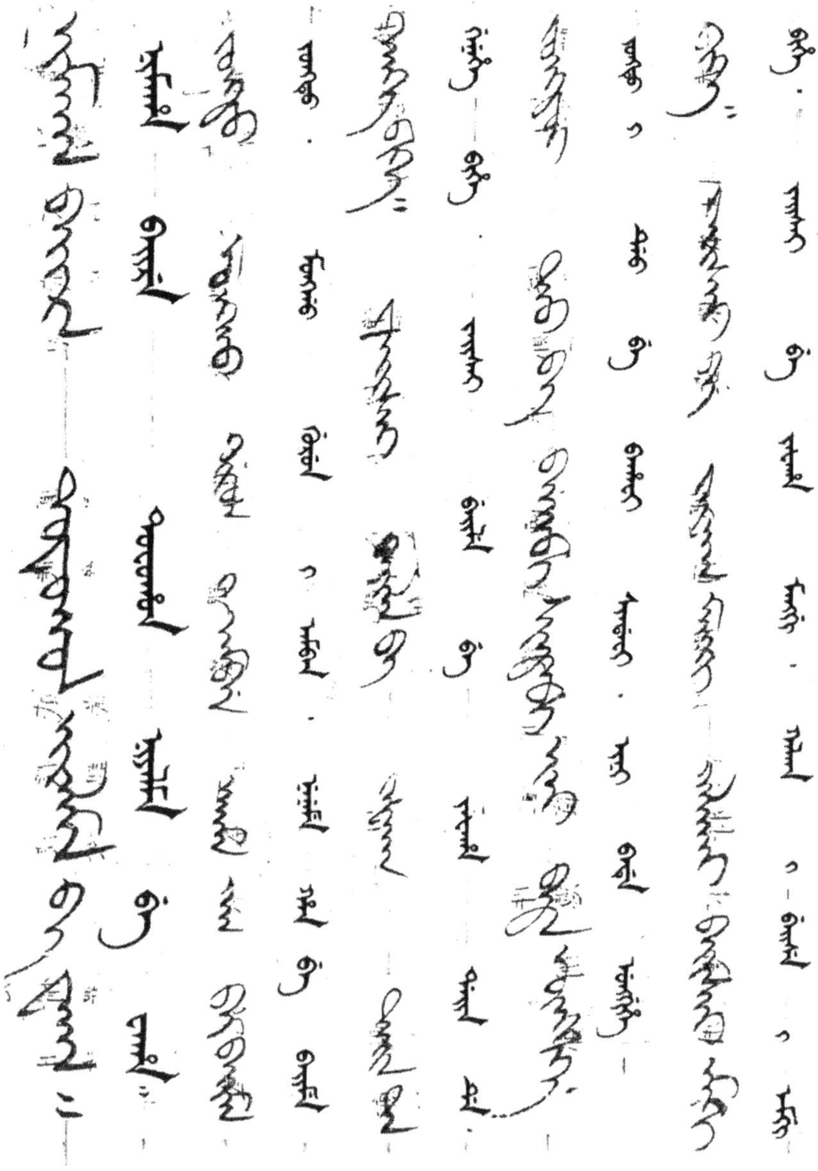

nimaha baire tofohon niyalma be waha. (jongtu, monggo gurun i amban, neneme han be baime genehe bihe. jaisai beile be jafaha dain de, jongtu i deo be bahafi sindafi, ini bade unggihe bihe. jaisai be jafaha manggi, kalka i beise i emgi

---

殺害捕魚之十五人。」（原注：鐘圖係蒙古國之大臣，先前曾往投汗。陣擒齋賽貝勒時，擒獲鐘圖之弟，其後釋放，遣回其地。擒齋賽後，曾與喀爾喀諸貝勒

杀害捕鱼之十五人。」（原注：钟图系蒙古国之大臣，先前曾往投汗。阵擒斋赛贝勒时，擒获钟图之弟，其后释放，遣回其地。擒斋赛后，曾与喀尔喀诸贝勒

九、傘旗揚威

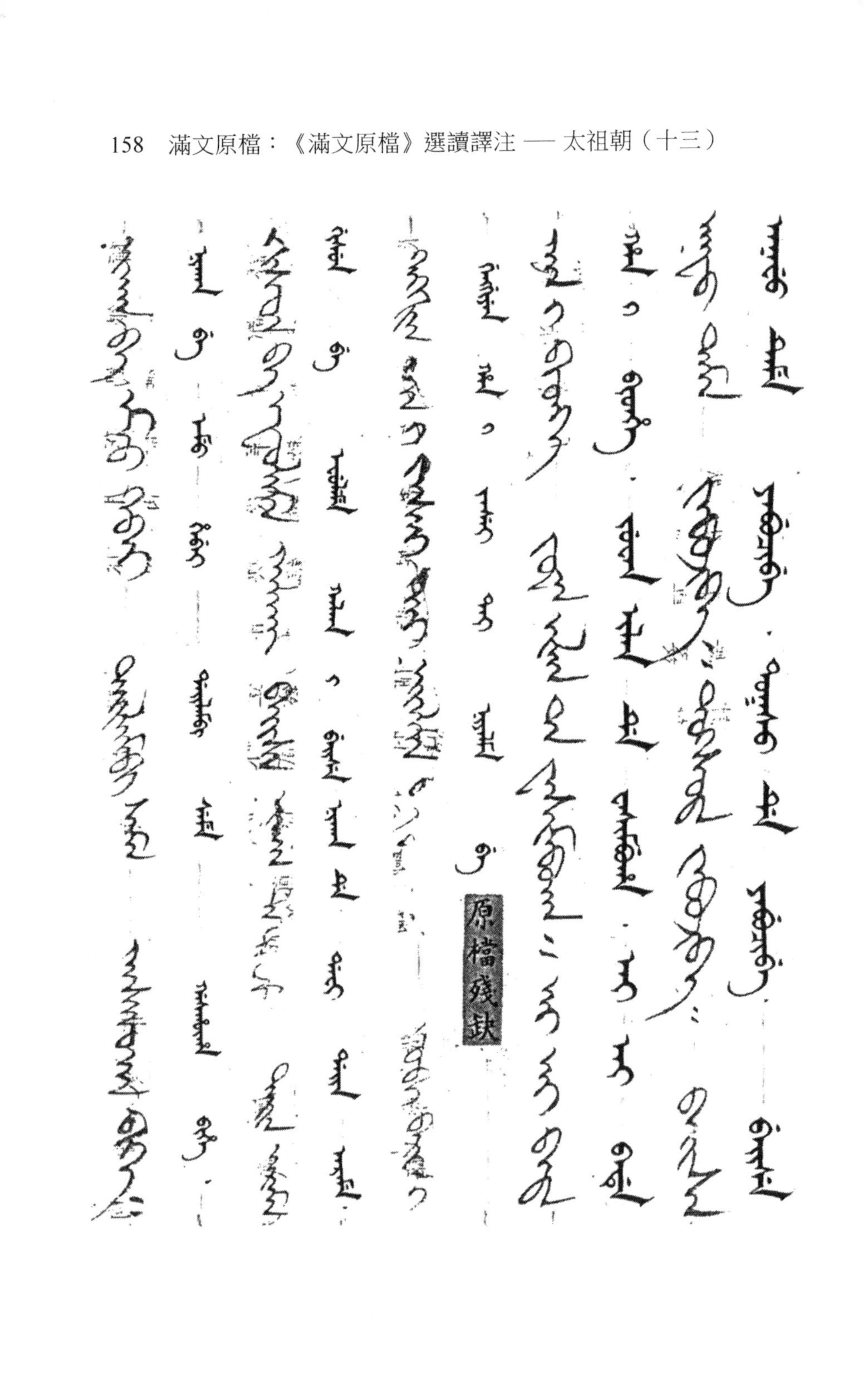

原檔殘缺

nikan be emu hebei dailambi seme gashūha bihe. gisun be efuleme kalka i beise nikan de dafi dain arame, genggiyen han i jasei tai niyalma be [原檔殘缺]) han i bithe, juwan ilan de wasimbuha, ai ai bade anafu teme yabucibe, tokso de yabucibe, beise

---

盟誓一同商議伐明。後因喀爾喀諸貝勒違悖誓言助明，以致征戰，將英明汗邊境臺站之人[原檔殘缺]。）十三日，汗頒書諭曰：「無論前往何處戍守，或前往莊屯，

盟誓一同商议伐明。后因喀尔喀诸贝勒违悖誓言助明，以致征战，将英明汗边境台站之人[原档残缺]。）十三日，汗颁书谕曰：「无论前往何处戍守，或前往庄屯，

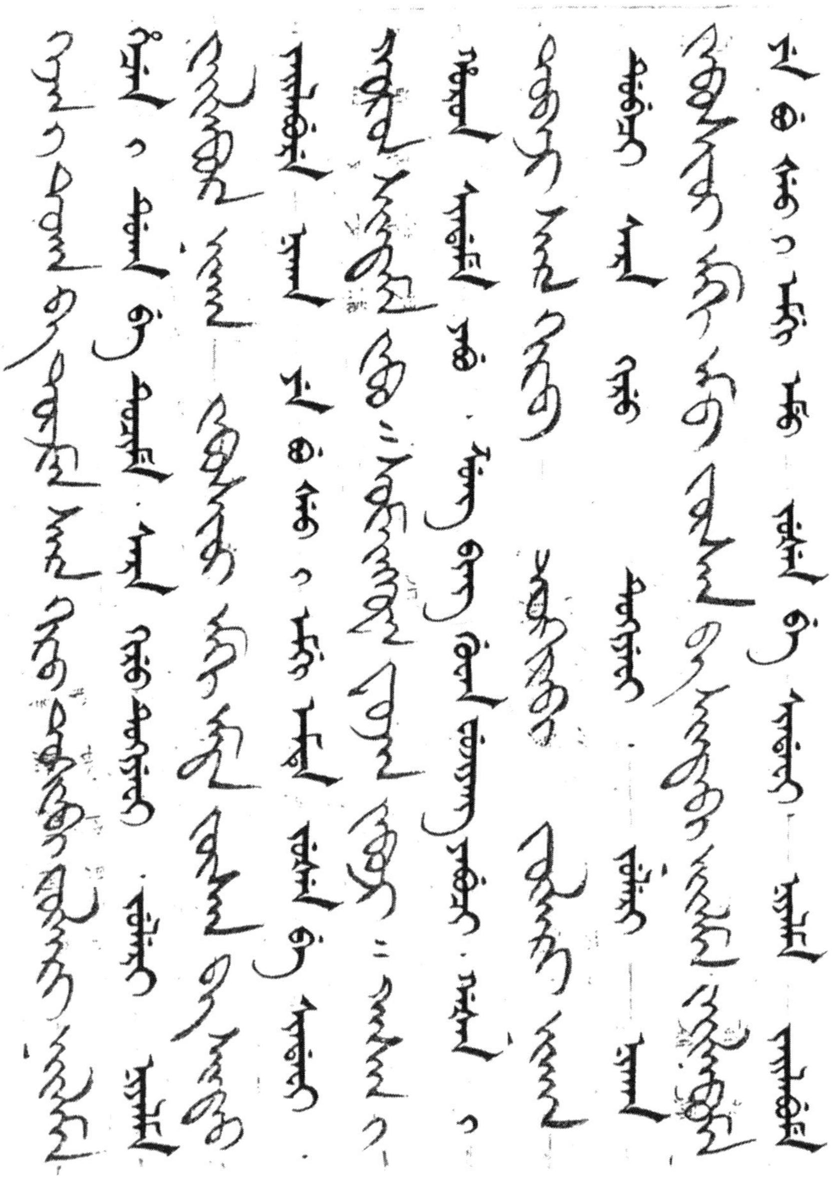

hecen i duka be tucime, sara kiru tukiyefi, juleri niyalma jailabure nikan, ye bu šeo i emgi emte jušen be sindafi, horon sindame yabu. dzung bing guwan, fujiyang yabuci, gašan i dubeci sara kiru tukiyefi, juleri nikan, ye bu šeo i emgi emu jušen be sindafi, niyalma jailabume

---

諸貝勒出城門，舉傘旗，令前面行人迴避，開道漢人、夜捕守[11]，派出諸申各一人相伴，揚威而行；總兵官、副將出行，自鄉屯外舉傘旗，前面漢人、夜捕守，派出一諸申相伴，令行人迴避；

诸贝勒出城门，举伞旗，令前面行人回避，开道汉人、夜捕守，派出诸申各一人相伴，扬威而行；总兵官、副将出行，自乡屯外举伞旗，前面汉人、夜捕守，派出一诸申相伴，令行人回避；

---

[11] 夜捕守，《滿文原檔》寫作"jabosio"，《滿文老檔》讀作"ye bu šeo"。按夜捕守，或作「夜不收」，原指軍營派出晝夜偵察敵情之哨探。

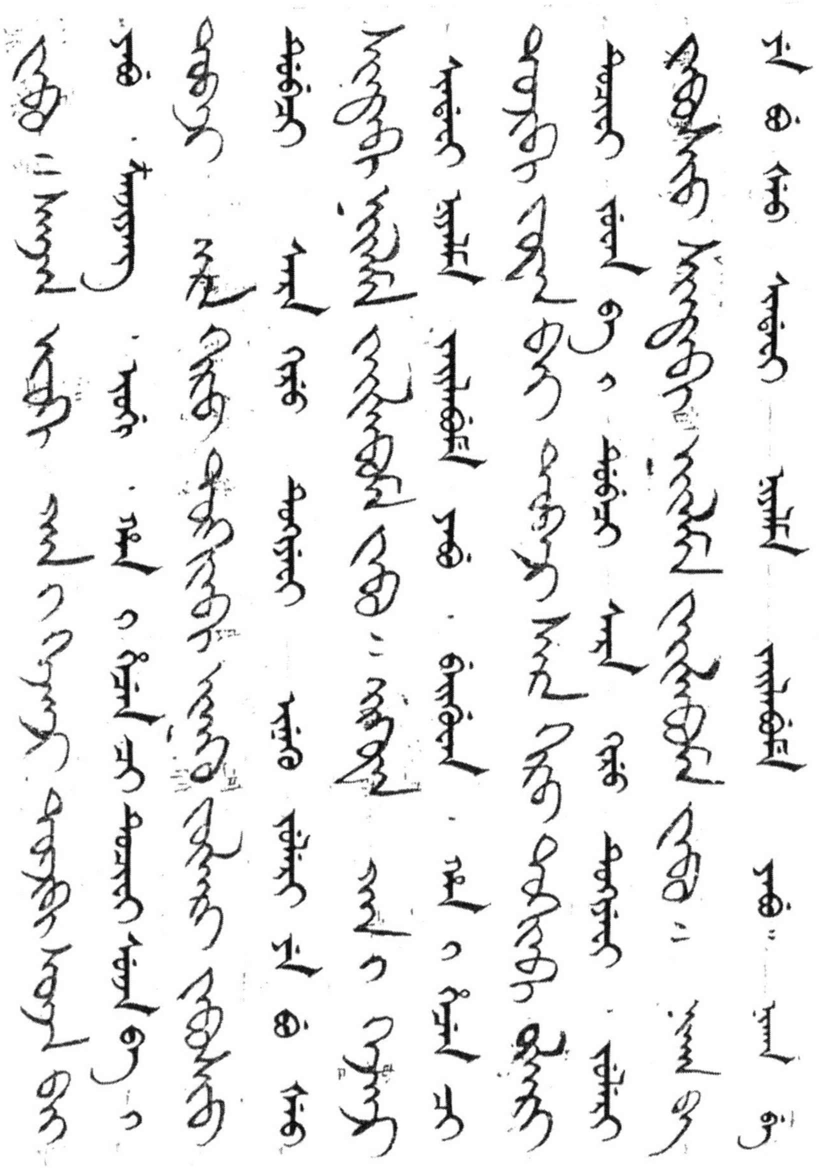

yabu. ts'anjiyang, iogi, han i hecen ci tucifi, sunja ba i dubeci sara kiru tukiyefi, ineku juleri ye bu šeo sindafi, niyalma jailabume yabu. beiguwan, han i hecen ci tucifi, juwan ba i dubeci sara kiru tukiyefi, juleri ye bu šeo sindafi, niyalma jailabume yabu. (nikan be

---

参將、遊擊出汗城後，於五里外舉傘旗，同樣在前面派出夜捕守，令行人迴避；備禦官出汗城後，於十里外舉傘旗，在前面派出夜捕守，令行人迴避。」

参将、游击出汗城后，于五里外举伞旗，同样在前面派出夜捕守，令行人回避；备御官出汗城后，于十里外举伞旗，在前面派出夜捕守，令行人回避。」

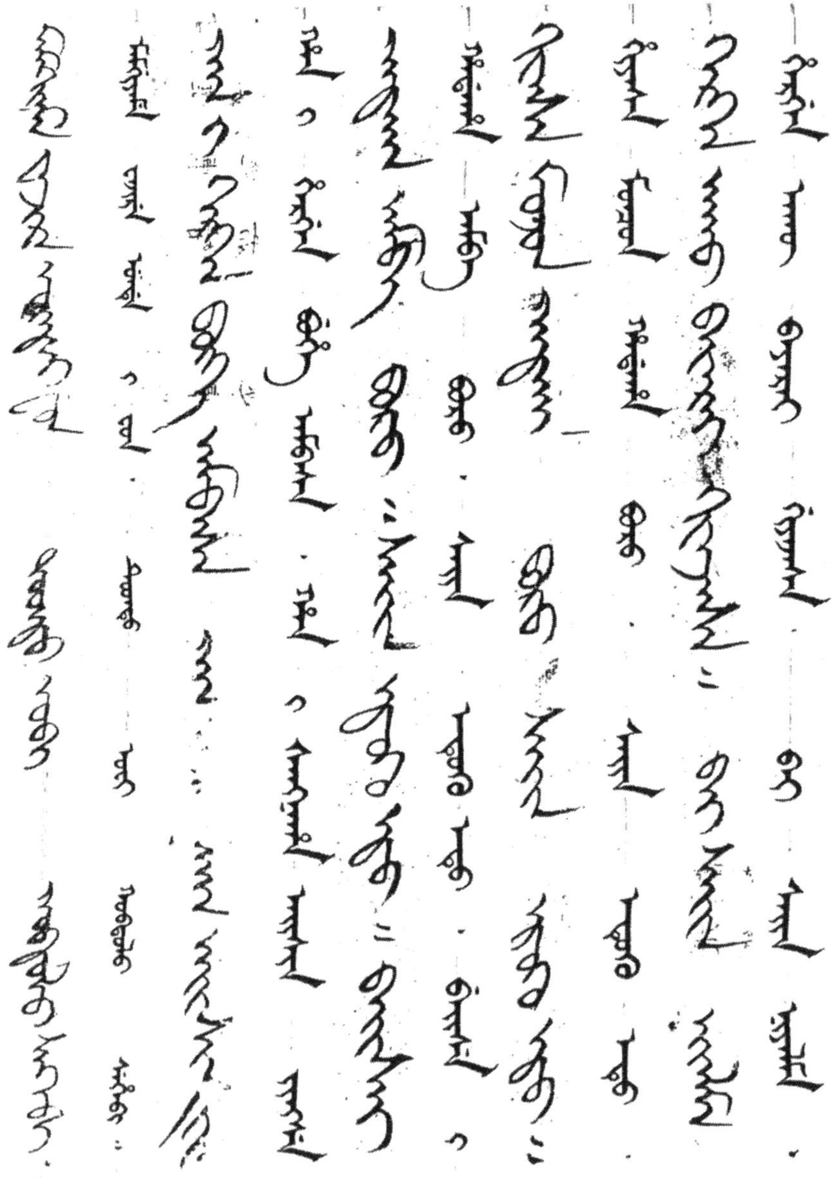

mamgiyame wajire unde i fon, tuttu ofi kobtolo sehebi.) han i hergen buhe ambasa, han i šangnaha aisin jingse hadaha amba boro, sain etuku etu. beise i hiyasa, moncon hadaha boro, sain etuku etu, hergen akū bayarai giyajasa, bai sain niyalma,

---

（原注：漢人奢靡未盡之時，因此待人敬謹也。）汗賜職銜之眾大臣，汗賞戴釘金頂大涼帽，著華服。眾貝勒之侍衛戴菊花頂涼帽，著華服。無職巴牙喇眾隨侍、無職良民，

（原注：汉人奢靡未尽之时，因此待人敬谨也。）汗赐职衔之众大臣，汗赏戴钉金顶大凉帽，着华服。众贝勒之侍卫戴菊花顶凉帽，着华服。无职巴牙喇众随侍、无职良民，

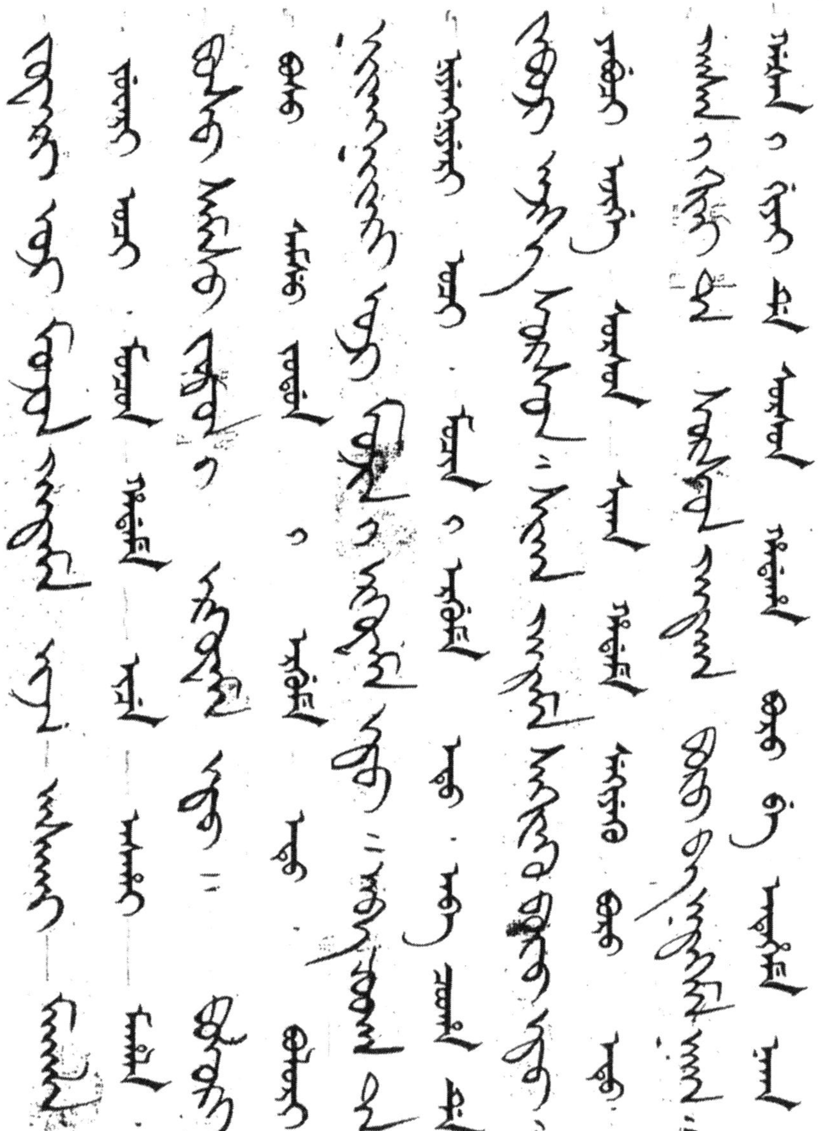

juwari oci, moncon hadame ice ashai mahala, boso samsu jodon i ergume etu. bolori, niyengniyeri oci, mocin i ergume etu. aba, cooha de yabuci, ajige sorson sika hadame sekiyeku boro etu. gašan i giyai de sorson hadaha boro be enteheme naka,

---

夏則戴釘菊花頂新紗帽，著翠藍布或葛布之朝衣，春、秋則著毛青布朝衣。行圍、行軍時，則戴釘小雨纓草帽、涼帽。於鄉屯街道，則永禁戴釘雨纓之涼帽。

夏则戴钉菊花顶新纱帽，着翠蓝布或葛布之朝衣，春、秋则着毛青布朝衣。行围、行军时，则戴钉小雨缨草帽、凉帽。于乡屯街道，则永禁戴钉雨缨之凉帽。

十、舉發奸細

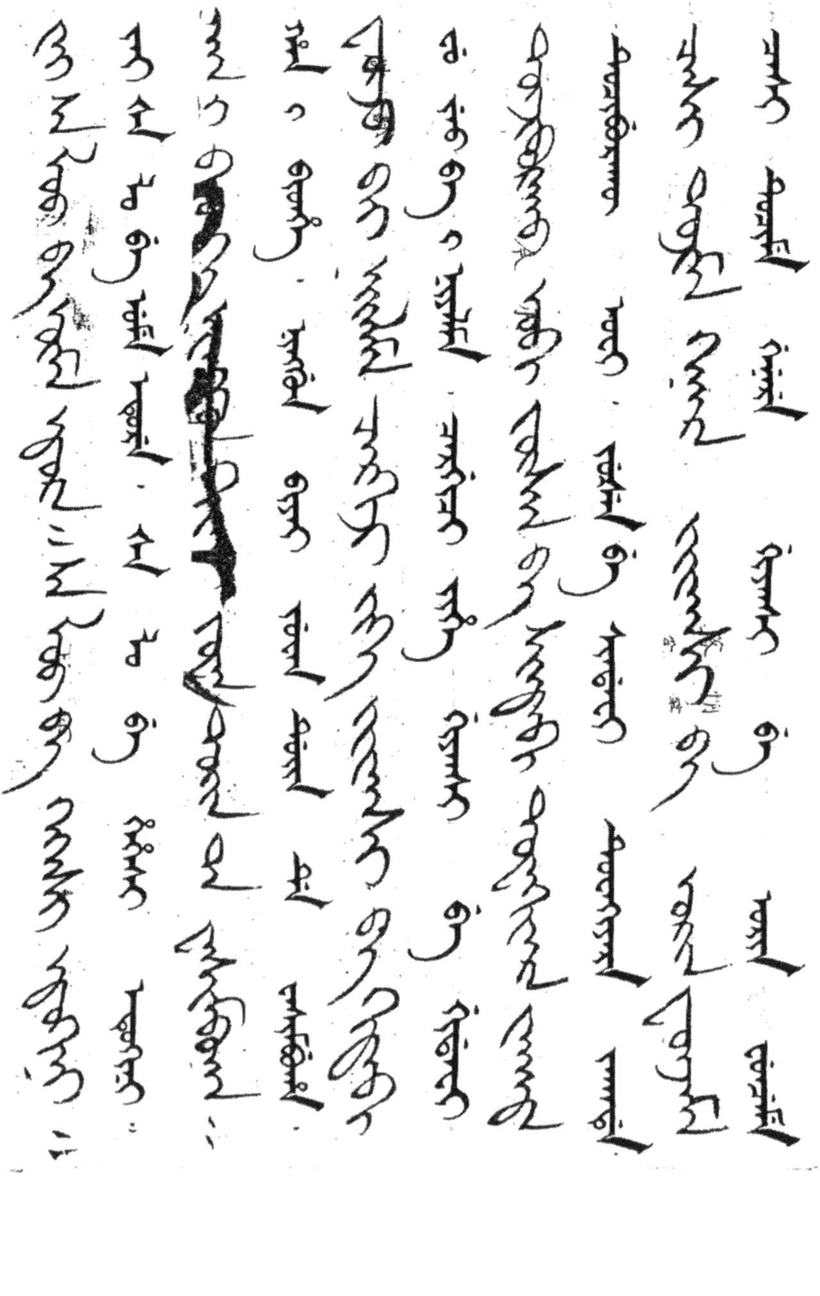

jai ša lo be ume eture, ša lo be hehesi etukini. han i bithe, ninggun biyai juwan duin de wasimbuha, fu jeo ba i niyalma, cargici jihe giyansi be gidafi tuciburakū ofi, jušen be sindafi tuwakiyara jakade, casi tucime genere giyansi be orin funceme

---

勿穿紗羅，著將紗羅給與婦女穿著。六月十四日，汗頒書諭曰：「因復州地方之人隱匿從他處前來之奸細不舉發，故派出諸申監視，並拏獲前往彼處之奸細二十餘名。

勿穿纱罗，着将纱罗给与妇女穿着。六月十四日，汗颁书谕曰：「因复州地方之人隐匿从他处前来之奸细不举发，故派出诸申监视，并拏获前往彼处之奸细二十余名。

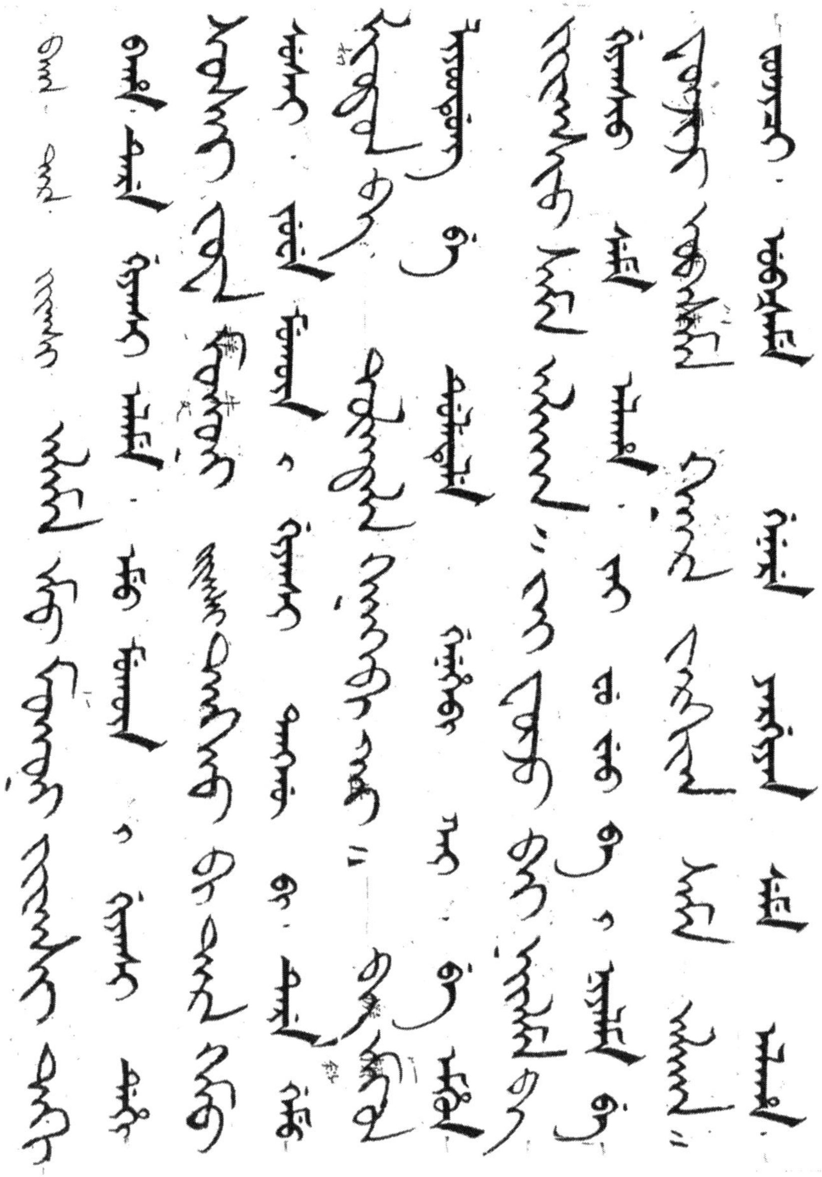

baha. tere giyansi alame, emu mukūn i giyansi dehi susai, juwe mukūn i giyansi tanggū bi, tere gemu liyoodung be duletele genehebi kai. be emhun giyansio seme alaha. jai fu jeo ba i niyalma be fonjici, ubašame genere yargiyan seme alaha.

該奸細告稱：「一族之奸細有四十、五十人，二族之奸細有百人，皆過遼東而去矣，豈唯獨我等為奸細耶？」又經詢問復州地方之人，告稱：「叛去屬實。」

该奸细告称：「一族之奸细有四十、五十人，二族之奸细有百人，皆过辽东而去矣，岂唯独我等为奸细耶？」又经询问复州地方之人，告称：「叛去属实。」

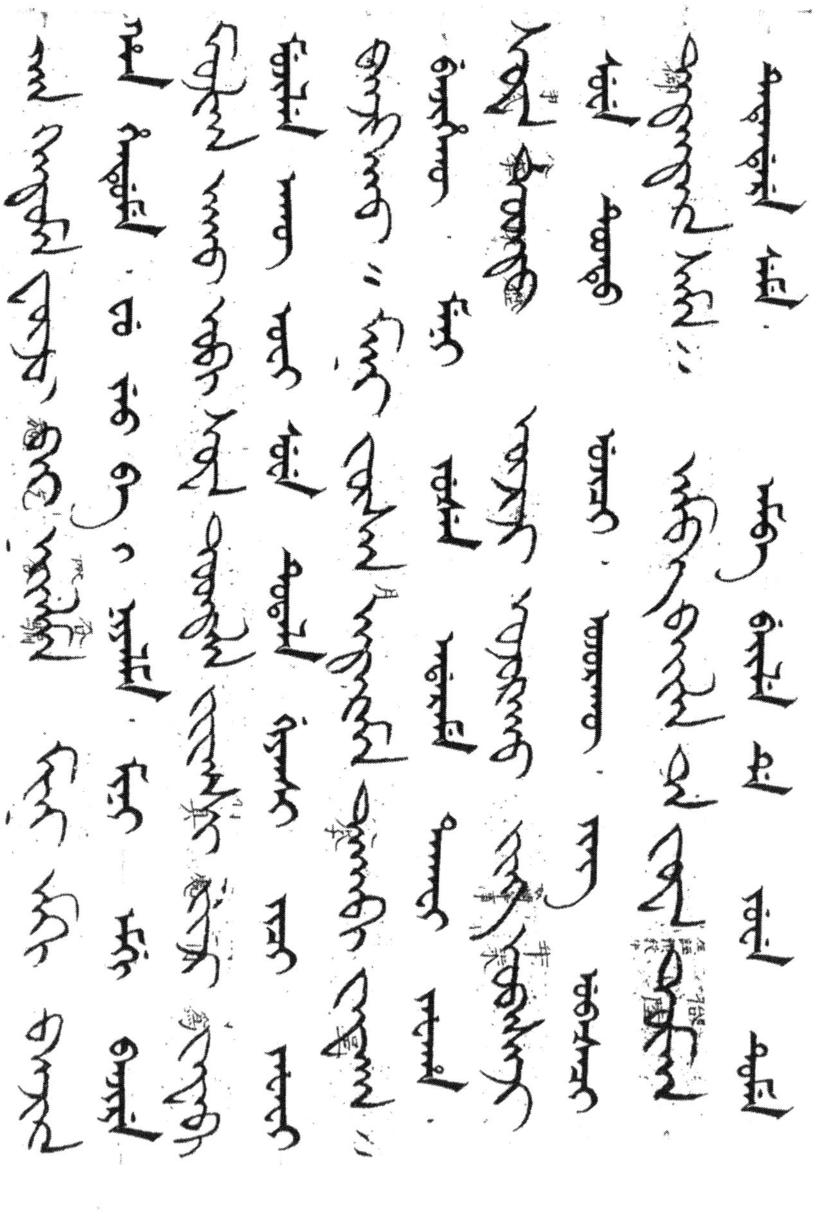

han hendume, fu jeo ba i niyalma, mini emgi banjire mujilen akū ofi, suwe tutala giyansi jici jafafi benjihekū, meni jušen adarame takafi jafaha. suwe tuttu ujici, ojorakū. jing ubašaci tetendere seme, amba beile de juwe tumen

---

汗曰：「復州地方之人，與我因無同生之心，故有如此眾多之奸細前來，爾等未擒拏解來我諸申，又如何察知而擒拏？爾等不可如此養育之。」今既反叛，即遣大貝勒率兵二萬名

汗曰：「复州地方之人，与我因无同生之心，故有如此众多之奸细前来，尔等未擒拏解来我诸申，又如何察知而擒拏？尔等不可如此养育之。」今既反叛，即遣大贝勒率兵二万名

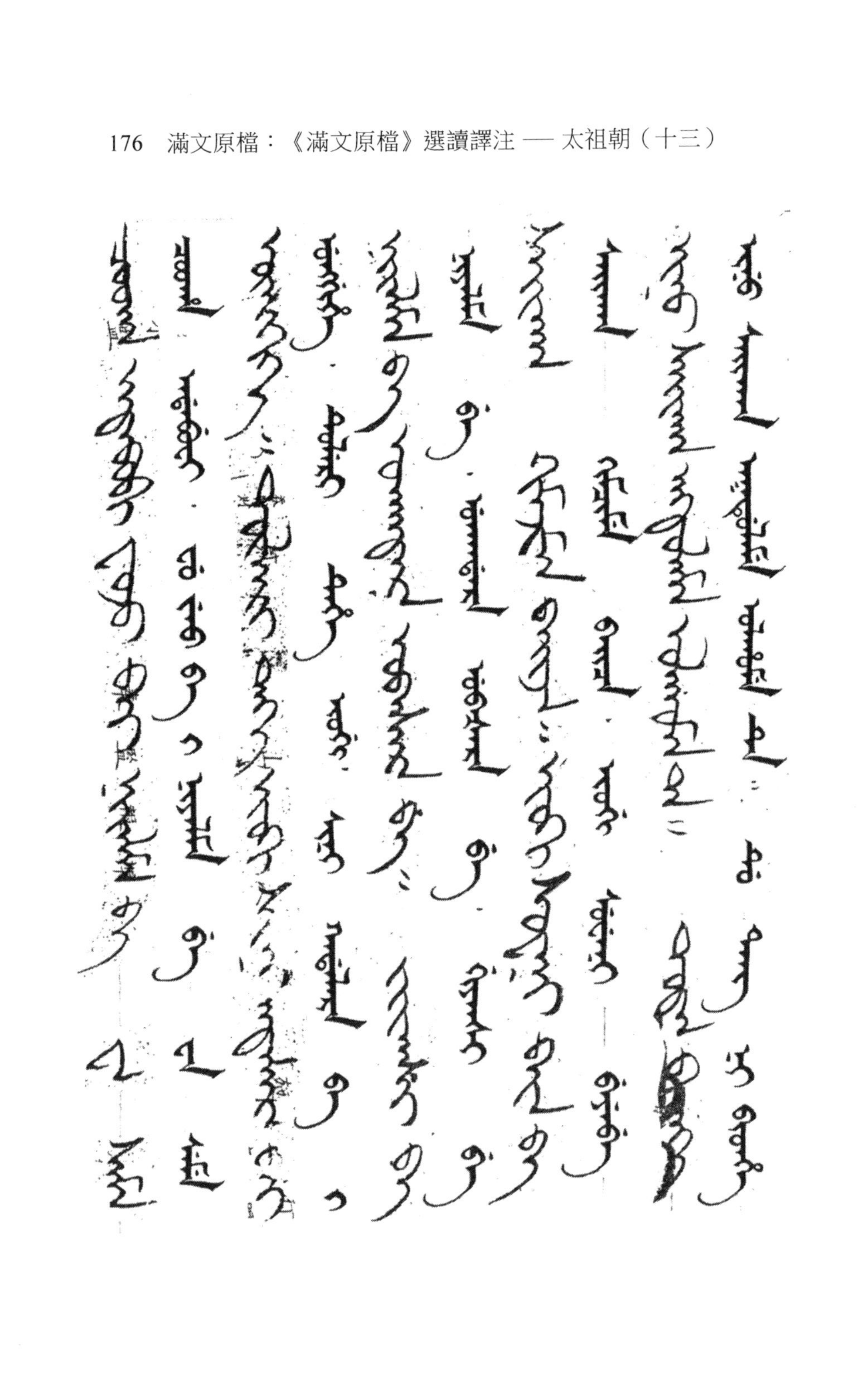

cooha adabufi, fu jeo ba i niyalma be wa seme unggihe. tuleri tehe iogi, sini kadalara ba i niyalma be, ukandara ubašara be, giyansi be saikan kimcime baica. iogi suweni beyebe inu saikan akdulame olhome te. du tang ni bithe,

---

前往殺復州地方之人。駐紮外邊遊擊，當妥善詳查爾所轄地方之人、叛逃及奸細。遊擊爾等自身亦當妥善謹慎防守。是日，都堂頒書曰：

前往杀复州地方之人。驻扎外边游击，当妥善详查尔所辖地方之人、叛逃及奸细。游击尔等自身亦当妥善谨慎防守。是日，都堂颁书曰：

十一、盤查糧石

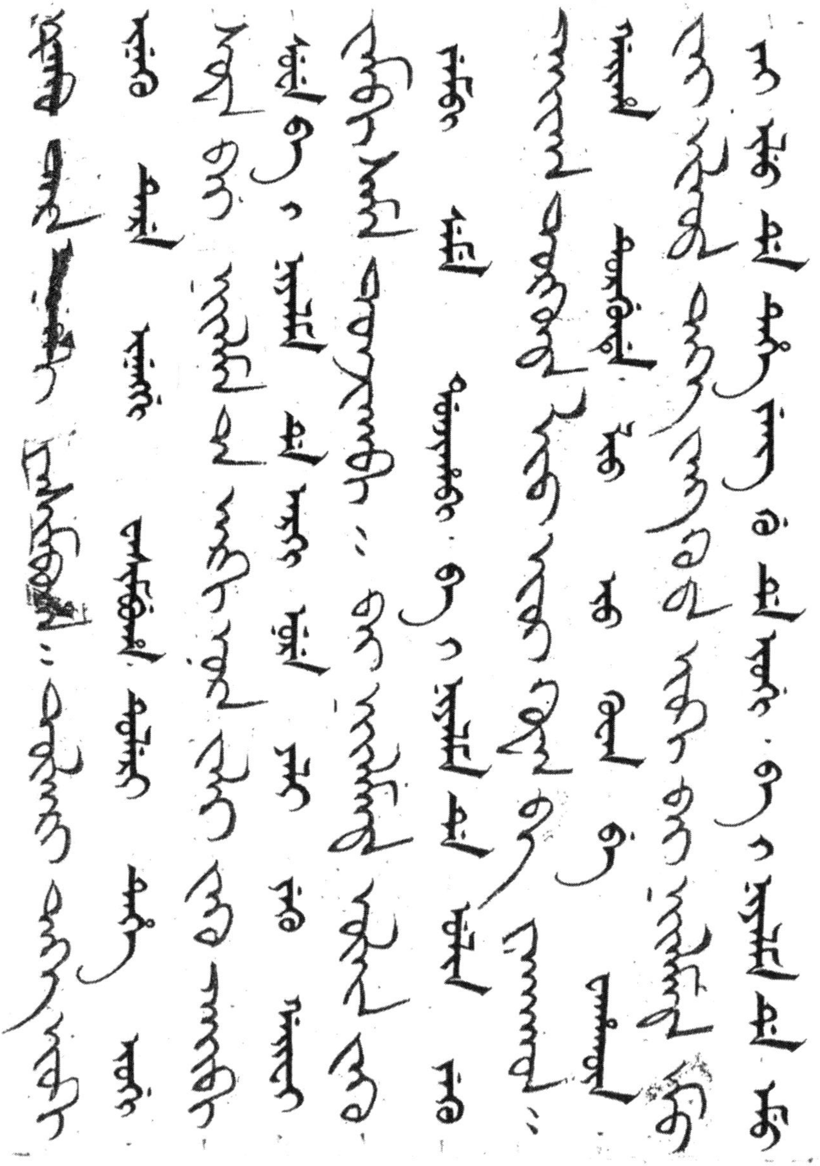

ineku tere inenggi wasimbuha, tuleri tehe iogi, suwe ba i niyalma de arki nure, yali, jeku gaifi jembi seme donjihabi, ba i niyalma de ulin jeku gaiha turgunde, lio io kuwan be wahakūn. jai ilu de tehe jeng gu de iogi, ba i niyalma de emu

---

駐紮外邊遊擊，聞爾等向地方之人索食酒、肉、糧，曾因索取地方之人財糧而殺劉有寬乎？又因聞駐紮懿路之鄭古德遊擊令地方之人

驻扎外边游击，闻尔等向地方之人索食酒、肉、粮，曾因索取地方之人财粮而杀刘有宽乎？又因闻驻扎懿路之郑古德游击令地方之人

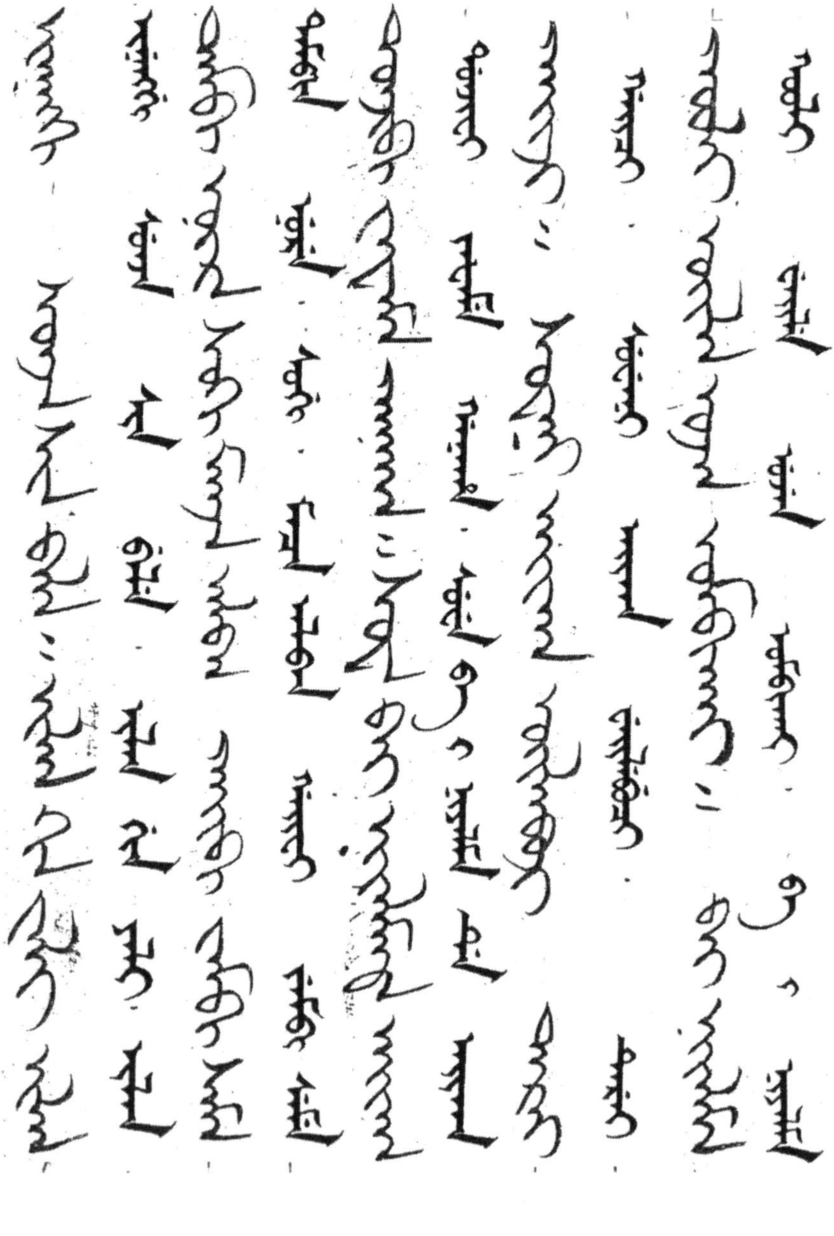

ineenggi sunja sin bele, ilan gin yali, ilan tampin nure, sogi, maca alban gaifi jembi seme donjifi jafame ganaha. suwe ba i niyalma de aika gaici, suweni aika weilebuci, terei kooli weile ujen ombikai. ba i niyalma

---

每日供米五斗、肉三斤、酒三壺、蔬菜、小根菜為官課而食，命前往緝拏。爾等倘若勒索地方之人、役使爾等之人，則按其例治以重罪。

每日供米五斗、肉三斤、酒三壶、蔬菜、小根菜为官课而食，命前往缉拏。尔等倘若勒索地方之人、役使尔等之人，则按其例治以重罪。

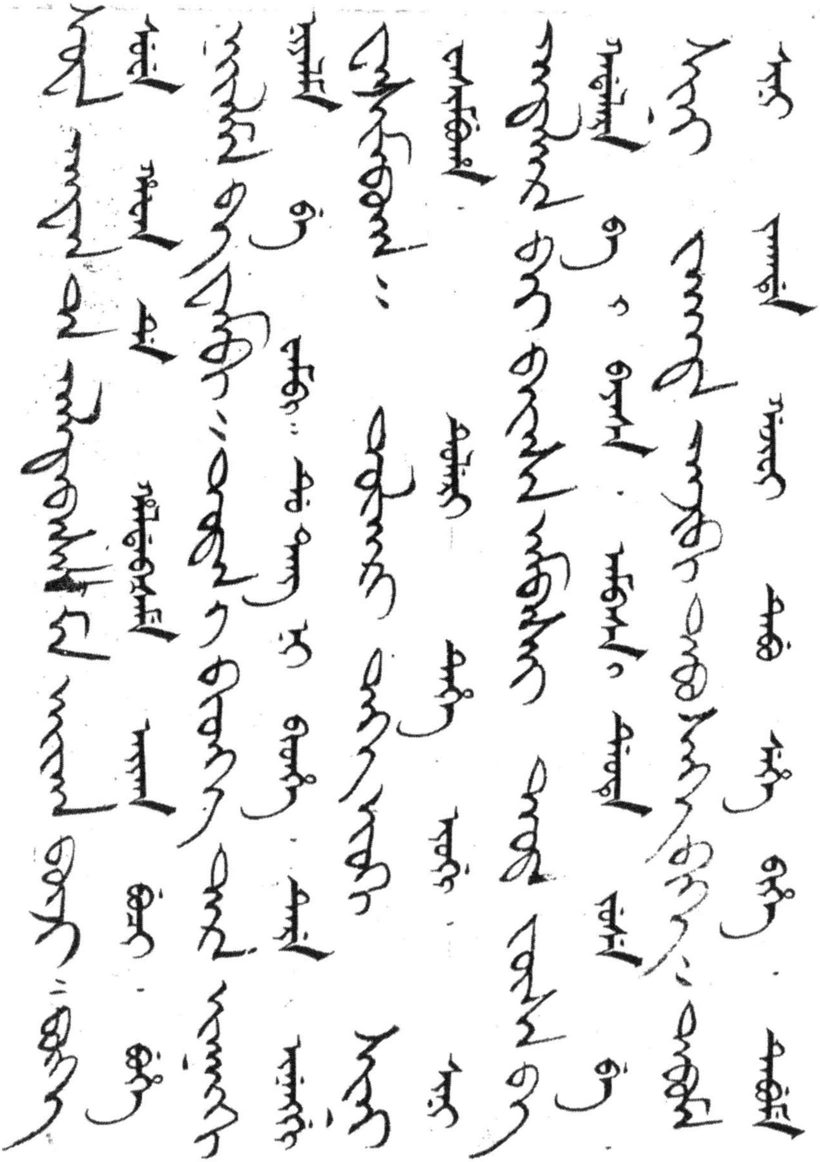

suwe hafan de haldabašame aika buci, buhe niyalma be wambi. du tang ni bithe, tere inenggi wasimbuha, tuleri tehe iogi, sini kadalara ba i bayasa, ambasa i deote juse be, sini jakade gajifi tebu sehe bihe. tebume

---

倘若地方之人迎合爾等官員而饋送，則殺饋送之人。是日，都堂頒書曰：「駐紮外邊遊擊，曾令爾所轄地方之富戶、眾大臣子弟，攜至爾處安置。

倘若地方之人迎合尔等官员而馈送，则杀馈送之人。是日，都堂颁书曰：「驻扎外边游击，曾令尔所辖地方之富户、众大臣子弟，携至尔处安置。

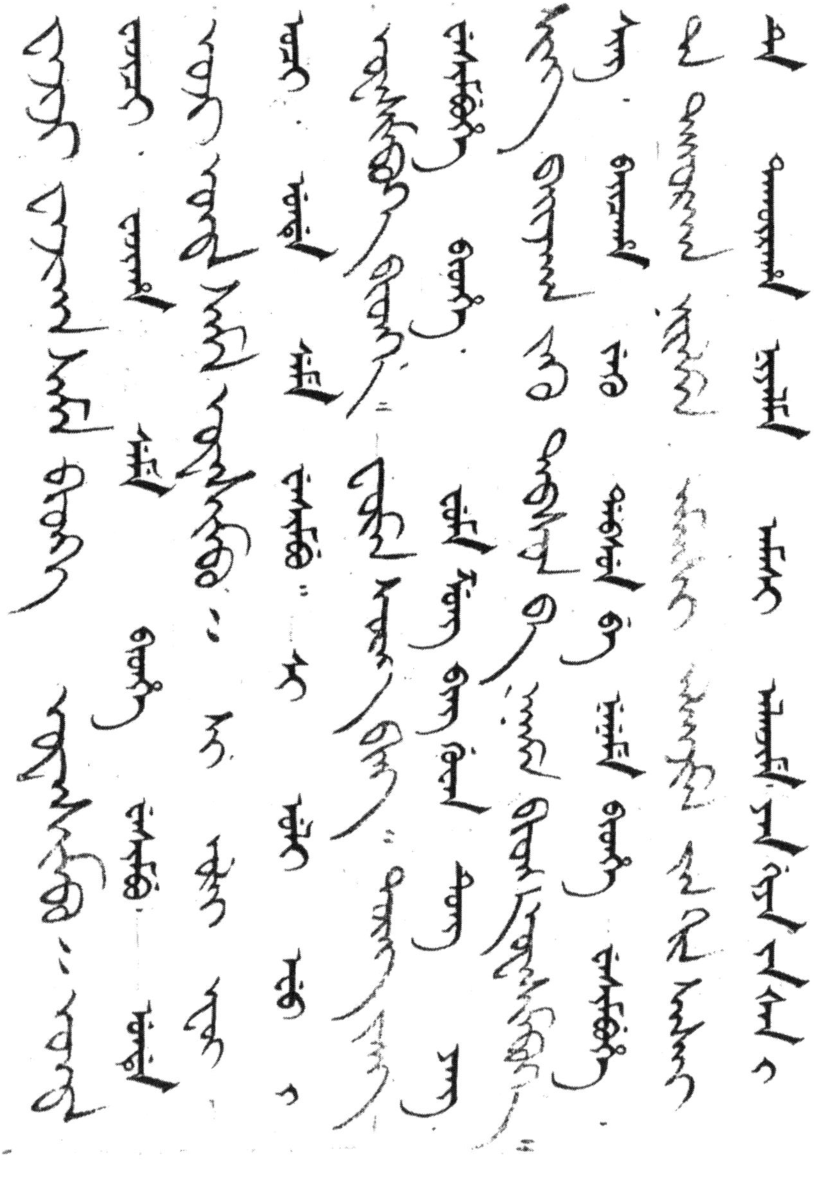

wajici, wajiha seme bithe wesimbu. unde oci, unde seme wesimbu. si uli efu i wesimbuhe bithe, fuma dzung bing guwan tung yang sing, baicaha jeku dabsun be neneme bithe wesimbuhe. te takūraha niyalma amasi alanjime, yan giya ja šan i

---

若安置完竣，則具奏已完竣；若未完竣，則具奏未完竣。」西烏里額駙奏書稱：「駙馬總兵官佟養性所查糧鹽先前已具奏。今所遣之人回來告稱，顏家閘山

若安置完竣，则具奏已完竣；若未完竣，则具奏未完竣。」西乌里额驸奏书称：「驸马总兵官佟养性所查粮盐先前已具奏。今所遣之人回来告称，颜家闸山

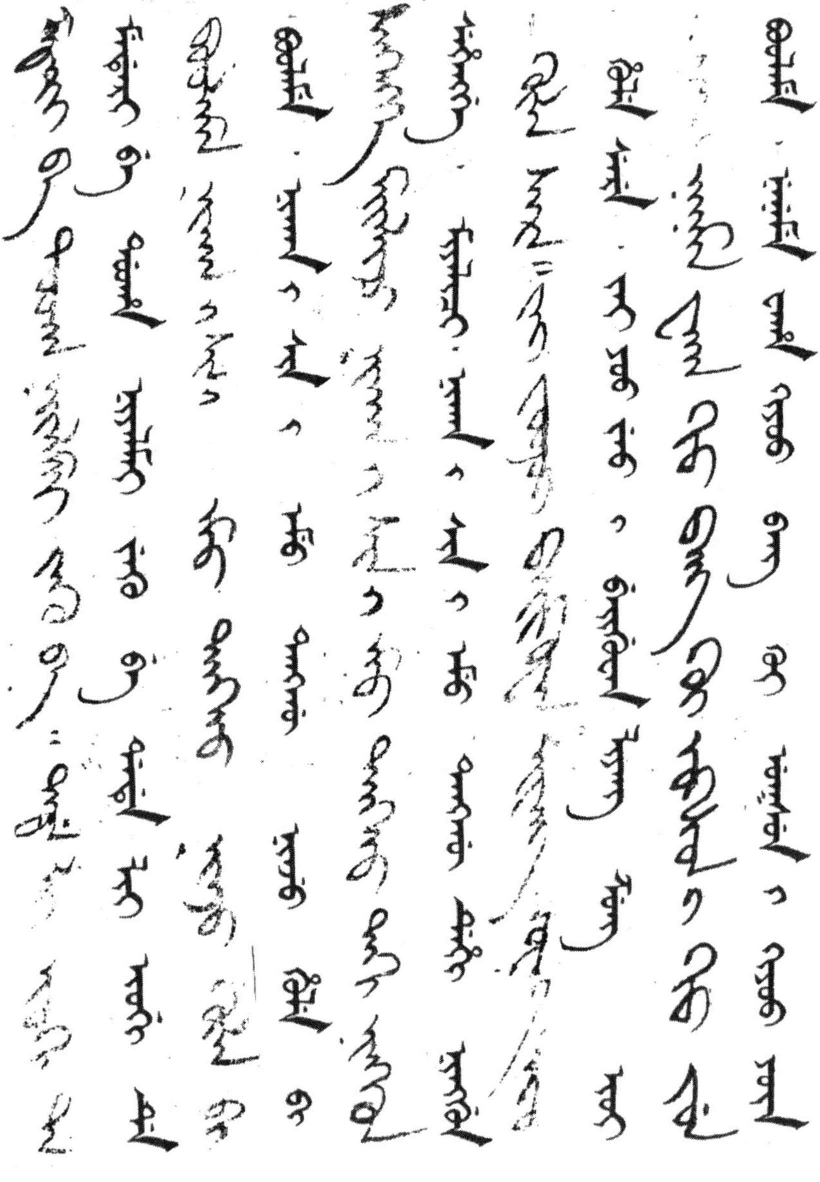

mederi be dooha niyalmai jeku be, dade lii iogi de boolame, nikan i sin i emu tanggū ninju hule bi sehengge, miyalici, nikan i sin i emu tanggū dehi ninggun hule sere. jai yoo jeo i beiguwan liyang dzung ioi boolame, neneme waha kiyoo bang kui uksun i kiyoo yūn

---

渡海人之糧，原報於李遊擊，據稱有糧漢斗一百六十石。經稱量，實有漢斗一百四十六石。再者，耀州備禦官梁宗玉報稱：「先前被殺喬邦魁之族人喬雲雷

渡海人之粮，原报于李游击，据称有粮汉斗一百六十石。经称量，实有汉斗一百四十六石。再者，耀州备御官梁宗玉报称：「先前被杀乔邦魁之族人乔云雷

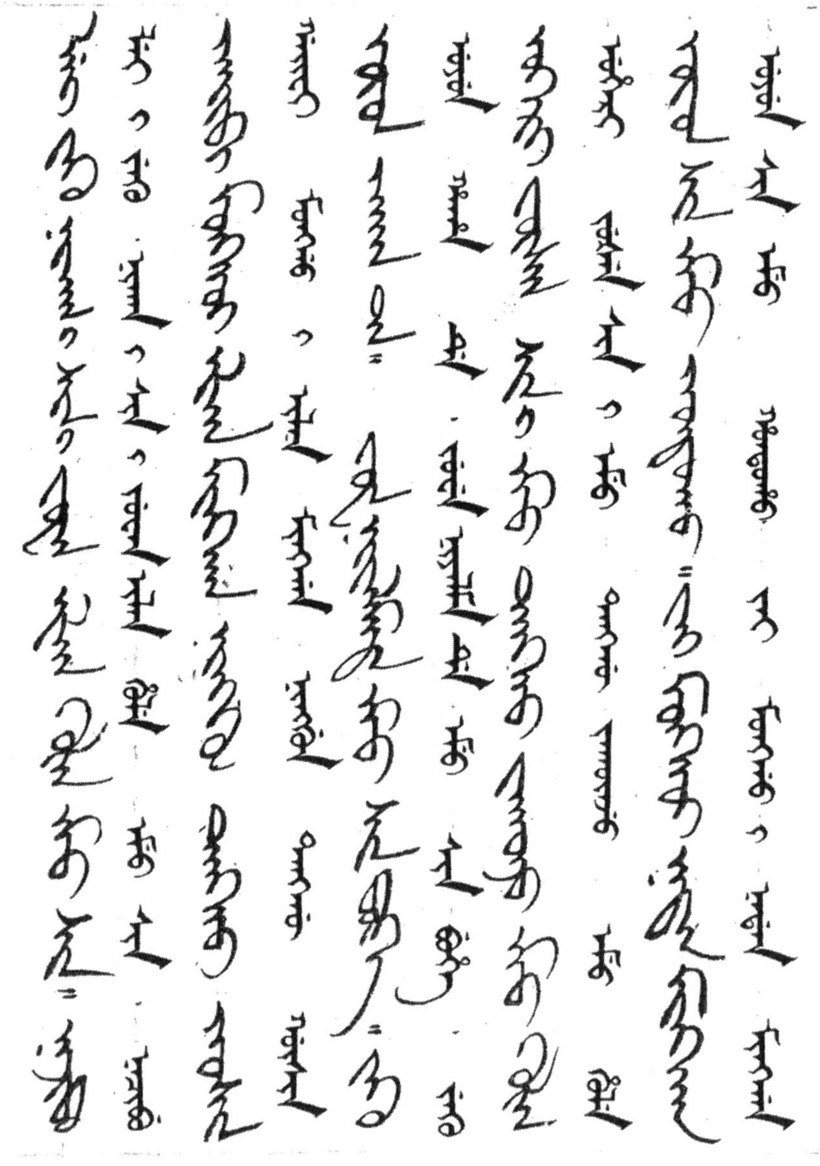

lei i jeku, nikan i sin i juwan ilan hule emu sin, nacibu gaifi monggo i ilan minggan ninggun tanggū gūsin uyun haha de, juwe niyalma de emu sin buhe, jeku uheri jušen sin i emu tanggū jakūnju emu hule uyun sin emu hontoho. jai monggo i nadan minggan

---

之糧合漢斗十三石一斗，由納齊布取去，給與蒙古三千六百三十九名男丁，每二人一斗，糧共合諸申斗一百八十一石九斗半。」

之粮合汉斗十三石一斗，由纳齐布取去，给与蒙古三千六百三十九名男丁，每二人一斗，粮共合诸申斗一百八十一石九斗半。」

十二、厚賞首告

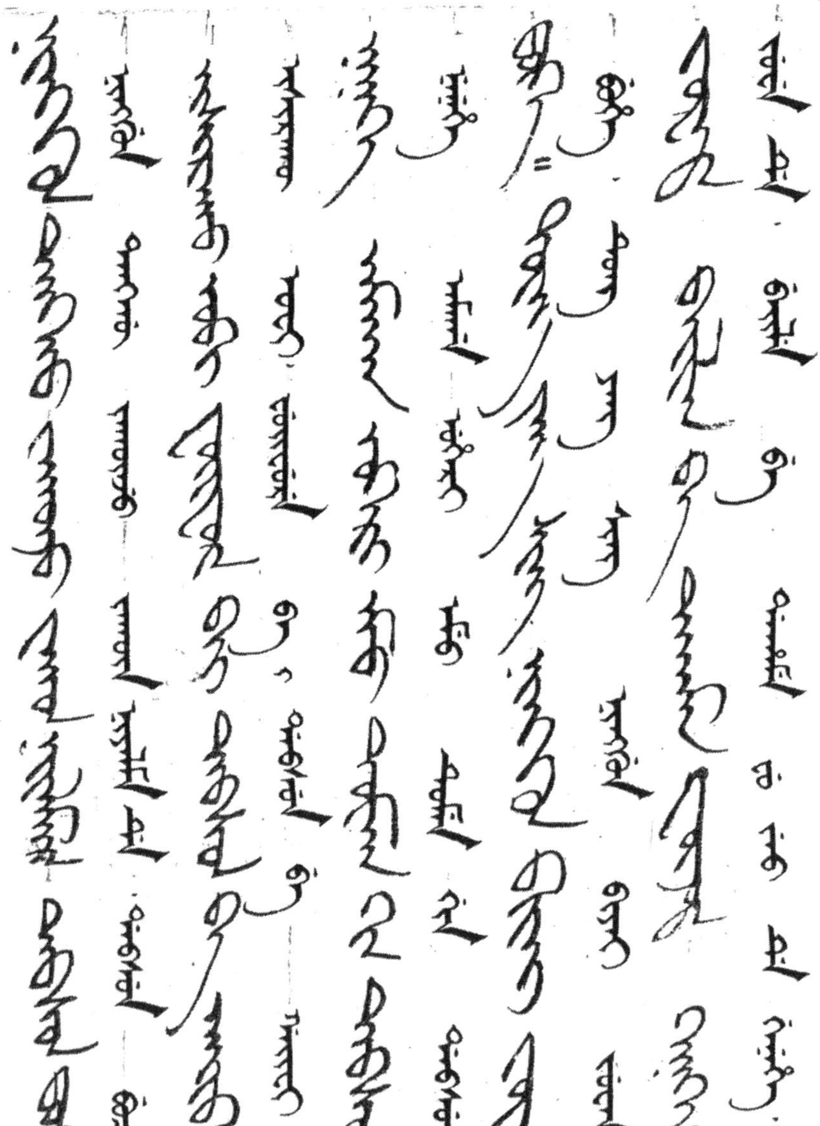

ninggun tanggū jakūnju jakūn niyalma de, dabsun buci isirakū ofi, fuifure ba i dabsun be gaifi, nenehe amaga uheri emu tumen gin dabsun buhe. tung yang sing ninggun biyai juwan juwe de, beile be dahame fu jeo de genehe.

再者，蒙古之七千六百八十八人因給鹽不足，取熬場之鹽，先後共給鹽一萬斤。佟養性於六月十二日隨貝勒前往復州。

再者，蒙古之七千六百八十八人因给盐不足，取熬场之盐，先后共给盐一万斤。佟养性于六月十二日随贝勒前往复州。

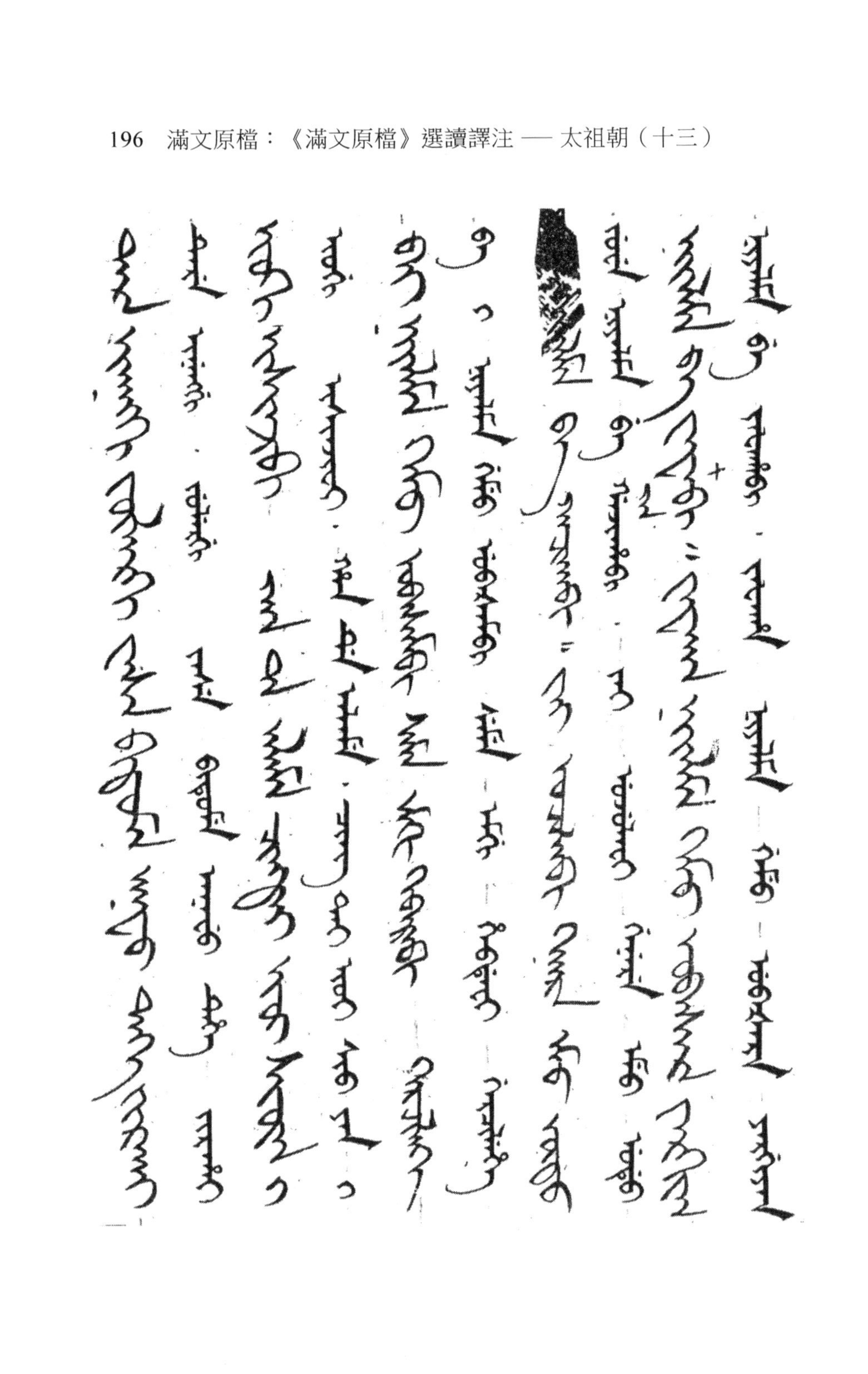

tere inenggi, julergi jase bitume anafu tehe jirhai iogi isinjifi, han de alame, cing tai ioi, sio yan i ba i niyalma gemu ubašambi seme, emgi hebdefi gercilehe juwe niyalma be gajihabi, jai ujulafi genere emu udu niyalma be jafahabi. jafaha niyalma gemu ubašara yargiyan

---

是日，駐戍南邊沿邊之吉爾海遊擊到來後，稟告汗云：「青苔峪、岫巖地方之人皆欲叛，已將同謀後首告之二人帶來，又前往拏獲為首數人。所拏獲之人皆供稱欲叛屬實。」

是日，驻戍南边沿边之吉尔海游击到来后，禀告汗云：「青苔峪、岫岩地方之人皆欲叛，已将同谋后首告之二人带来，又前往拏获为首数人。所拏获之人皆供称欲叛属实。」

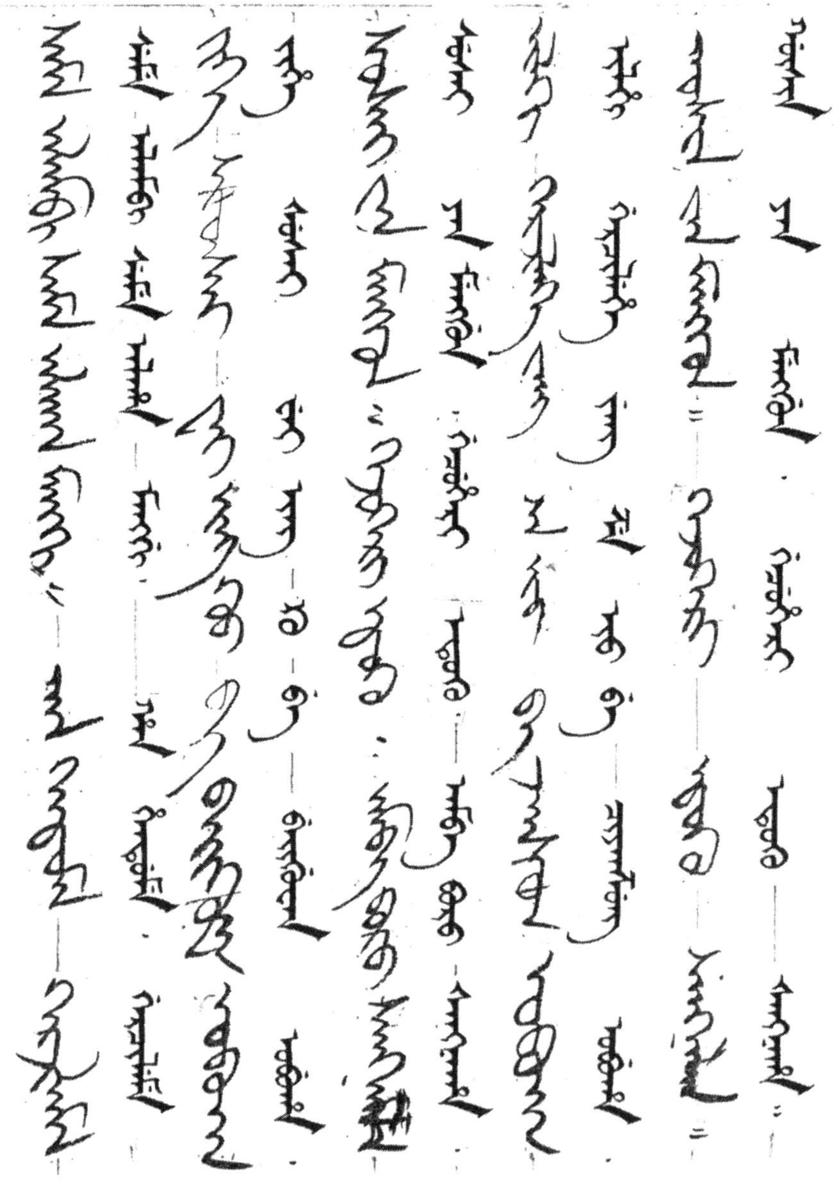

seme alambi seme, alaha manggi, han hendume, gercileme jihe šusai wei ing k'o be beiguwan obuha, susai yan menggun, gecuheri etuku, amba boro šangnaha. ilhi gercilehe jeng dze io be, ciyandzung obuha, gūsin yan menggun, gecuheri etuku šangnaha.

稟告後，汗曰：「著首告前來之書生魏英科為備禦官，賞銀五十兩、蟒緞衣服、大涼帽；次首告之鄭則猶為千總，賞銀三十兩、蟒緞衣服。

禀告后，汗曰：「着首告前来之书生魏英科为备御官，赏银五十两、蟒缎衣服、大凉帽；次首告之郑则犹为千总，赏银三十两、蟒缎衣服。

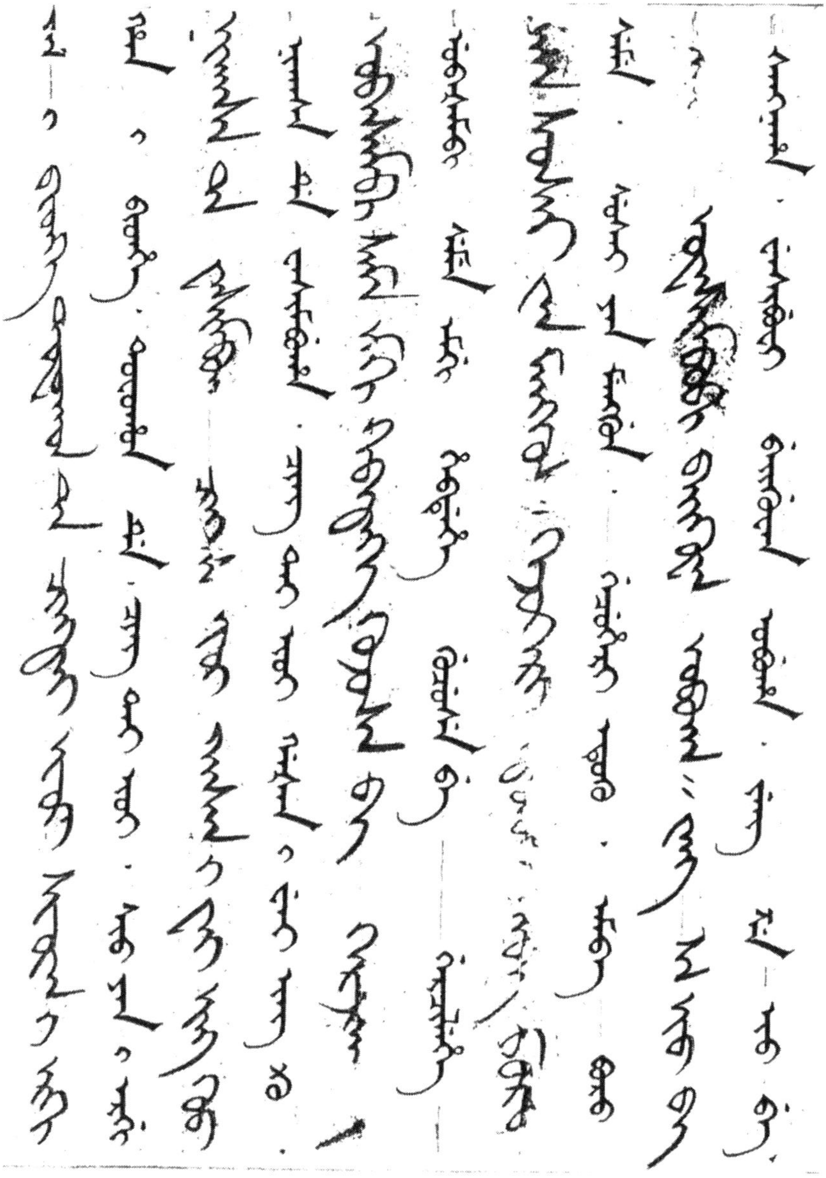

han i bithe, tofohon de, cing tai ioi, sio yan i ergi nikasa de wasimbuha, cing tai ioi gašan i wei ing k'o, ubašambi seme emgi hebdehe gucuse be gercilehe seme, susai yan menggun, gecuheri etuku, amba boro šangnaha, wesibufi beiguwan obuha. jeng dze io be,

---

十五日，汗頒書諭青苔峪、岫巖方向之漢人曰：「以青苔峪鄉屯之魏英科首告同謀反叛之友，賞銀五十兩、蟒緞衣服、大涼帽，陞為備禦官。鄭則猶

十五日，汗颁书谕青苔峪、岫岩方向之汉人曰：「以青苔峪乡屯之魏英科首告同谋反叛之友，赏银五十两、蟒缎衣服、大凉帽，升为备御官。郑则犹

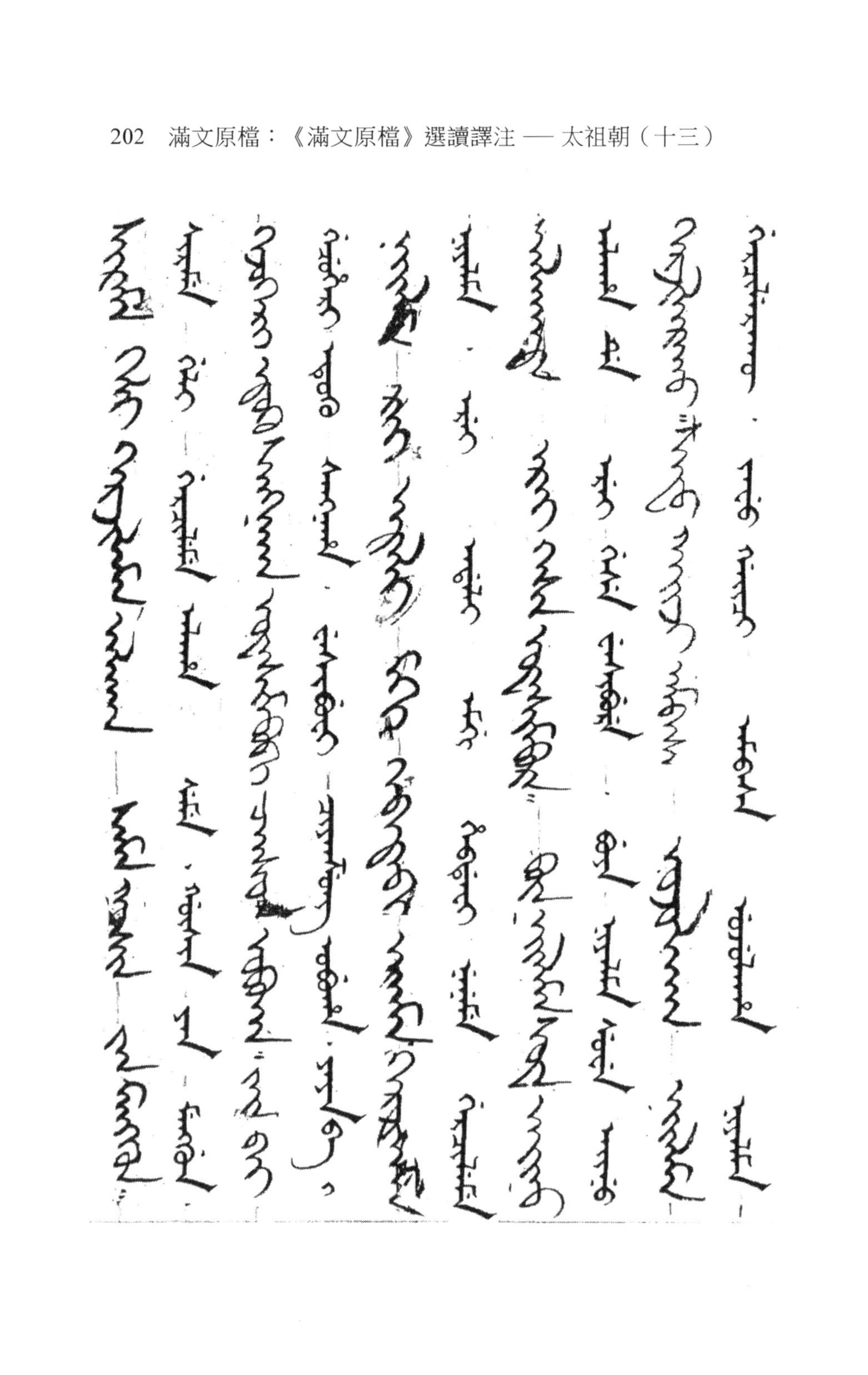

sirame geli gercileme alaha seme, gūsin yan menggun, gecuheri etuku šangnaha, wesibufi ciyandzung obuha. yaya ba i niyalma, erei adali emgi hebdefi neneme gercileme alaha de, erei gese wesibure. buya niyalma suwe ainu gercilerakū. jafu gaici ambasa, ujulaha niyalma

---

繼而又首告，賞銀三十兩、蟒緞衣服，陞為千總。各地之人，如有似此同謀，而先行首告時，同樣如此擢陞。爾等小民為何不首告？若領受箚付，或僅大臣，或為首之人領受而已。

继而又首告，赏银三十两、蟒缎衣服，升为千总。各地之人，如有似此同谋，而先行首告时，同样如此擢升。尔等小民为何不首告？若领受札付，或仅大臣，或为首之人领受而已。

十三、安居樂業

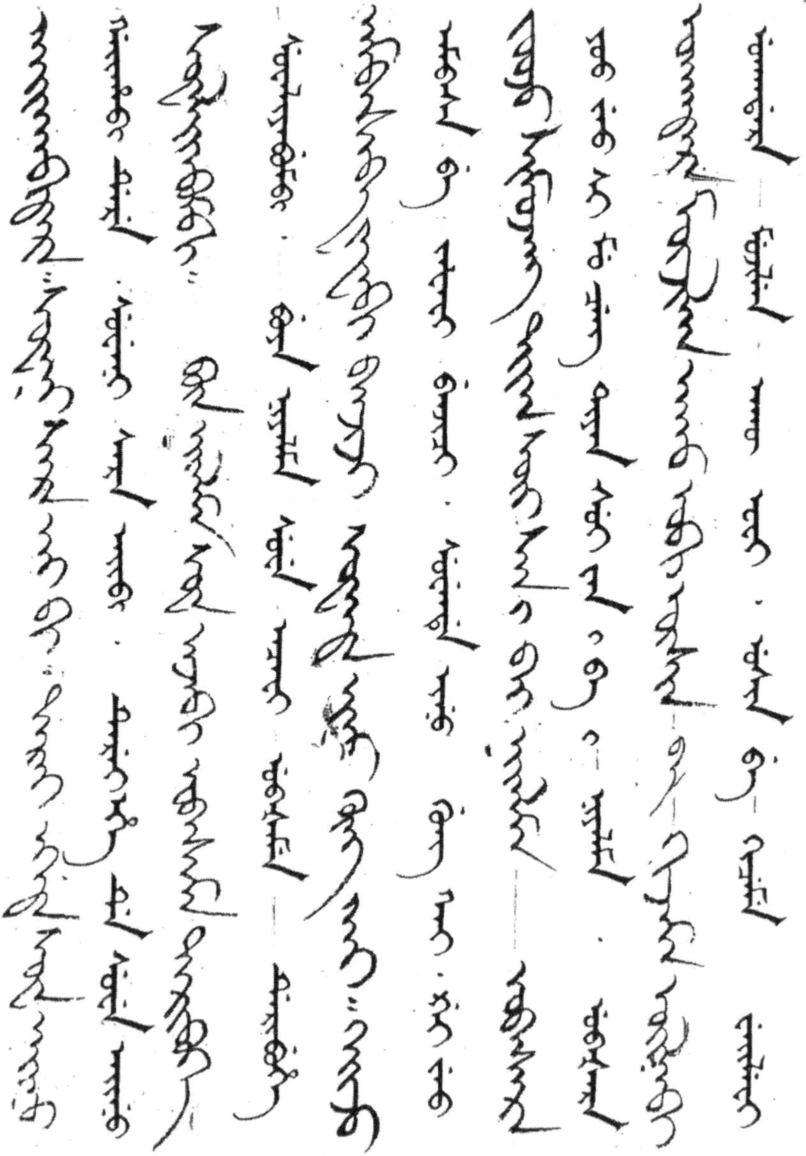

gaihabi dere. suweni sara aibi. terei ehe de suwe ainu suwaliyabumbi. buya niyalma suwe acafi ubašame deribuhe ambasa be jafafi benjici, suwende inu gung kai. g'ai jeo, yoo jeo, si mu ceng, tiyan šui jan i ba i niyalma, ubašara ukandara mujilen akū ofi, usin be kiceme weilefi

---

爾等何以知之？其惡豈能牽涉爾等？爾等小民若能合力拏解始議謀叛之大臣，則爾等亦有功也。其蓋州、耀州、析木城、甜水站地方之人，因無叛逃之心，勤於耕田，

尔等何以知之？其恶岂能牵涉尔等？尔等小民若能合力拏解始议谋叛之大臣，则尔等亦有功也。其盖州、耀州、析木城、甜水站地方之人，因无叛逃之心，勤于耕田，

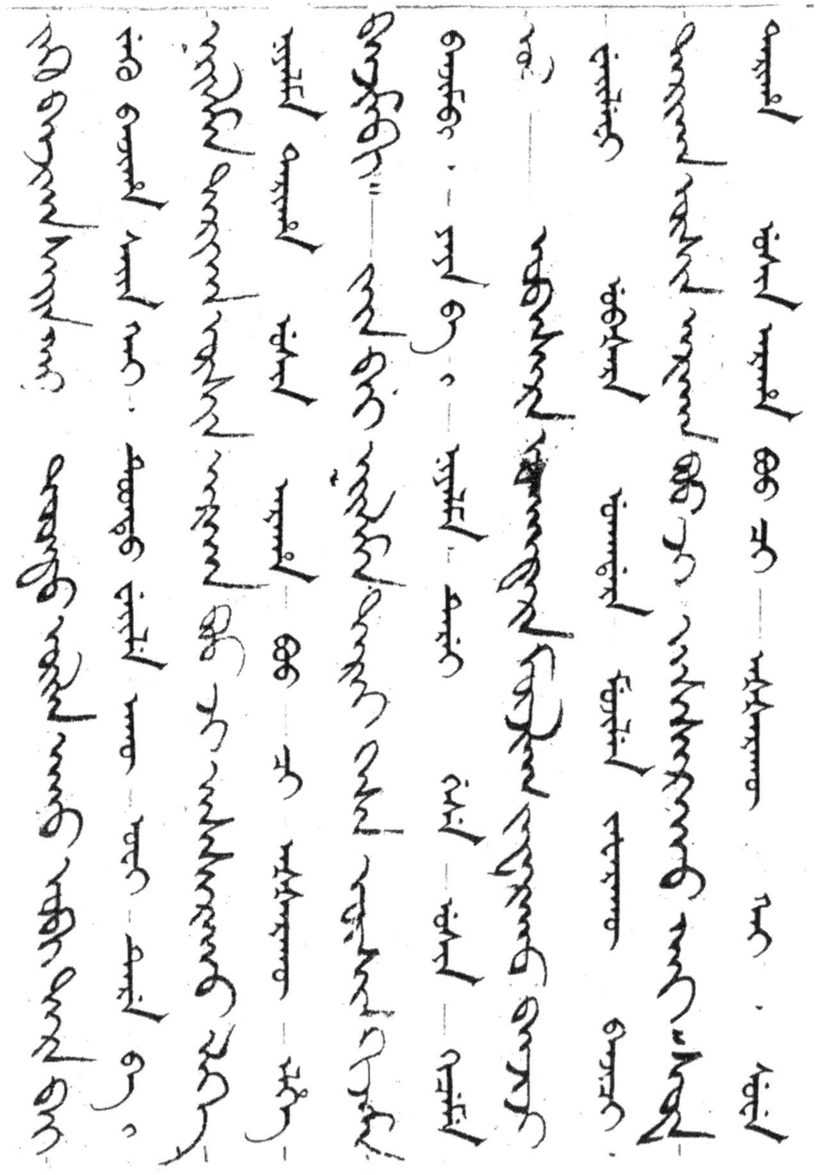

jeku banjiha sain kai. tuttu weile akū ofi, tere ba i niyalma tariha usin, araha boo ci aššarakū elhe banjimbi. yaya ba i niyalma, terei gese usin kiceme weilefi ubašara ukandara mujilen jafarakū banjici, tariha usin araha boo ci aššarakū kai, suwe

---

穀物生長茂盛也。因無事，故該地之人所耕田地、所築房屋皆不變動，使之安居。各地之人，若如此勤於耕田，不懷叛逃之心生活，則其所耕之田、所築房屋皆不變動也。

谷物生长茂盛也。因无事，故该地之人所耕田地、所筑房屋皆不变动，使之安居。各地之人，若如此勤于耕田，不怀叛逃之心生活，则其所耕之田、所筑房屋皆不变动也。

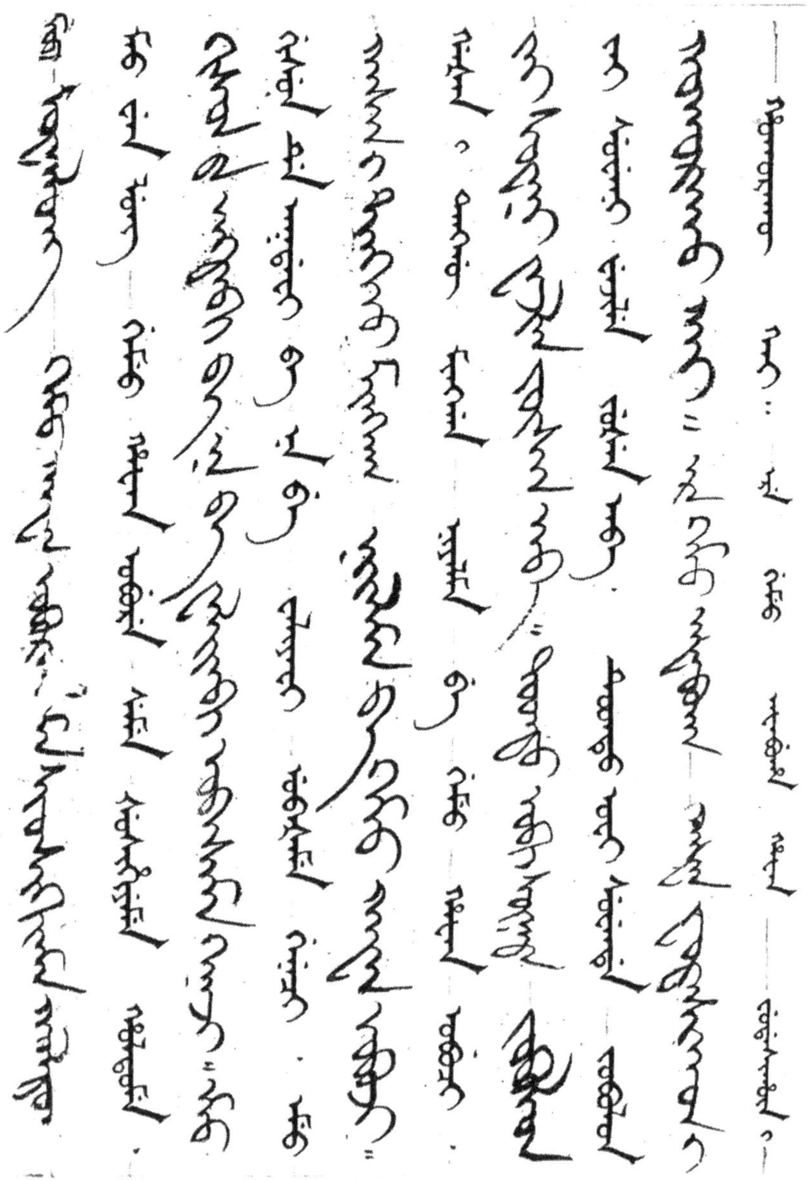

mao wen lung gemu hafan obure seme šusihiyeme holtome, gisun de akdafi, ba na be waliyafi ubašame geneci, emu gašan i tanggū minggan niyalma be gemu hafan obuci, jai suweni fejile jušen aba. tuttu ofi suwende jobolon hokorakū kai. (ere gemu afabuha hafan fudasihūn i

---

爾等若聽信毛文龍挑唆哄騙皆為官之言，廢棄地方而叛去，若以一鄉屯之千百人皆為官，則爾等屬下之諸申又何在？因此，爾等禍患難免也。」（原注：此皆所委官員悖逆之故[12]也。

尔等若听信毛文龙挑唆哄骗皆为官之言，废弃地方而叛去，若以一乡屯之千百人皆为官，则尔等属下之诸申又何在？因此，尔等祸患难免也。」（原注：此皆所委官员悖逆之故也。

---

[12] 悖逆之故，句中「故」，《滿文原檔》寫作“karan”，《滿文老檔》讀作“haran”，係蒙文“qaraɣ-a（n）”借詞，意即「緣故」。

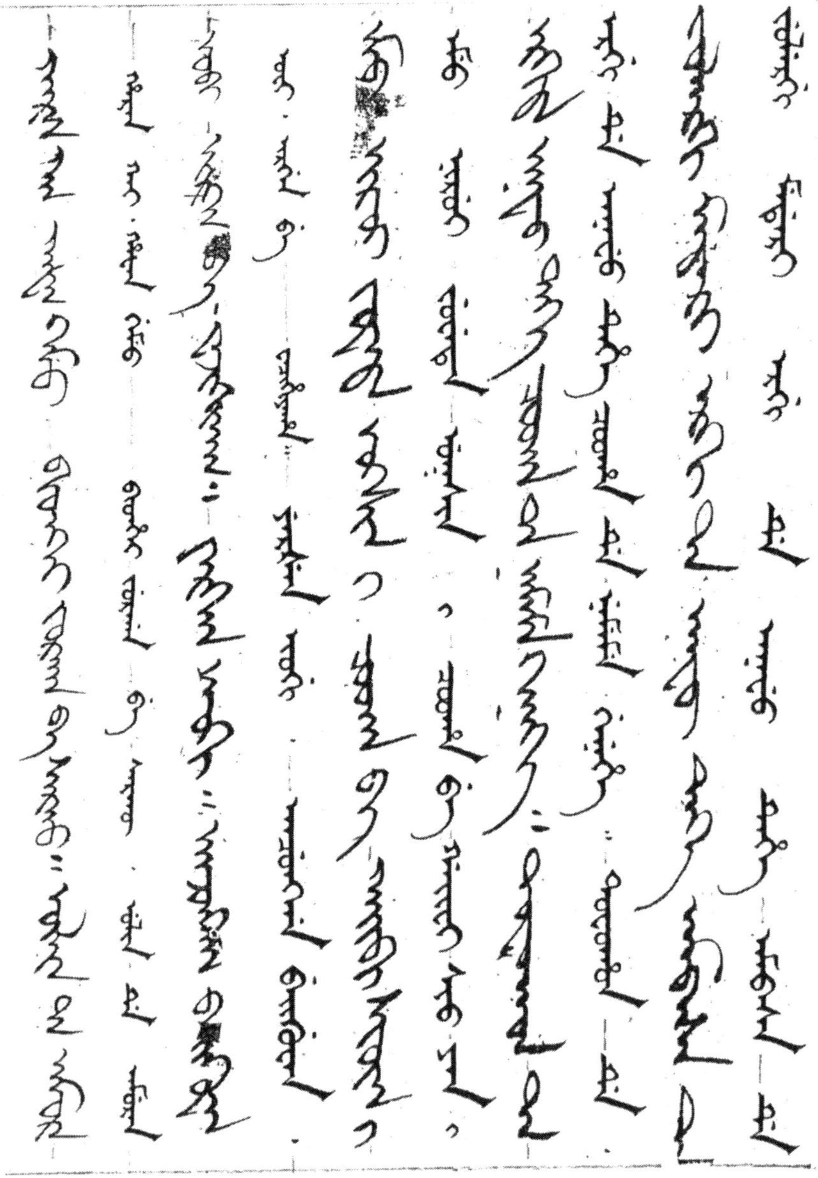

haran kai. hafan gemu bithei jurgan be sarkū, ulin de amuran ofi, irgen be wacihiyaha.) yeršen iogi, ancungga beiguwan emu nirui juwete uksin i cooha be gaifi, sio yan i ergi de anafu tehe cooha de nememe genehe. tofohon de, julergi mederi ergi de anafu tehe ambasa de

---

因官皆不知文義，黷好財物，故盡毀其民。）葉爾珅遊擊、安崇阿備禦官率每牛彔甲兵各二名，前往增加戍守岫巖方向之兵。十五日，致書戍守南海方向之眾大臣曰：

因官皆不知文义，黩好财物，故尽毁其民。）叶尔珅游击、安崇阿备御官率每牛彔甲兵各二名，前往增加戍守岫岩方向之兵。十五日，致书戍守南海方向之众大臣曰：

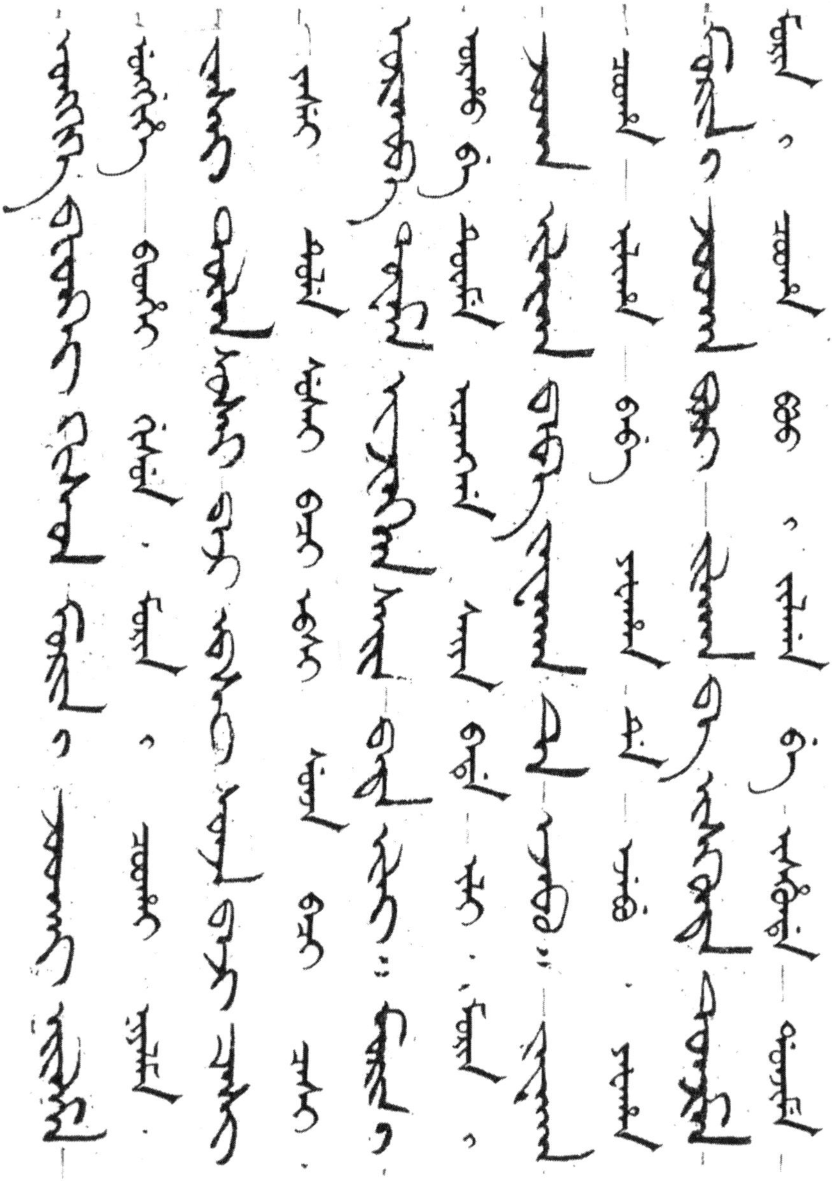

unggihe bithei gisun, morin i coohai niyalma, jasei tule susai baci ebsi sunja baci casi, orho be tuwame icangga sain bade ili. morin i cooha iliha babe yafahan de ejebu, yafahan, morin i cooha poo i jilgan be ishunde donjime

「令馬兵之人於邊外五十里以內，五里以外，擇草肥美之地駐紮。令步兵牢記馬兵駐紮之地，步兵、馬兵須互聞礮聲駐紮，

「令马兵之人于边外五十里以内，五里以外，择草肥美之地驻扎。令步兵牢记马兵驻扎之地，步兵、马兵须互闻炮声驻扎，

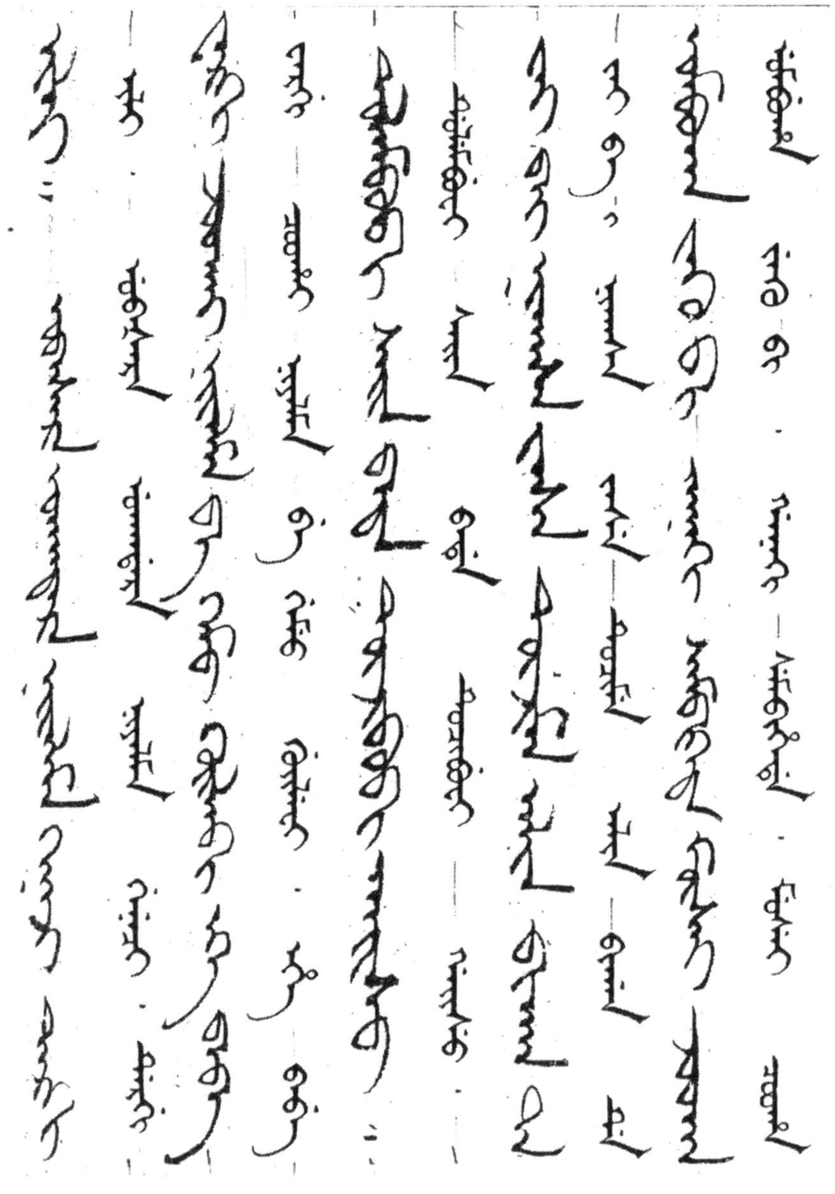

ili. ubašara ukandara niyalma geneci, dergi wargi coohai niyalma be gemu guilefi, ehe babe dulembufi sain bade tucibufi gaisu. jai ba i nikasa jase tucime alin bigan de umbuha jeku bi, ganaki sembihede, musei cooha

---

倘有叛逃之人前往，則東西兵丁皆會合，過險地後，至平地而擒拏之。再者，本地漢人出邊，欲取藏於山野間之糧時，

倘有叛逃之人前往，则东西兵丁皆会合，过险地后，至平地而擒拏之。再者，本地汉人出边，欲取藏于山野间之粮时，

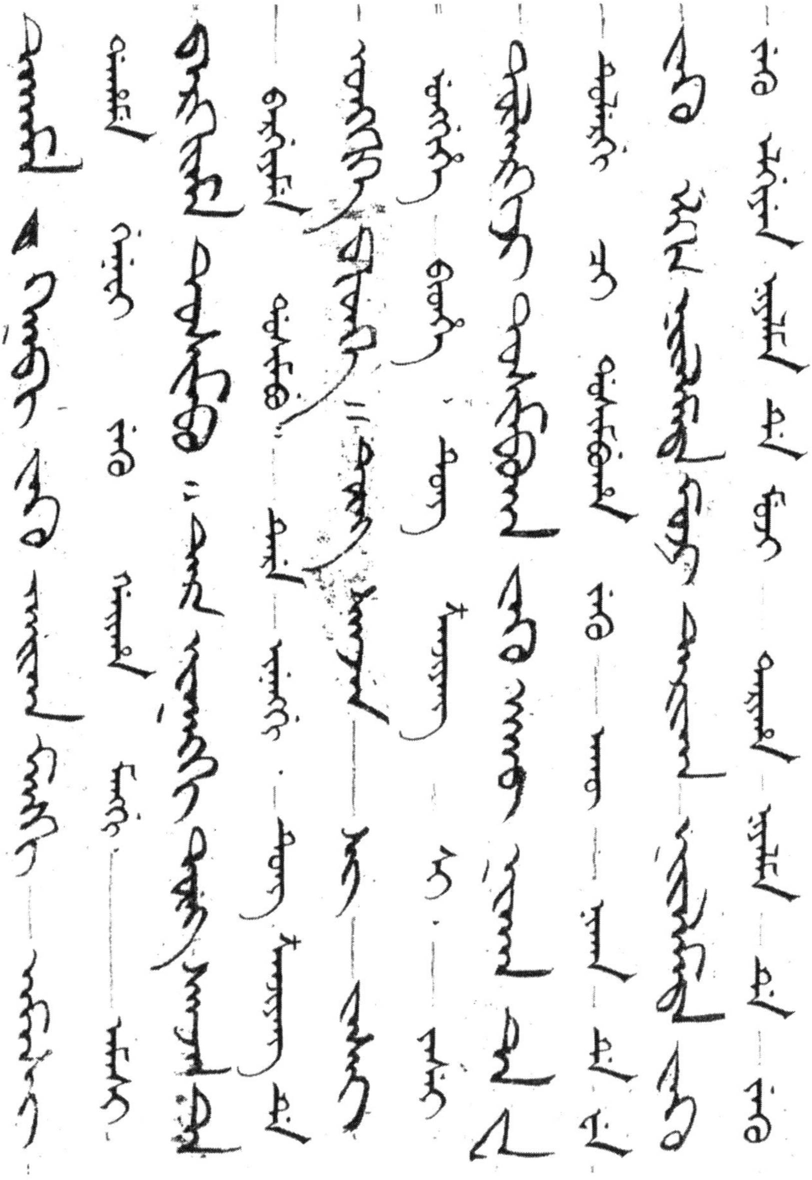

dahame genefi jeku gaiha manggi, amasi bargiyame dosimbu. tere inenggi, tung ts'anjiyang de unggihe bithe, tung ts'anjiyang si, jasei tulergi ci dosimbuha jeku akū nikan de, fe jeku elgiyen niyalma de muji tariha niyalma de jeku

---

我軍隨往取糧後，返回收藏。」是日，致書佟參將曰：「恐邊外進入之無糧漢人餓死，佟參將爾由陳糧富足[13]之人及種大麥之人中，

我军随往取粮后，返回收藏。」是日，致书佟参将曰：「恐边外进入之无粮汉人饿死，佟参将尔由陈粮富足之人及种大麦之人中，

---

[13] 富足，《滿文原檔》寫作“elkin”，《滿文老檔》讀作“elgiyen”。

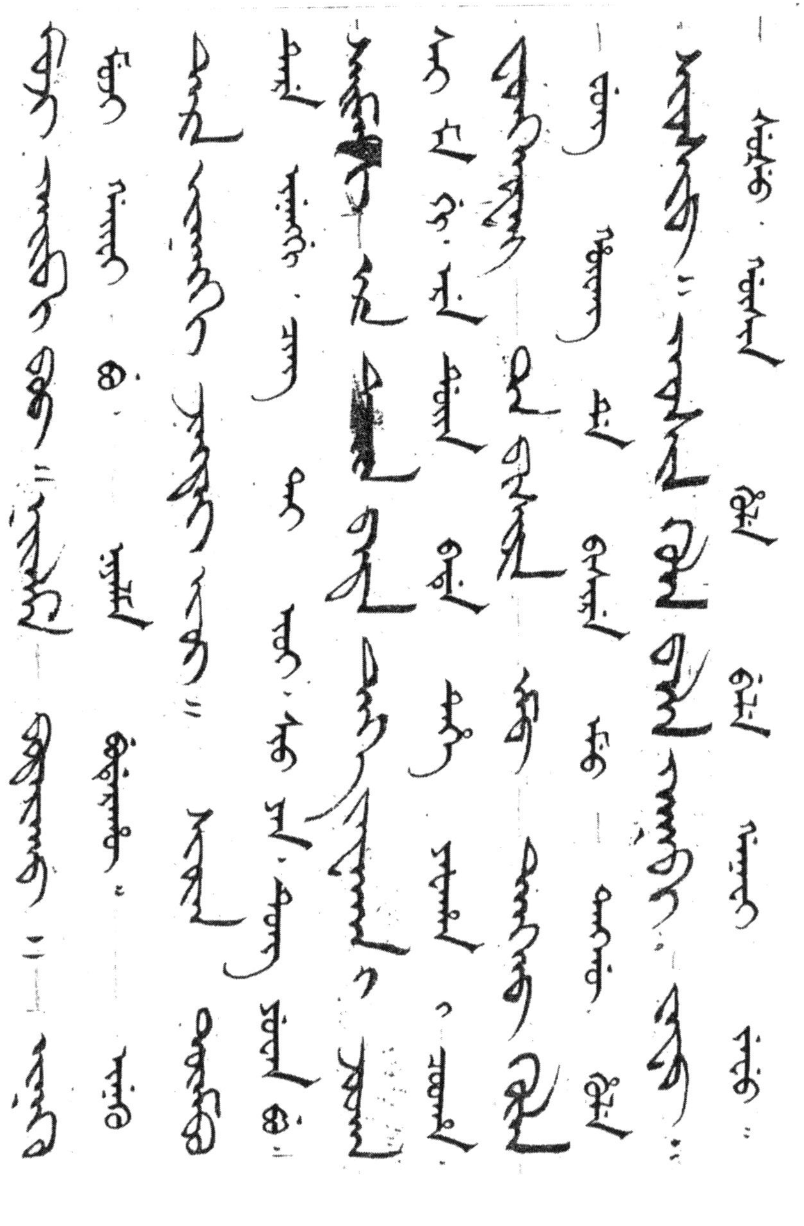

muji gaifi bu, niyalma buderahū. ineku tere inenggi, cing tai ioi, sio yan, tung yuwan pu, sai ma gi ere duin bade tehe yafahan i cooha, fung hūwang de bisire emu tanggū hule šušu, gūsin hule bele ganafi jefu.

徵收糧麥給之。」是日，命駐紮青苔峪、岫巖、通遠堡、賽馬吉此四處之步兵，取鳳凰所存高粱一百石、米三十石食之。

征收粮麦给之。」是日，命驻扎青苔峪、岫岩、通远堡、赛马吉此四处之步兵，取凤凰所存高粱一百石、米三十石食之。

十四、調兵遣將

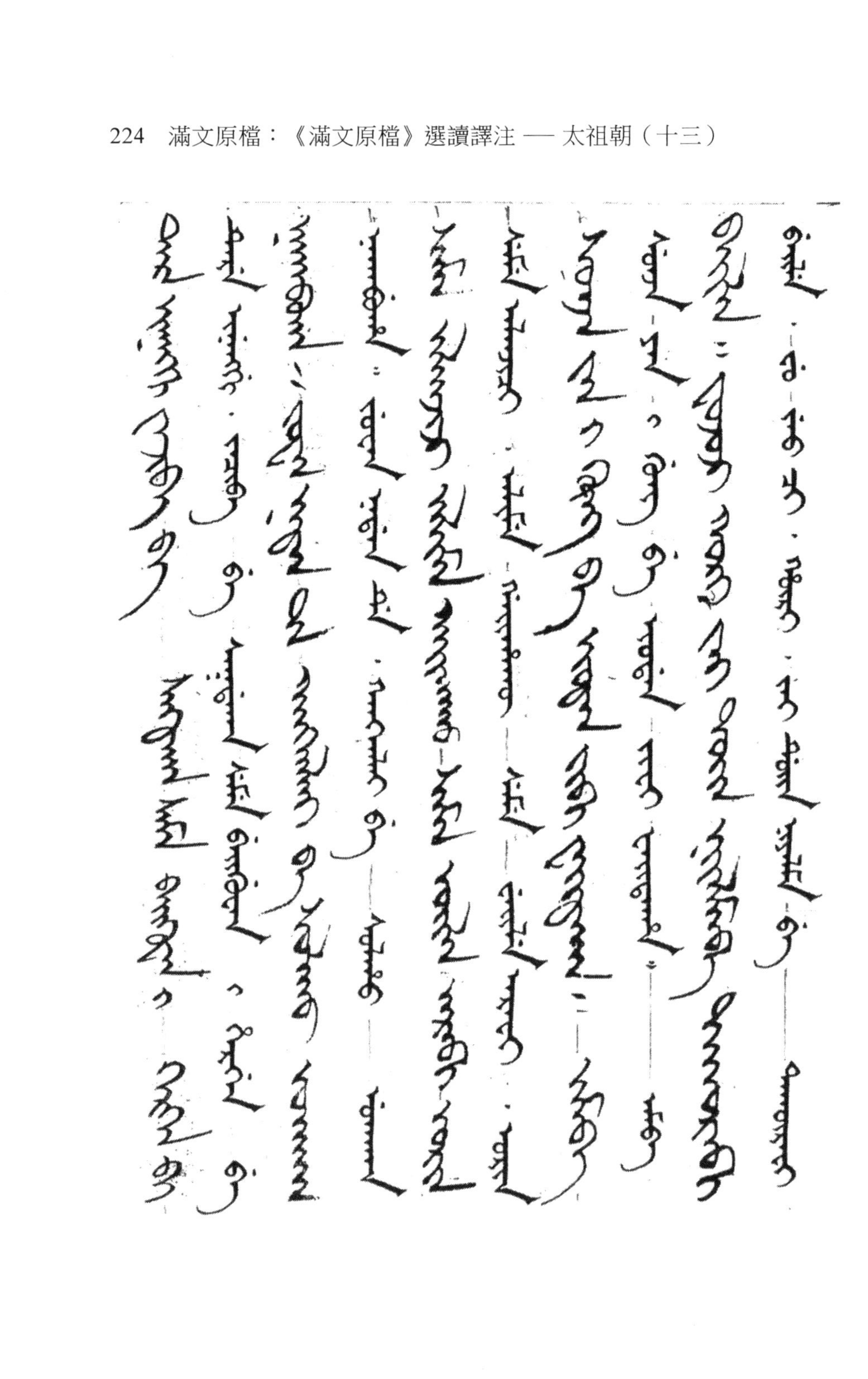

tere inenggi, jaciba be sakdaka seme, beiguwan i hergen be nakabuha. juwan nadan de, kangkalai be solho ukaka seme alanjici, alime gaihakū seme weile arafi, orin sunja yan i gung be iodan jifi faitaha. amba beile, fu jeo ci, hūri, jai duin niyalma be takūrafi

---

是日，以紮齊巴年邁，免其備禦官之職。十七日，康喀賴因未受理有人來告朝鮮人逃來之事而治罪，尤丹前來後，銷其二十五兩之功。大貝勒自復州遣胡里及四人

是日，以札齐巴年迈，免其备御官之职。十七日，康喀赖因未受理有人来告朝鲜人逃来之事而治罪，尤丹前来后，销其二十五两之功。大贝勒自复州遣胡里及四人

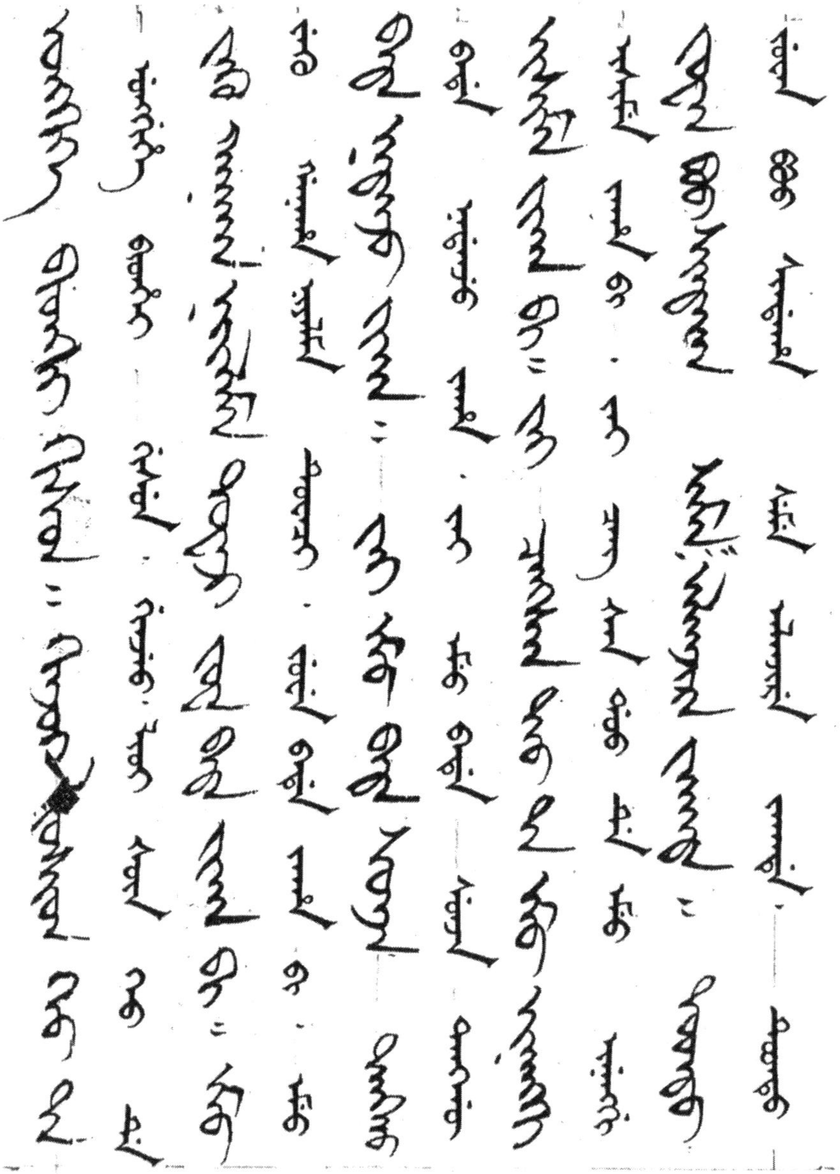

unggihe bithei gisun, ginjeo, lioi šūn keo de jeku ganaha niyalma tuwaci, juwe bade jaha bi, emu bade nadanju jaha, jai emu bade sunja tanggū isime jaha bi. jai cang šan doo de emu inenggi juwan poo sindaha seme alanjire jakade, tuttu

---

齎書曰：「據往金州、旅順口取糧之人看到，兩處有刀船：一處有七十艘刀船；又一處有刀船近五百艘。又因人來告長山島一日放十礮，

赍书曰：「据往金州、旅顺口取粮之人看到，两处有刀船：一处有七十艘刀船；又一处有刀船近五百艘。又因人来告长山岛一日放十炮，

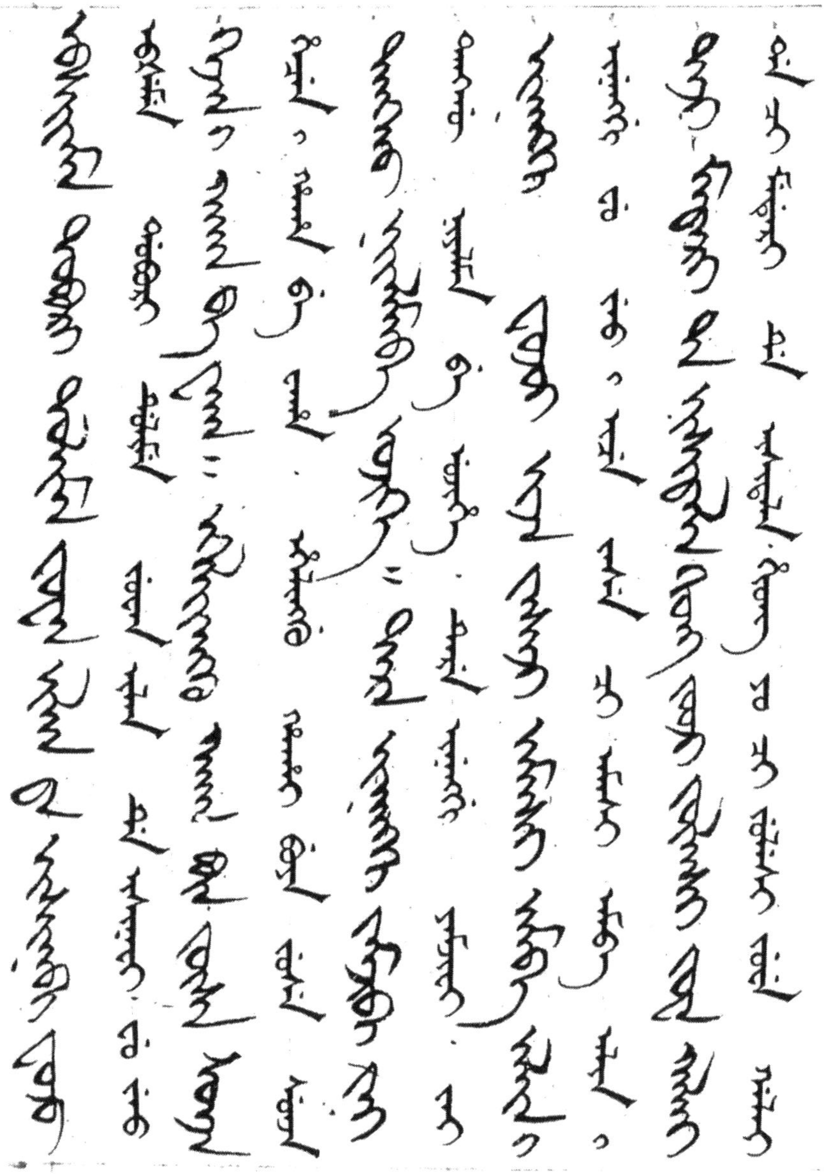

ebšeme dobori dulime juwan ilan de isinafi, fu jeo hecen i haha be waha, ehelinggu hahai buya juse sunja tanggū niyalma be ujihe. tere inenggi yamjifi, jai inenggi fu jeo i ice jase ci amasi amba alin i da ci mederi de isitala, hiong yo ci julesi juwe galai

故連夜急忙[14]行走，十三日，抵達，殺復州城內之男丁，豢養其懦弱[15]小男孩五百人。是日天晚，次日，遣人自復州新邊以北大山之麓至海，自熊岳以南，

故连夜急忙行走，十三日，抵达，杀复州城内之男丁，豢养其懦弱小男孩五百人。是日天晚，次日，遣人自复州新边以北大山之麓至海，自熊岳以南，

[14] 急忙，《滿文原檔》寫作"ebsija(e)ma(e)"，讀作"ebsiyeme"，《滿文老檔》讀作"ebšeme"。按此為無圈點滿文"siye"與"še"之混用現象。

[15] 懦弱，《滿文原檔》寫作"ekelija(e)ngku"，讀作"ekeliyengku"，《滿文老檔》讀作"ehelinggu"，意即「庸碌」。按此為無圈點滿文"ke"與"he"、"liye"與"li"、"ku"與"gu"之混用現象。

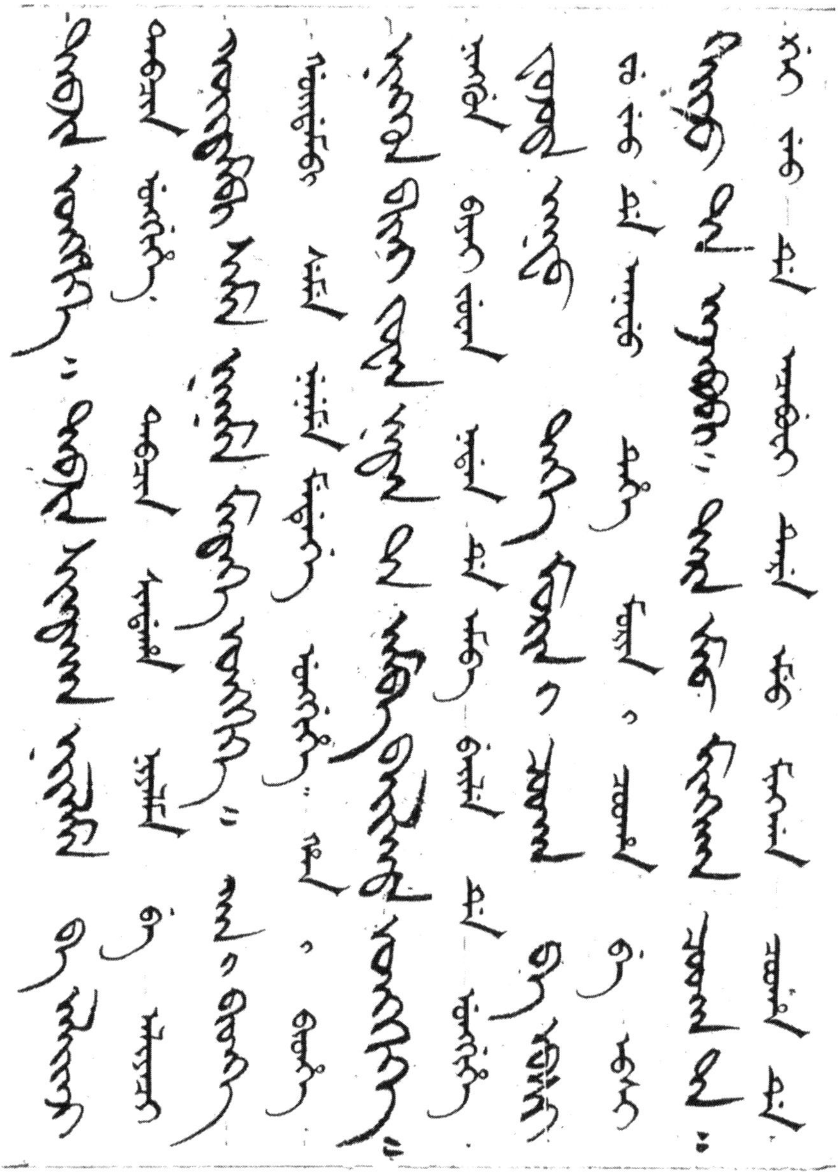

tabcin unggihe, tabcin sindaha niyalma be aliyaci goidambi seme neneme medege unggihe. han i bithe, ninggun biyai juwan nadan de amba beile de unggihe, fu jeo de anafu tehe morin i cooha be ebsi g'ai jeo de acabufi tere emu minggan cooha de,

---

分兩翼搶掠，若等候放搶之人，恐遲久，故先行遣人報信。」六月十七日，汗致書大貝勒曰：「著戍守復州之馬兵來會於蓋州，其一千兵

分两翼抢掠，若等候放抢之人，恐迟久，故先行遣人报信。」六月十七日，汗致书大贝勒曰：「着戍守复州之马兵来会于盖州，其一千兵

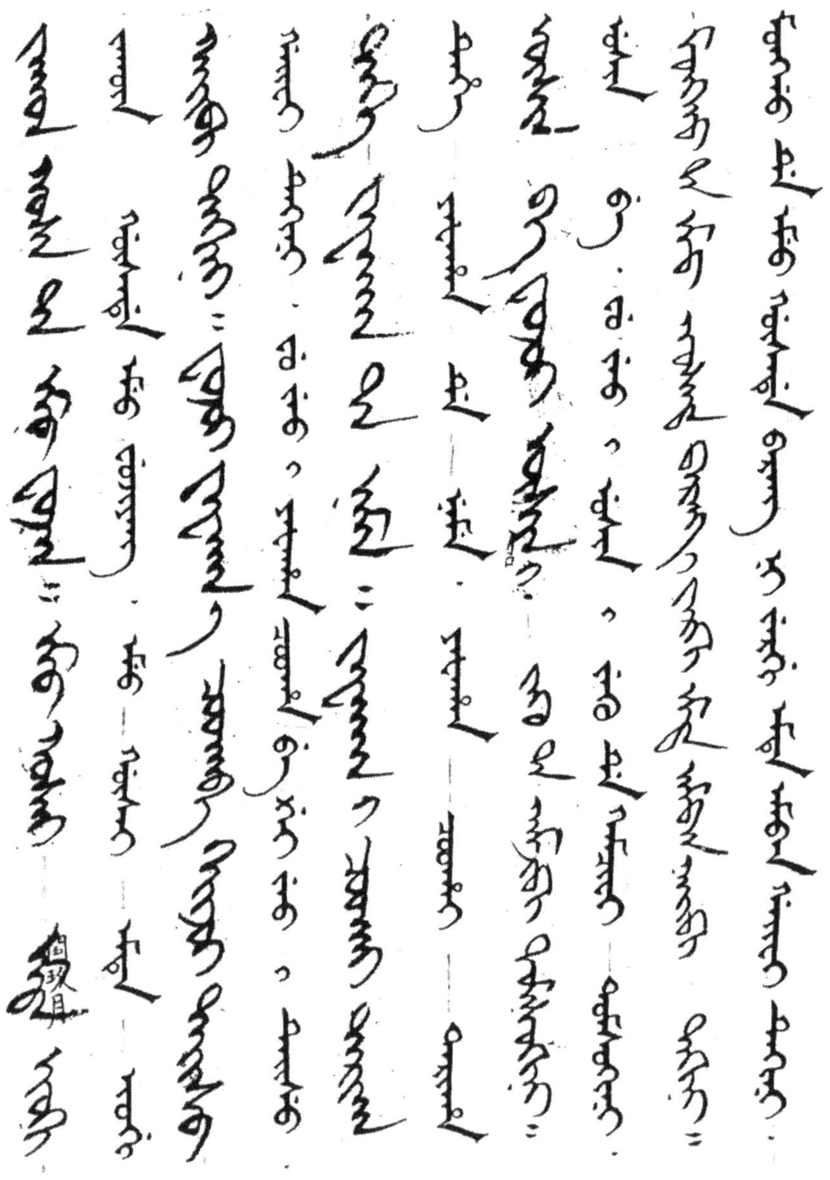

jakūn gūsade emu fujiyang, emu gūsai emte iogi gaifi tekini. fu jeo i yafahan cooha be g'ai jeo i teisu tehe yafahan de neme, yafahan coohai tariha usin be, fu jeo i usin i jeku de kamcifi tomsokini. monggo de emu gūsade barang ni jergi emte amban gaifi tekini,

---

由八旗副將一名、每旗遊擊各一名率領駐紮。將復州之步兵併入蓋州駐紮步兵內。將步兵所耕之田，與復州田糧兼收。蒙古每旗由巴郎等級大臣各一員率領駐紮。

由八旗副将一名、每旗游击各一名率领驻扎。将复州之步兵并入盖州驻扎步兵内。将步兵所耕之田，与复州田粮兼收。蒙古每旗由巴郎等级大臣各一员率领驻扎。

十五、八家共享

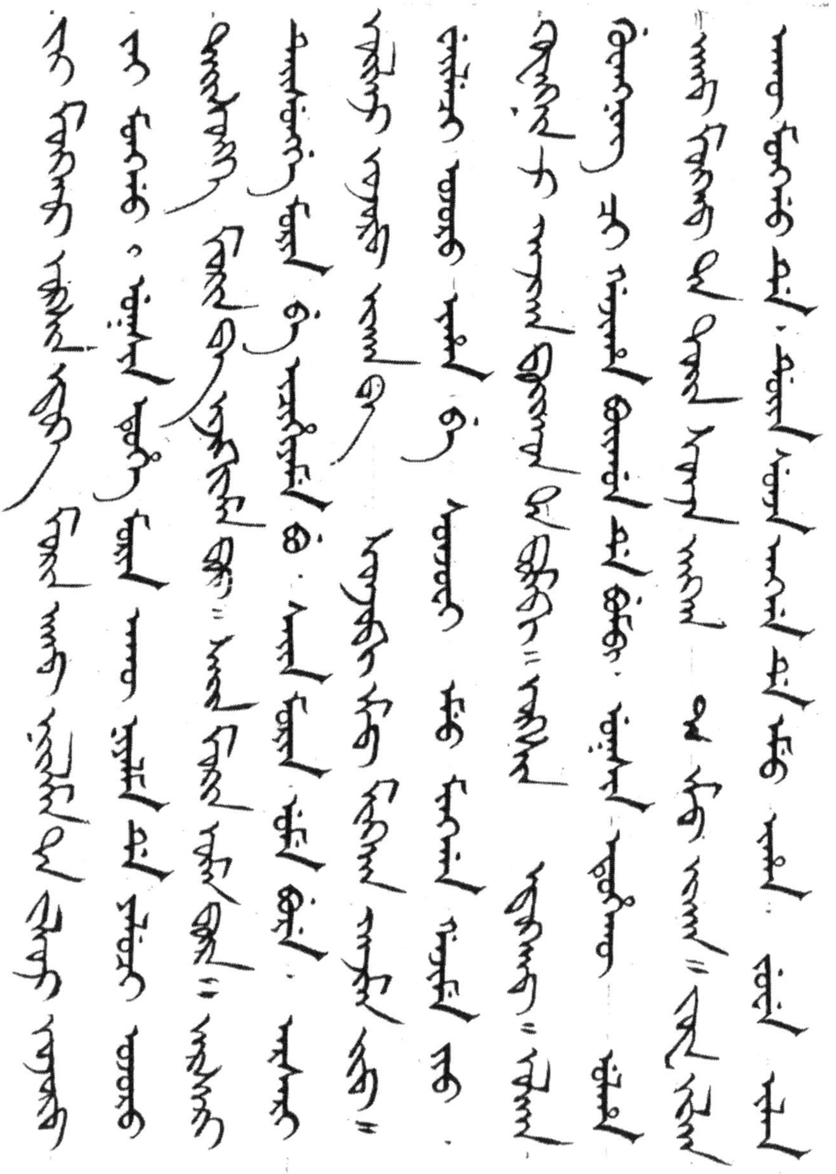

jai monggo i uksin etuhe morin akū niyalma de, yaluci ojoro teisungge morin be icihiyame bu, sain morin ume bure. arsari weileci ojoro ihan be sonjofi emu minggan gajime jio, guwangning ci gajiha boigon de bumbi. uksin etuhekū ulha akū monggo de, duin sunja angga de emu ihan, juwe ilan

---

再者，蒙古披甲無馬之人，辦給相稱可乘之馬，勿給好馬。擇尋常可耕作之牛，取來一千頭，給與從廣寧攜來之各戶。未披甲無牲畜之蒙古，每四、五口給牛一頭，

再者，蒙古披甲无马之人，办给相称可乘之马，勿给好马。择寻常可耕作之牛，取来一千头，给与从广宁携来之各户。未披甲无牲畜之蒙古，每四、五口给牛一头，

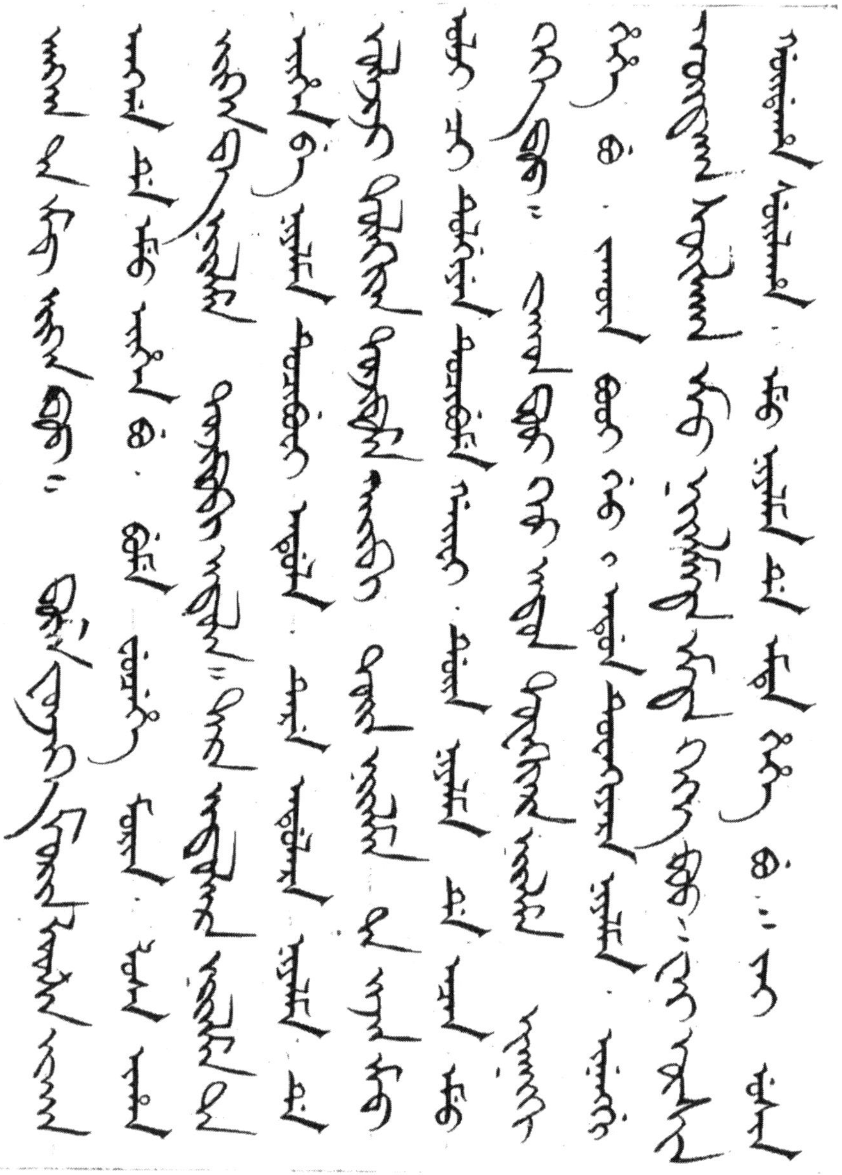

angga de emu eihen bu, bume funcehe morin, losa, ihan, eihen be niyalma tucibufi adula. tere adulara niyalma de olji ci tulgiyen tucibume gaifi, duin niyalma de acan emu hehe bu. jakūn booi geo i adun tuwakiyara niyalma, inenggi goidaha, suilaha, emu niyalma de emte hehe bu. jai usin

---

每二、三口給驢一隻。給剩之馬、騾、牛、驢，則派出人放牧。派出放牧之人，除俘虜外，四人合給一婦人。看守八家騍馬牧群之人，日久勞苦，每人各給一婦人。

每二、三口给驴一只。给剩之马、骡、牛、驴，则派出人放牧。派出放牧之人，除俘虏外，四人合给一妇人。看守八家骒马牧群之人，日久劳苦，每人各给一妇人。

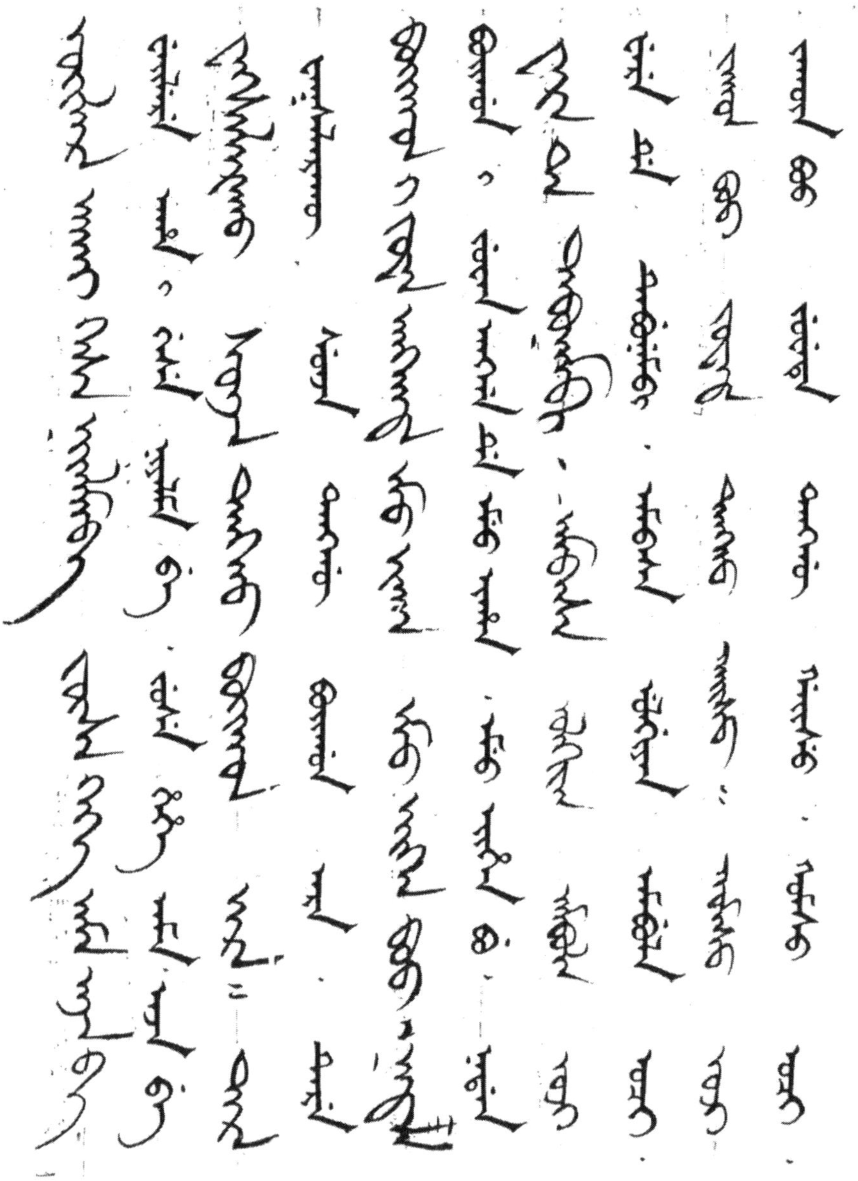

weilere aha i gese niyalma be, juse hehe, ama aja be faksalarakū, sunja tanggū boigon ara, tere boigon i juwan angga de emu ihan, emu eihen bu, nadan fere de tebunembi, ambasa ulgiyan ambula oci, jakūn boo juwete tanggū gaisu, komso oci,

---

再者，似此耕田奴僕之人，其婦孺、父母不令分離，編為五百戶，每戶十口給牛一頭、驢一隻，前往駐紮納丹佛哷。若大豬多，則八家取豬各二百隻，若少

再者，似此耕田奴仆之人，其妇孺、父母不令分离，编为五百户，每户十口给牛一头、驴一只，前往驻扎纳丹佛哷。若大猪多，则八家取猪各二百只，若少

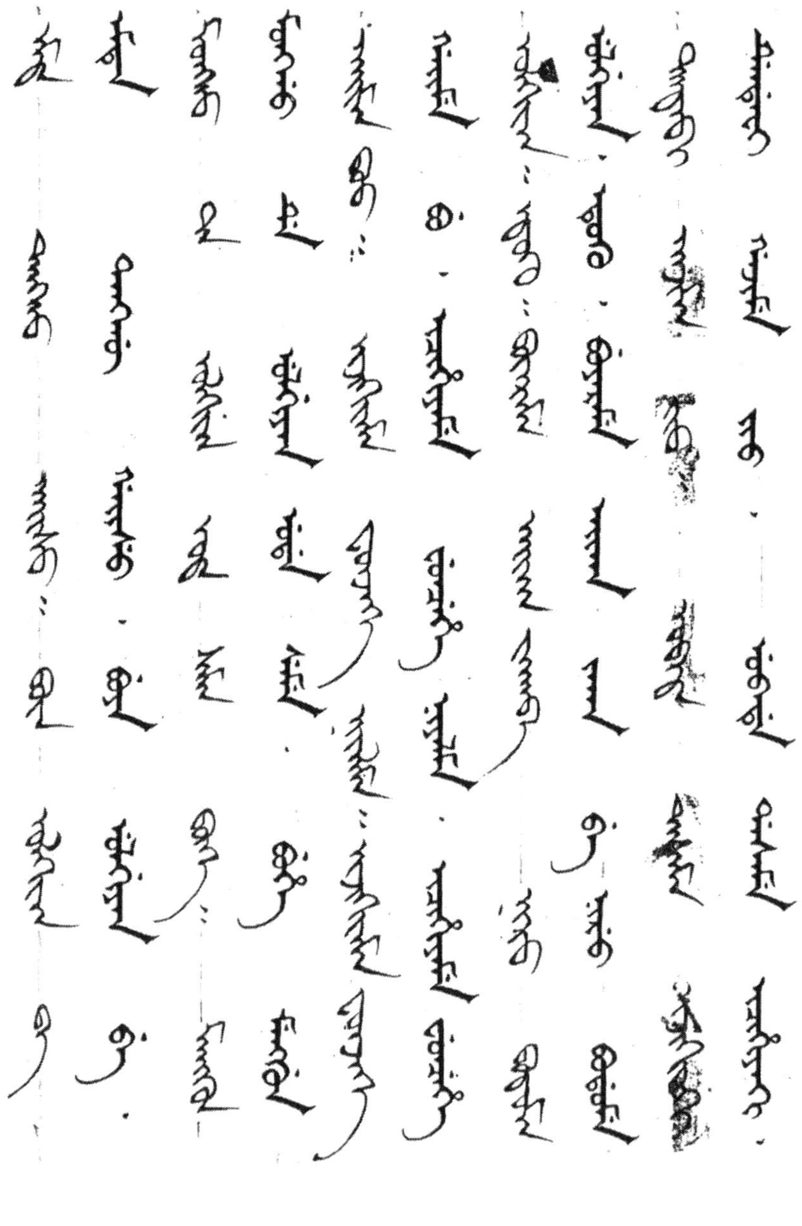

emte tanggū gaisu. buya ulgiyan be, monggo de ulgiyan uda seme, buhe menggun gaime bu. icihiyame funcehe niyalma, icihiyame funcehe ulgiyan, etuku, buyarame aika jaka be niru bodome dendefi gajime jio, ubade dasame icihiyaki.

則取各一百隻。小豬則由蒙古以發給購豬所給銀兩領取之。辦理後所剩餘之人，辦理後所剩餘之豬、衣服及小什物，則按牛彔分發攜來，在此重新辦理。

则取各一百只。小猪则由蒙古以发给购猪所给银两领取之。办理后所剩余之人，办理后所剩余之猪、衣服及小什物，则按牛彔分发携来，在此重新办理。

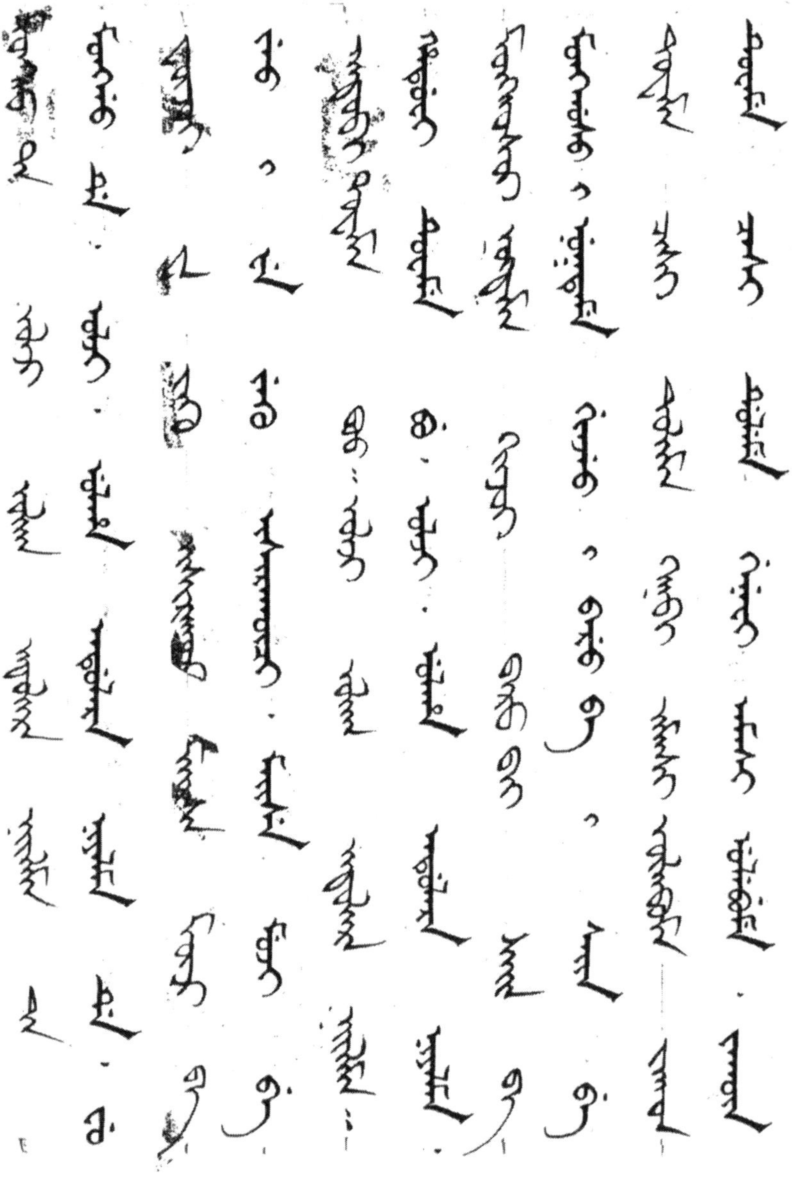

monggo de, olji, ulha adulara niyalma de, fu jeo i fe jeku isirakūci, maise, muji be hadufi tuwame bu. olji, ulha adulara niyalma monggoso i nukteme ginjeo i baru ba i sain be tuwame casi duleme genefi amasi ulebume, jakūn

---

其蒙古、俘虜、牧放牲畜之人，若復州之陳糧不足，則割[16]小麥、大麥酌情發給。俘虜、牧放牲畜之人、眾蒙古可往金州方向遊牧，察看越過肥美之地，然後折返餵養，

其蒙古、俘虏、牧放牲畜之人，若复州之陈粮不足，则割小麦、大麦酌情发给。俘虏、牧放牲畜之人、众蒙古可往金州方向游牧，察看越过肥美之地，然后折返喂养，

---

[16] 割，《滿文原檔》寫作"katobi"，《滿文老檔》讀作"hadufi"。按滿文"hadumbi"係蒙文"qaduqu"借詞（根詞"hadu-"與"qadu-"相同），意即「割、刈」。

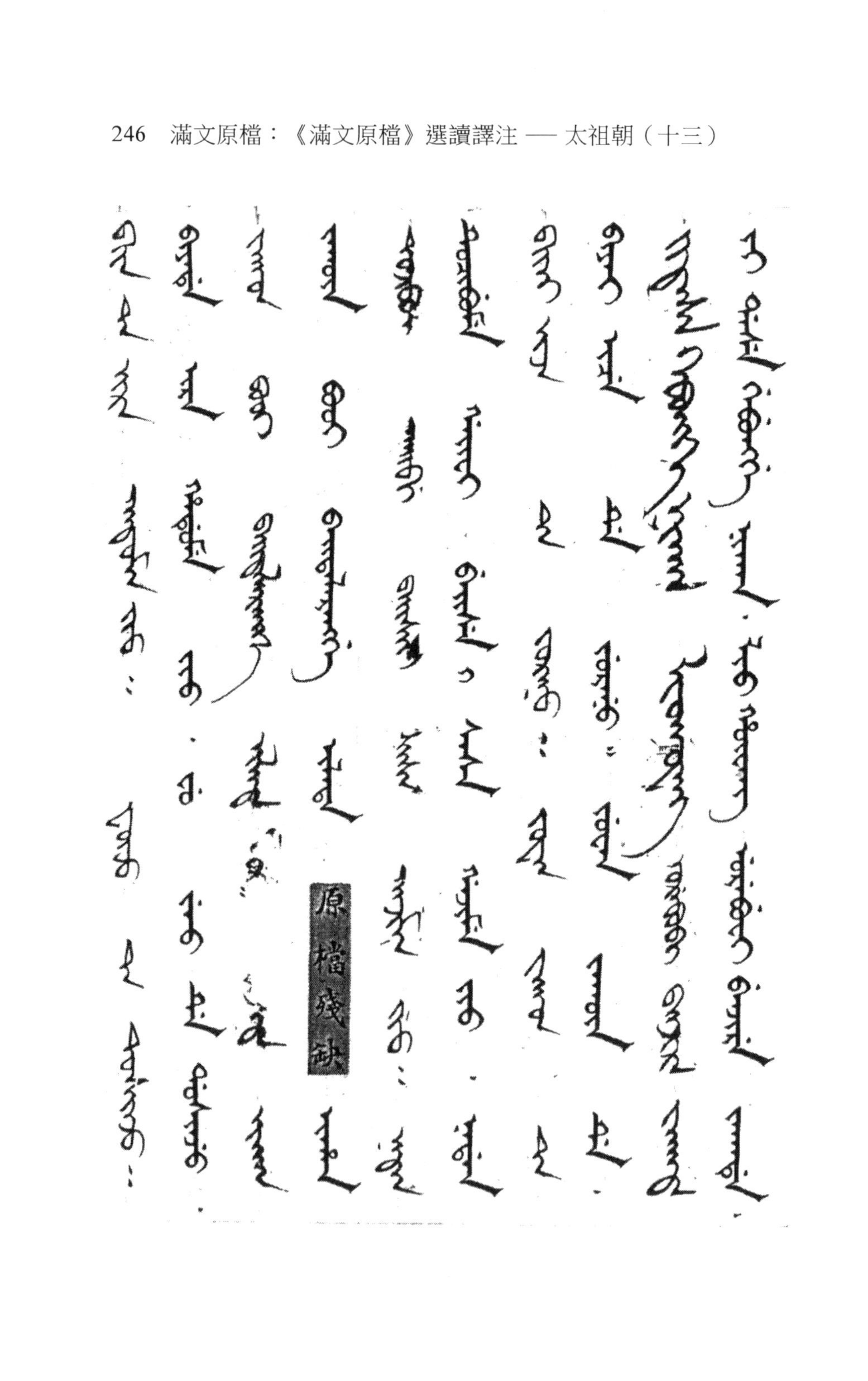

原檔殘缺

biyade ira hadume jio, fu jeo de dosinju. jakūn booi baitalarangge ilata [原檔殘缺] ihan tucibume gaifi beise i sasa gajime jio. nadan biyai ice de juranu. juwan jakūn de, ji dase gebungge nikan, lio hūwang urebufi benjire jakade,

---

八月回來收割黍子，進入復州。八家出所用之[原檔殘缺]牛各三頭，由諸貝勒一齊攜來，七月初一日，啟程。」十八日，因名叫紀達色之漢人送來所煉硫磺，

八月回来收割黍子，进入复州。八家出所用之[原档残缺]牛各三头，由诸贝勒一齐携来，七月初一日，启程。」十八日，因名叫纪达色之汉人送来所炼硫磺，

十六、八旗八分

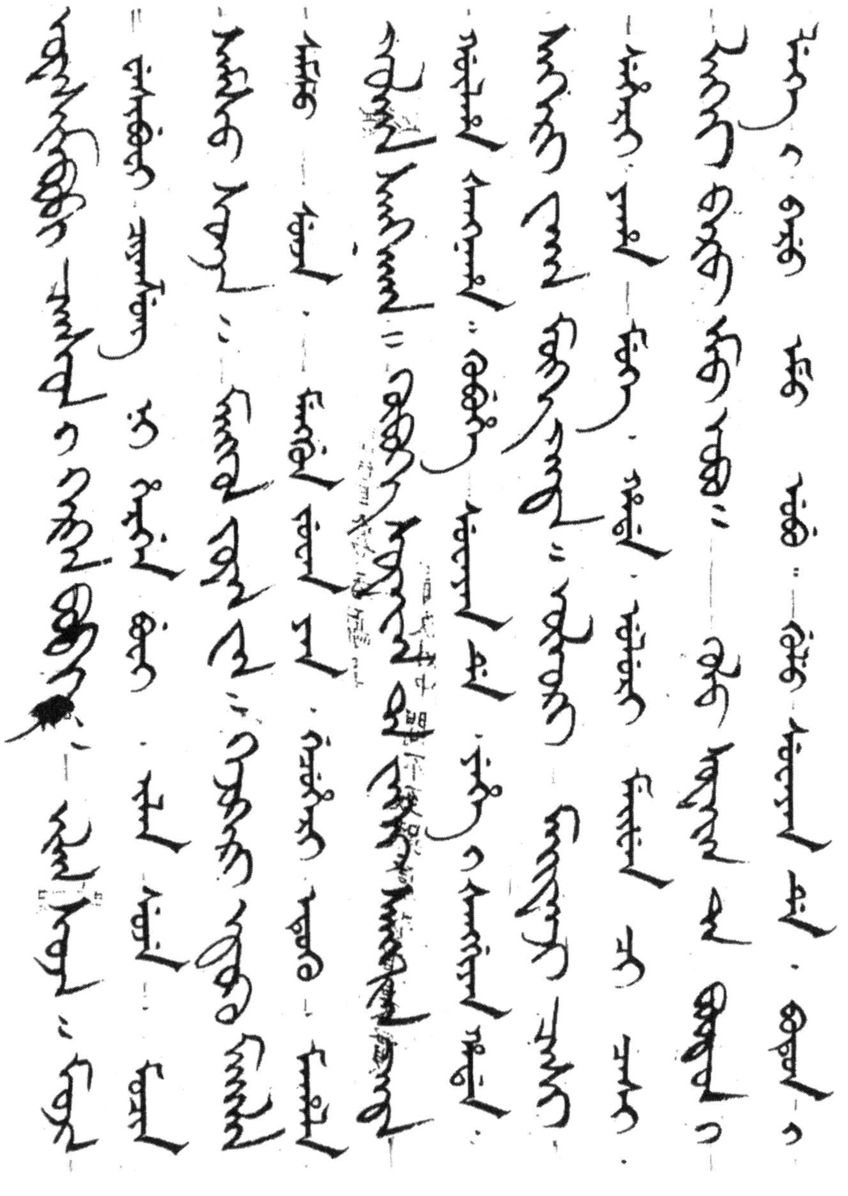

wesibufi ciyandzung ni hergen bufi, ilan suje, mocin samsu sunja, menggun juwan yan, gecuheri etuku, mahala, gūlha šangnaha. kubuhe suwayan de, yehe i šanggiyan hada, seheri, yaha muke, hada, uluri meifen ci casi, leke i baru emu ubu. gulu suwayan de, botun i

---

故擢陞，賜千總之職，並賞緞三疋、毛青翠藍布五疋、銀十兩、蟒緞衣服及帽、靴。鑲黃旗：由葉赫之尚間崖、色和里、雅哈穆克、哈達、烏魯里山肩往前向勒克為一分。正黃旗：

故擢升，赐千总之职，并赏缎三疋、毛青翠蓝布五疋、银十两、蟒缎衣服及帽、靴。镶黄旗：由叶赫之尚间崖、色和里、雅哈穆克、哈达、乌鲁里山肩往前向勒克为一分。正黄旗：

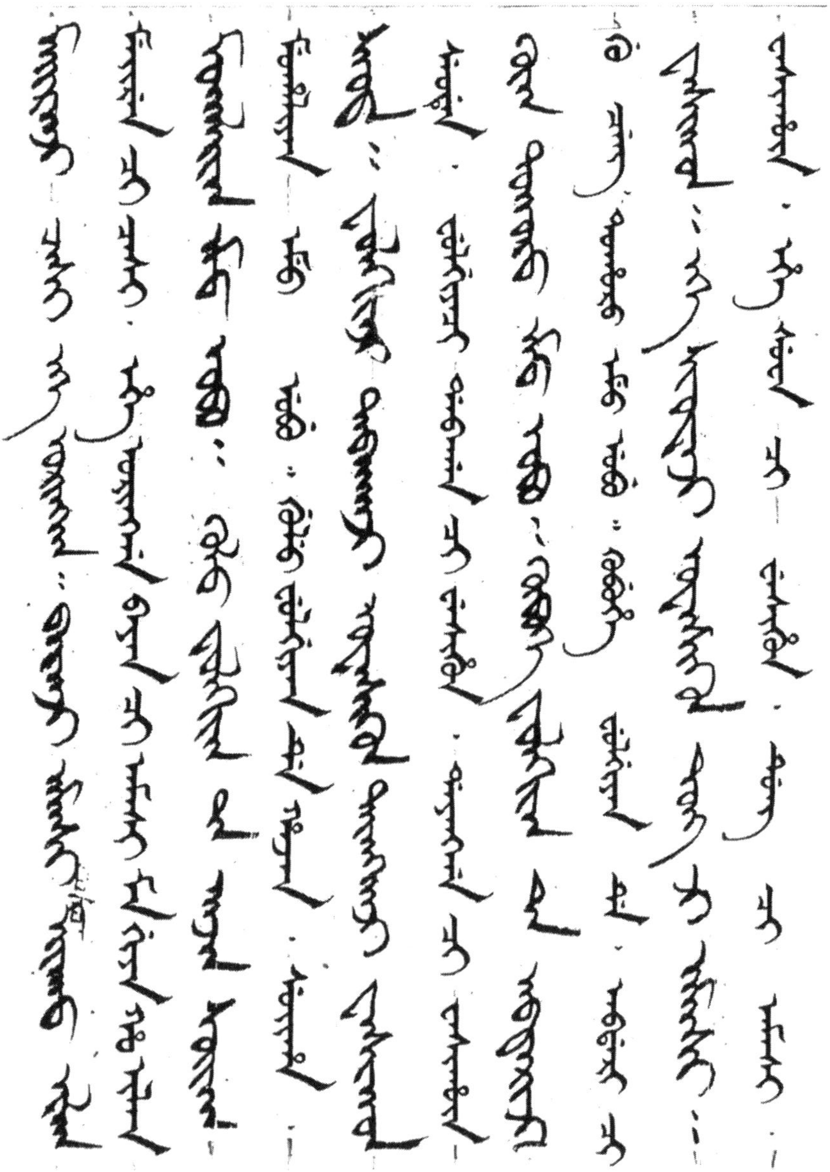

meiren ci casi, ehe oringga bayan ci amasi, ma giya ho, ilan muhaliyan emu ubu. gulu fulgiyan de, hajan, suiha, seoden, fulgiyaci dabagan ci wesihun, dayangga ci wasihūn, gu ceng, tohoro emu ubu. kubuhe fulgiyan de, abdari ci wasihūn, ehe šuwa ci wesihun, dung ci amasi,

---

由波吞山肩往前，額赫鄂淩阿巴彥以北，馬家河、依蘭穆哈連為一分。正紅旗：由哈占、綏哈、搜登、富勒加齊嶺以東，達揚阿以西，古城、托和羅為一分。鑲紅旗：由阿布達里以西，額赫舒瓦以東，凍以北，

由波吞山肩往前，额赫鄂凌阿巴彦以北，马家河、依兰穆哈连为一分。正红旗：由哈占、绥哈、搜登、富勒加齐岭以东，达扬阿以西，古城、托和罗为一分。镶红旗：由阿布达里以西，额赫舒瓦以东，冻以北，

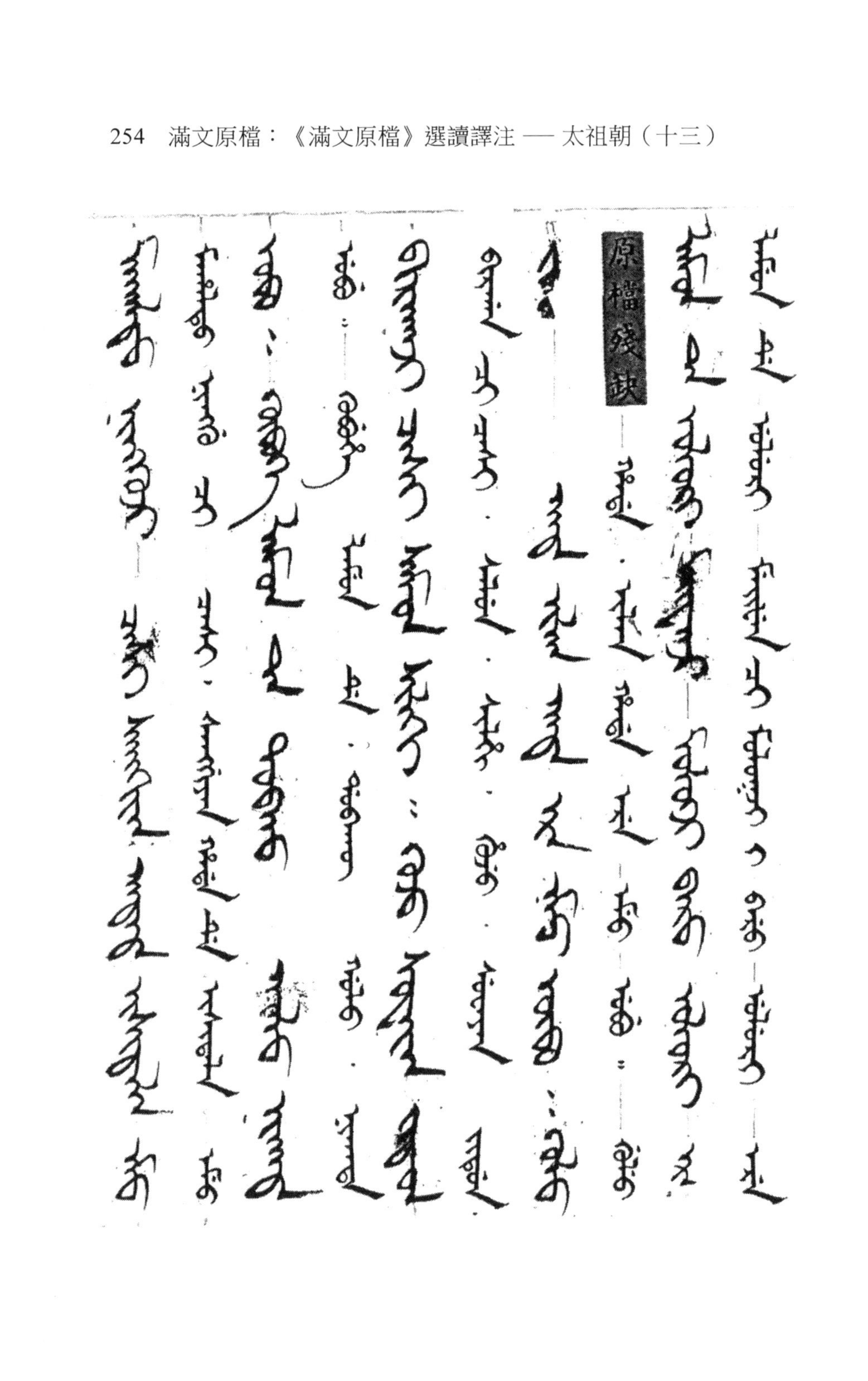

原檔殘缺

mahaltu ninggu ci casi, šanggiyan hada de isitala emu ubu. kubuhe lamun de dobakū golo, nikata birgan ci casi, salun, silhi, huju, suwayan jidun, [原檔殘缺] hada, ilan hada ere emu ubu. gulu lamun de, uluri meifen ci molokji i baru uluri ere

---

馬哈勒圖寧古往前，至尚間崖為一分。鑲藍旗：由多巴庫路、尼喀塔小河溝往前，薩倫、西勒希、胡珠、蘇瓦延山脊[原檔殘缺]哈達、依蘭哈達為一分。正藍旗：由烏魯里山肩向漠洛克吉烏魯里為一分。

马哈勒图宁古往前，至尚间崖为一分。镶蓝旗：由多巴库路、尼喀塔小河沟往前，萨伦、西勒希、胡珠、苏瓦延山脊[原档残缺]哈达、依兰哈达为一分。正蓝旗：由乌鲁里山肩向漠洛克吉乌鲁里为一分。

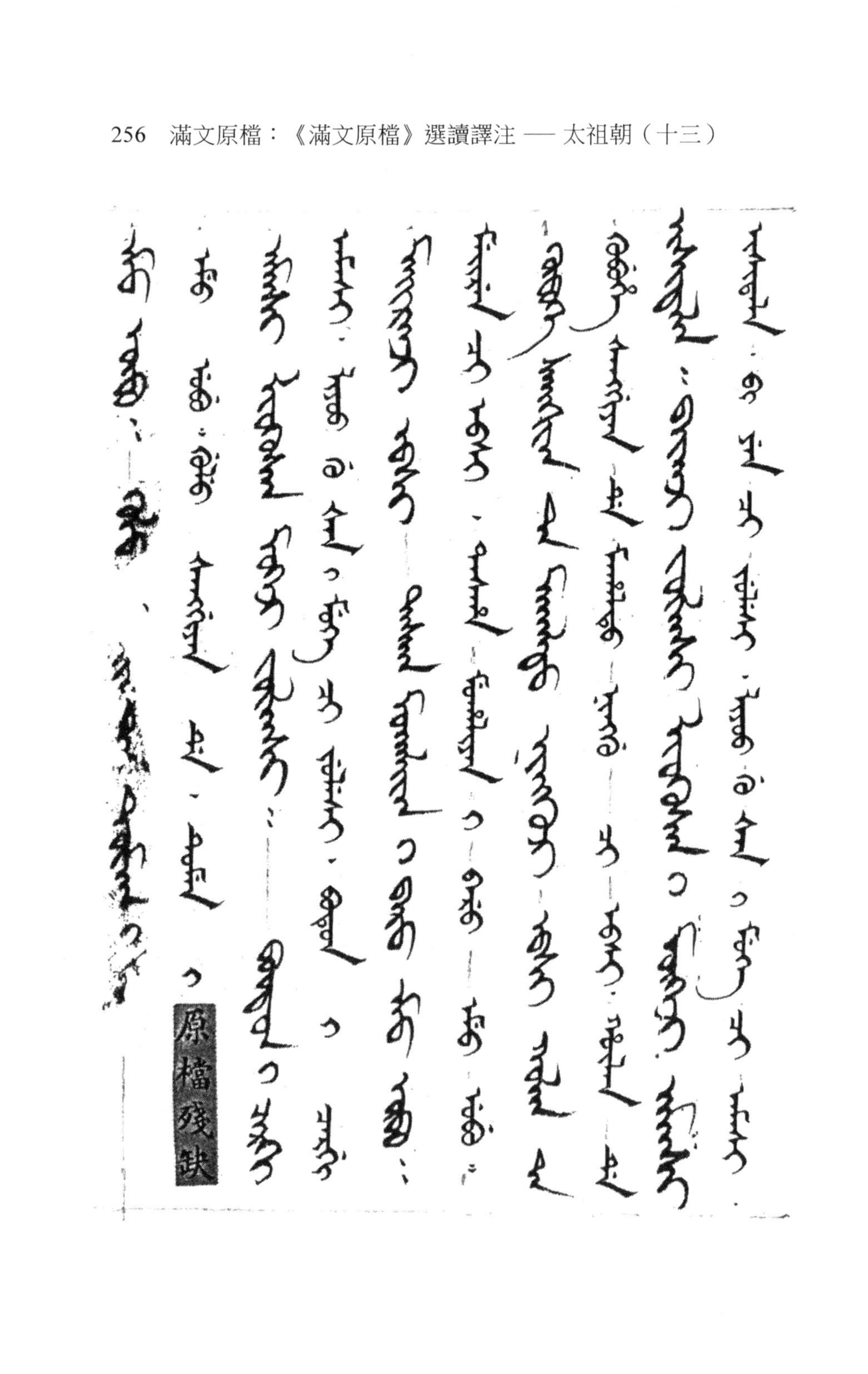

原檔殘缺

emu ubu. gulu šanggiyan de, tumen i [原檔殘缺] amasi, liyoo gu šan i muke ci julesi, botun i cargi meiren ci ebsi, tasha muhaliyan i baru emu ubu. kubuhe šanggiyan de mahaltu ninggu ci ebsi, hūlan de isitala, bi yen ci julesi, liyoo gu šan i muke ci amasi,

---

正白旗：由圖們之[原檔殘缺]北，遼孤山之水以南，波吞前山肩以內，向塔思哈穆哈連為一分。鑲白旗：由馬哈勒圖寧古以內，至呼蘭，自避蔭以南，遼孤山之水以北，

正白旗：由图们之[原档残缺]北，辽孤山之水以南，波吞前山肩以内，向塔思哈穆哈连为一分。镶白旗：由马哈勒图宁古以内，至呼兰，自避荫以南，辽孤山之水以北，

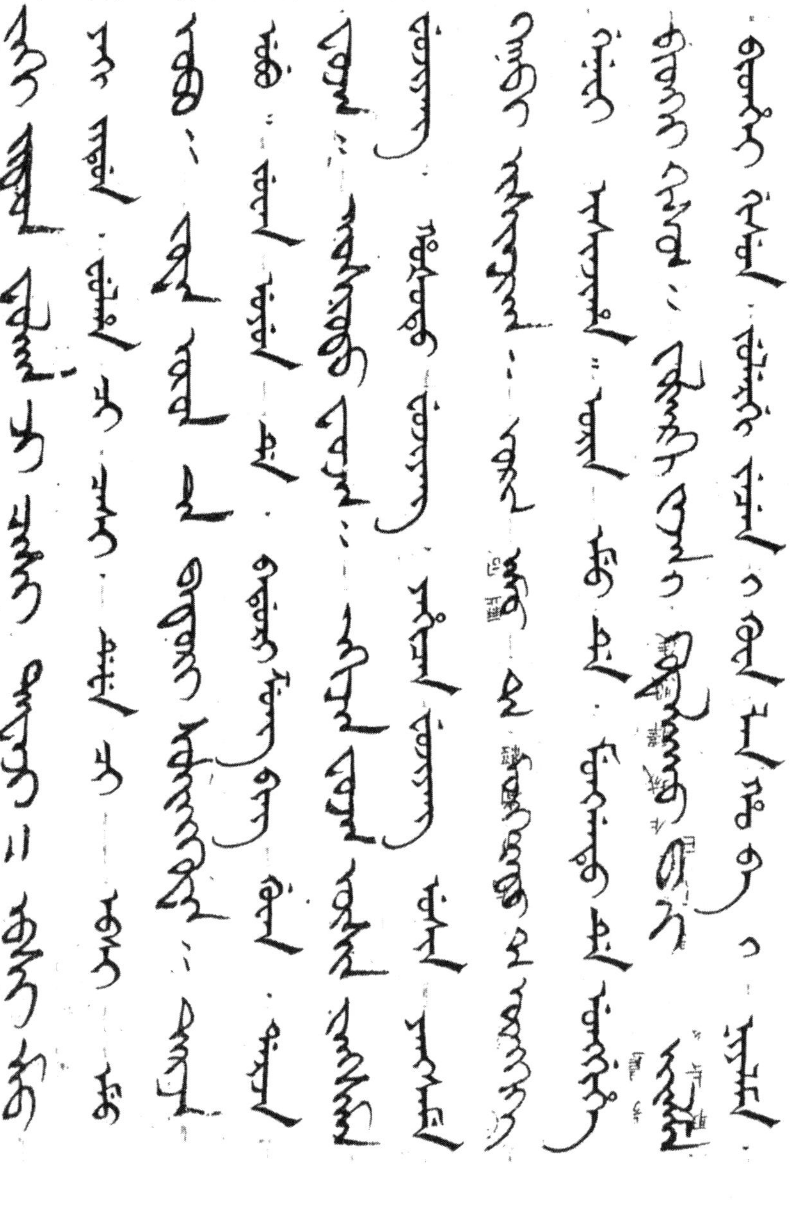

yaki jidun, fulha ci casi, defe ci ebsi emu ubu. juwan uyun de, baduri dzung bing guwan, darja fujiyang, hošotu fujiyang, yahican fujiyang, usin yangsame genefi isinjiha. orin emu de, munggatu de unggihe bithei gisun, julergi jecen i kuwa lan ho ba i niyalma,

---

雅奇山背、富勒哈往前，德佛以內為一分。十九日，巴都里總兵官、達爾札副將、和碩圖副將、雅希禪副將前往耘田返回。二十一日，致書蒙噶圖曰：「南方邊境夸蘭河地方之人，

雅奇山背、富勒哈往前，德佛以内为一分。十九日，巴都里总兵官、达尔札副将、和硕图副将、雅希禅副将前往耘田返回。二十一日，致书蒙噶图曰：「南方边境夸兰河地方之人，

十七、授田贈屋

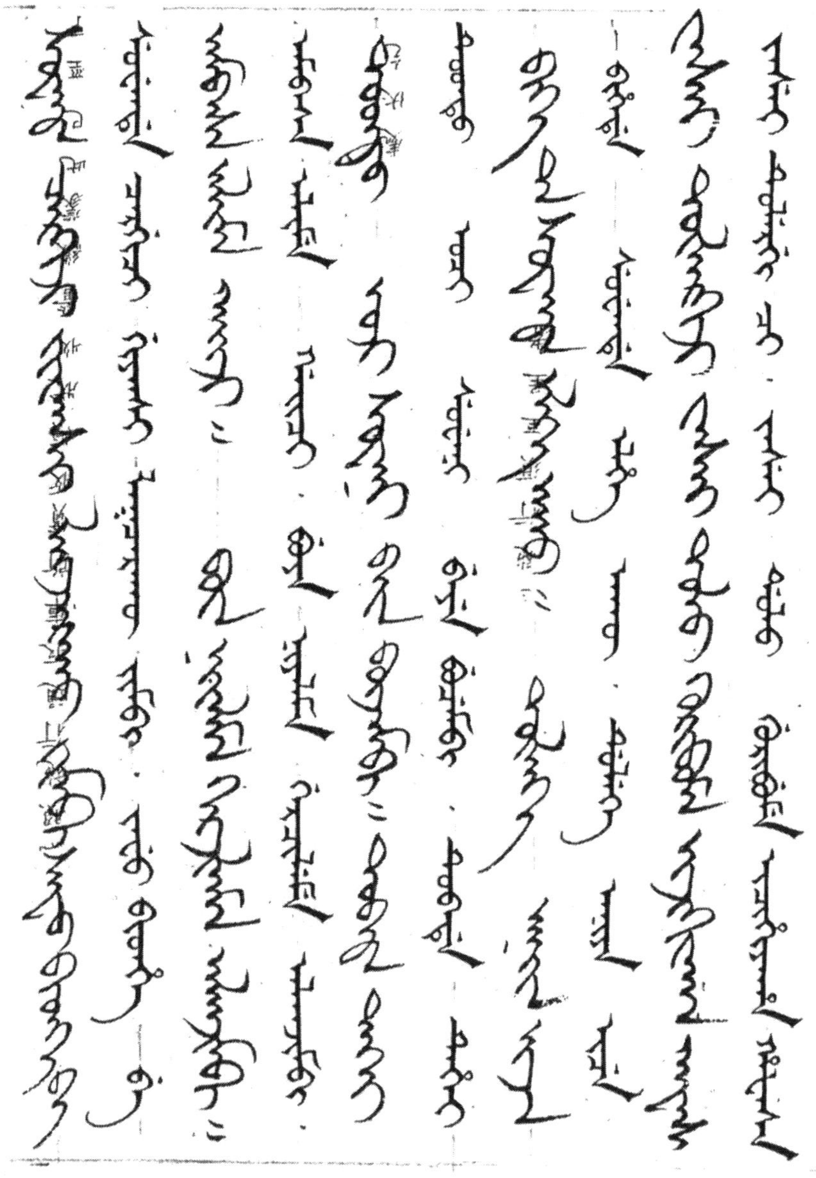

suwende cargici giyansi lakcarakū jimbi. jafu bithe be ambasa alime gaici, buya niyalma gercileme alanjimbi, tuttu oci suweni beye bucembi. tubade tehei bihede suwende elhe akū. duleke aniya ice jasei tulergi ci, jasei dolo guribume icihiyaha, hafasa

---

從那邊前來爾處之奸細絡繹不絕。眾大臣若接受札付，小人將前來首告，如此，爾等將身亡。久居彼處時，爾等亦不安寧。去年辦理從新邊外遷入邊內事宜，

从那边前来尔处之奸细络绎不绝。众大臣若接受札付，小人将前来首告，如此，尔等将身亡。久居彼处时，尔等亦不安宁。去年办理从新边外迁入边内事宜，

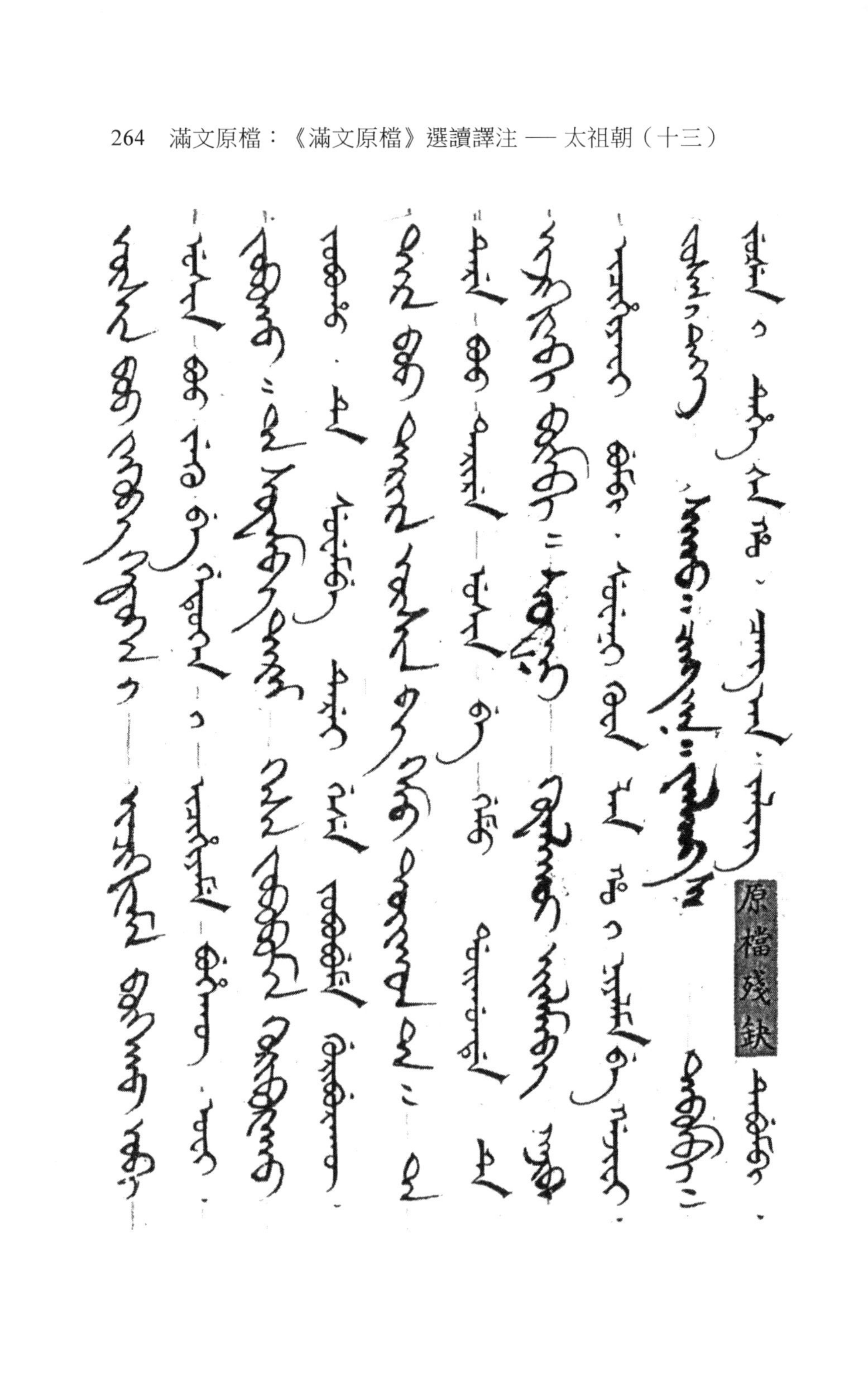

原檔殘缺

usin boo, jeku be getuken i icihiyame buhekū ofi, joboho. te suwembe terei gese jobobume guriburakū, tere boo, tarire usin be gemu doigonde te icihiyafi bumbi. suweni kuwa lan ho i niyalma be gajifi, jušen i tehe ša ho, cang an, jaling [原檔殘缺] tebumbi.

因官員未曾明白辦給田舍、糧食，故家計艱難。今為使爾等不受如此遷移之苦，今皆預先辦給居住屋舍、耕種田地。攜帶爾等夸蘭河之人，遷居於諸申所居住之沙河、長安、札陵[原檔殘缺]，

因官员未曾明白办给田舍、粮食，故家计艰难。今为使尔等不受如此迁移之苦，今皆预先办给居住屋舍、耕种田地。携带尔等夸兰河之人，迁居于诸申所居住之沙河、长安、札陵[原档残缺]，

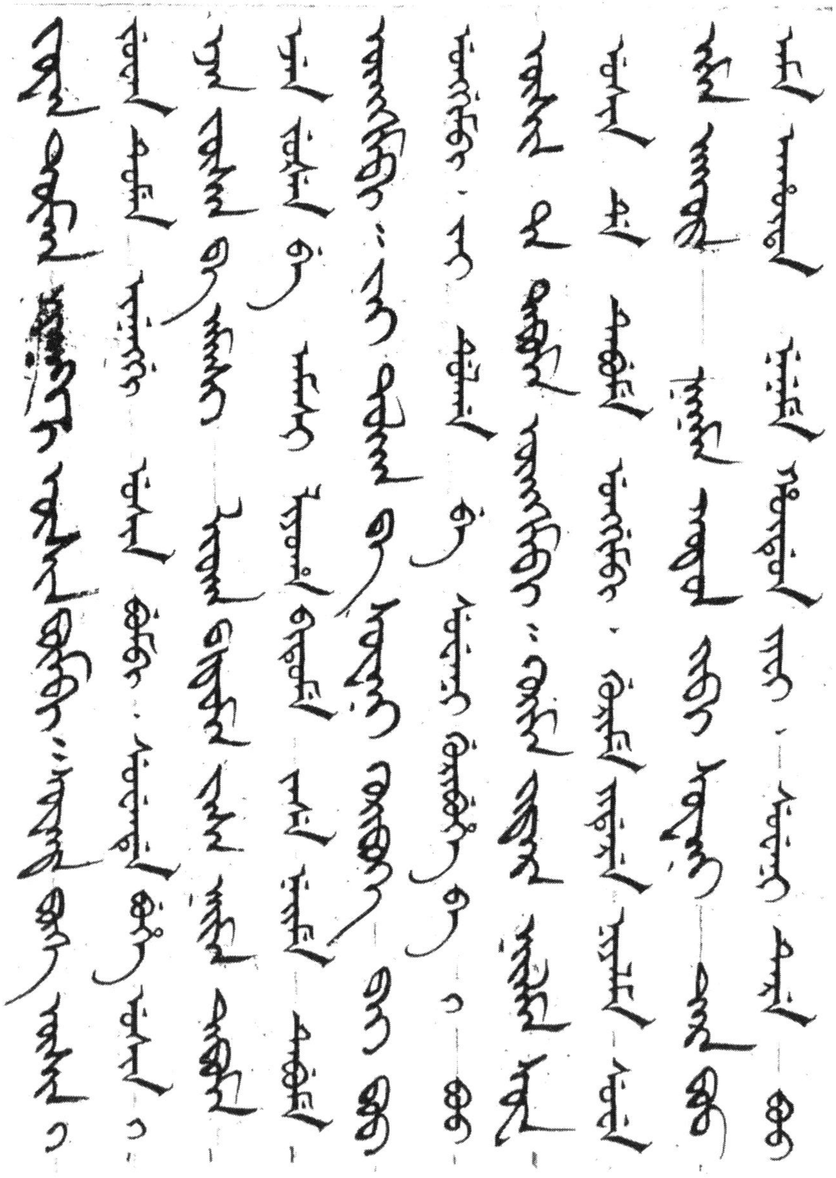

juwan tumen inenggi usin bumbi. suwende buhe usin i ejen jušen be amasi liyoha bitume jase neime tebume unggimbi. jai dulga be suweni guribuhe ba i boo usin de tebume unggimbi. gurime jidere niyalma suwe ama, ahūta neneme hūdun jifi, suweni tere boo

給田十萬垧[17]。給爾等田地之主諸申，遣其返回，沿遼河邊居住。又遣都爾噶居住爾等所遷地方之田舍。遷來之人，可令爾父兄先行速來，

给田十万垧。给尔等田地之主诸申，遣其返回，沿辽河边居住。又遣都尔噶居住尔等所迁地方之田舍。迁来之人，可令尔父兄先行速来，

17 十萬垧，句中「垧」，《滿文原檔》、《滿文老檔》俱讀作 “inenggi”，意即「日、晌」。按「垧」為計算地畝單位，規範滿文讀作“cimari”。昔時臣工以「垧」、「晌」同音通假，又將「晌」省文作「日」，故迻譯滿文作 “inenggi”。順治十二年（1655）十月十五日刻滿漢二體《賜湯若望塋地諭旨碑》，滿文作 “usin uyun cimari”，漢文作「地土九日」，意即「田地九垧」。

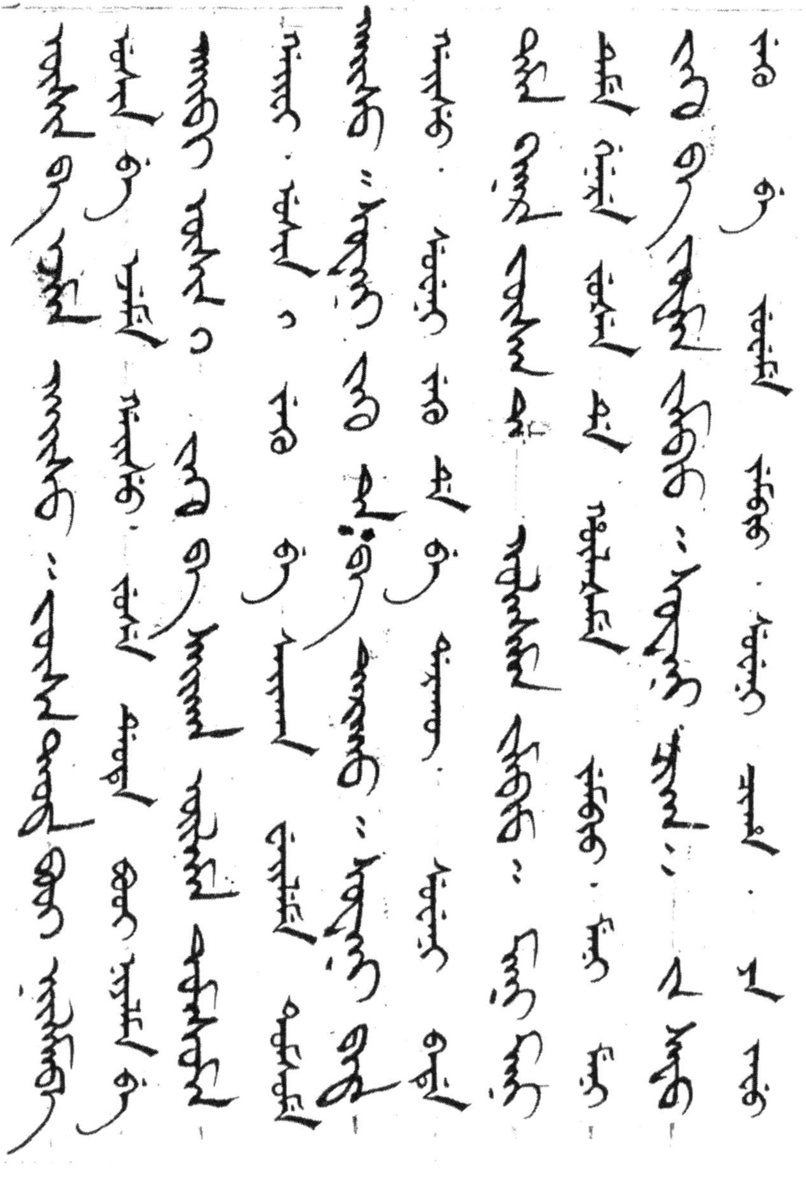

usin be ejeme gaisu, juse deote booi niyalma be gaifi, usin i jeku be saikan weileme tomsome gaisu. suweni jeku de be darakū, suweni bade teme genere jušen de hūlašame jembio. meni meni jeku be juweme jembio. suweni ciha. ya jafu

---

以記錄爾等所居田舍，然後率子弟家人妥善耕種收獲田糧。爾等之糧食我等不過問，或與前往居住爾處之諸申交換而食耶？或各自運糧而食耶？悉聽爾等之便。

以记录尔等所居田舍，然后率子弟家人妥善耕种收获田粮。尔等之粮食我等不过问，或与前往居住尔处之诸申交换而食耶？或各自运粮而食耶？悉听尔等之便。

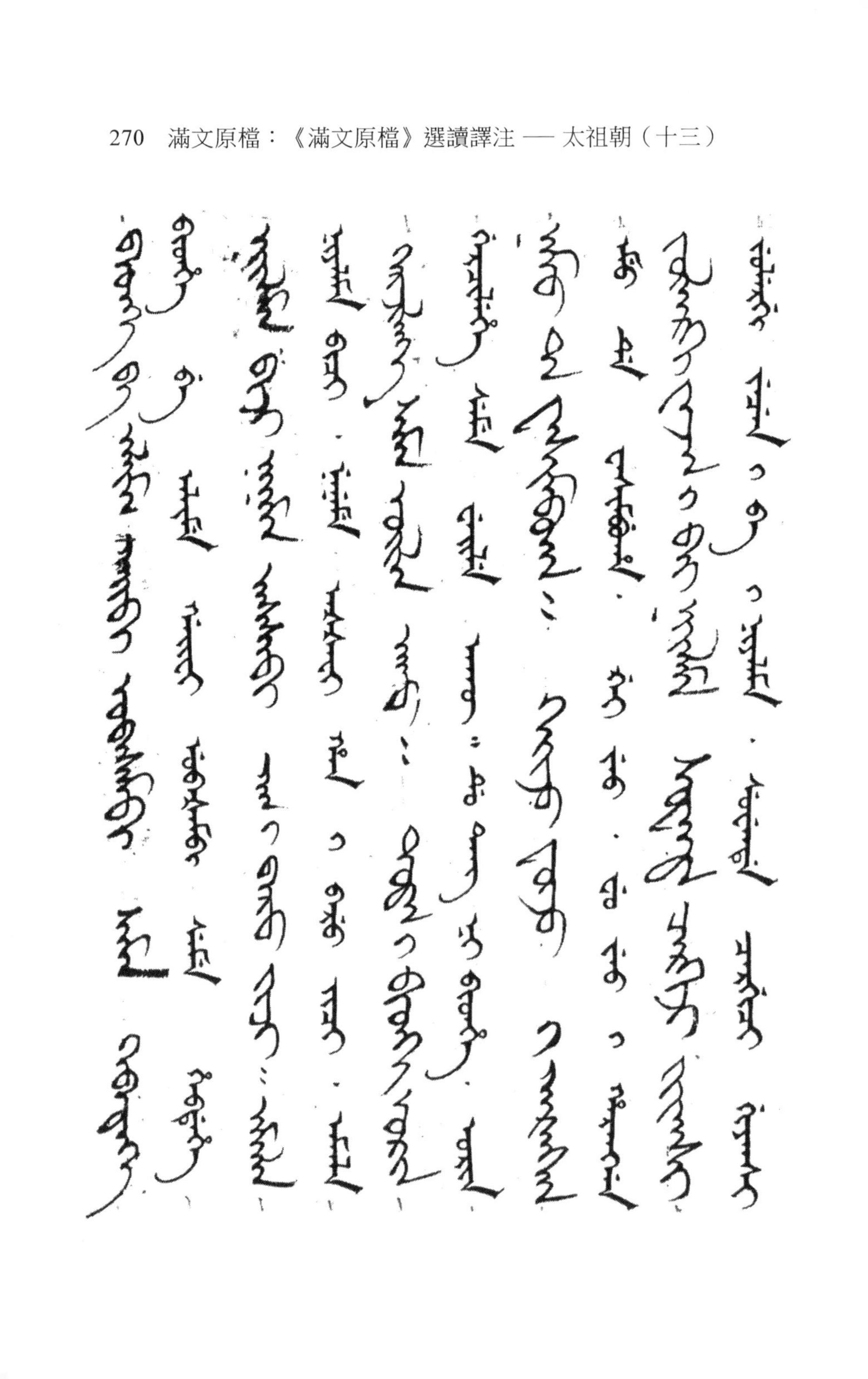

bithe be alime gaifi ubašambi seme hebdehe niyalma bici, neneme aššafi han i baru jici, amala gercilehe seme weile akū. du tang ni bithe, orin emu de wasimbuha, g'ai jeo, fu jeo i harangga julergi jecen i ba i niyalma, suwende cargici giyansi

---

凡有接受札付而謀叛之人，若先行主動前來稟告汗，雖然後來首告亦無罪。」二十一日，都堂頒書曰：「蓋州、復州所屬南邊地方之人，從彼處前來爾處之奸細

凡有接受札付而谋叛之人，若先行主动前来禀告汗，虽然后来首告亦无罪。」二十一日，都堂颁书曰：「盖州、复州所属南边地方之人，从彼处前来尔处之奸细

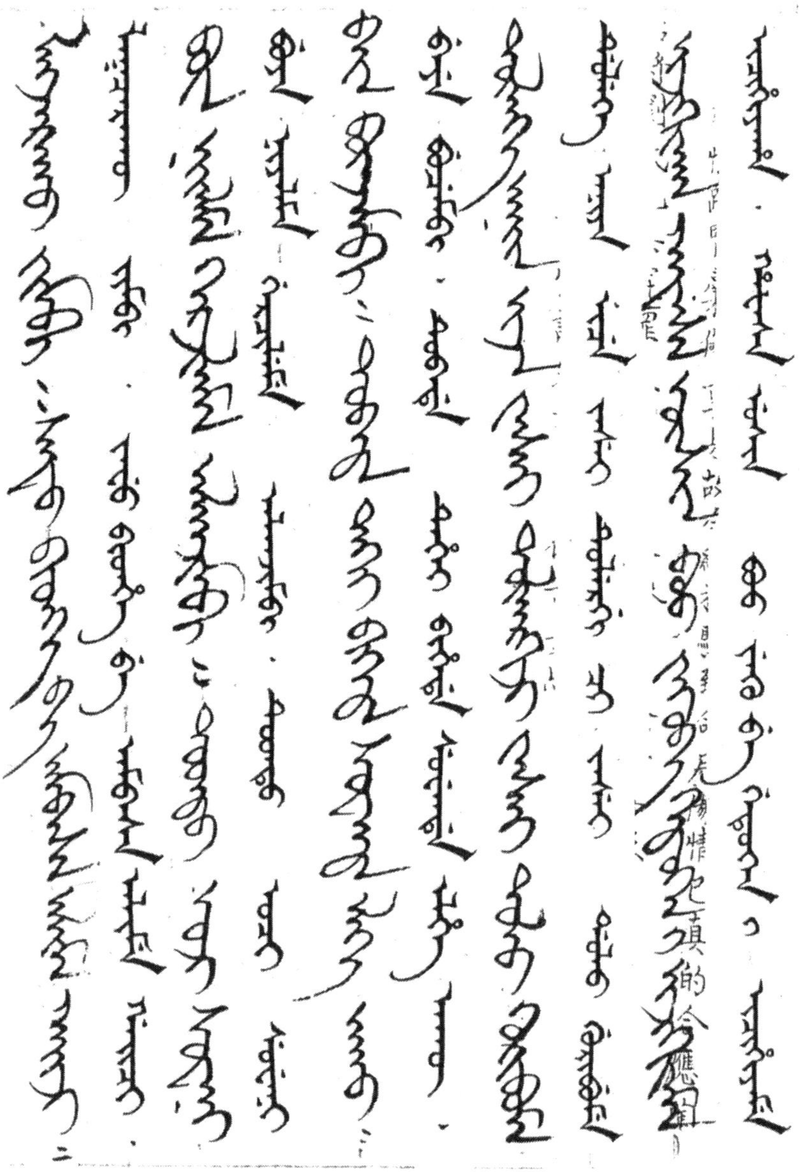

lakcarakū jimbi. jafu bithe be ambasa alime gaici, buya niyalma gercileme alanjimbi, tuttu oci suweni beye bucembi. tubade tehei bihede suwende elhe akū. duleke aniya ice jasei tulergici jasei dolo guribume icihiyaha, hafasa usin, boo, jeku be getuken i icihiyame

---

絡繹不絕。若眾大臣接受札付，小人前來首告，如此爾等將身亡。長居彼處時，爾等亦不安寧。去年辦理由新邊遷入邊內事宜，因官員未曾明白辦給田地、屋舍、糧食，

络绎不绝。若众大臣接受札付，小人前来首告，如此尔等将身亡。长居彼处时，尔等亦不安宁。去年办理由新边迁入边内事宜，因官员未曾明白办给田地、屋舍、粮食，

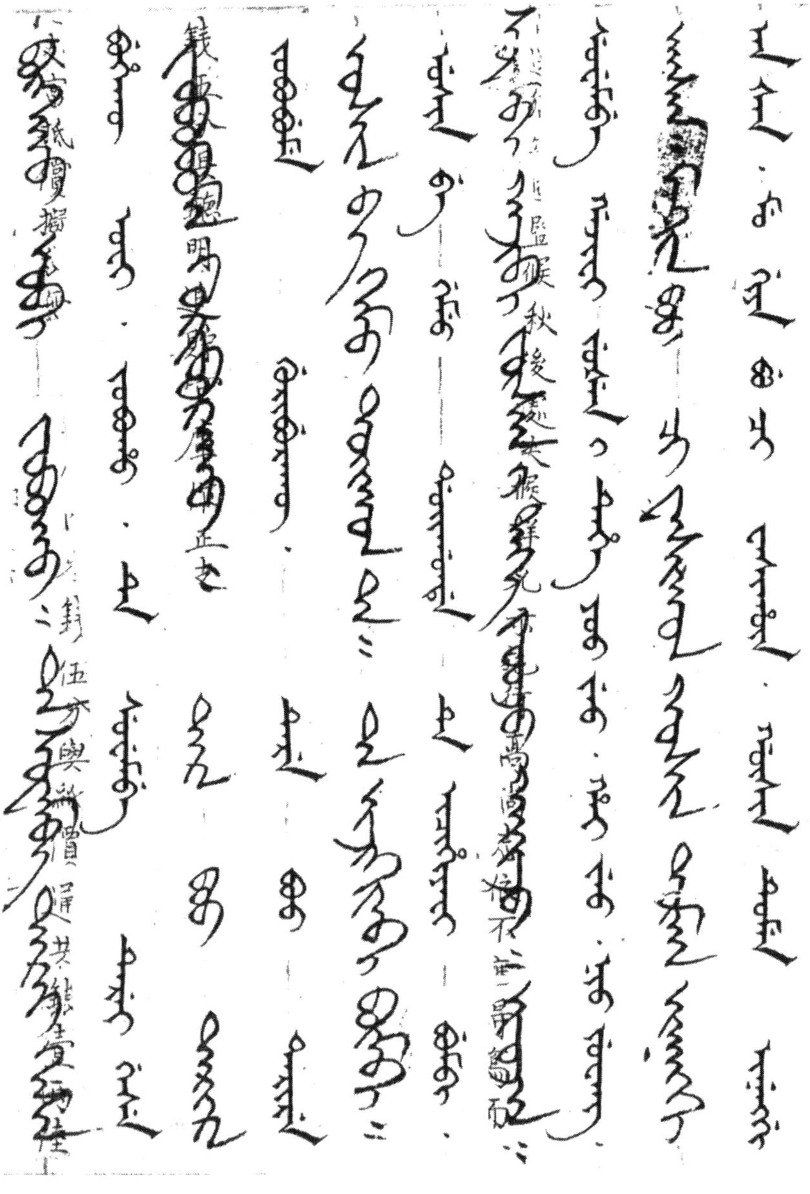

buhekū ofi joboho. te suwembe terei gese jobobume guriburakū, tere boo, tarire usin be gemu doigonde te icihiyafi bumbi. suwembe gajifi jušen i tehe yoo jeo, hai jeo, nio juwang, an šan, mu giya pu ci wasihūn, gūsin tumen inenggi

---

故家計艱難。今為使爾等不受如此遷移之苦，今皆預先辦給居住屋舍、耕種田地。著爾等遷居諸申所住之耀州、海州、牛莊、鞍山、穆家堡以西，給田三十萬晌。

故家计艰难。今为使尔等不受如此迁移之苦，今皆预先办给居住屋舍、耕种田地。着尔等迁居诸申所住之耀州、海州、牛庄、鞍山、穆家堡以西，给田三十万晌。

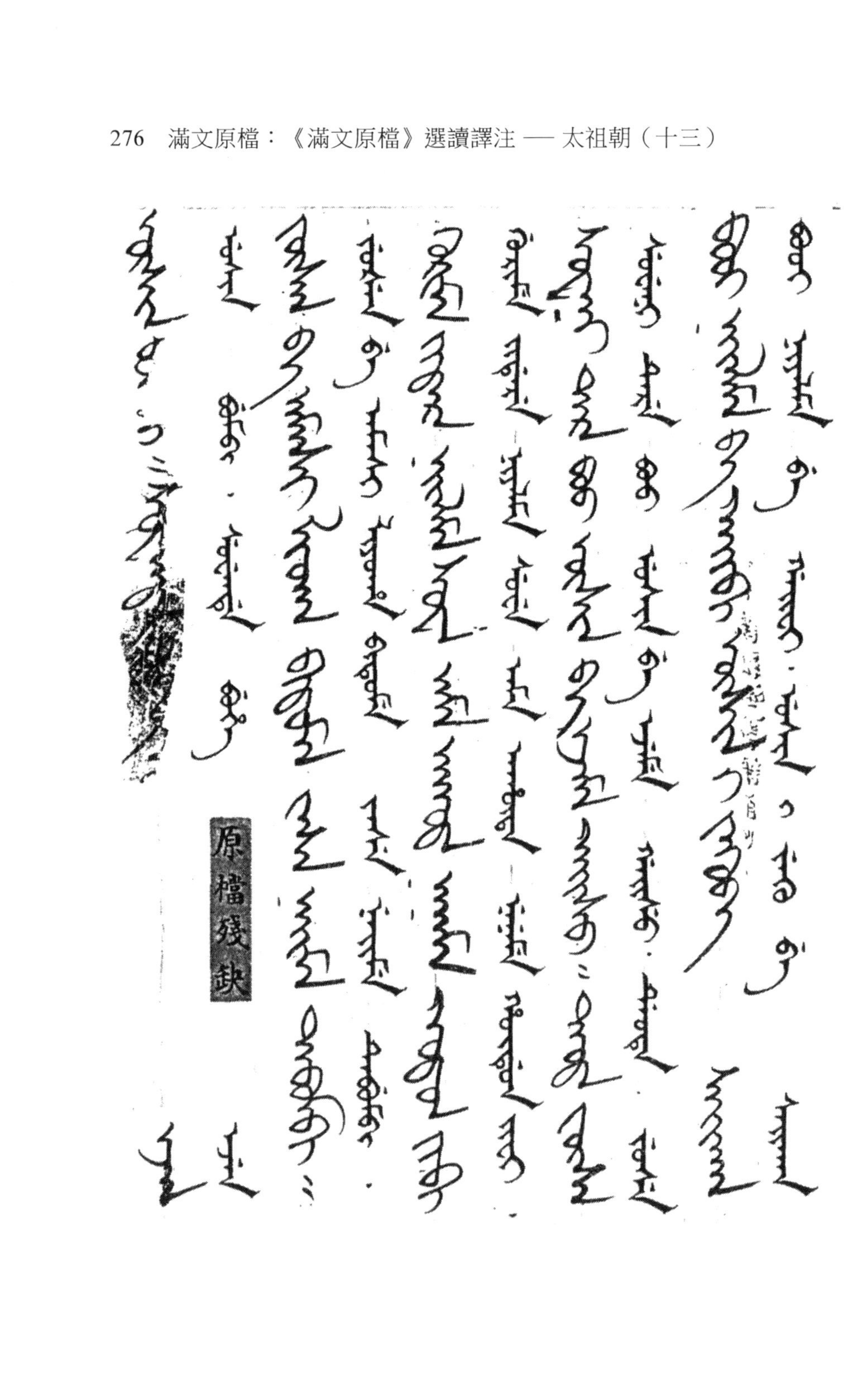

原檔殘缺

usin bumbi, suwende buhe [原檔殘缺] ejen jušen be amasi liyoha bitume jase neime tebumbi. gurime jidere niyalma suwe ama ahūta neneme hūdun jifi, suweni tere boo usin be ejeme gaisu, deote juse booi niyalma be gaifi, usin i jeku be saikan

---

給與爾等[原檔殘缺]之主諸申，遣其返回，沿遼河邊居住，遷來之人，可令爾父兄先行速來，以記錄爾等所居田舍，然後率子弟家人

给与尔等[原档残缺]之主诸申，遣其返回，沿辽河边居住，迁来之人，可令尔父兄先行速来，以记录尔等所居田舍，然后率子弟家人

十八、首告謀叛

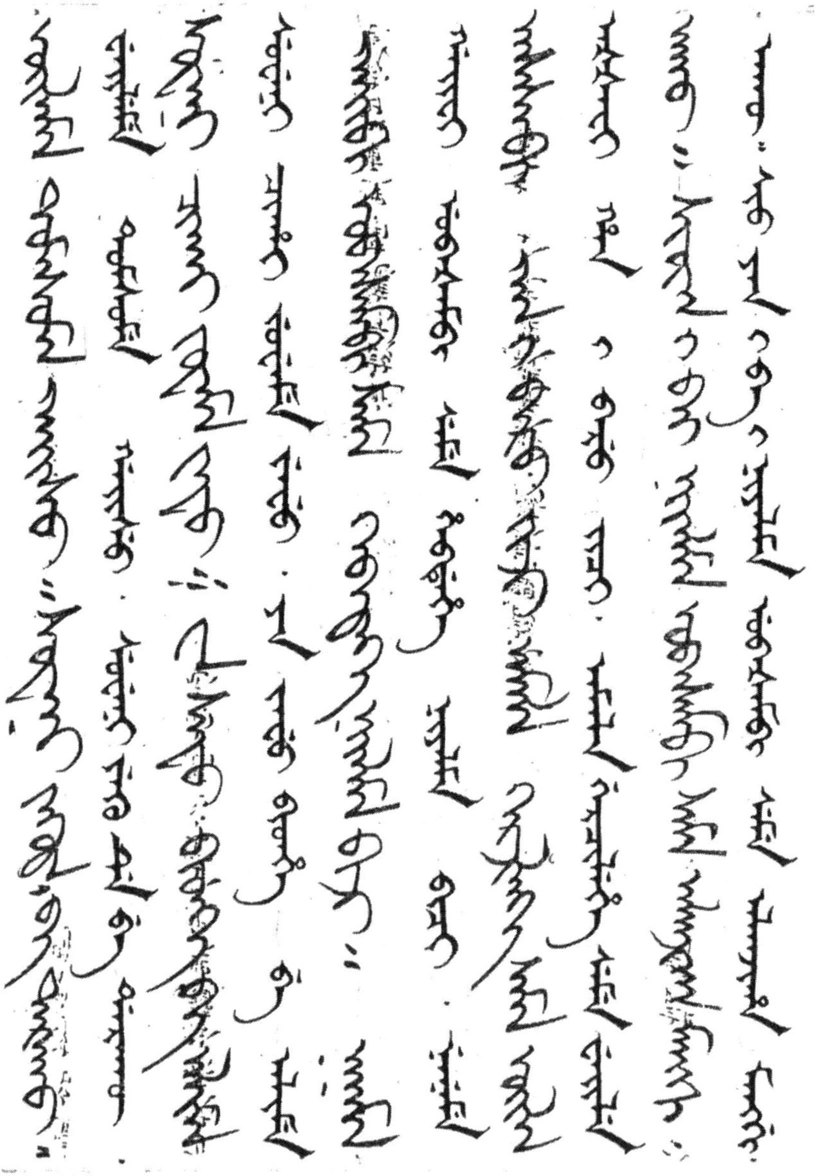

weileme tomsome gaisu. suweni jeku de be darakū, suweni cihai juweme jefu. ya jafu bithe be alime gaifi ubašambi seme hebdehe niyalma bici, neneme aššafi han i baru jici, amala gercilehe seme weile akū. sio yan i ba i niyalma ubašambi seme alanjiha manggi,

---

妥善耕種收獲田糧。爾等糧食我等不過問，悉聽爾等之便運食。凡有接受札付而謀叛之人，若先行主動前來向汗稟告，雖然後來首告亦無罪。」因有人來報，岫巖地方之人謀叛，

妥善耕种收获田粮。尔等粮食我等不过问，悉听尔等之便运食。凡有接受札付而谋叛之人，若先行主动前来向汗禀告，虽然后来首告亦无罪。」因有人来报，岫岩地方之人谋叛，

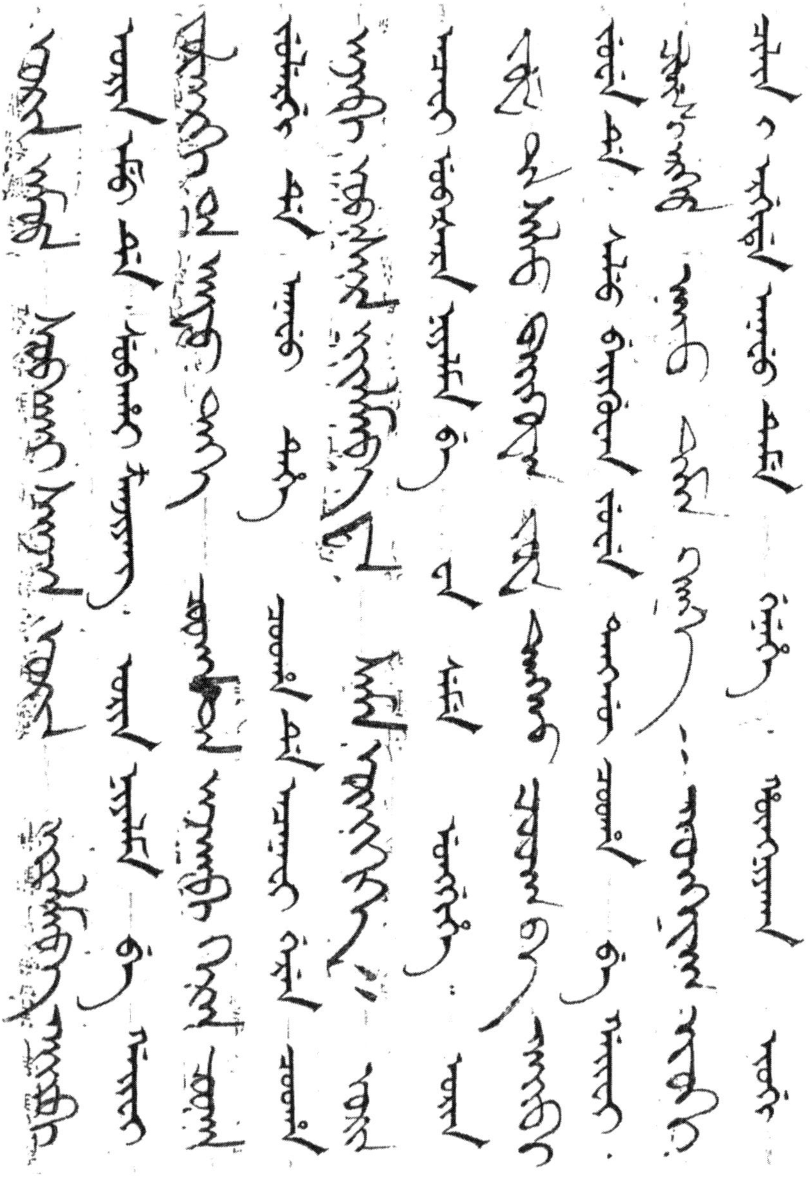

orin emu de, subahai ts'anjiyang orin niyalma be gaifi julergi de anafu tehe cooha de acanafi, geren cooha acafi ubašara niyalma be wa seme unggihe. orin juwe de, salu beiguwan juwe tanggū cooha be gaifi, cilin i ergide anafu teme genehe. hūngniyaka iogi

---

故於二十一日遣蘇巴海參將率二十人，往會戍守南邊之兵，令其於會合眾兵後捕殺謀叛之人。二十二日，薩祿備禦官率兵二百名，前往戍守鐵嶺邊上；洪尼雅喀遊擊

故于二十一日遣苏巴海参将率二十人，往会戍守南边之兵，令其于会合众兵后捕杀谋叛之人。二十二日，萨禄备御官率兵二百名，前往戍守铁岭边上；洪尼雅喀游击

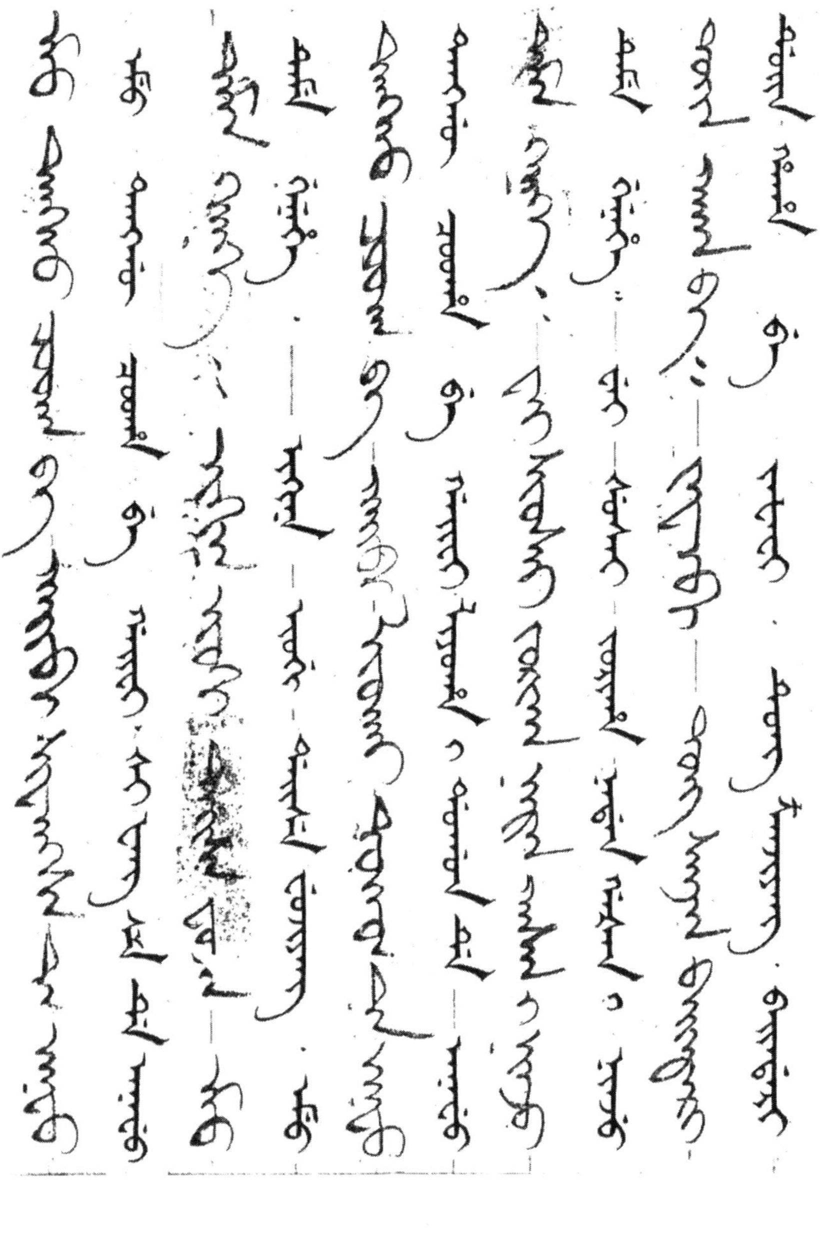

emu tanggū cooha be gaifi, ši fang sy de anafu teme genehe. ikina iogi daise fujiyang, emu tanggū cooha be gaifi liyoha i dogon de anafu teme genehe. wei šusai joriha nadan gašan i ninju duin haha be jafafi, tung ts'anjiyang, baindari

---

率兵一百名，前往十方寺戍守；依奇納遊擊代理副將率兵一百名，前往遼河渡口戍守。擒拏魏生員所控七屯男丁六十四名，经佟参将、拜音达里讯问，

率兵一百名，前往十方寺戍守；依奇纳游击代理副将率兵一百名，前往辽河渡口戍守。擒拏魏生员所控七屯男丁六十四名，经佟参将、拜音达里讯问，

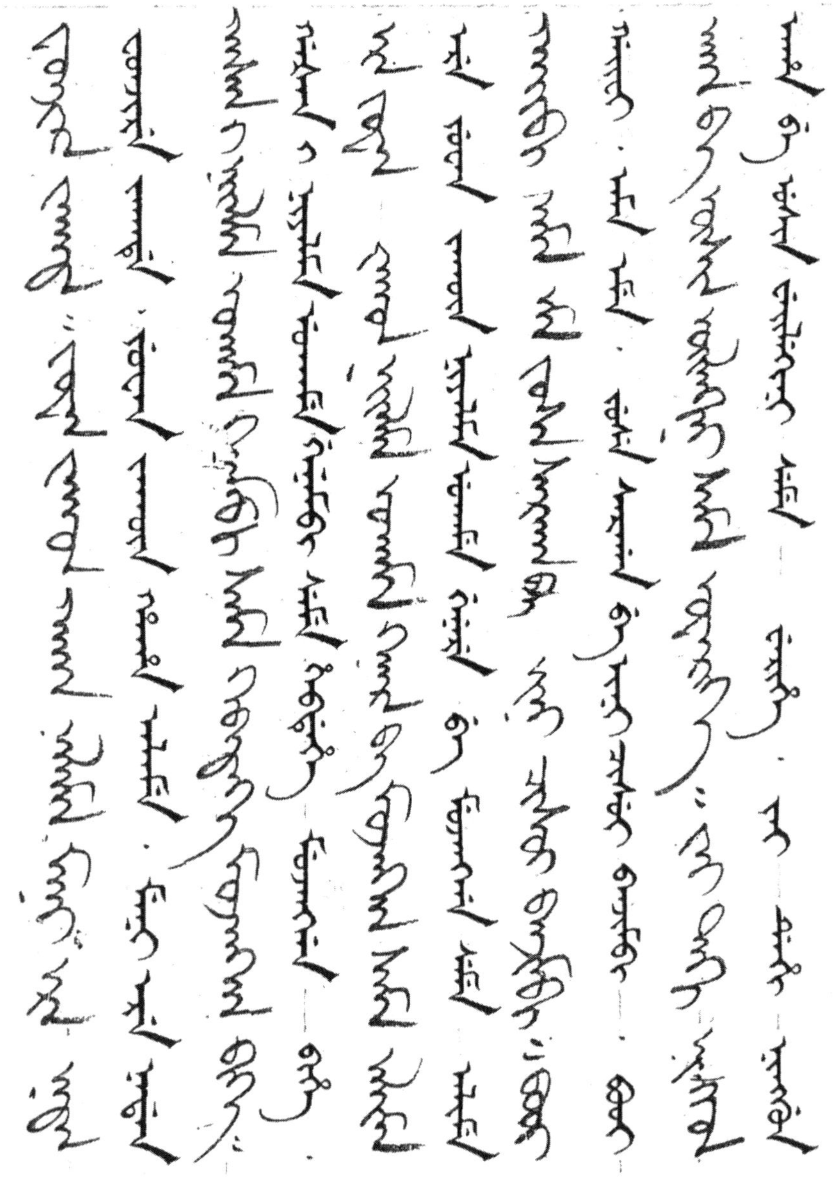

fonjire jakade, juwan jakūn haha alame, meni ere nadan gašan i niyalma ukame genembi seme hebdehe mujangga bihe. ere juwan jakūn niyalma ukame genere be mujangga seme alime gaifi, ama eme, juse sargan be ini cisui banjimbi, booi aha be usin weilekini seme werihe, jai dehi ninggun

男丁十八名稟稱：「我等此七屯之人商議逃走屬實。」此十八人供認逃走屬實，令其父母、妻孺依舊度日，並留其家奴令其耕種田地。其餘四十六人

男丁十八名禀称：「我等此七屯之人商议逃走属实。」此十八人供认逃走属实，令其父母、妻孺依旧度日，并留其家奴令其耕种田地。其余四十六人

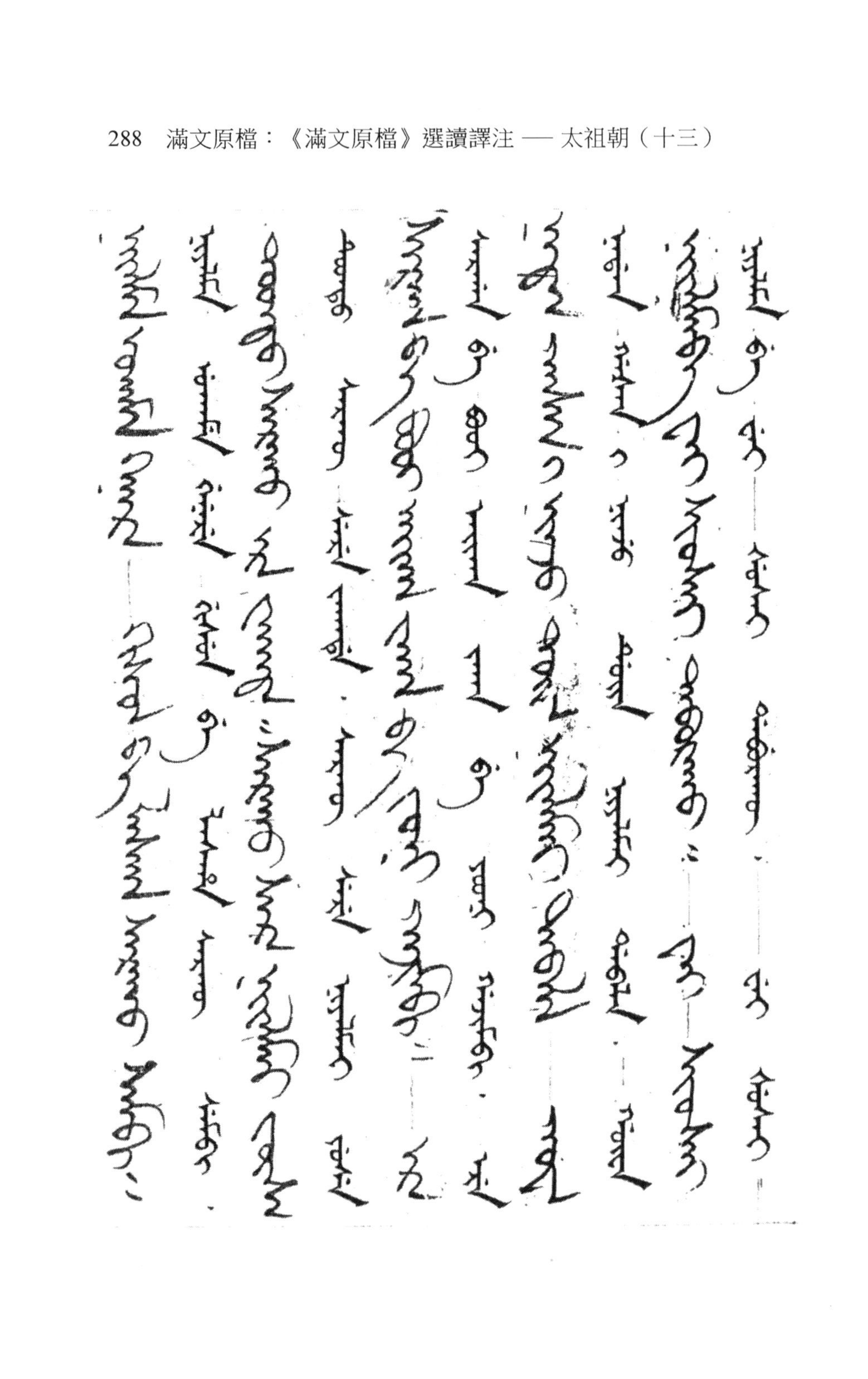

niyalma ukame genere gisun be lasha sarkū sembi, tuttu sarkū sere jakade, sarkū sere niyalmai juse sargan be booi aika jaka be yooni gajimbi. ere nadan gašan i ninju duin niyalmai dabala, gūwa niyalma be wei šusai daburakū, wei šusai

---

皆言渾然不知逃走之事，因其聲稱不知，故將聲稱不知者之妻孺、家中一應物件俱行沒收。此七屯僅此六十四人而已，魏生員並未牽扯他人。

皆言浑然不知逃走之事，因其声称不知，故将声称不知者之妻孺、家中一应物件俱行没收。此七屯仅此六十四人而已，魏生员并未牵扯他人。

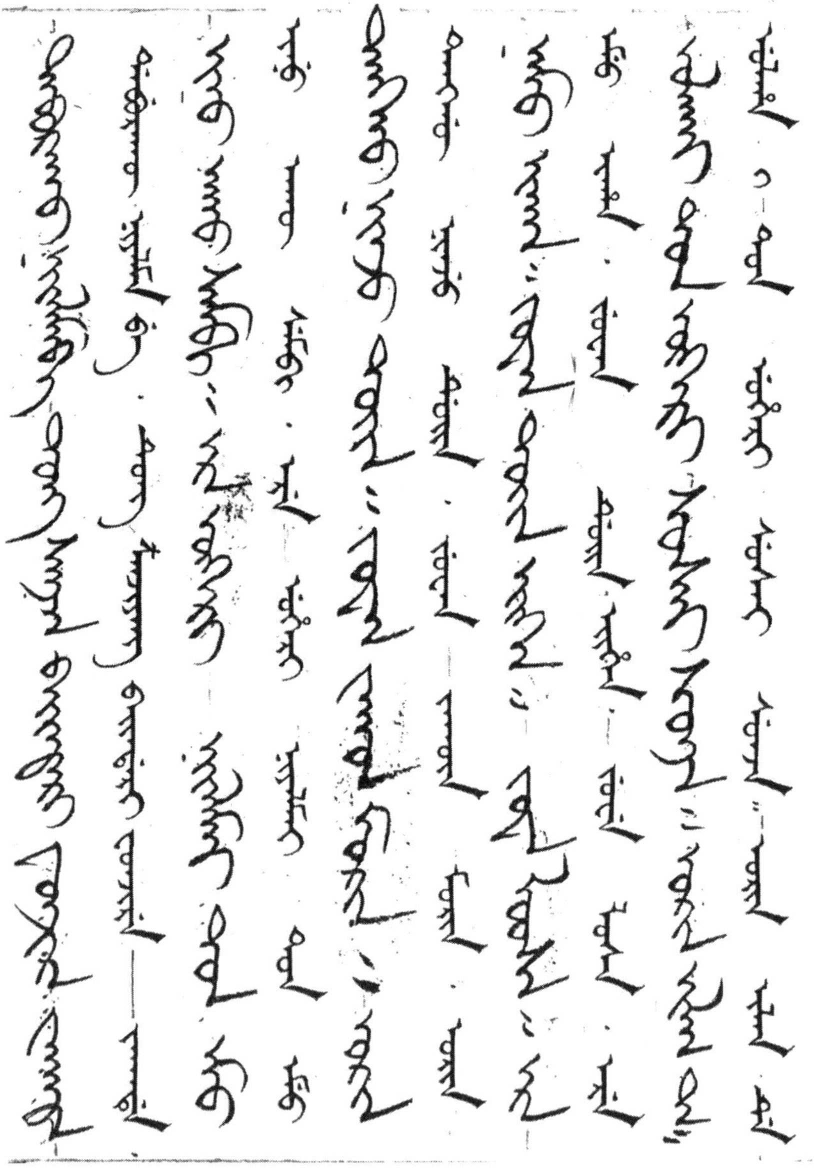

daburakū niyalma be, tung ts'anjiyang, baindari fonjire jakade, inu akū sembi. ere uheri niyalmai ton emu tanggū ninju duin, juwan jakūn morin, orin emu ihan, juwan duin eihen, juwe losa, ere ulha i ton uheri susai sunja. orin ilan de,

---

經佟參將、拜音達里訊問魏生員未牽扯之人，亦云不知。此人數共計一百六十四人，馬十八匹、牛二十一頭、驢十四隻、騾二隻，此牲畜數共計五十五隻。二十三日，

经佟参将、拜音达里讯问魏生员未牵扯之人，亦云不知。此人数共计一百六十四人，马十八匹、牛二十一头、驴十四只、骡二只，此牲畜数共计五十五只。二十三日，

十九、渡河叛逃

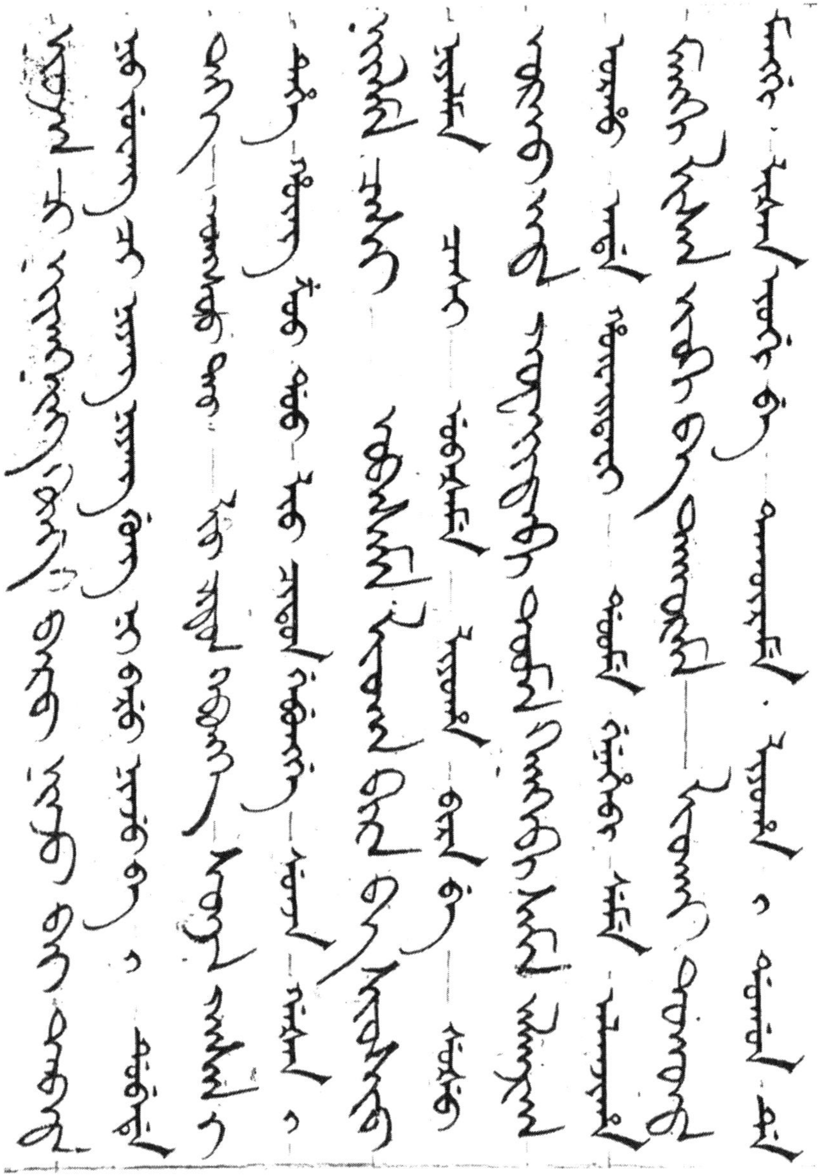

nio juwang ci niyang niyang gung ni baru ninju ba i dubede tehe hūng ts'oo dao, lio citon gebungge sunja gašan i niyalma casi ubašame, liyoha bira be šušu orho ada hūwaitafi doome genehebi seme alanjiha manggi, lišan iogi be takūrame, liyoha i dogon de

---

來報稱：「住牛莊至娘娘宮六十里外名叫紅草道、柳七屯五屯之人叛去，以秫秸繫筏渡遼河而去。」遣李善遊擊會同戍守遼河渡口之

来报称：「住牛庄至娘娘宫六十里外名叫红草道、柳七屯五屯之人叛去，以秫秸系筏渡辽河而去。」遣李善游击会同戍守辽河渡口之

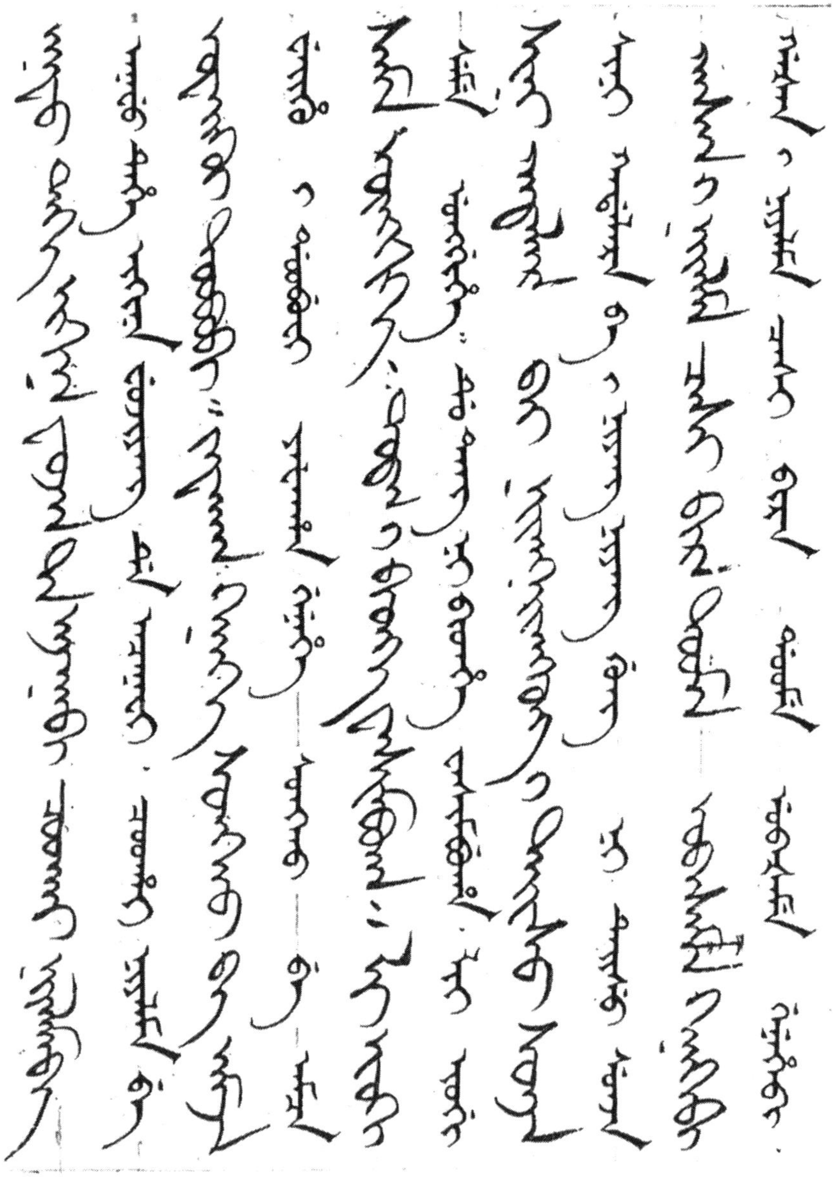

anafu tehe ikina fujiyang de acanafi, coohai niyalma be weihu i doobufi yafahan genehe songko be amca seme unggihe. du tang ni bithe wasimbuha, lii iogi sini kadalara ba i niyang niyang gung ni teisu sunja gašan i niyalma casi bira doome ubašame genehebi.

依奇納副將，以獨木船渡兵丁，徒步前往追蹤。都堂頒書曰：「李遊擊爾所轄娘娘宮一帶五屯之人渡河叛去。

依奇纳副将，以独木船渡兵丁，徒步前往追踪。都堂颁书曰：「李游击尔所辖娘娘宫一带五屯之人渡河叛去。

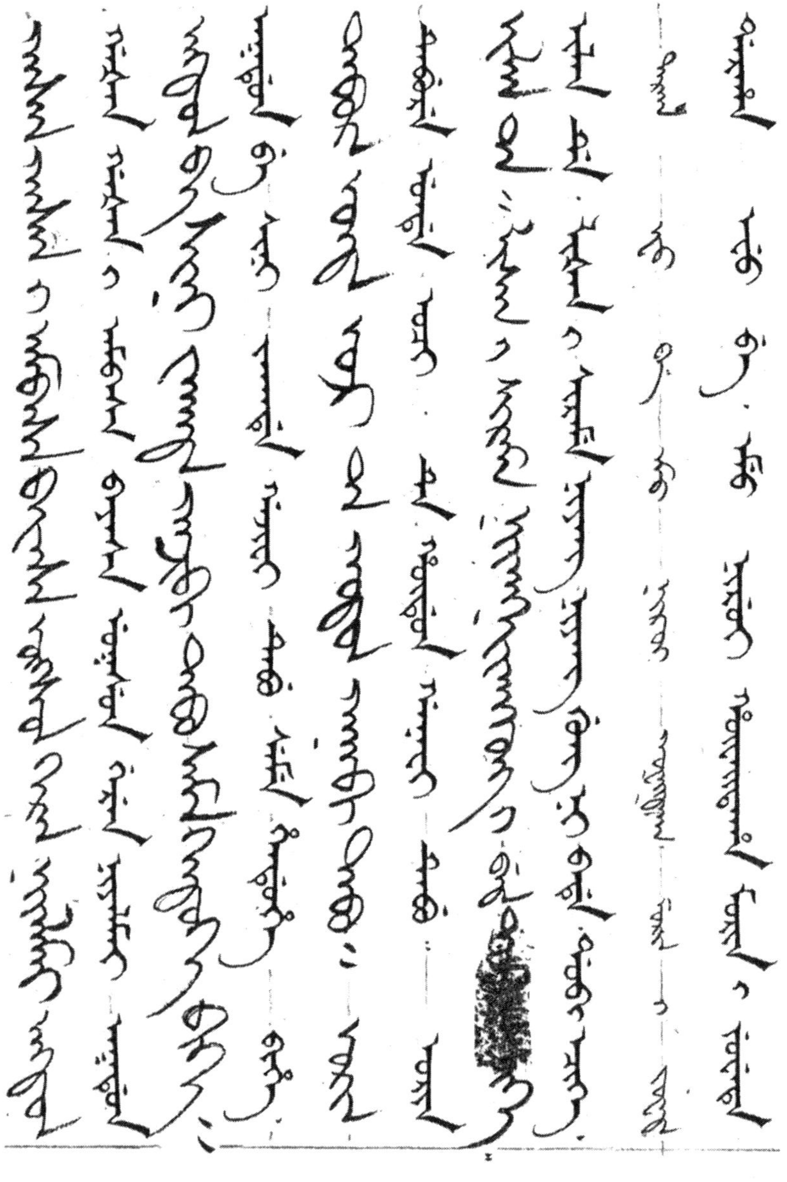

gašan gašan i ambasa, bayasa uksun geren niyalmai akdun akdun be sini jakade gajifi tebu seme henduhe bihe. tebure unde oci, te hūdun ganafi tebu. orin ilan de, lišan i sirame niyang niyang gung ni bade, dobi ecike, darhan efu be, emu nirui hūwaitaha morin i juwete

---

曾命各鄉屯眾大臣及殷實族眾可信靠之人，攜來居住爾處。倘未移居，今則令其速往居住。」二十三日，繼李善之後，又遣鐸璧叔父、達爾漢額駙率每牛彔拴馬

曾命各乡屯众大臣及殷实族众可信靠之人，携来居住尔处。倘未移居，今则令其速往居住。」二十三日，继李善之后，又遣铎璧叔父、达尔汉额驸率每牛彔拴马

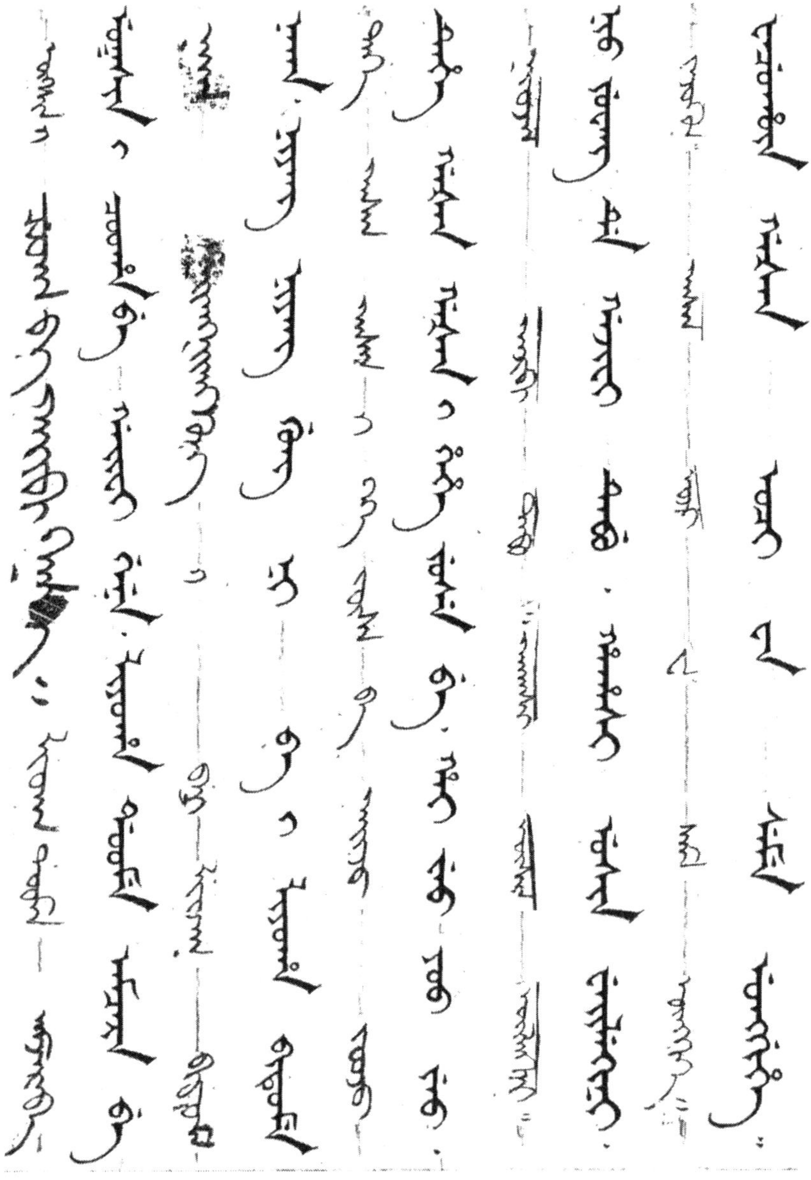

uksin i cooha be gaifi gene, liyoha doome amcara be naka, niyang niyang gung ni ba i liyoha bitume tehe gašan gašan i hehe juse be hai jeo, yoo jeo, nio juwang de gajifi tebu. hahasi usin weilekini, facuhūn gašan oci wa seme unggihe.

甲兵二名前往娘娘宮地方，勿渡遼河追蹤，只將娘娘宮地方沿遼河居住各鄉屯之婦孺攜至海州、耀州、牛莊居住。眾男丁令其耕田，若係亂鄉則殺之。

甲兵二名前往娘娘宫地方，勿渡辽河追踪，只将娘娘宫地方沿辽河居住各乡屯之妇孺携至海州、耀州、牛庄居住。众男丁令其耕田，若系乱乡则杀之。

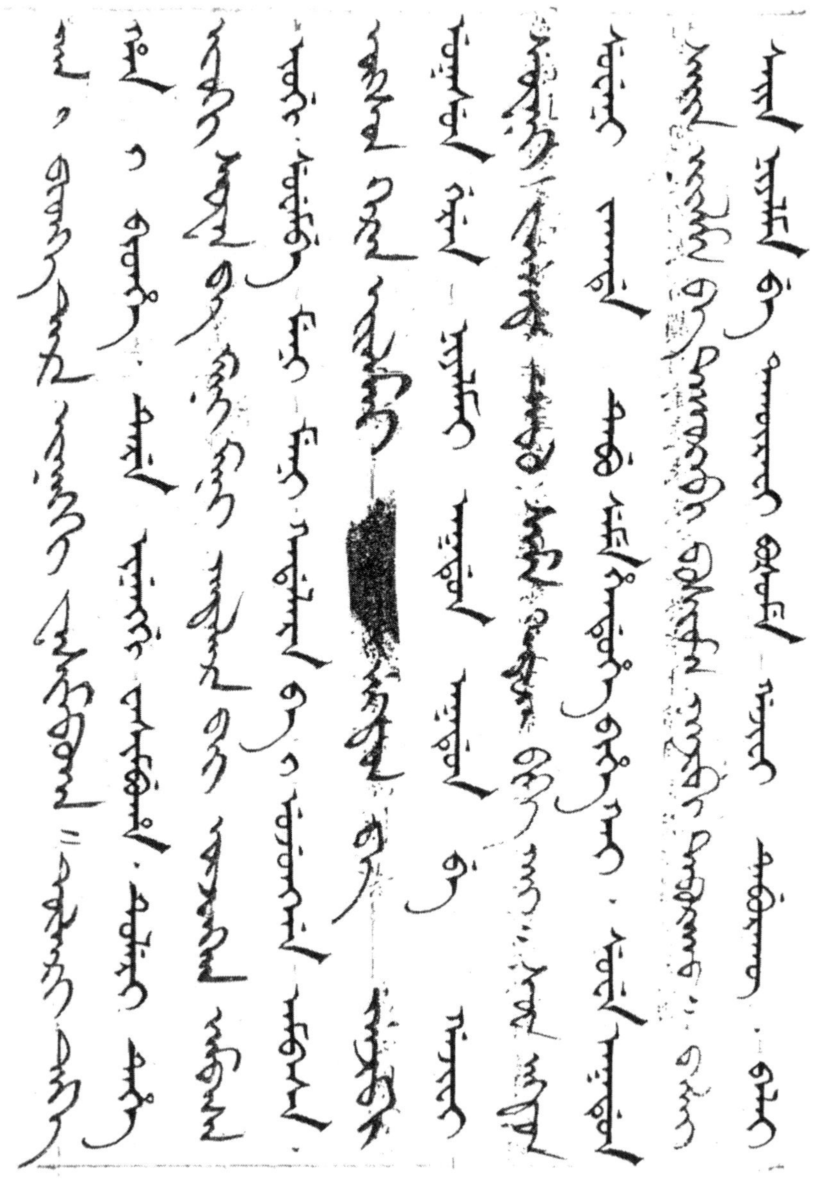

han i bithe, tere inenggi wasimbuha, tuleri tehe iogi, suwembe meni meni kadalara ba i ujungga ambasa, uksun geren niyalmai akdun akdun be gajifi suweni jakade tebu seme henduhe bihe kai. suwe akdun sain niyalma be takūrafi bošome gajifi teburakū, balai

---

是日，汗頒書諭曰：「駐外遊擊，曾令爾等將各自所轄地方為首眾大臣、族眾可靠之人，攜至爾處居住也。然爾等並未派遣可靠妥善之人督催攜來居住，

是日，汗颁书谕曰：「驻外游击，曾令尔等将各自所辖地方为首众大臣、族众可靠之人，携至尔处居住也。然尔等并未派遣可靠妥善之人督催携来居住，

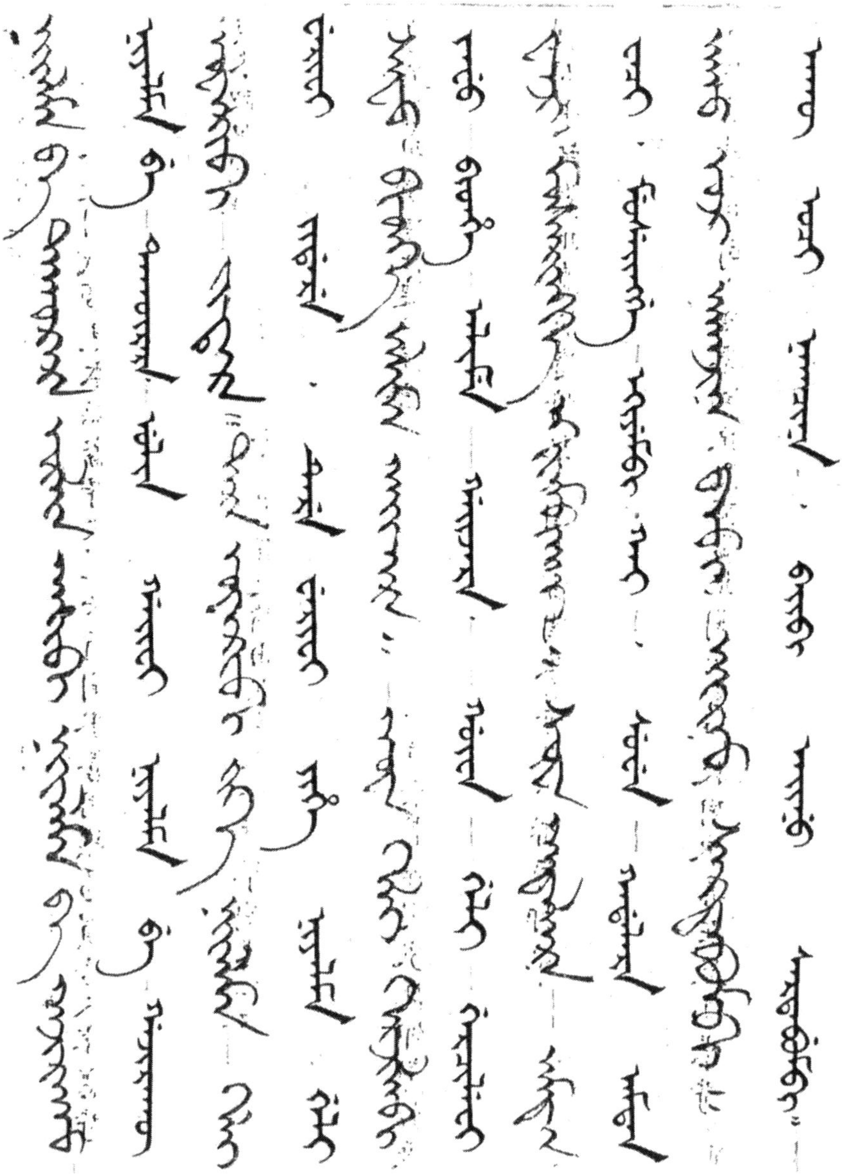

niyalma be takūrara, ulin gaifi niyalma be gajirakū werifi jidere. tere werifi jihe niyalma geli jafu bithe alime gaijara, gūwa geli gercilefi waci, museingge ekiyembi kai. suwe kadalara amtan akū oci nakacina, baibi ainu sartabumbi.

卻胡亂遣人，只取財物，不將人帶來，留之而來。其留下人而來者又接受札付，又被他人首告而誅之，乃我等之缺失也。爾等若無興趣管轄則請免，又為何平白延誤？」

却胡乱遣人，只取财物，不将人带来，留之而来。其留下人而来者又接受札付，又被他人首告而诛之，乃我等之缺失也。尔等若无兴趣管辖则请免，又为何平白延误？」

二十、編戶俘虜

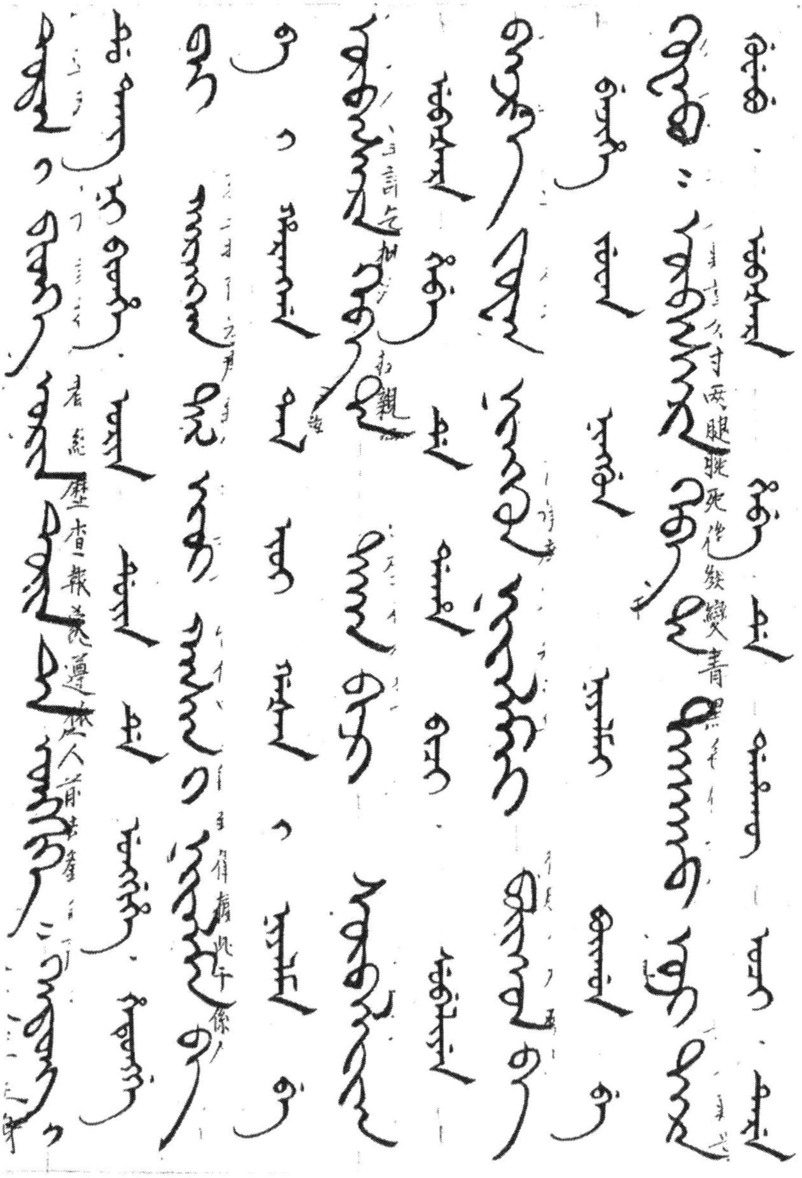

du tang ni bithe, orin duin de unggihe, hetungge ba i harangga tal ioi gašan i niyalma be ubašara hebe de daha bici, subeliyen benjihe juwan ninggun niyalmai boigon be guwebu. ubašara hebe de dahakū oci, tere

---

二十四日，都堂致書曰：「赫通額地方所屬塔勒峪屯之人，若有涉及謀叛者，著赦免其送來絨絲之十六人戶口；倘若未涉及謀叛，

二十四日，都堂致书曰：「赫通额地方所属塔勒峪屯之人，若有涉及谋叛者，着赦免其送来绒丝之十六人户口；倘若未涉及谋叛，

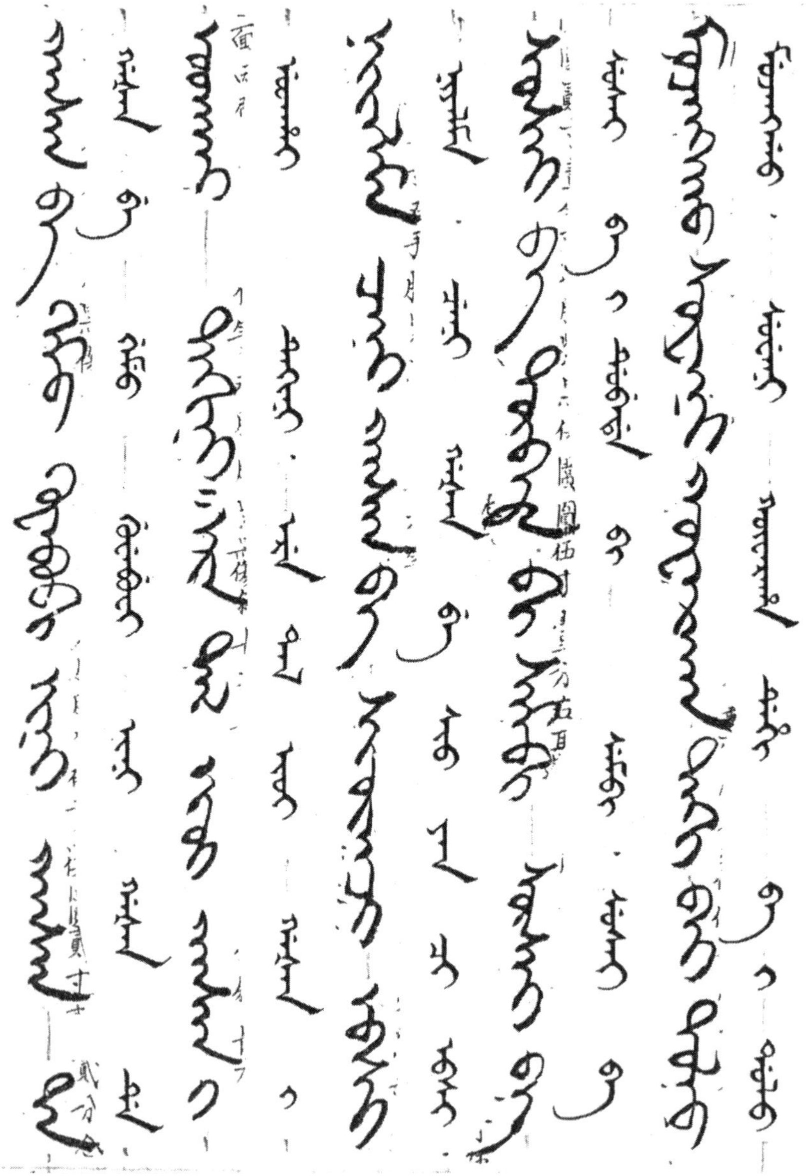

gašan be gemu guwebufi ini gašan de uthai tekini. ere tal ioi gašan i niyalma, ceni gašan be sio yan ci ebsi, susai ba i dubede bi sembi. susai ba mujanggao. suweni kūwaraha dehi ba i dolo

---

其屯皆赦免，即居住其屯。此塔勒峪屯之人云，其屯離岫巖這邊有五十里。果有五十里耶？已進入爾等所圈四十里之內耶？

其屯皆赦免，即居住其屯。此塔勒峪屯之人云，其屯离岫岩这边有五十里。果有五十里耶？已进入尔等所圈四十里之内耶？

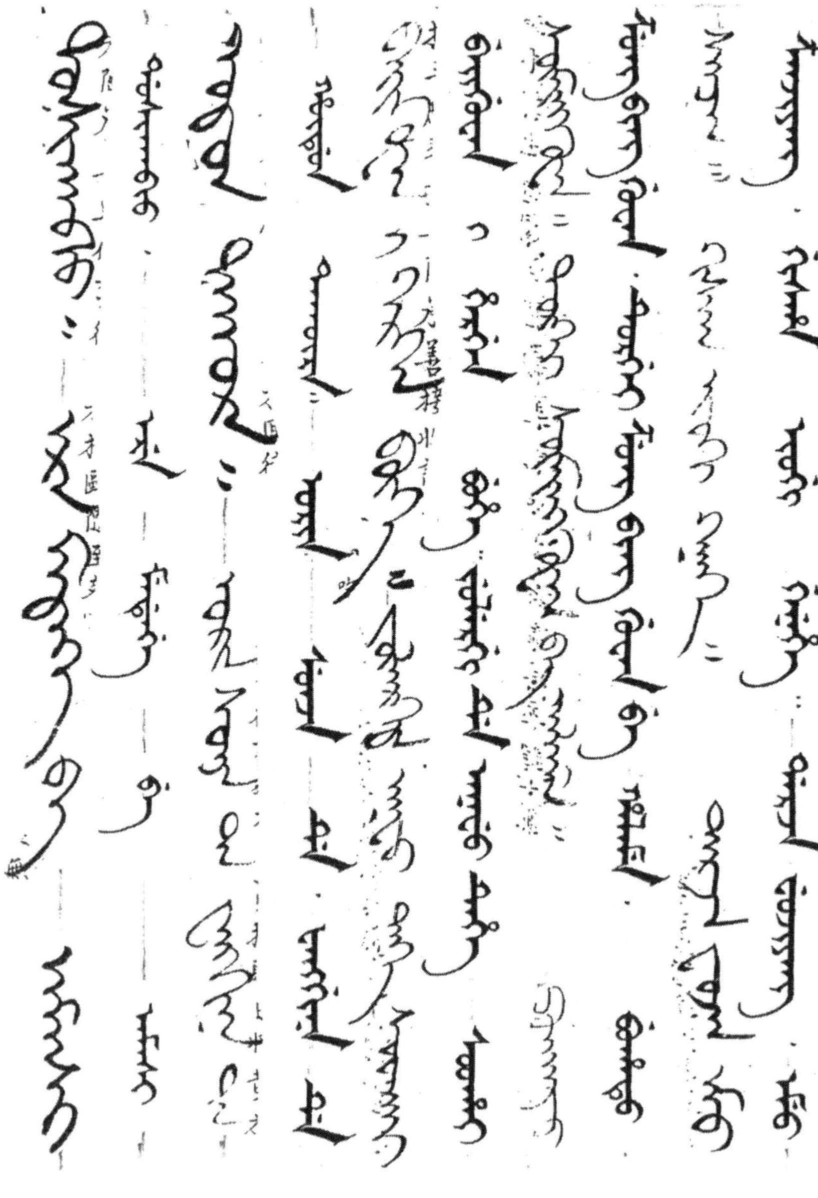

dosikabio. ere medege be amasi hūdun takūra. orin sunja de, fanggina de beiguwan i hergen buhe. julergi de anafu tehe soohai dzung bing guwan, turgei dzung bing guwan be halame, buhatu ts'anjiyang, gisha iogi genehe. darja fujiyang, emu

---

將此信息速行遣人回報。」二十五日，賜方吉納備禦官之職。命布哈圖參將、吉思哈遊擊前往更換戍守南邊之索海總兵官、圖爾格依總兵官。達爾札副將

将此信息速行遣人回报。」二十五日，赐方吉纳备御官之职。命布哈图参将、吉思哈游击前往更换戍守南边之索海总兵官、图尔格依总兵官。达尔札副将

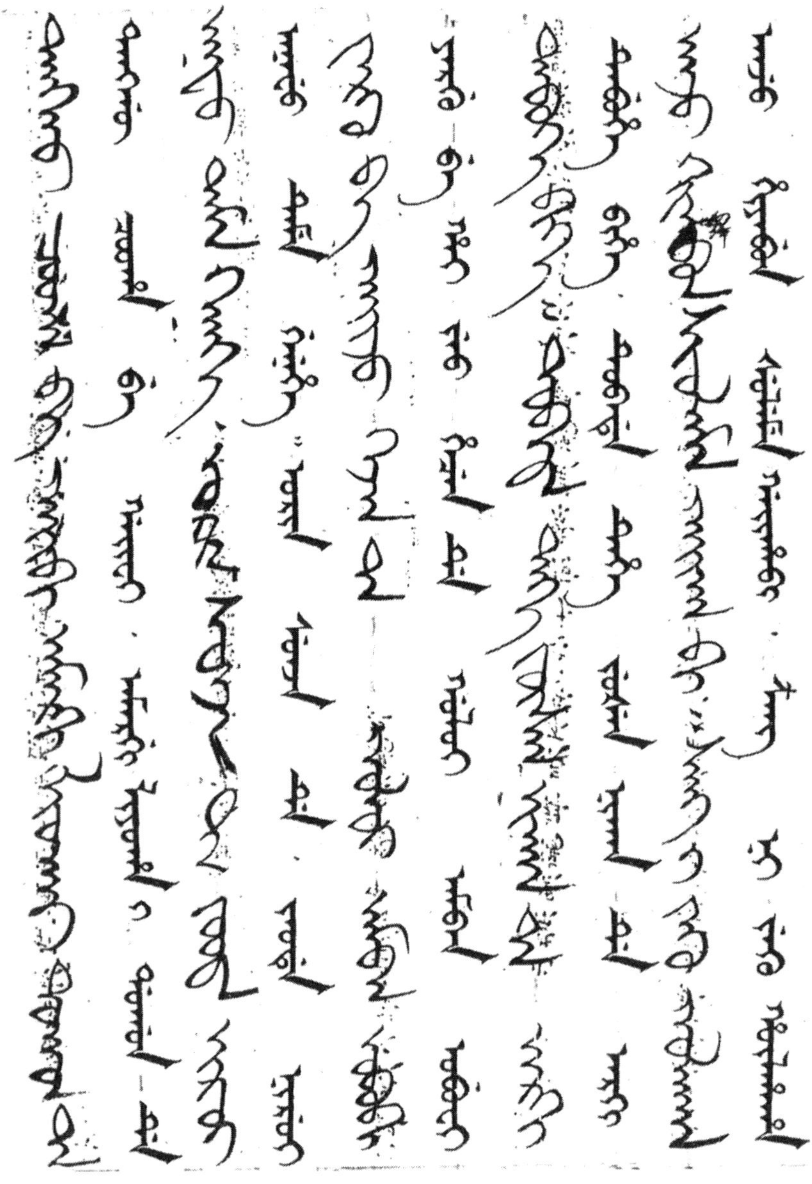

tanggū cooha be gaifi, amargi liyoha i dogon de anafu teme genehe. orin sunja de, jaode nirui yargu be hai jeo hecen de goloi amban obufi tebuhe bihe, tubade tehe jušen, nikan de arki anju, hiyabun šuleme gaihabi. ts'ang ni jeku hūlhaha

---

率兵一百名，前往北遼河渡口戍守。二十五日，兆德牛彔之雅爾古，原駐海州城為管路大臣，曾向居住該處諸申及漢人徵收酒肴、糠燈。

率兵一百名，前往北辽河渡口戍守。二十五日，兆德牛彔之雅尔古，原驻海州城为管路大臣，曾向居住该处诸申及汉人征收酒肴、糠灯。

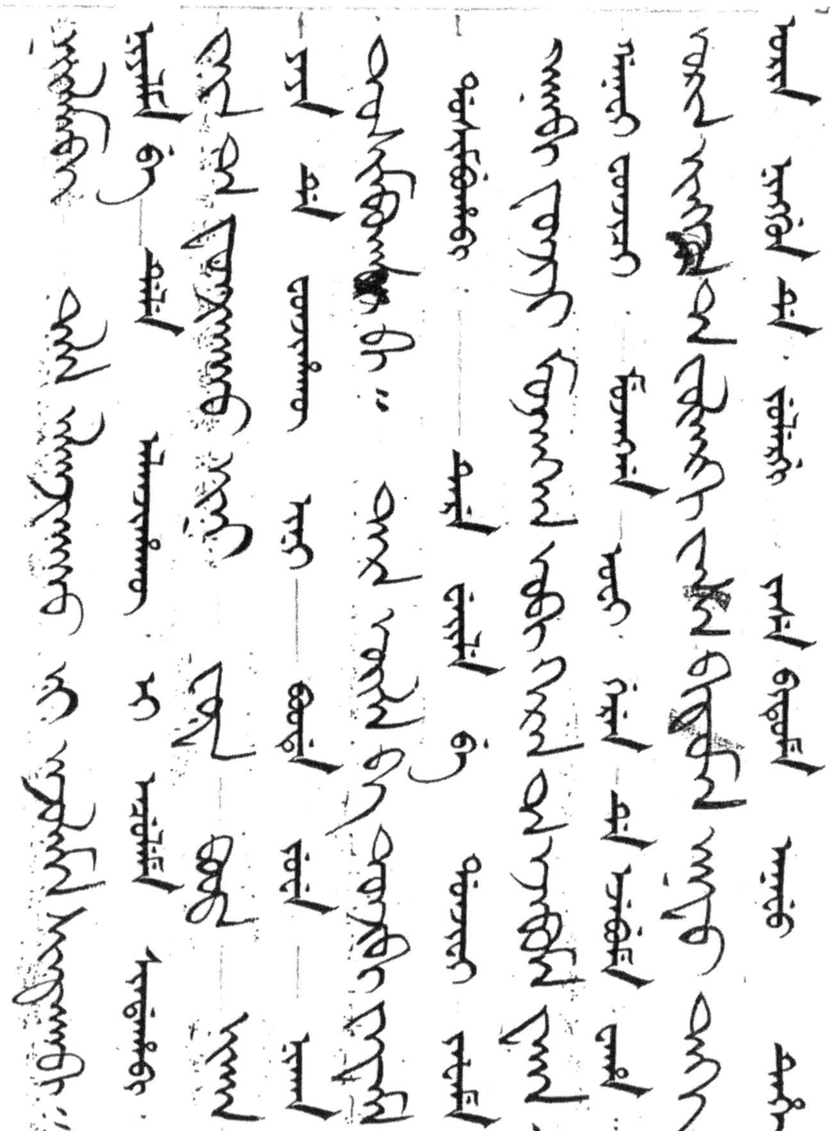

niyalma be dele alanjihakū, i enculeme sindahabi. yaya de fonjihakū, ini boode juwe nikan dosimbuhabi. tere weile be donjifi jafame ganafi fonjici, mujangga ofi, geren de ejebume waha. orin ninggun de, julergi jase bitume anafu tehe

---

未將竊取倉糧之人前來上報，伊即自行釋放；未詢問任何人，即令漢人二名進入其家中。聞其罪後即前往緝拏，經訊問後，因皆屬實，故斬首示眾。二十六日，

未将窃取仓粮之人前来上报，伊即自行释放；未询问任何人，即令汉人二名进入其家中。闻其罪后即前往缉拏，经讯问后，因皆属实，故斩首示众。二十六日，

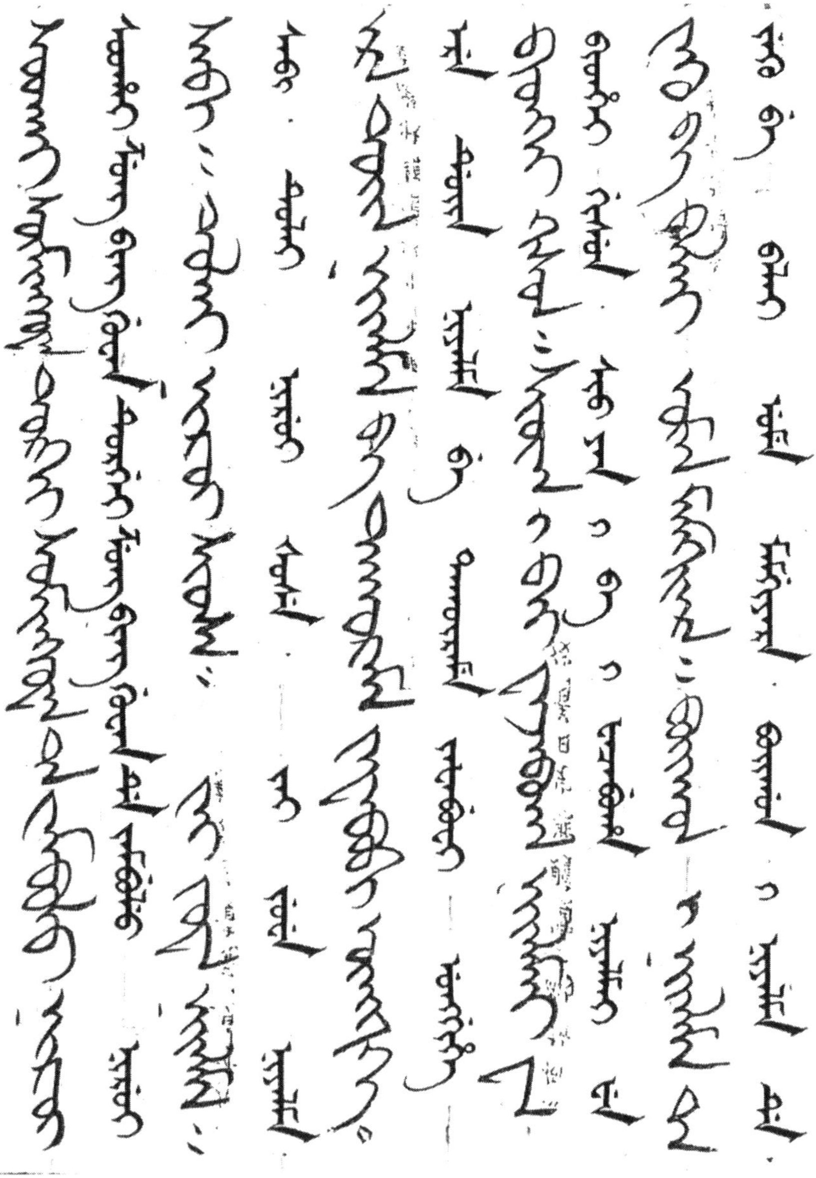

soohai dzung bing guwan, turgei dzung bing guwan de, jambulu nirui sabi, tulai nirui šose, jai juwe niyalma, ere duin niyalma be takūrame jafabufi unggihe bithei gisun, sio yan i ba i facabuha niyalmai fe jeku be, balai ume mamgiyara, boigon i niyalma de,

---

遣札木布祿牛彔之薩比、圖賴牛彔之碩色及二人共四人，持書前往沿南邊戍守之索海總兵官、圖爾格依總兵官處。其書曰：「岫巖地方所遣散之人所有陳糧，勿胡亂奢費，

遣札木布禄牛彔之萨比、图赖牛彔之硕色及二人共四人，持书前往沿南边戍守之索海总兵官、图尔格依总兵官处。其书曰：「岫岩地方所遣散之人所有陈粮，勿胡乱奢费，

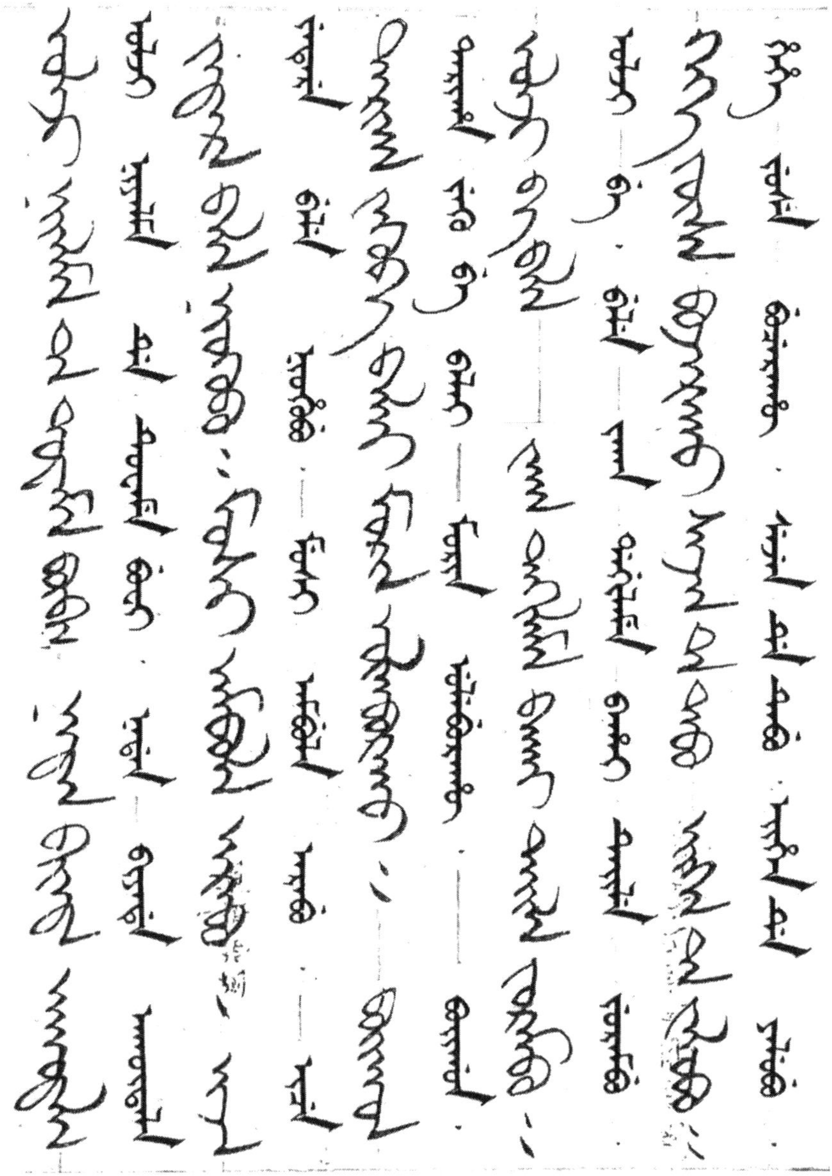

olji niyalma de tuwame bufi, nadan biyade akūtala jetere bele niohubu, musi ambula arabu. ice tariha jeku be balai morin uleburahū, boigon, olji be, bele jaka dagilame bahai teile jurambu. hehe juse bucerahū, sejen de tebu, eihen de yalubu,

---

斟酌給與編戶之人及所俘之人，令其舂磨食米至七月底，多做炒麵。恐以新種之米穀胡亂餵馬，將編戶、俘虜僅備得米物後即令啟程。恐婦孺死亡，須車載驢馱，

斟酌给与编户之人及所俘之人，令其舂磨食米至七月底，多做炒面。恐以新种之米谷胡乱喂马，将编户、俘虏仅备得米物后即令启程。恐妇孺死亡，须车载驴驮，

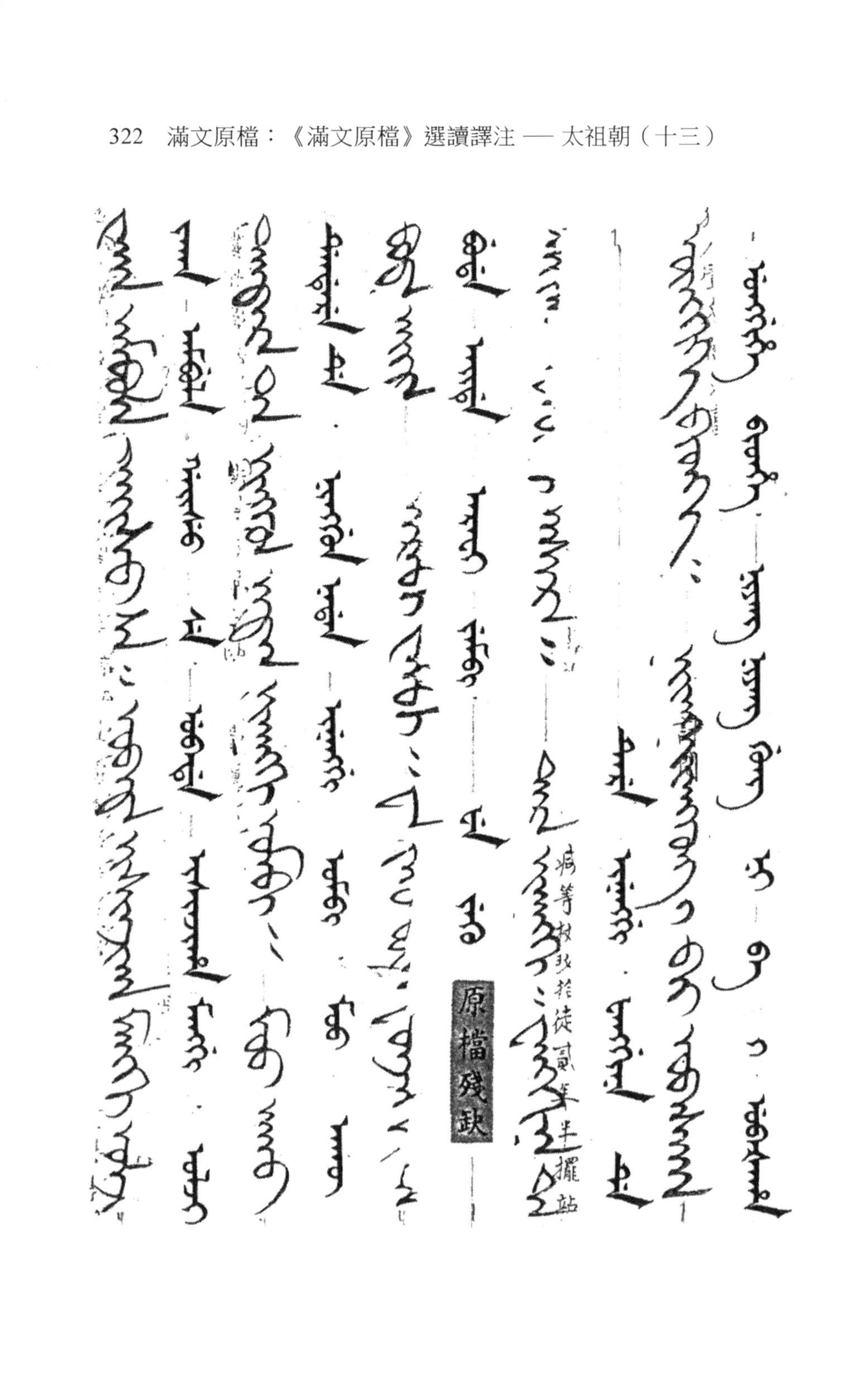

將箏叔致於徒貳年半擺站

原檔殘缺

jaka ambula gaisu se. ubade isinjiha manggi, olji dendere de, ninggun nadan inenggi ombi, moo akū buda aide arafi jembi. fe jeku [原檔殘缺] . tere inenggi, fanggina de unggihe bithe, niyang niyang gung ni ba i ubašaha

---

並令多攜什物。來到此處後，分配俘虜，需六，七日，無樹木如何做飯喫。陳糧[原檔殘缺]。」是日，致書方吉納曰：「娘娘宮地方叛逃

并令多携什物。来到此处后，分配俘虏，需六，七日，无树木如何做饭吃。陈粮[原档残缺]。」是日，致书方吉纳曰：「娘娘宫地方叛逃

二十一、諸申漢人

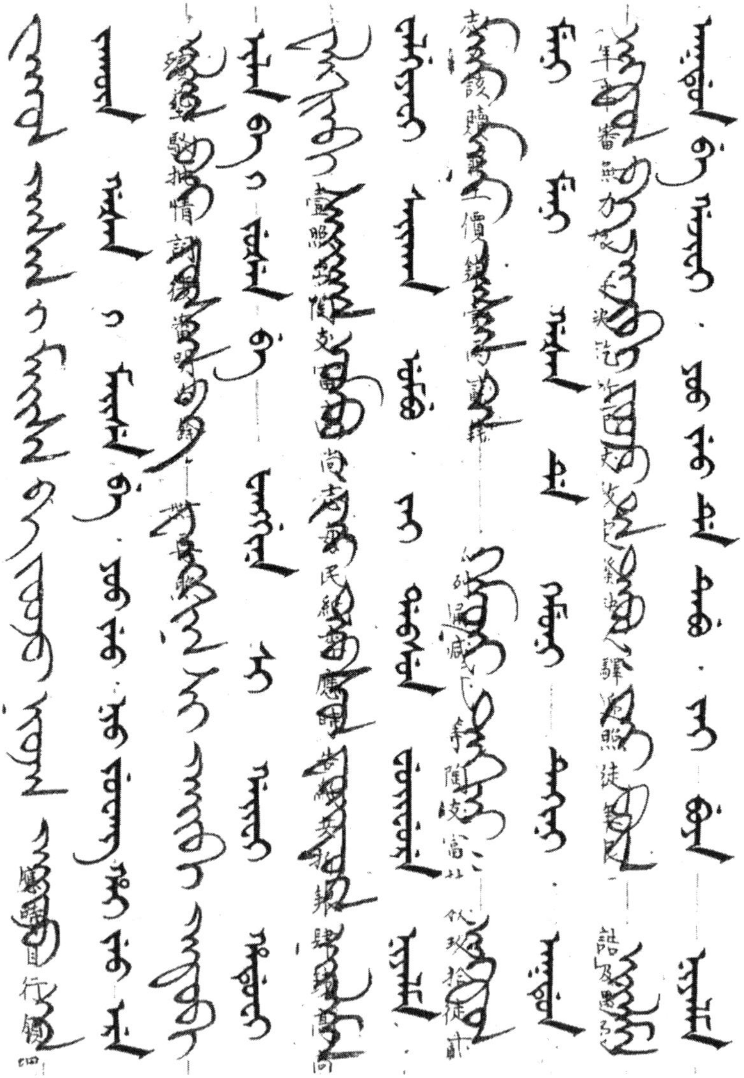

jakūn gašan i maise be, yoo jeo, nio juwang, hai jeo ere ilan ba i jušen be fanggina si gaifi, hadufi walgiyafi saikan umbu. jai dabsun fuifure niyalma, meni meni gašan de kemuni tekini. akdun akdun be gajifi, yoo jeo de tebu. jai buya niyalma

---

八屯之麥，方吉納爾率耀州、牛莊、海州此三處之諸申前往收割、曝曬，並妥為掩埋。再者，熬鹽之人，令其仍居各自鄉屯；率誠實可靠者，居住耀州。至於小人，

八屯之麦，方吉纳尔率耀州、牛庄、海州此三处之诸申前往收割、曝晒，并妥为掩埋。再者，熬盐之人，令其仍居各自乡屯；率诚实可靠者，居住耀州。至于小人，

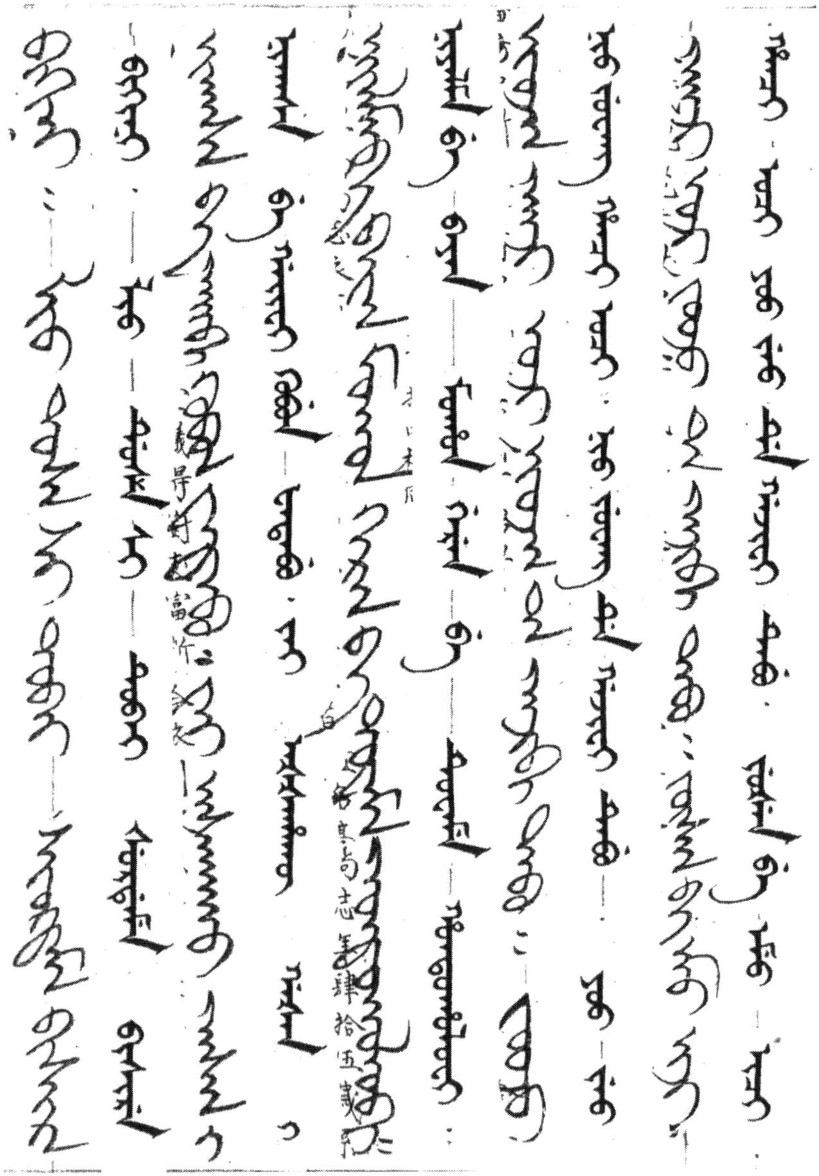

bikini. lio dusy si tubai šurdeme bisire nikasa be gaifi kubun fatabu. jai aššahakū gašan i niyalma be, bayan, mohon geren be tuwame hontoholofi, nio juwang hanci oci, nio juwang de gajifi tebu. yoo jeo hanci oci, yoo jeo de gajifi tebu. jušen be emu ici,

---

則留之。劉都司爾率彼處周圍之漢人，摘取棉花。再者，未移動鄉屯之人，視其貧富分為兩半；其近牛莊者，攜至牛莊居住；其近耀州者，攜至耀州居住。諸申一邊，

则留之。刘都司尔率彼处周围之汉人，摘取棉花。再者，未移动乡屯之人，视其贫富分为两半；其近牛庄者，携至牛庄居住；其近耀州者，携至耀州居住。诸申一边，

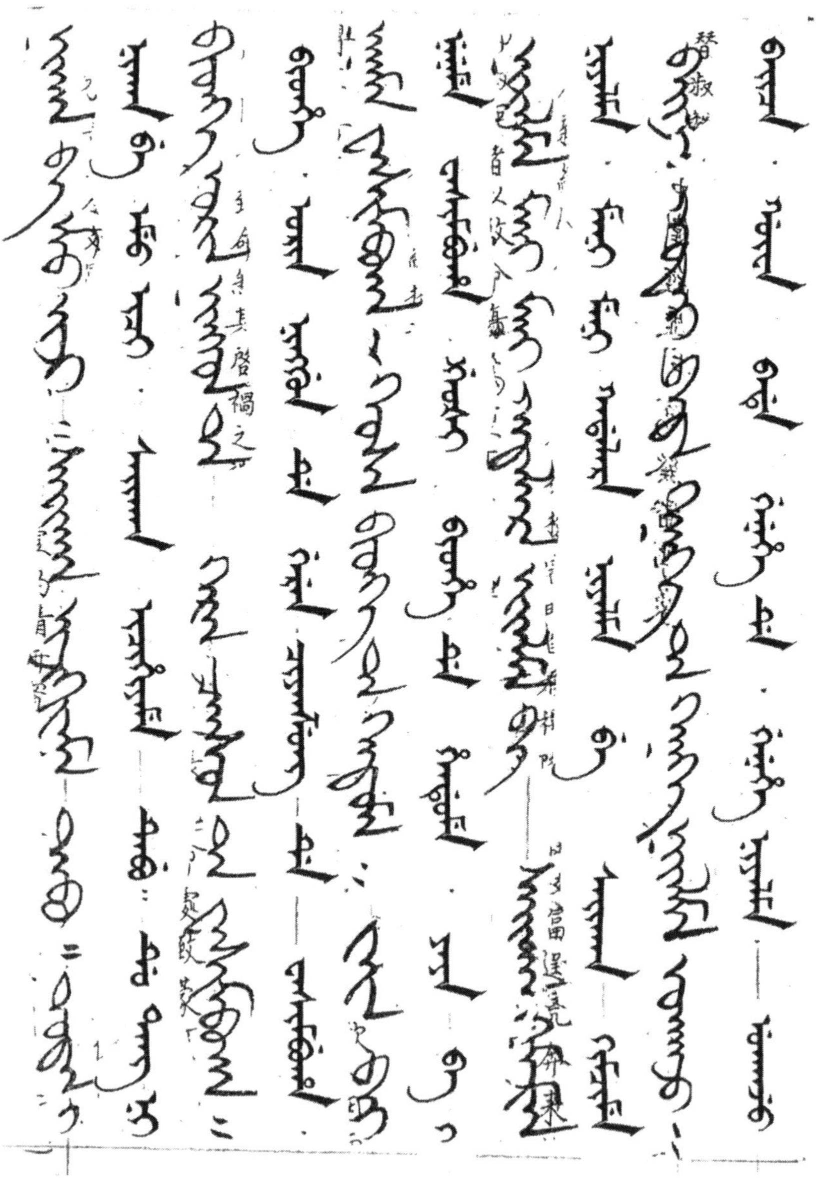

nikan be emu ici, saikan icihiyame tebu. du tang ni bithe, orin ninggun de geren ciyandzung de wasimbuha, neneme wasimbuha g'aoši bithe de hendume, yaya ba i niyalma, meni meni kadalara niyalma be saikan kimcime baica, gūwa bade genehe de, genehe niyalma, ukanju

---

漢人一邊，妥善辦理居住。」二十六日，都堂頒書於諸千總曰：「先前所頒告示云：凡地方之人皆妥善詳查各自所轄之人。前往他處時，前往之人及

汉人一边，妥善办理居住。」二十六日，都堂颁书于诸千总曰：「先前所颁告示云：凡地方之人皆妥善详查各自所辖之人。前往他处时，前往之人及

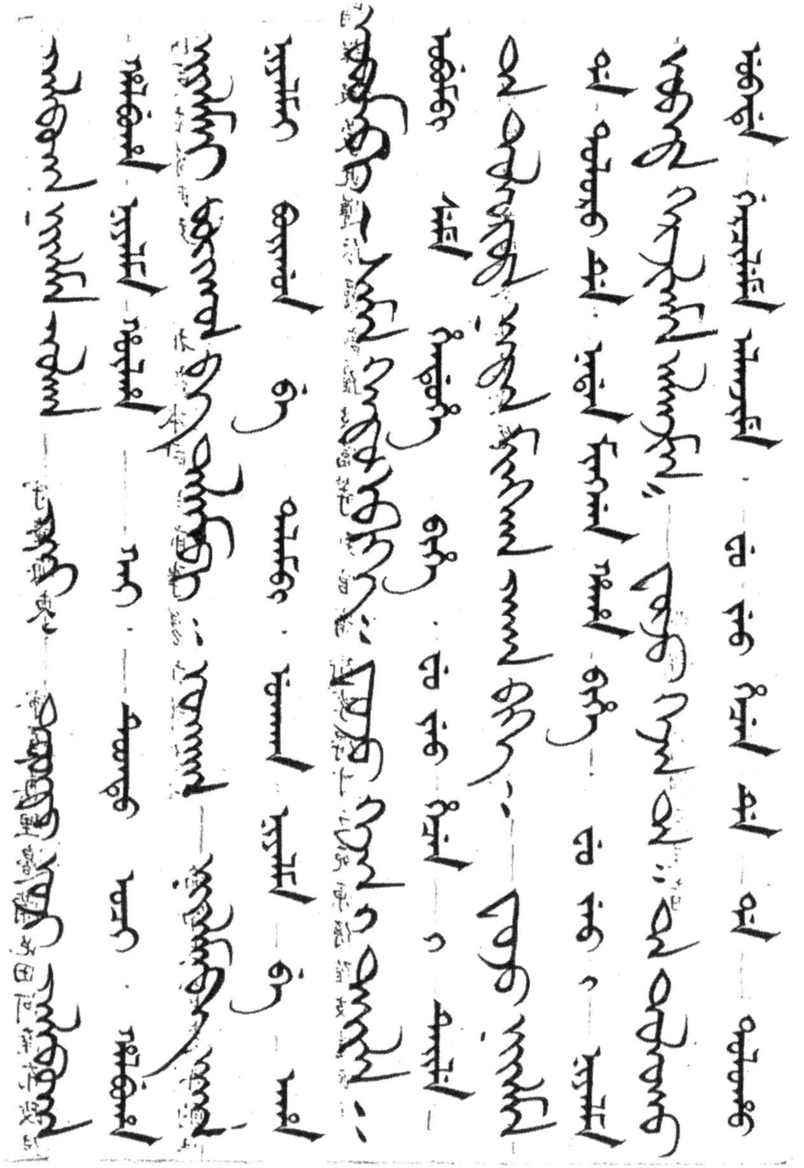

halbuha niyalma hūlha kai. tuttu oci, halbuha niyalmai boigon be talambi, ukaka niyalma be aha obumbi seme henduhe bihe. fu jeo hecen i teile da toloro de, nadan minggan haha bihe, fu jeo i niyalma ubade gercileme alanjime, fu jeo hecen de da toloho

容留逃人之人，即賊也，因此，抄沒容留人之家產，以逃走之人為奴等語。僅復州城原計，原有男丁七千名，據復州之人來此首告稱：

容留逃人之人，即贼也，因此，抄没容留人之家产，以逃走之人为奴等语。仅复州城原计，原有男丁七千名，据复州之人来此首告称：

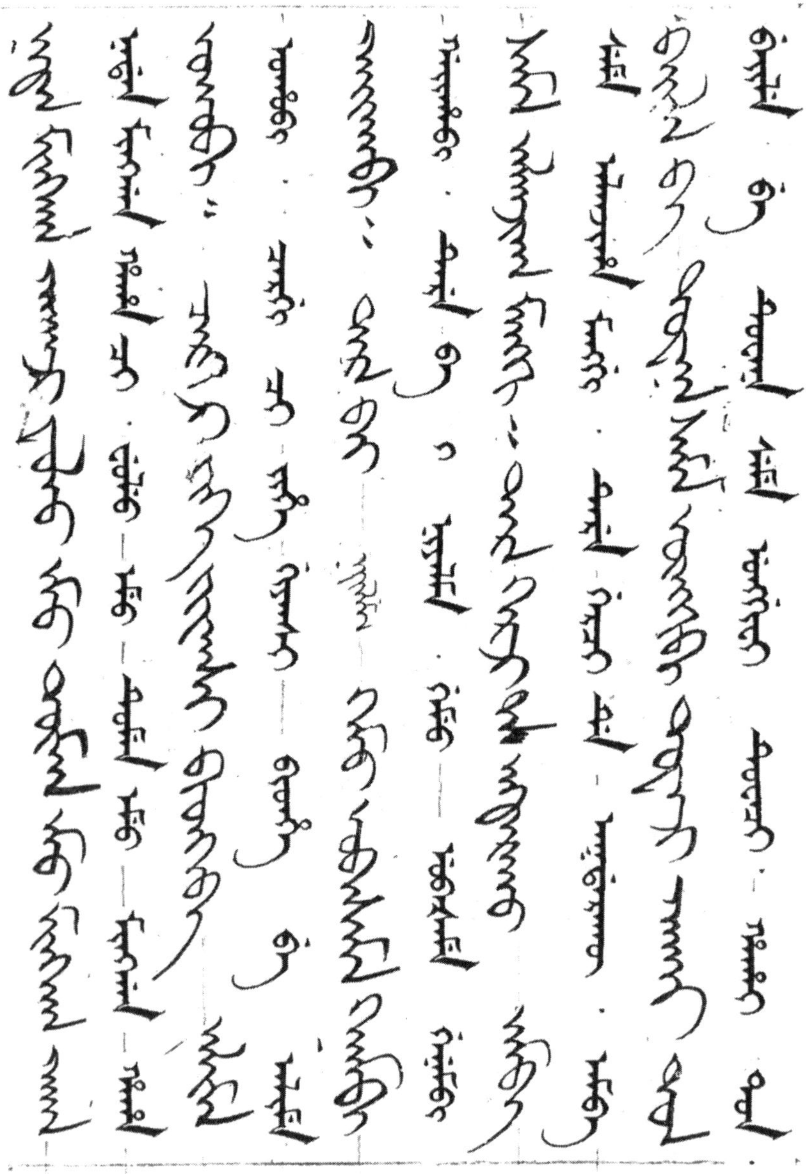

nadan minggan haha ci, fulu emu tumen emu minggan haha ohobi. cargi ci jihe giyansi bithe be alime gaihabi, tere ba i niyalma, gemu ubašame genembi seme alanjiha manggi, tere gerci de akdarakū, amba beile be tuwana seme unggifi tuwaci, hahai ton,

---

復州城比原計男丁七千名，多出男丁一萬一千名。並接獲由彼處前來之奸細文書，該地之人皆欲叛去云云。其出首人不可信，遣大貝勒前往查看，經查得男丁之數，

复州城比原计男丁七千名，多出男丁一万一千名。并接获由彼处前来之奸细文书，该地之人皆欲叛去云云。其出首人不可信，遣大贝勒前往查看，经查得男丁之数，

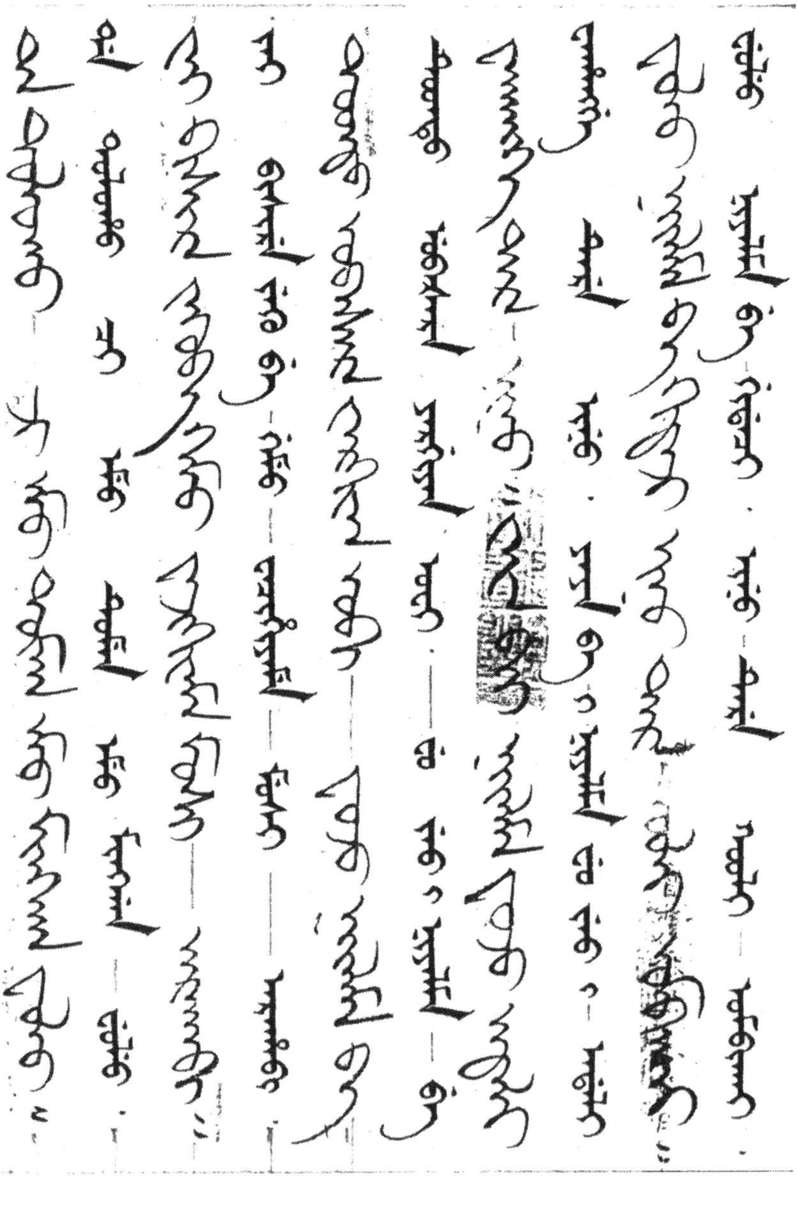

da toloho ci emu tumen emu minggan fulu, jai bisire jeku be gemu wacihiyame musi arahabi. tuttu ubašara yargiyan ofi, fu jeo i niyalma be wahangge tere inu. yaya ba i niyalma, fu jeo i adali fulu niyalma be gidaci, inu tere kooli ombikai.

比原計之數多出一萬一千名，且將所有之糧盡皆做成炒麵；因謀叛屬實，故將復州之人殺之者是也。各地之人，倘若如同復州隱匿額外之人，亦可照此例[18]辦理也。

比原计之数多出一万一千名，且将所有之粮尽皆做成炒面；因谋叛属实，故将复州之人杀之者是也。各地之人，倘若如同复州隐匿额外之人，亦可照此例办理也。

---

18 此例，《滿文原檔》、《滿文老檔》俱讀作 "tere kooli"，句中 "kooli"，與蒙文"qauli"係同源詞，意即「法則、規律」。

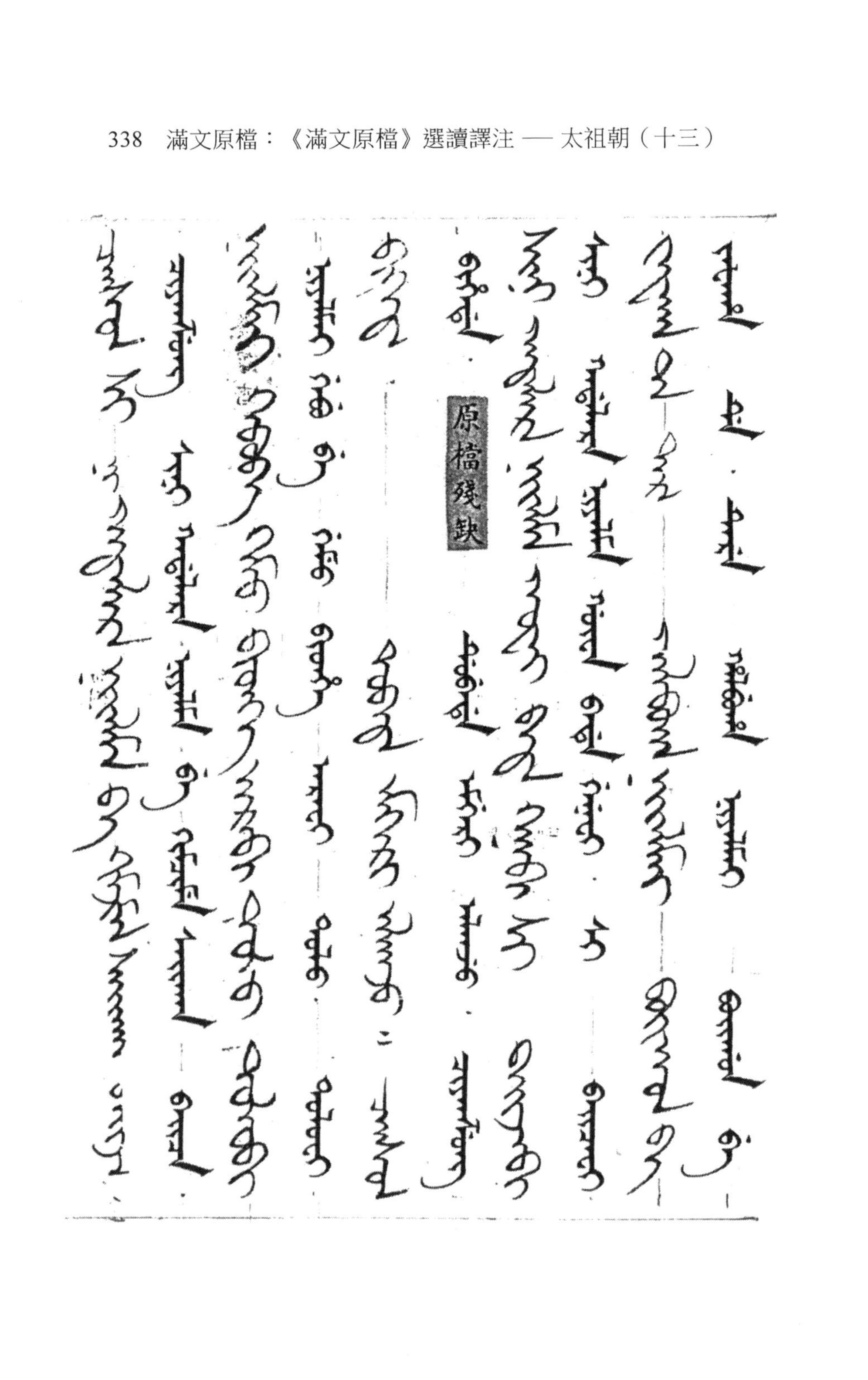

原檔殘缺

ciyandzung sini kadalara niyalma be kimcime saikan baica, niyalmai gebu be gemu bithe arafi tolo, tolofi bihede, [原檔殘缺] dubede emgeri alanju. ciyandzung sini kadalara niyalma gūwa bade genefi, si baicafi jafaha de, tere halbuha niyalmai boigon be

---

千總當妥善詳察爾所轄之人，將人名皆寫在冊內計數，[原檔殘缺]終一次報來。千總爾所轄之人若往他處，爾查明後緝拏時，其容留者之家產，

千总当妥善详察尔所辖之人，将人名皆写在册内计数，[原档残缺]终一次报来。千总尔所辖之人若往他处，尔查明后缉拏时，其容留者之家产，

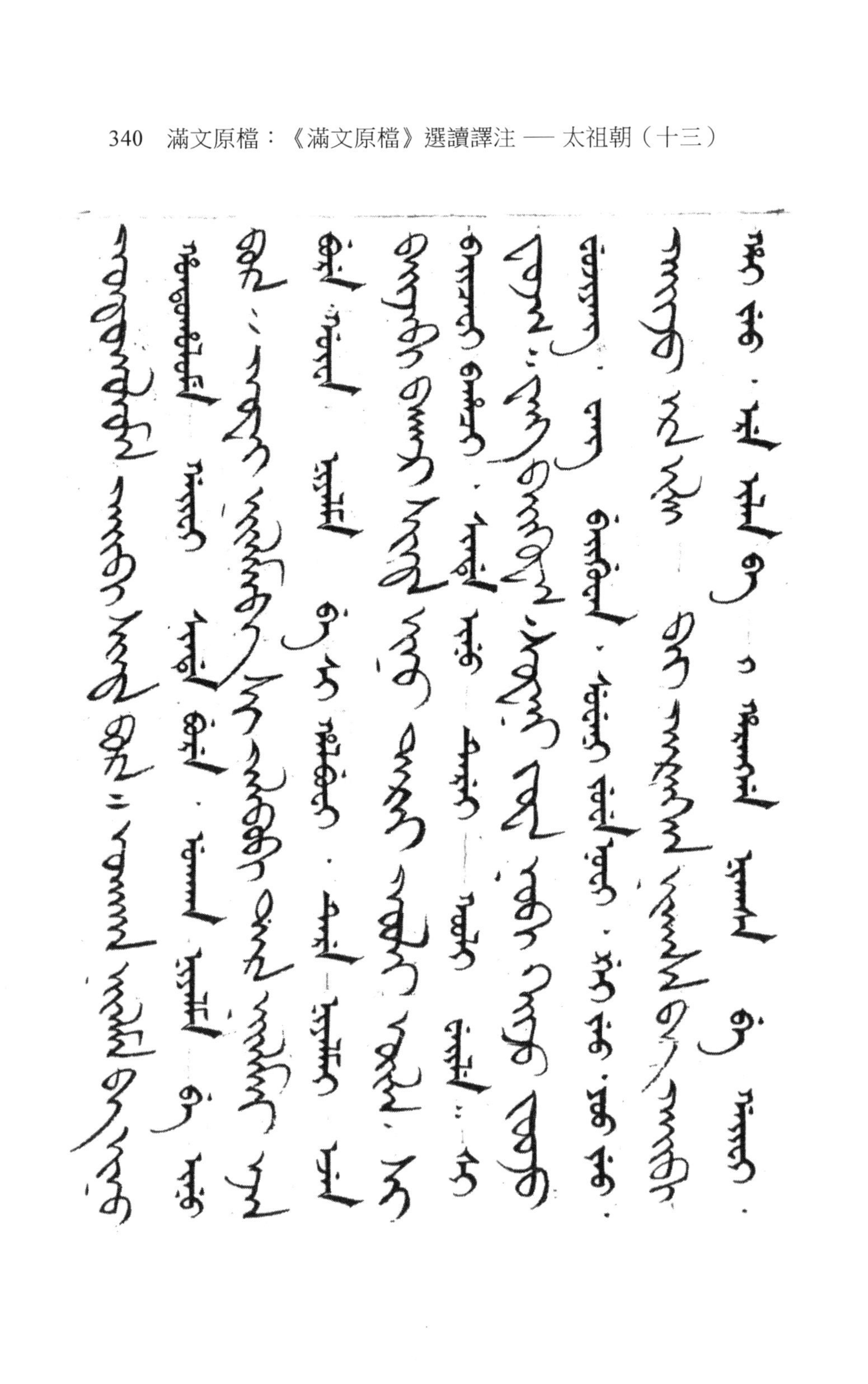

hontoholome gaifi sinde bure, ukaka niyalma be inu bure. gūwa niyalma be si halbufi, tere niyalmai ejen baicafi bahaci, sinde inu terei kooli weile. ši fujiyang, wang beiguwan suweni juwe nofi, g'ai jeo, yoo jeo, hai jeo, ere ilan ba i harangga nikasa be gaifi,

---

分一半給爾，其逃人亦給爾。爾若容留他人，為其人主查獲，亦按此例將爾治罪。石副將、王備禦官，著爾等二人率蓋州、耀州、海州此三處所轄之漢人，

分一半给尔，其逃人亦给尔。尔若容留他人，为其人主查获，亦按此例将尔治罪。石副将、王备御官，着尔等二人率盖州、耀州、海州此三处所辖之汉人，

二十二、秋收冬藏

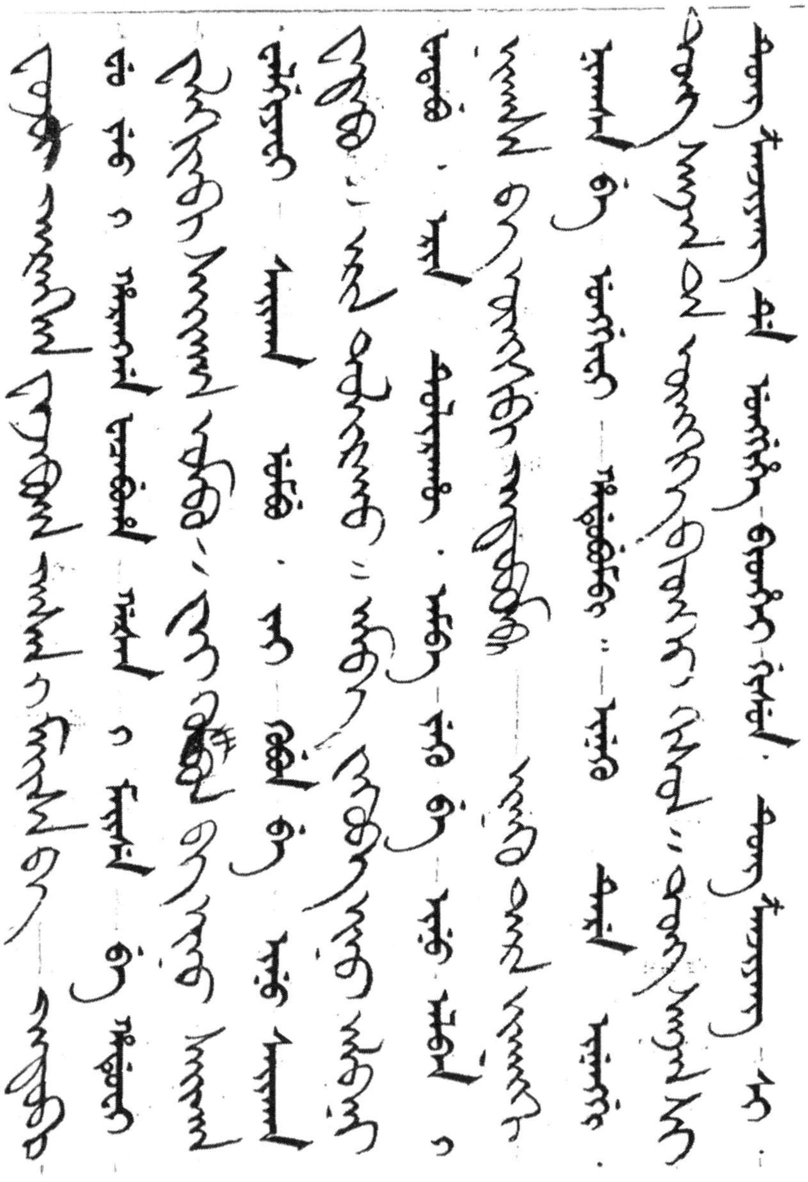

fu jeo i harangga facabuha gašan i maise be hadufi, walgiyafi saikan umbu. jai kubun be inu saikan fatabu, erin tulirahū. amba jeku be inu alban i nikasa be unggifi hadubumbi. ineku tere inenggi, tung ts'anjiyang de unggihe bithei gisun, tung ts'anjiyang si,

---

往割復州所屬遷散鄉屯之麥，晾曬後妥善掩埋。再者，棉花亦妥善摘取，恐逾其時。大米穀亦遣官差眾漢人收割。」是日，致送佟參將之書曰：「佟參將爾

往割复州所属迁散乡屯之麦，晾晒后妥善掩埋。再者，棉花亦妥善摘取，恐逾其时。大米谷亦遣官差众汉人收割。」是日，致送佟参将之书曰：「佟参将尔

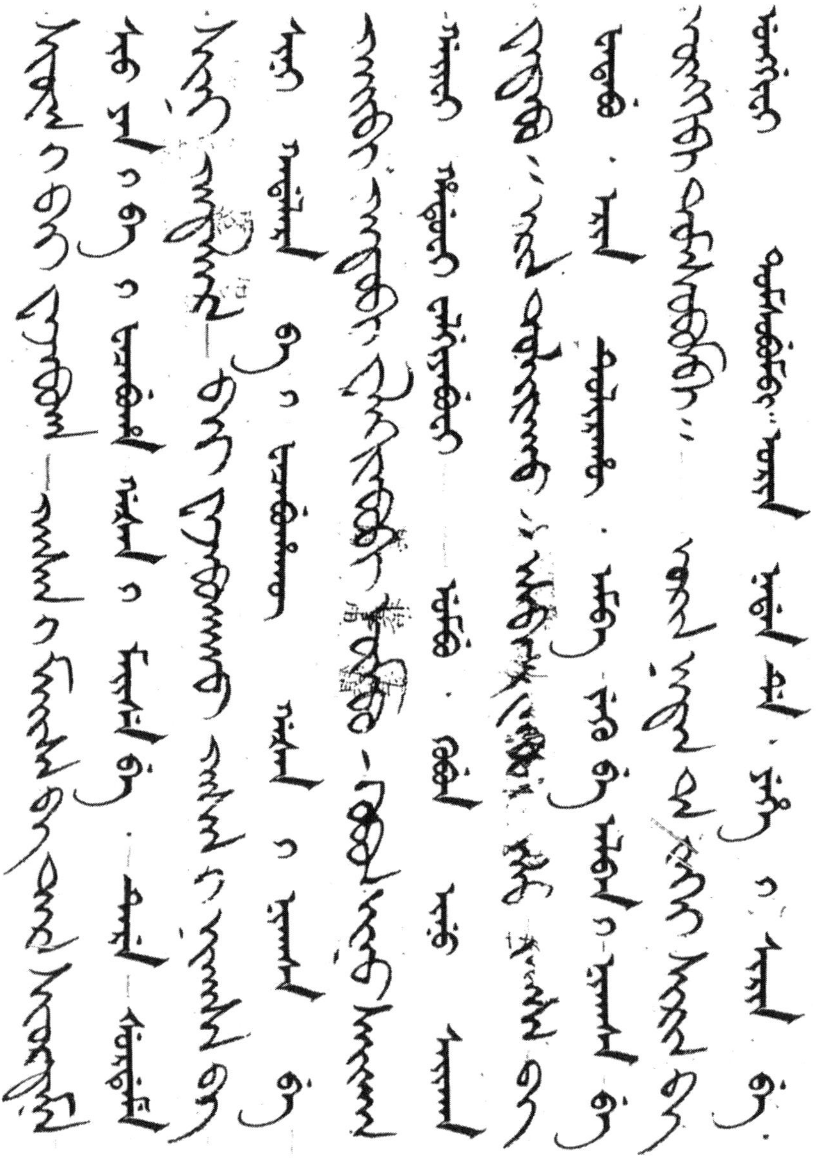

sio yan i ba i facabuha gašan i maise be, tere šurdeme sini kadalara ba i facabuhakū gašan i nikasa be gaifi hadufi walgiyabufi umbu. kubun inu saikan fatabu, erin tulirahū, amba jeku be alban i nikasa be unggifi tomsobumbi. orin nadan de, yehe i sirin be,

---

率其周圍爾所轄地方未曾遣散鄉屯眾漢人，往割岫巖地方遣散鄉屯之麥，並晾曬掩埋。棉花亦妥善摘取，恐逾其時。大米穀則遣官差之眾漢人收藏。」二十七日，革葉赫錫林

率其周围尔所辖地方未曾遣散乡屯众汉人，往割岫岩地方遣散乡屯之麦，并晾晒掩埋。棉花亦妥善摘取，恐逾其时。大米谷则遣官差之众汉人收藏。」二十七日，革叶赫锡林

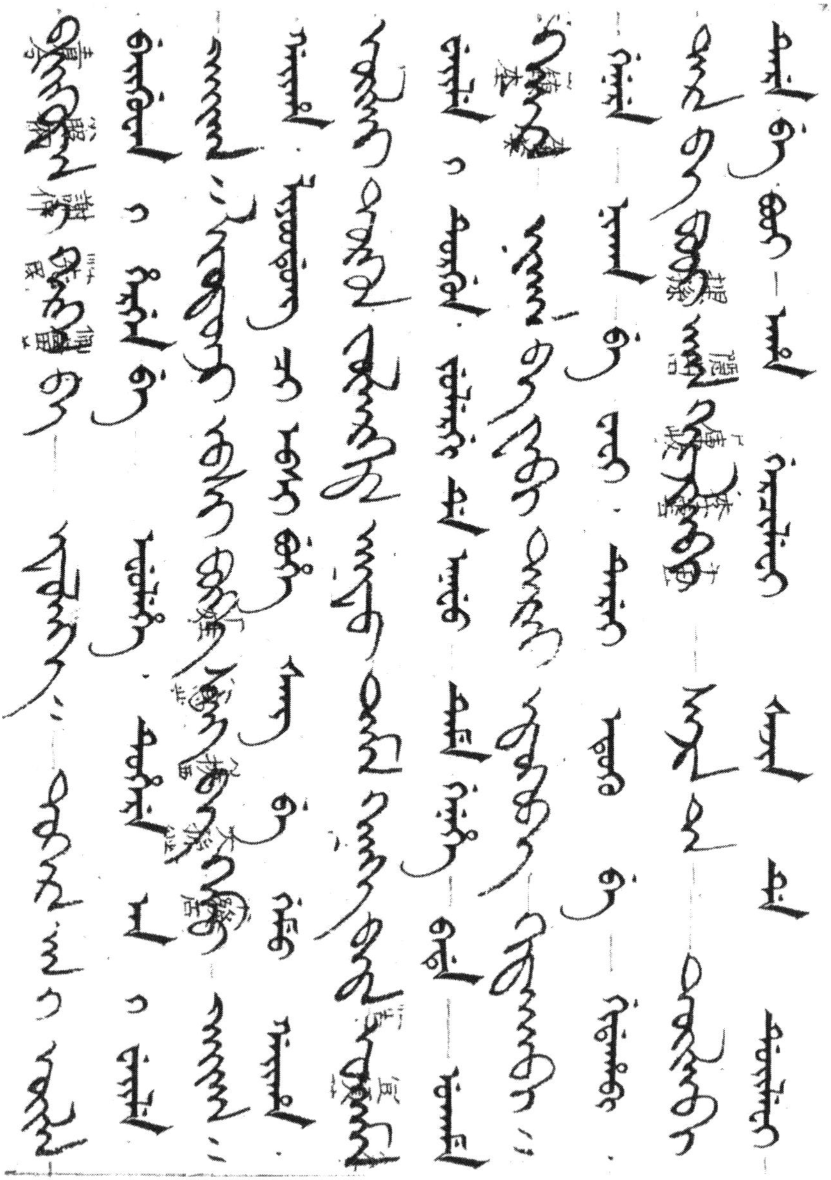

beiguwan i hergen be efulehe, tuhere an i weile gaiha, liyoodung ci ebsi buhe šang be gemu gaiha. weile i turgun, julergi de anafu teme genehe bade ukame genere nikan be wafi, terei etuku be gidahabi. tere be booi aha gercilefi šajin de duilefi

---

備禦官之職，按常例擬罪，自遼東以來之賞賜皆取回。其犯罪之緣由，乃因前往南邊戍守之地，殺逃走之漢人，藏匿其衣服；被其家奴首告，經法司審理後

备御官之职，按常例拟罪，自辽东以来之赏赐皆取回。其犯罪之缘由，乃因前往南边戍守之地，杀逃走之汉人，藏匿其衣服；被其家奴首告，经法司审理后

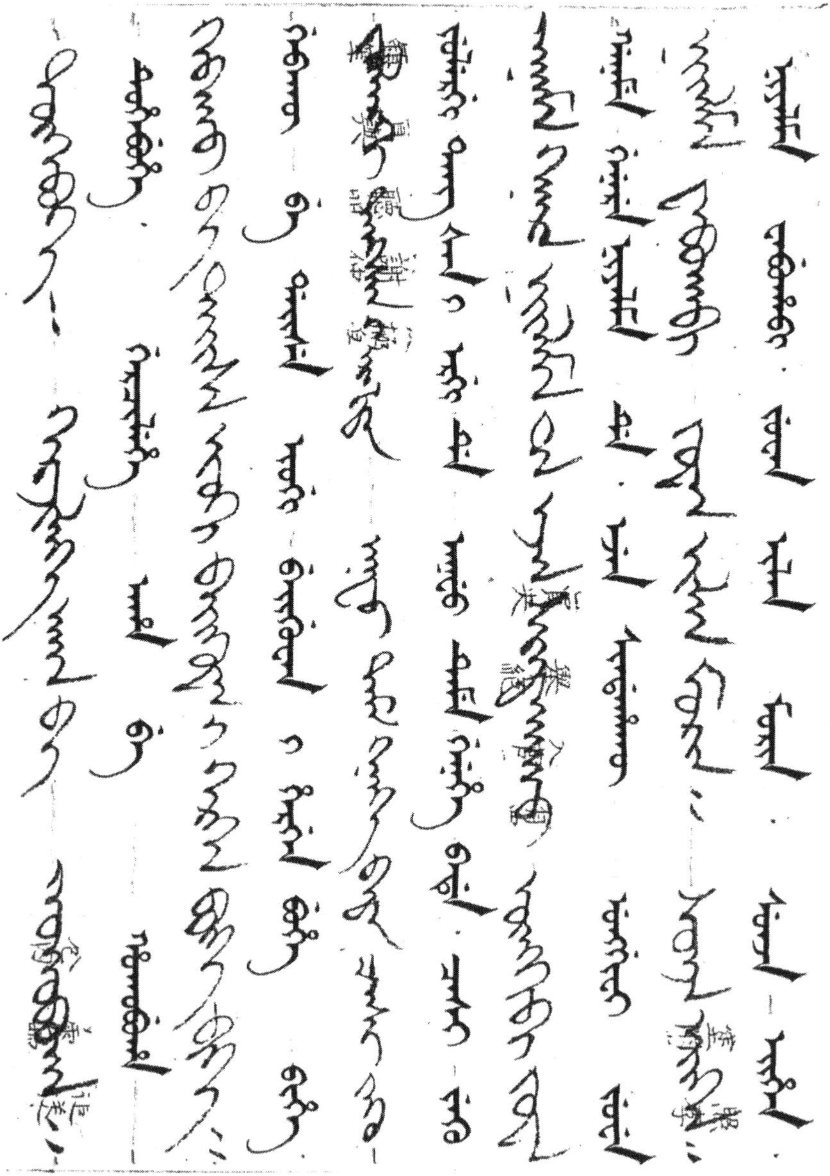

tuhebuhe, gercilehe aha be hokobuha. gebakū be daise iogi beiguwan i hergen buhe bihe, julergi tang šan i ergi de anafu teme genehe bade, casi jeku ganame genere niyalma de, ejen sindahakū unggifi juwe niyalma wabuhabi. juwan ilan morin, sunja eihen,

---

擬罪，准首告之奴離去。格巴庫曾賜代理遊擊備禦官之職，因前往戍守南湯山一帶地方時，其前往彼處取糧之人，未設額真遣往，以致二人被殺；馬十三匹、驢五隻、

拟罪，准首告之奴离去。格巴库曾赐代理游击备御官之职，因前往戍守南汤山一带地方时，其前往彼处取粮之人，未设额真遣往，以致二人被杀；马十三匹、驴五只、

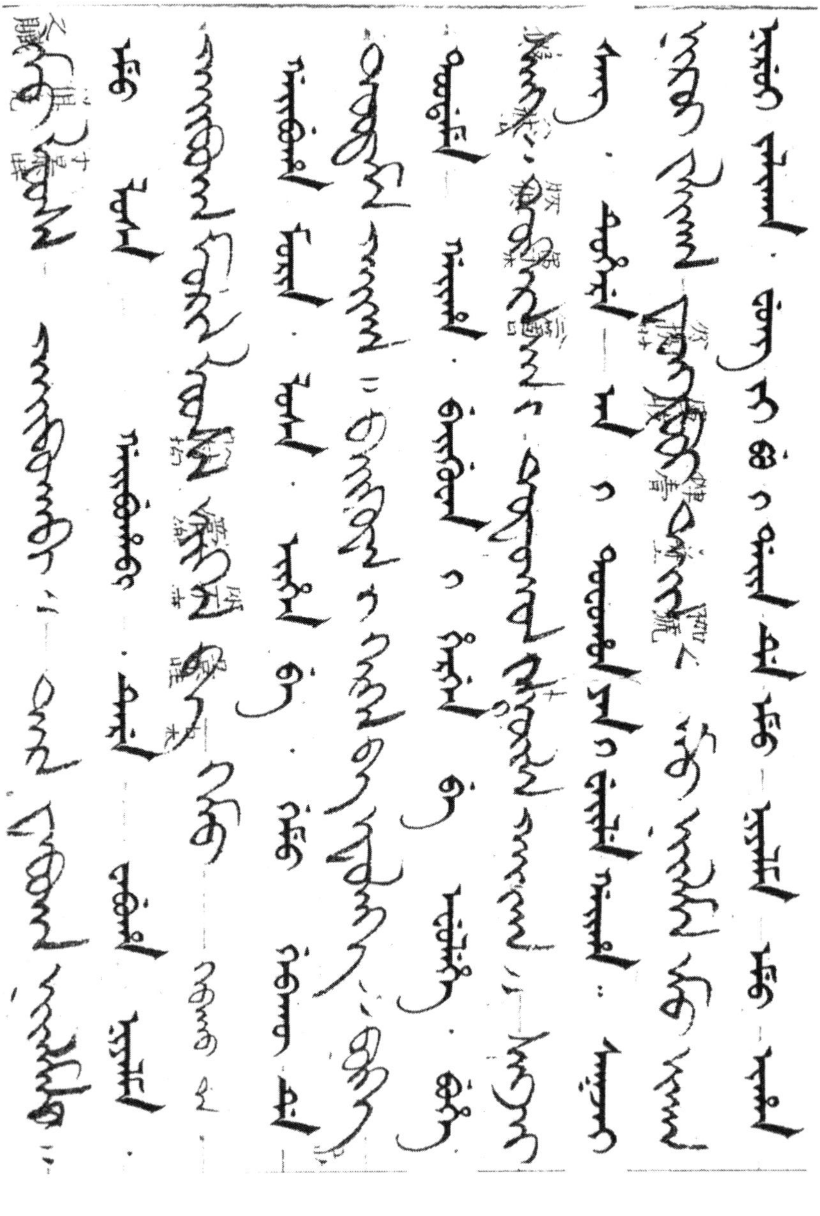

emu losa gaibuhabi. tere wabuha niyalma, gaibuha morin, losa, eihen be, gemu gebakū de toodame gaiha, beiguwan i hergen be efulehe, buhe šang, tuhere an i tofohon yan i weile gaiha. sakjai nirui jalikan, fung ji pu i dain de emu niyalma emu ihan

---

騾一隻被掠去。其被殺之人，被掠之馬、騾、驢，皆令格巴庫償還；革備禦官之職，沒收所給之賞，按常例擬罰十五兩之罪。薩克齋牛彔之劄立堪，於奉集堡陣上隱匿一人、一牛。

骡一只被掠去。其被杀之人，被掠之马、骡、驴，皆令格巴库偿还；革备御官之职，没收所给之赏，按常例拟罚十五两之罪。萨克斋牛彔之札立堪，于奉集堡阵上隐匿一人、一牛。

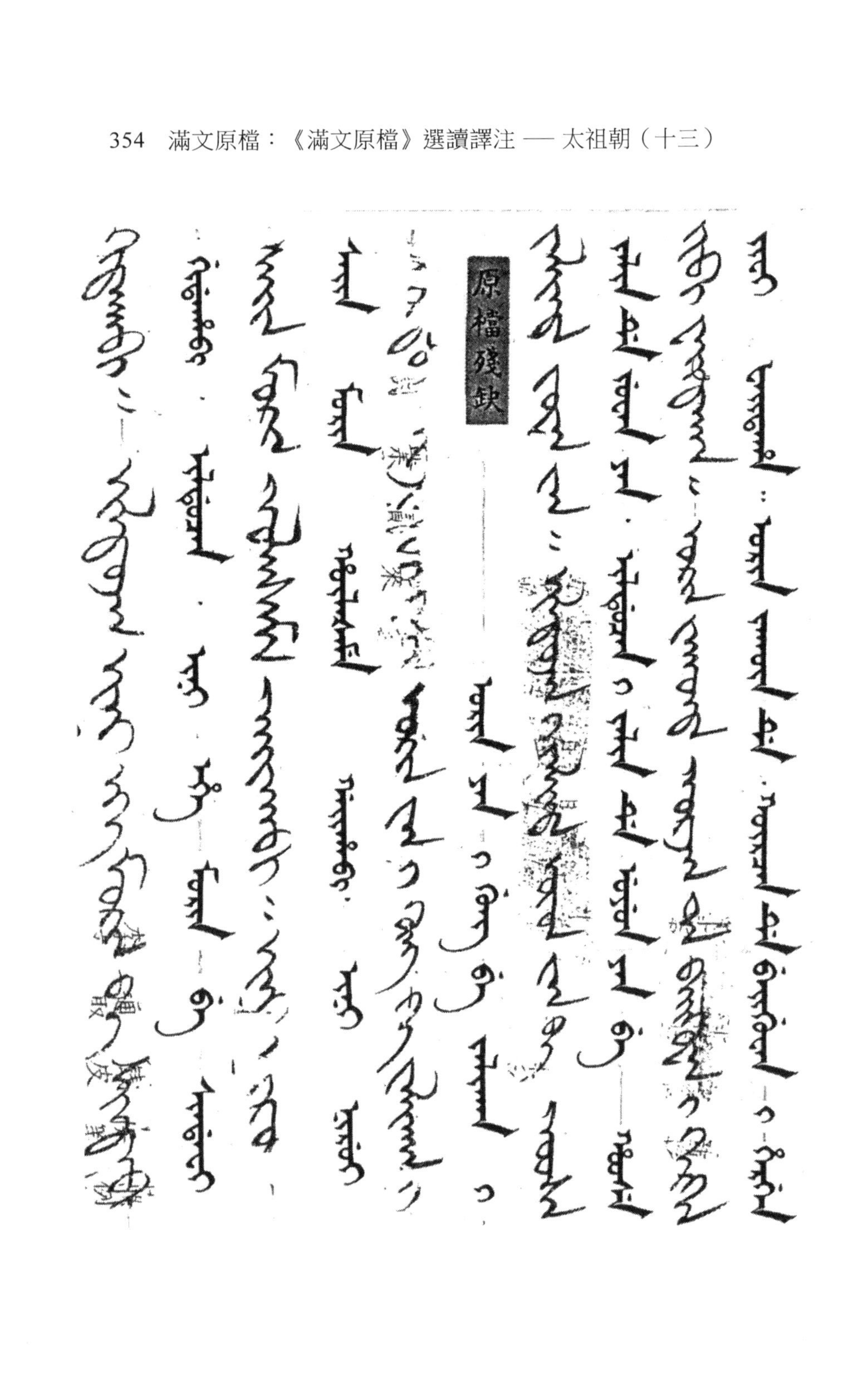

原檔殘缺

gidahabi. ilducan, ini ehe morin be sindafi sain morin hūlašame gaihabi, ini nirui [原檔殘缺] orin yan i gung be jalikan i jalin de juwan yan, ilducan i jalin de uyun yan be hoose jifi faitaha. orin jakūn de, kūrcan de beiguwan i hergen

---

依勒都纏放去其劣馬，換取良馬。其牛彔[原檔殘缺]浩色前來後，銷其二十兩之功，為劄立堪銷十兩，為依勒都纏銷九兩。二十八日，賜庫爾纏備禦官之職，

依勒都缠放去其劣马，换取良马。其牛彔[原档残缺]浩色前来后，销其二十两之功，为札立堪销十两，为依勒都缠销九两。二十八日，赐库尔缠备御官之职，

二十三、賄賂公行

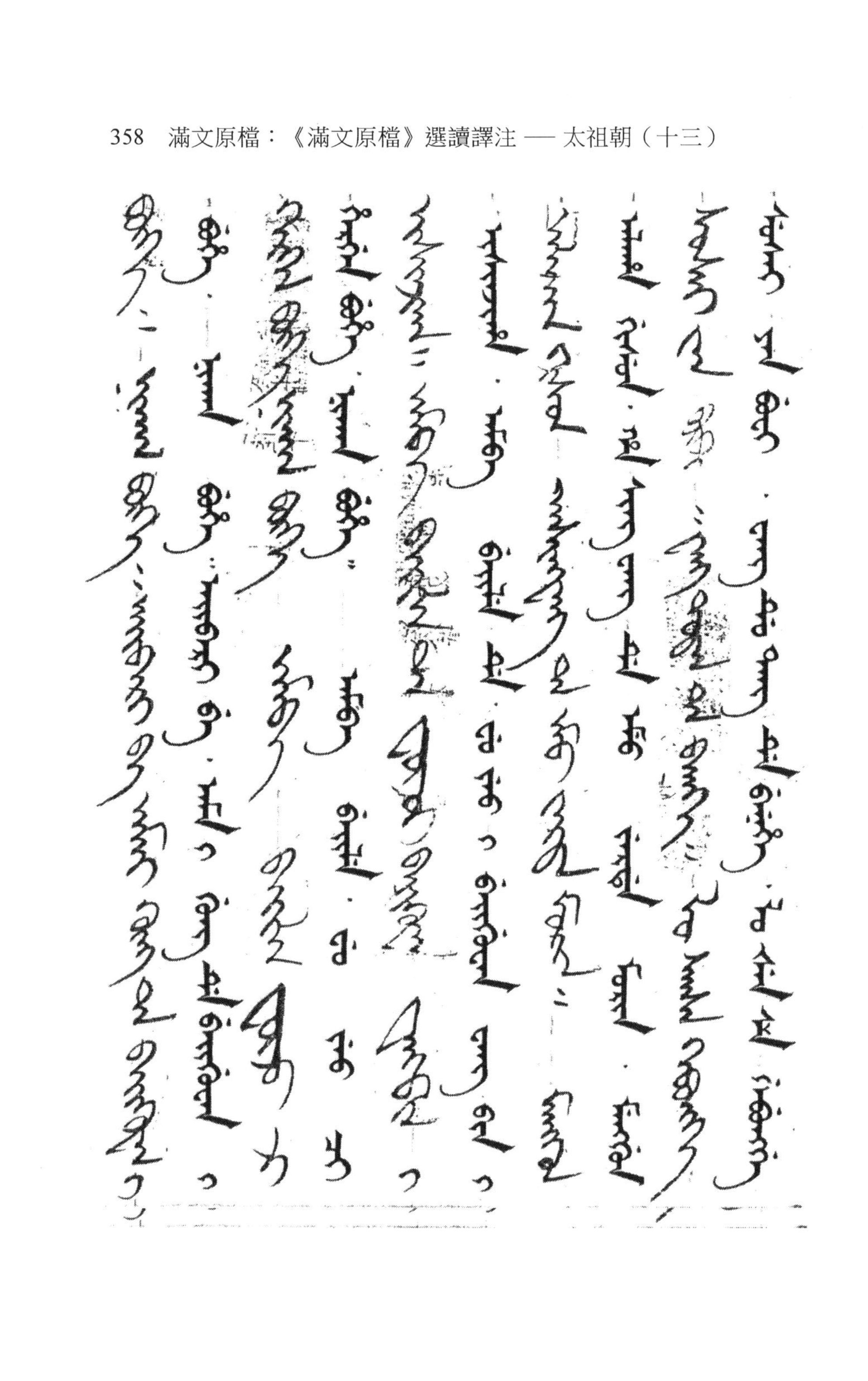

buhe, nikan buhe. aibari be, ama i gung de beiguwan i hergen buhe, nikan buhe. amba beile, fu jeo ci isinjiha, amba beile de, fu jeo i beiguwan wang bin i alaha gisun, ha sing wang de emu jerde morin, menggun susai yan bufi, wang du tang de benehe. lo šen sy gebungge

---

並賜漢人。愛巴里因父功賜備禦官之職，並賜漢人。大貝勒由復州到來。復州備禦官王彬曾稟告大貝勒云：「曾給哈興旺紅馬一匹、銀五十兩，饋送王都堂。

并赐汉人。爱巴里因父功赐备御官之职，并赐汉人。大贝勒由复州到来。复州备御官王彬曾禀告大贝勒云：「曾给哈兴旺红马一匹、银五十两，馈送王都堂。

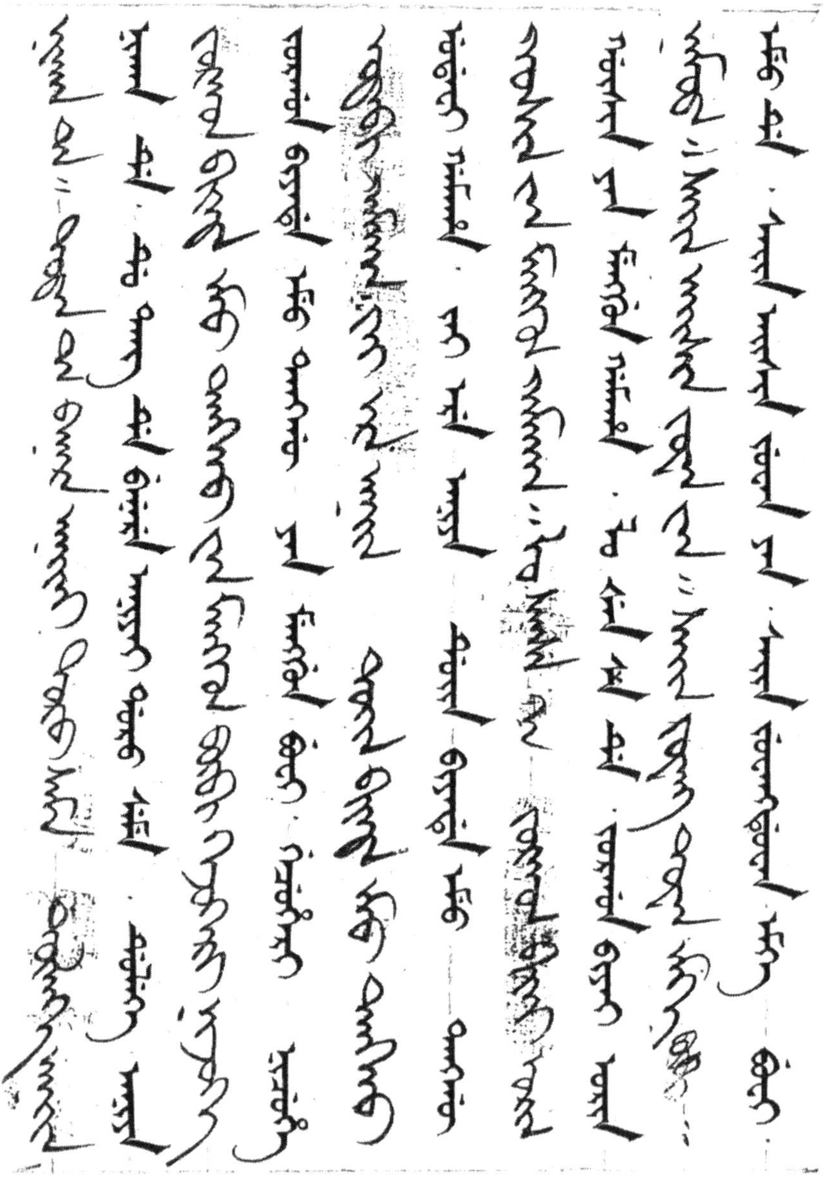

nikan de, du tang de benere aniyai doro seme, duleke aniya jorgon biyade emu tanggū yan menggun bufi, gecuheri nicuhe udafi gamaha. jai ere aniya duin biyade emu tanggū gūsin yan menggun gamaha. lo šen sy de, jorgon biyai orin emu de, sain aisin juwan yan, sain juwangduwan emke bufi,

---

去年十二月，以饋送都堂年禮，給名叫羅珅賜之漢人銀一百兩，令其購買蟒緞、珍珠攜往。今年四月再攜往銀一百三十兩。十二月二十一日，給羅珅賜純金十兩、上等妝緞一疋，

去年十二月，以馈送都堂年礼，给名叫罗珅赐之汉人银一百两，令其购买蟒缎、珍珠携往。今年四月再携往银一百三十两。十二月二十一日，给罗珅赐纯金十两、上等妆缎一疋，

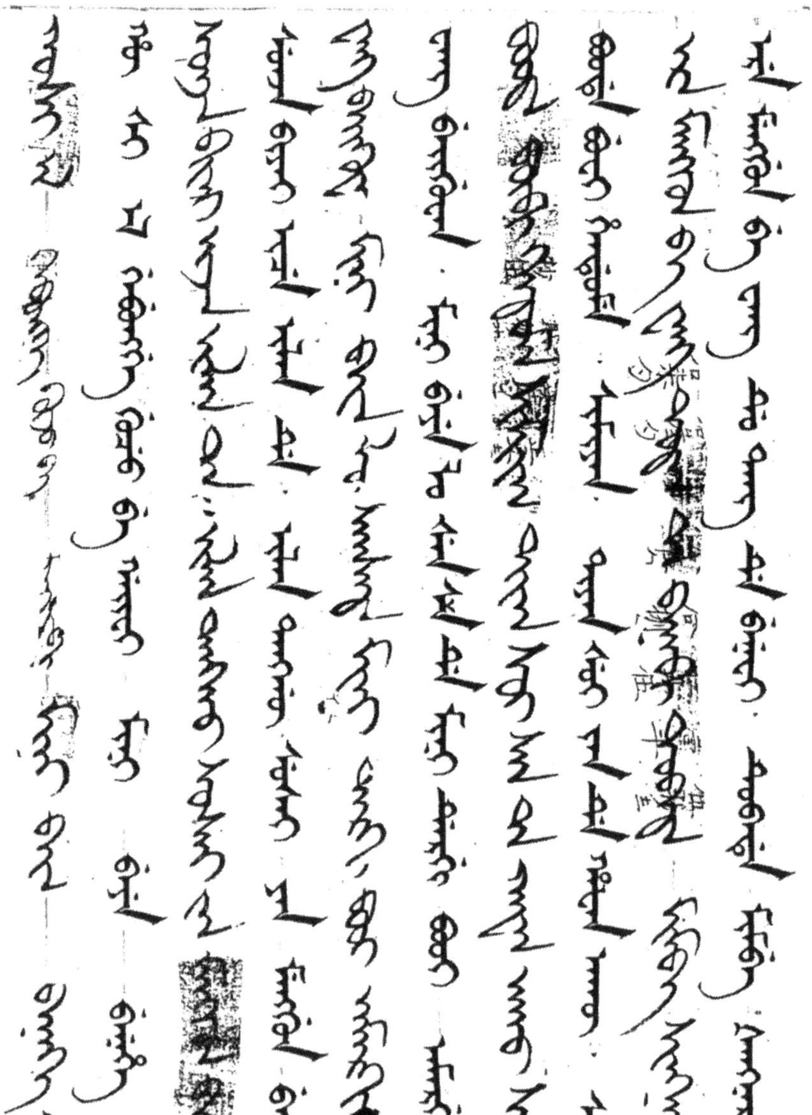

hū ši el gebungge gucu be gaifi mini beye benehe. sunja biyai ice ilan de, ilan tanggū susai yan menggun be, wang beiguwan, mini beye lo šen sy de, mini dergi booi amargi boode bufi hendume, simiyan, tiyan šui jan de hafan akū, si ere menggun be wang du tang de benefi, tubade mimbe šangnara

---

率名叫胡世兒夥伴及我自身送去。五月初三日，於我上房北屋，王備禦官、我自身交給羅珅賜銀三百五十兩曰：「瀋陽、甜水站無官，爾將此銀送給王都堂，詢問彼處可賞我乎？」

率名叫胡世儿伙伴及我自身送去。五月初三日，于我上房北屋，王备御官、我自身交给罗珅赐银三百五十两曰：「沈阳、甜水站无官，尔将此银送给王都堂，询问彼处可赏我乎？」

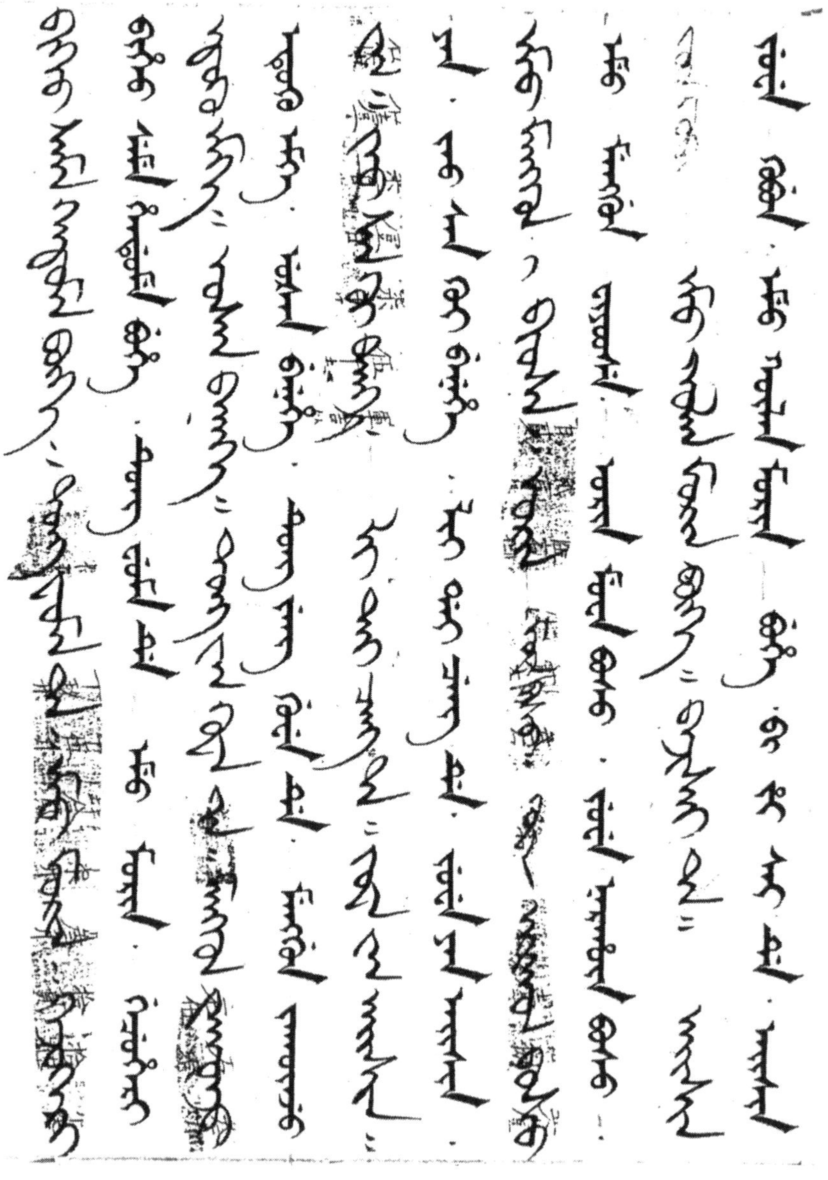

biheo seme hendume buhe. tung fuma de, emu morin, gecuheri etuku emke, ušan benehe. tung jeng guwe de, menggun jakūnju yan, jao san kui benehe. lii dai ceng de, juwe yan aisin, emu menggun fiyoose, orin muwa boso, juwe narhūn boso, juwe kubun, emu kūlan morin buhe. bi jy sai de, aisin

---

餽送佟駙馬馬一匹、蟒緞衣服一件，由吳善送往。餽送佟鎮國銀八十兩，由趙三魁送往。餽送李大成金二兩、銀瓢[19]一個、粗布二十疋、細布二疋、棉二包、黃馬一匹。餽送畢致賽

馈送佟驸马马一匹、蟒缎衣服一件，由吴善送往。馈送佟镇国银八十两，由赵三魁送往。馈送李大成金二两、银瓢一个、粗布二十疋、细布二疋、棉二包、黄马一匹。馈送毕致赛

---

[19] 銀瓢，句中「瓢」，《滿文原檔》寫作 “biosa”，《滿文老檔》讀作 “fiyoose”。按此為無圈點滿文 “bio” 與 “fiyoo”之混用現象。

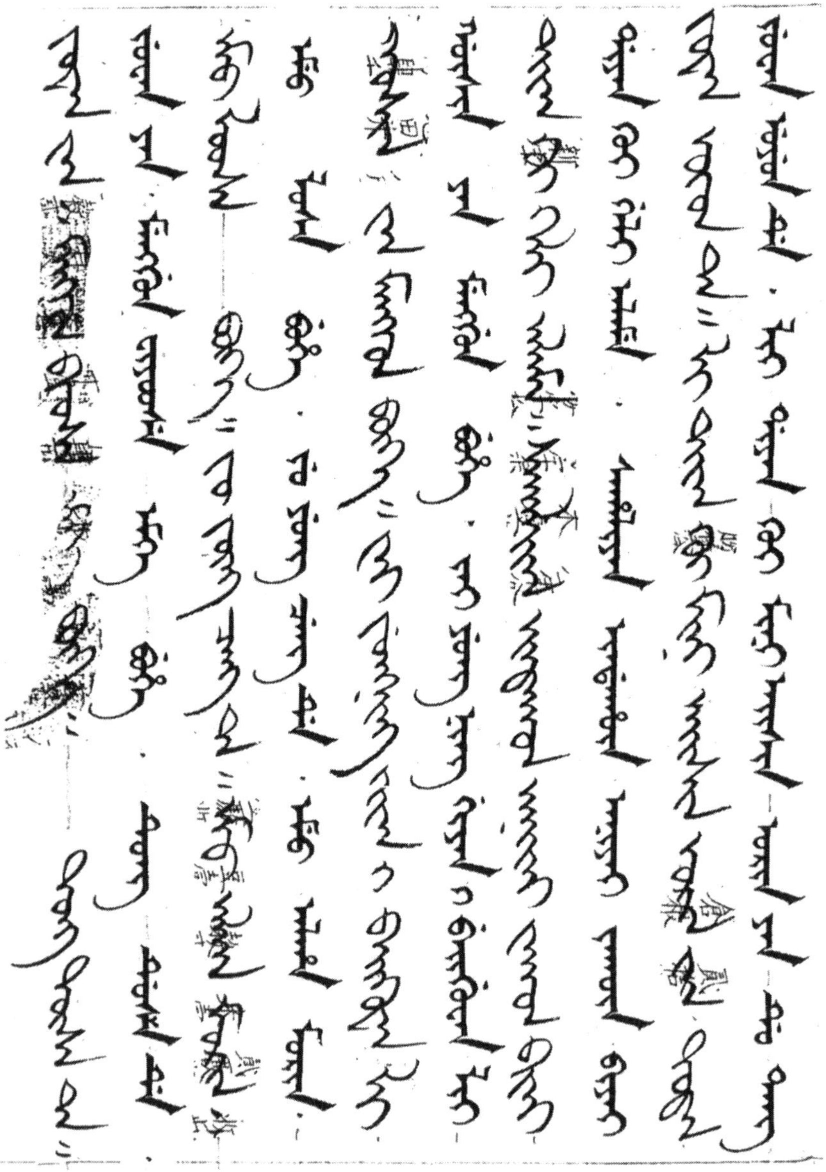

juwan yan, menggun fiyoose emke buhe. tung dusy de, emu losa buhe. ju yung ceng de, emu alha morin, gūsin yan menggun buhe. jai yung ning giyan i beiguwan lii diyan kui geli alame, sahaliyan indahūn aniyai jakūn biyai juwan uyun de, lii diyan kui mini aisin orin yan du tang

---

金十兩、銀瓢一個。饋送佟都司騾一隻。饋送朱永成花馬一匹、銀三十兩。」再者，永寧監備禦官李殿魁又告稱：「壬戌年八月十九日，都堂收我李殿魁之金二十兩，

金十两、银瓢一个。馈送佟都司骡一只。馈送朱永成花马一匹、银三十两。」再者，永宁监备御官李殿魁又告称：「壬戌年八月十九日，都堂收我李殿魁之金二十两，

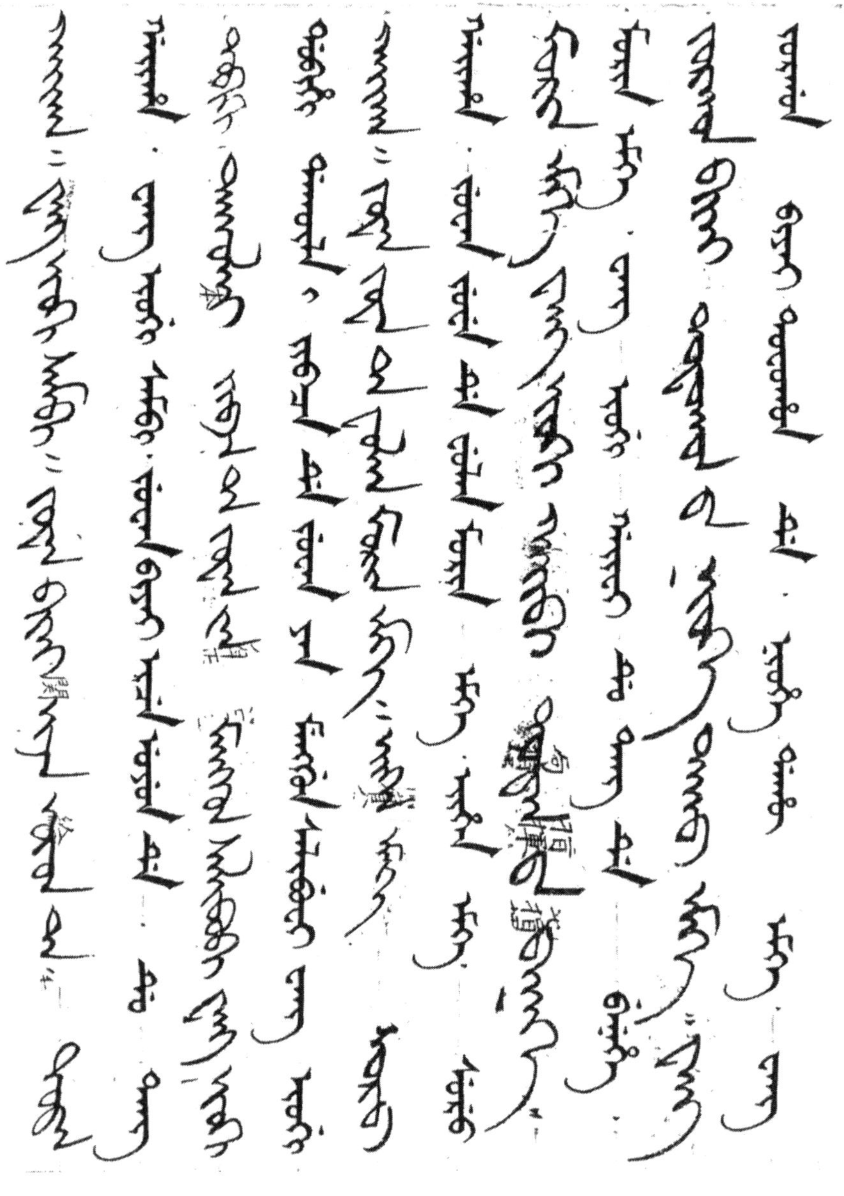

gaiha, wang iogi sambi. juwan biyai ice uyun de, du tang dobihi dakūla i jibca de juwan yan menggun salibufi, wang iogi gaiha. juwan juwe de, fulan morin emke, eihen emke, suru morin emke, wang iogi gaifi, du tang de benehe. jorgon biyai tofohon de, niohe dahū emke, wang

---

王遊擊知之。十月初九日，都堂以狐皮肚囊皮襖值銀十兩，由王遊擊收受。十二日，王遊擊攜青馬一匹、驢一隻、白馬一匹饋送都堂。十二月十五日，

王游击知之。十月初九日，都堂以狐皮肚囊皮袄值银十两，由王游击收受。十二日，王游击携青马一匹、驴一只、白马一匹馈送都堂。十二月十五日，

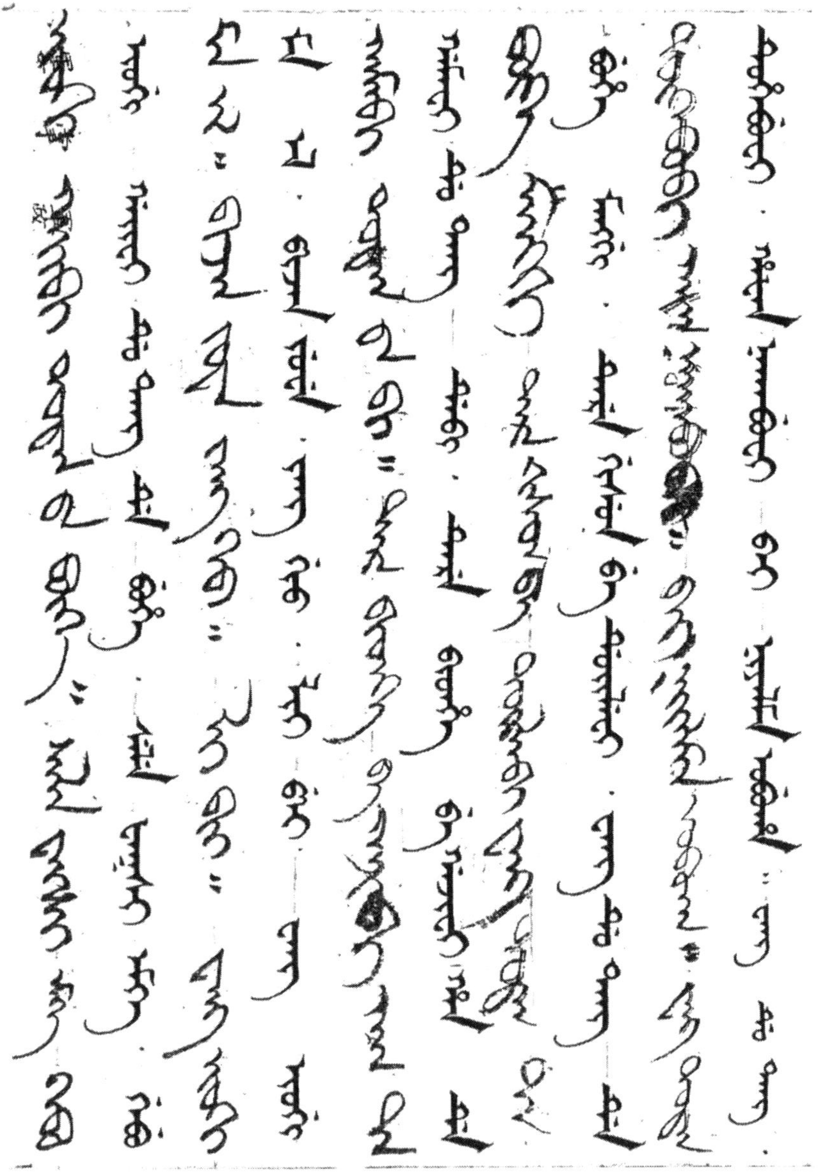

iogi gaifi du tang de buhe. sele faksi emke, gebu ma el, pijan juwe, jang gio, lii pei, wang iogi gamafi du tang debi. tere bithe be gajifi han de buhe manggi, tere gisun be duilefi, wang du tang de tuhebufi, hafan nakabufi bai niyalma obuha. (wang du tang,

王遊擊取狼皮端罩一件饋送都堂。王遊擊帶去鐵匠一人名馬二；皮匠二人，名張九、李培，留在都堂處。」遂取來其書進呈汗。經審其言，擬王都堂以罪，革其官為庶人。（王都堂

王游击取狼皮端罩一件馈送都堂。王游击带去铁匠一人名马二；皮匠二人，名张九、李培，留在都堂处。」遂取来其书进呈汗。经审其言，拟王都堂以罪，革其官为庶人。（王都堂

二十四、真相大白

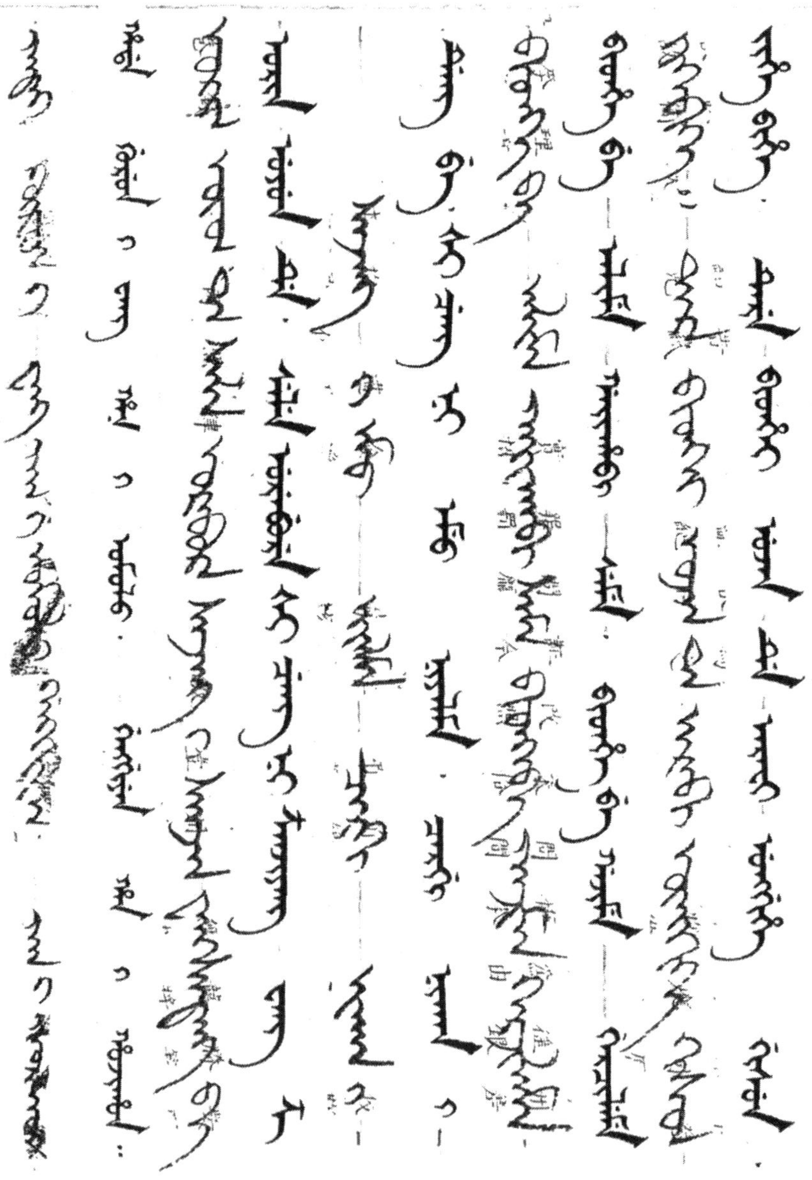

hadai gurun i wang han i omolo, genggiyen han i hojihon.) orin uyun de, sele urebure ši ceng ni ts'anjiyang wang dz deng be, ši ceng ni emu niyalma, cargi nikan i bithe be alime gaihabi seme, bithe be gajime gercileme jihe bihe. tere bithei ujan de arafi unggihe gisun,

---

係哈達國王汗之孫，英明汗之婿。）二十九日，石城一人持書前來首告，煉鐵之石城參將王子登接受彼處漢人之書。其書末端書寫致送之言，

系哈达国王汗之孙，英明汗之婿。）二十九日，石城一人持书前来首告，炼铁之石城参将王子登接受彼处汉人之书。其书末端书写致送之言，

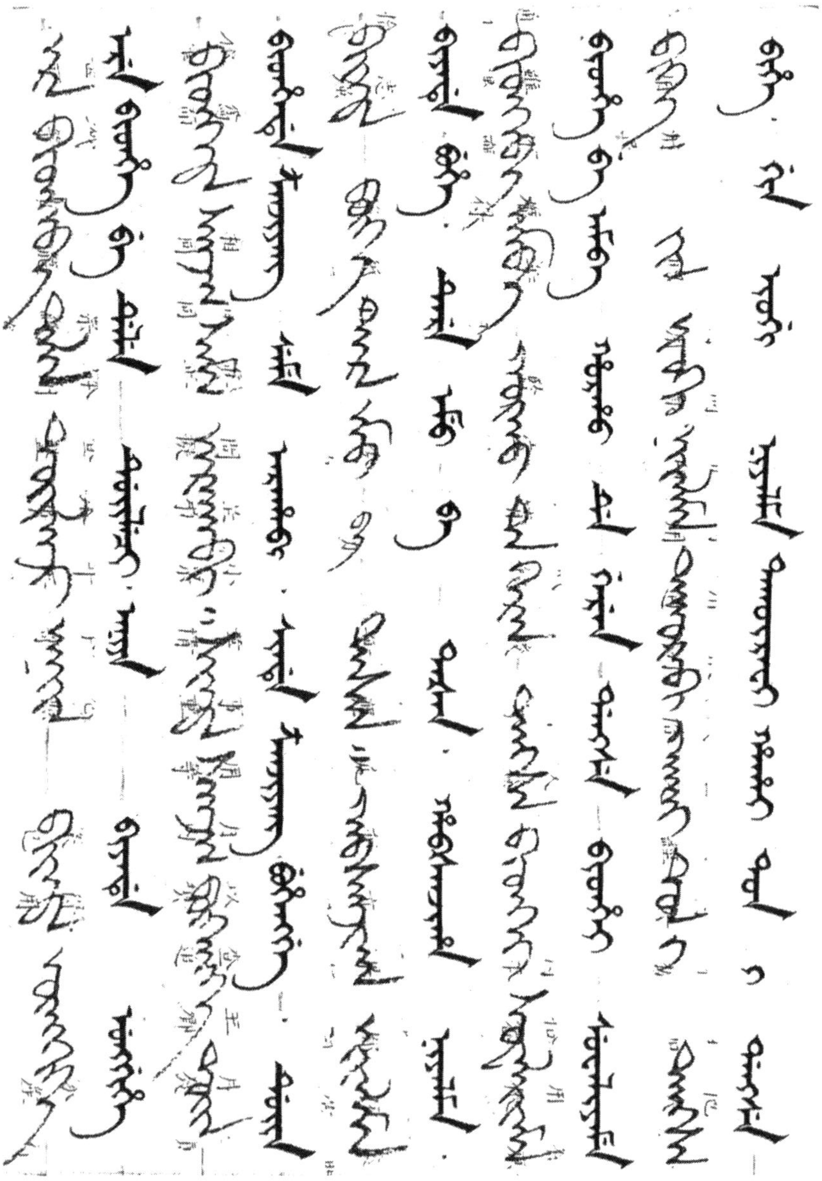

ere bithe be dele duileci, aniya biyade unggihe bithede, ts'anjiyang seme arahabi, sinde ts'anjiyang buhengge, duin biyade buhe, tere emu ba tašan. habšanjiha niyalma, bithe be amba horho de geren dangse bithei suwaliyame bihe. gin iogi niyalma takūrafi hahai ton i dangse

---

上審視此書，係正月齎送之書，並書參將字樣。所謂授爾參將，乃於四月授與，其偽一也。據來告之人稱：「此書與諸檔冊一併放在大豎櫃內。金遊擊遣人取男丁數目檔冊時，

上审视此书，系正月赍送之书，并书参将字样。所谓授尔参将，乃于四月授与，其伪一也。据来告之人称：「此书与诸档册一并放在大竖柜内。金游击遣人取男丁数目档册时，

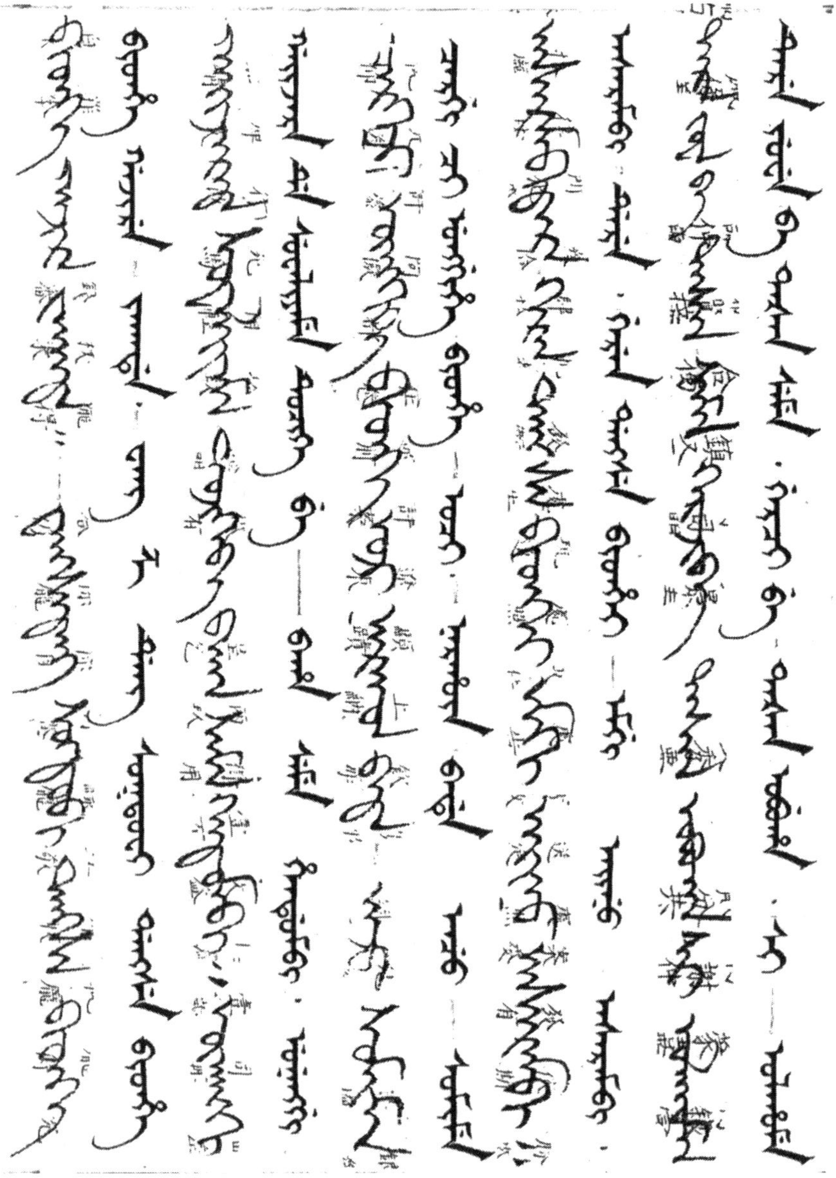

bithe gajire jakade, wang dz deng soktofi dangse bithe gaijara de suwaliyame tucike be baha seme hendumbi. unenggi cargi ci unggihe bithe oci, narhūn bade encu somime asarambi dere, geren dangse bithei emgi ainu asarambi. tere juwe ba tašan seme. gerci be tašan obuha, si olhome

---

因王子登酒醉，將該書連同檔冊一併拿出，是以得之。」此若誠係彼所致之書，則應另藏密處，為何與各檔冊同藏一處？其偽二也。因其為誣告，

因王子登酒醉，将该书连同档册一并拿出，是以得之。」此若诚系彼所致之书，则应另藏密处，为何与各档册同藏一处？其伪二也。因其为诬告，

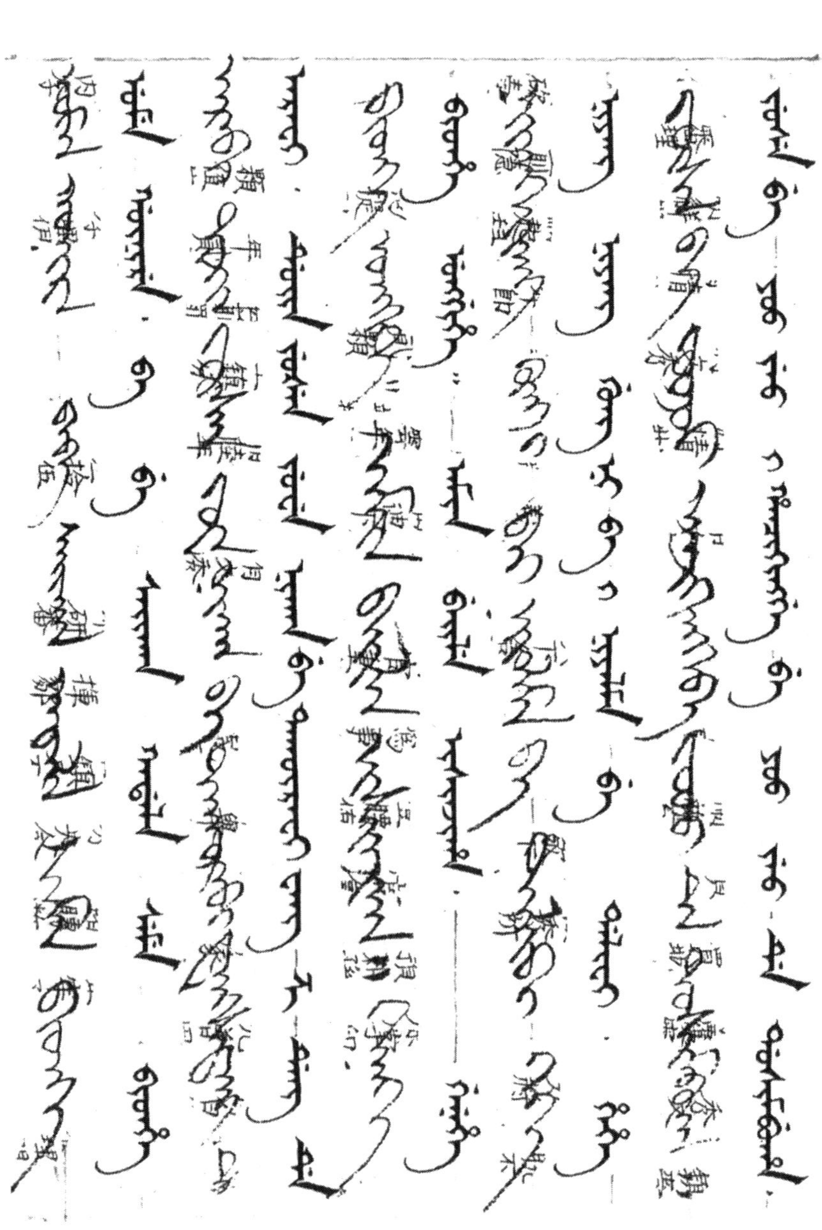

ume gūnire, ba be saikan kadala seme bithe arafi, duin jušen juwe nikan be takūrafi wang dz deng de bithe unggihe. amin beile isinjiha, genehe niyang niyang gung ni ba i niyalma be dalifi, hehe juse be yoo jeo i hancikingge be yoo jeo de dosimbuha.

故繕書諭王子登曰：「爾勿懷畏懼，宜妥善管理地方。」遣諸申四名、漢人二名齎書致送王子登。阿敏貝勒至，致書曰：「趕回前往娘娘宮地方之人，令其婦孺近耀州者進入耀州；

故缮书谕王子登曰：「尔勿怀畏惧，宜妥善管理地方。」遣诸申四名、汉人二名赍书致送王子登。阿敏贝勒至，致书曰：「赶回前往娘娘宫地方之人，令其妇孺近耀州者进入耀州；

二十五、男丁檔冊

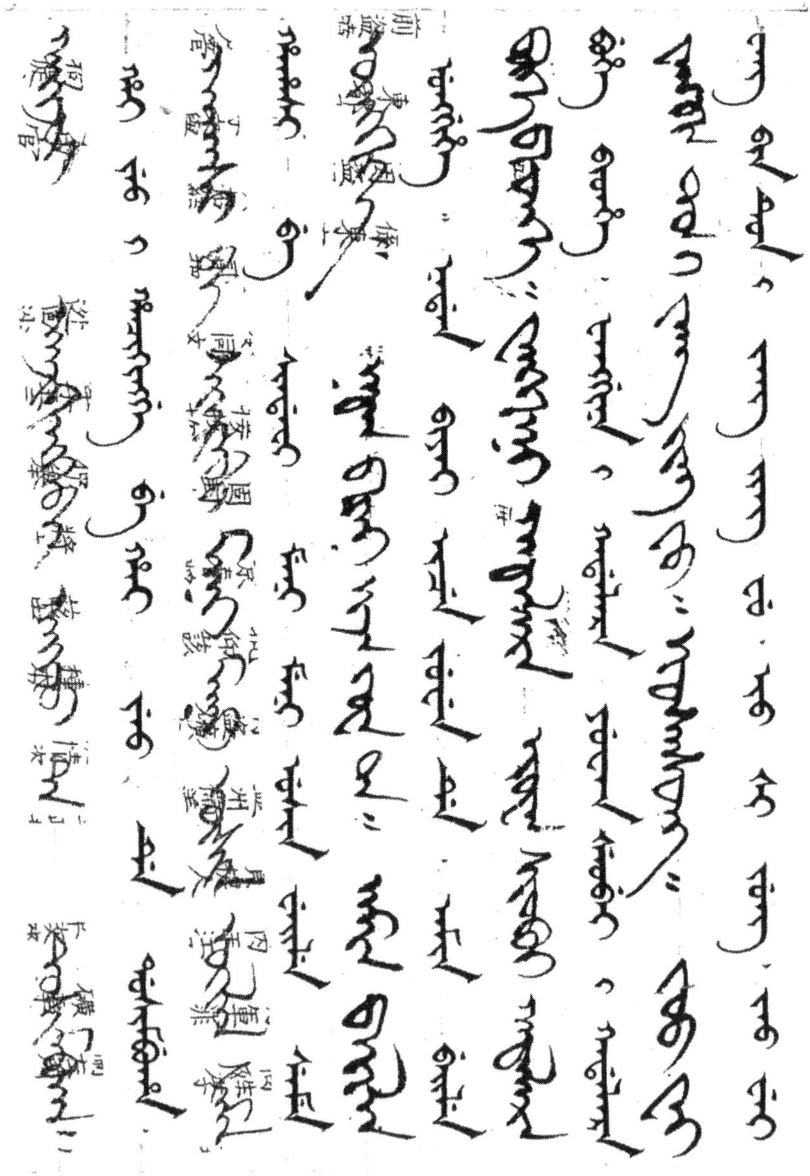

hai jeo i hancikingge be hai jeo de dosimbuha. hahasi be sindafi meni meni usin weile seme unggihe. nadan biyai ice juwe de, amin beile buhe bithe, fanggina i kadalara yuwan šeobei i kadalara wang bin tun i jang jing fu, io ši jung, jao wei

---

近海州者進入海州，放下其男丁各自耕田。」七月初二日，阿敏貝勒所給之書云：「方吉納屬下袁守備所轄王賓屯之張敬福、尤世忠、

近海州者进入海州，放下其男丁各自耕田。」七月初二日，阿敏贝勒所给之书云：「方吉纳属下袁守备所辖王宾屯之张敬福、尤世忠、

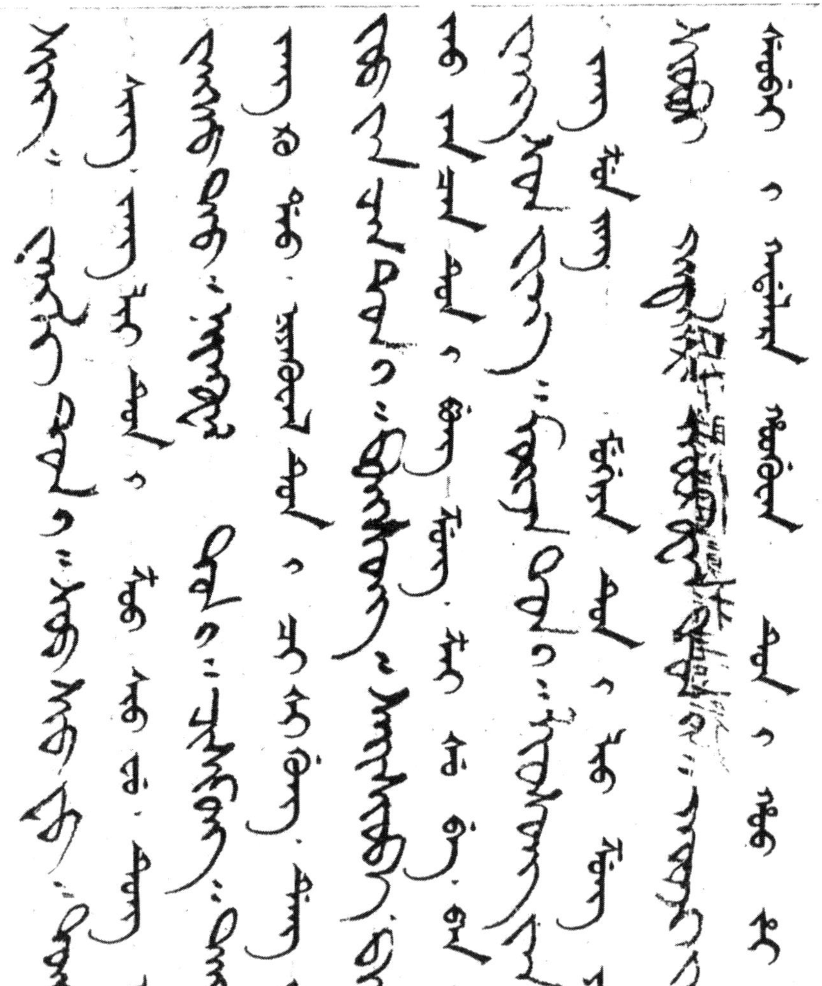

sing, jang lii tun i ts'oo sio fu, tung an lo, jang k'o dao, niyakuwal tun i ci ši gung, deng wen kui, jao jan can tun i pung dzung, ts'ai šu be, pan deng k'o, jang ts'un jing, mugiya tun i lio dzung yan, hoo šeobei i kadalara hooguwan tun i hoo jy jing,

---

趙偉興、張立屯之曹秀福、佟安洛、張科道、尼雅夸勒屯之齊世功、鄧文魁，趙展蟬屯之彭宗、蔡書博、潘登科、張存敬，穆家屯之劉宗顏；郝守備所轄郝官屯之郝志敬、

赵伟兴、张立屯之曹秀福、佟安洛、张科道、尼雅夸勒屯之齐世功、邓文魁，赵展蝉屯之彭宗、蔡书博、潘登科、张存敬，穆家屯之刘宗颜；郝守备所辖郝官屯之郝志敬、

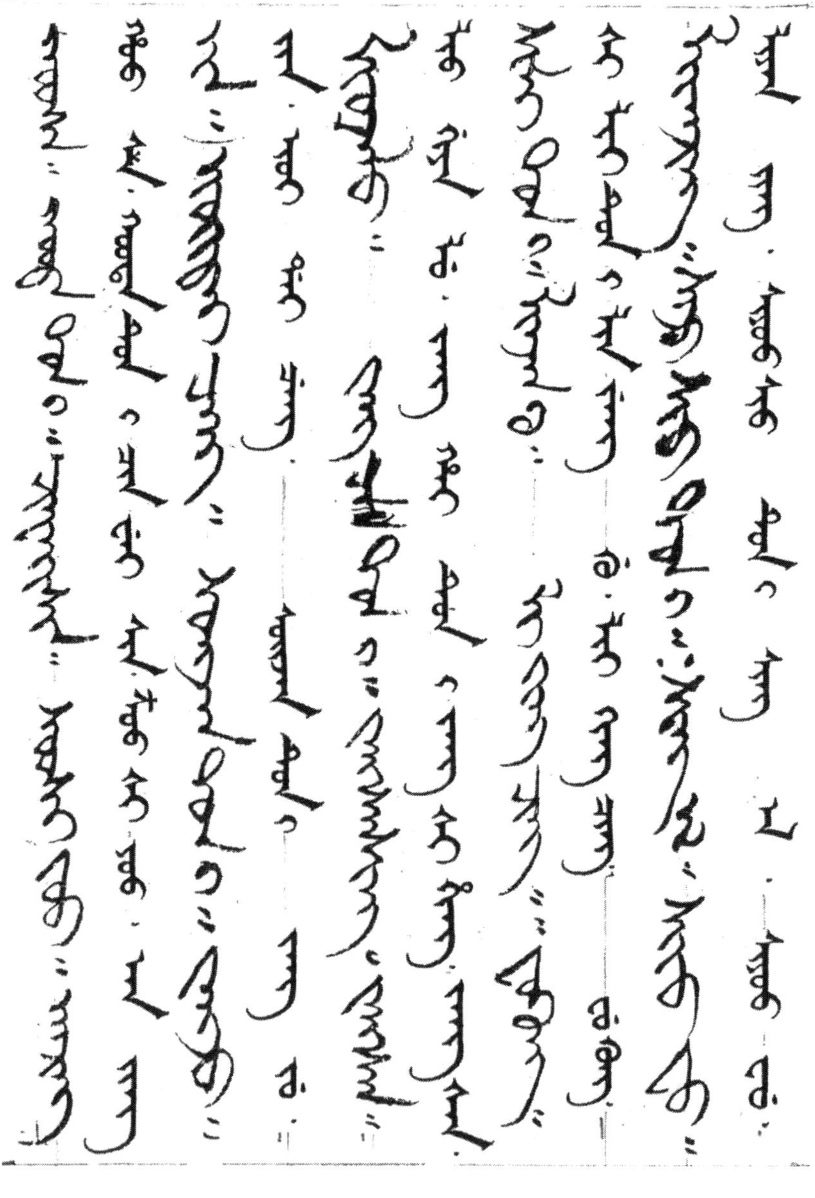

hoo sy, koota tun i cin wei sin, ts'oo ši yoo, an jing jin, ioi dai ceng, soijan tun i jang ju, lio giya lu, jang hai tun i jang ši hing, jang šan, ši lii tun i lin jeng gu, lii king cing, fu kung, liyan jing, siyoo sio tun i sing el, siyoo fu,

---

郝四，考塔屯之秦維新、曹世耀、安敬金、郁代成，綏站屯之張柱、劉家祿，張海屯之張世性、張善，十里屯之林正古、李慶青、傅孔、連敬，蕭秀屯之邢二、蕭富、

郝四，考塔屯之秦维新、曹世耀、安敬金、郁代成，绥站屯之张柱、刘家禄，张海屯之张世性、张善，十里屯之林正古、李庆青、傅孔、连敬，萧秀屯之邢二、萧富、

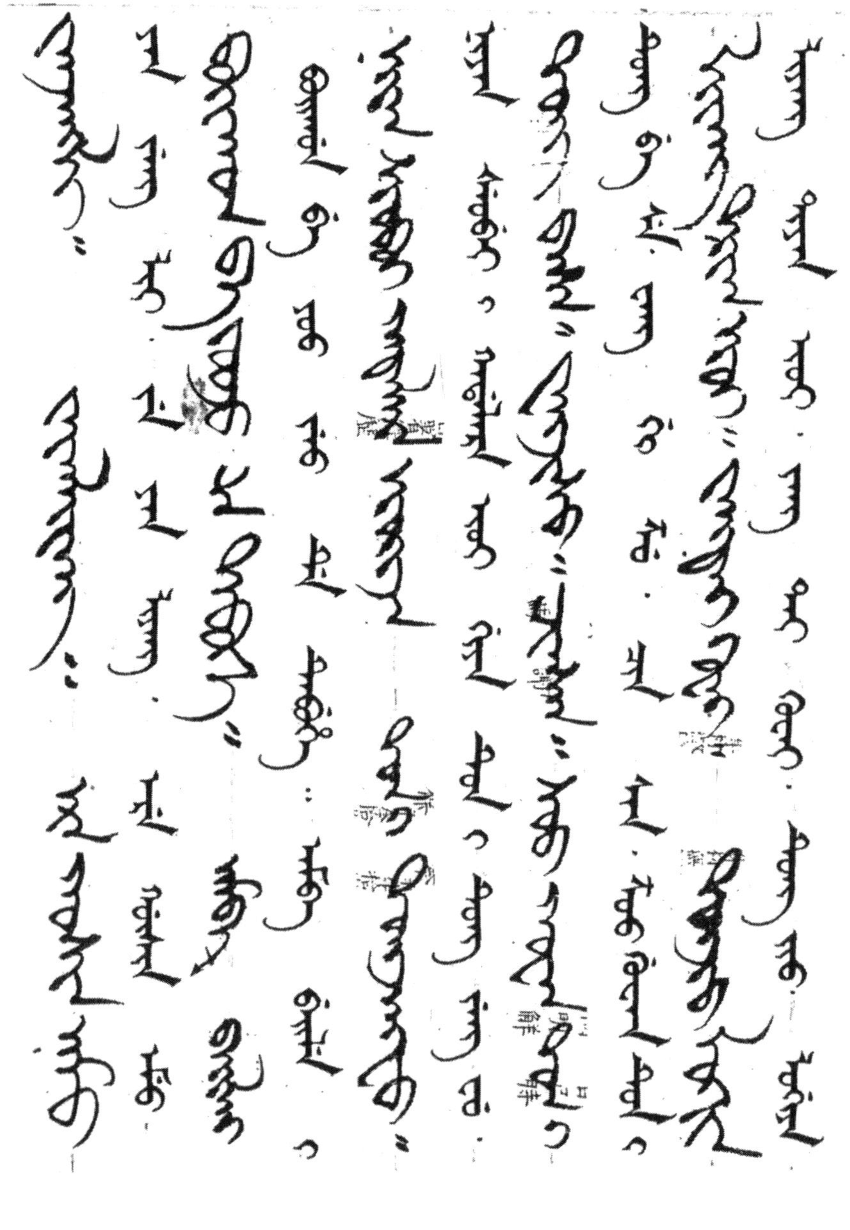

yan jeng lii, je yan liyang, ere gūsin emu boigon be yoo jeo de tebuhe. amba beile i niyan šeobei i kadalara ioi giya tun i tung jeng fu, tung be se, wang gi dzu, cin san, ts'oo guwan tun i liyang tiyan ioi, jang tai kuwai, tung jio, logiya

---

顔正理、哲言良等三十一戶，令其居住耀州。大貝勒年守備所轄裕家屯之佟正福、佟百色、王繼祖、秦三，曹官屯之梁天玉、張太魁、佟九，

颜正理、哲言良等三十一户，令其居住耀州。大贝勒年守备所辖裕家屯之佟正福、佟百色、王继祖、秦三，曹官屯之梁天玉、张太魁、佟九，

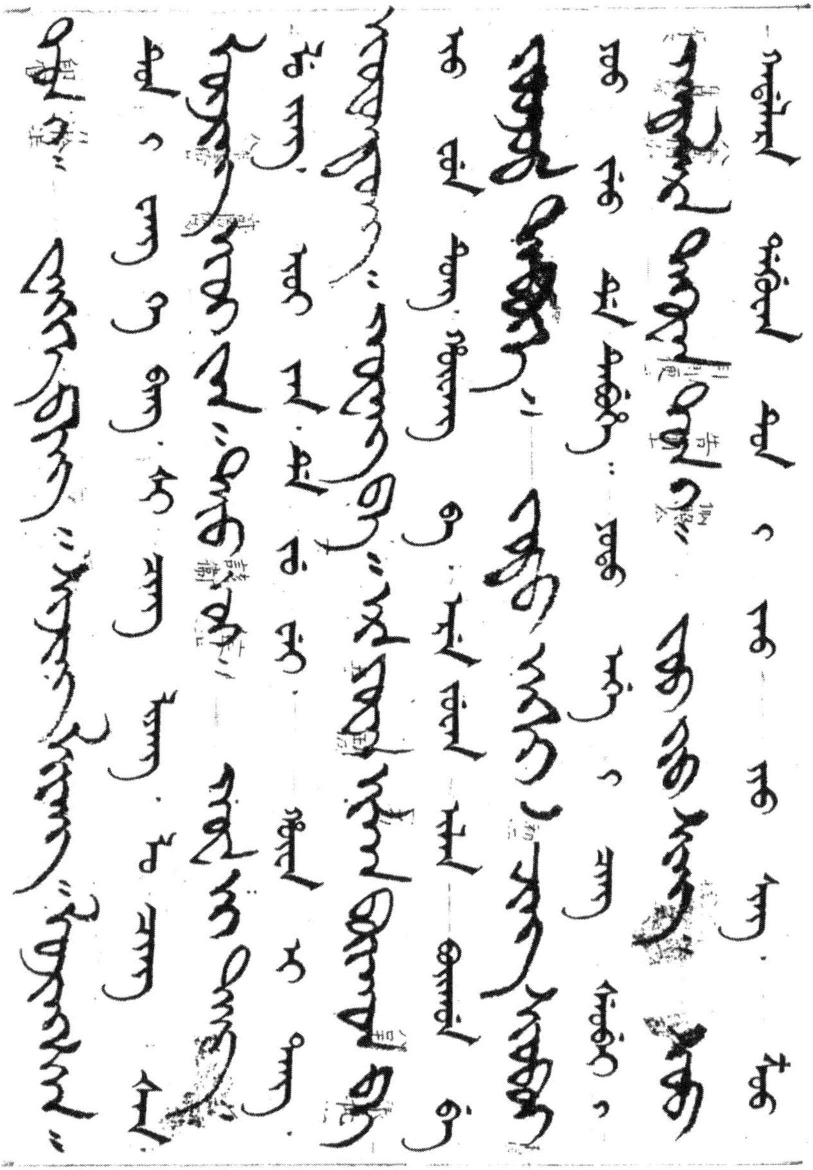

tun i wang ke bing, ši cing liyang, lo cing šan, lu jing, ioi jan, de ju wei, hūwa i tang, io fun tung, hūwang ba, ere juwan ilan boigon be yoo jeo de tebuhe. yoto age i cing šeobei i kadalara daguwan tun i jao jio sing, ts'oo

---

駱家屯之王克炳、石慶良、羅慶善、陸敬、玉占、德柱偉、華益堂、尤分同、黃八此十三戶令其居住耀州。岳托阿哥之青守備所轄大官屯之趙九興、

骆家屯之王克炳、石庆良、罗庆善、陆敬、玉占、德柱伟、华益堂、尤分同、黄八此十三户令其居住耀州。岳托阿哥之青守备所辖大官屯之赵九兴、

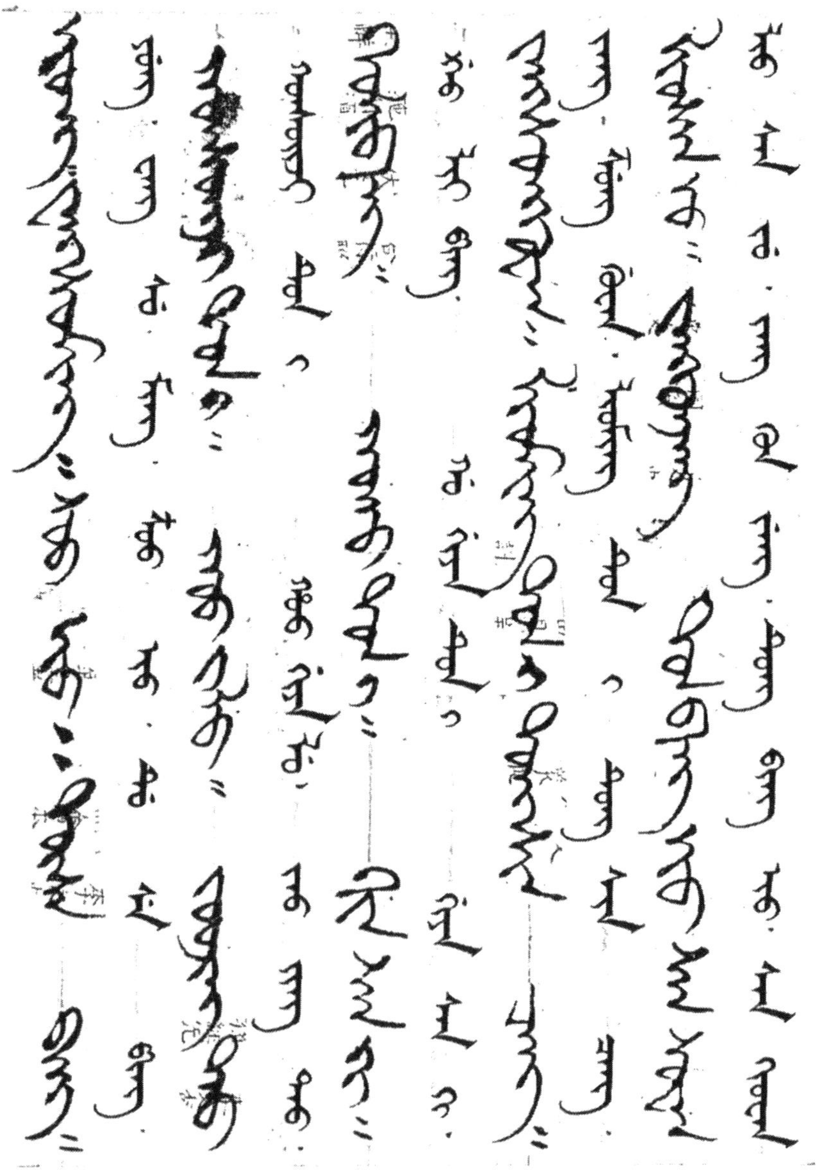

yung, wang su ming, ts'oo io, du se ping, konsoiji tun i hoo giya lu, jao jing tao, g'ao lii ping, go giya tun i giya san ki, jang dzung guwan, liomimg tun i tung sin cang, lio san ju, jang kun jeng, tung bing io, san kiowan

---

曹永、王素明、曹友、杜瑟平，昆水集屯之郝家祿、趙敬濤、高立平，郭家屯之賈三啟、張宗貫，留名屯之佟信常、劉三柱、張昆正、佟炳有，

曹永、王素明、曹友、杜瑟平，昆水集屯之郝家禄、赵敬涛、高立平，郭家屯之贾三启、张宗贯，留名屯之佟信常、刘三柱、张昆正、佟炳有，

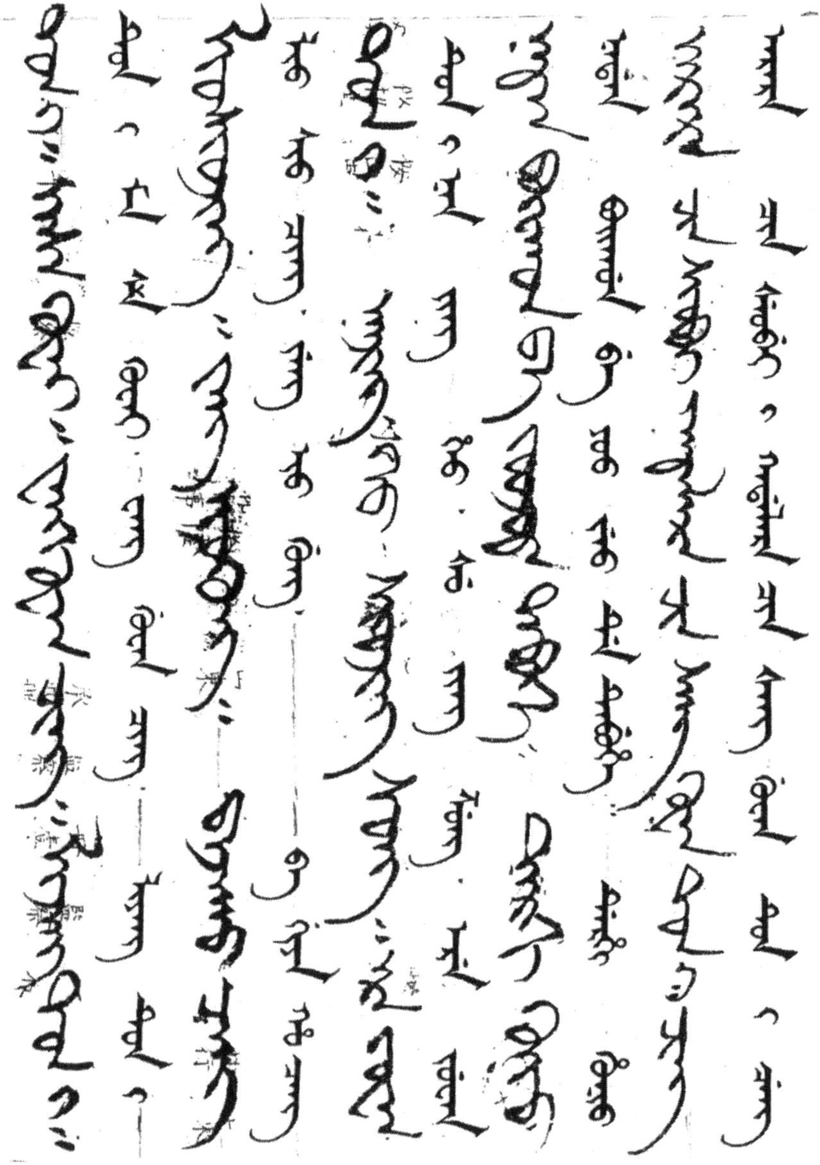

tun i ma sy kuwai, wang guwan cing, liyang tun i lio sio cing, jeng io gung, ba giya ho cang tun i nan jing heo, šu jing dzung, ere juwan nadan boigon be yoo jeo de tebuhe. derhi, hunio arara cin šeobei i kadalara cin šang guwan tun i ceng

---

三圈屯之馬四魁、王冠清，梁屯之劉秀清、鄭有功，八家河倉屯之南敬侯、舒敬宗此十七戶令其居住耀州。製作蘆蓆、水桶之秦守備所轄秦上官屯之

三圈屯之马四魁、王冠清，梁屯之刘秀清、郑有功，八家河仓屯之南敬侯、舒敬宗此十七户令其居住耀州。制作芦席、水桶之秦守备所辖秦上官屯之

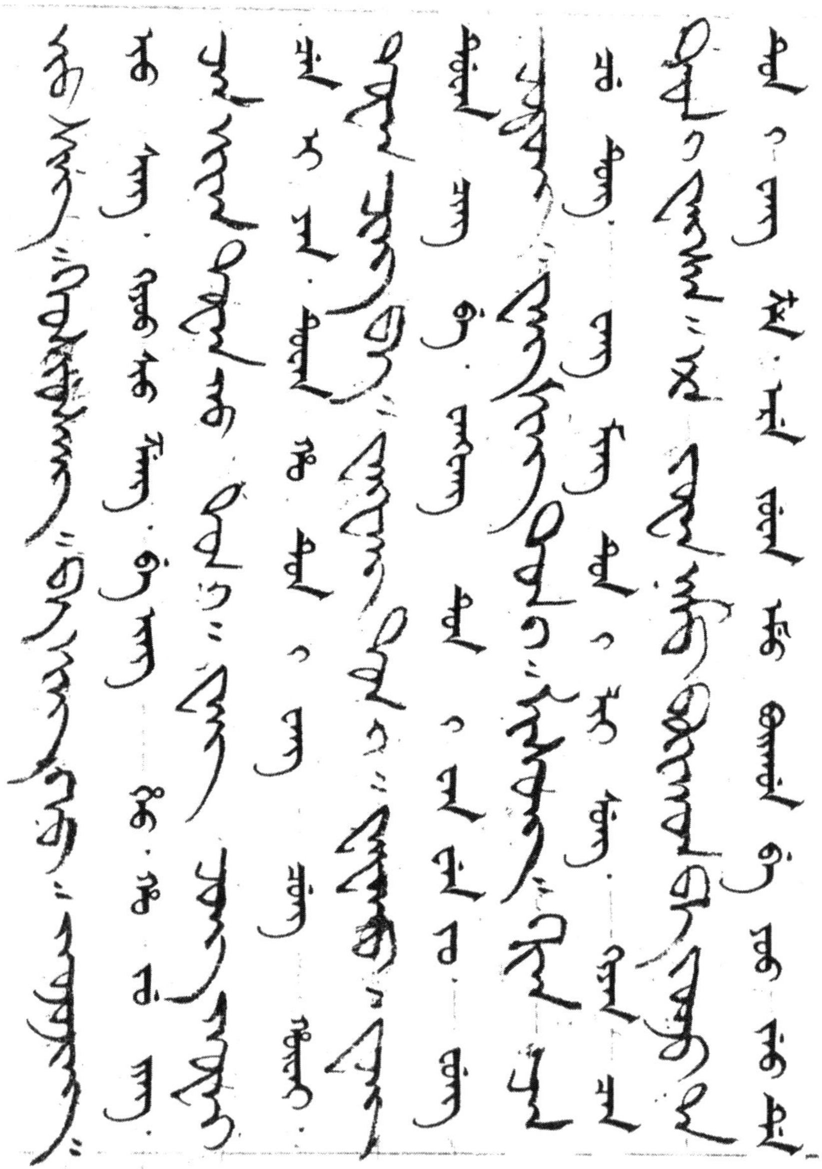

io sing, kiyoo sio dzeng, be ing heo, ho ju jing, cen i yan, tuwan ho tun i wang cung hūwai, duwan cing be, wangwang tun i wan wen jo, fung cu tung, wang ming tun i lii sung, kiyan can tun i wang ts'y, ere juwan emu boigon be yoo jeo de

---

程有興、喬秀增、白英厚、何主敬、陳益言，團河屯之王崇懷、段清白，王旺屯之萬文卓、奉楚桐，王明屯之李松，前產屯之王慈此十一戶令其居住耀州。

程有兴、乔秀增、白英厚、何主敬、陈益言，团河屯之王崇怀、段清白，王旺屯之万文卓、奉楚桐，王明屯之李松，前产屯之王慈此十一户令其居住耀州。

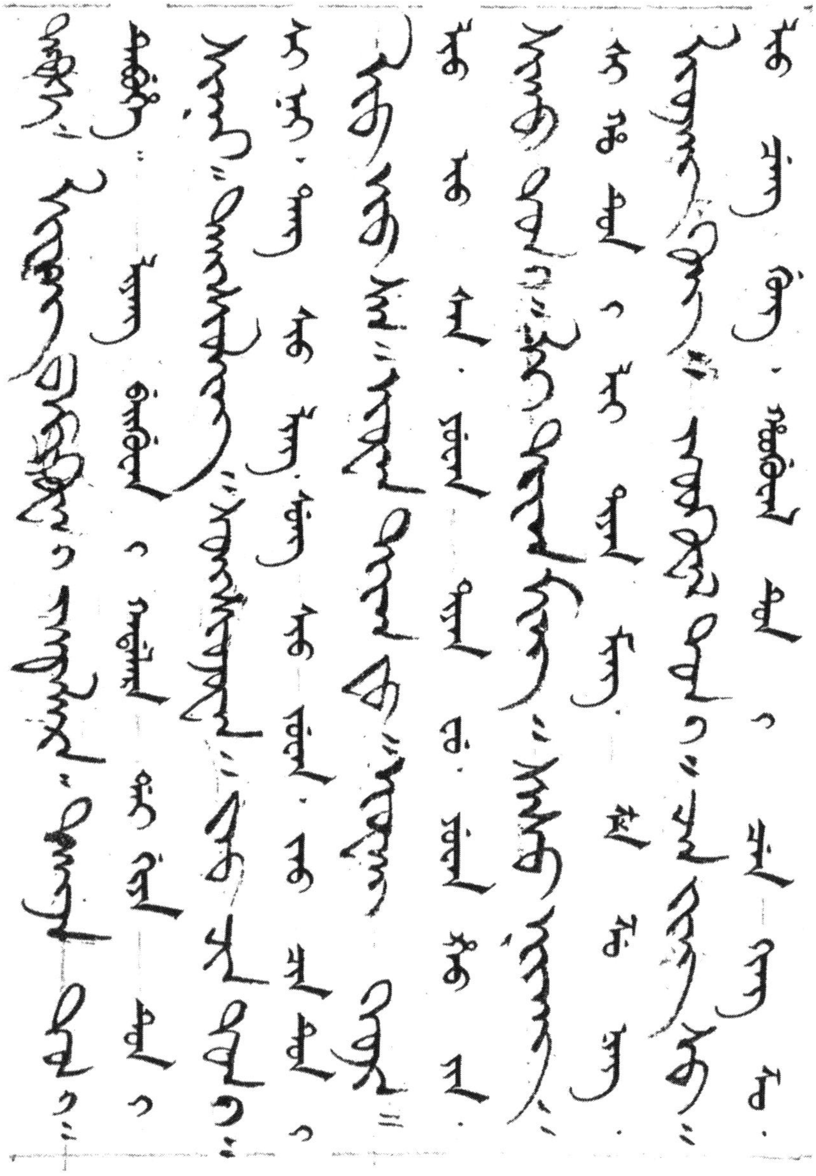

tebuhe. liyang beiguwan i kadalara dai giya tun i si nai, tang sio ling, sung sio juwan, jao cin tun i lio io šan, yuwan tiyan fu, yuwan h'ao jin, ši ho tun i lii tiyan ming, ts'y dzu ning, lio ceng gung, hooguwal tun i cen king dzo,

---

梁備禦官所轄戴家屯之席鼐、唐秀玲、宋秀傳，趙親屯之劉有善、袁田福、袁好金，石河屯之李天明、慈祖寧、劉成功，郝卦勒屯之陳慶祚、

梁备御官所辖戴家屯之席鼐、唐秀玲、宋秀传，赵亲屯之刘有善、袁田福、袁好金，石河屯之李天明、慈祖宁、刘成功，郝卦勒屯之陈庆祚、

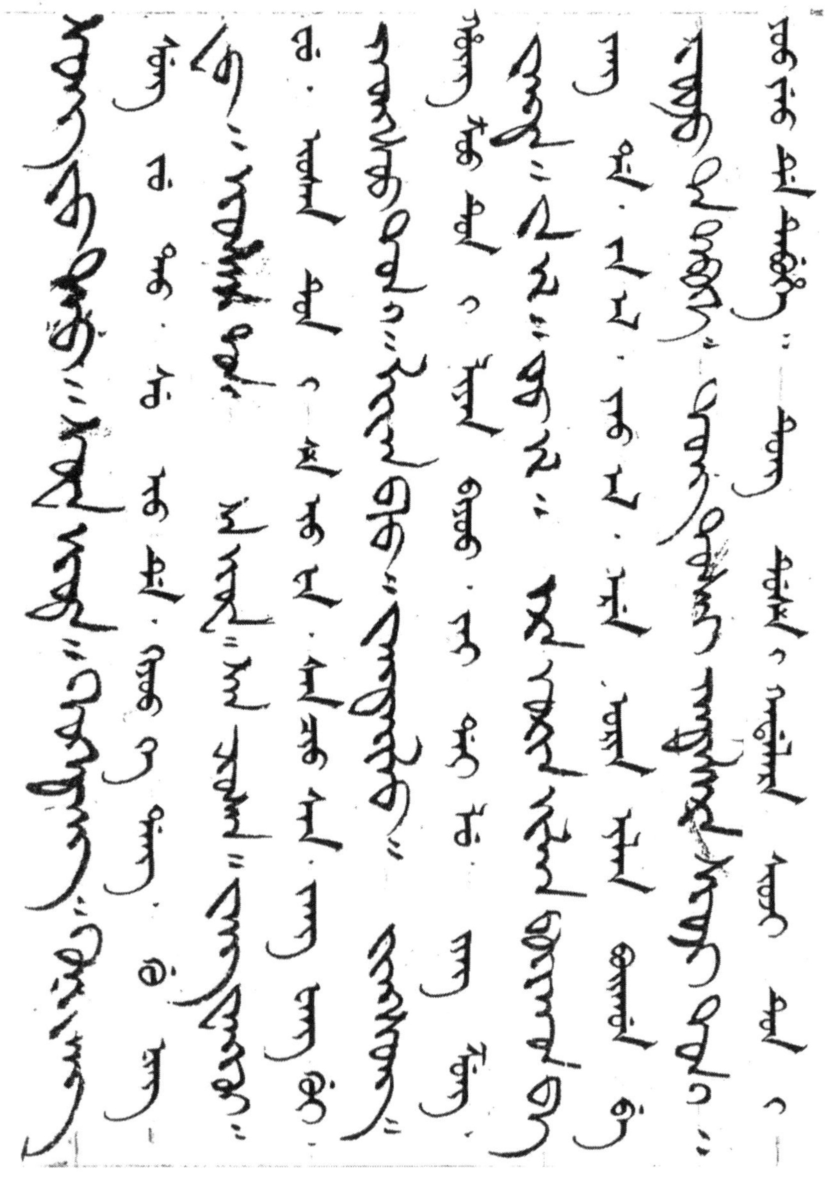

sung ju tao, su io de, kiyoo ke dang, gu ning fu, iosan tun i sy io fa, šan cio san, jang fang gui, hūng ts'oo tun i liyan biyoo, jai dai lu, jing dzung, jang da, ja el, jao el, ere orin ilan boigon be yoo jeo de tebuhe. tung dusy i kadalara sioji tun i

---

宋祝濤、蘇有德、喬克當、古寧福，尤三屯之司有法、山求三、張方貴，紅草屯之連彪、載戴祿、景宗、張大、札二、趙二此二十三戶，令其居住耀州。佟都司所轄秀吉屯之

宋祝涛、苏有德、乔克当、古宁福，尤三屯之司有法、山求三、张方贵，红草屯之连彪、载戴禄、景宗、张大、札二、赵二此二十三户，令其居住耀州。佟都司所辖秀吉屯之

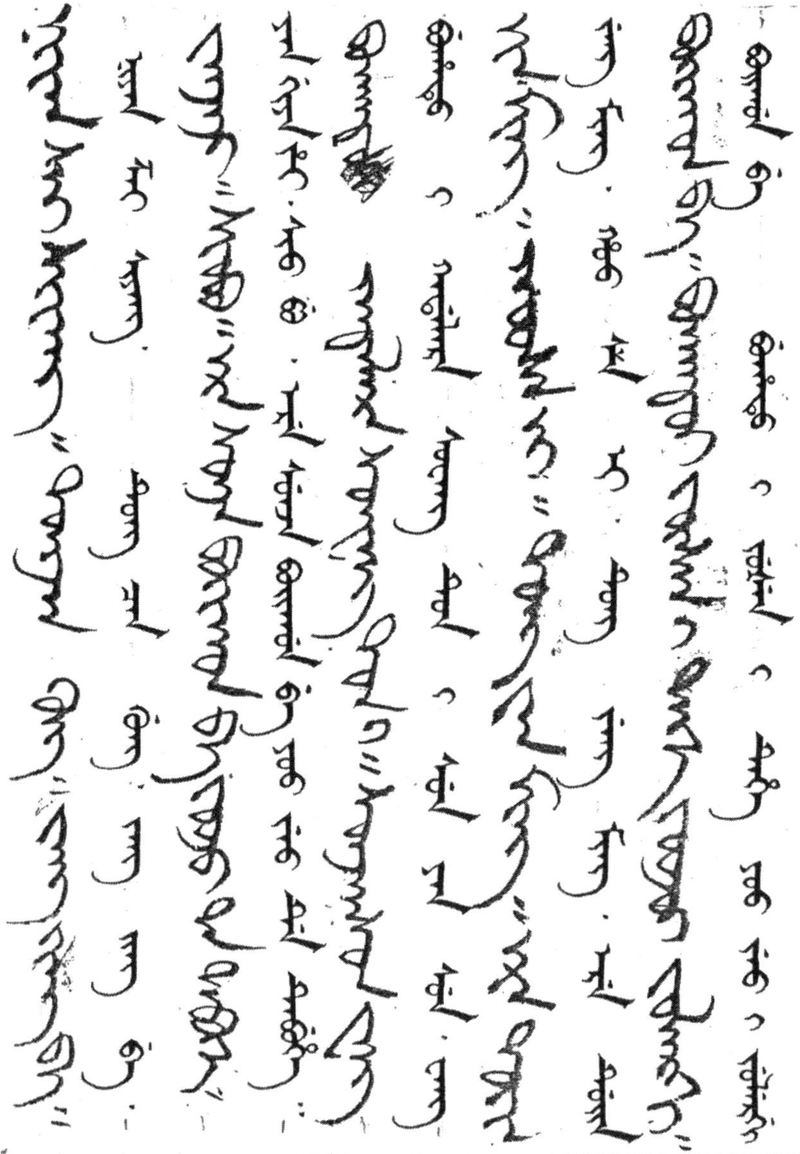

niyan dzai siyang, tung can gung, jang jing be, yan giya jy, sio pu, ere sunja boigon be yoo jeo de tebuhe. buhatu i kadalara sowang tun i sun yan sun, wang jeng ming, hoo sy i, tung jeng ming, ere duin boigon be buhatu i jušen i tehe yoo jeo i julergi

---

年載祥、佟蟾宮、張敬伯、顏家志、秀普此五戶令其居住耀州。布哈圖所轄索旺屯之孫延蓀、王正明、郝思益、佟正明此四戶令其居住於布哈圖之諸申所居耀州

年载祥、佟蟾宫、张敬伯、颜家志、秀普此五户令其居住耀州。布哈图所辖索旺屯之孙延荪、王正明、郝思益、佟正明此四户令其居住于布哈图之诸申所居耀州

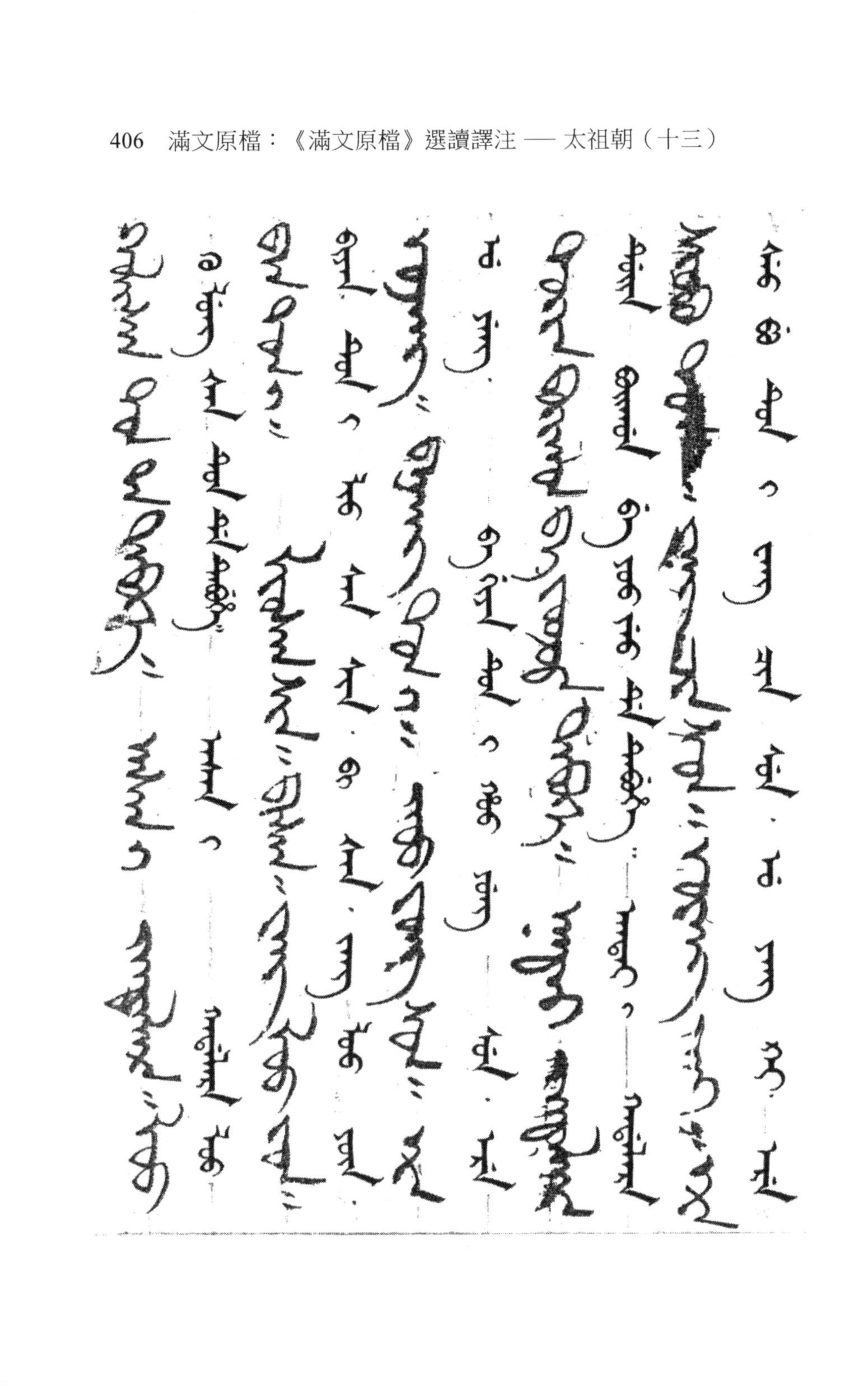

ku lung šan tun de tebuhe. asan i kadalara loo biyan tun i lio san sin, bi šan, jang loo yūn, u yeng, ba giya tun i hoo yung sun, ere duin boigon be yoo jeo de tebuhe. antai i kadalara šeo pu tun i wang cin sun, u yang k'ai, ere

---

南窟窿山屯。阿山所轄老邊屯之劉三新、畢山、張老雲、吳英，八家屯之郝永蓀此四戶令其居住耀州。安泰所轄守堡屯之王欽蓀、吳陽凱

南窟窿山屯。阿山所辖老边屯之刘三新、毕山、张老云、吴英，八家屯之郝永荪此四户令其居住耀州。安泰所辖守堡屯之王钦荪、吴阳凯

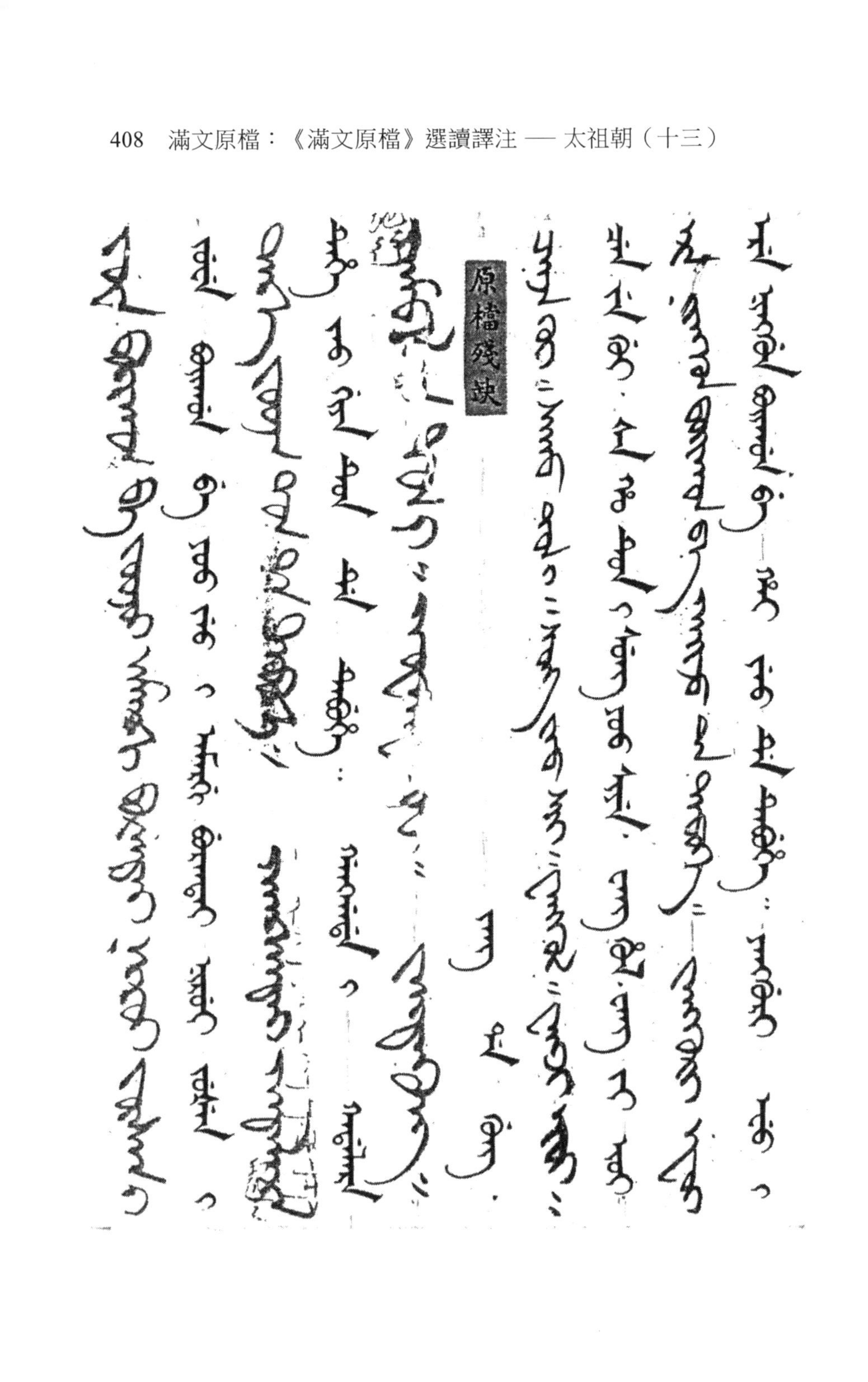

原檔殘缺

juwe boigon be yoo jeo i amargi burantai nirui jušen i tehe jao giya tun de tebuhe. ganggada i kadalara [原檔殘缺] jang da gung, cen je gui, ša ho tun i sung yao siye, wang hul, wang ji ioi, ere ninggun boigon be hai jeo de tebuhe. yangguri efu i

---

此二戶令其居住耀州北、布蘭泰牛彔諸申所居之趙家屯。剛噶達所轄[原檔殘缺]張大功、陳哲桂，沙河屯之宋堯燮、王胡勒、王繼玉此六戶令其居住海州。揚古利額駙

此二户令其居住耀州北、布兰泰牛彔诸申所居之赵家屯。刚噶达所辖[原档残缺]张大功、陈哲桂，沙河屯之宋尧燮、王胡勒、王继玉此六户令其居住海州。扬古利额驸

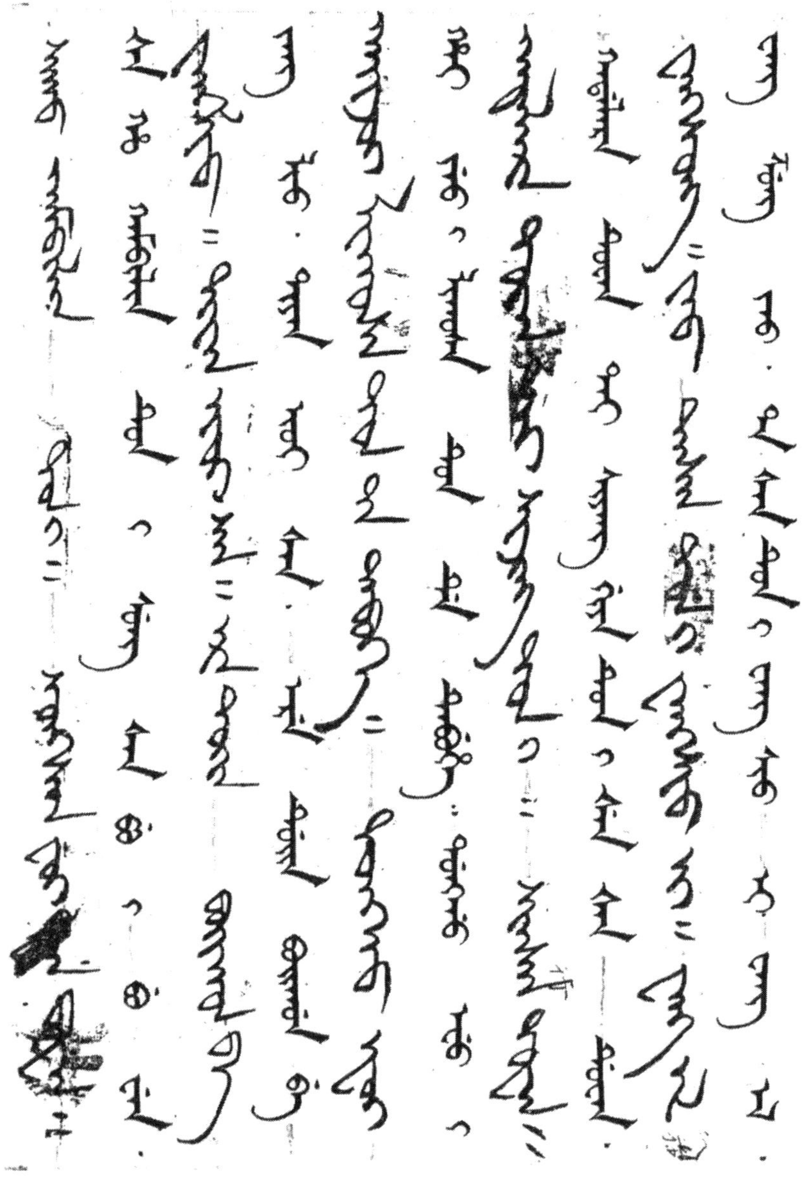

ša ho kambilin tun i sung šan pu i bu wen, jang lio, tiyan ioi šan, ere duin boigon be hai jeo i likosa tun de tebuhe. donggo efu i kadalara tuwan tai siyang giya tun i šen šan duwan, wang dzung jao, ta šan tun i wang sio i, wang el,

---

沙河喀木比林屯松山堡之卜文、張六、田玉山此四戶令其居住海州之里科薩屯。棟鄂額駙所轄團臺祥家屯之申山端、王宗兆，塔山屯之王秀義、王二、

沙河喀木比林屯松山堡之卜文、张六、田玉山此四户令其居住海州之里科萨屯。栋鄂额驸所辖团台祥家屯之申山端、王宗兆，塔山屯之王秀义、王二、

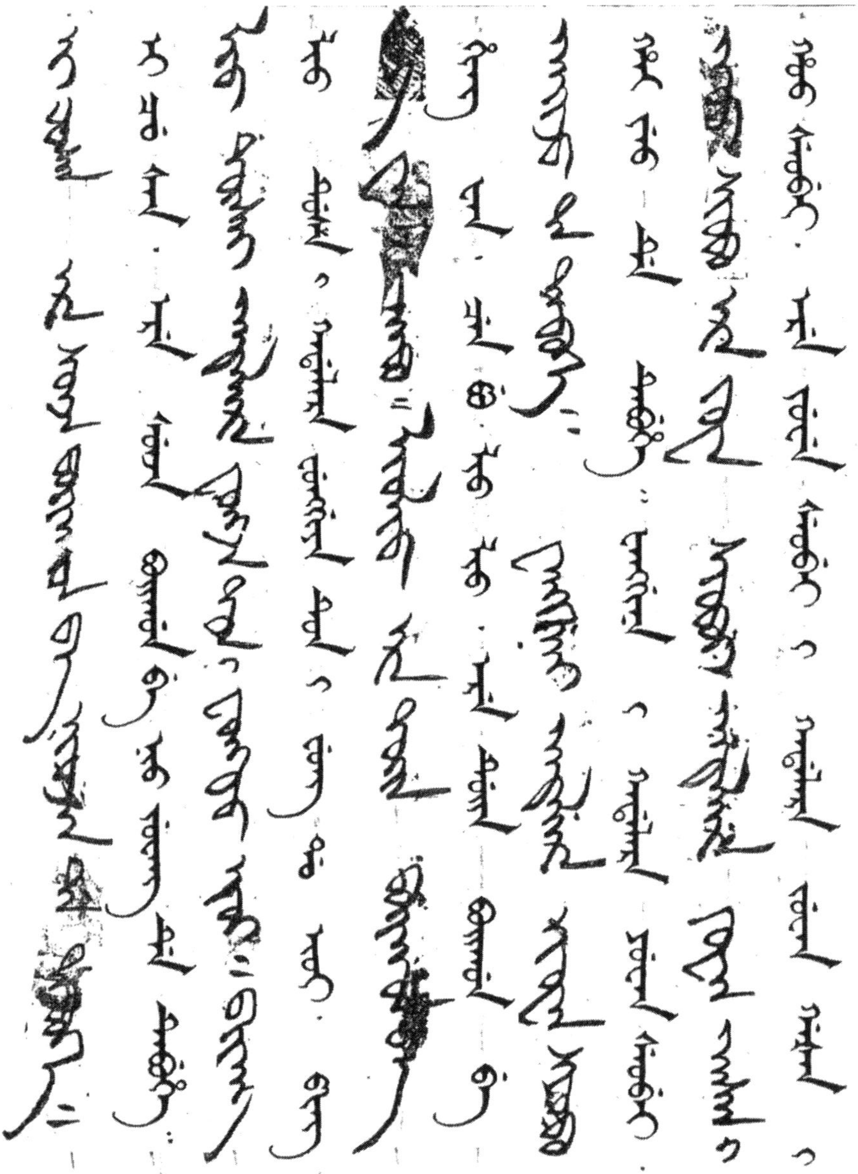

i cu šan, ere sunja boigon be nio juwang de tebuhe. lio dusy i kadalara funggiya tun i fung do ioi, ping hing fan, cen pu, lio lio, ere duin boigon be hai jeo de tebuhe. fanggina i kadalara yuwan šeobei, hoo šeobei, ere juwe šeobei i kadalara juwan gašan i

---

伊楚善此五戶令其居住牛莊。劉都司所轄馮家屯之馮多玉、平興帆、陳璞、劉六此四戶令其居住海州。方吉納所轄袁守備、郝守備此二守堡所轄十屯

伊楚善此五户令其居住牛庄。刘都司所辖冯家屯之冯多玉、平兴帆、陈璞、刘六此四户令其居住海州。方吉纳所辖袁守备、郝守备此二守堡所辖十屯

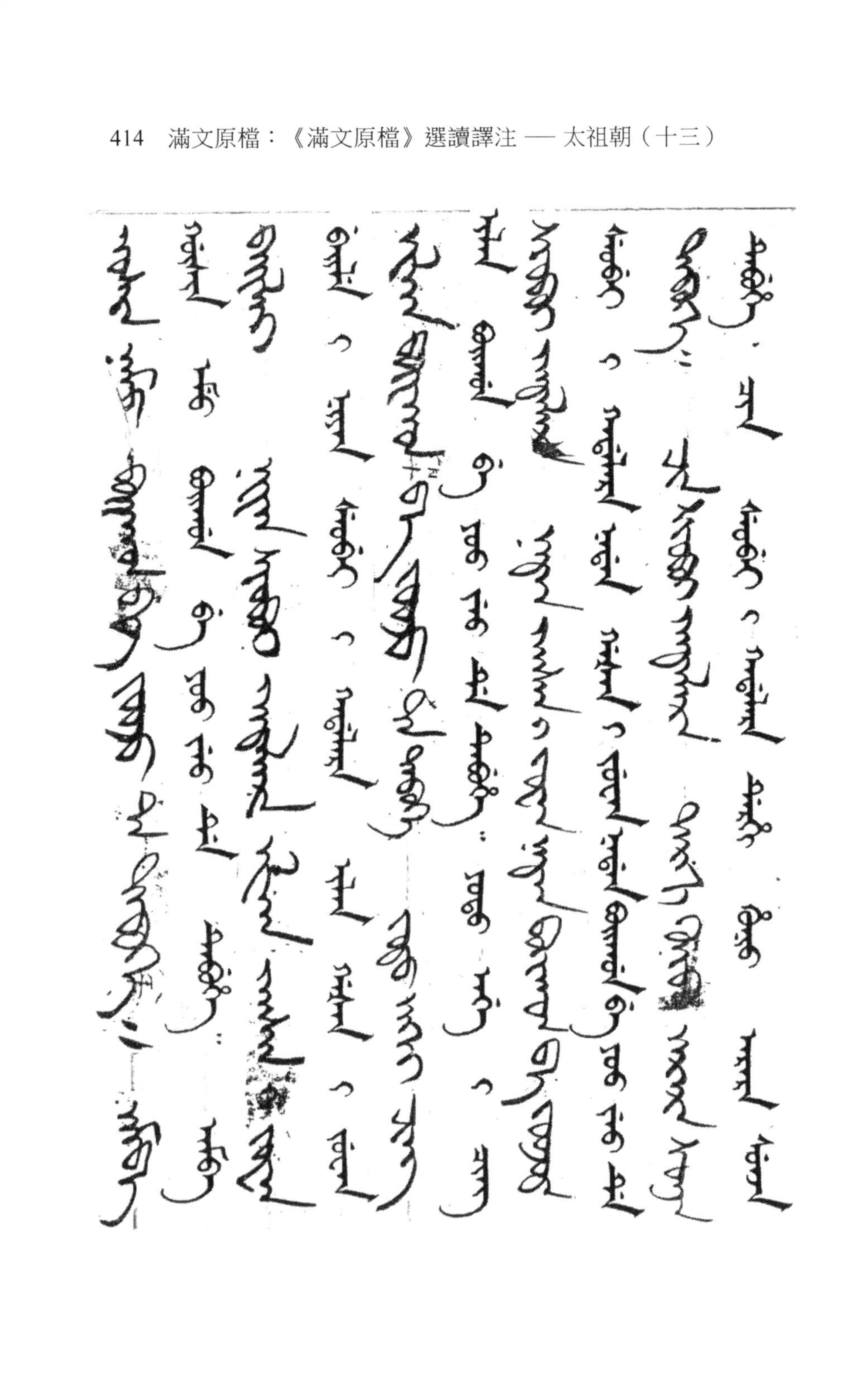

gūsin emu boigon be yoo jeo de tebuhe. amba beile i niyan šeobei i kadalara ilan gašan i juwan ilan boigon be yoo jeo de tebuhe. yoto age i cing šeobei i kadalara nadan gašan i juwan nadan boigon be yoo jeo de tebuhe. cin šeobei i kadalara derhi, hunio arara sunja

---

三十一戶令其居住耀州。大貝勒年守備所轄三屯十三戶令其居住耀州。岳托阿哥青守備所轄七屯十七戶令其居住耀州；秦守備所轄製作蘆席、水桶

三十一户令其居住耀州。大贝勒年守备所辖三屯十三户令其居住耀州。岳托阿哥青守备所辖七屯十七户令其居住耀州；秦守备所辖制作芦席、水桶

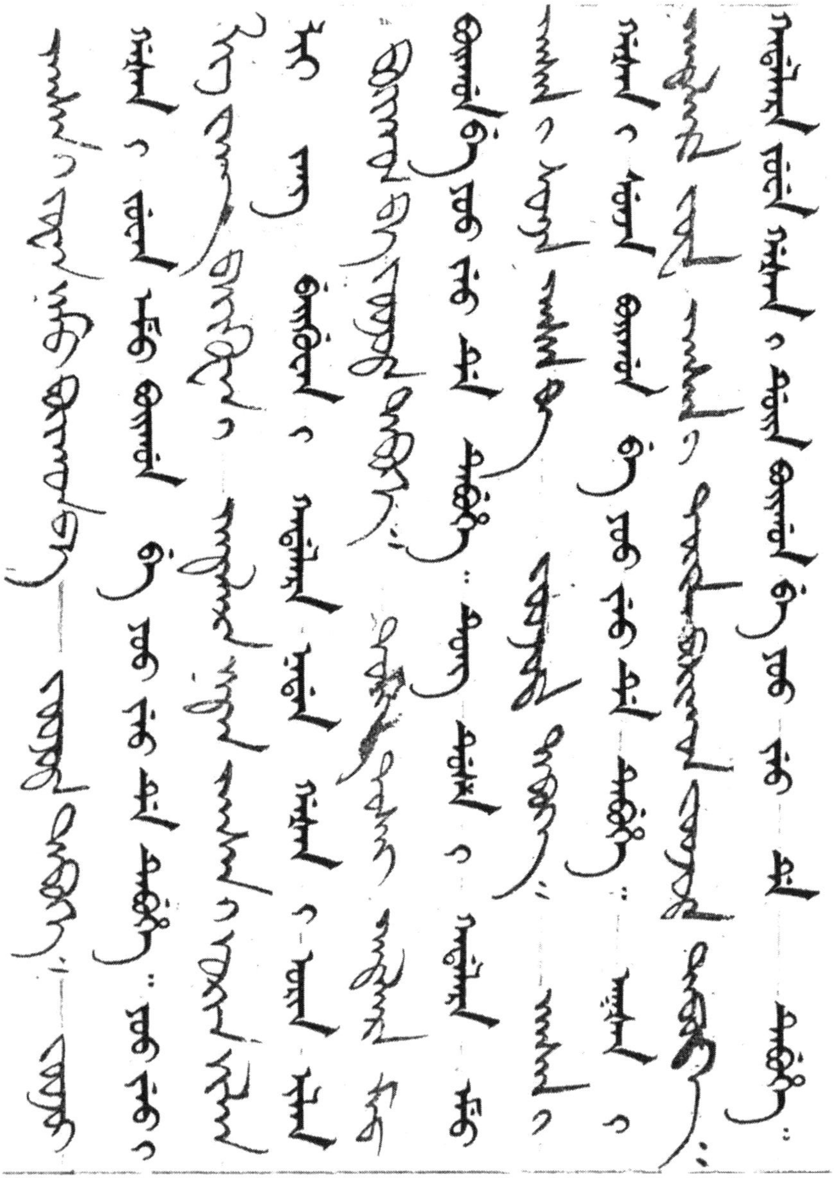

gašan i juwan emu boigon be yoo jeo de tebuhe. yoo jeo i lii jang beiguwan i kadalara nadan gašan i orin ilan boigon be yoo jeo de tebuhe. tung dusy i kadalara emu gašan i sunja boigon be yoo jeo de tebuhe. akšan i kadalara juwe gašan i duin boigon be yoo jeo de tebuhe.

之五屯十一戶令其居住耀州。耀州李章備禦官所轄七屯二十三戶令其居住耀州。佟都司所轄一屯五戶令其居住耀州。阿克善所轄二屯四戶令其居住耀州。

之五屯十一户令其居住耀州。耀州李章备御官所辖七屯二十三户令其居住耀州。佟都司所辖一屯五户令其居住耀州。阿克善所辖二屯四户令其居住耀州。

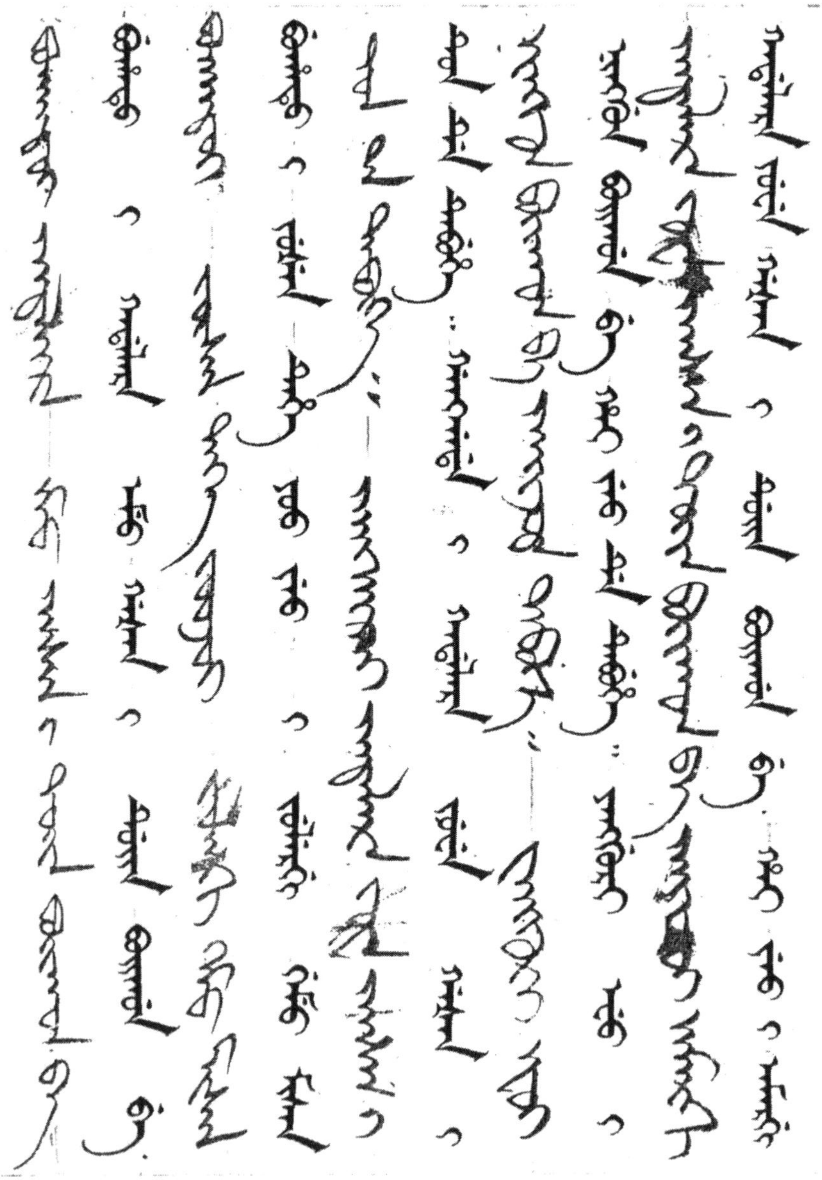

buhatu i kadalara emu gašan i duin boigon be, buhatu i jušen tehe yoo jeo i julergi gemu misan tun de tebuhe. ganggada i kadalara juwe gašan i ninggun boigon be hai jeo de tebuhe. yangguri efu i kadalara juwe gašan i duin boigon be, hai jeo i amargi

布哈圖所轄一屯四戶令其居住布哈圖諸申所居耀州南格木米三屯。剛噶達所轄二屯六戶令其居住海州。揚古利額駙所轄二屯四戶令其居住海州北

布哈图所辖一屯四户令其居住布哈图诸申所居耀州南格木米三屯。刚噶达所辖二屯六户令其居住海州。扬古利额驸所辖二屯四户令其居住海州北

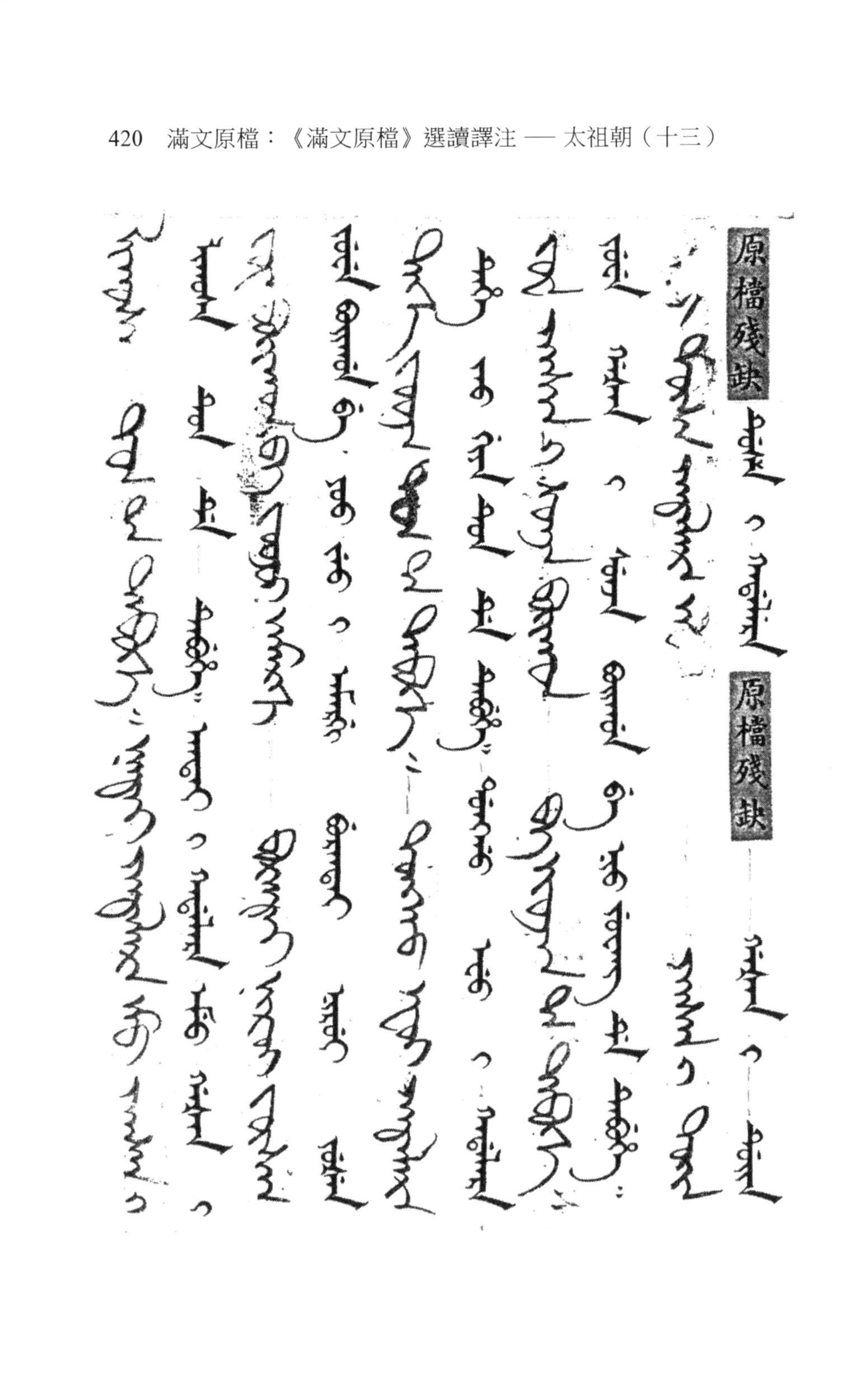

原檔殘缺

原檔殘缺

likosa tun de tebuhe. antai kadalara emu gašan i juwe boigon be, yoo jeo i amargi burantai nirui jušen tehe jao giya tun de tebuhe. donggo efu i kadalara juwe gašan i sunja boigon be nio juwang de tebuhe. [原檔殘缺] dusy i kadalara [原檔殘缺] gašan i duin

---

里科薩屯。安泰所轄一屯二戶令其居住耀州北、布蘭泰牛彔諸申所居趙家屯。棟鄂額駙所轄二屯五戶令其居住牛莊。[原檔殘缺]都司所轄[原檔殘缺]屯

里科萨屯。安泰所辖一屯二户令其居住耀州北、布兰泰牛录诸申所居赵家屯。栋鄂额驸所辖二屯五户令其居住牛庄。[原档残缺]都司所辖[原档残缺]屯

二十六、共享安樂

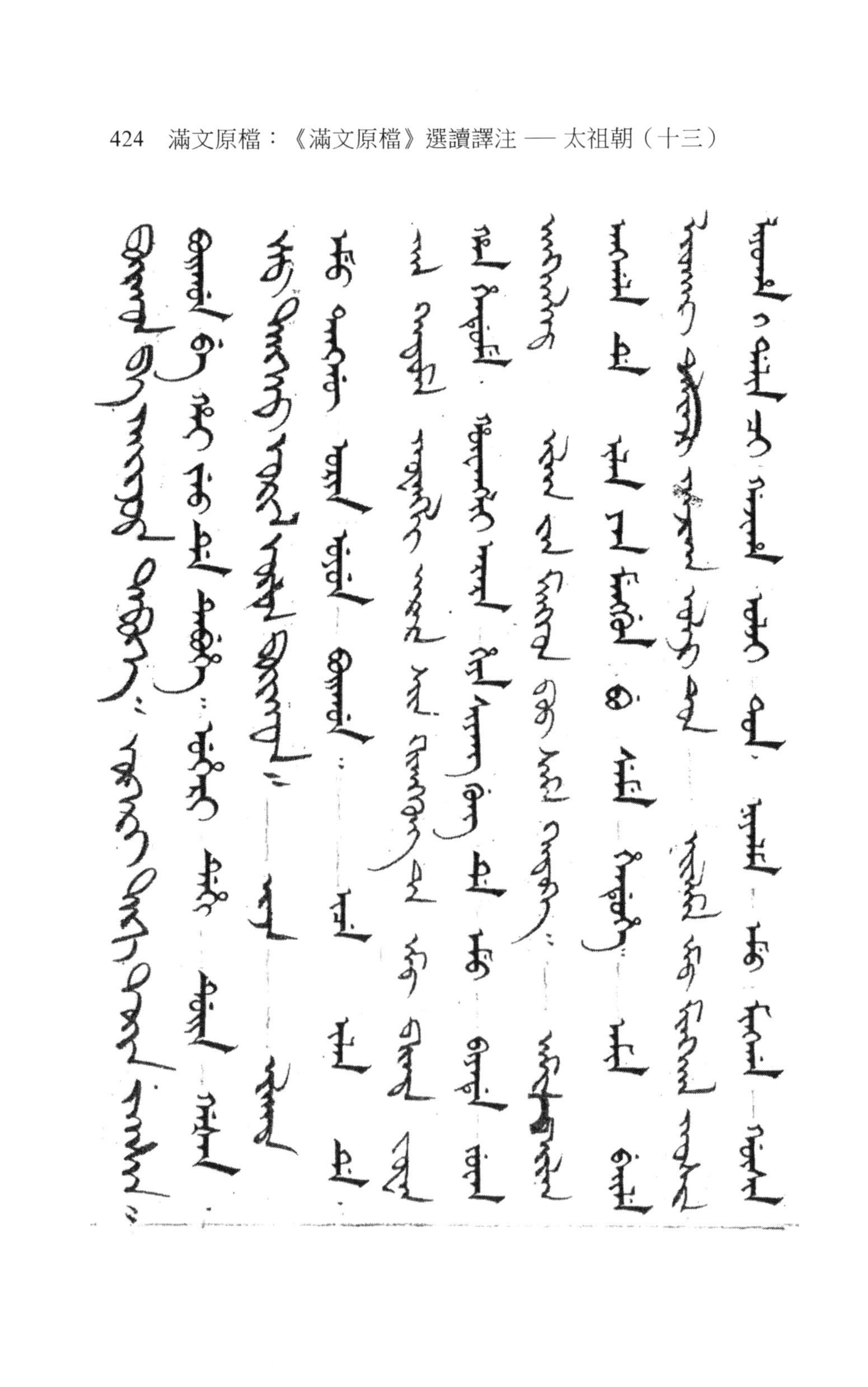

boigon be hai jeo de tebuhe. uheri dehi duin gašan, emu tanggū orin uyun boigon. ice ilan de, han hendume, hūwanglii arara hiya siyang gung de, emu biyade juwan anggala de ilan yan menggun bu seme henduhe. amin beile liyoha i dalin ci gajiha olji ton, niyalma emu minggan gūsin

---

四戶令其居住海州。共四十四屯，一百二十九戶。初三日，汗曰：「著每月給繕寫黃曆之夏相公十口人銀三兩。」阿敏貝勒自遼河岸攜來俘獲數目：人一千零三十七名、

四户令其居住海州。共四十四屯，一百二十九户。初三日，汗曰：「着每月给缮写黄历之夏相公十口人银三两。」阿敏贝勒自辽河岸携来俘获数目：人一千零三十七名、

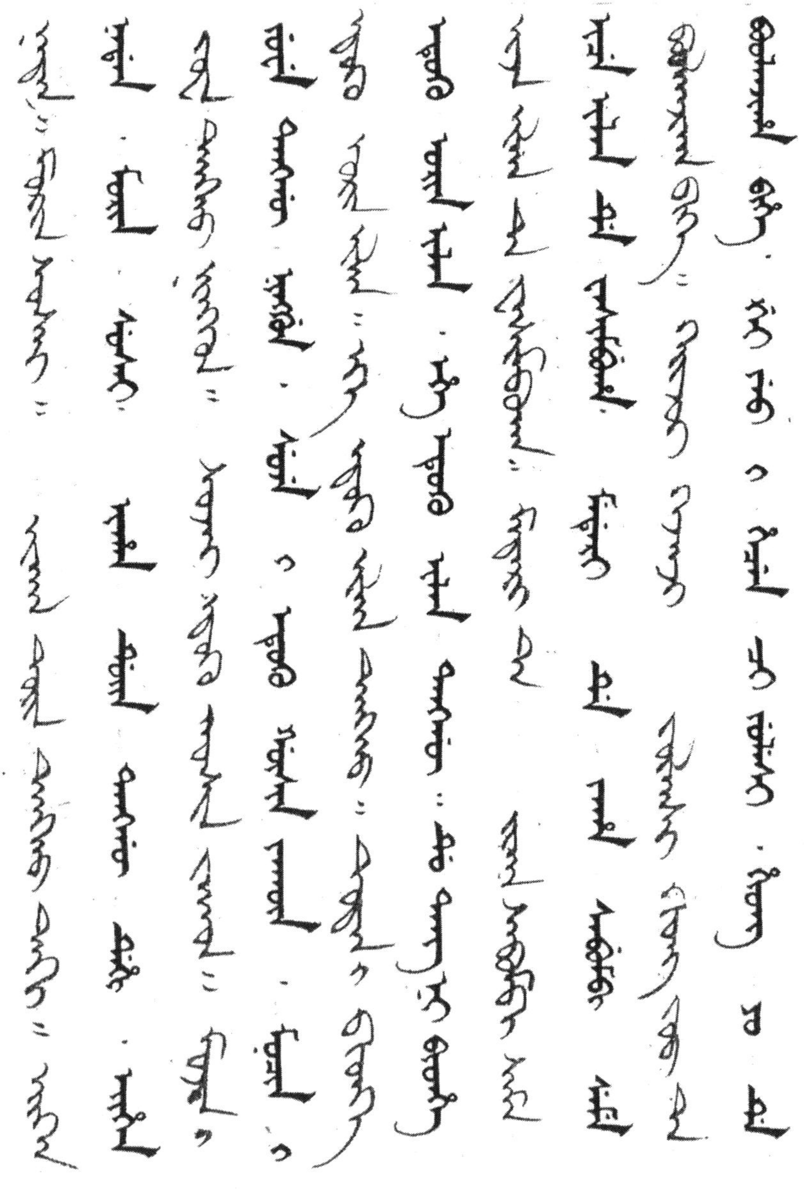

nadan, morin susai, ihan duin tanggū dehi, eihen juwe tanggū ninggun, suje i etuku gūsin jakūn, mocin i etuku orin ilan, ehe etuku ilan tanggū. du tang ni bithe, ice ilan de wasimbuha, mederi de jaha sabumbi seme boolanjiha bihe, g'ai jeo i hecen ci julesi, hiong yo de

---

馬五十匹、牛四百四十頭、驢二百零六隻、緞衣三十八件、毛青布衣二十三件、劣衣三百件。初三日，都堂頒書曰：「據來報海上見有刀船。令將蓋州城以南至熊岳，

马五十匹、牛四百四十头、驴二百零六只、缎衣三十八件、毛青布衣二十三件、劣衣三百件。初三日，都堂颁书曰：「据来报海上见有刀船。令将盖州城以南至熊岳，

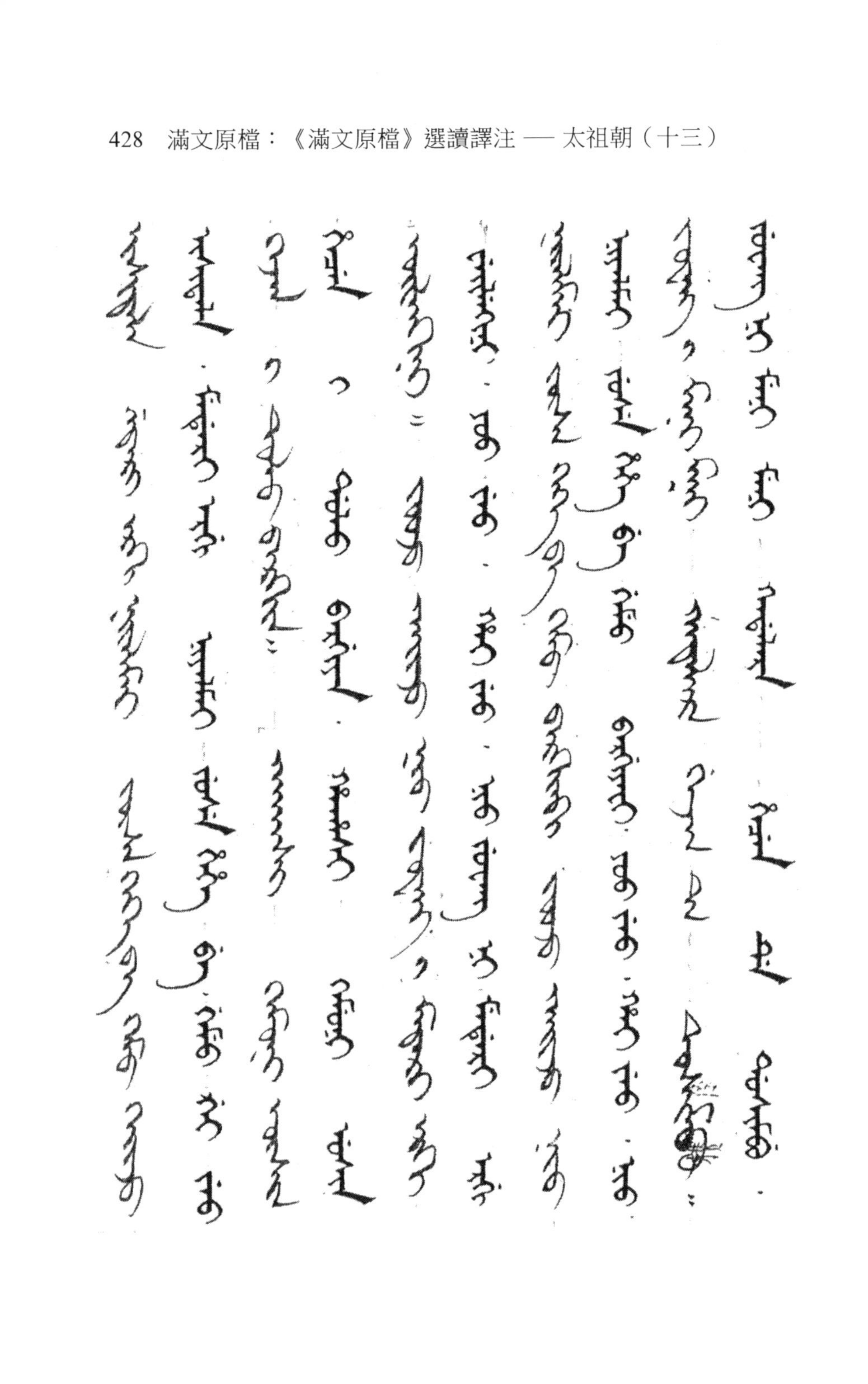

isitala mederi ergi niyalmai juse hehe be, gemu g'ai jeo hecen i dolo bargiya, hahasi kemuni usin weilekini. yoo jeo, hai jeo, nio juwang ni mederi ergi niyalmai juse hehe be gemu bargiyafi, yoo jeo, hai jeo, nio juwang ni meni meni kadalara hecen de dosimbu,

---

所有海邊人之婦孺皆收入蓋州城內，男丁仍令耕田。耀州、海州、牛莊海邊人之婦孺皆收入，令其進入耀州、海州、牛莊各自所轄之城，

所有海边人之妇孺皆收入盖州城内，男丁仍令耕田。耀州、海州、牛庄海边人之妇孺皆收入，令其进入耀州、海州、牛庄各自所辖之城，

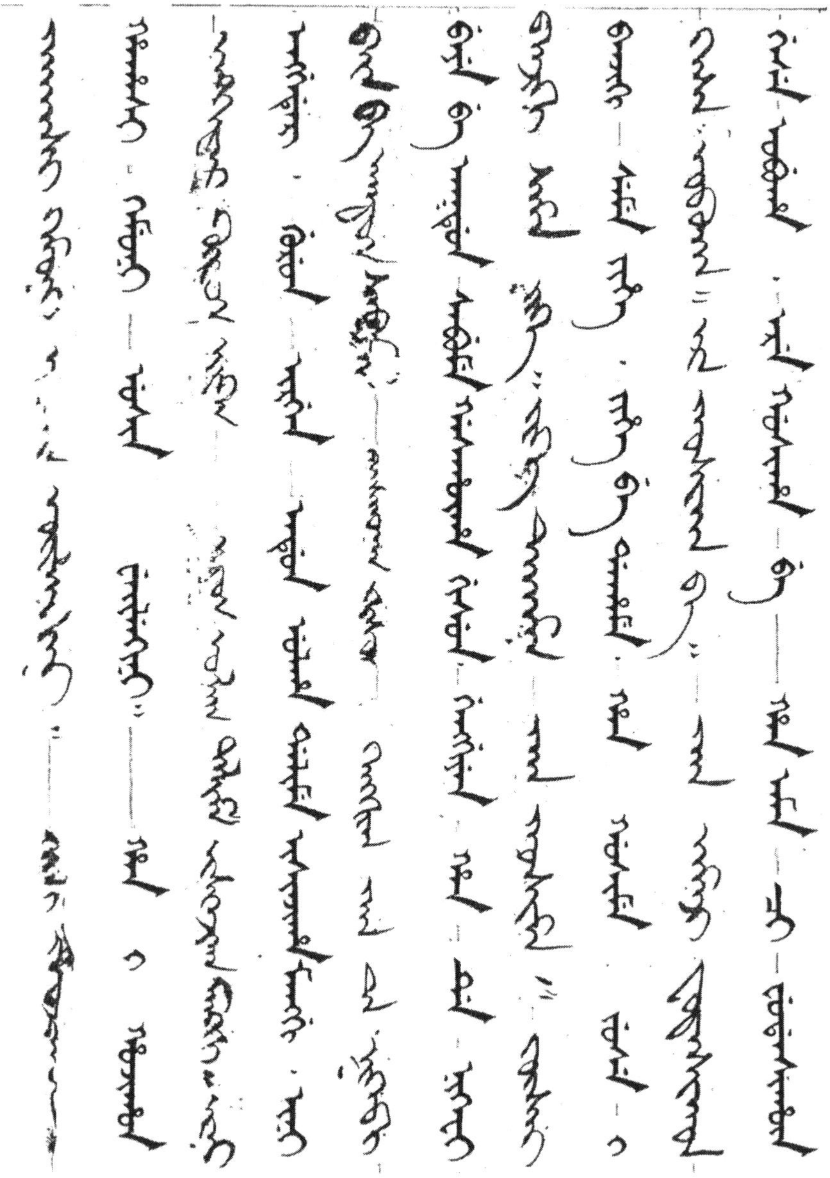

hahasi kemuni usin weilekini. han i hojihon enggeder, gurun irgen, adun, ulha dalime isinjiha manggi, ini beye be akdun sabume gashūha gisun, genggiyen han de nikefi banjiki seme jihe, jihe be dahame, han gosime juse i gese obuha. ere gosiha be han ama ci fudasihūn

---

男丁仍令耕田。汗女婿恩格德爾驅趕其國民、牧群、牲畜到來後，為示其信誓曰：「為倚靠英明汗為生而來。既來之後，蒙汗眷愛，親如眾子。倘若違悖汗父眷愛行事，

男丁仍令耕田。汗女婿恩格德尔驱赶其国民、牧群、牲畜到来后，为示其信誓曰：「为倚靠英明汗为生而来。既来之后，蒙汗眷爱，亲如众子。倘若违悖汗父眷爱行事，

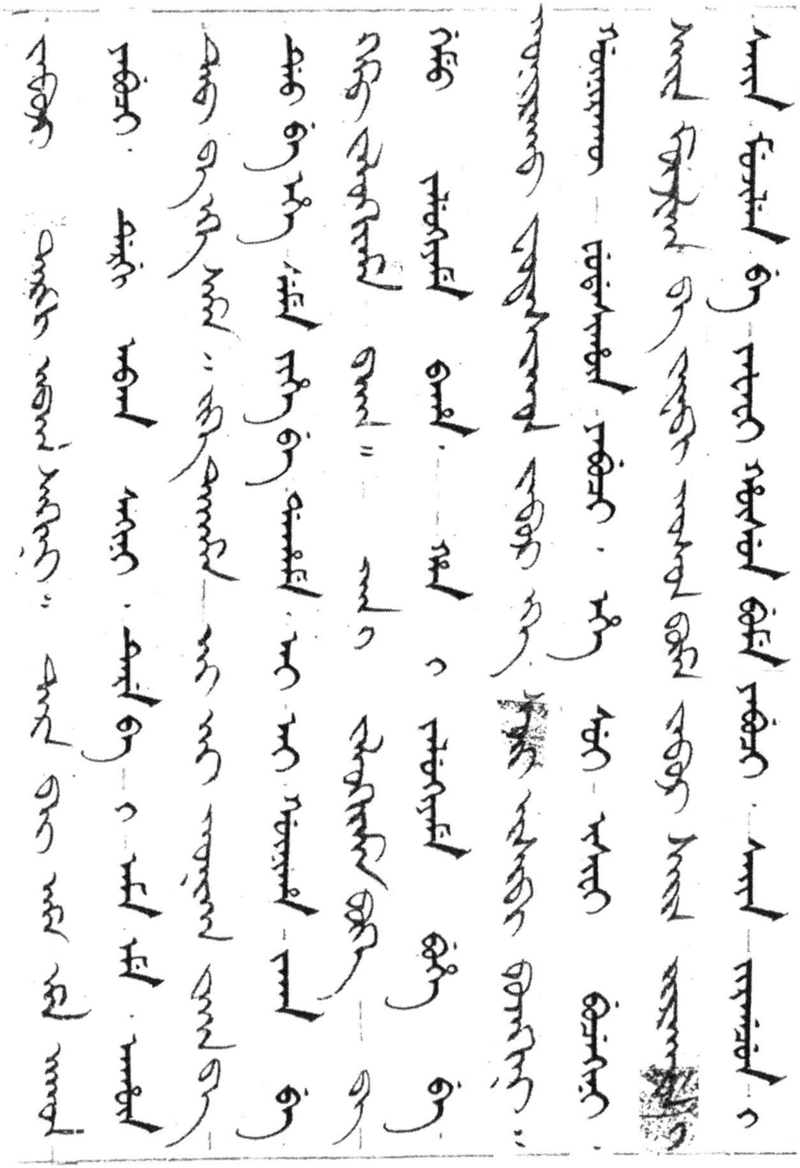

yabuci, dergi abka sakini. tere ba i ama eme, ahūn deo be ehe seme jihe be dahame, ai ai gūniha jaka be gemu jalukiyame baha. han i jalukiyame buhe be gūnirakū fudasihūn yabuci, ehe sui isifi bucekini. sain mujilen be jafafi hūsun bume yabuci, sain jirgacun i

---

則上天知之。既因見惡於父母、兄弟而來投，所思諸物皆已滿足獲得。若不念汗滿足賞賜，違悖而行，則惡孽及身而亡。若秉持善心竭力而行，

则上天知之。既因见恶于父母、兄弟而来投，所思诸物皆已满足获得。若不念汗满足赏赐，违悖而行，则恶孽及身而亡。若秉持善心竭力而行，

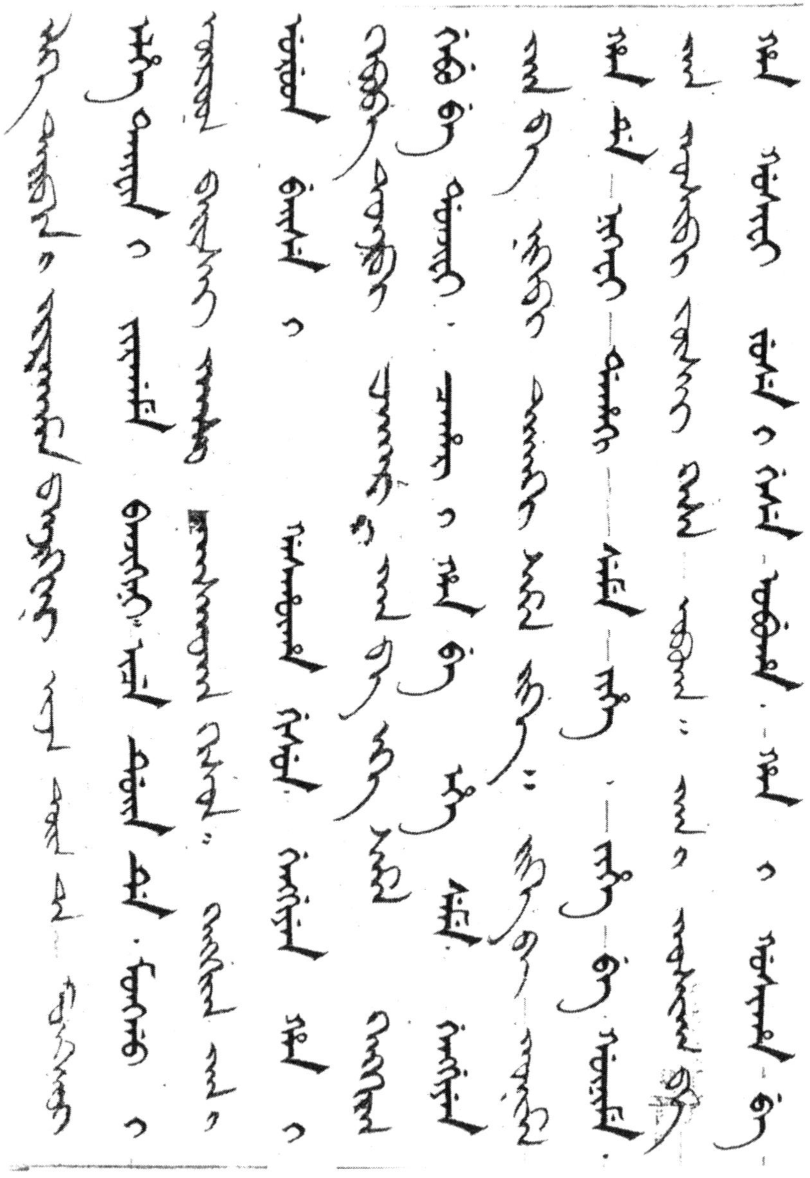

elhe taifin i jirgame banjikini. ice duin de, monggo i urut beise i gashūha gisun, genggiyen han i gebu be donjifi, cahar i han be ehe seme, genggiyen han de nikefi dahaki seme jihe. jihe be gūnime, han gosifi juse i gese obuha, han i gosiha be

---

则以吉祥安樂太平為生也。」初四日，蒙古兀魯特諸貝勒誓曰：「聞英明汗之名，惡察哈爾汗，欲倚靠英明汗而來投。念及來投，蒙汗眷愛如子，倘若不念汗之眷愛，

则以吉祥安乐太平为生也。」初四日，蒙古兀鲁特诸贝勒誓曰：「闻英明汗之名，恶察哈尔汗，欲倚靠英明汗而来投。念及来投，蒙汗眷爱如子，倘若不念汗之眷爱，

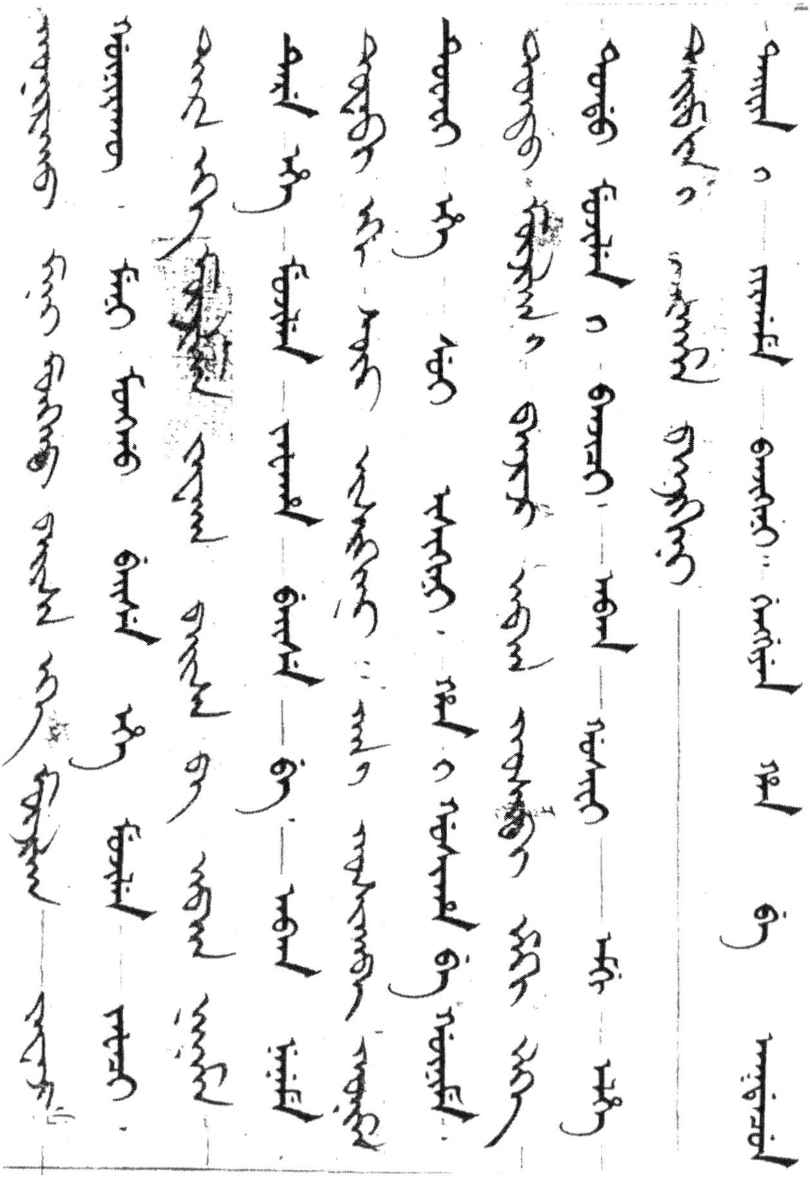

gūnirakū, meni monggo beise ehe mujilen jafaci, tere ehe mujilen jafaha beise be, abka neneme tuwafi ehe sui isikini. han i gosiha be gūnime, tondo mujilen i banjici, abka gosifi emgi elhe taifin i jirgame banjikini. genggiyen han be akdacun

---

我等蒙古諸貝勒懷有惡心，則其懷有惡心之諸貝勒必為上天先行鑒察，惡孽及身。若念汗之眷愛，秉持忠心，則上天眷愛，共享太平安逸為生。」因信賴英明汗而來，

我等蒙古诸贝勒怀有恶心，则其怀有恶心之诸贝勒必为上天先行鉴察，恶孽及身。若念汗之眷爱，秉持忠心，则上天眷爱，共享太平安逸为生。」因信赖英明汗而来，

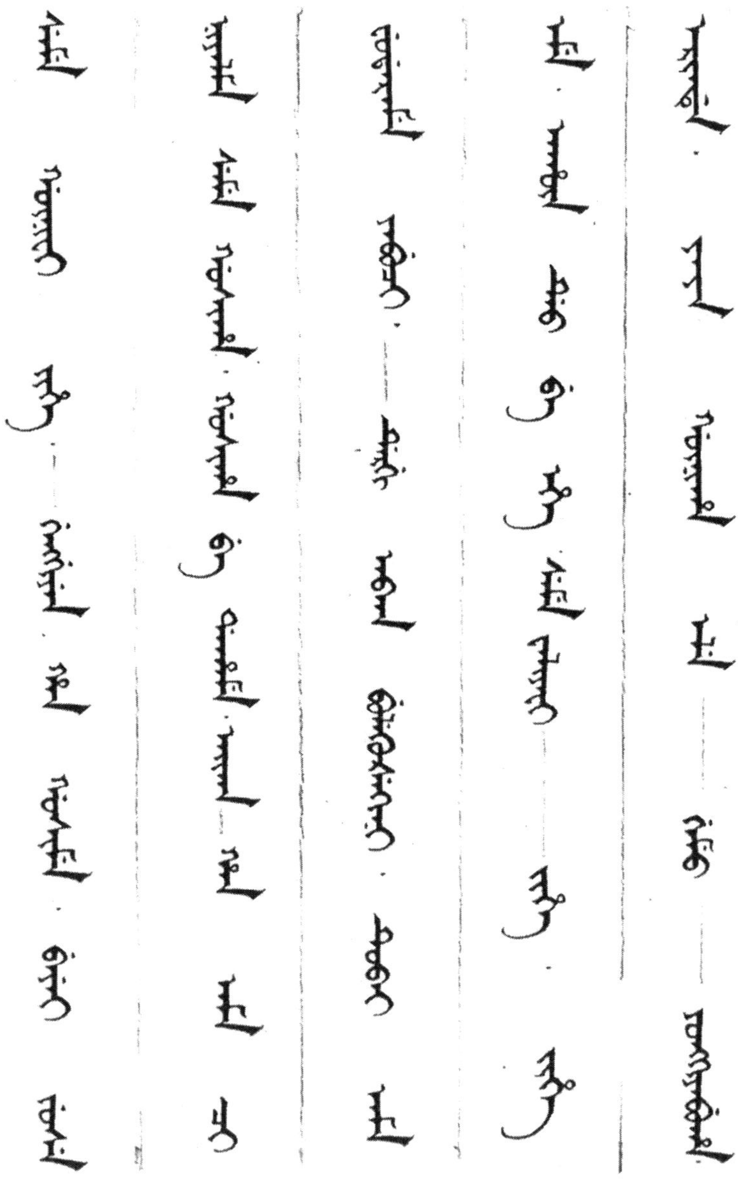

seme gūnifi jihe, genggiyen han gosime, beyei juse niyalma seme gosiha. gosiha be dahame, aika han ama ci fudarame yabuci, dergi abka bulekušekini. tubai ama eme, ahūn deo be ehe seme waliyafi jihe, jihe erinde, yaya gūniha ele gemu yongkiyabuha.

仰蒙英明汗眷愛，親如己之子。既蒙眷愛，倘若違悖汗父而行，則上天鑒察。既見惡於彼處之父母、兄弟棄之來投，來投時，凡所想一切皆已俱全。

仰蒙英明汗眷爱，亲如己之子。既蒙眷爱，倘若违悖汗父而行，则上天鉴察。既见恶于彼处之父母、兄弟弃之来投，来投时，凡所想一切皆已俱全。

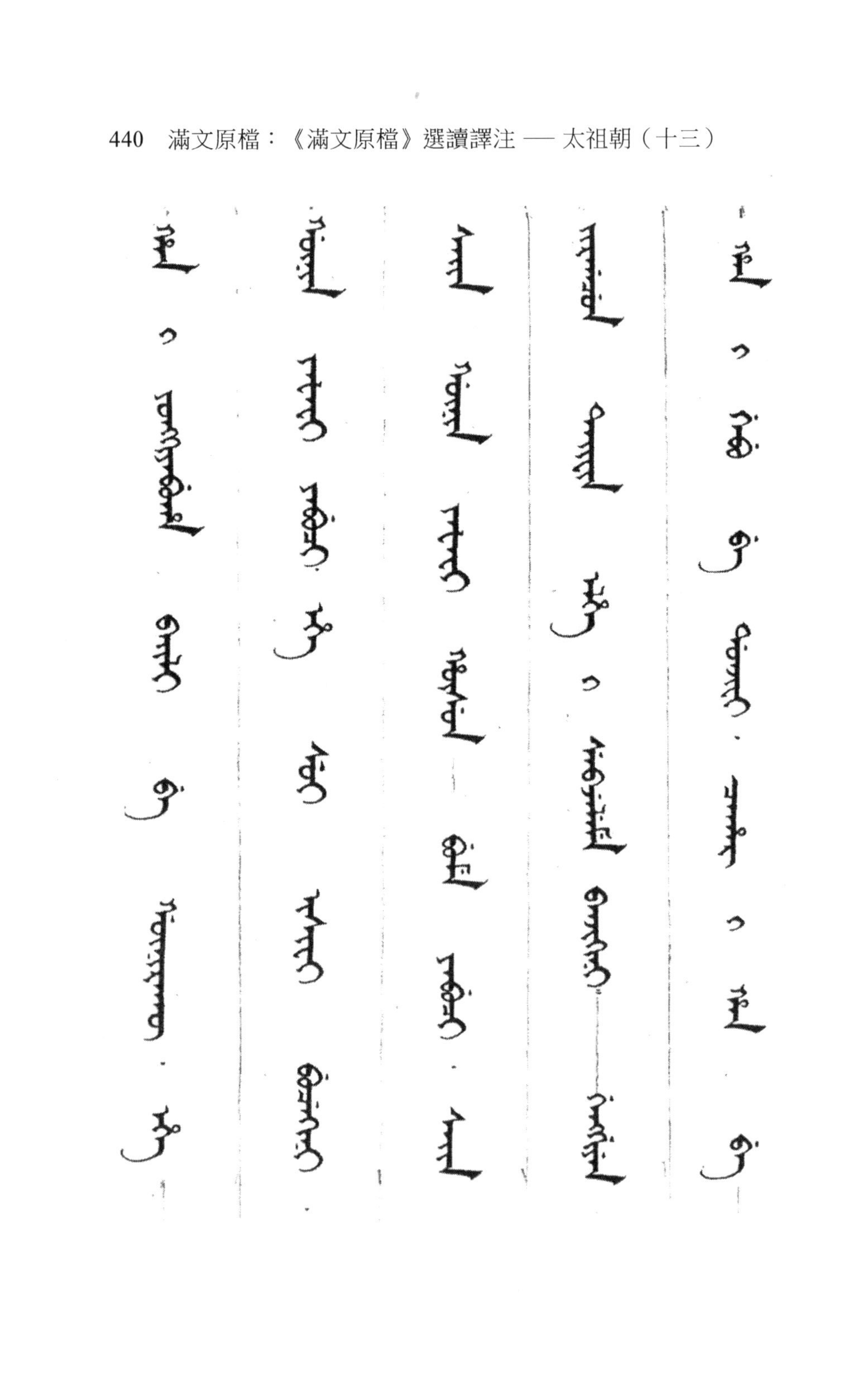

han i yongkiyabuha baili be gūnirakū, ehe gūnin jafafi yabuci, ehe sui isifi bucekini. sain gūnin jafafi hūsun bume yabuci, sain jirgacun taifin elhe i sebjeleme banjikini. genggiyen han i gebu be donjifi, cahar i han be

---

倘若不念汗俱全之恩，懷惡意而行，則罪孽及身而亡。倘若秉持善意，竭力而行，則可吉祥安逸太平喜樂為生也。」聞英明汗之名，

倘若不念汗俱全之恩，怀恶意而行，则罪孽及身而亡。倘若秉持善意，竭力而行，则可吉祥安逸太平喜乐为生也。」闻英明汗之名，

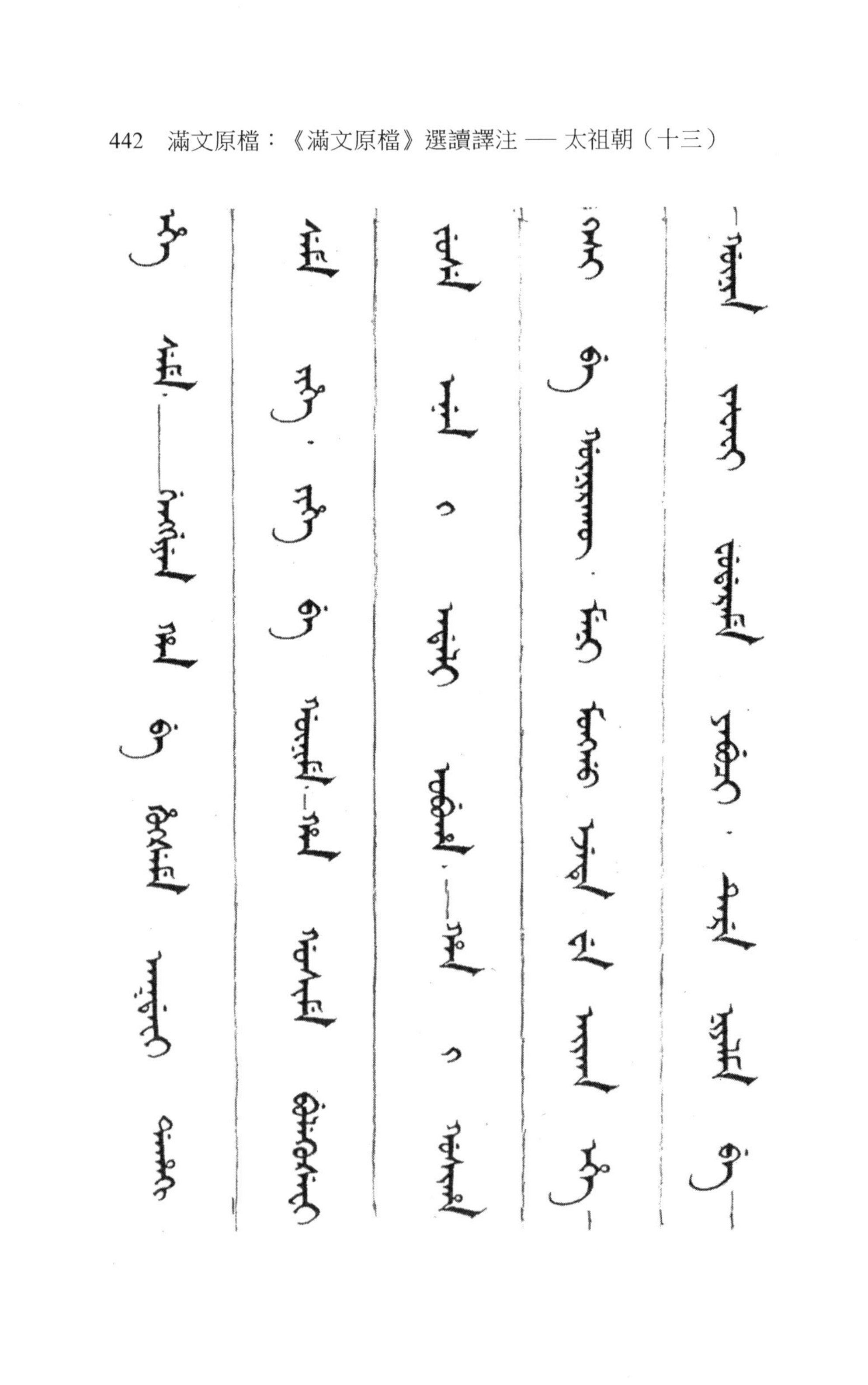

ehe seme genggiyen han be huksheme akdafi dahaki seme jihe, jihe be gūnime han gosime bulekušefi juse enen i adali obuha, han i gosiha kesi be gūnirakū, meni monggo ejete we aika ehe gūnin jafafi fudarame yabuci, tere niyalma be

---

惡察哈爾汗，頂戴倚靠英明汗欲隨而來，蒙汗念來投眷愛明察，視同子嗣。倘若不念汗眷愛之恩，我等蒙古諸額真是誰懷有惡念悖逆而行，

恶察哈尔汗，顶戴倚靠英明汗欲随而来，蒙汗念来投眷爱明察，视同子嗣。倘若不念汗眷爱之恩，我等蒙古诸额真是谁怀有恶念悖逆而行，

二十七、對天盟誓

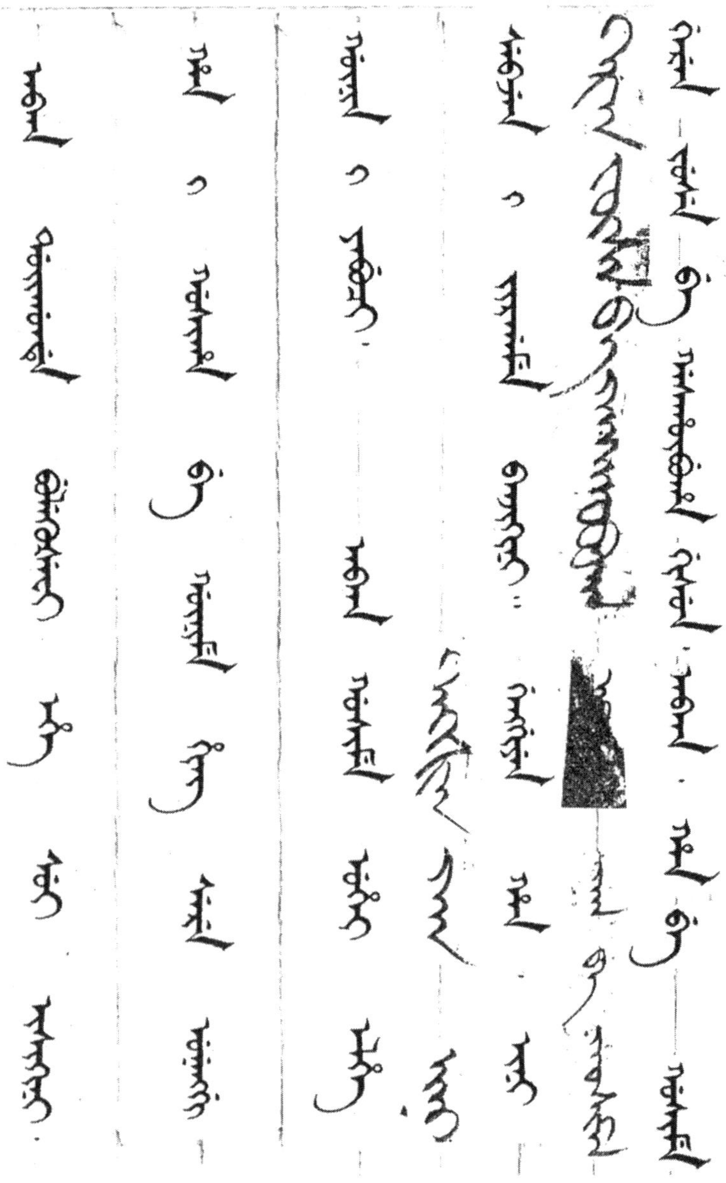

abka doigonde bulekušefi ehe sui isikini. han i gosiha be gūnime hing sere unenggi gūnin i yabuci, abka gosime uhei elhe sebjen i jirgame banjikini. genggiyen han, ini geren juse be gashūbuha gisun, abka, han be gosime

---

上天預先鑒察，則罪孽及身。若念汗之眷愛，誠心誠意而行，則蒙天佑共用太平安樂為生。英明汗令其諸子誓曰：「蒙上天眷佑汗，

上天预先鉴察，则罪孽及身。若念汗之眷爱，诚心诚意而行，则蒙天佑共享太平安乐为生。英明汗令其诸子誓曰：「蒙上天眷佑汗，

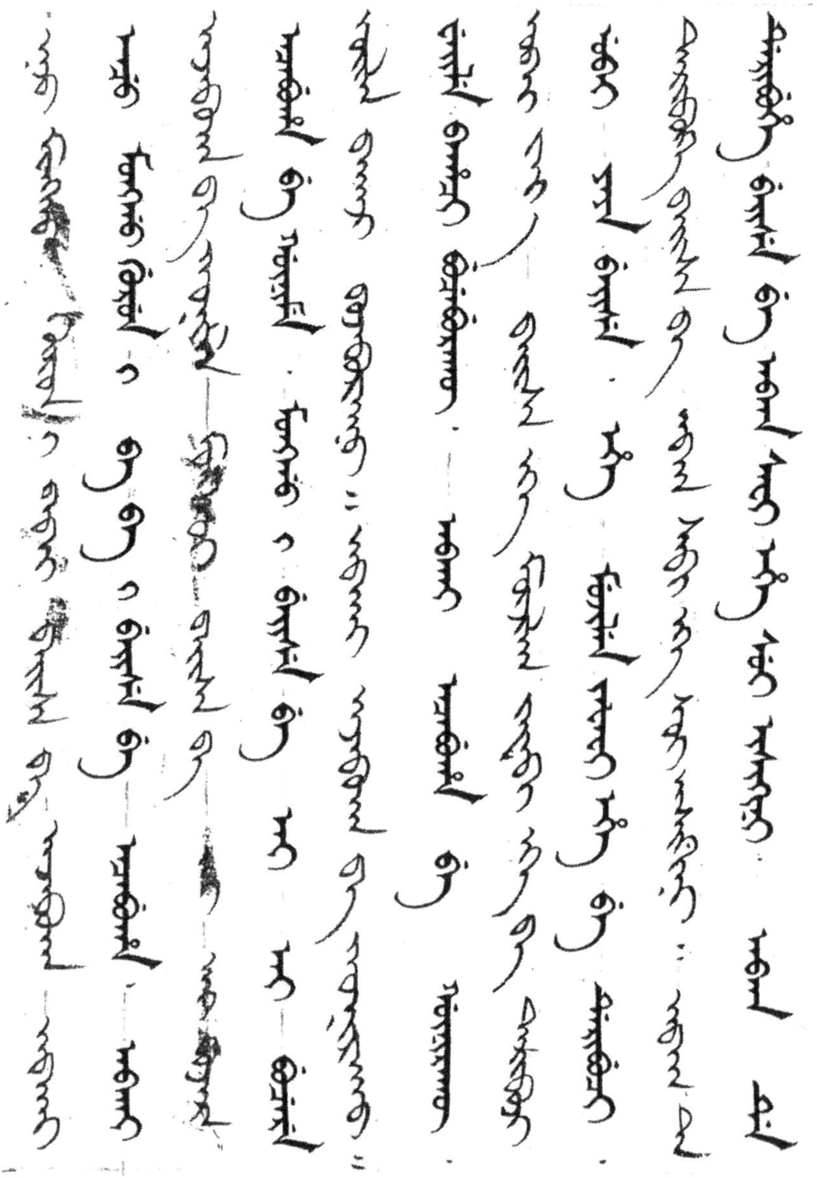

encu monggo gurun i ba ba i beise be acabuha, abkai acabuha be gūnime, monggo i beise be ai ai bucere weile bahaci buceburakū. abkai acabuha be gūnirakū, ubai yaya beise, ehe mujilen jafafi ehe be deribuci, deribuhe beise be abka safi ehe sui isikini, abka de

---

使我與異國蒙古各處諸貝勒盟會，若念對天盟會，蒙古諸貝勒即獲各種死罪，亦不致身亡。若不念對天盟會，本處諸貝勒凡有心懷惡心，滋生為惡，其滋生為惡諸貝勒，上天鑒察後，必罪孽及身。

使我与异国蒙古各处诸贝勒盟会，若念对天盟会，蒙古诸贝勒即获各种死罪，亦不致身亡。若不念对天盟会，本处诸贝勒凡有心怀恶心，滋生为恶，其滋生为恶诸贝勒，上天鉴察后，必罪孽及身。

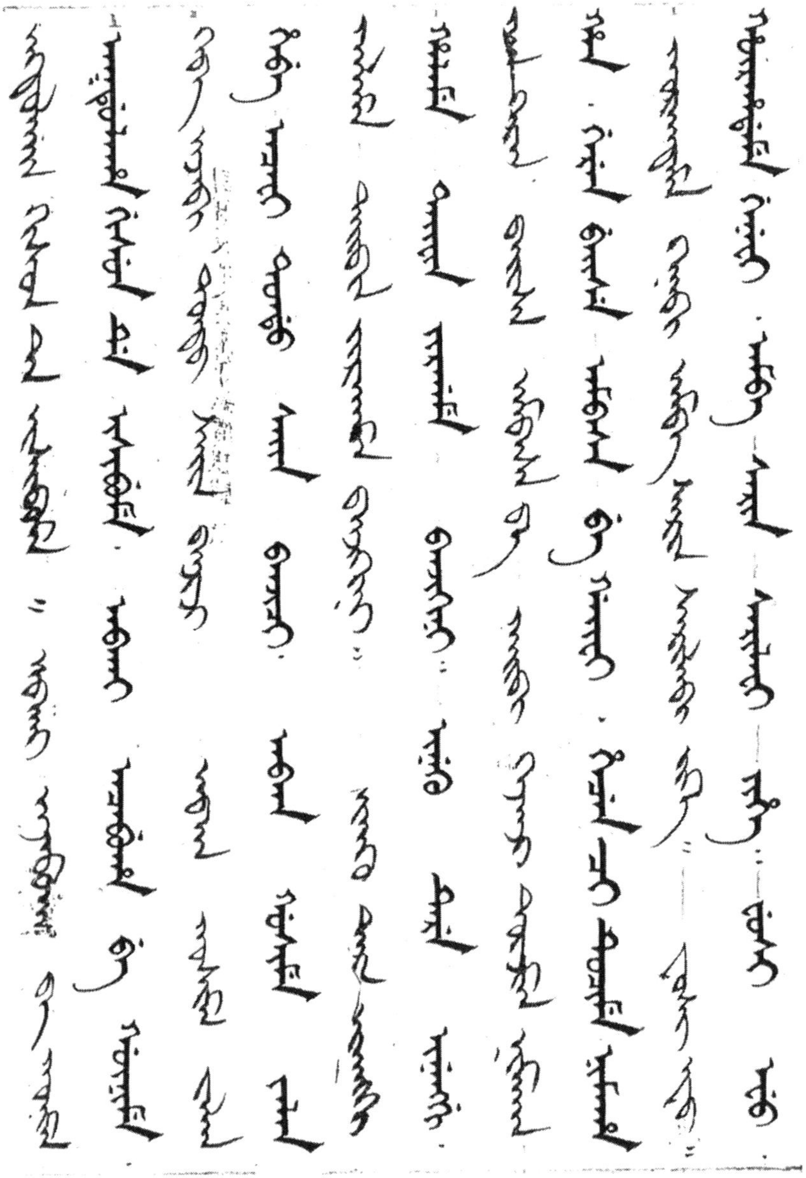

akdulaha gisun de isibume, abkai acabuha be gūnime, hebe acafi tondo sain banjici, abka gosime jalan halame taifin jirgame banjikini. ineku tere inenggi, han, geren beise ambasa be gaifi, hecen ci tucime nimaha hūrhadame genefi, amba sarin sarilafi jihe. fusi efu,

---

倘若信守對天之誓言，念及對天之盟會，會議後，忠善為生，則蒙上天眷佑，世代太平安逸為生。」是日，汗率諸貝勒大臣等出城去捕魚，設大宴，宴畢後回來。革撫順額駙、

倘若信守对天之誓言，念及对天之盟会，会议后，忠善为生，则蒙上天眷佑，世代太平安逸为生。」是日，汗率诸贝勒大臣等出城去捕鱼，设大宴，宴毕后回来。革抚顺额驸、

二十八、女權至上

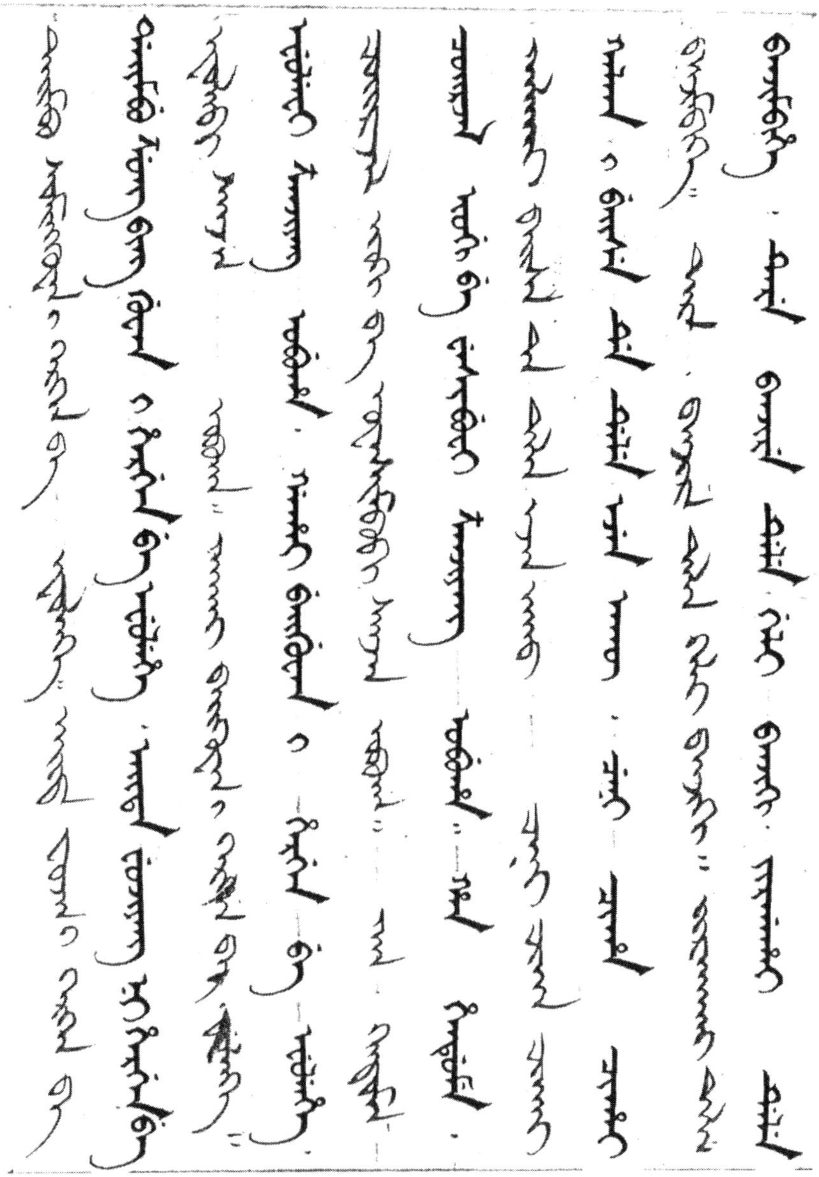

daimbu dzung bing guwan i hergen be efulehe. aita fujiyang ni hergen be efulefi ts'anjiyang obuha. gahai beiguwan i hergen be efulehe. coirjal iogi be wesibufi ts'anjiyang obuha. han hendume, kalka i beise de dele ejen akū, ceni ciha cihai banjimbihe, tere banjire dele geli banjiki, jirgahai dele

---

戴木布總兵官之職。革愛塔副將之職，降為參將。革噶海備禦官之職。陞綽爾扎勒遊擊為參將。汗曰：「喀爾喀諸貝勒之上無主，彼等各自為生，任意獨行，安樂稱意，安逸之上更求安逸

戴木布总兵官之职。革爱塔副将之职，降为参将。革噶海备御官之职。升绰尔扎勒游击为参将。汗曰：「喀尔喀诸贝勒之上无主，彼等各自为生，任意独行，安乐称意，安逸之上更求安逸

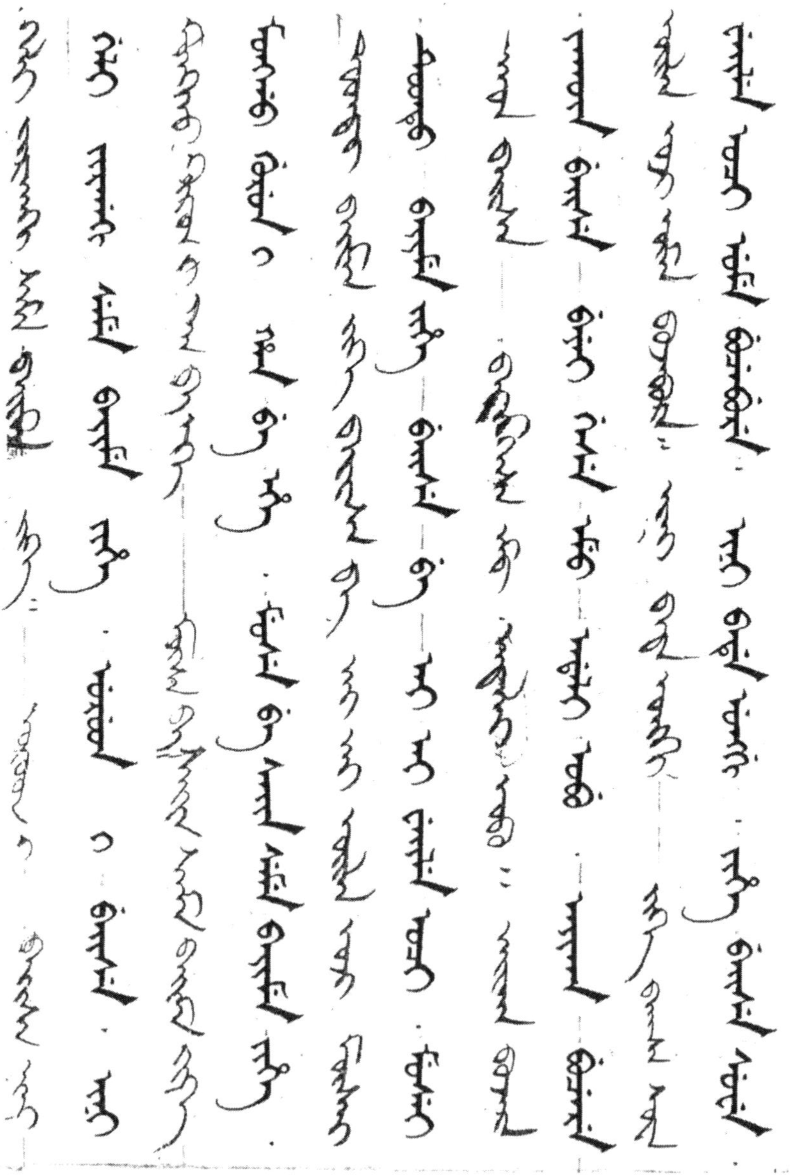

geli jirgaki seme baime jihe. urut i beise, ini monggo gurun i han be ehe, muse be sain seme baime jihe. tuttu baime jihe beise be ai ai weile oci, musei jakūn beise beyei gese emu adali obu, aika bucere weile oci, ume bucebure, ini bade unggi. jihe beise suwe,

---

而來投。兀魯特諸貝勒惡其蒙古國之汗，以我等為善慕名來投。此來投諸貝勒凡有罪過，當以我八貝勒等同視之，即有死罪，勿致之死，令遣還其地。來投諸貝勒，

而来投。兀鲁特诸贝勒恶其蒙古国之汗，以我等为善慕名来投。此来投诸贝勒凡有罪过，当以我八贝勒等同视之，即有死罪，勿致之死，令遣还其地。来投诸贝勒，

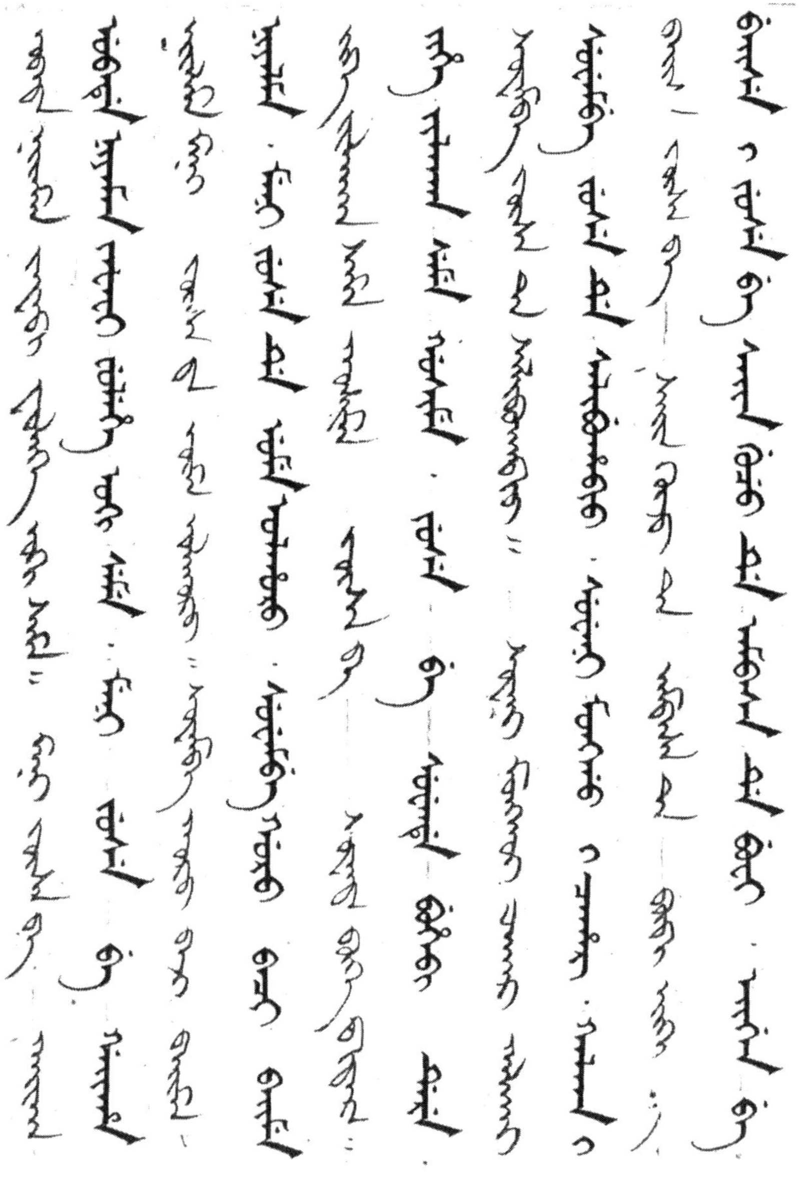

ubade niyaman jafafi fulehe oki seme, meni juse be gaiha niyalma, meni juse de ume olhoro, suwembe goro baci baime jihe jilakan seme gosime, juse be suwende buhebi dere. suwembe juse de salibuhabio. suweni monggo i cahar, kalka i beise i juse be, sain gucu de ambasa de bufi, eigen be

---

爾等於此處結親建立家業，凡娶我女之人，勿以我女為畏，實乃憐愛爾等從遠處來投，以女妻與爾等也，豈令爾等受制於女乎？爾等蒙古察哈爾、喀爾喀諸貝勒以女妻僚友中賢者及大臣，

尔等于此处结亲建立家业，凡娶我女之人，勿以我女为畏，实乃怜爱尔等从远处来投，以女妻与尔等也，岂令尔等受制于女乎？尔等蒙古察哈尔、喀尔喀诸贝勒以女妻僚友中贤者及大臣，

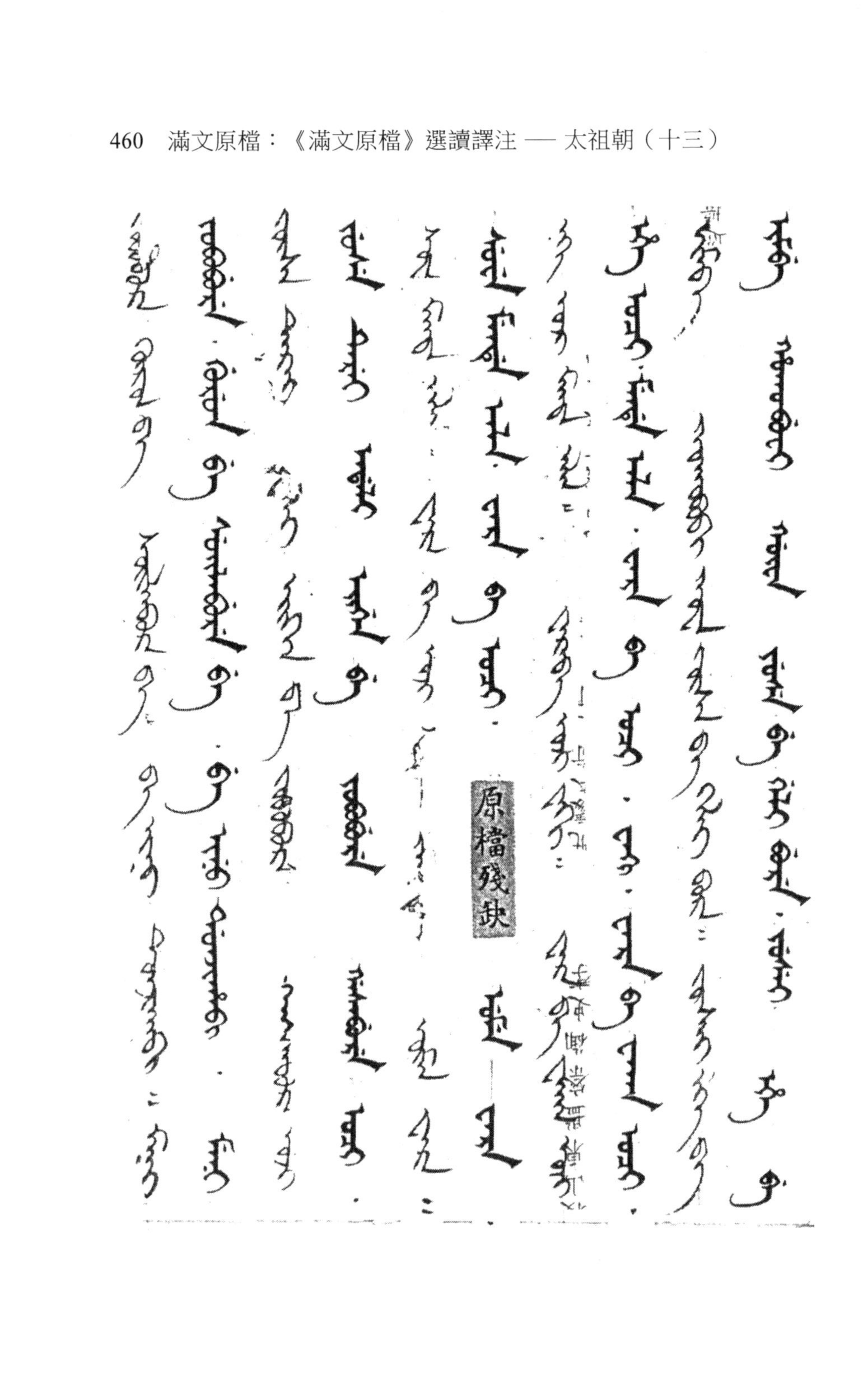

原檔殘缺

jobobure, gurun be suilabure be, be inu donjihabi. meni juse terei adali eigen be jobobure gasabure oci, suwe mende ala. wara ba oci, [原檔殘缺] ume wara, ehe oci, mende ala, wara ba oci, waki. wara ba waka oci, imbe hokobufi gūwa juse be geli bure, jusei ehe be

---

每有淩辱其夫、擾害其國者，我亦有所聞。若我女有似此淩辱其夫而生嗟怨者，必告於我。若罪當誅，[原檔殘缺]勿誅。若惡劣，必告於我，若當誅，則誅之。若罪不當誅，則休之，另以他女妻之。倘諸女之過

每有凌辱其夫、扰害其国者，我亦有所闻。若我女有似此凌辱其夫而生嗟怨者，必告于我。若罪当诛，[原档残缺]勿诛。若恶劣，必告于我，若当诛，则诛之。若罪不当诛，则休之，另以他女妻之。倘诸女之过

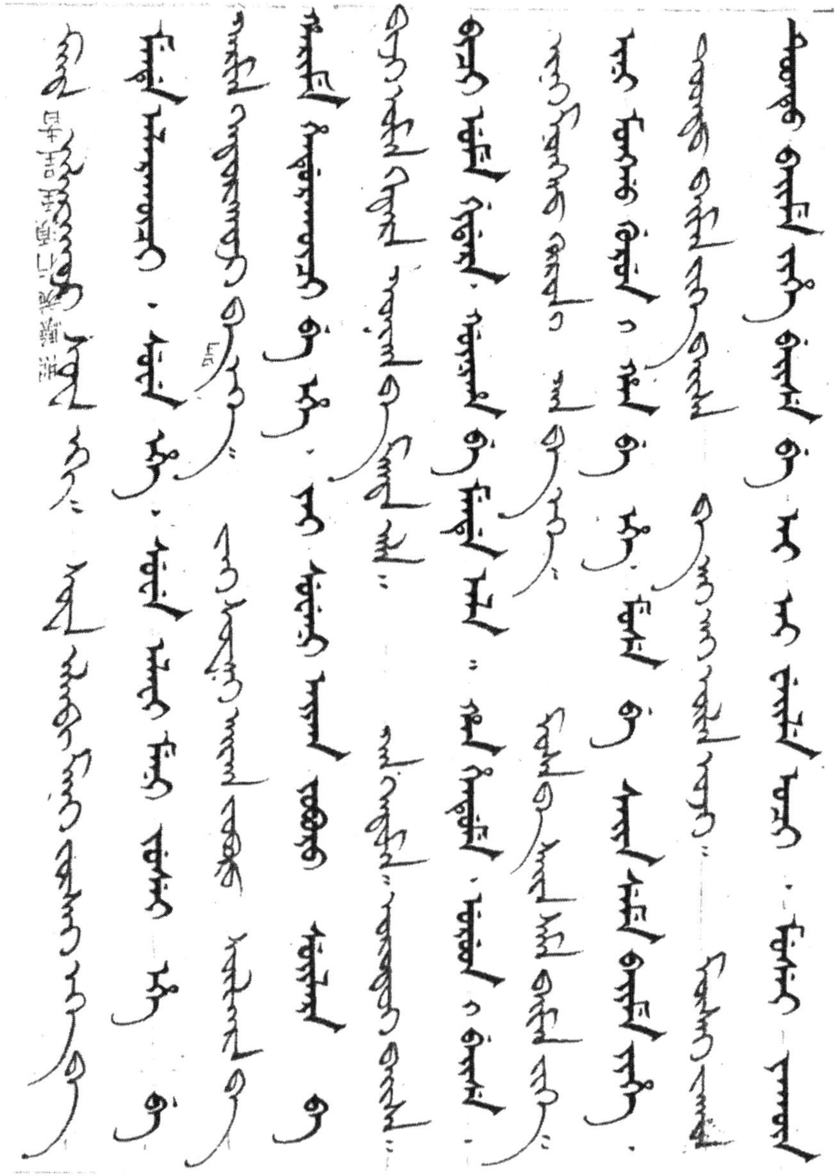

mende alarakūci, suwe ehe. suwe alafi meni jusei ehe be harime hendurakūci, be ehe. jai suweni aika joboro suilara ba bici, ume gidara, gūniha be mende ala. han hendume, urut i beise, ini monggo gurun i han be ehe, muse be sain seme baime jihe. tuttu baime jihe beise be ai ai weile oci, musei jakūn

---

不告於我，則為爾等之過。倘爾等告之，偏護我諸女之過而不加斥責，是我之過也。再者，爾等凡有艱苦之處，毋庸隱諱，可將心事告我。」汗曰：「兀魯特諸貝勒惡其蒙古國之汗，以我等為善慕名來投。此來投諸貝勒凡有罪過，當以我八貝勒

不告于我，则为尔等之过。倘尔等告之，偏护我诸女之过而不加斥责，是我之过也。再者，尔等凡有艰苦之处，毋庸隐讳，可将心事告我。」汗曰：「兀鲁特诸贝勒恶其蒙古国之汗，以我等为善慕名来投。此来投诸贝勒凡有罪过，当以我八贝勒

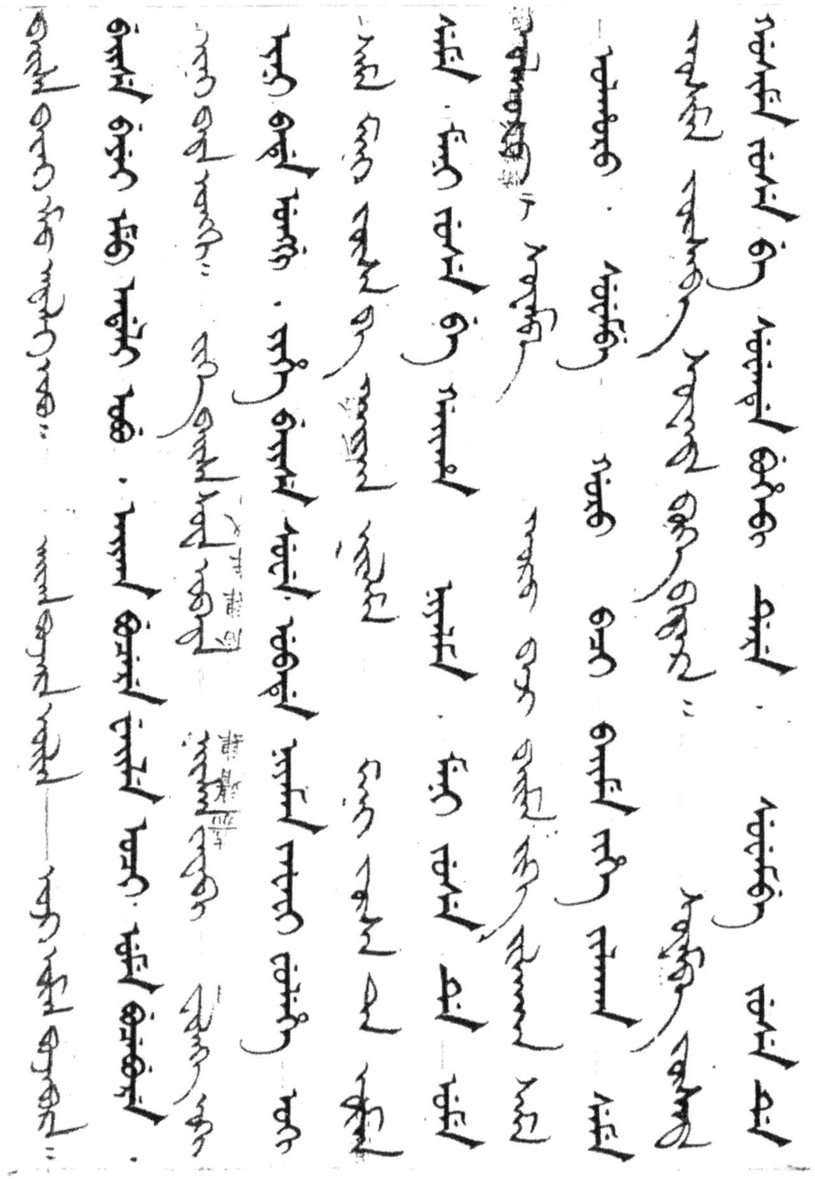

beise beyei emu adali obu. aika bucere weile oci, ume bucebure, ini bade unggi. jihe beise suwe, ubade niyaman jafafi fulehe oki seme, meni juse be gaiha niyalma, meni juse de ume olhoro, suwembe goro baci baime jihe jilakan seme gosime, juse be suwende buhebi dere. suwembe juse de

---

等同視之，即有死罪，勿致之死，令遣還其地。來投諸貝勒，爾等於此處結親建立家業，凡娶我女之人，勿以我女為畏，實乃憐愛爾等從遠處來投，以女妻與爾等也，豈令爾等

等同视之，即有死罪，勿致之死，令遣还其地。来投诸贝勒，尔等于此处结亲建立家业，凡娶我女之人，勿以我女为畏，实乃怜爱尔等从远处来投，以女妻与尔等也，岂令尔等

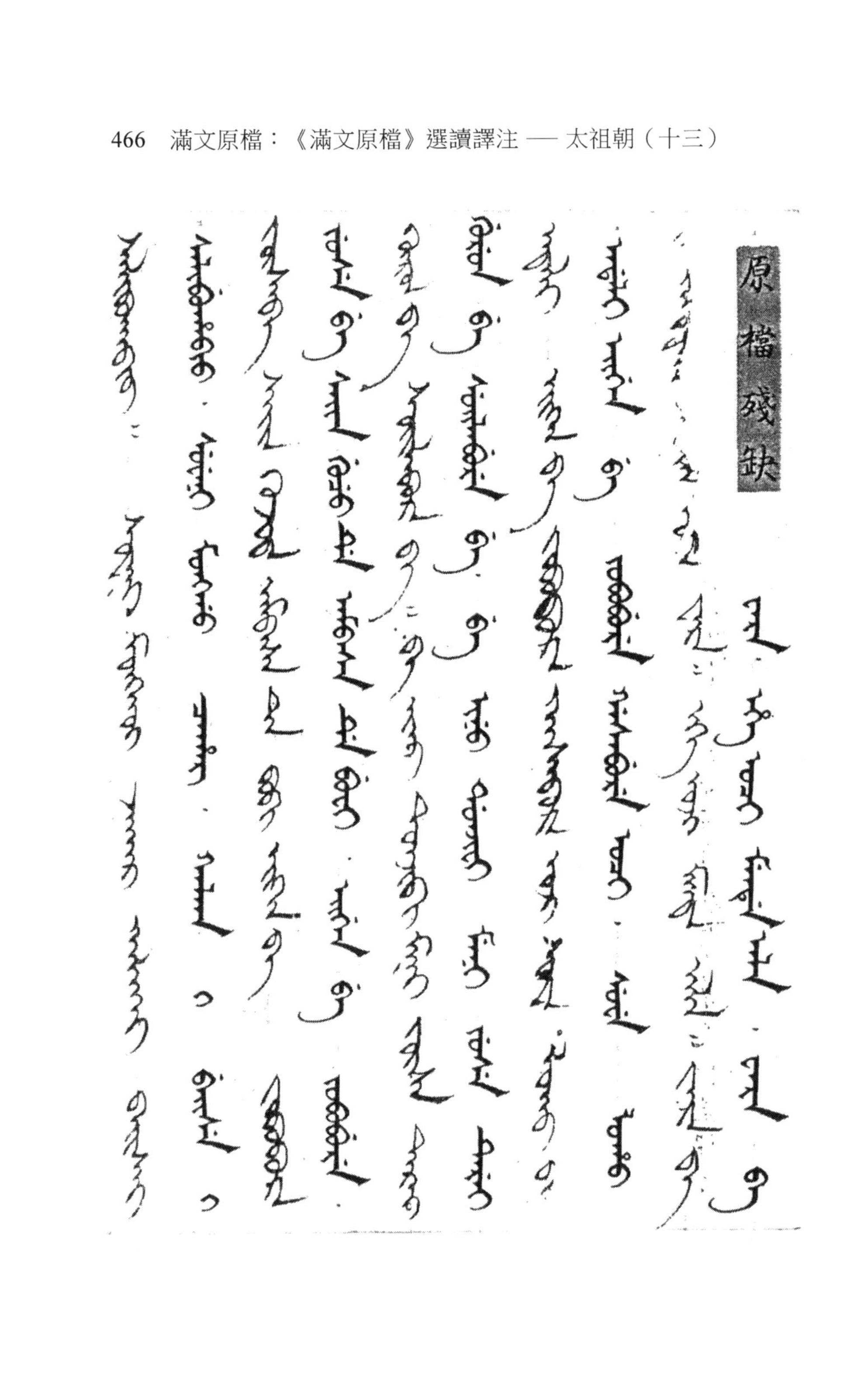

原檔殘缺

salibuhabio. suweni monggo i cahar, kalka i beise i juse be, sain gucu de ambasa de bufi, eigen be jobobure, gurun be suilabure be, be inu donjifi meni juse terei adali eigen be jobobure gasabure oci, suwe loho [原檔殘缺] wara, ehe oci, mende ala, wara ba

---

受制於女乎？爾等蒙古察哈爾、喀爾喀諸貝勒以女妻僚友中賢者及大臣，每有淩辱其夫、擾害其國者，我亦有所聞。若我女有似此淩辱其夫而生嗟怨者，爾等刀[原檔殘缺]誅。若惡劣，必告於我，若當誅，

受制于女乎？尔等蒙古察哈尔、喀尔喀诸贝勒以女妻僚友中贤者及大臣，每有凌辱其夫、扰害其国者，我亦有所闻。若我女有似此凌辱其夫而生嗟怨者，尔等刀[原档残缺]诛。若恶劣，必告于我，若当诛，

二十九、格格自縊

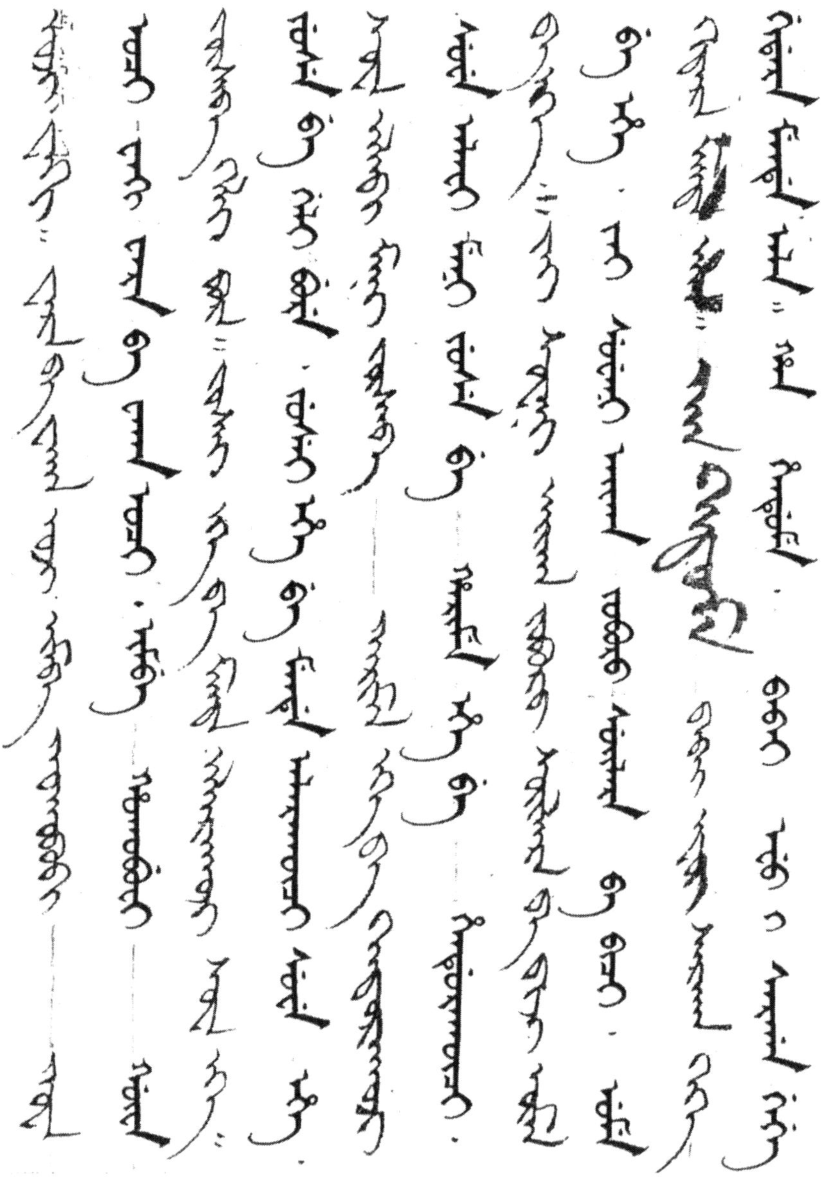

oci, waki, wara ba waka oci, imbe hokobufi gūwa juse be geli bure. jusei ehe be mende alarakūci, suwe ehe. suwe alafi meni juse be harime ehe be hendurakūci, be ehe. jai suweni aika joboro suilara ba bici, ume gidara, mende ala. han hendume, babai efu i sargan gege

---

則誅之。若罪不當誅，則休之，另以他女妻之。倘諸女之過不告於我，則為爾等之過。倘爾等告之，偏護我諸女之過而不加斥責，是我之過也。再者，爾等凡有艱苦之處，毋庸隱諱，可告於我。」汗曰：「巴拜額駙之妻格格

则诛之。若罪不当诛，则休之，另以他女妻之。倘诸女之过不告于我，则为尔等之过。倘尔等告之，偏护我诸女之过而不加斥责，是我之过也。再者，尔等凡有艰苦之处，毋庸隐讳，可告于我。」汗曰：「巴拜额驸之妻格格

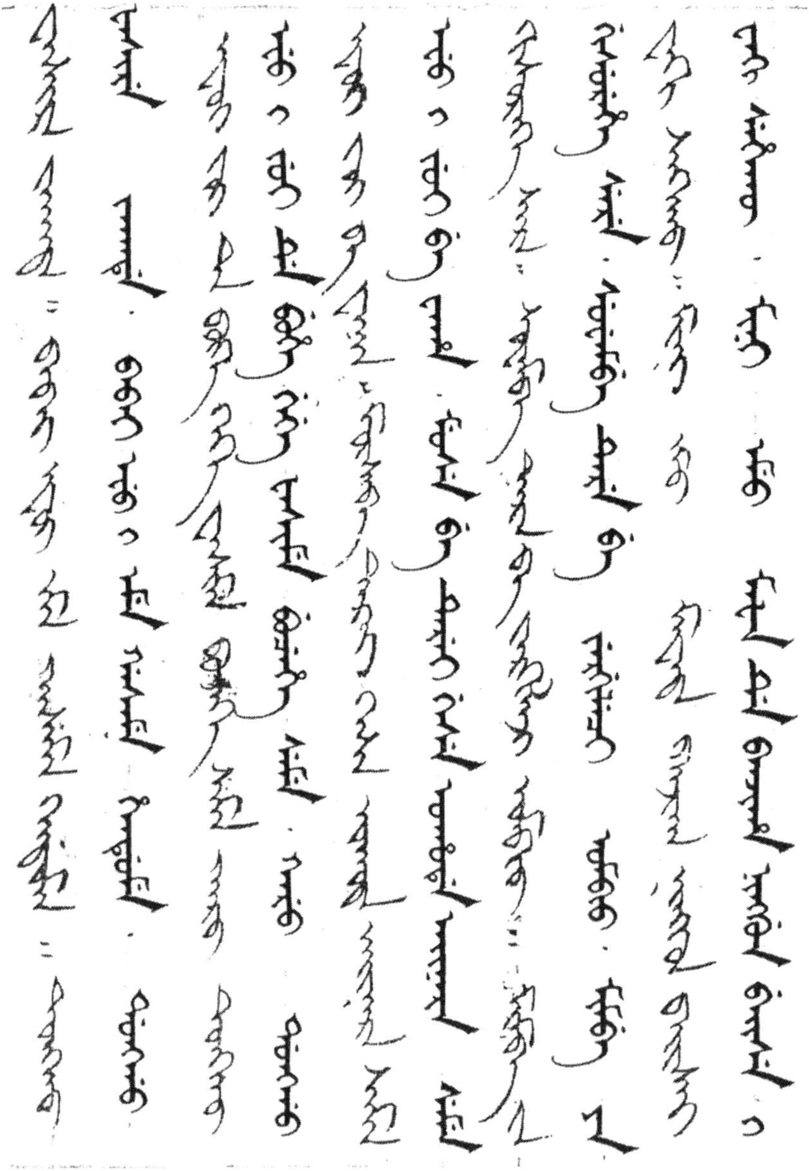

fasire jakade, babai efu i eme gasame hendume, donggo efu i jui de buhe gege fasime bucehe seme, karu donggo efu i jui be waha. muse be terei gese ohode ainara seme gisurehe sere. suwembe tere be jergileci ombio. mimbe ya waki sehekū. mini emu mafa de banjiha ninggun beise i

---

自縊，巴拜額駙之母泣曰：「嫁棟鄂額駙之子之格格自縊身死，遂殺棟鄂額駙之子以報之。將我等與彼等同視之，如何是好？豈可將爾等與彼等等同[20]？何人不欲殺我？我一祖所生六貝勒之

自缢，巴拜额驸之母泣曰：「嫁栋鄂额驸之子之格格自缢身死，遂杀栋鄂额驸之子以报之。将我等与彼等同视之，如何是好？岂可将尔等与彼等等同？何人不欲杀我？我一祖所生六贝勒之

---

[20] 等同，《滿文原檔》寫作 “ja(e)rkila(e)ji”，《滿文老檔》讀作 “jergileci”。按滿文 “jergilembi”，與蒙文“ǰergeleku” 係同源詞(根詞 “jergile-” 與 “ǰergele-”相仿），意即「排列」。

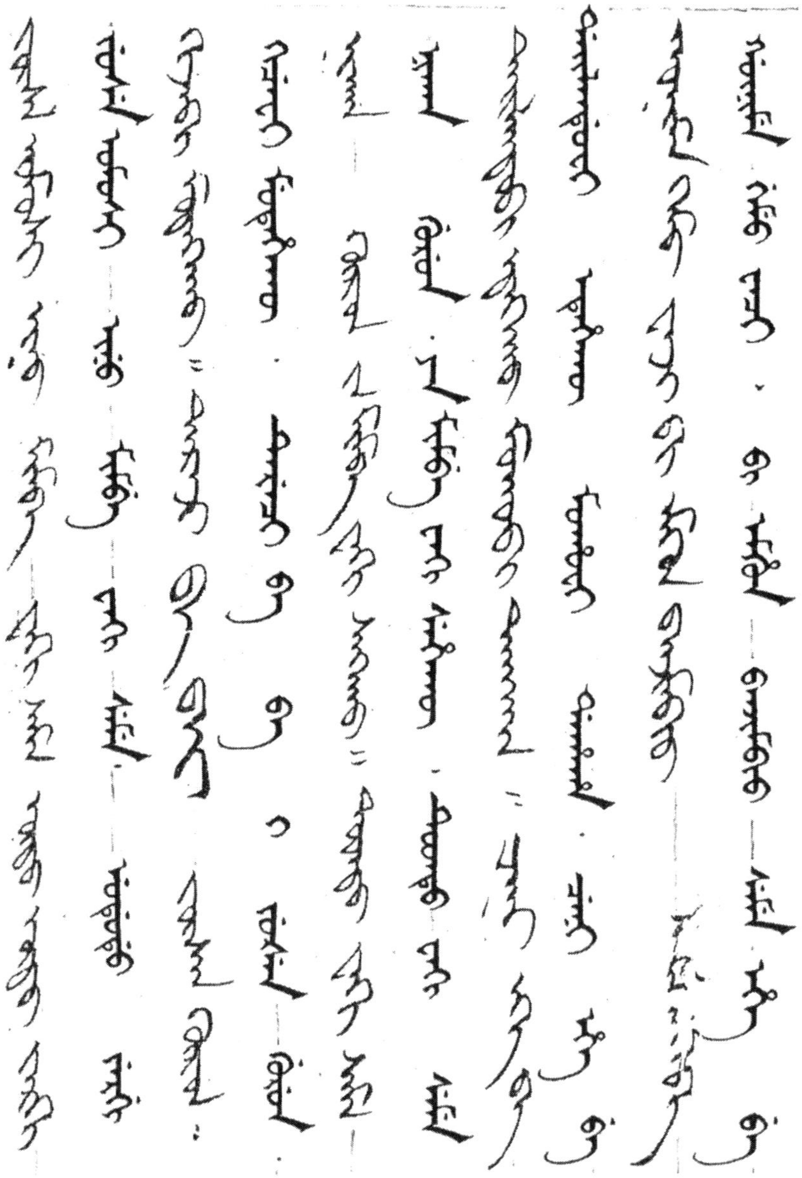

juse omosi inu mimbe waki seme, ududu jergi kicefi mutehekū. tereci ba ba i jušen gurun, nikan gurun, ya mimbe waki sehekū. tuttu waki seme dailandufi etehekū mohofi dahaha. ceni ehe be gūnime gemu waci, bi emhun banjimbio seme. ehe be

---

子孫亦欲殺我，曾幾次圖謀[21]而未逞。卻說各處諸申部及明朝，何人不曾欲殺我？如此欲殺而征戰，未能獲勝，力竭而降[22]。倘若念及彼等之惡，皆加誅戮，而我獨生乎？

子孙亦欲杀我，曾几次图谋而未逞。却说各处诸申部及明朝，何人不曾欲杀我？如此欲杀而征战，未能获胜，力竭而降。倘若念及彼等之恶，皆加诛戮，而我独生乎？

---

[21] 圖謀，《滿文原檔》寫作“kija(e)bi”，《滿文老檔》讀作“kicefi”，按滿文“kicembi”，係蒙文“kičiyekü”借詞（根詞“kice-”與“kičiye-”相仿），意即「努力、勤奮」。

[22] 力竭而降，《滿文原檔》寫作“mokobi takaka”，《滿文老檔》讀作“mohofi dahaha”。按滿文“mohombi”係蒙文“moqoqu”借詞（根詞“moho-”與“moqo-”相仿），意即「耗竭」。又，滿文“dahambi”係蒙文“daɣaqu”借詞（根詞“daha-”與“daɣa-”相仿），意即「歸順」。

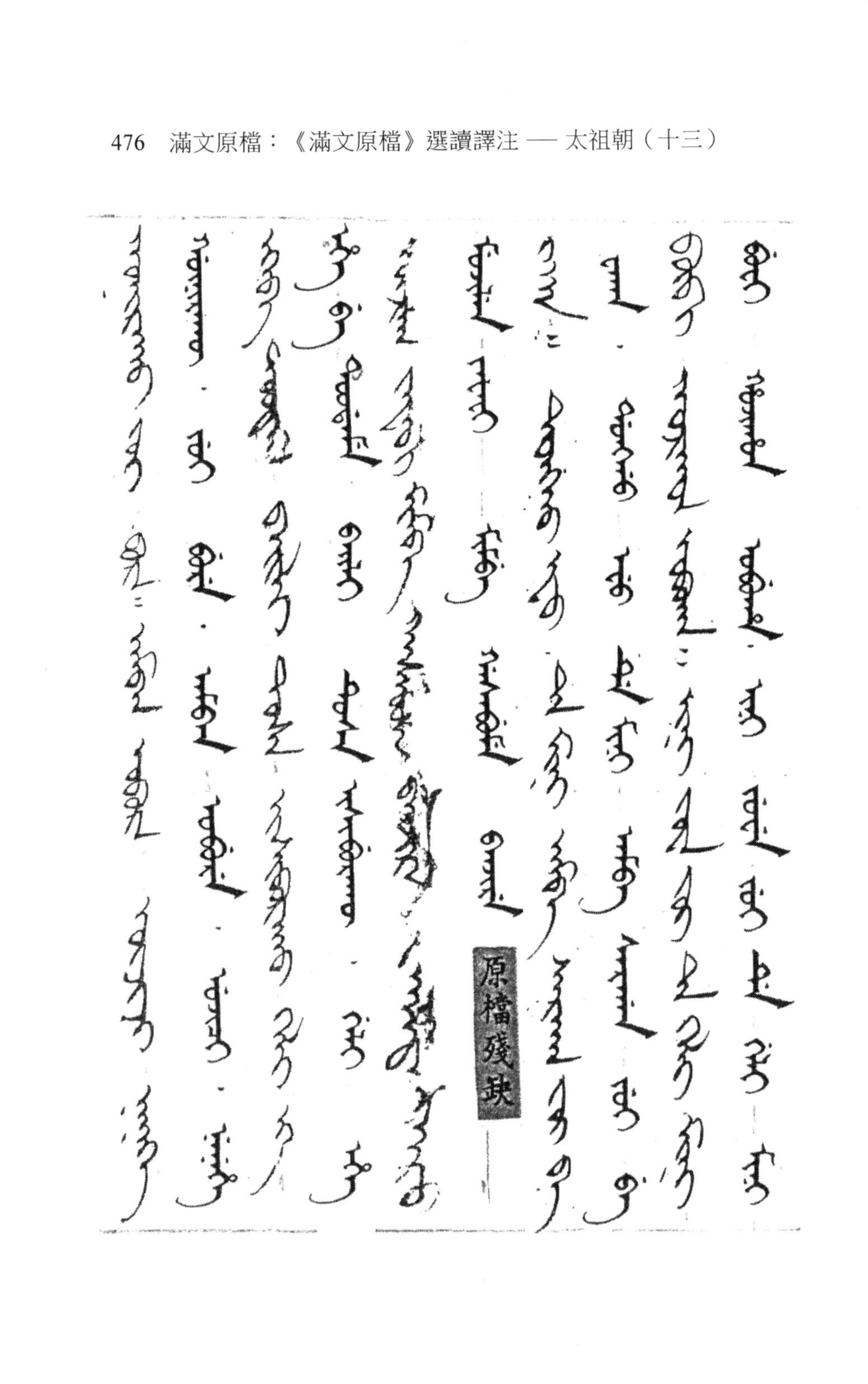

原檔殘缺

gūnirakū, jui bure, amban obure ujici. nenehe ehe be toodame baili tusa isiburakū, geli ehe mujilen jafafi mimbe gasabume banjire [原檔殘缺] waka. donggo efu de mini amba sargan jui be bufi hojihon obuha, ini juwe jui de, geli mini

---

故不念其惡，妻以女，使之為臣，並豢養之。然而前愆未贖，恩德不報，反而又懷惡念結怨於我，[原檔殘缺]。我將長女妻棟鄂額駙，招之為婿，

故不念其恶，妻以女，使之为臣，并豢养之。然而前愆未赎，恩德不报，反而又怀恶念结怨于我，[原档残缺]。我将长女妻栋鄂额驸，招之为婿，

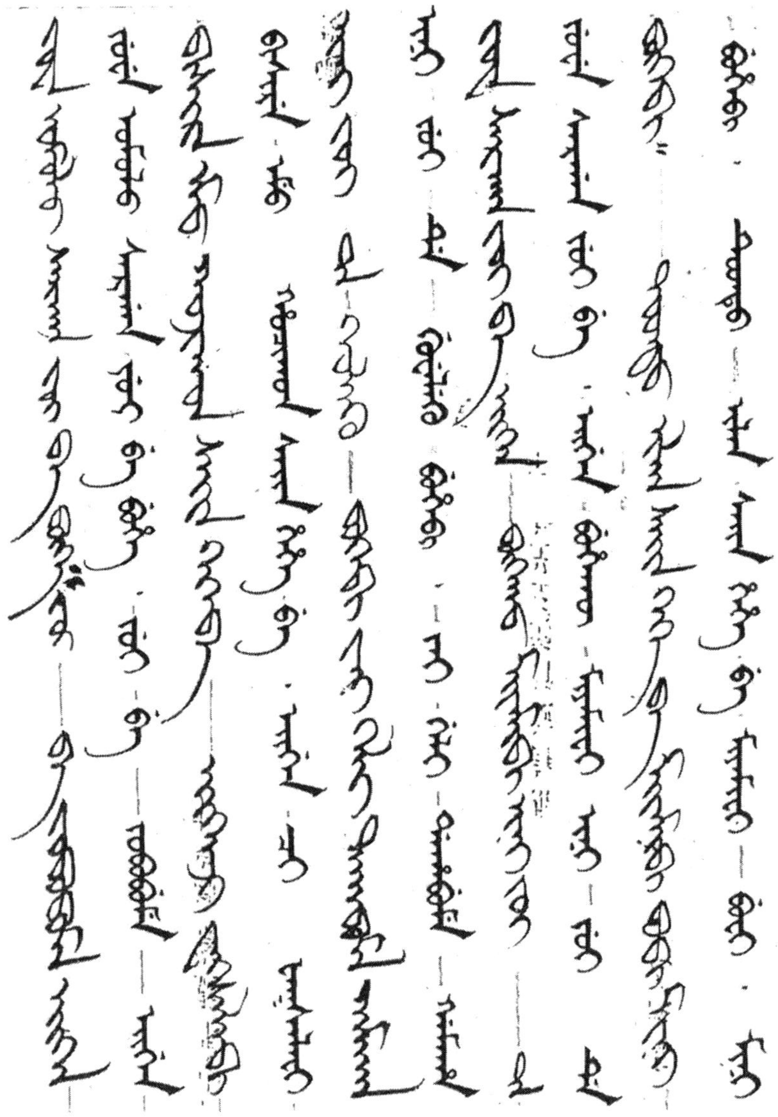

juwe omolo sargan jui be buhe, jui be jobobume eigen bisire emu hocikon sain hehe be, eigen ci faksalafi ini jui de guweleku buhebi. jai geli dahabume gamaha juwe sargan jui be eigen buhekū miyamifi ini jui de buhebi. tuttu ilan sain hehe be miyamifi bufi, mini

---

又將我二孫女妻其二子，卻欺凌我孫女，將一有夫之容貌俊美之婦，離其夫，給其子為妾[23]。再者，又將來降之二女，未嫁夫婿，裝扮後給其子。因如此裝扮三美婦而妻之，

又将我二孙女妻其二子，却欺凌我孙女，将一有夫之容貌俊美之妇，离其夫，给其子为妾。再者，又将来降之二女，未嫁夫婿，装扮后给其子。因如此装扮三美妇而妻之，

---

[23] 妾，《滿文原檔》寫作“keola(e)ku〔guleku〕”，《滿文老檔》讀作“guweleku”。

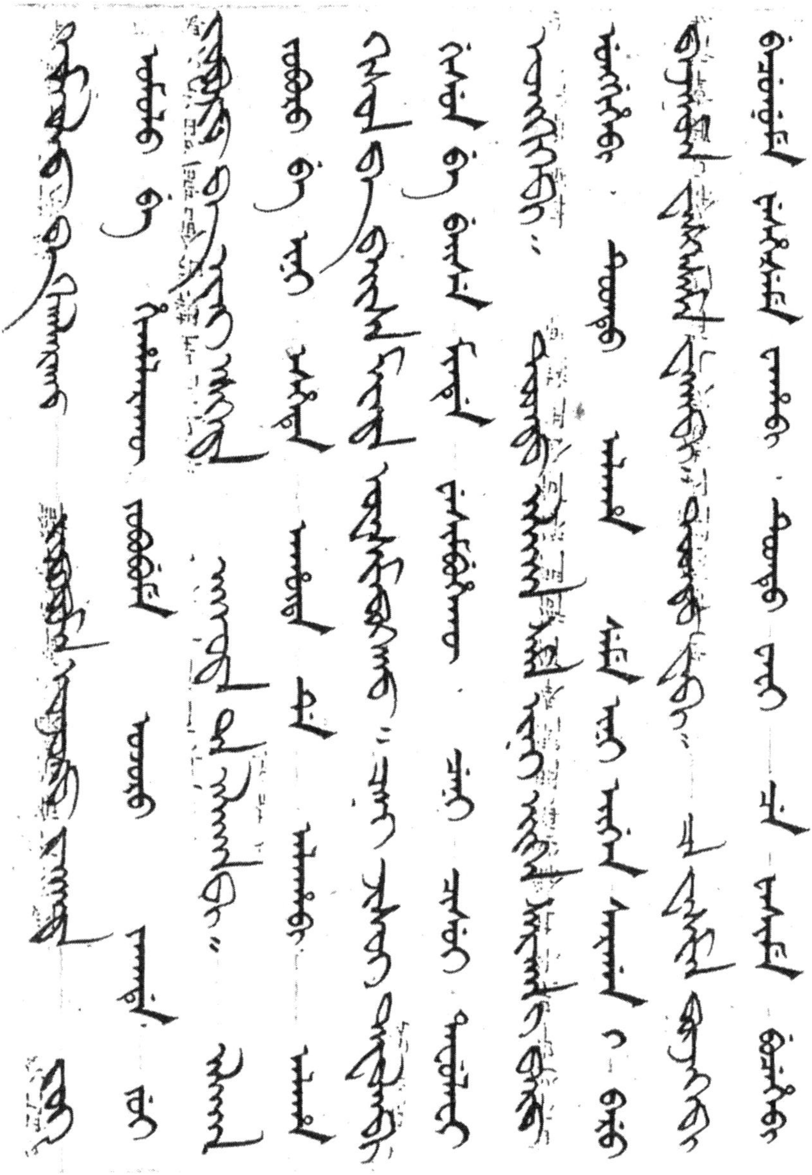

omolo be hihalarakū jobobume ojoro jakade, jui joboro be ini eshete ahūta de alahabi. alaha gisun be beise minde wesimbuhekū, ceni cisui tafulafi unggihebi. tuttu alaha seme ini eigen sargan i baru becunume feshešeme wahabi, tuttu wafi ce fasime bucehebi

---

不爱惜我孫女，因受凌辱，該女將其苦難告知其叔兄。所告知之言，諸貝勒未曾奏聞我，彼等自行勸告遣之。因其入告，其夫毆踢其妻致死，踢死後，彼等卻來告自縊而死。

不爱惜我孙女，因受凌辱，该女将其苦难告知其叔兄。所告知之言，诸贝勒未曾奏闻我，彼等自行劝告遣之。因其入告，其夫殴踢其妻致死，踢死后，彼等却来告自缢而死。

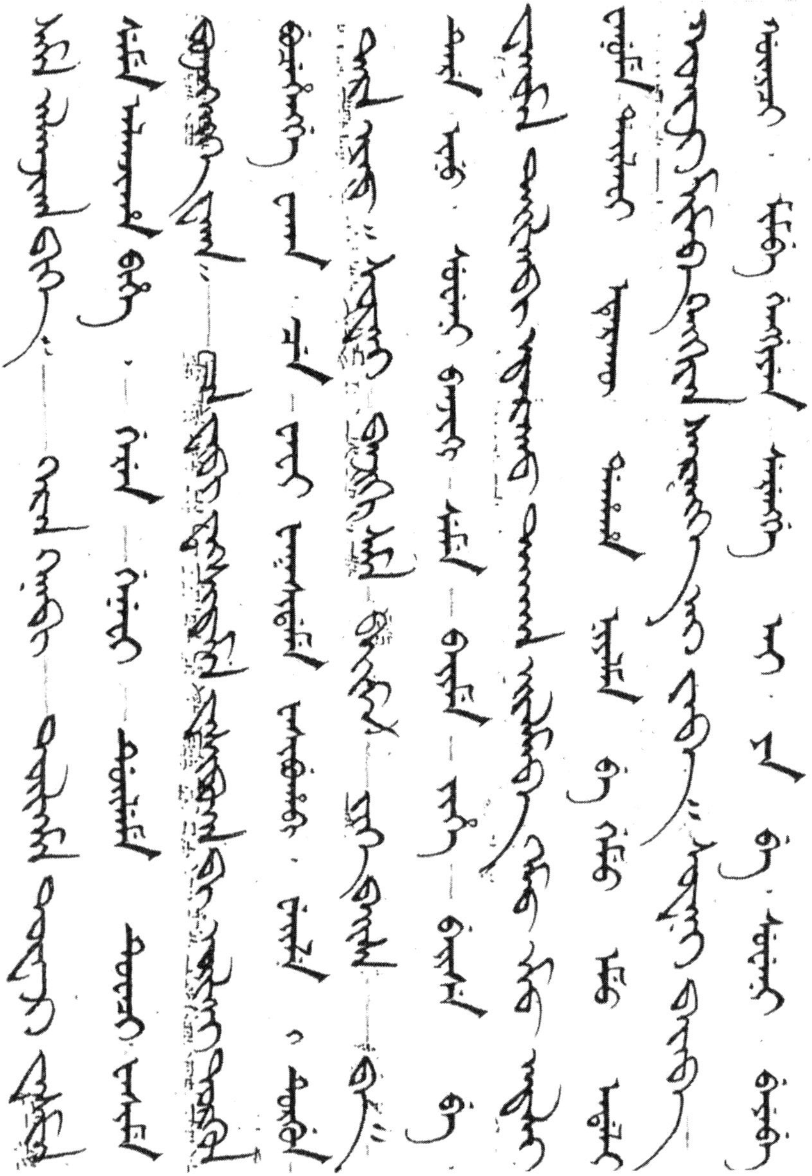

seme alanjiha bihe, geren genefi duileme tuwaci, fasime bucehengge waka, ce wafi faksidame fasibuhabi, weile i turgun tere inu. suweni banjiki seme baime jihe beise be, wanume dailafi eterakū dahaha niyalma be gemu emu adali gūnici, mimbe genggiyen serengge ai. ya be, suweni beyebe

經眾人前往勘斷，並非自縊身死，乃係他殺，而巧飾以自縊，罪情此也。倘若將爾等為欲求生而來投之諸貝勒，與交戰[24]不勝而投降之人皆一體相待，何以稱我為英明耶？

经众人前往勘断，并非自缢身死，乃系他杀，而巧饰以自缢，罪情此也。倘若将尔等为欲求生而来投之诸贝勒，与交战不胜而投降之人皆一体相待，何以称我为英明耶？

[24] 交戰，《滿文原檔》寫作“wanoma tailabi”，《滿文老檔》讀作“wanume dailafi”；句中“wanume”訛誤，應改正作“afanume”，意即「相互征戰」。

三十、善待降人

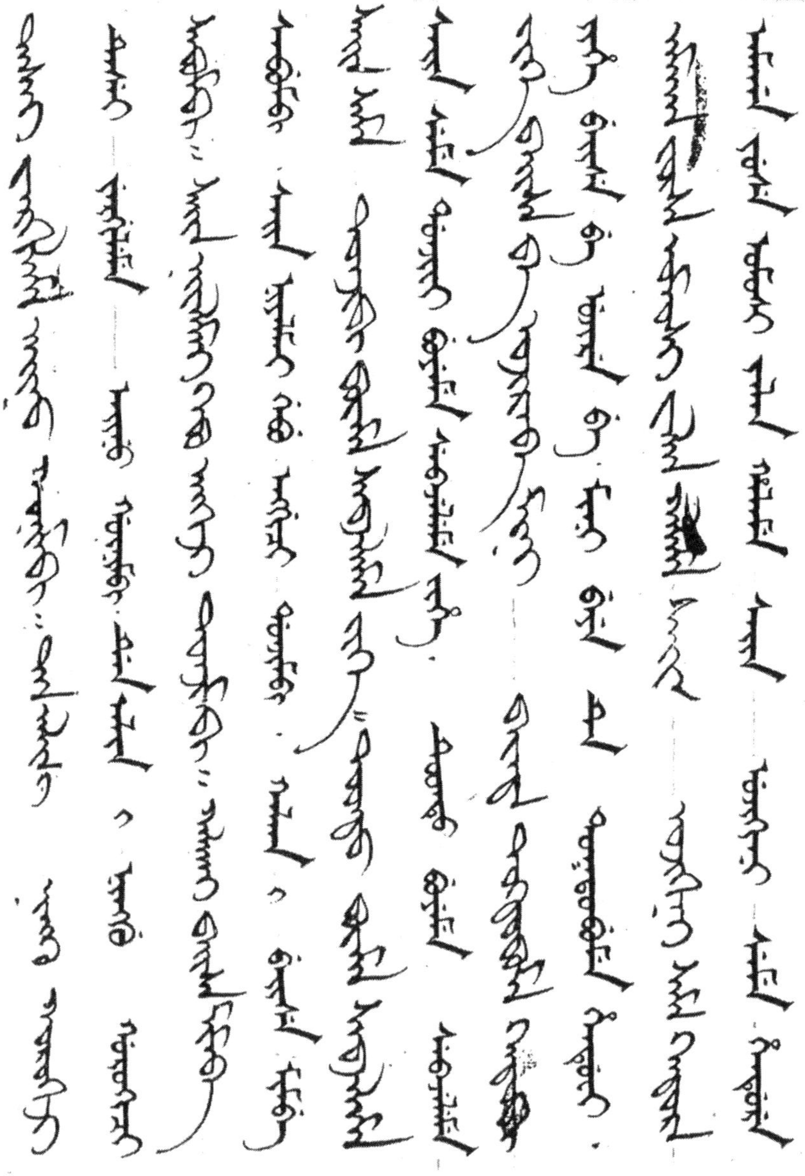

tesei jergileme ainu gūnimbi. den alin i ninggu gorokici sabumbi, sain niyalmai gebu enggici donjimbi. kalka i beise mimbe sain seme donjifi, buyeme sebjeleme jihe, tuttu buyeme sebjeleme jihe beise be ujire be, mini beye te toktobume hendufi amaga juse omosi jalan halame sain ujikini seme hendure

---

係何人為何想將爾等與彼等同等待之？『高山之上，可以看遠，善人之名，聞於背後。』喀爾喀諸貝勒聞我為善，願望來投，故豢養願望來投之諸貝勒，乃今我親自所定。此乃日後子孫世代善加豢養之言也。

系何人为何想将尔等与彼等同等待之？『高山之上，可以看远，善人之名，闻于背后。』喀尔喀诸贝勒闻我为善，愿望来投，故豢养愿望来投之诸贝勒，乃今我亲自所定。此乃日后子孙世代善加豢养之言也。

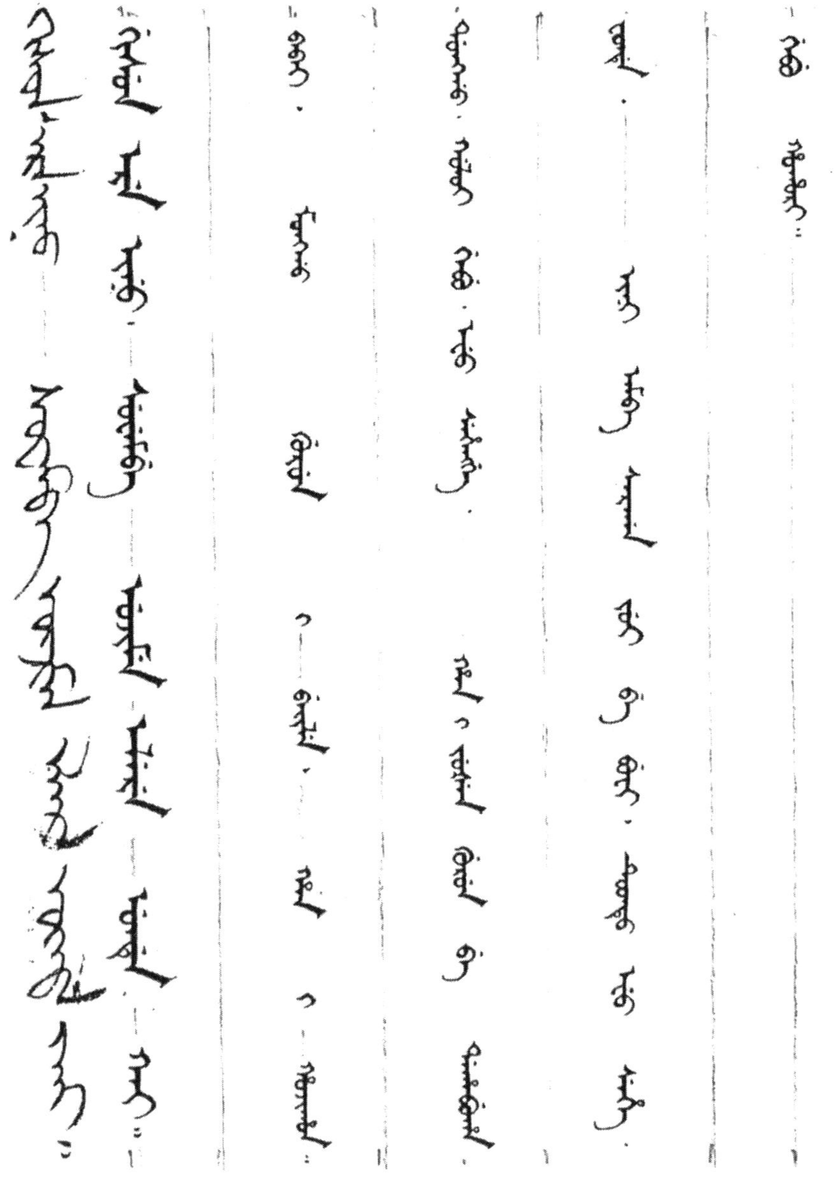

gisun ere inu. suwembe ujime elere unde kai. (babai, monggo gurun i beile, han i hojihon. donggo, goloi gebu, efu sehengge, han i jušen gurun be dahabuha fonde, ini amba sargan jui be bufi, tuttu efu sehe, gebu hohori.)

豢養爾等之意尚未滿足也。（老檔原注：巴拜乃蒙古國之貝勒，汗之婿。棟鄂，乃路名。所謂額駙，乃降汗之諸申國時，以其長女妻之，故云額駙，名何和里。）

豢养尔等之意尚未满足也。（老档原注：巴拜乃蒙古国之贝勒，汗之婿。栋鄂，乃路名。所谓额驸，乃降汗之诸申国时，以其长女妻之，故云额驸，名何和里。）

三十一、殺牛祭蠹

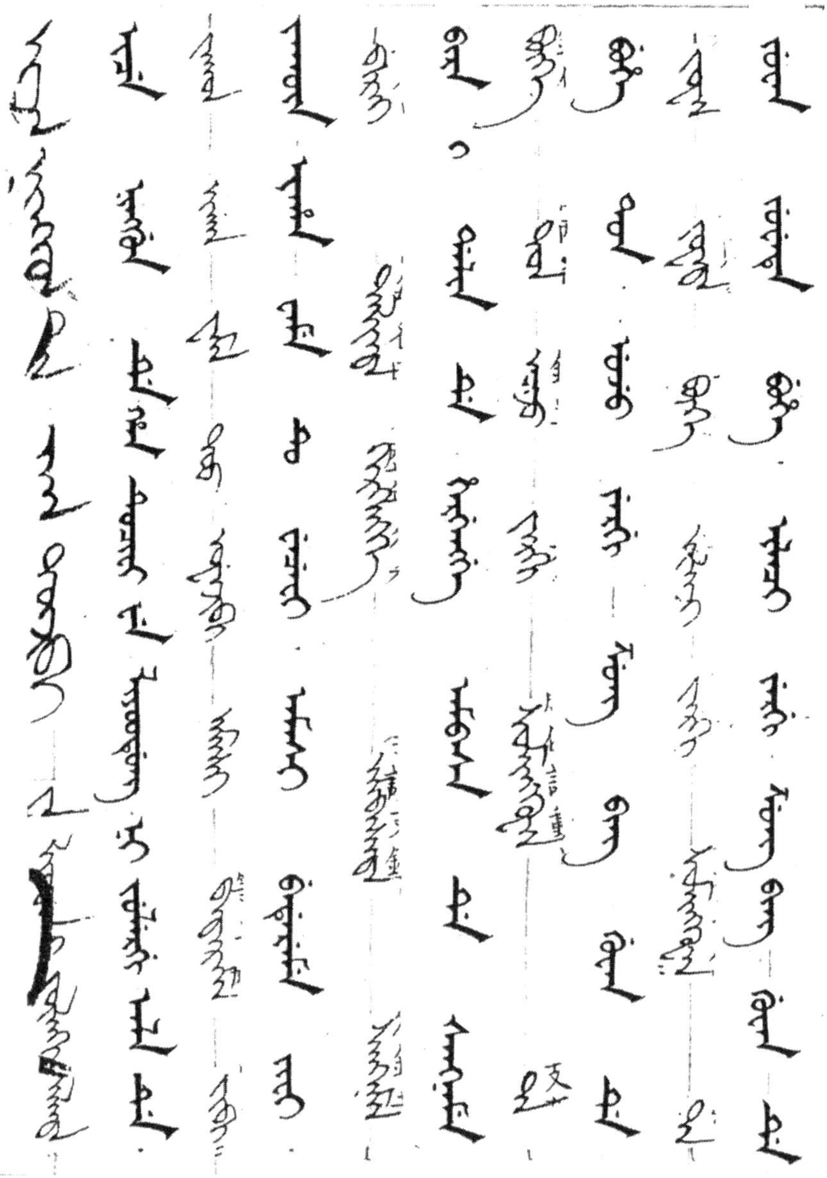

ice ninggun de, han tucifi fe liyoodung ni julergi ala de, jakūn ihan wame tu wecefi, amasi bedereme jifi, bira i dalin de hergengge ambasa de šangname buhe ton, uju jergi dzung bing guwan de juwan juwete buhe, ilaci jergi dzung bing guwan de

---

初六日，汗御舊遼東之南崗，殺八牛祭纛。返回後，於河岸賞賜有職大臣數為：頭等總兵官各十二斤、三等總兵官

初六日，汗御旧辽东之南岗，杀八牛祭纛。返回后，于河岸赏赐有职大臣数为：头等总兵官各十二斤、三等总兵官

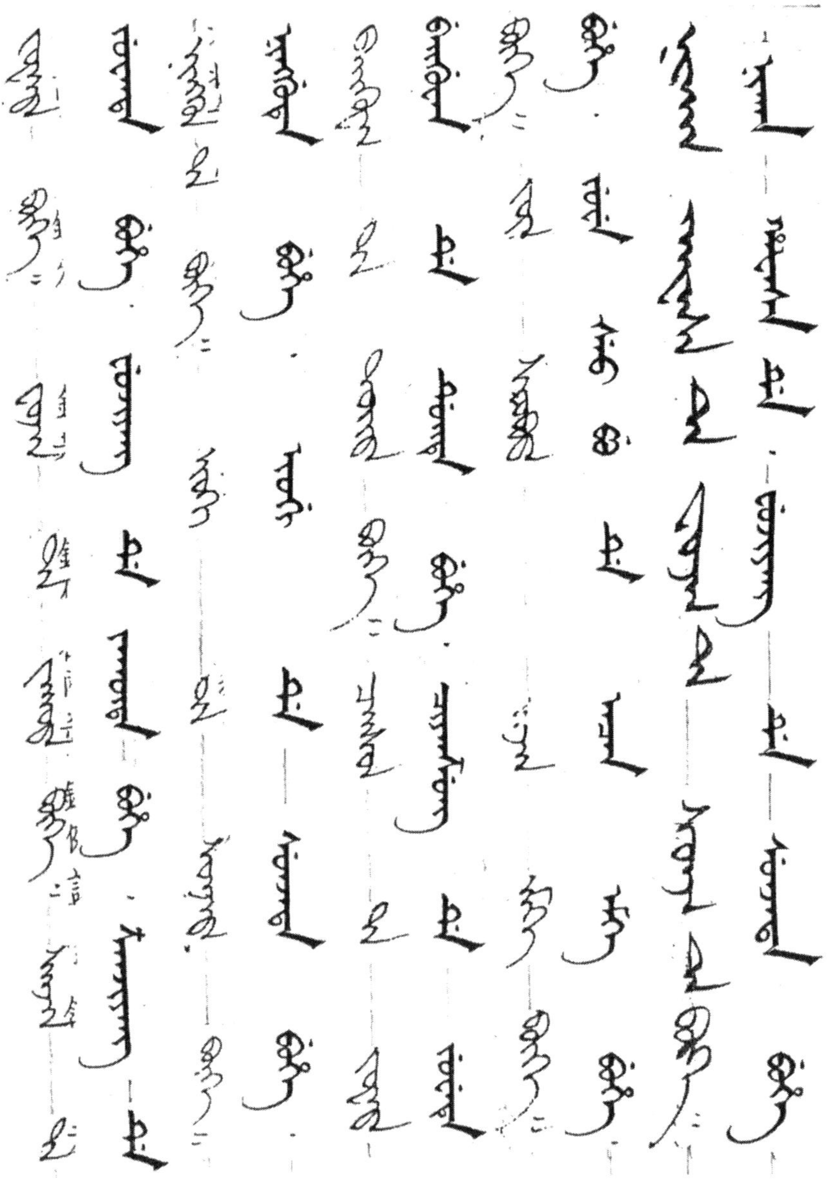

juwanta buhe, fujiyang de jakūta buhe, ts'anjiyang de ninggute buhe, iogi de sunjata buhe, beiguwan de duite buhe, ciyandzung de juwete buhe, juwe šeo pu de acan emke buhe, nikan hafasa de, fujiyang de sunjata buhe,

---

各十斤、副將各八斤、參將各六斤、遊擊各五斤、備禦官各四斤、千總各二斤、守堡二人合賞一斤；漢官，副將各五斤、

各十斤、副将各八斤、参将各六斤、游击各五斤、备御官各四斤、千总各二斤、守堡二人合赏一斤；汉官，副将各五斤、

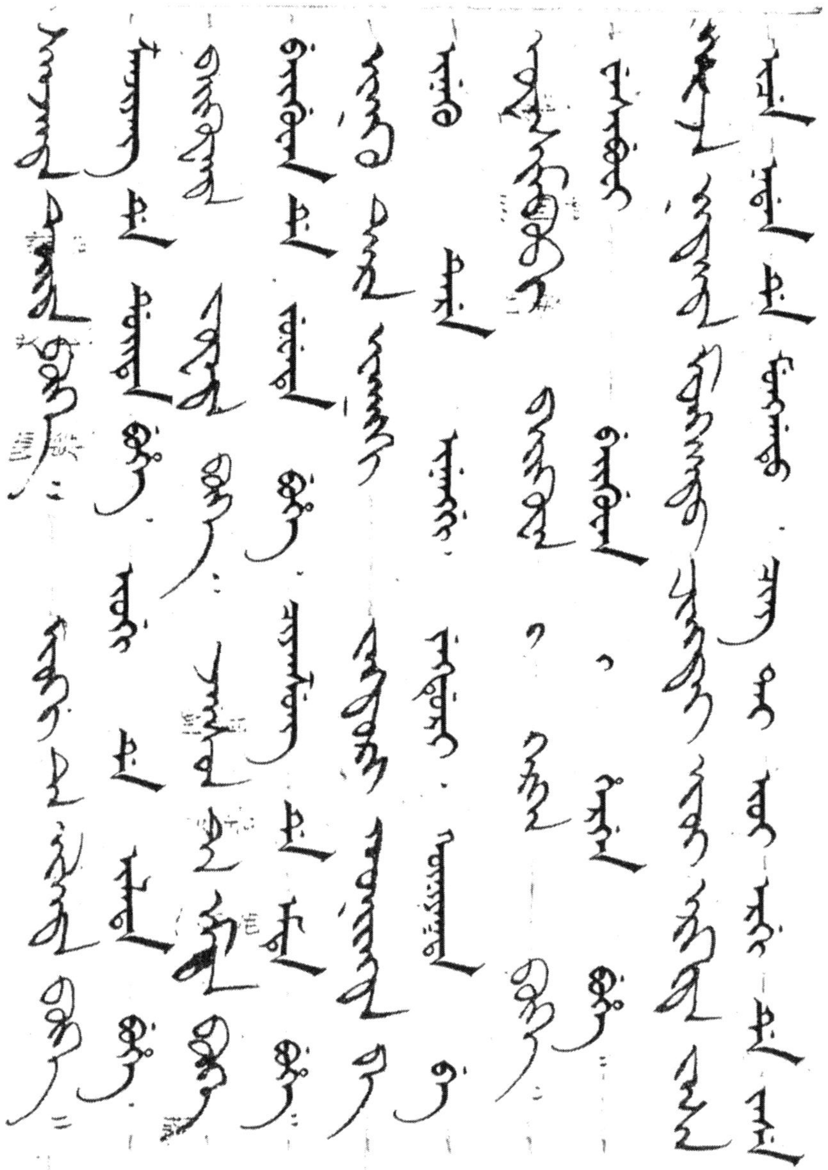

ts'anjiyang de duite buhe, iogi de ilata buhe, beiguwan de juwete buhe, ciyandzung de emte buhe. ineku tere inenggi, jekduri, kūniyakta be wesibufi beiguwan i hergen buhe. ice nadan de, munggatu, cing tai ioi ergi de, jase

---

參將各四斤、遊擊各三斤、備禦官各二斤、千總各一斤。是日，陞哲克都里、庫尼亞克塔，授以備禦官之職。初七日，蒙噶圖前往視察青苔峪一帶

参将各四斤、游击各三斤、备御官各二斤、千总各一斤。是日，升哲克都里、库尼亚克塔，授以备御官之职。初七日，蒙噶图前往视察青苔峪一带

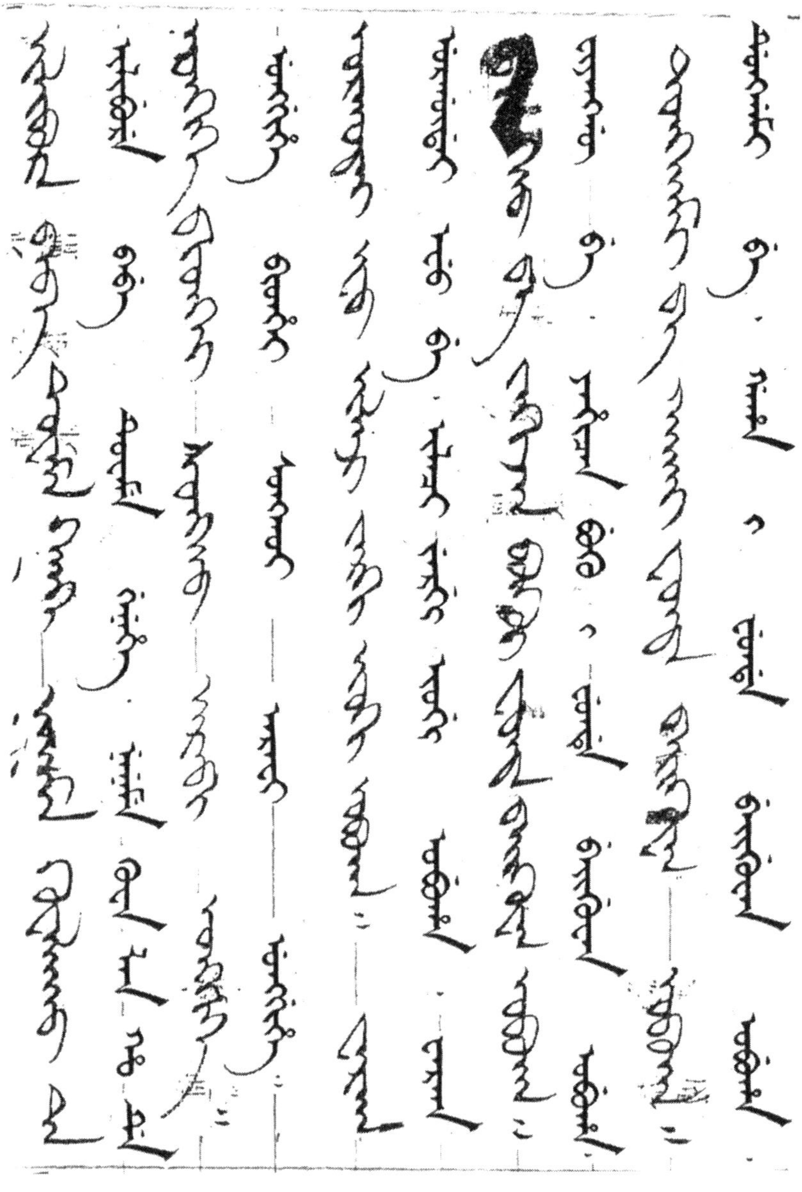

ilibure babe tuwame genehe, neneme kuwa lan ho de unggihe bithei songkoi arafi unggihe. urgūdai efu be ilaci jergi iogi obuha, warka fiyanggū be, yahican buku i funde beiguwan obuha, dunggami be, gaha i funde beiguwan obuha,

---

築邊之處，按先前致誇蘭河之書繕寫致送。命烏爾古岱額駙為三等遊擊，瓦爾喀費揚古代替雅希禪布庫為備禦官，東噶密代替噶哈為備禦官，

筑边之处，按先前致夸兰河之书缮写致送。命乌尔古岱额驸为三等游击，瓦尔喀费扬古代替雅希禅布库为备御官，东噶密代替噶哈为备御官，

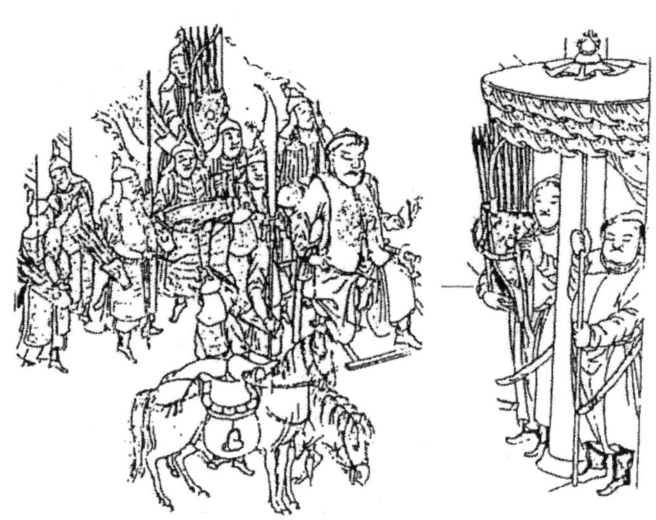

三十二、滿載而歸

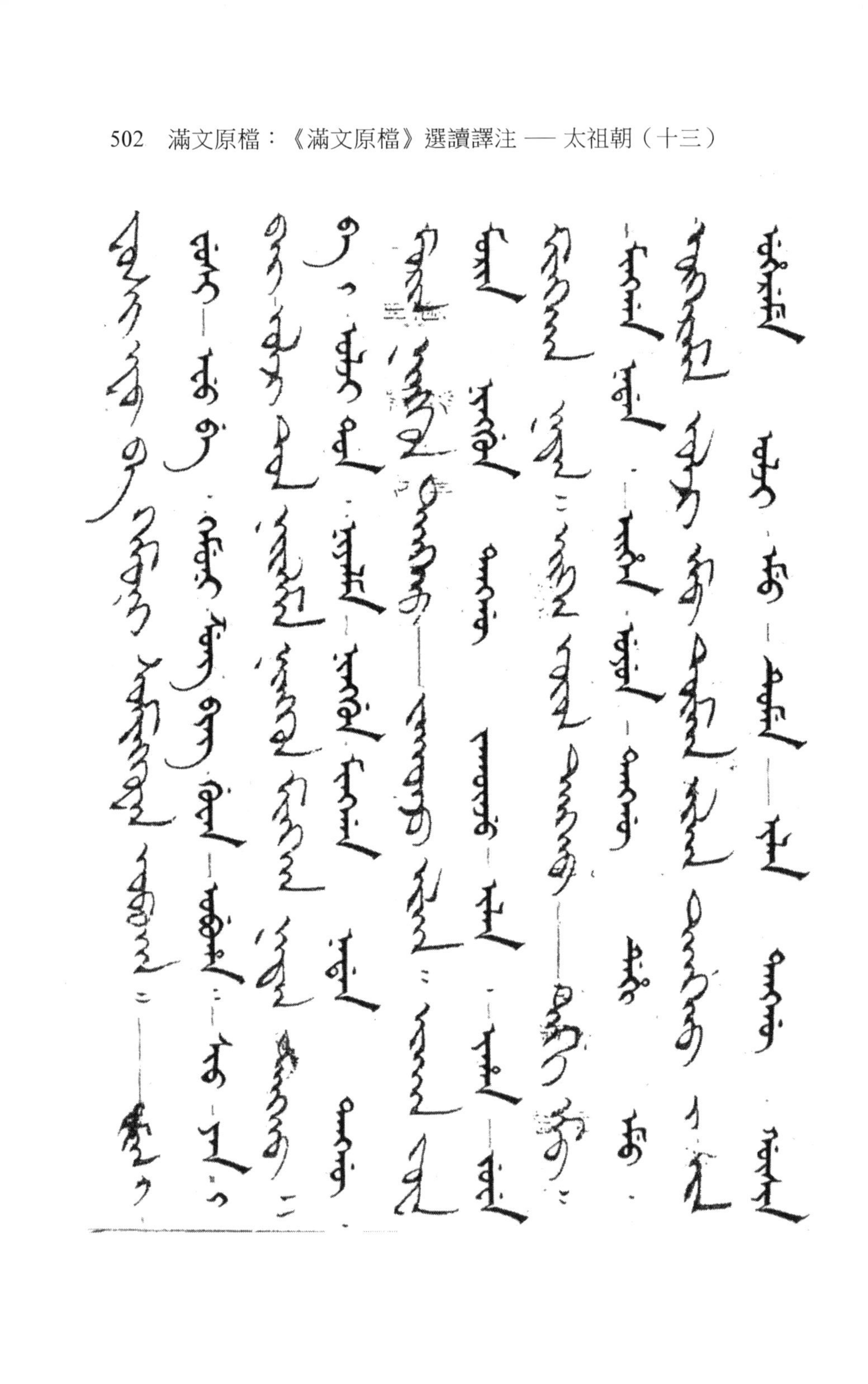

fusi efu be, kemuni dzung bing guwan obuha. sio yan i ba i olji ton, niyalma ninggun minggan nadan tanggū, morin ninggun tanggū jakūnju ilan, ihan juwe minggan nadan, eihen uyun tanggū dehi emu, uhereme olji emu tumen ilan tanggū gūsin

---

撫順額駙仍為總兵官。岫巖地方俘獲之數目：人六千七百名、馬六百八十三匹、牛二千零七頭、驢九百四十一隻，共俘獲一萬零三百三十一；

抚顺额驸仍为总兵官。岫岩地方俘获之数目：人六千七百名、马六百八十三匹、牛二千零七头、驴九百四十一只，共俘获一万零三百三十一；

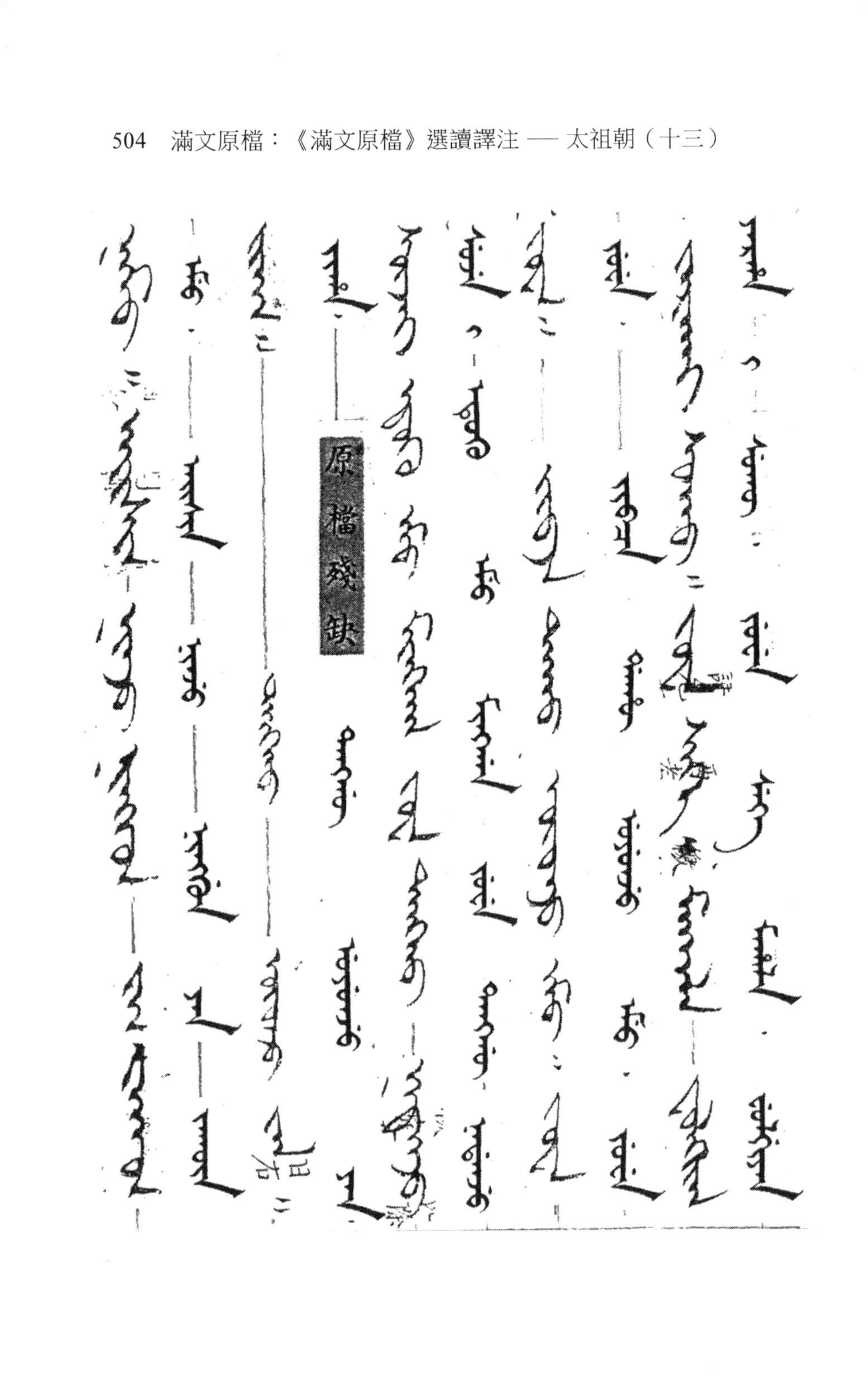

原檔殘缺

emu, aisin ninju ninggun yan jakūn jiha, [原檔殘缺] tanggū uyunju yan, suje i etuku emu minggan juwe tanggū nadanju juwe, jibca, dahū uyunju emu, juwe yarha i sukū, juwe seke mahala, fulgiyan

---

金六十六兩八錢，[原檔殘缺]百十九兩、緞衣一千二百七十二件、皮襖、皮端罩九十一件、豹皮二張、貂帽二頂、

金六十六两八钱，[原档残缺]百十九两、缎衣一千二百七十二件、皮袄、皮端罩九十一件、豹皮二张、貂帽二顶、

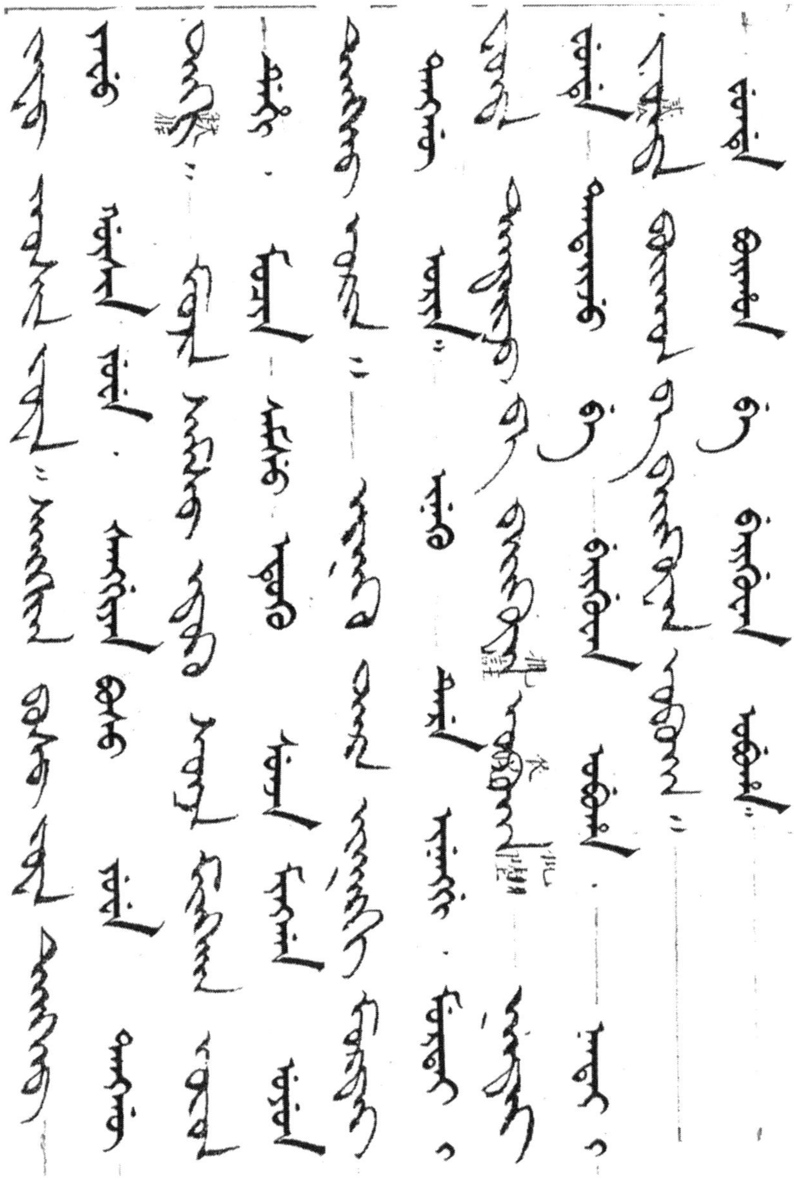

jafu gūsin juwe, šanggiyan boso juwe tanggū dehi, mocin samsu etuku sunja minggan uyun tanggū orin. ineku tere inenggi, murtai i funde tantaiju be beiguwan obuha, nantai i funde boigon be beiguwan obuha.

紅氈三十二塊、白布二百四十疋、毛青布衣五千九百二十件。是日，命譚泰柱代替穆爾泰為備禦官，命貝袞代替南泰為備禦官。

红毡三十二块、白布二百四十疋、毛青布衣五千九百二十件。是日，命谭泰柱代替穆尔泰为备御官，命贝衮代替南泰为备御官。

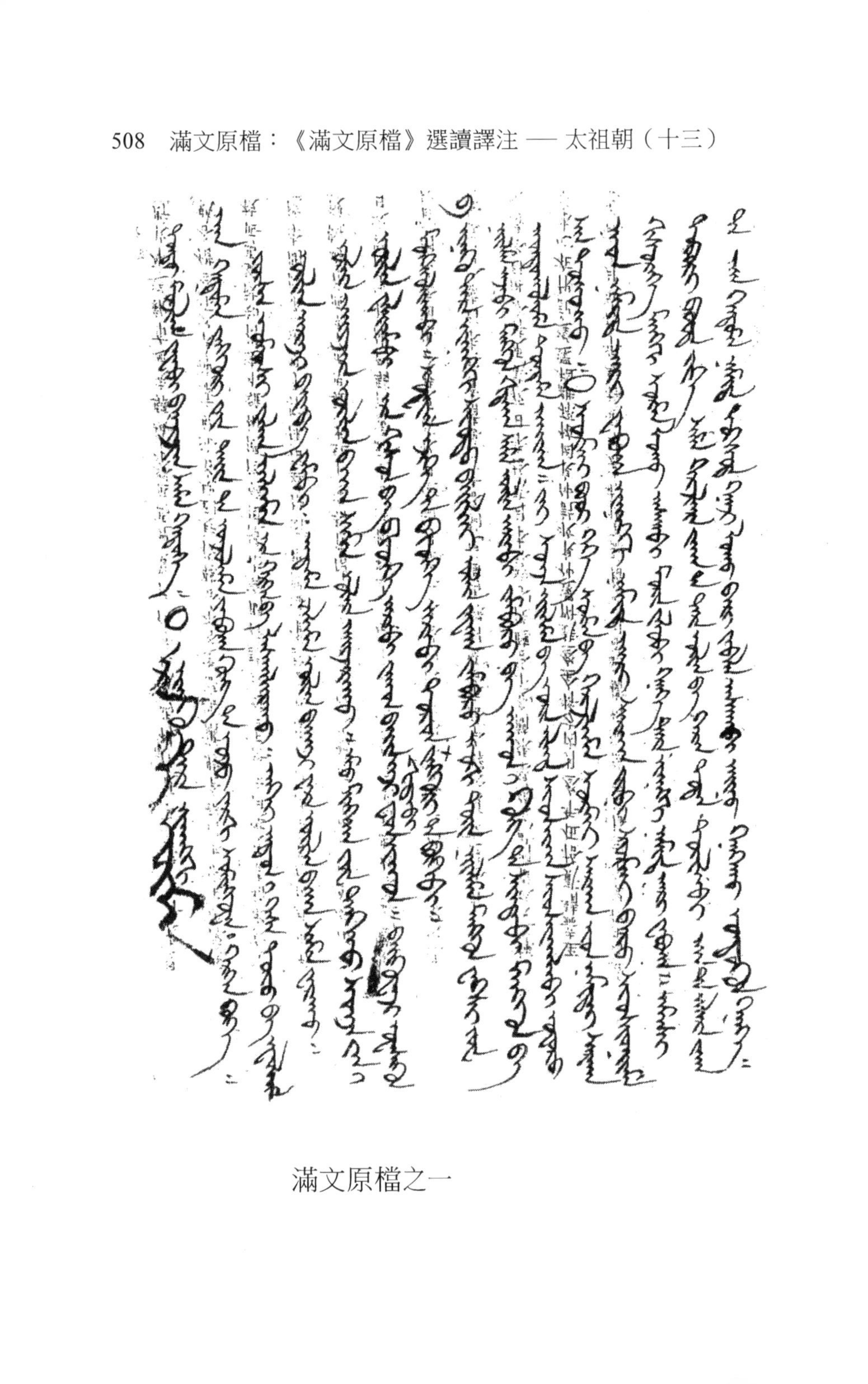

滿文原檔之一

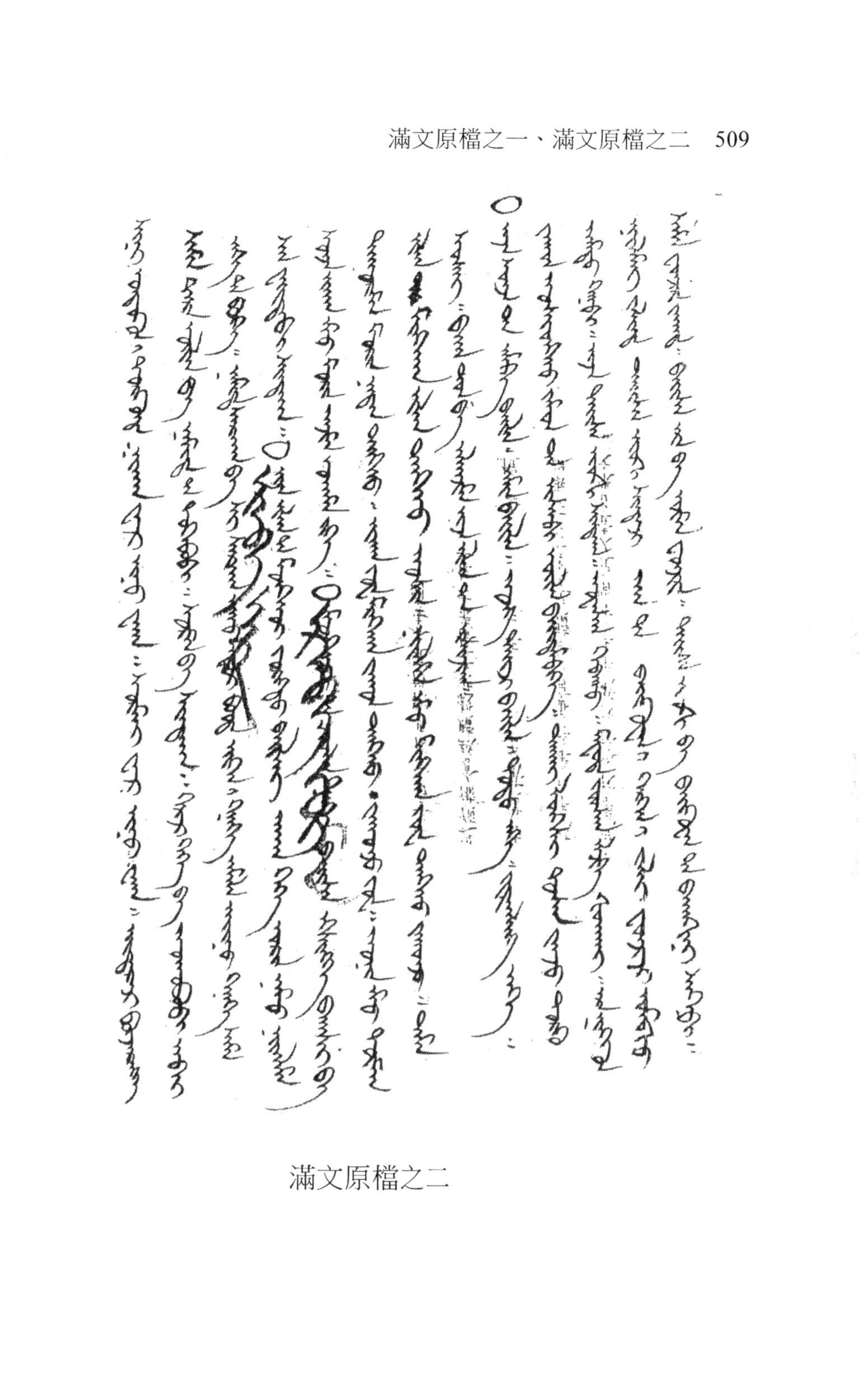

滿文原檔之二

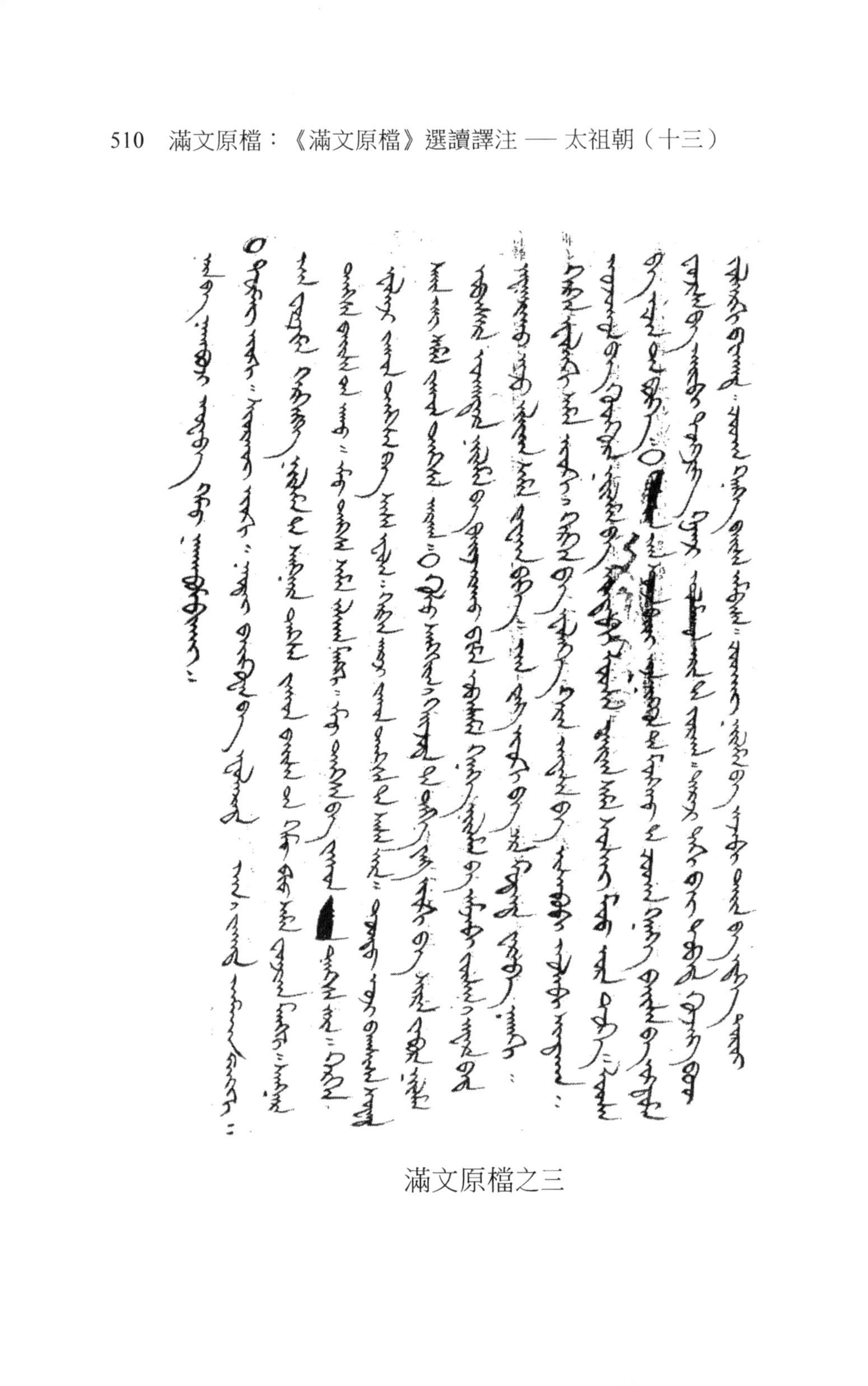

滿文原檔之三

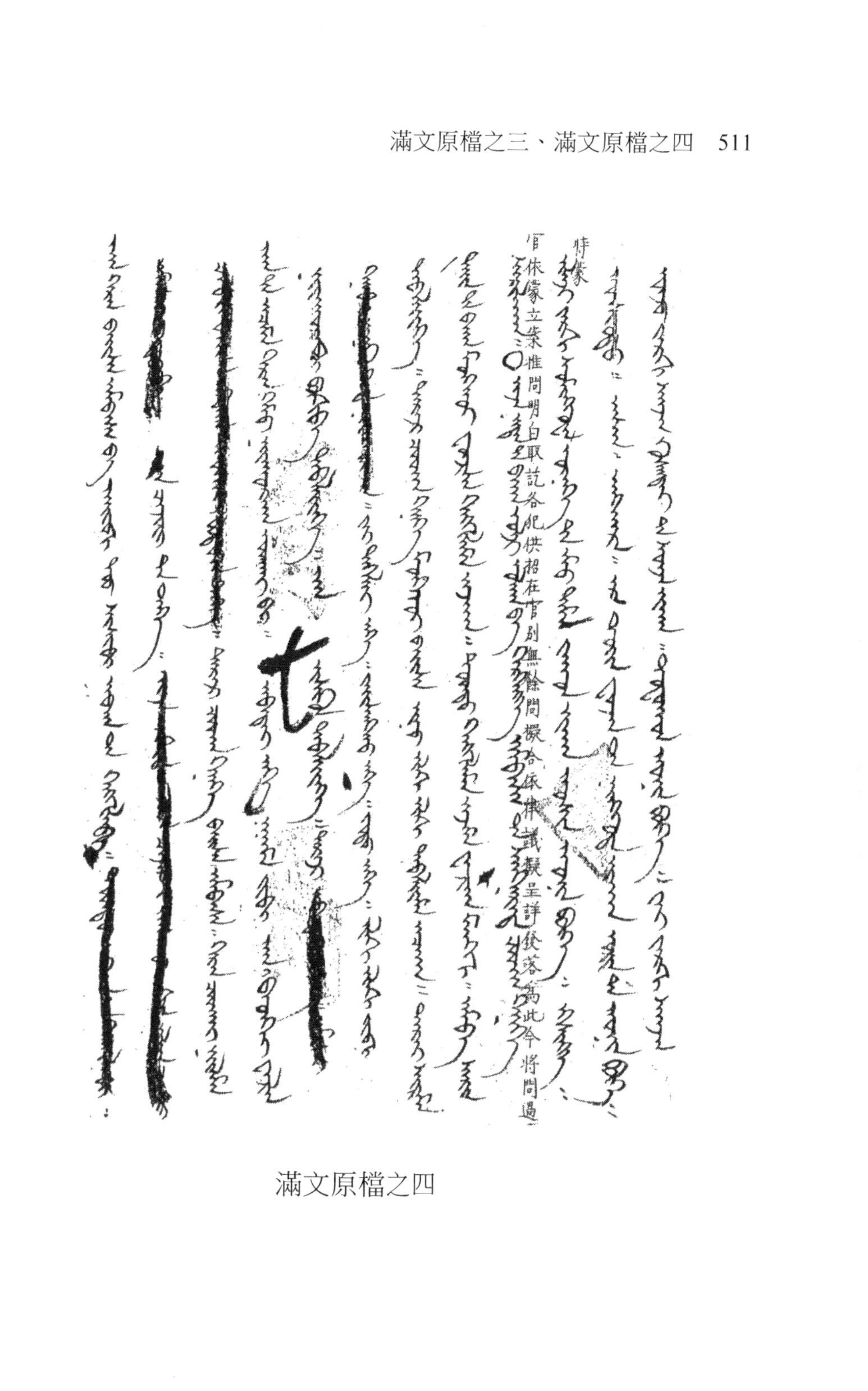

特憿

官依憿立案推問明白取訖各犯供招在官別無餘問擬合依律議擬呈詳發落為此今將問過

滿文原檔之四

十查明給牌行衛納銀二錢票帖見存今未料積年人慣打詐十五年劃三等三名情以本官所差遣到也就要差銀走小高將良柴木牌與各伊者禁不從

十三名欲革六分歲拾有斤重差又與分辦役龍不從來具告切思十五年劃三等未遵榜文違例索財重派重差果次朋各陷害有屈無伸叩乞案准告給

狀

人

真小

滿文原檔之五

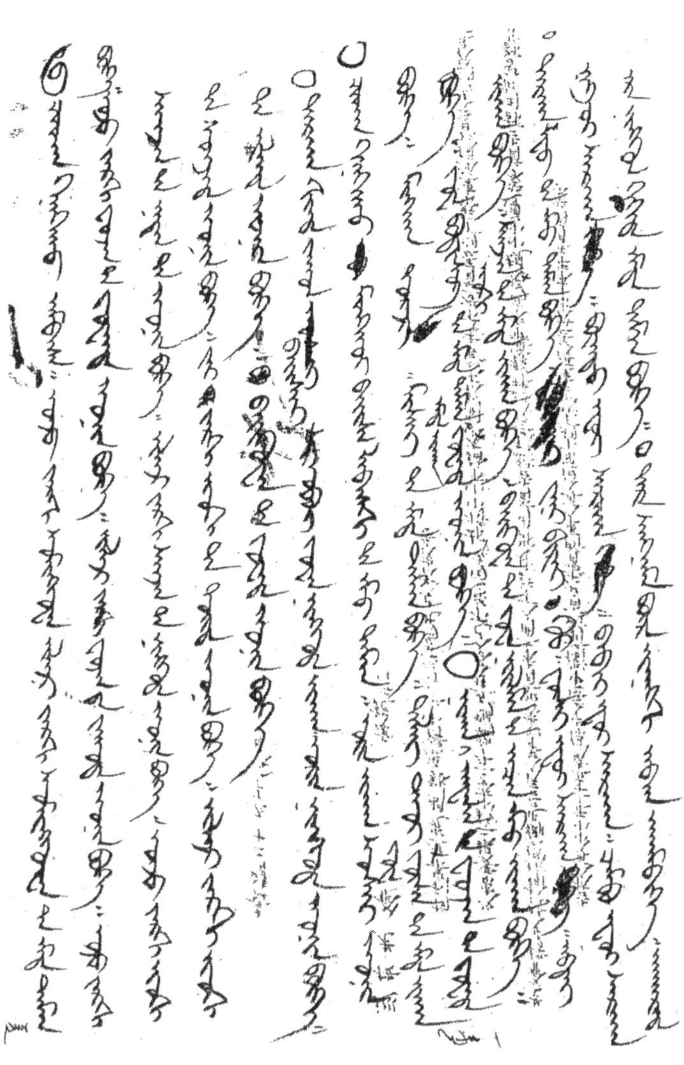

滿文原檔之六

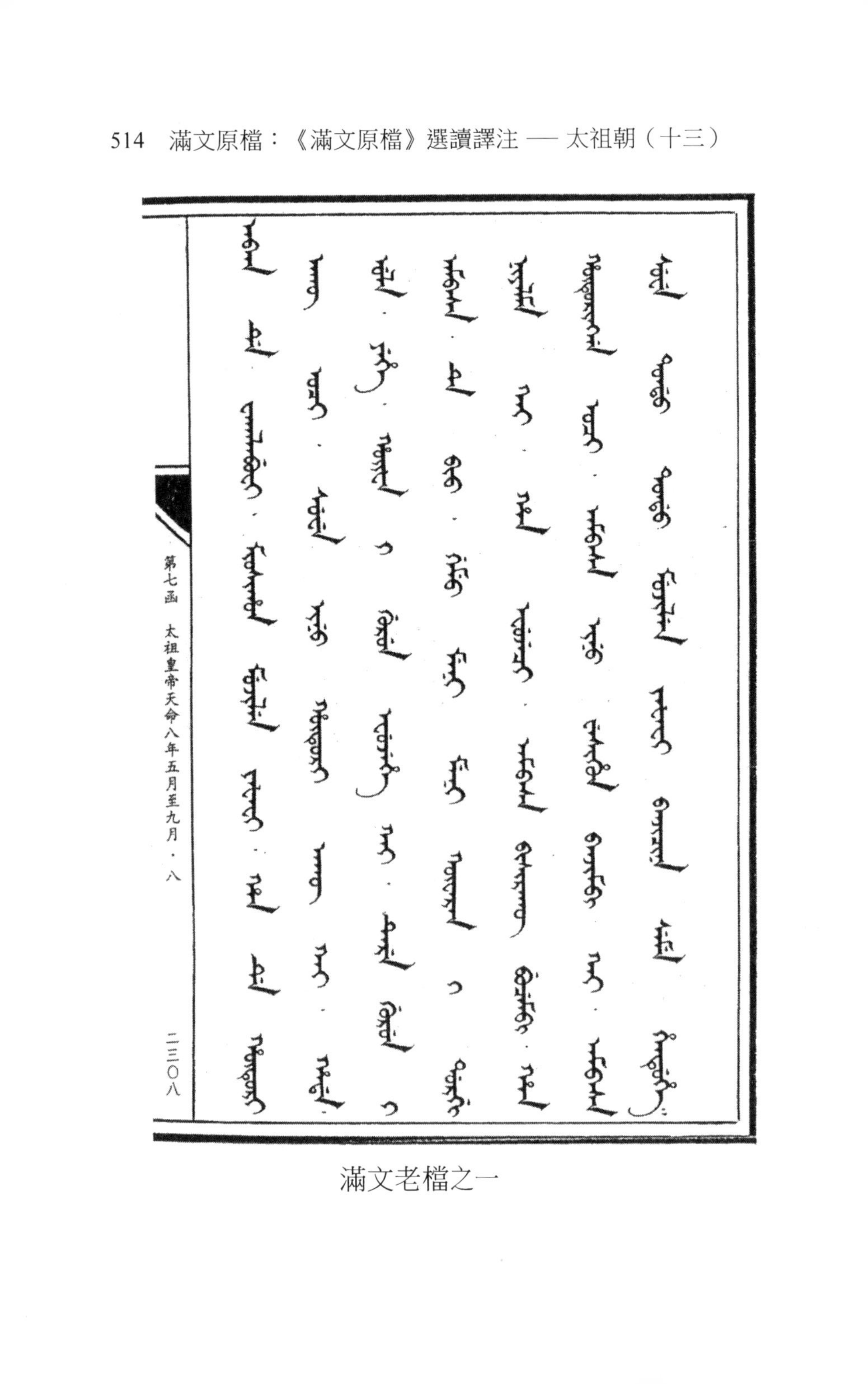

第七函　太祖皇帝天命八年五月至九月・八

二三〇八

滿文老檔之一

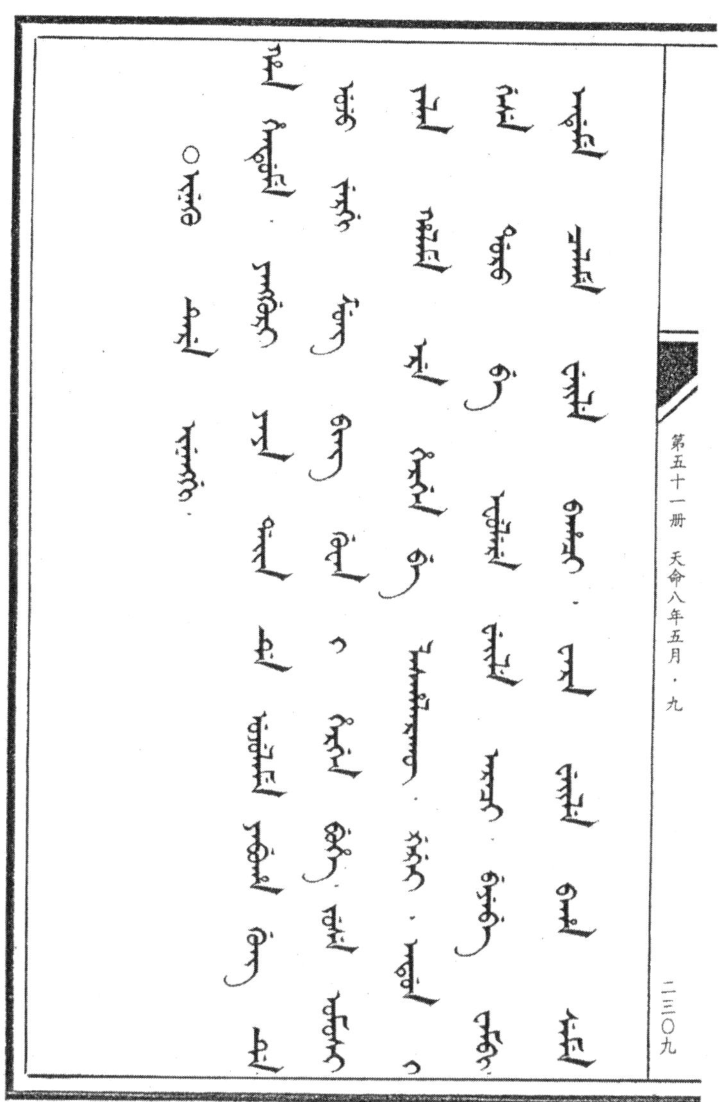

滿文老檔之二

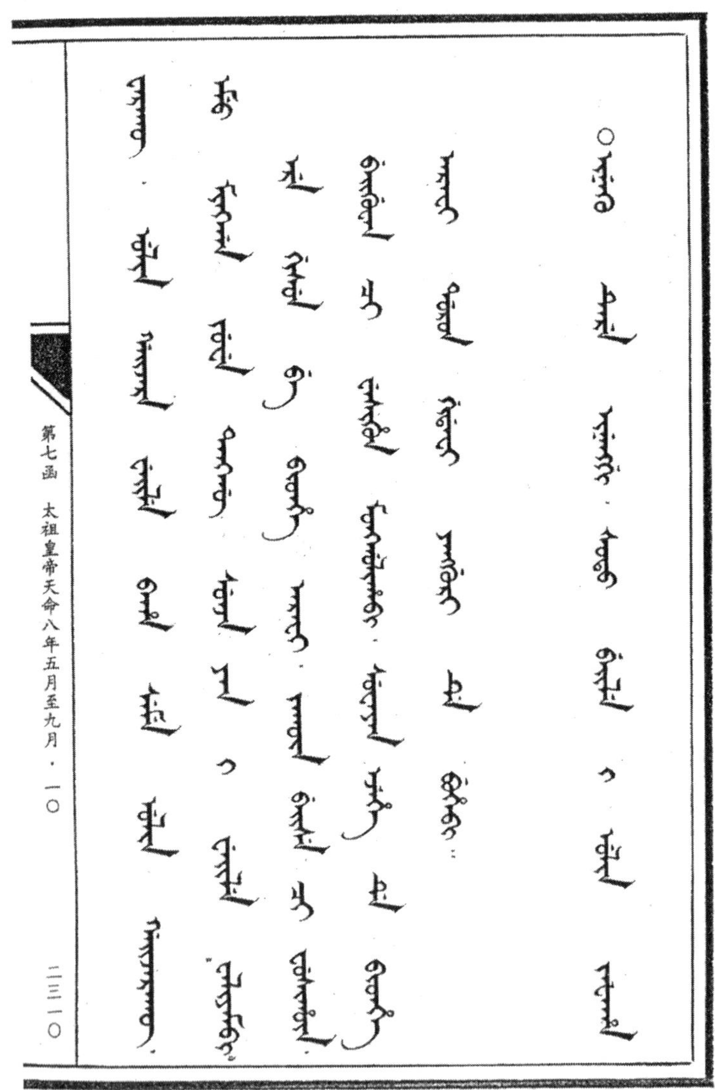

滿文老檔之三

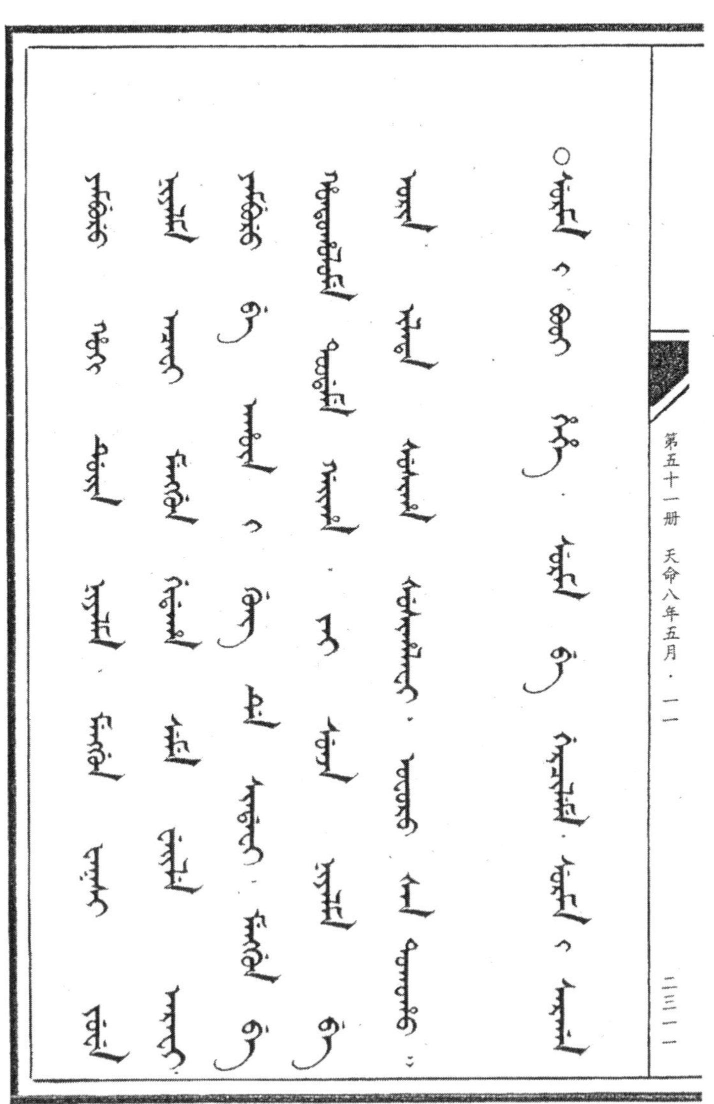
第五十一册 天命八年五月・一一

二三一一

滿文老檔之四

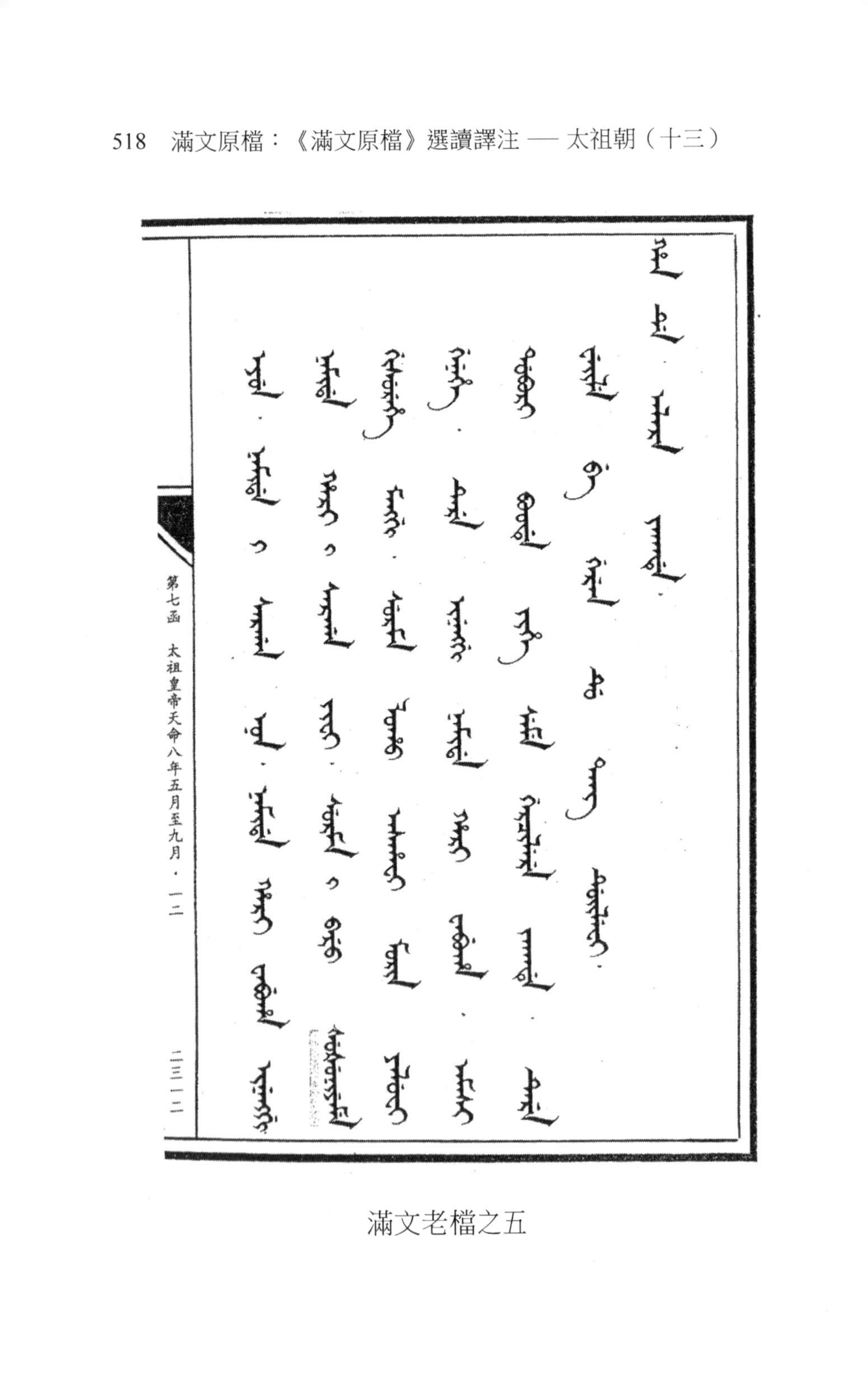

第七函 太祖皇帝天命八年五月至九月．一二

二三一二

滿文老檔之五

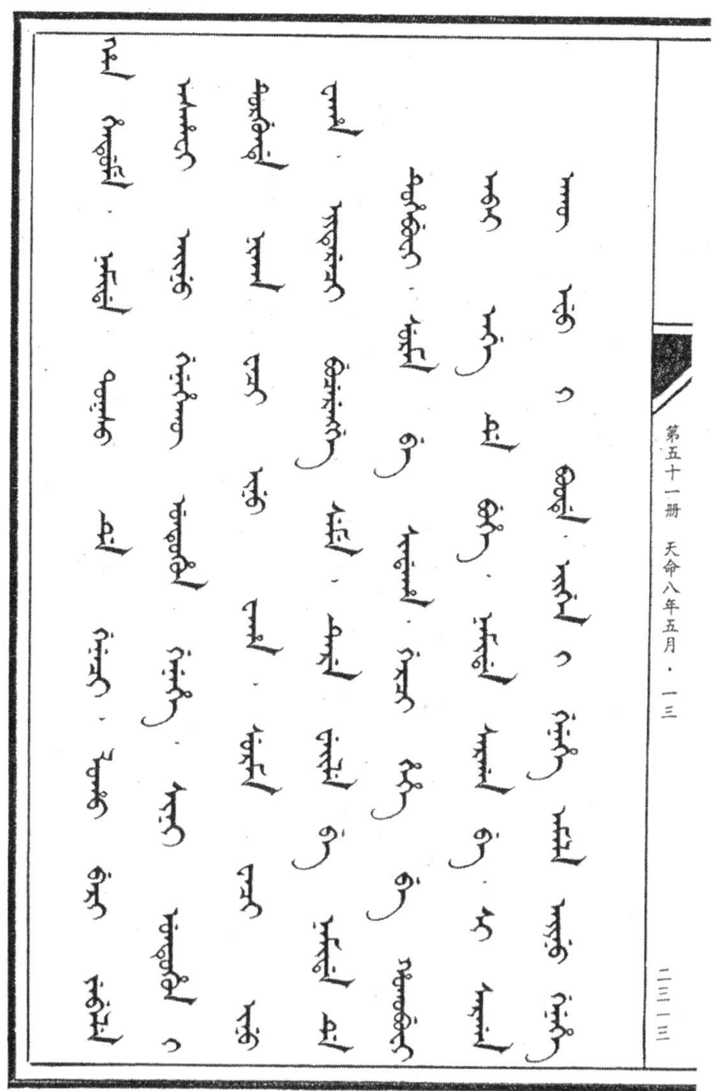
第五十一冊　天命八年五月・一三

二三一三

滿文老檔之六

致 謝

本書滿文羅馬拼音及漢文，由原任駐臺北韓國代表部連寬志先生精心協助注釋與校勘。謹此致謝。